兄弟三个半

张之沪 著

作家出版社

引子

我和赵大壮一辈子的交情缘自“虎打武松”。

六一儿童节将至，全市各幼儿园都在紧锣密鼓排练节目。市第一幼儿园乔园长接到上级电话通知又喜又忧：喜的是新上任的市长届时来本园看望孩子，园长在大领导面前终于有了露脸的机会；忧的是园里男孩子和女孩子相比，明显缺乏文艺细胞，除了男生小合唱，别的什么都不会，演出成了女生表演专场。这可怎么办？乔园长的心事被炊事员老胡得知，心里打起小九九：幼儿园食堂管理员年底到站，伙房三十多个伙夫都盯着这把交椅，自己倘若能抓住这次立功机会，再不用五黄六月汗流浃背在灶房揉馒头。

老胡原来在市京剧团跑龙套，舞台上牵马坠蹬拿旗做兵卒跑阵列翻连串空心跟头，圈内行话叫跟头虫，后因练功摔伤腰椎，再也吃不了武行饭，被分到幼儿园当炊事员，专职在白案负责揉馒头。老胡身在伙房，心在舞台，常和同事们聊起梨园旧事：上演京剧《三岔口》，我饰演任堂惠，台上连续后空翻真叫漂亮，身段堪称漂、率、脆，出场一掀帘子，台下暴雷般就是一个“碰头好”！说大剧院上演功夫戏《战宛城》，名角荟萃，珠联璧合，我以武老生应工，饰演张绣，指导老师你们猜是谁？说出来怕吓死你们——武生泰斗厉慧良！厉先生亲传我拿手绝技“大靠甩盔”。台上一站，我身着大靠，脖颈一挺，头上荷叶盔高高甩出，不磕不碰，干脆利落，技惊四座，赢得满堂彩！连演一月，场场爆满，剧院门口里三层外三层站满等退票的。伙夫们听多了，晓得老胡爱喷大话，私下都叫他“胡喷”。知音少，弦断有谁听？闲时遐想当年红氍毹上辉煌，白日重温大武生旧梦，老胡心里郁闷，操着那把摩挲得黑红油亮的京胡，西皮导板缓缓从琴弦中流出，自拉自唱京剧《战太平》，借落魄英雄花云之口吐出自己一腔幽怨：

叹英雄失势入罗网，大将难免阵头亡。我主爷洪福齐天降，刘伯温八卦也平常，早知道采石矶被贼抢，早就该差能将前来提防……

听说园里准备排节目，老胡捺不住技痒，找到乔园长毛遂自荐，大包大揽说要组织本园小男生排一出京剧经典折子戏《武松打虎》，自己出任舞台艺术总监，保证演出一炮打响，让市长看了还想看。乔园长听得将信将疑，以前只知道老胡是从京剧团退下来的，不晓得自己属下居然还有这么大的本事。老胡把胸脯拍得“嘭嘭”响，说园长您就把心放进肚子里，别说是一幕短打折子戏，就是武生长靠戏，全本《长坂坡》《挑滑车》《小商河》，我老胡也是小菜一碟，手拿把掐！乔园长听得高兴，满脸堆下笑来，当即通知下面：炊事员老胡从今日起停止白案工作，出任本园京剧教师兼六一演出节目艺术总监；组织巧手保育员连夜赶制戏服。

演出节目定下，挑选演员成了当务之急。“谁愿意出演武松？”老胡登台求贤。小男孩们都愿扮演打虎英雄。台上一呼，台下数百条嫩藕般胳膊齐刷刷举起，几百条喉咙争喊，“我演！”“我会演武松！”聒噪声一片，赛过夏夜池塘里群蛙。艺术总监被吵得头晕，不耐烦地说：“自古文无第一，武无第二。口说不算，是骡子是马挨个儿上台遛遛！”大比武结果，大班四组赵大壮以两个侧手翻技压群雄，艺术总监连连点头，小朋友们心服口服，武松角色非其莫属。“谁愿意扮演老虎？”老胡二次举手求贤。偌大的会议室忽然鸦雀无声，你看我，我看你，谁也不愿扮演挨揍的反面角色。见无人应聘，老胡心里着急，仿着戏词，厉声对台下说：“演出日期迫近，救戏如救火！我现场点将，点到谁是谁！切不可推三阻四。否则，休怪俺军法无情！”说完，瞪大眼睛挨个儿往台下看去。小朋友齐齐低下头，都怕被艺术总监点将。老胡一双大眼仿佛雪亮的探照灯，居高临下，在人群里照来照去，最终罩定后排一个大脑袋、肉眼泡、身体圆滚滚像头小肥猪的孩子身上。“你叫什么名字？”老胡疾步走下台，两根指头利剑般指定入选者。

“我，我叫王大虎。”小朋友怯生生回答。

“王大虎？好！这个名字好！咱们上演《武松打虎》，你正好叫大虎。当仁不让。就由你来演老虎！”老胡一朝权在手，便把令来行。

“老师，我，我不想演老虎。”王大虎小朋友鼓起最后的勇气。

“你叫王大虎，你不演老虎谁演老虎？咹？难道让我胡小毛演老虎？你来当艺术总监？你有这个本事吗？咹？！”老胡的讥讽引起一片稚嫩的笑声。王大虎还想推辞，老胡两根指头又戳将过来，一双眼睛瞪得溜圆，像是不答应就要打人！王大虎看得心里发毛，委委屈屈应了下来。

幼儿园会议室临时改为节目排练室，里面不时传出急急风，京剧道白与唱腔，夹杂着艺术总监的训斥声。排练室传来的锣鼓声勾得人坐立不安，我借口上厕所拉屎，每天至少要溜出去三四次，趴在窗台上看排练。赵大壮在严师督导下，天天有进步，学把子功从最初只会侧手翻发展到漂亮的后空翻，拧旋子一气就是十多个，我看得羡慕不已。

窗台上趴满大大小小的脑袋，欣赏《武松打虎》。一个头发烫得像狮子狗，满脸横肉的胖大妇人进了幼儿园，见会议室外站满人，一个个探头探脑朝里张望，不时笑出声。里面在干什么？胖婆娘捺不住好奇，挤进人群朝里看：屋中央趴个圆滚滚的“老虎”，吊睛白额上写个“王”字，屁股后面拖根斑斓尾巴，笨手笨脚，乍看不像老虎，倒似肥猫。艺术总监一声“开打！”“武松”连串旋子上了台，赢得一阵喝彩。人虎一照面，二话不说就打了起来。“武松”闪展腾挪，身体轻灵，“老虎”则显得笨手笨脚，虎扑没扑倒人，自己先摔了个大马趴，逗得窗外观众忍俊不禁。没出三个回合，“武松”一个扫堂腿将对方放翻，跨腿骑在“老虎”身上，摁住虎头一顿痛打。“老虎”大概是被打疼了，哀号声传出多远。胖婆娘看得可乐，笑道：“这是谁家孩子扮的老虎？忒笨！也不知他娘咋生的孩？”旁边一个小男孩接话：“阿姨，‘老虎’是三班王大虎扮演的。”王大虎？胖婆娘脸上笑容顿时僵住！仔细辨认躺在地上的“老虎”，终于认出笨孩子就是从自己肚子里爬出的！葱一行，蒜一行，谁家的孩子谁家爱。胖婆娘受伤母虎般怒吼，猛地踹开门，怒冲冲闯进，一把提起骑在“老虎”身上的“武松”，扔垃圾袋般扔到墙角，接着“刺啦”一声撕掉儿子身上虎皮，恶狠狠踩在脚下。事发突然，屋里屋外的人都愣住了。老胡率先反应过来，上前厉声质问：“你是谁?!”

“你是谁?!”母老虎咆哮着反问。

“我是乔园长亲自任命的指导教师兼艺术总监。”炊事员老胡报出自己最新头衔。胖婆娘闹不清艺术总监多大的官，什么来头。暂且压下心头火，转过脸数落起自己孩子，话里夹枪带棒：“你个倒霉孩子！你演什么不行，偏要演白挨人揍的老虎。你妈又没给人家偷着送礼，好角色能轮上你？”有母老虎撑腰，小老虎胆子骤然大了许多，指着艺术总监的鼻子，向老娘哭诉：“呜呜……我说我不想演老虎，他说你叫王大虎，就得演老虎！……呜呜……我还不愿演，他就朝我瞪眼睛……呜呜……我怕他打我，就，就演了……”胖婆娘越听越来气，一脚将地上的虎皮踢开，破口大骂："啥子艺术总监，一看就是个跑来蒙事的二眯子！老虎咱不演了，跟你妈回家！"说着，拉着王大虎胳膊就朝外走。老胡一听急了，挡住去路，急吼吼嚷道："救戏如救火。你说不演就不演了？不演也行，赔了你撕坏的戏服才能走！"

"赔你娘的头！"母老虎猛力一推，艺术总监猝不及防，踉踉跄跄倒退几步，摔了个仰面朝天！屋外响起观众幸灾乐祸的笑声。老胡虽然揉了多年馒头，武生童子功老底还没丢，一个鲤鱼打挺从地上弹起，飞起一脚踹在对方肥腚上，胖婆娘应声仆地！观众笑声更响。老胡受到鼓励，双手叉腰，一脸豪气，雄赳赳骂道："治不下你这母老虎，我胡小毛愧对祖师爷！"摔倒爬起的母老虎更加凶猛，狂吼扑来。老胡矮小精悍、动作灵活，母老虎肩宽背厚、粗腰肥臀、蛮力十足，两人纠缠一起，互揪头发，对扇耳光，战个平手。见久战不下，母老虎使出杀手锏，趁对手不备，狠狠一口咬住艺术总监的耳朵！惨叫声传出多远，全园都被惊动。园长和几个保育员慌慌张张跑来，见状大惊，几个人你拉我拽，折腾了好一会儿，才将艺术总监被咬穿的耳朵从虎口中救出。有人认出行凶者是为民菜场肉食柜台的售货员，以服务态度凶悍远近闻名，是西关正街有名的母老虎，恶言劣行几次上了《都市晚报》社会版。

乔园长对老胡颇有些失望：折子戏还未排完，先闹了个人仰马翻、血迹斑斑，等到正式演出，不知还会闹出什么事。稳定压倒一切。园长当即下令：《武松打虎》停止排练，老胡回家养伤，看在其为园争光的本意上，法外施恩，算是工伤。眼看美梦破灭，老胡心有不甘，跟在园长屁股后面苦苦哀求，说拍戏就像蒸馍，总要让它蒸熟，不能吃夹生馒头，现在就差最后一把火，停止排练前功尽弃实在可惜。园长耐不过老胡死乞白赖纠缠，心里也舍不得一幕好戏，勉强答应给老胡"最后一次机会"，条件是绝不能再出事，让园领导从有些失望变成彻底失望。

"你们谁愿意扮演老虎？"与上次选才相比，左耳包得严严实实的艺术总监态度明显温和许多。有了王大虎前车之鉴，台下死一般寂静。老胡脸上换上巴结的笑容，挤着小嗓重复一遍，还是无人吱声。老胡叹口气，不抱任何希望再重复一遍，仍是鸦雀无声。老胡摇摇头，长叹一声，学着京剧道白："世有伯乐，却无千里马。奈何，奈何！"转身离去。刚走出两步，后面传来稚嫩童音："报告老师：我愿演老虎！"老胡起先以为自己排戏心切出现幻听，立住未动，直到报告声再次响起，这才相信是真的，扭过头，死死盯着自告奋勇者，脸上表情惊喜交加，“你叫什么名字？你为什么愿扮演老虎？”

“我叫刘端正。演老虎是想跟老师学功夫。”

“好！好！好！”艺术总监笑到见牙不见眼，一连说了三个好，心里略感遗憾：这孩子瘦了点，演老虎肯定不如身子圆滚滚的王大虎出彩，唉，没办法子，凑合着用吧。老胡随即将我两条腿搬弄了几下，试过柔韧性，满意地点点头，当场拍胸打包票：“只要你愿演老虎，我老胡包教包会！”

不做不知道，一做绊一跤。当天下午，我就为自己上午一时冲动做出的仓促决定后悔不迭。新学员躺在地毯上抬起一条腿，艺术总监扳起朝肩后压去，行话叫“撕腿”。我疼得龇牙咧嘴，苦苦求饶：“老师，求求你，轻点，再轻点。我疼得实在受不了！”艺术总监笑眯眯回答：“这才哪到哪？你就撑不住了。小子，记住老师的话：要想人前夺翠，必定背后受罪！你两条腿硬得棍似的，不撕开怎么行！”说着，手上力度进一步加大。我疼得泪流满面，边哭边号：“老师，我不演老虎了，你快换别人吧。我，我实在受不了，疼死我了！”老胡温柔笑容不见了，露出狰狞面目，狞笑着说：“这会儿说太晚了！演不演老虎还由得了你！”手掌猛地往下一压。“妈呀！”我随即发出一阵凄厉的哀号，声音传出多远。过往的保育员听怪不怪，戏谑道：老胡又在里面杀猪。

艺术总监辣手催花，小学员惨痛进步。两周过去，我惊喜地发现自己不用老胡帮忙，就能独自做朝天蹬——支撑腿直立站稳，另一腿脚尖勾起，脚底朝上与头平。老胡得意之余，开始新一轮“杀猪”……

六一到了，市长来了！后面跟着一大群人。市长是个白胖子，上身香云纱半截袖夏装，下身毛料裤子笔挺，脚上皮鞋乌黑油亮，手上拿柄湘竹黑绸扇，走哪颐指气使，一看就是大领导。乔园长新烫头发，身上抹得香喷喷，衣服鲜亮，显得年轻许多，依在市长身边，柔着小嗓回话，脸上一副媚态。幼儿园孩子早已接到训令，一个个背着手端端正正坐在小椅子上，恭候大人视察，瞻仰市长威仪。见了孩子们，市长换上慈祥笑容，分发节日礼物，摸摸这个脑袋，捏捏那个脸蛋，摆好姿势让随行摄影记者拍照。

节目开始，不是女生独舞，就是女生合唱，内容与别的幼儿园大同小异。市长看得兴味索然，捂着嘴偷偷打哈欠，几次抬腕看手表。陪同前来的市教育局长见状，侧身说了几句，依稀听见："下面是京剧经典折子戏，特聘京剧名武生来园做艺术指导……"市长是个戏迷，一听压轴戏是《武松打虎》，顿时来了精神，腰杆子又重新挺起。

"大台仓仓登崩仓才仓崩都匡才匡才"，随着伴奏乐器，醉酒"武松"摇摇晃晃上场，一身黑色紧身夜行英雄衣，头戴六角帽，帽前竖着红绒球，足蹬厚底快靴，奶声奶气唱到：（沽美酒牌）

道崎岖，路不平，吃得个醉醺醺，只觉得站立不稳。

嗓音虽然稚嫩，唱腔却是中规中矩。"好！"市长率先喝彩，众人跟着纷纷叫好。（"武松"卧青石假寐，"老虎"上，"武松"醒。）"武松"（白）呀！好大风，好大风！（"武松"见虎）啊！（雁儿落牌）觑着这泼毛团体势雄，狼牙棒先摧迸，俺这里趋前退后忙，这孽畜舞爪张牙横。

"武松"左躲右闪，连串旋子接后空翻，尽显英雄本色。市长看得高兴，一双肥巴掌拍了又拍，连说想不到，一个还没桌子高的小孩子居然能做专业演员才能做的高难动作！受到台下掌声鼓励，台上"武松"越发精神抖擞，人虎开打，"武松"闪展腾挪、拳脚齐上，唱响（得胜令）呀！哦呵闪——闪得它四处扑着空，转眼处乱着踪，这才是虎有伤人意，狭路上冤家对面逢。"老虎"屡扑屡空，疲态已显。"武松"腾身而上，摁住虎项边打边唱，（白）虎啊！（得胜令）你要显神通，始做到力有千斤重，管教你拳下尸骨横，拳下尸骨横。台上负伤"老虎"僵卧不起，发出最后一声长长哀鸣，脑袋一歪，呜呼哀哉！后台唱响（同沽美酒牌）孽障凶暴，路人惊恐，多少人丧身含痛。不承望今朝侥幸，天降下打虎英雄。

得胜小"武松"越发显得英气勃勃，双手抱拳含笑频频向观众致意。台下掌声雷动！《武松打虎》演出至此，本已功德圆满，谁知"死老虎"又节外生枝。不知是受到全场气氛感染，还是出于对胜利者的嫉妒，"老虎"腾地跃起，狂吼一声，从背后将洋洋得意的"武松"扑倒！死虎复活发飙，全场不知所措。"武松"率先反应过来，随即和"老虎"在地上滚打成一团。园长和艺术总监看得目瞪口呆，观众都惊得站了起来。"别打了！快，快把他俩拉开！"市教育局长喊叫声中，老胡率先冲上台，后面紧跟着园长和一群幼儿教师。此时"老虎"已占了上风，骑在“武松”身上，挥动两个小拳头一通乱打。“死老虎”不按常理出牌，“武松”又痛又恼，气得咧开小嘴“哇哇”大哭！“老虎”被大人拽开，仍意犹未尽，挥动小拳头蹦着高欢呼：“老虎赢了！老虎胜利了！”控制住闯祸的“老虎”，园长扭头再看：市长不知什么时候悄悄走了，一群随从慌慌张张跟着追出……

一出好戏就这么被我搅黄，市第一幼儿园上演的“虎打武松”闹剧成了全市幼教系统的笑柄；女园长邀功不成，反挨了上级一顿训斥；艺术总监美梦破灭，灰溜溜回灶房继续揉馒头；“武松”见了“老虎”，攥紧拳头怒目而视。

刘端正成了祸害根源，要不是看在我是祖国花朵的分上，谁都想痛打小捣乱分子！幼儿教师喝令我面壁思过，本人自知闯下祸事，俯首垂手肃立，下嘴唇包住上嘴唇，蹙眉敛目作痛悔欲哭状。父亲来接儿子，在幼儿园门口碰见乔园长。园领导见我就气不打一处来，唾沫星子乱溅，向家长控诉我的恶言恶行。乔园长声色俱厉、义愤填膺，父亲不知儿子犯下什么大错，以致园长大动肝火，听着听着，脸色阴转晴，最后忍不住哈哈大笑。

父亲行伍出身，三句话离不了打仗，咳嗽一声，清清嗓子，拿出单位一把手讲话的派头，开导女园长：“园长同志，任何事情都要一分为二看待。老虎打武松固然有悖常理，也与既定剧情明显不符，但从另一方面看，老虎打败打虎英雄，说明这个孩子具有独立思考的能力，同时也证明孩子想象力异常丰富。老虎为什么就不能战胜武松？我们就是要跳出窠臼想问题，在似乎不可能处做文章。演戏是这样，打仗也是这样，靠的是出奇兵制胜。我是参加过抗美援朝的老兵。装备落后的志愿军与武装到牙齿的美军作战，硬拼肯定不行，要想取胜必须出其不意攻其不备，打敌人个措手不及！现在咱们国家大搞经济建设，更需要这样开动脑筋，跳出框框攻坚克难，敢于和善于打破常规的特殊人才。对于这样的孩子，你们不但不应该批评，而是要大力表扬、积极鼓励，努力培养其独特天赋，让他早日成为祖国大建设难得的人才！园长同志，我说得对不对呀？”

老子无理狡辩三分，儿子不按游戏规则出牌，真正是有其父必有其子！听了父亲一番高论，乔园长算是彻底没了脾气，两眼白多青少，半晌憋出一句：“岂有此理！”甩手悻悻而去。

儿子占了上风，父亲心里得意，从此对我的看法有了颠覆性变化，以前总嫌我性子蔫，不像男孩，现在夸我是绵里藏针，不出手则罢，出手则人仰马翻、石破天惊！家里但凡来人，他老人家总要把老虎打武松的轶事讲述一遍，客人还没笑，主人先笑个不停。我这人有个毛病，不能受表扬。父亲当众夸奖，儿子难免兴奋，白天兴奋，晚上就激动得尿床。父亲晨练回来，看见阳台铁丝上晾着我尿湿的床单，笑着揶揄："咦，奇了奇，怪了怪！我们家老虎还会画地图?"母亲生炉子做饭正忙得不可开交，对老虎痛打武松不感兴趣，更没有闲情雅致欣赏波普化的床单，见大儿子忙中添乱，心里来气，就手赏了一记脆响耳光！算是回答。大儿子左脸颊转眼暴起五道指痕，父亲看得心疼，一边轻轻抚摸儿子脸上伤痕，一边和母亲又开始日常争吵。

通过"虎打武松"，我和赵大壮领教了彼此的武功，表面互不搭理，内心彼此钦佩，中间隔着一层纸，只是碍着面子，谁也不好意思率先捅破。上小学时，我俩分在一个班。学校组织看电影，我俩邻座，却彼此视而不见。铃声响过，灯光熄灭，电影开演，正片前加演的是国产漫画片《没头脑和不高兴》，随着剧情展开，我俩哈哈大笑，待看到老虎痛打武松，打虎英雄被撵得东躲西藏，联想到幼儿园演出糗事，险些笑破肚皮。电影结束，灯光复明，我俩站起，相视一笑泯恩仇，一切尽在不言中。瑜亮情结转为倾心之交，我俩从此好得如同一个人，除了吃饭睡觉，可谓形影不离。每次外面口哨刚响，我已到了门口，眨眼间消失得无影无踪。气得虎妈大骂：屋里娘喊不来，外面鬼叫飞跑。

第一章

一

我父母站在一起，像是隔着辈，外人初见，都纳闷他俩怎么会是两口子。父亲皮肤黝黑，身躯粗壮得像树桩，走路八字腿，脑袋秃了大半，饱经风霜的脸上线条棱角分明，仿佛刀砍斧削。母亲细高挑身材，皮肤白皙光润，柳眉杏眼鹅蛋脸，堪称美人。父亲是山沟里的苦孩子，生父母去世早，靠在小镇上挂牌行医的娘舅接济，五岁进私塾发蒙，以后进新式小学念到毕业，十五岁参加革命。母亲出嫁前是城里“祥泰庄”绸缎店吕家大小姐，打扮入时，风姿绰约，乌云般头发梳理得油光水滑，从女中到护校，都是远近闻名的校花。

父亲与母亲是在舞会上认识的。说是舞会，实际是相亲会——组织上为大龄未婚军队干部安排的专场，来的都是卫校和师范学校年轻漂亮的女学生。参加舞会的男士里，父亲个子最低，面相最老，头发最少，脱发面积呈蔓延扩大之势，跳舞姿态尤为笨拙，仿佛列兵正步走，又似农夫推小车，让人看得忍俊不禁。一曲跳罢，父亲即被冷落一旁，木呆呆坐在场边，看着别的战友搂着年轻舞伴跳了一曲又一曲。负责舞会牵线搭桥的省军区群工部汪部长看得着急，唯恐完不成军区政治部主任行前交代的重点任务，瞄来瞄去，最后将个子最高、长相最俊的女生拉来给父亲当舞伴。军官排队邀舞，美人难免矜持，父亲问三句答一句，后来得知父亲肩上两杠四星，官拜省军区后勤部长，在男舞伴里军龄最长、军衔最高、官职最大，态度由冷淡转为热情。汪部长看在眼里，心里有了底，中间休息时，又适时烧了把火，仿佛不经意间透露：大军区已内定保送刘部长去解放军高等军事学院深造。汪部长带着羡慕的口吻说：老刘走了狗屎运，毕业后前程不可限量，肩佩将星指日可待，我们这些老战友望尘莫及，不知哪个女孩子有福气嫁给他。漂亮女生是喜鹊转世，爱攀高枝，听汪部长说得煞有介事，不禁怦然心动，做起将军夫人美梦，对爸爸越发热情。男追女，如隔山；女追男，隔层纸。舞会结束不到半年，两人完婚，那个舞场美人就是我妈。

庐山风云突变，父亲是个直性子，说话办事从来是木匠推刨子——直来直去，学习会上按捺不住为彭总鸣不平，受到连降三级处分，正师职直降副团。我妈被保送上军医大学，护士转军医的光明前景随之化为泡影。上级撤销我家公务员待遇那天起，母亲的心情如同买错股票的小股民，买时以为是大黑马，吃进却连连跌停，从此看自己男人哪都不顺眼，对丈夫吃面食喜吃大葱爱嚼生蒜的癖好嗤之以鼻，对老公闲坐时揪鼻毛抠脚丫的习惯深恶痛绝。父母双双转业到地方，父亲屈尊担任中央储备粮某储备库主任，母亲被分到交院卫生院当护士。将军夫人美梦破灭，母亲叹息命苦，埋怨自己看走了眼，挑错了人，从此性格畸变，温柔少妇化为河东狮吼。两人三天一吵，五天一闹，“离婚”更是随时挂在嘴边。做媒拉纤的军区群工部长被视为祸害根源，母亲三天两头诅咒吹牛不打草稿的汪部长不得好死，毁了她一生幸福；父亲常常抱怨老战友乱点鸳鸯谱，牵错线搭错桥，“始以为猫，孰知其虎”。本以为对方是淑女，娶进门才发现是悍妇。吵归吵，骂归骂，并不妨碍六个子女以三年两个的速度来老刘家报到。

别人家是严父慈母，我们家颠倒过来，是严母慈父，六个孩子都跟爸爸亲。父亲虽是行伍出身，却酷爱读书，尊重知识分子，写一笔好字，尤喜京剧，闲暇时自拉自唱，熏陶得我也能跟着哼两句。父亲对我们和颜悦色，从不打孩子，骂人都很少，遇事总是与儿女讲道理，耐心告诉我们错在哪里，今后应该怎么做。爸爸工作单位远在百里之外，只能周末回家。他老人家慈祥笑脸出现那一刻，仿佛红红的太阳穿过冬日厚厚的阴霾，孩子们蹦着高欢呼，一拥而上，搂腰的搂腰，抱腿的抱腿，亲热得不得了，邻居看了都羡慕。

父亲生性幽默，爱说爱笑，他老人家第一个经典段子是和六个战友进国际饭店开洋荤。

1949年5月27日三野解放上海。父亲和战友初进十里洋场，仿佛山林好汉、大漠英雄来到金粉江南，直看得眼花缭乱、心醉神迷。一路逛到南京西路，几个土包子立在“远东第一高楼”前，仰起脑袋一起朝上望，发出各式各样的惊叹。国际饭店外表巍峨，里面究竟如何？父亲起了好奇心，提议进去看看，却没人肯打头，你推我搡，最后还是父亲走在前面，另外六个怯生生跟着。进了饭店大堂，里面富丽堂皇，地板光可鉴人。几个人东张西望，也不知该上哪。父亲脑筋转得快，看样学样，立在电梯口。服务生问客人去几楼。父亲曾听人说国际饭店西餐嘎好吃，顺口回答我们去吃西餐。电梯“嗡嗡嗡”往上升，几个土包子第一次坐电梯，脸色都变了，生怕电梯半空落下，摔个粉身碎骨。电梯刚开门，几个人逃命般慌不迭地冲出，脚下一滑，差点摔倒，后来才晓得是地板打蜡的缘故。

西餐厅涌进一群赳赳武夫。服务生们第一次近距离看见解放军，都有些惊慌。一个领班模样的怯生生迎上，满脸堆笑：几位长官好！欢迎长官光临！一听此言，同来的二营教导员想起政治思想工作者职责，正色道：上海解放了，现在是新社会。新社会人人平等。不要叫俺们长官，叫俺们同志。领班闻言一愣，随即改口：是是，长官同志好，长官同志里面请。西餐厅装饰典雅，吊灯华丽，领位者拉开椅子，殷勤招呼客人面对面坐下。几个土包子看什么都稀罕，东张张，西望望，如同刘姥姥逛大观园。银制餐具式样精美，刻着“帆船”标记，烛光下熠熠生辉，大家啧啧称奇，拿在手里把玩。都纳闷雪白餐巾是干什么用的。大家乱猜一气，有的说用来擦嘴；有的说拭洒在桌上的菜汁，还有的说是拿来擤鼻涕。又有人发现桌上没有筷子，就喊服务生。服务生忍着笑，恭恭敬敬回答：先生，对不起，西餐厅不备筷子。转过问几位客人：牛排煎嫩的，还是要老一点？想着吃鸡要吃童子鸡，吃羊要吃羊羔肉，都说要嫩的。几位祖上都是农民，自己参军前也是满脑袋高粱花子，做梦也没见过西餐，第一次进摩天大厦开洋荤，难改行伍作风、大兵本色，闹出许多笑话——大声打嗝，随地吐痰，吧唧着嘴喝汤，毫无顾忌剔牙，使不惯刀叉，牛排端上，索性用手抓着吃，肉汁四溅，弄得到处都是。一口咬下，牛排里血淋淋，一起嚷嚷“没熟”，喊叫服务生拿去回锅。来的都是精壮汉子，每人一顿能吃五个大馒头，西餐那点分量只够塞牙缝，吃完甜点，再不见上菜，心里正疑惑着，服务生过来恭候结账。三营长刚从副职提正职，都说该他请客。三营长拗不过，只得掏出积攒的津贴费放在桌上。服务生看在眼里，立着不动。兜里没钱，也来吃西餐，旁边的服务生想笑不敢笑。晓得这点钱差得远，同来的六人这下都慌了，纷纷站起，将身上衣兜翻了个底朝天，才勉强凑够。出门时，服务生恭恭敬敬地说：解放军长官同志慢走，欢迎下次再来！

西餐没吃饱，吃出一肚皮鸟气。在店里不能也不敢发作，出大门不远，几个人开骂。这个说：东西死贵！什么国际饭店，纯粹是坑人饭店！那个道：简直胡闹！哪有吃饭先喝汤的？肉是生的，菜也是生的，拿糊糊（沙拉酱）往上一浇，把俺们当兔子喂！一营长操着胶东口音埋怨：俺雪（说）不来，你们偏要来。清早起来，惦记着攒下肚子开洋荤，害得俺早上没吃饱，汤也没哈（喝），早知这样，还不如几个人去俺山东老乡开的饭馆吃馉扎（饺子）。大家说来说去，最后一致认定，西餐真不咋地，唯有冰淇淋好吃，下回再吃西餐，咱们别的都不要，一人来二斤冰淇淋！也有人提出异议：冰淇淋虽好吃，却不能当饭，还是大馒头大烩菜实在。狗长犄角扎羊式，几个人回去一学，成了全团笑谈。“七个土包子进国际饭店开洋荤”越传越远，最后连军长都知道了。

第二个经典段子是五条汉子修吉普。部队驻扎上海，父亲调至后勤部负责军运和油料供应。军运处长每日在外奔波，离了交通工具不行，上级为其配置一辆上海战役缴获的美式吉普，配备专职司机。别的首长乘车，都是老老实实坐在自己位子上，听凭司机驾驶。军运处长规规矩矩坐了三天车，到了第四天，好奇心又犯了，缠着司机问这问那，光问不过瘾，还非要学开车。司机拗不过霸蛮首长，只好将车开至野外，寻个空旷地，手把手教了两天。自认已速成出师，军运处长得陇望蜀，还要自己开车。司机这回死活不同意，说首长安全第一，万一出事，自己不敢也负不起这个责任。经不住军运处长甜言蜜语，威逼恐吓，两人讨价还价，最终达成协议：行人拥挤的繁华街道，须由司机亲自驾驶；开至路人稀少相对安全地段，允许首长减速代驾；严禁首长独自驾车出行。军运处长身着戎装，驾驶崭新的美式吉普，开出开进，威风凛凛，一同参军的老战友看得眼热，嚷嚷着要乘吉普出去兜风。军运处长正想在人前卖弄车技，满口答应，趁司机一眼没盯见，悄悄将车开出营房。

吉普一路风驰电掣，五个人坐在车上欣赏街景，暑热天迎面刮来小凉风，透心舒坦，众人惬意，都夸老刘车开得好，不愧是军运处长！又都纳闷：这家伙什么时候学会开车的？军运处长心里得意，开始自吹自擂，说自己参军前就会开车，不仅开车是老把式，修车也是行家里手。吉普开进一条弄堂，建筑风格与别处迥异，车上人都说稀奇，三层小洋楼外墙涂着色彩，家家门口摆着鲜花，仿佛走进外国小镇，像是侨民集聚地。吉普熄火，五人下车从这头转到那头，洋弄堂风景看了个够，回来再发动车，一个个全傻了眼，无论军运处长怎么鼓捣，只听“嗒”的一声，再无动静。旁边人跟着瞎参谋，这个说油箱没油了，那个道水箱没水了，更有冒充内行的，嚷嚷发动机坏了。鼓捣来，鼓捣去，吉普仍不见动静。老天爷也跟着添乱，天上乌云四合，一个炸雷响过，天空划过长长一道闪电，豆大雨点噼里啪啦砸了下来，工夫不大，五人都成了落汤鸡。正在狼狈不堪之际，一位银发碧眼、身材娇小、满脸褶子的外国老太太打伞路过，看着眼前情景，心里纳闷，不知五位中国军人冒雨在干什么。操着生硬的中国话一问，才晓得是吉普车打不着火。洋老太自告奋勇，拨开众人，麻利地撑起引擎盖，很快找出毛病——启动继电器发卡所致，按动电磁铁尾部使其前移，启动电路随即接通。放下引擎盖，一声“OK”，洋老太意犹未尽，抬脚照上面使劲踹了两下，挥挥手，示意重新启动。军运处长拧转钥匙再打火，发动机立刻开始轰鸣。头顶上传来叽里咕噜的问话声，说的是洋文，一句也听不懂。五人抬头一看，不知从什么时候起，弄堂两边小洋楼伸出众多洋脑袋。见观众询问原委，洋老太来了劲，又是比画修车，又是摇头耸肩，最后摊开双手哈哈大笑，意思是今天遇见一伙笨蛋！五条中国大汉围着吉普捣鼓半天，顶不住一个外国小老太太举手之劳，确实有些搞笑。嘲笑声、鼓掌声、口哨声，响成一片。五张脸再也挂不住，舰着脸谢过洋老太，逃命般驾车逃离。军运处长垂头丧气，吃了老战友们一路挂落，都埋怨老刘不懂装懂，冒充内行，在洋人面前出洋相，害得我们也跟着丢人现眼。

以上两段轶事，他老人家讲了无数遍，我们每次都听得津津有味，虎妈却嗤之以鼻，讥为“一群土鳖”。两人彼此看不上眼，妈妈骂老公：“蠢头蠢脑，冥顽不灵，山沟里钻出来的乡巴佬。”父亲回击老婆：“趋炎附势，唯利是图，城里资本家家庭出来的寄生虫。”父亲提起老婆就叹气，说他俩压根不是一路人，说要不是看在六个孩子的分上，早与吕玉清离婚了！父亲评价自己配偶：心胸狭窄，言语尖酸，待人刻薄。他对大儿子说：“别的女人自私在外面，对家人无私，你妈自私在骨子里，她做事从来只为自己着想！”父亲语重心长地告诫我：“爸爸为什么给你取了这么个名字？就是希望你从小行得端，立得正，不要受你妈的不良影响，成为一个勇敢正直善良的人——不随波逐流，不趋炎附势，不落井下石，不伤天害理，遇事坚持独立思考，肩膀上永远长着自己的脑袋！”七岁的儿子头点得像鸡啄米，心里却似懂非懂。长大以后，我才体会到：父亲要我走的是一条看似光荣，实则长满荆棘、遍布陷阱、结局通常不妙的人生之路。

我一直以为母亲将对丈夫的怨恨转移到几个子女身上。“待之不如牛马，所望有过于圣贤。”虎妈对六个儿女要求近乎苛刻：说话不许带脏字；吃饭不准吧唧嘴；每次考试成绩必须名列前茅；男孩子走有走形，站有站相，坐有坐姿；女孩子须笑不露齿，坐必合膝。虎妈最恨谁抖腿，说“男抖浪，女抖贱”，一看就是少家教！儿女睡觉姿势都有讲究，“蜷龙匍凤仰挺尸。”子女夜里仰面睡觉，那叫屁股痒了自己找抽。虎妈最烦女孩子多吃，餐桌上非打即骂：“吃吃吃，像猪一样就知道吃！把自己吃成肥妞，长大看哪个男人会要你！”教育六个孩子费时费心费力。母亲注重家教却缺乏耐心，肢体语言多过口头教育，拳打脚踢是家常便饭，大嘴巴子是其家教快捷方式，抽嘴巴男女有别：女孩单击，男孩则左右开弓，以致我们几个脸上常挂着幌子。这些勉强还能忍受，最可怕的是鸡毛掸子当刑具，藤条威力惊人，抽下去立刻暴起条条血痕，很快渗出血珠，至今想起，仍令人胆战心惊。晚餐是集中教育时间，吃下去的东西在喉咙里哽住，馍含在嘴里疼得咽不下去，孩子们们挨了揍还不许哭出声，一个个捂着肿起的腮帮子默默流泪。提起吕护士家教厉害，家属院无人不晓，是出了名的虎妈。

今晚家教力度超过往常，理由是：九岁大儿子挨揍时，竟敢朝老娘瞪眼。这还得了！捂着头上暴起的疙瘩，我悲愤交加出了门，攒了一肚子怒气无从发泄，来到僻静处，用粉笔在墙上画了个烫发女人头像，旁边写着：“吕玉清大混蛋！”边哭，边朝上面吐唾沫，光吐不解气，又用脚踹，边踹边哭喊：“吕玉清，王八蛋！我让你打我，看我长大怎么收拾你！”临走，又在头像旁添了一行字：“吕玉清是女流氓！”折腾一番，气也消得差不多了，怀着怨仇已报的心情凯旋。

娱乐贫乏时代，墙上人头像和涉及个人生活作风的评语立刻成为大众节目。第二天一早，来参观的人像树上的麻雀，一个个叽叽喳喳，飞走一群，又来一群。漂亮“女流氓”是大家议论焦点，从内涵扩展至外延，给观众留下丰富遐想。虎妈闻讯匆匆赶来，墙上字迹初看似曾相识，细辨竟出自自己儿子之手，脸当时就气青了！先将头像和恶意攻击标语擦去，再去找大儿子算账。我被拎着耳朵一路揪回。“你今天必须给我说清楚。”虎妈左一记大耳光，咆哮道，“你为什么在墙上写‘吕玉清是女流氓’?!”右一个大嘴巴，厉声质问：“你为何要骂你妈是大混蛋?!”我咬紧牙关，一言不发，仿佛受刑的地下党。虎妈看得越发来气，左右开弓，一直打到大儿子满脸桃花开，栽倒背过气，才撇下我悻悻而去。这顿臭揍让我终生难忘。以后我也见过许多父母打骂孩子，和虎妈那次施虐相比，不过是小巫见大巫。

听罢同伴血泪控诉，验过好友身上伤痕，赵大壮抓耳挠腮，一筹莫展。这事搁在别的恶婆娘身上，躲在暗处一把弹弓就能解决问题。偏偏施暴者是虎妈，委实不大好办。我灵机一动，附在同伴耳边面授机宜，大壮听了连连叫好，取来笔墨纸砚，提笔一挥而就。北城门是我俩上小学的必经之路，城门洞里常见红纸黑字仿道士敕令“天皇皇，地皇皇，我家有个夜哭郎，过路君子念三遍，一觉睡到大天光”。过往行人见怪不怪，多数人看都不看。今天却一反常态，许多人围着观赏。新敕令笔迹稚嫩，像是出自小孩子之手。看稀罕的越聚越多，好事者大声念道：“天皇皇，地皇皇，我家有个恶婆娘，过路君子骂三遍，我妈不敢再猖狂！”听的，看的都笑，都说这娃可怜，当妈的可恶！想必是娃娃被后妈打得受不了，上街向人民群众呼唤公道！一对始作俑者一旁偷着乐，像阿Q一样，怀着转败为胜的愉悦心情，两人手牵手，一路蹦蹦跳跳去上学。

我上小学三年级时，父母爆发婚后最激烈的一次争吵，起因是：困难时期，父亲将本应定点销售给饲料厂和酿造厂的一部分陈化粮私自低价卖给乡亲。直到家乡来人，母亲才知道此事，当即脸色大变！客人刚出门，母亲就大发雷霆，骂我爸脑袋让驴踢了！当了个破粮库主任，全家人从没沾过你一粒米的光，却在外面混充善人，到头来害了自己，还得连累一家子！父亲凄然回答：“我是孤儿，吃百家饭长大的，父母去世，全靠村里人帮忙下葬。现在乡亲们遭难，我不能看着他们活活饿死！要得公道，打个颠倒。这事换了你，你说该怎么办？”母亲柳眉倒竖、杏眼圆睁，尽显铁石心肠，恶声恶气地说：“荒年无六亲，这年头谁顾谁！他们饿死不饿死，关我姓吕的屁事！”父亲脸色铁青，手哆嗦着指向自己老婆，“你、你、你……”气得说不出话，最后憋出一句，“你混蛋！”

二

赵大壮能做后空翻、拧旋子，我会朝天蹬和劈叉，仗着老胡传授的那点三脚猫功夫，两人成了光明街小学当仁不让的一对皮大王，干了不少促狭事。

古城北郊有座粮库，粮库有个车马队，负责全城粮食转运。马拉大车不稀罕，稀罕的是车队的领头马。此马不是彼马，身躯庞大得惊人，头高赶上姚明，肩高足有一米八，身长三米有余，四条马腿粗得像柱子，体重超过千斤，身体不像马，倒似行走中的大象。相比之下，身旁个头矮小的蒙古马显得猥琐不堪，仿佛小矮子站在魁伟汉子身边。大马毛色为金栗色，四肢下端长满数寸长白毛，像是套着特制的长毛袜子，马尾也是白的，额头中间一块白斑，像是第三只眼，街上孩子们都叫它“马王”。马王不仅个头儿大，力气也大得惊人，一辆胶皮轱辘大车拉几千斤粮食，别的马车夫赶的都是三驾马车，唯独马王独自拉一辆，威风凛凛地走在街上。水涨船高，马王的车把式也显得与众不同，青衣白袜蓝缎面千层底布鞋，腰扎黑色板带，浑身上下透着精干利索。知情人说：此马非国产，出自苏联顿河地区，又叫顿河马，原是援华苏军拉运辎重的军马，退役辗转来到粮库车马队。马王每次在街上出现，都会引起一阵骚动，大人驻足观赏，啧啧称奇；小孩欢呼雀跃，奔走相告“马王来了”！马王像是明白自己身份高贵，仿佛上年纪的英国老古板绅士，神态矜持，行为守旧，拉车高昂着头，腿动身不动，目不斜视，步履庄重，慢条斯理，淡定优雅，永远迈着同样的步子，像是阅兵式接受高层检阅。我和大壮每次上学路上邂逅马王，总要不错眼地盯着看，直至消失不见。我那会儿迷上拉二胡，立志学会刘天华十支二胡曲，无奈音乐细胞不足，学了小半年，只会拉“北风那个吹”，音还常常不准。弟妹们笑我以不变应万变；虎妈严禁大儿子在家制造噪音；左邻右舍拿我的琴艺寻开心。我不在自身找原因，反而怪罪胡琴不好。听教琴老师说，用白色马尾毛做的弓弦最好，黑色的次之，其余颜色等而下之。说者无意，听者有心，我想到马王身上。谁听了都摇头，明着去讨要，无异于与虎谋皮，且不论马王愿意不愿意，车把式手中的鞭子先不答应！这可怎么办？看我愁眉不展，大壮拍着胸脯大包大揽，说碎碎个事情，看俺手到擒来！

智取马尾计划制订的第三天，天上飘起毛毛细雨，街上行人比平时少了许多。中午放学回来的路上，粮库马车队准时出现在街道上，十多挂大车浩浩荡荡一长溜，打头的还是那匹大马。按照预先部署，我凑上前与车把式搭讪，装作好奇问这问那，分散其注意力。赵大壮悄悄从书包里摸出剪刀，乘人不备贴近宽大马臀，飞快铰下拇指粗一绺尾毛。马王马尾顿时变得十分难看，就像人脑袋头发被剃去一绺，露出白光光头皮。马王看似高大威猛，实则脾气温驯，对小孩子的顽皮极有耐心，晓得遭到熊孩子暗算，马王用温柔忧伤的大眼睛看着我，甩动尾毛残缺的马尾，表示内心不满。巧取得手，我俩心中暗喜，没想窃贼一举一动，被后面的车把式看得清清楚楚，当即喊叫起来。赵大壮见势头不对，撒腿就跑，转眼消失在马路旁边的巷子里。“这碎崽子也不是好东西，他俩是一伙的！”后面车把式恶狠狠指证同案人。“叔叔长，叔叔短”，觍着脸套近乎，却原来没安好心！刚才还有说有笑的车把式勃然大怒，未等我狡辩，手中鞭子已高高扬起，人再快快不过鞭子，我刚蹿出几步，鞭梢从后头挥来，“啪”的一个响鞭，结结实实抽在脖颈上，当即暴起一条小拇指粗鲜红鞭痕！仿佛遭到电击，又像被烧红的烙铁烫了，这一鞭抽得我一佛出世，二佛升天，连痛带惊。我捂着鞭痕处，边跑边“哇哇”大哭。车把式们笑得前仰后合，这个幸灾乐祸地说：“活该！孬孙欠抽！”那个笑道：“看赖孩还敢不敢耍孬！”

马王不同凡响，尾毛也不同寻常，色泽光润，手感细腻光滑，比寻常马尾毛粗了许多。赵大壮用红丝线将马尾毛系紧，仿佛进山采山货挖到野山参，双手郑重交与同伴。我如获至宝，四处炫耀。交院家属院当天摇了铃！全院孩子都晓得我和赵大壮智取马王尾毛得手，纷纷跑来目睹战利品。听着各式各样的赞叹，看着众人羡慕的眼神，我心里得意，忘了挨鞭抽当街号啕的糗事，真把自己当成下山盗御马的窦尔敦，故作轻松地说：小事一桩，不值一提！随即开唱“想当年在河东谁不尊仰”，边唱边飞起旋风脚接竖叉，赢得众人连声赞叹！我越发得意忘形，作飞身上马驰骋状，得意扬扬唱响：“御马到手精神爽，认蹬扳鞍把马上，得意扬扬我转回山岗。”

暮色四合。学校围墙外面停着一辆拖挂车，五个农民正汗流浃背往下卸刚开园的西瓜。同州西瓜大又圆，瓜皮乌黑油亮，一看就知上足油渣甘甜多汁。我和赵大壮从此路过，看见大西瓜，坏水冒上来。

睡到半夜，外屋玻璃窗轻轻叩响。我微咳一声回应，偷偷溜出家门。两人蹑手蹑脚摸到瓜摊前，与三个窃瓜贼会合，潜伏在黑暗里窥视。看瓜的共有五人，四个各把一角，靠里躺个老农民，正在闭目养神。劳累一天，几个年轻的乏得像摊泥，鼾声大作，此起彼伏。唯独老农警觉，四周稍有动静，就腾地坐起环顾，目光炯炯来回查看。随行的看在眼里都犯了愁，都说守瓜摊的老家伙比狼狗还机灵，这瓜怕是没法偷了。我做个少安毋躁手势，赵大壮告诫大家耐心等待。候到下半夜，刮来小凉风，瞌睡上来，老农也撑不住了，加入鼾声小合唱。睡归睡，脑子里绷的弦并未彻底放松，朦胧中听见响动，眼睛刚睁开，冰凉砍刀已架在脖子上！路灯照射下，钢刀寒光闪闪，老农吓得魂飞胆裂。耳畔传来压低的吼声：“想死？还是想活？想死，现在就削掉你脑袋！想活，闭上眼乖乖睡你的觉！”兵在其项，搁谁也怕。老农身上抖得像筛糠，闭上眼睛拼命点头。

同伴抬着装西瓜的口袋走在前面，赵大壮提着明晃晃砍刀殿后。拐进僻静小巷，取出西瓜切开，五个小子蹲在路灯下，放开肚皮大吃。同伴边吃边欣赏作案工具，砍刀又轻又薄，手一抖，“哗啦啦”乱响，细看，砍刀原来是白铁皮镀镍，舞台上唱戏使的家什。同伴乐了，说你这玩意儿看着吓人，却原来是骡子的家伙——中看不中用。我笑谑：“大壮同学是红旗下的蛋，受组织教育多年，知道什么能做什么不能做，拿假刀逗老农民玩还行，做刀客当土匪他可不干。”螳螂捕蝉，黄雀在后。治安联防队夜间巡逻，看见几个家伙行踪可疑，走近厉声喝问：干什么的?！几个小毛贼面面相觑。我强作镇静，说小哥儿几个就住在附近，天热在家睡不着，出来吹吹风。接着反问：夜里外出乘凉不犯法吧？队长见得多了，压根不信我的狡辩，让联防队员挨个儿搜身，搜来搜去，从口袋里搜出那把砍刀。队长当即变了脸色，喝令几个小毛贼排成队，人人双手抱头，押往驻地派出所“说清楚”。脚长在自己身上，岂能乖乖束手就擒。走到黑暗处，趁几个押解不备，“快跑!”我发声喊，扔下口袋，像炸了窝的蜂分头逃窜。四人顺利逃脱。赵大壮走背运，那几日犯脚气没法穿球鞋，只能趿拉双拖鞋，被人疾步撵上一脚踹倒，拽起反剪双臂押去见官。

赶上派出所所长值夜班，问起那把铁皮刀，回答是习武健身所用。贼无赃，硬似钢。所长见审不出破绽，也没当回事，例行公事般教训几句，让小毛孩回家做深刻反省。赵大壮暗暗道声侥幸。谁知命犯灾星再躲不过，出门一掀竹帘，与慌慌张张跑来报案的苦主撞个满怀。看瓜的老农一眼认出偷瓜贼，死死揪住，大声叫起屈来。老农民捶胸顿足诉冤情，小毛贼听得胆战心惊。更倒霉的是，所长闻乡音认乡亲——都是同州人。老乡见老乡，两眼泪汪汪。说到钢刀架颈的悲惨时刻，老农泣不成声。所长这才明白铁皮刀是干什么用的，气得大骂：“碎崽子胆大包天！毬毛还没长出，就敢半夜拿刀上街抢人，贼娃子吃了豹子胆!”越骂越来气，揪住头发左右开弓，结结实实赏了小毛贼一顿耳光，接着追问几个同伙的住址。赵大壮一口咬定，与他们素不相识，关系仅限于“见瓜起意，临时纠集”。在讯问笔录上签字摁毕手印，赵大壮以为没事了，谁知所长余怒未消，喝令小毛贼脱去衣裤，身上只留一条裤衩，露出被西瓜撑得圆滚滚的小肚腩，置留室门打开，胆大小毛贼被一脚踹进，肉身饲了半夜蚊子。

赵大壮是光明街小学有史以来第一个被派出所置留过夜的小学生。消息传开，全校轰动！男生们交头接耳、议论纷纷，遮掩不住脸上的兴奋；女生们大惊小怪、叽叽喳喳，仿佛一窝听说公麻雀被抓的母麻雀。赵大壮被学校教导主任从派出所领回之时，正赶上课间休息，我抢上前紧紧握手以示慰问，一切尽在不言中；正在操场戏耍的男生们一窝蜂拥来，争着询问蹲号子感受，探讨警察叔叔刑讯滋味；女生们一旁驻足观赏，捂嘴窃笑。赵大壮一夜间成为全校女生瞩目中心，心里难免激动，当下化耻为荣，频频挥手含笑致意。雷校长看在眼里，气得脸色发青，厉声喝散围观的学生，大手摁住小毛贼的细脖子，一路趔趄叉将进校长办公室，疾言厉色，拍桌逼供。赵大壮昨夜曾经沧海，校长那点淫威只当是小河微波，铁嘴钢牙，一口咬定是自己独自所为。

讲课被打断，教导主任推开门，虎视眈眈巡视教室，视线最终落在我身上，阴森森地说："刘端正，你出来！"让人感觉仿佛是警察来找犯罪嫌疑人。全班五十六双眼睛带着疑问齐齐看着我。晓得事情不妙，漏网的另外三个同伙已吓得面无人色。

"昨天晚上你和赵大壮干什么去了?!"我刚踏进办公室，校长就单刀直入。我坦然回答："我什么也没干，哪儿也没去，在家睡觉。"

教导主任一旁帮腔："赵大壮和你是全校有名的哼哈二将，左王朝右马汉，一双筷子不单卖，他在外面干坏事，还能少得了你？谁先交代谁主动，争取学校从宽处理。"校长俯下身子，死死盯着我的眼睛，狞笑着问："赵大壮和几个同伙昨天晚上都干了什么？别人都招了，你还敢说你不知道？"我心里一沉，正琢磨怎么回答，面壁罚站的赵大壮轻咳一声，暗示校长挑拨使诈，切莫上当。我心里有了底，回咳一声，表示明白，坦然回答："赵大壮昨晚去了学校西墙外的瓜摊。"校长和教导主任对视一眼，回答大大出乎审问者的意料。"说呀，你继续往下说。"教导主任亲切地拍着我的肩膀，热情鼓励。

"他……"我欲言又止。

"说呀！他去那想干什么？是不是要偷瓜？"两个大人抢着问。

"不是偷瓜，他，他要……"说到关键时刻，我又打住。

"你说话怎么总是说半截，留半截？快往下说呀！"校长已急不可耐。我深深吸了口气，神情凝重，像是下了最后的决心，毅然揭发："他说他要搞一次恐怖的笑！"同伴听了笑得脊背乱颤，晓得好戏开场，咬牙硬憋住不敢笑出声。

"恐怖的笑是什么玩意儿？"案子出现新情况，校长狐疑地问，教导主任警惕地瞪大眼睛。

“恐怖的笑说白了也不稀奇，就是趁黑和农民伯伯逗着玩。”

“吃根灯草，说得轻巧。深更半夜拿刀架在人家脖子上，吓不死也得吓掉魂，有这么逗着玩的吗？事情没你说的那么简单吧？”校长首先表示怀疑。

“那不是刀，是电镀铁皮条。”我首先纠正校长口误，接着解释，“刀口钝得只能切豆腐，纯属聋子的耳朵——样子货，是赵大壮跟他爷爷习武用的。赵大壮同学追求进步，刚写了加入少先队申请书，说他偷瓜，打死我都不信。他学习好、思想好、劳动好、体育好、身体好，还会翻跟头打把式……”

“行了，行了！”校长打断我的话，不耐烦地说，“叫你来不是让你给他评功摆好。只说昨晚的事！”

“他唯一缺点就是不分场合，不分时间，不分对象，乱开玩笑。常常夜里脸上蒙块黑布，只露两只眼睛，一个人藏在暗处，家属院小孩路过，他猛地从黑影里跳出，举着那把明晃晃砍刀，怒喝：‘站住！留下买路钱再走！’接着发出一阵怪笑，比夜里猫头鹰叫还瘆人！刀光闪闪，形象狰狞，笑声恐怖。胆大的惊出一身冷汗，胆小的当场吓尿了裤。他却乐得哈哈大笑！还自鸣得意谓之‘恐怖的笑’。家长领着哭哭啼啼的小孩找来，赵大壮挨了他爹几次臭揍，再不敢在家属院耍孬使坏，改在外边恶作剧。昨天傍晚，我俩路过瓜摊，看见卖瓜的农民在人行道上打地铺，赵大壮的老毛病又犯了，非要跟农民伯伯逗着玩。我劝他，他不听，以后的事情我就不清楚了。”说到这，我对着肇事者的背影，痛心疾首地说：“劝了多少次你就是不听，这回玩笑开过火了吧？”转身面对校长，做出一副义愤填膺的模样，“报告校长，赵大壮恶搞毛病得的深，绝对是屡改屡犯！我也是受害者，曾被他的损招吓个半死。这次一定要从重从快处罚，绝不能轻饶，让他长长记性，一辈子忘不了！”

“谁跟着去了？”

“没有谁，就他一个。深更半夜，耽误瞌睡，他叫谁，谁也不会去。”见我说得有枝有叶，十分肯定，两位校领导不由得不信。半夜上街拿刀劫人与晚上搞恶作剧是两码事，校长与教导主任对视一眼，不约而同地松口气：矛盾性质不同，处理自然不同。

躲过一劫，我和赵大壮关系越发坚钢，他信服我随机应变、能言善辩；我钦佩他临危不惧、敢作敢当。

三

赵老爷子初次亮相即在交院家属院引起轰动：大高个儿，黑黢黢四方脸，左脸颊留下烧伤印记——疤痕蜿蜒隆起，仿佛紫红色蚯蚓。以上不足为奇，奇就奇在老爷子后脑勺拖的那根花白小辫子，小辫只有指头粗细、一拃长，垂在老头儿后脑勺颇有些滑稽，让人联想到肥猪屁股后面的尾巴。孩子们跟在后面看得好奇，家属院里很快又有新民谣流传：

新年到，新年到，小妞穿花袄，小子放鞭炮。
老赵头买根猪尾巴，扎在头上冒充新毡帽。

大家越唱越快活，直到赵大壮听见，叫骂着从家里冲出，小毛孩们才嬉笑着一哄而散……

自从成了铁哥们，赵大壮三天两天来我家。这家伙嘴甜懂礼，见了长辈“叔叔”“阿姨”叫个不停。虎妈感叹：“看人家孩子多有家教，见了大人站有站相，坐有坐相，不笑不说话。不像你个野孩子，一点规矩都不懂！”感叹完毕，捎带着在大儿子头上敲了一记毛栗子，激励我奋起直追、迎头赶上。赵大壮在我家没把自己当外人，却从不主动邀请我去他家。我有时也纳闷，老赵家轻易不让外人进门，莫非家里隐藏着什么不可告人的秘密？谜底不久揭开。

校足球队成立，赵大壮光荣入选，出任右边锋。我却因一双平脚板惨遭淘汰。我站在场边看了一会儿校队训练，赵大壮越踢越上劲，我却越看越没劲——这才是陪太子读书。无情无绪往回走，好友在后边叫住我，说是一会儿要去邻校比赛，让我帮他把书包捎回家。

来到赵家门前，上面挂张竹帘，门虚掩着。我轻轻喊了声，里面没人应声，推门进去，外屋没人，里屋房门露条缝，微微透出一丝亮光。我扒住门缝朝里看：里屋摆张香案，上面供着被清顺治帝封为“忠义神武大帝”的关羽。关二爷面如重枣，长髯立眉，披绿色战袍，手持青龙偃月大刀，凤眼圆睁，怒视着门外偷窥小人。赵老爷子坐在桌旁，戴副老花镜，手里捧着一卷颜色黑黄的旧线装书，正在聚精会神地阅读，嘴里喃喃念出声。见过供菩萨、供财神、供耶稣的，没见过谁家供关公，这家子莫非是武圣人的后裔？正在瞎琢磨，老爷子像是听见外屋动静，迅速收起线装书，厉声喝问："谁在外面?!"声音洪亮，中气十足。我吓了一跳，不敢回答，扔下同伴书包夺门而逃。眼前一幕给我留下极其深刻的印象。我几次问好友：家里为何供关公神像？老爷子看的又是什么书？赵大壮从不接话，每次都王顾左右而言他，像是家里大人早有交代。

交院西面是枝繁叶茂的果园，小路两旁间隔长着老槐，鸟语花香、绿荫蔽日、曲径通幽，是清晨习武练功的好地方。赵老爷子每日闻鸡起舞，出门身穿黑布对襟褂，上面一溜布扣襻，黑府绸灯笼裤，腰系黑色宽板带，足蹬黑布千层底圆口布鞋，从头到脚一身黑，手执一把用长布袋装着的带鞘腰刀，雄赳赳走在前面，看上去颇有几分杀气。赵大壮跟屁虫般紧随后面。我看得眼热，几次与大壮说，想跟老爷子习武。大壮面露难色，说我爷爷轻易不收徒弟，只能瞅机会。

大孙子脸上的幌子引起爷爷关注。大壮隐去进派出所挨警察耳光一节，谎称持假刀偷瓜引发斗殴。老爷子溺爱大孙子到了是非不分，只当是小孩子顽皮，听了非但不责怪，反而哈哈大笑。大壮夸刘端正能言善辩，帮他逃过一劫，趁机提起我想跟着练功夫。老爷子沉吟片刻，说你俩既然是好兄弟，他愿学就来吧。

按旧时规矩，拜师须行大礼。老爷子摆摆手，说现在是新社会，老规矩就免了。孙子却坚决不干，揿住我的脖子一个劲朝下摁，笑道："不能便宜了这小子！"我跪倒磕头，叫声"师父"，正式拜在赵老爷子门下。本人习武不怕吃苦，只是悟性不足，做动作常常不到位，往往学了后边，忘了前边，气得老爷子直瞪眼，大壮笑我"笨得赶上狗熊"。相比之下，同伴开窍多了，天生就是习武的料，勾、踢、踹、弹各种腿法一说就会，摔、拍、穿、劈、钻诸手法一点就通。与寻常武师不同，师父从不教拳术套路，说里面多是花架子，中看不中用，上阵不济事，开门就让徒弟练习踢打摔拿，说"拳脚对练，其理自见"，说"天下武功，唯快不破"，不出招则已，出则一定要快、要猛，打对方个措手不及。我跟着师父学了些徒手格斗技巧：拳架要小，发力前上身不要有预令动作，不让对方提前防备；对方出手前，不盯拳头盯肩膀，以利及时避闪；摔跤先练抢把，抢把先抢里把，行话说"输跤不输把，输跤又输把，此子不可教"，下面进跤绊时，上面一定要用劲抓紧把位，这样脚下才能有根。师父最看重踢法，说"手是两扇门，全凭腿赢人"，腿击出其不意，击打距离长，力量比胳膊大数倍，故有

“拳打三分，脚踢七分”之说，让我们勤练腿功。

我不敢怠慢，抽空就练压腿、劈腿、耗腿，幼时随艺术总监练就的童子功还没丢，腿部柔韧性很快恢复。在师父监督下，我开始轮番练正踢腿、斜踢腿、侧踢腿、里合腿、外摆腿，几个月过去，侧踹、左右高边腿已像回事。老爷子看得高兴，说“手是两扇门，全凭腿打人”，一定要苦练腿功，说着后退几步，拉开架势，点头示意让孙子先进招。一个冲天炮迎面打来，老爷子侧身闪过。你来我往几个回合下来，我感觉老爷子只有招架之功，全无还手之力，心里一动：师父毕竟老了。就在一闪念间，看似摇摇欲倒的老爷子突然身形一晃，如蹚泥步滑至身边，大壮急忙移步后撤，早被老爷子飞起一脚直取小腹！大壮躲过斜踢腿，躲不过高边腿，被一脚踢在右腮帮，当即仰面摔倒，痛得半天爬不起来。老爷子看得连连摇头，说小子还差得远！连环腿踢倒徒弟，师父意犹未尽，从鲨鱼皮刀鞘里拔出明晃晃腰刀，双手紧握，怒目圆睁，左削右刺，前挑后撩，大劈大砍，大开大合，气势威猛，刀法娴熟，一气呵成，风声飕飕，寒光闪闪，令人心惊。两个徒弟在旁看得连连叫好！

赵大壮病了，病得突然，病状蹊跷，走路哈着腰，两条腿叉得大大的，面露痛苦，行动显得异常艰难，发展到最后连学也上不成了，一个人病恹恹在床上躺着。我到家探望，问他得的什么病，大壮支支吾吾不肯说。对我也不肯说实话，算什么好朋友？我生气了，扭头要走，被他一把拉住。赵大壮扭捏了一阵，羞答答告诉好友“自己下面有病”。这话是什么意思？我越发好奇，软磨硬缠，坚持要看。赵大壮磨不过我，只得含羞褪下裤衩让我欣赏。我一看，惊得差点喊出声——睾丸红肿，起明发亮，大得像趴在两腿间睡觉的小猫。我从来没见过如此大的睾丸，好奇地用指头轻轻一按，感觉软软的，稍一用劲，摁的部位退缩回去，里面伴有“咕噜咕噜”的杂音，像是里面有什么东西在动。这是什么怪病？我吓得赶紧缩回手，哆嗦着问他为何不住院治疗。大壮哭丧着脸说：“疝气住院就得开刀。爷爷心疼我，死活不让开刀，说那地方是男人先天根本，养精蓄元气所在，岂能随便动刀动剪？万一开刀开坏了，我大孙子成了‘二尾子’，不能传宗接代，谁能负责？谁敢负责？！爸爸拗不过爷爷，只得带我改看中医科。”

“中医怎么说的？”我急着问。

“中医大夫说疝气专主肝经，病因是湿热郁内下注，而寒气束于外，治疗当以下法为主。”

岐黄医术对六年级小学生来说过于玄奥，我听得一头雾水，问中医大夫这话什么意思。赵大壮直挠头，说他也不懂，想着好友家长在校卫生院工作，虽只是个护士，但毕竟是医务工作者，近朱者赤，单等你来解释，没想我却反过来问他，这才是问道于盲！我窘得脸都红了，为在朋友面前挽回面子，只好开始胡蒙，说虎妈是卫校毕业的高才生，学过中西医结合治疗，富有临床经验，多少年轻大夫都自叹不如。本人从小耳濡目染，疝气、肺病、肝炎、痔疮、关节炎等疑难杂症的西医治疗，都还知道，对中医“也略懂一些”，刚才问他是出于谦虚。我望文生义，佯作内行，用专业口吻解释病情：“寒气束于外”容易理解，就是大人通常所说“受寒”；说“湿热郁内下注”比较深奥，讲深了你也不懂，简单地说就是“汗液就是湿热，五脏六腑出汗太多，来不及通过皮肤朝外排，造成病变”，说“湿热下注”就是“汗液朝下流，一直流进卵包”，治起来比较麻烦云云。我云天雾地一通胡诌，赵大壮却信以为真，苦着脸问我有没有治疗疝气的好办法，说他连喝了三天汤药，现在闻见中药味就想吐，睾丸却还是那么大，一点消肿的迹象都没有，别的不怕，就怕真成了“二尾子”，以后不能找女朋友讨老婆。我想当然地说，既然睾丸肿大是“湿热下注”所致，“物理治疗”是必需的，问题关键在于“降温”，睾丸温度降下来了，病也就随之痊愈。据传，古代就有给睾丸降温治疝气的民间偏方。

找到问题症结，有了解决办法，赵大壮顿时精神大振，床上再也躺不住了，立刻催我行动。深秋时节，北风初起，黄叶凋零，街上行人都换上秋装。我俩找个偏僻处，为了“物理治疗湿热下注”，病人顾不得保暖，坐在冰凉的水泥台阶上，下身只穿一条他爸爸的大裤衩，两腿叉开，露出红肿睾丸。好朋友共患难的时刻到了，我蹲在他对面，大蒲扇对着巨大睾丸来回猛扇，右手乏了换左手，手停扇不停，实在扇不动了，大壮接过扇子对着“病灶”继续扇。扇一阵，我趴下凑近观察一会儿，大壮双手合掌，急着问：“阿弥陀佛，菩萨保佑，我的两个蛋变小了没有?”听了我的回答，他失望地摇摇头，又接着猛扇凉风。正扇得起劲，几个左胳膊戴着红袖章的老婆子巡查路过，领头的是马婆子，见我俩行状蹊跷，彼此使个眼色，四下散开，驻足偷偷观察。我和大壮最烦这帮臭婆子侦缉队，成群母耗子般窜来窜去，东闻闻，西嗅嗅，钻头觅缝地打听别人家情况，屁大个事都要去院“治安办”汇报。领头的马婆子根正苗红，斗大字不识一箩筐，却身在朝野，心系庙堂，以正统革命保卫者自居。领队整整胳膊上的红袖章，威严地咳嗽一声，开始正式讯问："你俩蹲在那干什么呢？我们几个可是站在一边观察半天了！"

"扇蛋呢。"我忍着笑回答。

"扇蛋？扇什么蛋？"

"是不是鸡蛋？鸡蛋为什么要扇？"

"从哪弄来的鸡蛋？是从副食店偷的？还是掏了谁家鸡窝？"

"蛋在哪？快让我们看看！"

几张皱纹遍布的老脸写满问号，七嘴八舌抢着发问。我绷着脸，一本正经地回答："这个不能看，这个嘛，确实不能看！"暗地又是咬牙，又是攥拳，使劲憋着才没笑出声。婆子侦缉队越发疑心，非要查清真相，死活坚持要看。睾丸急切消不了肿，赵大壮肝火上蹿，满脑门子官司，没好气地说："我身上长的东西，为什么非得让你们看？几个老婆子死死盯着小伙子底下不放，什么意思？想干什么?!"赵大壮满脸冰霜、义正词严，倒把婆子侦缉队给弄蒙了。闹清我俩正在"偏方治疝气"，婆子们脸上都有些讪讪的，很快又转为释然，对我俩采取"物理治疗"的做法予以充分肯定，这个说"偏方治大病"，那个道"秘方气死名医"，他大姑、我二舅、你小姨、乡党朋友、街坊邻居，痊愈例子举了一大堆。马婆子却不依不饶，嚷嚷道："这孩子刚才怎么说话呢?!我们也是为了革命工作！"

"人心隔肚皮。这年头假公济私的事大家见得多了。一个老婆子死缠烂打，非要看小伙子的大三件，想干什么?!"

"大壮，这就是你的不对了！怎么能这样和上级领导说话。唉，也难怪。自己家里没有，难免想偷窥别人的。你就让马姨好好看一回，反正也看不掉你一块肉。"

我和赵大壮一唱一和，直戳病根上——婆子侦缉队唯独马婆子一人是寡妇。别的婆子听得想笑不敢笑，一个个做掩口葫芦。马婆子恼羞成怒，蹦着高大骂："我生了五个光葫芦，什么没见过？谁稀罕看你小屁孩的大三件，破烂玩意儿白让我看我都不看！"两人展开对骂。别的婆子忍着笑，将唾沫星子四溅的马婆子生拉硬拽弄走。赵大壮对着马婆子的背影兀自骂个不休，我差点笑残，捂住肚子蹲在地上起不来……骂罢，笑完，一对难兄难弟又开始"物理治疗湿热下注"。

"偏方治疝气"结果相当悲惨——病人白日受寒，半夜发起高烧，被紧急送往医院，受过“物理治疗”的睾丸越发肿大，最后还得上手术床开刀。

孙子痊愈出院，爷爷放下心，出门寻找古城一位故交。寻人未果，外感风寒，内伤于心，爷爷回来一病不起。年近八旬，风中残烛，老人家没过几天就离开人世，可谓去也匆匆。赵大壮哭得惊天动地，我也跟着抹泪，心里遗憾大于难过：连头带尾，总共跟着师父练了三个月，学武学了个皮毛，赵大壮比我强，却强得有限，也就是个半吊子。

第二章

一

初夏清晨，前进中学大操场像往常一样，到处都是晨练的人群。费小燕穿着白色网球鞋轻盈走来，薄薄夏衫裹着窈窕身体，小小乳房青苹果般在胸前微微突起，圆润白皙脸上一双明媚眼睛波光闪动。好个清纯动人的女孩！在场男生们不由心里一动，想看却不敢多看。费小燕旁若无人地走到单杠前，正在杠上锻炼的男生赶紧翻下让给骄傲的公主。费小燕身轻如燕，一个屈身向上，稳稳跨在单杠上。省业余体校体操队队员果然身手不凡，挂膝挂臂回环快如风车，春燕掠水般忽上忽下，周围人都看呆了。“哎呀！”费小燕陡然一声惊叫，盘在头上乌黑油亮的大辫子散开，随着身体回旋紧紧缠在铁杠上，上不去下不来，脑袋冲下倒挂，两条细长白腿在空中乱蹬，一只鞋掉地，连衣裙垂落下来，红色三角内裤暴露无遗，样子狼狈极了……事发突然，在场的人都愣了，男生想施以援手却没人敢上。纯情时代男女生界限分明，学校一个男生和漂亮女生说了几次话，从此被冠上“色”的坏名声，再也洗刷不清。前车之鉴，谁也不敢越雷池一步。男生们在传统道德和救人之间做着艰难取舍，杠上小女生筋疲力尽，再也等不及了——雪白脸憋成紫色，眼看就要掉下，头皮即将撕裂！关键时刻，我顾不得许多，冲上去将缠绕一起的大辫子解开，众目睽睽之下，将倒挂的小美女抱下单杠……同班苟顺民每次提起此事都后悔不迭，说英雄救美让你抢了先手！我笑道：你小子是有贼心没贼胆，哥哥我是既有贼心又有贼胆。

过了几天，学校包场看《英雄坦克兵》。我的票差一个位子偏到最西头。本想说什么，一看是漂亮女班长发的票，到嘴边的话又咽了回去。电影开演了。一个黑影黑暗里窸窸窣窣摸来，费小燕紧挨着我坐下，两人谁也没说话。银幕上炮声隆隆，志愿军和美军坦克互相射击。我正看得入神，右手被碰了一下，一块长条形东西塞在自己手里。我朝右侧过脸，费小燕全神贯注看着银幕，像是什么都没发生。我吃完巧克力，手指黏糊糊，一摸兜，忘了带手绢。想什么来什么，一块带着香味的手绢又悄悄递过。我被感动了，用完叠好又悄悄递过去，黑灯瞎火看不见，一摸摸到对方手上。自己也不知怎么搞的，一下子就把这只柔若无骨的纤纤素手握住。少女的手颤抖了一下，开始往回缩，抽了一下，没抽动，又抽了一下，还是动不了，抽不动，也就不动了，乖乖待在那，任凭我的手紧紧握着。费小燕的脸此刻赛过红布，幸亏电影院里黑得什么都看不见。银幕上坦克在高低不平山路上颠簸轰鸣，银幕下一对少男少女心头小鹿乱撞。俩人看着银幕，从头看到尾没说一句话……

周末放学，同学都走了，唯独我俩心照不宣留下打扫卫生。薄暮降临，教室光线昏暗，扫着扫着，两把笤帚碰到一起。看看窗外操场空荡荡，我一时冲动，将美丽的女班长拉到怀里。费小燕红着脸，矜持地在男孩子怀里挣扎，我略一用劲，她再不动了。我乘机将花瓣般嘴唇噙在嘴里。少男少女静静地拥着，幸福地沉浸在爱河里，忘了世间一切。不知过了多久，教室日光灯忽然大亮！我俩触电般跳开。我的同桌黑美丽回来取书包，看我俩神色尴尬，嘻嘻一笑，明知故问："班长，你俩刚才干啥呢？"费小燕低头不说话，白嫩面庞布满羞涩红晕。我强作镇静地说："班长眼里迷了沙子，让我帮着朝外拨。"

"别哄我了。我都看见了。"黑美丽嘿嘿直乐。

"你看见啥了？"我又问。

"我看见你俩搂在一块。我还看见……"黑美丽欲言又止。

"你还看见啥了？"我声音颤抖着问。

"我，我看见你俩学大人结婚，搂住亲嘴，不害臊，嘻嘻……"

费小燕又羞又怕，脸色红一阵白一阵。我气急败坏，破口大骂："你胡说！你放屁！"见我骤然翻脸，黑美丽不敢反驳，小声嘟囔："我没胡说，人家就是看见了嘛。"我又羞又怒，高高举起条凳，恶狠狠说："你再敢胡说一句，我立刻砸碎你的猪脑壳！说！你看见啥了?!"我形象狰狞，黑美丽吓坏了，双手抱头，哭着哀求："呜呜……不敢砸，求求你，千万不敢砸……呜呜……把我砸死，我就看不见俺妈了。呜呜……我是近视眼，我啥都没听见，我没看见你俩亲嘴，我保证不朝外说。"黑美丽的话越描越黑。费小燕"哇"地哭出声，双手捂脸跑出教室……

春梦转眼变为噩梦，初吻留下的是耻辱。费小燕迁怒于始作俑者，打那儿起，再不拿正眼看我，街上见了也不搭理，形同路人。黑美丽贸然闯入，口无遮拦，毁了我的美好初恋。同桌倒是恪守诺言，强忍舌头被秘密之火灼烧，将目睹我和女班长亲嘴的事永远烂在自己肚里。黑美丽承认：不是不想说，而是不敢说，说了怕挨打。

黑美丽名字美丽，形象却不敢恭维，肤色黑得像煤，一双眼睛大得异乎寻常，黑眼珠朝外突出，让人联想到母牛的眼睛，宽肩粗腰，宽脑门大嘴巴，四方形腮帮子，大圆盘子脸布满壮疙瘩，圆滚滚屁股仿佛小母马臀部，个子比一般男人高出半头，说话粗声大气，面相又老，若非留着剪头发，怎么看都像是男人，大家当面叫她“老黑”，背后都称其为“傻大姐”。老黑的智商与体格成反比，同一道题目让她弄懂总要花费比别人多几倍的时间，偏偏她还最爱课堂提问，上课时间都让她耽误了，气得数学老师一个劲恭维黑美丽同学“笨得可爱”，同学也笑她数理化是体育老师教的。傻大姐脑子笨，脾气好，听了总是嘿嘿一乐，瓮声瓮气地说：“老师你别生气，我妈都说我个子大，脑子笨，让我以勤补拙，笨鸟先飞。”

今天早上，我们班教室黑板出现一幅漫画：一个扎小辫、人首熊身的怪物挑对箩筐逃跑，前面箩筐装着十块钱，后面箩筐盛着三十斤粮票。身后几个大人边追边喊“抓贼”。瘦猴指着漫画得意扬扬地宣布：“报告大家一个特大新闻：咱班出了贼娃子，还是女的，漫画上的就是！”见大家将信将疑，瘦猴补充道：“消息千真万确。失主已撵到学校追赃，案情即将公布。”这厮生性刁钻刻薄，最爱揭人隐私，是个典型的阶级眼，仗着家庭成分硬，变着法欺负班上“家里有问题”的同学。全班学生胃口统统吊起，争问贼娃子是谁。瘦猴卖起关子，非让大家猜。教室里一片笑骂声，你笑我是贼娃子，我骂你是三只手，唯独同桌的黑美丽脸色黑里透青，一言不发，脑袋低垂，心事重重，被我看出端倪。大家追问不休。瘦猴阴阳怪气地说：“这个事情比较复杂，一时半会儿说不清，得请当事人黑美丽同学亲自回答。”几十双眼睛齐齐聚焦在嫌疑人身上。黑美丽应声站起，红着脸，结结巴巴地分辩：“不，不是我偷的。我、我真的没、没拿人家东、东西。我、我不是贼娃子。”瘦猴一脸奸笑：“你说你没偷，那是谁偷的？学校这么多人，失主为何偏偏盯着你不放？你不是贼娃子，谁是？”黑美丽又羞又气，却无可辩驳，复又坐下，趴在桌子上，脑袋埋在臂弯里，“呜呜”哭个不停。大家越发相信面前就是女贼娃子。谁是贼娃子本不关我鸟事，原不打算出头，又想我和女班长接吻一事，黑美丽一直守口如瓶，投桃报李，此时袖手旁观，显得不够意思。加上我与瘦猴素来不睦，见他在班上抢风头，心里来气。我快步走上讲台，抓起板擦几下将漫画擦净。瘦猴愣了，待反应过来，一把将我推开，质问："你凭啥擦我画的画？"我理直气壮回答："老师说过，黑板是传授知识的桥梁，不许在上面乱涂乱画！更不许无凭无据，污人清白！"两人像一对好斗的小公鸡怒目相视，继而拳脚相加，扭打成一团，四五个人才拉开。我恶狠狠说："你小子再敢操蛋，出校门我拿板砖拍死你！不信，你现在就过来试试！"我口鼻淌血，两眼喷火，手里攥着一把刚从对方脑袋薅下的头发。瘦猴被我凶恶形象镇住，嗫嚅着后退，退到安全距离，又开始蹦着高大骂。

空穴来风，漫画有因。前天下午，黑美丽和好友王小红去邻居钱腊梅家串门。钱家五斗柜玻璃板下压着钱和粮票，老黑视而不见，王小红临筐缩手，几番踌躇，最终巧取。丢了当月钱粮，上寄宿高中的儿子吃饭无着，钱家六口紧急动员破案。查来查去，按时间推算，黑美丽和王小红的嫌疑最大。王小红伶牙俐齿，将自己洗刷得干干净净。

脸皮薄的人反而最像无耻者，黑美丽未申辩脸先红了，笨嘴拙舌，将自己越描越黑。邻人盗斧，腊梅妈越看老黑越像贼，认定是其所为，从老黑家一直闹到学校。黑美丽同学为人诚笃，却被诬陷为贼，那几日思想包袱沉重，又碰上刻薄鬼寻衅，寻短见的心思都有。关键时刻，我以德报德，挺身而出，大打出手。全班同学注意力转移，黑美丽得以躲过一劫，从此对我心存感激。

还得数政教主任柳天香破案有经验，送走前来报案的家长，将两个嫌疑人分别传来讯问，老黑咧开大嘴"呜呜"地哭，说来说去只有一句——老师，我真的没偷。王小红镇定自若，巧妙暗示是同伴所为。政教主任察言观色，心里有了底，让黑美丽先走，接着装模作样布置任务——让王小红密切观察"嫌疑人"一举一动，如有情况，立即向组织汇报。线人信以为真，兴冲冲走了。第二天中午，政教主任埋伏在校门口传达室搞突然袭击，黑美丽身上一无所获；放松警惕的王小红果然中招，身上搜出一面崭新小圆镜和一把塑料梳子，书包里还有半包吃剩的沙琪玛。生平第一次做贼就被捉，王小红心里后悔不迭，边哭泣边哀求政教主任为她"保密"，乖乖交出剩余赃款，花掉的钱由其家长退赔。女生做贼闹到全校皆知，前进中学再也待不下去，王小红只得被迫转学。

二

虎妈一语成谶。1965年“四清运动”，粮库主任私卖陈化粮被查出。高层领导雷霆震怒，拍案大骂：监守国库自盗，真是贼胆包天！我倒要看看，这个粮库主任长了几颗脑袋！调查组将库存翻了个底朝天，陈年旧账查了N遍，查来查去，查不出粮库主任贪污的证据。父亲脑袋保住了，却因“私卖公粮”罪名进了高墙里面。父亲为革命出生入死，身上至今还残留着弹片，他老人家再想不到，革命成功了，革命吞噬了自己的儿子。

父亲入狱后，我家从此一落千丈，经济上从温饱坠入贫寒，家里伙食水平急转直下，时令蔬菜新鲜水果相继从餐桌上消失，以往的美味佳肴只能在梦中相见。政治上沦为新的阶级贱民，看尽世人白眼，以往常来家走动的亲友再不登门，同学和家属院的小伙伴被家里大人教育，不约而同地与犯人家属保持距离。马婆子对我家前恭后倨，见了“犯人家属”横眉冷目，预测刘端正政治前途险恶，几次郑重提醒根正苗红的赵大壮与我“划清界限”。发小嬉皮笑脸地回答：“楚河汉界倒是划分得一清二楚，刘邦暗度陈仓，照样将项羽打了个措手不及。历史教训不能忘记，为了抓阶级斗争，为了革命的千秋大业，我只能忍辱负重潜伏到底，以便随时掌握敌情，向你老人家及时汇报。”马婆子没咂摸出话里滋味，满意地点点头，随即下达指示：同意潜伏敌营，还要注意隐蔽自己。

小小年纪就饱尝世态炎凉，我自感低人一等，彻底蔫了，出门溜边走，见人耷拉着脑袋，远远避开热闹地方，性格也随之扭曲，以往开朗变为孤僻，不爱出门，不愿见人，不想说话，常常一个人猫在屋里发呆。赵大壮看在眼里，却从不说什么，只是到我家来得更勤，见我不想说话，就陪我干坐着，一待就是半天，到了学校，依旧天天和我泡在一起，从不理会别人异样的眼光，像是好友家从未发生变故。

父亲重判之日，虎妈显示性格中的杀伐决断——坚决、立刻要求与丈夫尽快离婚，同时四处托人，主动出击，寻找自己第二任丈夫。虎妈积极奔走，离婚顺利判决，寻找新夫的工作却步履维艰。初次见面，男人对虎妈的身材、长相都深表满意，待听说女方家里有六张小嘴嗷嗷待哺，又都一一知难而退。虎妈再显杀伐决断：将家里累赘送人，少一个是一个，最好统统滚蛋！送孩子不像送萝卜白菜，饿死人的日子家长们记忆犹新，谁家也不愿平添一张嘴。看在刘守义为乡亲们坐牢的份上，小儿子被老家生产队接纳，寄养在叔父家，每年分一份口粮，剩下的五个吃货却再打发不走。自从嫁给革命军干之日起，虎妈就下定决心，慧剑斩情丝，与剥削阶级娘家一刀两断。出嫁闺女落难才想起娘家，自然没有好脸色看，父母冷若冰霜、一言不发，娘家兄弟的话让人心寒：你嫁给革命干部，娘家人没沾过一点光，如今你男人落了难，我们也不想受牵连。嫁出去的姑娘泼出去的水，你以后再不要来了！唯利是图的家庭，亲人心肠冷硬似铁。

苦熬两年，家里值钱东西典尽卖光。家属院风传老刘家男孩上街拾破烂卖，女孩在菜场捡拾地上菜叶遭营业员驱赶……孩子们头发枯黄、脸上失去光泽，衣服补丁摞补丁。虎妈却风度依然，头发依旧墨玉般乌黑发亮，脸上肤色依旧是白里透红，穿着依旧是齐齐整整，每天早上依旧是雷打不动独享补品——红枣、桂圆、阿胶炖鸡蛋，外加一个苹果。年幼弟妹可怜巴巴地看着碗里，做母亲的却视而不见……

我上初一那年，虎妈再显杀伐决断。她将我叫到跟前，面无表情地说："你爹混充救命菩萨，救了别人，害了自己，连累了一家子。我一个女人填不饱家里六张嘴。现在学校放暑假，你不能待在家里无所事事。男孩不吃十年闲饭，你已十三岁，又是长子，得帮我把养家担子挑起！"担子怎么挑？如何挑？虎妈一脸刚毅，不作任何指示，让我自己领会。有困难，找朋友。赵大壮面对难题，挠了半天头皮，也想不出什么好办法。两个半大小子一无技能，二无力气，论饭量不含糊，谈挣钱百无一能。想来想去，我俩几乎同时喊出声：去东天桥挂坡！

从北马路十字口至东天桥，是个长长的陡坡，骑自行车尚且费劲，单人拉载重架子车上去几无可能。雇人挂坡成了街道一景：坡下站了二三十个半大小子，一个个东张西望，仿佛揽客的站街女。载重架子车过来，揽活的一拥而上，七嘴八舌抢着问：挂不挂坡？车夫将架子车停下，挨个儿打量一番，矬子里面挑将军，选中的都是个头最高的。僧多粥少，我和赵大壮等了好一阵，还没揽上活，正等得心焦，远远又过来一辆装满水泥的架子车。拉车的是个中年人，瘦长脸，黑黄面皮，稀稀拉拉几根鼠须，两只招风耳朵，一双三角眼透着狡黠。瘦子挑人不按常规，个高的不要，壮实的不要，人群里偏偏相中瘦小的我。我喜出望外，取出挂坡用的拉袢，一头挂钩搭在车帮上，一头套在右肩上，脊背弯得像弓，拉袢抻得紧绷绷，一步一蹬，使劲往前。两人协力将上千斤重的架子车拉上大坡坡顶。此时我已是汗流浃背、气喘吁吁。瘦子取出五分硬币递过，称赞我个子小却舍得出力，他就喜欢这样的老实孩子，接着大骂别的小孩，说这些家伙天天挂坡早混成社会油子，惯会要奸溜滑，挂坡时拉袢都没绷直，一看就是只想挣钱不想出力。瘦子骂完，问我愿不愿去二十五里外的韦曲镇，帮着他把货送到，工钱一块。我一听眼睛都直了，那会儿物价便宜，一碗羊肉泡才两毛五。没想第一次挂坡，就揽了个大活！赵大壮为我高兴，旁边等着挂坡的小孩羡慕得直咂嘴。赵大壮不放心，也要跟着去。瘦子赶紧拦住，说茄子一行，豇豆一行。工钱又不多给，你跟着去算怎么回事？说各人忙各人的活路，谁也别耽误谁的事。说钱难挣，屎难吃，我俩拉车送货，你当是去游山玩水？见货主执意不肯，我将好友劝住，一人跟瘦子上路。

刚开始，主雇二人气氛倒还和谐，一路说说笑笑。等到路程过半，汗水浸透内衣，我筋疲力尽，说话都有气无力。瘦子骤然变脸，先是骂我不肯出力，接着抱怨自己看走了眼，说我看似忠厚老实，实际老奸巨猾、深藏不露，是真正的社会油子！瘦子越骂越凶，可怜我就像是一头耗尽力气的小毛驴，两条细腿哆嗦个不停，在主人叱骂声中艰难前行。离韦曲不远，天色暗下来，瘦子停下架子车，一把摘下拉袢的挂钩。看势头不对，我捡起又挂上。一个坚持要摘，一个死活要挂，两人僵持不下，你推我搡，差点打起来。看看路上没人，瘦子露出狰狞原形，喝令我马上滚蛋。我壮着胆子说滚蛋也行，先把工钱清了！瘦子高高举起顶车木杠，厉声喝骂：你滚不滚？再不滚，我一杠子砸死你！瘦子形象狰狞，吓得我撒腿就跑。跑出不远，想想不对，世上哪有欠债的将债主撵得乱跑的道理？刘端正成了红旗下最早讨要工钱的民工，踅回来，不远不近跟着，又不敢靠得太近，只能边走边哀号："给我工钱！"赖债的不理，只管拉车前行。我这才明白：柿子拣软的捏，瘦子选人挂坡时就居心不良。我实在气不过，俯身捡块半截砖掷去，"哐啷"车帮一声响亮，瘦子扭头一看，气得大骂："小孩子恁难缠，我就不信治不了你！"停下车，抽出顶车杠就追，一直追到丧胆的债主逃得无影无踪……

少年初次领教人心的黑暗，夜深人静，我独自走在黑暗的小路上，两条腿像绑了沙袋般沉重，一步一步挣扎着往前挪，头顶星空惨淡，天空没有快乐的小鸟飞过，夜半荒郊，远处传来猫头鹰“咕呜……咕呜……”叫声，拖着长长的尾音，听着格外瘆人。想起全家遭受的屈辱和困窘，我不禁泪流满面。饥渴累交加，少年踉跄前行，眼前浮现幻象：父子重逢，爸爸轻轻抚摸我的脑袋，慈祥地笑着说：“我儿子是老虎”……身后大卡车喇叭摁得山响，我却充耳不闻，直至司机从驾驶舱探头大骂：“小屁孩，你寻着叫车轧死呀!”父子相会美梦破灭，我火山般爆发，蹦着高回敬：“你轧呀！谁不轧谁是我孙子！小爷我早他娘活腻了!”司机愣住了，大概是第一次撞见如此小年龄的厌世者。车头一偏，大卡车与我擦肩而过，随风抛下一句：“神经病!”

踉踉跄跄走回家，时间已是半夜。赵大壮不放心，蹲在大门口黑影处等候，看见我灰头土脸、丧魂落魄的狼狈相，跑过来拽住我的胳膊急着问：“端正，你这是咋了?”看见好友熟悉的脸庞，一路委屈涌上心头，我再也忍不住，顾不得羞耻，搂住好友脖子，老娘们一样号啕大哭，眼泪鼻涕抹了对方半个脸。赵大壮顾不得我身上汗臭，拍着同伴瘦脊背，好言劝慰：“端正莫哭。有我在，纵然天塌下来，咱弟兄俩一起顶着!”暖心窝子的话刻在我心里，半个世纪过去，我还能一字不差背出。悲号转为抽泣。听完我的哭诉，赵大壮气得浑身哆嗦，眼睛里射出瘆人的寒光，恨恨地骂道：“王八蛋！怎么吃进去的怎么给我吐出来!”

悄悄开了家门进去，弟妹们早已熟睡。怕惊动家人，我不敢洗漱，脱了汗湿衣服，蹑手蹑脚上了床。里屋突然传出一个冷冰冰的声音：“深更半夜才回来，你上哪鬼混去了?”

“你不是让我挑起养家的担子吗？我想法挣钱去了。”我强忍住内心的不快，冷冷地回答。

“钱呢?” 话音带着急迫。

“我被人骗了。”三言两语简述完过程。里屋没了声音，过了一会儿，恨恨传出一句：“废物一个！要你有个屁用!”我再不说话，也没有眼泪，虎妈恶语令儿子“寒夜饮冰水，点滴在心头”。都说骨肉至亲，经历冰火两重天，我说患难岁月里，异姓兄弟结下的香火缘分远胜过平常亲情!

东天桥下连候数天，第四天下午，终于等来赖债的。载货架子车路上不紧不慢地走着，复仇者在后面远远跟着。走到人烟稀少处，后面忽然响起一阵急促的跑步声。拉车的瘦子刚要回头察看，“扑哧！”半个烂西瓜结结实实扣在脑壳上，腐恶汁子淌了一头一脸。瘦子取下系在脖子上的擦汗毛巾，叫骂着拭去脸上恶臭，扭头一看，认出讨要工钱未遂的短工。瘦子再想不到，一个小屁孩竟如此难缠！当下气急败坏，举着顶车杠拼命追赶，边追边骂：“兔崽子！老子今天非要你小命！”看看就要追上，我猛地拐进路边青纱帐。瘦子紧追不舍，被伏兵一棍捅在迎面骨上，惨叫着抱腿倒地！我闻声拐回，跳到骗子身上，抽出其腰间皮带，弟兄俩合伙将赖债的瘦子捆了个结实，脑袋窝在裤裆里，来个老头看瓜。从赖债的身上总共搜出五元二角钱和一块半旧的怀表，赵大壮要全部拿走。我想起父亲的话，坚决反对同伴的做法，说咱们是来讨债的，不是劫道的，讨还欠债天经地义，抢人钱财伤天害理，咱们不能干！拿走应得的工钱，赵大壮心有不甘，对着瘦屁股猛踹一脚，愤愤地骂道：“今天便宜了这个老小子！”

瘦子最终被浇地的农民发现，松了绑，拖着麻木的双腿，一瘸一拐来寻自己的架子车，走到跟前才发现：整车水泥被掀翻在地，袋袋都戳出窟窿，内外胎被利刃割得稀烂……

三

前进中学政教主任柳天香是我这辈子见过的最可恶的女人，青少年思想政治教育女性工作者所有毛病集于她一身：与异性交往，一脸媚态，总是挤着小嗓说话，仿佛不经意间翘起兰花指，上面涂满红色指甲油；同校长说话，发出的是孩童般的银铃声，只闻声不见面，都误以为是情窦初开的小女孩正在跟男人发嗲；见了同性下属，直出直入，眼空无物；看学生眼神锐利如锥，声音尖利，仿佛锯条划玻璃，神情冷若冰霜，仿佛遇到上辈子的冤家对头。柳天香的原配是长途货车司机，三年前死于一次雾天行车事故。火葬了丈夫，擦干了眼泪，新寡踏上漫漫觅偶路。柳主任言语尖刻、待人刻薄，亲戚同事邻居幸灾乐祸的居多，牵线搭桥的鲜有，无奈只得亲自出马。每逢周末，草草吃完晚饭，柳天香描眉画眼，精心打扮，身上抹得香喷喷，换上时髦鲜亮衣服，高领外套遮住皮肤松弛的脖子暴起的筋筋络络，下摆加长挡住日益下坠疲疲沓沓的屁股。柳寡妇将一双小儿女反锁在家，借口“家访”，匆匆出门，凤凰26坤车直奔舞场，风雨无阻，场场不落。

时间长了，周围人对柳寡妇慢慢有了看法，认为一个寡妇应恪守妇道，在家精心照顾亡夫留下的儿女，心如古井，波澜不起，白日对着墙壁上丈夫遗像默默垂泪，漫漫长夜独卧寒衾苦苦思念自己去世的男人；外出目不斜视，不苟言笑，身如枯木，心若死灰，一步步坚实走完未亡人的人生之路，以贞洁身心在另一个世界与自己丈夫团聚。而不是像现在这样春心萌动，每隔一段时间将不同面孔的陌生男人带到家里。邻居们交头接耳，指指点点，孀居寡妇岂能涂脂抹粉，以色事人，频频换男友，有伤风化，成何体统！柳天香何尝不想速战速决，几下搞定，无奈常泡舞场的中年男子老江湖居多，揩揩油，吃吃豆腐还行，动真格的几近绝迹。寡妇再婚无期，犯了错误的男生成了她的出气筒，伤人利器是其脚上的尖头皮鞋，中招者无不应声跌倒。

柳天香情场屡战屡败、越挫越勇，永远寄希望于下一次。今天晚上，柳寡妇走了桃花运，邂逅自己的真命天子，进舞场刚坐下，就有一中年男子过来含笑邀舞。男子浓发乌黑，身材修长，国字脸，肤色白净，带副金丝边眼镜，一口标准的普通话，举止透着儒雅之气。男子自我介绍，说本人司马追风，在电影制品厂担任导演。制片厂对普通老百姓来说，是个神秘的地方，电影导演头上笼罩着高贵的艺术光环。司马追风，光听名字，就能想象男人身上蕴藏着多少艺术细胞。询问拍电影工作流程，导演应答如流，打听电影明星花边新闻逸闻趣事，司马娓娓道来。柳天香频频放电，嗓音纯净，笑声甜美，引得周围男人一起看过来。男子含情脉脉看着柳天香，说妻子去世数年，留下一个小女儿，说你与我亡妻不仅容貌相似，声音更是酷似，都是那么悦耳动听，听了还想听，让人难以释怀。寡妇听得怦然心动，功夫不负有心人，今夜终于等来意中人！月上柳梢，春风醉人，乐曲悠扬，情话绵绵，司马导演舞姿潇洒，动作舒展大方，风头一时无二，吸引众多女性倾慕的目光。一曲舞罢，两人都有些相见恨晚……

“有寡妇见鳏夫思而嫁之”。那些日子，春心萌动的柳天香像是换了个人，脸上晦暗之气一扫光，终日喜气盈盈，说话和气了许多，见了异性有了笑脸，对犯错男生再不飞起一脚。女教师们私下议论：柳主任莫非走了桃花运？有人凑趣：柳主任什么时候请大家吃喜糖？柳主任满面春风，笑而不答，似乎成竹在胸。

乍暖还寒时节，司马导演却衣衫单薄，几次舞场相会，总是那身行头。柳天香关心地问起，男人说是工作太忙，自己又不会买衣服，过去都是妻子代劳，生活上什么都不用自己丈夫操心，现在却……，说到此，眼圈发红，声音哽咽，似乎又想起早逝的爱妻。柳天香看在眼里，生出几分感动，真是个有情有义的好男人！感动之后是行动，柳天香履行未来妻子的责任，将未婚夫从上到下打扮得焕然一新。随着感情急剧升温，死鬼丈夫留下的罗马手表、锰钢永久自行车、压箱底舍不得穿的紫羔羊绒狐领大衣都被未来丈夫一一笑纳，直至发展到自家床上献身……司马导演胃口越来越大，从最初被动接受礼物到以后主动借钱，借口五花八门，总是有借无还。柳天香惊恐地看着家里存折上迅速减少的数字——那是死鬼丈夫的抚恤金，仿佛兜头浇下一瓢冰水，陷入爱情罗网，昏头昏脑的寡妇终于有了一丝清醒——两人交往数月，自己奉献无数，对方索求无时，却从不提何时结婚……

最后一次约会，司马导演再一次提出借钱，柳天香板起面孔郑重宣布：借钱可以，条件是本周日我去你家认门。女的态度坚定，不容置疑，男的脸色骤变，眼神惊恐，借口上厕所方便，黄鹤一去不复返……傻婆娘等负心汉，柳天香一直等到舞会散场也不见司马导演踪影。以后又连着寻了几次，次次落魄而归。

睡了我身子，借了我的钱，拿了我的东西，见捞不上油水了，就想一走了之，天下没有这么便宜的事！柳天香越想越恼，跑了和尚跑不了庙，老娘上你单位找你！电影制片厂传达室门卫听了连连摇头，说建厂伊始本人就在这工作，上至厂长下到炊事员，厂里每个职工我都叫得出名，却从未听说有个叫司马追风的导演。柳天香不死心，找到厂人事科，人事科长答复如出一辙，说去年以来陆续接到寻人电话，听声音都是中年女人，都在询问制片厂有没有一个叫司马追风的导演，估计是外面有人冒充制片厂职工行骗，又说你连骗子照片都没有，这种无头案估计派出所也没什么好办法。柳天香不肯自认倒霉，又去找保卫科。保卫科长是转业下来的老公安，听了受骗女人的哭诉，捺不住技痒，综合归纳分析案情，最终断定骗子也是吃文艺饭的，行话“不熟不做”，熟悉电影制片厂内部情况，才会才敢冒充导演行骗。柳天香突然想起司马追风吹嘘自己偶尔客串角色，在电影《花好月圆夜》扮演男二号，会不会留下蛛丝马迹？保卫科长找来电影剧组全体人员合影纪念照，柳寡妇一眼认出最后一排西起第二个就是司马追风！又找来电影《花好月圆夜》导演指认。导演说这家伙叫郭小宝，是省内一家地市级话剧团的二流演员。剧组海选男主角，他毛遂自荐跑来试镜，未被选中却死乞白赖不愿回去。导演被缠不过，勉强同意让他在剧中扮演总共只有三句台词的末流角色。导演调侃：别看郭小宝同志演正面角色总不大像，骗女人吃软饭却演技一流。下回拍行骗题材电影，小宝当仁不让，一定请他出演反一号！

电话打到话剧团，团长提起郭小宝就叹气，说这家伙空有一张好皮囊，却内心肮脏、道德败坏，将生活当舞台，演技用于情场，遇见稍有姿色的女人就花言巧语勾引上床，也不问她们是否有丈夫。无数倒霉男人被郭小宝同志戴上绿帽子。受辱丈夫气势汹汹相继找来，第一个将郭小宝打了个半死；第二个挥舞着雪亮的匕首，扬言要给第三者来个三刀六洞！第三个、第四个、第五个……接踵打上门来。郭小宝吓得再不敢在话剧团露面，长期流浪在外。单位去年年初将其除名，老婆带着孩子弃他而去……自己折财又失身，柳寡妇满腔悲愤，报案回来路上将千刀万剐的大骗子郭小宝诅咒了无数遍。女政教主任被骗色骗财，事情传开后，一时腾笑众口。柳天香无处出气，遂将一腔怒火转移到学生身上。

四

苟顺民和我同班，是老师们公认的好学生。这家伙大头短腿，额头高高鼓起，仿佛列宁同志的大脑门，一双黑溜溜的大眼睛骨碌转个不停，透着绝顶聪明，每次年级考试，成绩稳居前三。苟顺民平时循规蹈矩，从来都是非礼勿言、非礼勿动，见了我们这帮坏学生，点头而已，从不往来。驽人出豹子。谁也想不到，初二上学期，好学生苟顺民却闹出轰动全校的桃色新闻。

外班有个女生叫唐甜甜，身材苗条，容颜秀丽，不仅学习好，而且擅长歌舞，深得老师宠爱，是全校男生公认的校花。学校迎国庆文艺节目演出，唐甜甜担任群舞《蝶恋花》的领舞。苟顺民早早扛着条凳来到会场，端端正正坐在第一排，盼着校花出场。随着“我失骄杨君失柳”悠然旋律响起，台上女生群舞，清一色蓝色对襟小褂黑绸宽裤腿，清一色小白杨般光润的胳膊腿，周身洋溢着纯洁少女的青春气息。唐甜甜白衣蓝裙，翩翩若飞，身段飘若惊鸿，满台飘然旋转，蝴蝶穿花般大幅度在人群里穿行，星眼明亮，笑靥如花，回雪流风，舞姿婀娜，香汗津津，娇喘吁吁，尽展少女妩媚。台下苟顺民不知不觉看呆了，秀色可餐，吧唧有声，遭到邻座惊看，自觉失态，赶紧闭嘴噤声……

“唐甜甜，有人给你来信！”一个女生将从传达室取回的信撇在课桌上，不怀好意地大声告知，意在让全班同学都能听见。唐甜甜花蕾初开，第一次有人给自己来信，好奇地拆开，刚看了两行，脸唰地红了。旁边女生围上，好奇地问信里写的什么？唐甜甜不说话，将情书扔在脚底下，趴在课桌上，粉脸埋在臂弯里“呜呜”地哭，仿佛受了天大侮辱。瘦猴从地上拾起情书，站在讲台上大声宣读，念完用图钉将情书钉在黑板上，让全班和外班学生奇文共欣赏。写情书的少年此刻面色灰白，死死盯住那张多情的信纸，企盼忽然刮来大风，让见不得人的羞涩情书飞离钉住它的图钉，消失在窗外的蓝天里。

匿名求爱信最终落在女政教主任手里。看着信里火热语言，柳寡妇先是脸发烧，心发烫，继而联想到骗财骗色的郭小宝惯用伎俩。柳天香再也坐不住了，将对骗子的满腔仇恨转移到情书作者身上。苟顺民命犯灾星，不幸撞在枪口上。稚嫩字迹令女政教主任认定是本校男生所为，咬紧男性般大腮帮子发誓：纵然将学校翻个底朝天，也要将写情书的小流氓揪出示众！张校长已经过了为了本校女生收到男生情书而着急上火的年龄，主张多一事不如少一事。李书记这两天因乡下老娘来家老婆不待见，两口子正在怄气，也无心多事，同意淡而化之。女政教主任却固执己见，说歪风断不可长，必须一查到底！柳天香雷厉风行，说干就干！全校三个年级二十四个班七百九十二名男生语文作业本源源送到政教主任办公室，桌上堆积如山。几位校领导看了先挠头。政教主任却锲而不舍，像一名面对疑难大案的老刑警，废寝忘食，孜孜不倦，认真比对每本作业的笔迹。第三天下午，政教主任的不懈努力终于得到回报，几位语文老师仔细对照笔迹，都说：没错，就是这本！再看作业本封面署名，又都深感意外。全体校领导被紧急请来，大家围着桌子，神情肃穆地注视着罪证。

苟顺民被火速传到办公室，白纸黑字，铁证如山，任凭女政教主任大声咆哮，桌子拍得山响，始终一言不发，仿佛宁死不招的地下工作者。柳天香看得心头火起，使出撒手锏，脚下尖头皮鞋直取对方小腿迎面骨。苟顺民当即蜷成一团，抱着腿张大嘴，疼痛钻心却喊不出声，仿佛吞了钩的鱼……

唐甜甜的父母俱是街道办事处小吏，几个儿女皆不成器，唯独小女儿才貌双全，家长寄希望攀上高枝。得知宝贝女儿被学校坏男生纠缠，唐母暴跳如雷，半道截住苟顺民，扑上去就是两记耳光！唐父找到苟家兴师问罪，嬉笑怒骂，冷嘲热讽：“你以为你是谁——《天仙配》里的董永？”引起围观者一阵哄笑，都说这小子是“在坛子里睡觉——做瓮儿梦罢”。小吏对自己忽发奇想的比喻十分得意，对听众的反应相当满意，只可惜今天听众太少，准备日后在重大场合再次运用。苟老爹被奚落得无地自容，羞怒之下，独生子挨了家长的窝心脚。唐甜甜的父母仍不肯罢休，找到学校要求必须立即从重从快从严处理，否则，由此产生的一切后果由学校全部承担。高压之下，苟顺民被迫低头，如实交代自己除了写情书，还多次在校外尾随意中人，为的是过眼瘾。

全校召开大会，气氛肃穆。好色之徒站在台前，垂首肃立，面如土灰，对着麦克风当众念《我的检讨》。苟顺民一紧张，说话嘴里就拌蒜，当他结结巴巴念至“看、看到受害人优、优美舞姿，我，我心旌飘荡，忍、忍不住怦、怦然心动”，严肃会议骤添喜剧色彩，台下顿时乐翻天！男生们笑得前仰后合，女生们乐得合不拢嘴。“呯！”扩音器里骤然传出擂桌巨响，台下一惊，迅速回归肃穆。女政教主任本人可以心旌飘荡，但绝不允许学生怦然心动！利剑般指头直指苟顺民，恶毒语言冰雹般落在小流氓头上。女生们听得民智大开，明白收到情书无异于收到定时炸弹，赶紧藏起思春念头，再不敢胡思乱想企盼哪个男生也给自己来信。看着台上情场劳模的狼狈形象，男生们打消与漂亮女生搭讪的卑鄙想法，暂停“怦然心动”。校领导做总结发言，李书记宝相庄严、正气凛然、声色俱厉，从当前“严打”的严峻形势说起，穿凿比附，诛意攻心，严正警告全体男生：“前几天枪毙的那批刑事犯罪分子，其中几个稚气未脱，年龄你们相差无几。谁敢胡作非为，早晚走上不归路！”张校长高屋建瓴，上纲上线，吹毛求疵，警句迭出，郑重告诫听众：“从学校到监狱，仅有一步之遥；由学生沦为罪犯，只在一念之差！”可惜这种新颖的逻辑推理没有收到预期效果，台上领导语调铿锵，讲话振聋发聩，台下男生嬉皮笑脸，满不在乎，只当大水过鸭背，东风贯驴耳。事件女主角面对盛大场面和会议严肃主题，觉得自己再不整出点动静，对不起学校，对不起穷追猛打的政教主任，对不起疾言厉色的校领导，也对不起自己。人群里骤然传出尖利的哭声，引起周围一阵骚动，女主角面色苍白，神情悲愤，似乎贞洁烈女不堪受辱，作摇摇欲倒状，被两个女教师一左一右架往校医务室。“反对自由主义！”“加强纪律性，革命无不胜！”“坚决清除资产阶级腐朽思想对青少年的腐蚀毒害！”批判大会在震耳欲聋的口号声中结束。

革命时代只许铁石般坚硬，不容似水柔情，少年情窦初开导致悲惨下场，苟顺民从此臭了街，与他同坐一条凳子的女同学坚决要求调换座位；学校女生见了他远远躲开，仿佛遇见色狼；男生们拍着他的大脑袋，送其外号“怦然心动”；瘦猴最损，尊奉苟顺民为“骚公鸡”，当着全班同学的面表演小公鸡发情——两眼乜视，嘴里“咕咕”叫着，右胳膊侧伸，左胳膊耷拉，偏着脑袋，围着想象中的小母鸡团团转圈，意在追逐异性。公鸡踏蛋表演得惟妙惟肖，观众忍俊不禁，唯独男主角脸上青一阵白一阵。苟顺民爱面子，特别是在漂亮的女生面前，令他当众出丑无疑是在其心口上捅刀子。瘦猴的仇人名单从此又添一位。

主谓宾定状补，主干枝叶分清楚，
定语必在主宾前，谓前为状谓后补。

教室里回荡着悠扬顿挫的语调，老教师指着黑板上的例句，耐心为学生讲解汉语语法。老教师忽然停止讲课，眼睛盯着教室后面。学生纳闷地转过头，几十双眼睛齐齐聚焦在一个点上——被罚独自坐在最后一排的好色之徒身上。“苟顺民！苟顺民！叫你呢！”老师面带愠色，一声比一声高。苟顺民像是没听见，趴在桌子上一动不动，似乎睡着了。老教师满腹狐疑地走下讲台，拍拍苟顺民脊背不见动静，心里越发来气，大声训斥，“上课不听讲，躲在后面睡觉。苟顺民，你搞什么名堂?!”揪着领子往起拉，只见学生一双眼睛翻白，死鱼般瞪着自己。老教师吓了一跳，赶紧松手。苟顺民又一头扑在桌子上。老教师这才发现条凳下有个白色小塑料瓶，拾起看标签，脸上顿时变颜失色，拧开瓶盖一看，里面只剩下半瓶药，惊得失声尖叫！“苟顺民吞服安眠药自杀！”消息风一般传开。两个身强力壮的男体育教师轮换背起自杀者往医院跑，后面跟着慌慌张张的校领导班子，女政教主任面色苍白落在最后。求爱者求爱未遂自杀殉情，壮举轰动校内外，都说这小子光屁股上吊——又不要脸又不要命。

经过洗胃、输液等一番折腾，苟顺民闭着眼睛渐渐哼出声。校长稍稍放下心，弯下身子，嘴凑在学生耳朵跟前，脸上露出甜腻腻假笑，声音亲切得令人肉麻：“小苟，小苟，你好点了吗？我是张校长。校领导集体来医院看望你，李书记、郑副校长、隋副校长、校办赵主任、教导处王主任、政教处柳主任都来了，领导班子七个人一个不少。大家都很关心你，希望你早日康复，尽快重返课堂。”苟顺民不答话，紧闭双目，流下两行清泪，过了好一会儿，终于憋出一句："学校非要置我于死地，我没法活了，我不想活了！"声音虽然不大，周围人都听得清清楚楚，张校长更是当头雷鸣。这可怎么得了！学生铁了心寻死，一校之长如何脱得了干系？且不说上级问责，家长那先没法交代。自己明年就到站，兢兢业业干了一辈子教育，口碑甚佳，一件学生被逼自杀的丑闻轻而易举就将本人几十年努力付之东流！柳天香没事找事，无事生非，混账王八蛋！张校长心里焦躁，态度却越发和蔼可亲，出口的话赛蜜甜："小荀，你是咱们学校最好的学生，全体老师都很喜欢你。遇事你一定要想开，千万不能自寻短见，伤了大家的心。我在家常对老伴说：我们学校有个学生叫荀顺民，不光相貌生得端正，脑袋瓜更是绝顶聪明，可惜年纪太小，要不我非要让他给我当女婿。我一直把你当自己孩子看。小荀，谁欺负你了？心里有什么委屈？不要憋在心里，统统说出来！校长我给你做主！"卧在病床上的自杀未遂者就等着这句话，腾地坐起，两根指头戳向缩在人群背后的女政教主任，大声哭诉："不是我不想活，是柳主任她不让我活，非要逼死我！"苦主咬定冤家对头，班子其余成员都松了口气——终于有人被揪出顶缸。荀老爹闻言怒不可遏，冲过去挥老拳要打，被两位副校长各抱一条胳膊。荀老爹挣扎着对着柳天香怒吼："我就这么一个儿子，要是有个三长两短，我非跟你这臭婆娘拼命！"女政教主任此时已面无人色，嗫嚅着还想分辩。张校长，李书记齐齐喝止："柳主任，你不要说了！"语气就像是呵斥犯了错误又不肯认账的学生。集体行为，个人担责，岂有此理！政教主任当众吃瘪，心里来气，此刻又不容自己分辩，越想越气，以致脸上弄出许多怪相。

在校学生服药自杀换来形势大逆转，社会舆论开始一边倒——家长们都说学校做法欠考虑，一个初中生被当成罪犯，小小年纪被勒令站在台上挨批，谁家孩子受得了？谁家家长能受了?！老师们议论纷纷，岂能"杀头以治斜眼"，都说校领导做法过了头！区教育局局长将张校长、李书记传去，拍桌子，摔茶杯，将属下骂了个狗血淋头。校花父母见势头不对，随即偃旗息鼓，假惺惺表示：本希望学校批评和风细雨、润物无声，想不到竟闹成暴风骤雨、大众讨伐！我们做家长的也不愿看到如此结果，只能对学校的做法深表遗憾。

/

摧毁一个优秀学生的自尊心，是促其由好变坏的最佳催化剂。荀顺民出院归来，仿佛破蛹化蝶，完成少年蜕变，毅然决然脱离好学生队伍，奴颜婢膝低头做小，钻头觅缝亲近我和大壮，最终得以加入班上坏学生一伙，堕落速度之快令人瞠目结舌，甚至令人联想到这家伙莫非想戴罪立功，上演苦肉计，是政教主任派来的卧底？为消除我俩疑心，苟顺民主动交底——药瓶里装的安眠药，服下的却是酵母片，你们不让我活，我也不让你们好过，目的就是要将前进中学搅个地覆天翻！这家伙有个常人学不了的本事——善于模仿别人神态说话，学女政教主任最像，左手夹根卷烟，右手叉着水蛇腰，用旧报纸垫的两个假奶子挺得多高，见了校长（赵大壮）先是忸怩作态，继而挤眉弄眼，勾肩搭背，假奶子在校长肩背上蹭来蹭去，眉梢眼角说不尽的风骚，嘴里发出幼儿园小朋友才有的稚嫩童音给领导骚情："张校长，你不能只顾学校工作，不顾自己身体。看着你这两天又瘦了，我好心疼诶！"听得人直起鸡皮疙瘩；见了学生（刘端正），女政教主任仿佛川剧变脸，瞬间换上另一副面孔，横眉立目，似乎见了上辈子的冤家对头，粗喉咙大嗓子吼道："看见你那怂样子我就来气！看什么看？你小兔崽子还敢不服？老娘旋风无影鸳鸯连环脚硬是霸道，看我怎么收拾你！"说完，飞起一脚直取要害！表演惟妙惟肖，我俩看得哈哈大笑，又让他模仿心上人。这家伙典型的记吃不记打，到了这个地步还贼心不死，扭扭捏捏不肯从命。我俩以拒其入伙要挟，这厮方勉强答应模仿秀。"唐甜甜"腰里系条桃红色缎子被面权当舞裙，舞艺却稀松平常，比心上人差得太远，身子绷不紧、打不开，"倒踢紫金冠"非但身子没腾起，险些将自己摔个仰八叉。我俩笑个不停，"唐甜甜"却不屈不挠、越挫越坚，手舞足蹈扭腰摆臀，跳舞仿佛神汉跳傩，舞至高潮，单腿站立，左手前伸，右手捂胸口作深情状，两只漂亮的大眼睛媚着我俩不停地眨动，作频频放电状。我和大壮双双笑翻！笑毕，齐齐叹息"俏眉眼给瞎子看"，放电找错对象。主角受到笑声鼓励，越发起劲，拿着"刚收到的情书"朗读，娇声娇气念道："你舞姿优美，我怦然心动！"声音软糯，酷似唐甜甜本人，随即惊叹，"嗷——！这是谁给我写的情书？脏了本人眼睛。纯洁少女受辱不过，就要晕过去了！"一声尖叫，两眼翻白，身子后仰做昏厥状。见我俩笑得透不过气，苟顺民急得直喊："俩瓜娃光知道傻笑不晓得配合。快把贞洁烈女送往医院抢救！"我俩笑着应了，合力将表演者扔到床上，每人在"贞洁烈女"肥腚上扇了几巴掌。

苟顺民意识到只要敢于和坏学生鬼混在一起，立刻勇气大增，以往怯懦荡然无存。堕落除了有趣还能快意恩仇，柳天香是其复仇的首要目标，我与赵大壮以前都吃过女政教主任的亏，心里早有此意，三人一拍即合。"瞅空子拔掉她自行车的气门芯，再往中轴里灌铁砂"，赵大壮的策划被讥为"小儿科"；"门框上架一簸箕炉灰，一推门簸箕掉下来，弄她个灰头土脑”，我的设想被讽为“智商偏低”，而且极有可能误中他人。我俩听得同时泄了气。新同伙道出锦囊妙计，博得我俩一致叫好。我戏谑：“都说老沙皇狡诈，岂料新沙皇比老沙皇更阴险！”

临近期末，柳天香聚精会神撰写本校学生政治思想教育工作学期总结，苟顺民作为帮教改典型例子是政教工作浓墨重彩一笔，当事人服药自寻短见情节则被有意忽略。女政教主任正在妙笔生花，放在办公桌上挎包里面传出一阵响动，像是钻进去什么东西。女政教主任瞄了一眼，会心地笑了，小女儿在家养了只黄雀。小东西越长越调皮，飞哪哪就是它的新窝，从床底鞋盒到阳台杂物堆，现在又看上女主人的挎包。女政教主任笑眯眯拉开拉链，等待可爱的黄雀从包里蹦出，谁知蹦出来不是两只脚的，而是长着四只爪子！老鼠褐色脊背纵贯一条明显黑线，从两耳一直延伸到尾部。女政教主任看得清清楚楚：眼前老鼠不是寻常家鼠，而是区防疫站多次来校防治的黑线姬鼠——传播令人闻之色变的流行性出血热和钩端螺旋体病的宿主。刚从黑暗囚禁之地出来，老鼠似乎还没适应，立在桌子上贼眉鼠眼四下窥视。女政教主任壮起胆子，操起门后扫帚对准老鼠就打！谁知扫帚还未落下，老鼠却“嗖”地蹦到人身上。柳天香这下慌了手脚，倒持扫帚柄，朝自己身上乱打一通。老鼠慌不择路，使劲一蹦，端直蹦上女政教主任新烫的卷发头。“啊！……”柳天香魂飞胆裂，凄厉叫声瞬间传遍整个教学楼，老师惊得停止讲课，学生们一窝蜂挤在门口朝走廊尽头张望。几位校领导以为出了什么大事，慌慌张张从各自办公室跑出。女政教主任脸色苍白，童音变颤音：“老鼠！老鼠！”那只可恶的黑线姬鼠早已逃得无影无踪。大惊小怪！虚惊一场！天下本无事，庸人自扰之！李书记不高兴，说话阴阳怪气：“柳主任，你活这么大年纪，难道连老鼠也没见过？”张校长则直来直去：“柳主任，学校马上就要举行期末考试，大家忙得上厕所都是一溜小跑。拜托你就别再添乱了！”女政教主任无言以对，趴在办公桌上“呜呜”地哭。哭了好一会儿，不见哪个男性领导来劝慰，自觉无趣，悻悻收声。

又有一次，柳天香正在将材料分类堆放的手忽然触到柜角一个冰凉滑腻的东西，里面是什么玩意儿？女政教主任心里一惊，赶紧将手从办公室铁皮柜里抽出。窗外飘起细雨，屋里光线暗淡，女政教主任拉亮电灯，俯下身子将柜子里堆积的材料挪开，脑袋凑近想看个究竟。不看还罢，一看顿时魂飞天外！一条小青蛇盘踞在角落，嘴里吐出分叉的红须，两只阴冷的蛇眼不怀好意地盯着自己。柳天香吓得倒退数步，正要张嘴喊叫，骤然想起前车之鉴，赶紧捂住自己的嘴。张校长从校办出来，正赶上眼前一幕——女政教主任脸色煞白，眼睛透着惊恐，一只手捂嘴，另一只手哆哆嗦嗦指向铁皮柜，身子不停地打战，仿佛老太太踩电门——只剩下抖了。女政教主任演的这是哪一出？张校长看得纳罕，驻足观赏，越看却越不对劲——柳天香像是中了魔怔，又好似吃错了药。校长纳闷着走进，低头朝铁皮柜里看去，自己也吓了一跳……小青蛇被正法，尸首扔了出去。谁知过了没几天，又有一群四条腿的不速之客来此安营扎寨——为首的蟾蜍个头有碗口大小，身上布满令人恶心的黑色赘疣，与女政教主任初次相遇，先是“嘎嘎”短促叫了两声，接着送上见面礼——从眼睛上方喷出两股长长的白色毒浆……

柳天香厄运不断，校领导也感到蹊跷。张校长纳闷地说：“柳主任，这就怪了！你是得罪了哪路神仙，还是惹恼何方土地？怎么外面乌七八糟的东西都跟你较上劲？”柳天香无言以答，只好趴在桌子上故技重演……痛定思痛，惊定思惊。柳天香思来想去，最终想到我们仨身上，晓得“三人帮”不好惹，敌在暗处，我在明处，明枪易躲，暗箭难防，尚未正式开打，输赢已成定局。堂堂政教主任不能总是与耗子、长虫、癞蛤蟆低等爬行动物做无休止斗争，传出去让人笑话。和为贵，忍为高，只能咽下这口气，柳天香从此见了我们，冷若冰霜改为满面春风，恶声恶气降至稚嫩童音，尖头皮鞋换成圆头布鞋。学生犯了错误，女政教主任再不飞起一脚。全校学生都感到女政教主任的变化，都说柳天香像是换了个人。

第三章

一

弟兄们帮着出了胸中恶气，苟顺民感激涕零。得知我家经济困难，急于挣钱贴补家用，这小子知恩图报，拍着胸脯大包大揽："不就是想弄俩钱花吗？你俩早说嘛。区区小事，何足挂齿，包我身上！"都说钱难挣，屎难吃，这家伙却说得如此轻松。见我俩压根儿不信，苟顺民"嘿嘿"一笑，说天机不可外泄，哥俩就瞧好吧！

西郊有个钢厂，铁路专用线未通车之前，每日炼焦用煤全靠汽车车队运输。西郊铁路道口是运煤车队的必经之路。路长坡陡，土路坑洼不平，运煤车队通过，几经颠簸，常有脸盆大煤块从车上掉下摔成几瓣，随即被后面驶来的车辆碾个粉碎。苟顺民很快将运煤车辆的数目，车辆间隔距离，每日通过闸口的次数，通过道口所需精确时间摸了个门儿清。运煤车队傍晚收车，押后车是最佳目标，我和赵大壮踩过点，满意之余又有些发愁——周围一览无余，从车上捅下的煤块藏在何处？苟顺民模仿京剧道白："尔等莫急，莫慌，山人自有藏匿妙计"，将我俩领到铁路路基下面，朝东走了四五十步，指着长长一溜荒草，说将弄来的货就放在这下面。我拨开齐膝高的荒草，底下是一条干涸的水渠。暗渠藏东西十分隐蔽，若非有人挑明，即使走到跟前也很难发现。

"取货"出乎意料地顺利，我仨将撒在路上的煤屑打扫得干干净净，如同三只狐狸用毛茸茸尾巴扫掉作案地点的痕迹。暗渠里藏匿的煤块越来越多，如何将货变现，成了当务之急。社会上打击投机倒把寒风凛冽，私下里商品交易暗流涌动，无数个买卖双方游走在合法与非法之间的灰色地带。苟顺民仿佛一条嗅觉灵敏的猎狗，四处打听商品信息，很快找到买家。

周日一早出门，苟顺民戴副墨镜，骑辆破自行车，大模大样行在前头，不时回头吆喝我俩“快点”，我与赵大壮拉着装满块煤的架子车，每人头上戴顶破草帽，帽檐压得低低的，贼头贼脑四处窥视，生怕路上撞见熟人。苟顺民领我俩去的地方在北郊城乡结合部，院子与四邻不搭界，孤零零坐落在村外。离院子不多远，里面就传出激烈狗吠。“把你家狗拴紧！”苟顺民喊了一嗓子。过了一会儿，院门开了，出来个干巴老头。苟顺民向我俩介绍，这位是收货的霍大爷。霍老头皮肤焦黄，脑壳秃得只剩下几根白毛，两只烂红眼边，眼珠子咕噜噜转个不停，透着买卖人的狡黠。霍老头冷冷将我俩从上到下打量一番，喉咙里咕噜几下，吐口黄痰，算是打过招呼。小院堆满各种杂物，成捆破鞋，打包的废旧纸张和烂纸箱，锈迹斑斑铁丝、扭曲钢筋棍、破锅烂铁，破衣烂衫堆积如山……空气里弥漫着令人作呕的怪味。院子里拴条大黑狗，盯着不速之客一个劲狂吠，铁链被挣得“哗啦”作响，被主人制止后，仍不怀好意对着我们亮出雪白的獠牙。屋檐下破席上半躺半卧个侏儒，两筒鼻涕流得多长，咧开大嘴对着来人一个劲傻笑。长这么大，我和赵大壮第一次来这种地方，看什么都新鲜，东瞅瞅，西瞧瞧，逮住霍老头争着问这问那：“你这里都收些什么东西？”

“还有谁给你送货？”

“怎么不见收购东西的价格表？”

“这店是村里集体办的，还是你私人开的？有没有营业执照？”

“除了煤，你还收什么？别把我们当小孩哄，价钱必须公道！”

“你怎么一个人住这？你老伴呢？那边傻子是你儿子？”……

霍老头起初板着脸一言不发，俩毛孩子却啰唣不停。霍老头终于失去耐心，一手抓一个，把两个饶舌者齐齐朝外推。霍老头瘦得像猴，手劲却大得出奇，十根指头钢钩般钩住我俩肩膀，痛得我们龇牙咧嘴，身不由已被推着一步步朝后退。霍老头满脸焦躁，边推边骂：“俩小兔崽子哪来恁多废话?！滚滚滚，都给我滚蛋！我这除了破烂，什么都不收！”大黑狗助纣为虐，又开始狂吠。苟顺民看势头不对，赶紧过来劝阻，说我俩是刚来的小伙计，不懂规矩，赔着笑脸作好作歹。说到最后，霍老头只允许苟顺民一人留下。院门“哐啷”一声关上，墙头飞过一句话：“这里是经济重地，不上道的玩意儿别给我领进门！”大门从里面蒙上铁皮，一丝缝隙也没有，像是怕人从外面偷窥。高高院墙将院子围得严严实实，我俩搭起人梯，鬼头鬼脑朝里窥视。大黑狗对着墙头人影又是一阵狂吠。

苟顺民从麻袋里取出煤块。霍老头看了看，脸上露出一丝几乎看不见的笑容，嘴上却说："不中，不中，这煤质量不中，怕是不好出手，出手也卖不上价。"苟顺民讥笑道："您老啥眼神？该配眼镜了！这是山西优质低硫无烟大块精煤，炼钢专用，发热量七千大卡只多不少，比普通煤高出一半。这煤你再说质量不中，世上怕是没好煤了。"霍老头不笑了，重新打量眼前的半大小子，说你报个价吧。苟顺民不答话，左手拽过对方一只袖子，右手五个指头撮起，要和霍老头捏码子。霍老头看得纳罕，调侃道："你小子毬毛还没长全，居然还懂这个！闹了半天，原来是老江湖光临，失敬，失敬。"苟顺民"嘿嘿"乐了，说："过奖，过奖。老江湖咱不敢当，只能说比别人出道稍稍早了点。"两只袖筒凑在一起，老的望天，小的看地，都不说话。生意成交，两人操起行话，我和赵大壮一句也听不懂。过了磅，货款两清，霍老头正色道："家有家法，行有行规。这行的规矩你都知道吧？"苟顺民不耐烦地回答："知道，不就是盆打了说盆，碗打了说碗吗？谁出了事，谁自己兜着。出了这个院门，咱俩大道朝天，各走一边。钢刀架在脖子上，你我也从未见过面。"老霍头满意地笑了，"痛快！我就喜欢跟聪明人打交道，以后有货就朝这送。你保证质量，我价格不变！"送出院门，老霍头意犹未尽，摩挲着货主的大脑袋，由衷感叹："你爹真有福！唉，我老汉怎么就没你这么个儿！"我和赵大壮在旁硬憋着才没笑出声。

回去路上，赵大壮摸着同伴脑袋，我仿着老霍头的河南口音："唉，我怎么就没你这么个儿！你给我当儿中不中？"两人笑得直捂肚子。苟顺民没有笑，只是怜悯地看着我俩，像是看一对弱智患者，等我俩笑够了，他从上衣兜掏出六张崭新的一元票子晃了晃，"看！这是什么？"仿佛面前升起太阳，我眼睛都亮了！那年头六元钱不是个小数。想起刚才一老一小捏码子那幕，我佩服地说："真没看出来，你小子居然懂得江湖路数。"

"小爷我自小卖蒸馍，啥事都经过。这有什么稀罕。"

苟顺民五岁时，母亲病逝，姥姥心疼没娘的孩子，将他接到陇西小县城舅舅家抚养。大舅是远近闻名的牙行大拿，经他手成交的高脚牲口不计其数。屈大拿一年四季戴顶草帽，一副硕大的石头墨镜遮了半个脸。每逢牲口集市，别的牙行提个黑提兜，在集市上四处转悠寻找机会。屈大拿却不急不躁，优哉游哉领着小外甥坐在高处抽烟喝茶观山景。时有买卖双方为价格争得面红耳赤，换了几个牙行都拿捏不住，最后吵吵嚷嚷来找屈大拿。老牙行相过高脚牲口，细细揣骨量膘，心里有了数，取下头上草帽覆在右手上，轮流与双方捏码子。买卖双方喊喊叫叫，都说自己“亏大了！”嚷嚷到最后，成交价还是屈大拿捏的那个数。时间长了，本地牲口集市形成一条不成文的规矩：凡是经屈大拿看过的高脚牲口，此地再无二价。曾经有个外地牛贩子不信邪，从初五到十五，连经三个集日，买主们开的还是那个价，像是集体商量好的。牛贩子无奈，只得悻悻成交。苟顺民是大舅的跟屁虫，耳濡目染，知道马叫“风子”，牛叫“考子”，骡子称之“条子”，羊是“扇子”；晓得一叫叶，二叫都，三叫邪，四叫岔，五叫盘，六叫乃，七叫心，八叫考，九叫弯。见我俩听得津津有味，苟顺民越发来了兴致，熟练演示袖筒里捏码子的各种手势——行话“扭七别八钩子九”，伸拳为十。我俩听得佩服不已。一路同行，说得热闹，如庄子所云：“三人相视而笑，莫逆于心，遂相与为友。”

兜里有钱，馋涎涌上。经过一家老字号锅贴馆，闻见里面传出的香味，三人立住脚，一起嚷嚷饿了。正在饭口上，顾客多得转不开身。买过饭牌，又等了好一阵，三人最终坐下。对面顾客要了瓶啤酒，打开瓶盖，白沫冒出多高。那会儿啤酒在内地刚上市，喝的人不多。我看得稀罕，悄声问同伴啤酒不知什么滋味，你俩喝过没有？大壮老老实实摇摇头。苟顺民回答：“啤酒我喝得都不爱喝了，味道与甜葡萄酒差不多，酸里略带甜头，酒精度数虽然不高，可后劲大，喝多了一样醉人。”说得煞有介事。同桌顾客自斟自饮，眯缝着眼，十分惬意。看在眼里，我的酒瘾被勾起，自作主张要了一瓶。啤酒刚入口，“哇”的一声，我全部吐在地上，又麻又苦又臊，估计马尿就是这个味。那两个喝下同样照章办理。三人一起嚷嚷“啤酒馊了”，大声喊叫“退钱”。招呼这桌的是个中年女服务员，天热人多体胖，满脸不耐烦。女服务员闹清缘故，越发焦躁，骂三个小屁孩跑来“装逼”。顾客围上来看笑话，七嘴八舌议论，讥讽仨小子是“土鳖吃不了洋饲料”。同桌老饕见我们不喝，遂甘冒风险，将剩余的半瓶“坏了的啤酒”端起，一饮而尽。众人讥笑声中，我仨再也坐不住了，匆匆将锅贴吃完，逃命般溜走。刚出饭馆门，我就大骂苟顺民假充内行露了馅，连累俺俩也跟着丢人。赵大壮也跟骂，骂狗东西不禁夸，刚夸他胖，就喘上了。苟顺民哭丧着脸，乖乖拉着架子车跟在后面，一声不吭，任由我俩笑骂。

大儿子将卖煤剩余的五元钱上交，虎妈紧紧捏在手里，终日阴霾密布的脸上终于浮现一丝阳光，感叹道：“把你养这么大，总算吃上回头食了。”却不问钱是从哪来的。卖煤的钱源源不断转为餐桌上的食品，弟妹们萎黄的小脸渐渐圆润起来。

二

小妹与我年龄相差八岁。五个弟妹里，我最心疼她，她也最爱黏我，见了我就抱住腿，仰头看着我的脸，“大哥哥、大哥哥”叫个不停。小妹没有母爱，小小年纪又缺了父爱。长兄若父，小妹将对父亲的感情寄托在我身上。每想到此，我就对可怜的小妹更加怜爱，经常趁别的弟妹不在时，偷偷塞给她一把花生、果丹皮之类零食。成了“挣钱的人”，再不吃闲饭，我自觉腰杆子硬了许多，对虎妈的做法越来越看不惯，她看我也越发不顺眼。一场母子冲突的风暴渐渐形成。

今天吃晚饭时，虎妈歇斯底里症又一次发作，先是嫌盛饭碗里的水没倒净，接着挑剔大妹妹炒的菜太咸，汤里味精放多了，又骂二弟身上一股子汗臭味，熏得她脑瓜疼，总之，看什么都不对劲，看谁都不顺眼。雷雨最终停滞在老幺头上。小妹自知祸事临头，吓得饭也不敢吃了，将筷子整整齐齐放在餐桌上，低下头，端端正正坐在椅子上，一动不敢动。“看你这个丑样子！头上稀稀拉拉几根黄毛，黑皮寡瘦，活像个痨病鬼！谁知道你从什么地方钻出来的。看着就叫我恶心！”霹雳炸响，骂声急雨般落下，小妹瘪着嘴，想哭不敢哭，最终还是没忍住，嘤嘤哭了。哭声激怒虎妈，一个大嘴巴子抡去！哭声戛然而止，小妹直挺挺向后倒下。我一步跨过，抱起小妹，只见她脸上暴起几道鲜红的指痕，面色蜡黄，眼白朝上，人已昏厥过去。我又是掐人中，又是拍后背，折腾好一阵，小妹才哼出声。虎毒尚不食子。虎妈太过了！我强压心头的怒气，直愣愣看着虎妈。她毫不示弱，恶狠狠瞪着我。弟弟妹妹们吓得不敢吱声，屋里静得落根针在地上都能听见。

“小妹才七岁，她太小，你不该那样打她。”我实在忍不住了。虎妈从鼻孔里哼了声，不屑地说：“轮不上你教训老娘。”

“我爸不在家。我是长子，我有责任，我就要说！”

“我让你多嘴！”话音未落，“啪！”一个大嘴巴结结实实抽在我脸上，虎妈出手快似闪电。我摸着火辣辣的腮帮子，十五年积攒下来的怨气突然爆发！我再也控制不住自己情绪，腾地站起，在弟妹们惊呼声中，操起屁股底下椅子劈头砸去！虎妈侧身躲过，咆哮着冲过来扑打大儿子，被当胸一记迎击拳打倒，半天爬不起来。这饭没法吃了。我从她身边走过，看都不看一眼，像是地上躺了个陌生人，出门时，恶狠狠撂下一句：“姓吕的，你给我听好了：以后再敢无缘无故打我妹妹，我非把你手指头一根根全撅断！”

我在街上晃荡到半夜才回家，躺在床上仍捺不住满心焦躁与怨毒，翻来覆去睡不着，真想一把火将这个冷冰冰的家烧了，带着小妹逃得远远的，哪怕钻进深山老林，永远也不回来。里屋传出幽幽的哭声。我支起身子侧耳倾听，声音似有似无，细如琴弦，带着无限的哀怨……我心里一软，唉，说起来她也不容易，才三十多岁，男人就蹲了大狱，一个女人独自拉扯五个孩子，婆家娘家两不靠，还要受尽外人的白眼。想到此，我又后悔了，悔不该打虎妈，悔不该出手那么重……我和虎妈从此再不说话，路上遇见，彼此都将脸扭往一边，同是一家，却形同路人。

又到了约定送货的日子。今天出门不利，我拉着空架子车好端端走在平坦马路上，内胎却无缘无故放炮，折腾好一阵才将车胎补好。赵大壮只顾着说话，没注意脚下，新鞋踩在人行道上一泡还冒着热气的臭狗屎上，气得他破口大骂，将狗主人的女性直系亲属问候个遍。再往前走，苟顺民的右眼开始跳个不停。这家伙怨妇般不停地抱怨，反复问我俩，都说“左眼跳财，右眼跳灾”，莫非今天要出事？我俩被他聒噪得心烦意乱，这个喝令“闭了你的臭嘴”，那个骂“乌鸦嘴找抽”。苟顺民吃了瘪，这才悻悻闭嘴。走到半路，天上飘起牛毛细雨，苟顺民嘟嘟囔囔跟在后面，一心想回去。我俩不理他，拉着架子车越跑越快。苟顺民一瘸一拐在后面追，急得大喊：“别跑了，等等我！”见他实在追不上，我俩只好将车停下，让苟顺民坐上车。正是少年轻狂的年龄，我和大壮挤挤眼，借口遮雨，用塑料雨披将苟顺民从头到脚裹了个严实。俩人拉上架子车，边跑边喊：“孕妇难产，生命危险！送医抢救，行人躲闪！不躲不闪，撞死不管！”喊声引起行人注意，见架子车来势凶猛，都以为是送难产孕妇去医院，一个个慌不迭地往路边躲闪。被众人认作难产孕妇的苟顺民再也坐不住了，挺着小肚腩，裹着花雨披，坐在架子车上不停地叫骂：“混蛋！快停下！两头野驴！”骂声引起街上行人哄笑。苟顺民越发恼怒，对两个居心不良车夫的未来做出种种恶毒的预言。

到了藏货之地，见路上行人稀少，我和赵大壮没了顾忌，跳下暗渠，将一块块亮晶晶的块煤取出。“小心！背后有人监视咱们！”负责望风的苟顺民声音带着惊恐。赵大壮低声对我说：“千万不要回头看，装着什么都不知道。”说完，慢腾腾从暗渠跨出，哼着小曲，装作撒尿，将身子转过。百米外铁道上立个门头高的魁伟汉子，正居高临下观察我们。高个子男人与赵大壮遥遥对视片刻，迅速走下对面路基。这家伙是干什么的？路人？铁路巡道工？似乎都不大像。赵大壮不放心，疾步冲上铁道四下张望，对面路基下除了茫茫青纱帐，连个人影都没有。苟顺民坚决要求立即撤离危险之地，见我和赵大壮不松口，惨叫一声蹲在地上，声称自己"腿病犯了"。见我俩仍不理会，苟顺民哆嗦着重新站起，松开皮带，将裤子褪至两腿膝弯处，让我们"验病"。苟顺民右腿比左腿明显细了一圈，肌肉松弛绵软，一看就是条病腿。苟顺民羞答答告诉我们：他从小就病病歪歪，头大身子小，出门就磕倒，以后又得过小儿麻痹症，走路东倒西歪，巷子里小孩都叫他"地不平"。多亏父亲在医院看大门，能找的医生都找了，能用的法子都用了，算是基本痊愈。我恍然大悟：难怪班上每次打篮球或踢足球，这家伙总是找各种借口不参加，原来是右腿肌肉萎缩使不上劲。苟顺民哭丧着脸说：他从那时起落下小儿麻痹后遗症，天气晴好看不出来，每逢天冷阴雨，右腿就开始肌肉痉挛，走路也变得一瘸一拐。我揶揄道："怪不得你姓苟，却狗而不走"。这家伙道出秘密又后悔了，再三央求我俩一定保密，千万不敢让学校女同学知道，特别是心上人唐甜甜。我俩听了哭笑不得，赵大壮骂道："见过没出息的男人，没见过你这么没出息的男人！"我大惑不解："你小子倒霉就是因为她，为何不长记性？"苟顺民觍着脸回答："前面的路是黑的，谁也不知道会发生什么事？万一唐甜甜被我一腔痴情感动，回心转意了呢？"又说，"我这会儿感觉越来越不对，像是马上就要有祸事临头！病腿跑不快，落在最后的肯定是我。本人性格又不够坚强，一旦被抓，还没等灌辣椒水、坐老虎凳，自己先就招了。不行，我必须现在就走！我这样做，也是为弟兄们好，真要发生什么事，也不连累你们。"说完，不等我们回答，就掉头一瘸一拐往回走。不知是真的，还是故意装的，从后面看去，苟顺民右腿瘸得厉害，与真正的瘸子一般无异。这家伙走着走着，还不时扭头往回看，生怕我俩喊他回来。赵大壮阴沉着脸一言不发。我气得跺脚大骂："苟瘸子快滚蛋！去你妈的'怦然心动'！粗细腿造粪机器！"

空中又飘起细雨。我俩在不远处徘徊，等到天色渐渐暗下，四周仍未发现异常，这才放心重返藏货之地。一个拉，一个推，装满块煤的架子车走出没多远，隐隐听见后面急促的脚步声。同伴回头一看，脸色骤变！扔下架子车，喊声："快跑！"我俩一头扎进前面的青纱帐，追捕的警察随即展开合围。"快出来！""仔细搜！一个也跑不了！""往哪藏，早就看见你了！"我和赵大壮趴在一块低洼处，胆战心惊地听着警察虚张声势的喊叫声和拉枪栓声。包围圈越缩越小。赵大壮腾地坐起，语速比平时快了许多："咱俩趴这不动，只能坐以待毙。我冒死往外冲，趁他们去追我，你再悄悄溜走。"我心里一阵感动，说要死就死在一起，咱俩一块冲出去！赵大壮讥笑道："阿弥陀佛。就凭你那双平脚板？不添乱就算好的，老老实实给我待着。我去了！"话音未落，身子似离弦之箭射出。"人跑了！""朝南追呀！""给我站住，再跑就开枪了！""呯！呯！"枪声间断响起。仿佛群犬追逐野兔，我隐隐约约认出冲在最前面的就是那个高个子男人。漏网之鱼趴在洼地里一动不敢动，胆战心惊看着追捕警察从身边跑过……黑夜、旷野、细雨、冷风、成群武装警察，夹杂着急促脚步声、激烈叫骂声、对天鸣枪声，这一幕永远印刻在十五岁少年的脑海……

赵大壮天赋异禀，体型类似黑种人——左右臀大肌异常发达，鸵鸟般翘起，像是两台大马力发动机，小腿肌肉饱满富有弹性，跑起来虽然步伐跨度不大，两腿迈动频率却明显快过常人，堪称万中选一的赛跑奇才。全市中学生运动会上，大壮夺得男子八百米赛跑第三名，要知道该项目冠军、亚军都是高三学生，年龄比他整整大了五岁。赵大壮被前来选才的省田径队教练一眼相中。若不是闹"文革"，田径队停训，这家伙早就吃上专业饭。赵大壮跑起来十分轻松，工夫不大，就将追兵远远甩在身后，唯独那个高个子警察难缠，两条大长腿跑起来风快，两人始终拉不开距离。"呜——"拐弯处传来汽笛声，一列火车呼啸而来。道口工将铁栏杆放下，车辆与行人通过暂停。前有疾驰火车当道，后有警察穷追不舍，危急关头，赵大壮顾不得生死，穿越人群，钻过栏杆，众人惊呼声中，逃跑者像一头贴着地面蹿跃的豹子腾越铁道，与疾驰而来的火车擦肩而过。随后赶到的警察对着呼啸而过钢铁长龙只能徒唤奈何……

在劫不在数，在数最难逃。患难兄弟劫后重逢，是在医院病房。赵大壮最终还是没有逃出一劫，害怕警察驾车追来，他不走大道走小路，茫茫旷野，四周漆黑，伸手不见五指，失足从土崖上坠落，左脚掌骨折，卧在坑底不敢动，忍痛苦熬至晨光熹微……

看着大壮脚上裹着的绷带，我心里一阵翻腾，紧紧攥住好友的手，动情地说："咱俩永远是兄弟！"话音未落，病房门开了一条缝，探进一颗圆圆的大脑袋，嬉皮笑脸地接话："你少说一个，应该是咱仨永远是兄弟！"我没好气地说：

“滚、滚、滚！谁和你是兄弟？我一见你这怂包软蛋，就气得朝后尿！‘藏头野鸡，缩头乌龟’，本人不屑和怕死鬼、下三烂为友，赶快给我滚蛋！”苟顺民一脸委屈：“刘哥，你这么说，让兄弟我心凉、心惊、心痛、心寒、心酸，总之一句话：心里很委屈，很受伤！”赵大壮笑着解释：“我一来就能住上院，骨科专家亲自正骨，全靠顺民他爹跑前跑后帮忙。”苟顺民居功自傲，得意地说：“江湖上有句老话——换帖子容易拔香头难。结拜兄弟不是衣服，你想穿就穿，穿破了想扔就扔。刘端正你不把我当兄弟，我可是一辈子把你俩当兄弟！要问为什么？就因为你俩讲义气，甘愿为朋友两肋插刀！世情淡薄，人心不古。如今能交你俩这样的朋友实属不易。人不要脸，百事可为。我苟顺民厚着脸皮跟你俩摽上了，你们想甩也甩不掉！我知道自己毛病，关键时刻常常掉链子。唉，事出有因，什么都不怪，要怪只怪咱腿有病，所谓心有余而力不足。我是跛脚法师捉鬼，说得行不得。两位哥哥还得多多谅解！”说着褪下裤子，又要我俩“验病”。我和赵大壮对视一眼，都笑了，笑得无可奈何。我没好气地说：“老大傻，老二憨，老三奸，和你搅和到一块，算俺俩倒霉！我明白了，你小子前世就是一条瘸了腿的癞皮狗！没人稀罕看你那双粗细腿。快把裤子穿好。”

三

虎妈被派往外地进修半年，临行前，将自己每月六十元工资留下一半，说是五个子女当月生活费，以后均照此办理。家里管伙的大妹妹壮着胆子说这点钱怕是不够，能不能再添点。虎妈不耐烦地说：“够了！一个住校生每月伙食费才八元钱，你们还想吃多少？”见大妹还要争执，虎妈断然说：“嫌不够找你哥去！刘端正现在本事大得很，连他妈都敢打，还怕养活不了你们？”

财路断了，餐桌饭菜质量又开始急速下降，当哥哥的却再也无能为力，大壮因我负伤，于情于理都该给他买些营养品补补身子，自己却苦于兜里没有一分钱。心里烦闷，出门闲转，同往常一样，两条腿溜溜达达又来到东大街。这条街是全市最繁华的商业街，也是各路贼人施展身手的地方。我漫无目的在街上走着，街道两旁橱窗里各种商品布置得琳琅满目，行人驻足观赏，我却视而不见，身居闹市，人流汹涌，内心却如同长满野草的荒芜庭院，说不尽的凄凉。一连几天，我立在站牌底下，木呆呆地看着公交车一辆接一辆驶过，时间仿佛凝固不前。我是谁？要去哪？路在何方？就这么虚掷光阴，一年？两年？十年以后呢？迷途少年心里一片茫然。不知过了多长时间，隐隐约约觉得背后有人盯着自己，转身看去，一家商店门前立着个大人，旁边是几个半大小子，正指着我说什么。我愣了一下，不知对方何意，正想走开。一个小个子快步过来将我拦住，说我们大哥让你过去有话说。大哥三十出头，白净面皮，头发梳理得整整齐齐，戴副平光眼镜，看上去文质彬彬，像是学校老师，只是右手食指少了一截，隐约让人觉得这厮不是善良之辈。以后我才知道：此人姓侯，六岁起就开始做贼，屡抓屡犯，是贼道上赫赫有名的"东大街街长"。

"伙计，这几天你在站牌下一候就是半日，是单飞？还是绑锅？"大哥和颜悦色地问。我不解其意，疑惑着摇摇头。几个人都笑了，小个子说："咱们一旁瞅视了半天，把这碎怂当老手，却原来是个雏。"接着叽里咕噜一通黑话，像是在商量什么，我站在旁边一句也听不懂。"伙计，想不想弄俩钱花？"大哥态度越发和蔼可亲。我一听眼睛都亮了！以为又是扒煤之类的活，连连颔首。大哥满意地笑了。小个子扶着我的肩膀，开始交底："1路公交车是咱哥们的地盘，这几天跟车勤了点，司机售票员都认得咱们了。大哥想改换生面孔上车。伙计放心，跟大哥好好干，绝亏不了你！"我这才明白：这伙人从事的是久盛不衰的一个古老营生——小偷小摸。小偷团伙亟待补充"新鲜血液"，本人不幸被相中。我吓得连连摆手，从货车上扒煤是拿公家的东西，上公交车掏乘客钱包是窃取私人财物，两者性质不同，处理结果不同，这点我还拎得清，一旦失手，且不说被万人拳头打个半死，贼娃子的臭名声一辈子洗刷不清。见我不肯干，带头大哥骤然变脸，恶狠狠说："你说不干就不干了？还由得了你！不干也行，放了血才能走！"几个喽啰目露凶光，将我团团围住，其中一个仿佛不经意间亮出腰间雪亮的刀子。见我吓得脸上变颜变色，大哥又换了副嘴脸，假惺惺地说："小兄弟，有大哥罩着，你啥都不用怕！只有千回偷，没有千回防，'衔毛'听着危险，实际啥事没有。初学乍练，大哥也不叫你干啥，上车跟着他们哥几个就行。"正说着，公交车到站。大哥在我背上猛推一把，我身不由己被几个喽啰胁裹上车。

公交车里挤得水泄不通，汗气人气屁臭狐臭，空气混浊难闻，人人满脸焦躁，个个装了一肚子鸟气，车厢里不时传出争吵声。两个女人嫌对方挤自己吵了起来，瘦女人说："谁挤你了?！嫌挤你下去坐小轿车呀，那里面不挤，只怕人家不让你坐。"胖女人道："咱脸黑人胖皮松不够资格。你脸白肉嫩紧绷绷，当官的稀罕，小轿车不光是白天，黑夜都让你坐。”话里寓意丰富，引起车厢里一阵哄笑。瘦女人吃了亏岂肯罢休，口出污言秽语，两人开始对骂。周围人听不下去，又忙着劝解。两个女人终于闭嘴，悻悻地分别看着两边窗外。经过一段中国式乘公交车，车厢暂归平静。“我的钱包呢?！里面装着刚开的工资。钱丢了，让我一家咋活呀！老天爷呀！”刚才吵架的胖女人突然蹦起大声哭号。车厢里乘客像是听见警报，低头一起摸自己衣兜，瘦女人顾不得幸灾乐祸，赶紧检查自身。有人发现车厢地板上有把长镊子，胖女人抓在手里，抹去眼泪，瞪大眼睛寻找贼人，找来找去，最后劈胸扭定喊我入伙的小个子，怒喝：“把我钱包交出来！刚才就是你在我屁股后面挤来挤去！”小个子大声喊冤，拼命挣扎，被盗钱包魔术般三传两递，被同伙迅速转移到安全地带。贼无赃，硬似钢。小个子越发嚣张，与胖女人撕扯成一团，车厢大乱！几个同伙作好作歹，装作劝架，意欲掩护小个子脱身。一路沉默不语的司机再也忍不住，踩下刹车，直起身子厉声宣布：“这帮贼娃子翻了天！头班车到现在，就偷了五回！车上人一个也不能下，都跟我去公安分局！”说完，又开始行驶。车上乘客集体抗议，坏人好人一起喊叫，这个说：“我急着去上班。”那个道：“我要上医院。”司机冷冷回应：“送你爹上火葬场也不行！”公交车一路不停，喇叭长鸣，风驰电掣般驶进分局院子。

客车前门开了，车下站着虎视眈眈的警察，乘客们嘟嘟囔囔鱼贯而下，老人和妇女放行；随身携带证件的免查；形迹可疑者与半大小子一律双手抱头排成队。到了这会儿，我才隐约感觉到衣兜里有什么东西，悄悄一摸，惊得差点失声喊出——是钱包！胖女人被偷走的钱包不知什么时候偷偷转移到我身上。我大惊失色，叫苦不迭，千刀万剐的贼娃子，你们这是把我往火坑里推！贼赃在身，这下怕是跳进黄河也洗不清。“排好队朝前走！一个跟紧一个！”随着警察号令，嫌疑人队伍进了分局大楼，走到拐弯处，押解警察一眼没盯见，我趁机掏出钱包悄悄撇在角落。命犯灾星，想躲也躲不过，我的小动作被迎面过来的警察看得清清楚楚……人赃俱获，嫌疑人队伍骤减至一人。拿到失而复得的钱包，胖女人千恩万谢，指着我的鼻子，恶狠狠骂道：“警察同志，千万别轻饶这碎怂！这帮家伙坏得很！明抢暗偷，互相掩护，成了1路公交车上的公害。无产阶级专政就要刀下见菜！先枪毙俩坏蛋做个娃样子，剩下的关监狱一辈子甭叫出来！”胖女人光骂还不解气，临走时，冷不丁在嫌疑人屁股上猛踢一脚。

审问我的是个老警察，面色黑黄，颧骨突起，脸上瘦得没有二两肉，一双犀利的三角眼充满阴鸷，让人联想到空中盘旋随时准备猛冲下来捕食的猎鹰。老警察不说话，只是冷冷盯着蹲在地上的嫌疑犯，盯得我心里直发毛。“这钱包是咋回事？”老警察终于开口。

“我不知道。”

“人赃俱获，你还敢说自己不知道？”

“我真的不知道。”

“这就怪了！难道钱包长翅膀自动飞进你的兜？”老警察讥讽。

“我自己也纳闷，老老实实在公交车里坐着，衣兜里怎么突然多了个钱包？”

“小小年纪好钢口！真没看出，你碎崽子居然是个老手，进了局子，还不慌不乱。”老警察笑了，笑里透着阴森，“你是哪个学校的？”我迟疑了一下，犹豫着回答：“我，我在×中上学。”×中紧邻东大街，在东大街惨遭翻把的贼娃子被抓进局子，都冒充自己是×中的学生。时间一长，倒霉学校落了个可怕的绰号——贼×中。

“你是×中的学生？校长叫什么名字？”

“校长叫……叫什么来着？我忘了。”我一脸真诚，不容置疑。

“你上几年级？哪个班？班主任大号？”老警察穷追不舍。

“我在初一二班，班主任叫……张、张长安。”

“张长安？不对吧？”老警察压根儿不信。

“叫李茂林？还是叫王健康？”我胆战心惊偷窥审讯者，见其脸色不对，赶紧改口，“对了！他叫刘向东，就是这个名字！”

“放个屁的工夫，你的班主任就换了四个名字，你不觉得有些奇怪吗？”

“是有些奇怪。我的记性一直不好，大夫说是我小时候得脑膜炎留下后遗症。”我一脸真诚，不容置疑。“给我站起来！”老猫终于失去耍弄小耗子的耐心，骤然变得声色俱厉。我哆哆嗦嗦站了起来。老警察起身绕过桌子立在我面前，死死盯着我的眼睛，恶狠狠地说：“墙上写的什么？给我大声念！”

“上面‘坦白从宽’，下边‘抗拒从严’！”我的声音陡然提高八度。

“什么意思？”

“意思是给警察叔叔要说老实话，交代清楚就能回家；不说老实话，就要关黑屋挨收拾。”我战战兢兢回答。老警察满意地点点头，亲切地用胳膊肘顶了一下嫌疑人的肋子骨，疼得我倒抽一口凉气。审讯者笑道："你小子不傻呀。下雨天背麦草——越背越重。识相点趁早交代，放下包袱，争取从宽处理。说吧，你到底是哪个学校的？"我的心理防线濒临崩溃，正要如实交代，脑海里又浮现出柳天香那张恶脸，联想到被女政教主任从局子领回学校后的种种可怕遭遇，我摇了摇头，用几乎听不见的声音回答："报告警察叔叔，我真的是×中的学生。"

"混蛋！我让你贼娃子敬酒不吃吃罚酒！"老警察勃然大怒，一个双峰贯耳照我狠狠抽来！我见势不妙，赶紧用双手护住脑袋两侧。两只瘦骨嶙峋的大手在空中划出一道漂亮的弧线，翻掌为剑，快似闪电，左右中指直取被审讯者两肋下神经节点。眼前骤然一片黑暗！我像是遭到高压电击，又似被武林高手点中穴位，轰然倒地！胎儿般蜷缩成一团，五脏六腑翻江倒海，鼻涕眼泪胃里积存物齐朝外流，滋味如同万箭穿心，却痛得喊不出声，难受得死了的心都有。虎妈的大嘴巴子与老警察的辣手摧花相比，只能算是女人的爱抚。过了好一会儿，老警察俯下身子，故作亲切地询问："怎么样？好点了吧？你现在想起来了没有？'蛇钻窟窿蛇知道'。暂时失忆没关系，要不要我再帮你回忆回忆？"那张棱角分明的老脸皮笑肉不笑，让人联想到狼外婆。我惊恐地盯着老警察的魔掌，吓得拼命哭喊："妈呀，我总算想起来了！你饶了我吧，警察叔叔，我终于想起来了！"

"早说不就结了，你自己不吃苦头，我也免了三推六问。"老警察拿起笔，翻开询问笔录，重新变得和颜悦色。

"我没有学校，一直因病辍学在家。"想到柳天香的毒舌，冯氏兄弟的可恶，我暗暗下定决心，男子汉可杀不可辱！纵然给我灌辣椒水、坐老虎凳，也绝不交代自己是前进中学的学生。见老警察又瞪起眼睛，我慌不迭地说："警察叔叔，您千万别误会！我没有学校却有家，家住交通运输学院家属院。我妈叫吕玉清，在交院卫生院上班……"

噩梦般谈话终于结束。随着老警察拨打电话的转盘声，我的心一点点沉了下去，少年身子在角落里蜷缩成一团，像一头待宰的羔羊抖个不停……

第四章

一

冯家堂兄弟是前进中学知名人物，老大身高体阔、腰粗腚肥、一身黑膘肉，人称冯胖子；老二身材瘦小、尖嘴猴腮，被唤作瘦猴。弟兄俩狼狈为奸、沆瀣一气，干了许多龌龊事。用时下话讲：这对难兄难弟从小就正能量全无，负能量惊人。

驻地部队有个文工团，团里有一群俊俏女兵，一个个白白脸，细细腰，长长腿，走路像是水上漂，是男人们的梦中仙女。部队文艺宣传极受欢迎，经常应邀到周围厂矿演出，每次观众都是人山人海，节目好坏暂且不论，英姿飒爽的女兵们绝对养眼。演出很累，累了就会出汗，出汗就得冲澡。今晚同往常一样，演出归来的女兵们端上脸盆拿上毛巾香皂直奔澡堂。部队澡堂子是五十年代仿苏建筑，尖顶红瓦下是两面坡的木头框架隔热层。女兵们脱了衣服，露出雪白乳胸和柳腰丰臀，正在淋浴喷头下冲得痛快，一个排队等候的女兵忽然指着顶棚尖叫："上面有动静，好像藏着人！"女兵们顿时紧张起来，喷头统统关掉，所有脑袋一起朝上望，盯了好一阵，脖子都酸了，却再没听见任何动静。

"神经过敏！"

"耳朵有毛病！"

"耗子跑也大惊小怪！"

大家笑骂。那个女兵委屈地说："人家明明听见了嘛。"话音未落，顶上骤然响起喷嚏声！隔着天花板也听得清清楚楚。女兵们吓坏了，发声喊，争先恐后地逃出淋浴室。保卫干事接到报案，火速赶到案发现场，攀上屋顶钻进隔热层，把灰头土脑的难兄难弟揪了下来，小流氓书包里搜出螺丝刀、钻头、手电筒等作案工具，还有水壶和吃剩的半个馍。一帮军嫂气不过，一拥而上，你揪头发，我扇耳光，将冯氏兄弟揍了个鼻青脸肿。两个小流氓交代：他俩昨天晚上翻墙潜入女澡堂，在顶层埋伏了一天一夜，实在憋不住，各自在上面屙了泡屎。两个小唐璜被移送派出所，屁股上挨了警察几脚，又在置留室蹲了一宿，第二天被学校领回。消息传开，冯氏堂兄弟一夜间成了名人，走哪都有人指指点点。冯家是城里老户，古城繁衍七代，说起无人不晓。冯老爷子在西大街三鲜煮馍馆掌勺，一辈子勤勤恳恳、谨小慎微，树叶落下都怕砸破脑袋，膝下偏偏得了这俩无廉耻的宝货，真真令人想不通！

冯家兄弟上初中那年，交院盖宿舍楼挖地基，掘出一口清代黑漆柏木大棺材，外面雕刻着蝙蝠、松柏、仙鹤、葡萄等图案，象征福寿禄与绵绵瓜瓞。文物局的人接到报告赶来，打开棺材，外面大红锦被尚且完整，里面尸骸已化为朽骨。现场清理完毕，取出陪葬物品，死者入土为安，换个地方重新掩埋。埋棺材的工人图省事，挖个坑浅浅埋了。暴力横行时代，街上流行腰系宽板带，双手戴护腕，黑色灯笼腿，脚下白色运动鞋，名头叫得响的混混多是这身打扮。冯家兄弟想学街头好汉，却苦于囊中羞涩，看到棺材起了邪念。夜深人静，弟兄俩悄悄潜入学院操场，重新挖出棺材，将两床锦被取出，放在太阳底下暴晒，两床棉胎拿到集市卖了，红绸苏绣被面洗净晾干，缠着巷口奉帮老裁缝缝了两条大红板带，各自系在腰间，耀武扬威地在人前走来走去。风声走漏，听到的都嗤之以鼻：裹死人的东西也贪，这俩货真腌臜！老裁缝晓得真相后，气得操着吴语方言见人就骂："冯家两个小赤佬，棺材里拖出被头，揭下被面拿到缝纫铺，骗我说是自家的旧东西，让我帮着缝板带。死鬼入土还不得安生，真是造孽呀！老了，老了，害我老头子触霉头，倒灶了。两个小赤佬杀千刀，做这种下作事体，早晚要遭报应！"丑闻传到前进中学，冯家兄弟当天臭了街，全校师生对这俩宝货的评价是：学习成绩差一点，流氓习气沾一点，小偷小摸有一点，厚颜无耻多一点。

"文革"一来，冯家兄弟咸鱼翻身。冯胖子原本有些蛮力，自己引以为傲，跟着社会大哥练了几天摔跤，沾了些青皮人物的痞子气，学会几个跤绊，越发鼻孔朝天，自夸摔遍城北无敌手，等闲人压根儿不放在眼里。弟兄俩把欺负同学当作永恒运动练习，每次来校，自行车后衣架必定夹着摔跤穿的褡裢，谁多瞧一眼，就说看你小子像是有些不服气，不服就来试试！逼着立马"过招"，不把对方摔得满地找牙或当场告饶，绝不罢休！像是患了偏执型的恶狗，习惯性地逮住谁咬谁。

惹不起，躲得起，都晓得冯氏兄弟厉害难缠，碰见仿佛遇到瘟神，赶紧避开。

这天，弟兄俩和几个喽啰在学校操场闲聊，提起周围几位街头好汉，冯胖子一脸不屑，说统统是我手下败将！瘦猴跟着敲边鼓：说我哥空有一身本事，却惜无对手，以致英雄无用处。一吹一捧正侃得起劲，冯胖子一眼瞅见学校体育教研组组长从校门进来，随即挤挤眼睛，咳嗽一声。瘦猴心领神会，迎上去先是一个九十度的鞠躬，接着亲亲热热喊声“张老师好”。不读书的年代，没人拿老师当回事，忽然有学生对自己毕恭毕敬，张老师受宠若惊，满脸堆下笑来，连说“好，好，同学好”。再想不到“同学”装了一肚子坏水。“张老师，这边请，这边有人想向你请教。”瘦猴边说，边拥着老师往前走。

“谁要请教？请教什么？”老师一脸疑惑。

“您的学生，请教体育知识——您的业务专长。”学生笑容可掬，老师心里疑惑，透过瓶底厚眼镜片，努力想看清谁要请教。无奈两只眼睛高度近视，走到跟前，才认出是全校臭名昭著的坏蛋冯东来。流氓学生忽然要向老师请教，只能是黄鼠狼给鸡拜年——没安好心。体育教研组长自知不妙，借口“我那边还有点急事”，就往回转。冯胖子抢先一步，挡住去路，狞笑着说：“张老师，听说您精通摔跤技术，三五个人一齐上，也不是您的对手。学生我想跟您学两手。”

“不不，我不会摔跤。”老师慌得连连摆手。

“体育老师不会摔跤？您蒙谁？谁又会相信？”

“我们都不信！”瘦猴和几个喽啰随声附和。

“我真的不会摔跤。我在浙江体院学的专业是体育教育系，专项技术练的是径赛。同学们，你们谁如果想练短跑、中长跑，老师抽空可以辅导你们。”到了这个时候，老师还不忘育人。瘦猴撇撇嘴，轻蔑地说：“跑步还用你教？但凡长腿的都会跑。”冯胖子瞪了瘦猴一眼，假惺惺地说：“你小子懂什么？张老师说‘不会’，意思就是会，礼让三分，后退一步，老师谦虚你懂不懂？”瘦猴顺口接屁，粪里嚼渣，做恍然大悟状，“我明白了，这叫高手接招，互不点破，意在后发制人。”

听说冯胖子要跟学校体育教研组长过招，看热闹的从四处赶来，很快围了个水泄不通。冯胖子最爱在人前显摆，这下机会来了，予智予雄，任性妄为，暴雷般喝道：“给他换上褡裢！”张老师还在琢磨如何才能不失师道尊严，争取体面脱身。几个喽啰霸王硬上弓，不由分说，一拥而上，擒胳膊，解扣子，剥衣服，上衣儿下就被扒光。老教师皮肤松塌塌，上身黑黢黢，秋风里瑟瑟发抖，引起周围一阵哄笑。瘦猴硬将褡裢给老师套上，推搡着催促上场。张老师窘得满脸通红，急赤白脸地说："同学们，你们千万不要误会！老师我真的不会摔跤。"老教师这边还在徒劳地做着最后的申辩，流氓学生那边已脱了衣服换上褡裢，露出一身黑膘肉，大喝一声，扎紧腰间跤带，昂首挺胸上场，八字脚团团转，两条胳膊张开，身摇膀动，围着对手跳起摔跤手上场惯用的黄瓜架。张老师到了这会儿才明白：冯氏兄弟今天摔的是霸王跤，再由不得自已。可怜老教师比对方低了大半头，身躯小了一圈，仿佛瘦小羸弱的老猫遭年轻巨鼠戏弄。面对咄咄逼人的对手，张老师操着南方口音苦苦哀求："冯东来同学，求求你不要这样做。老师真的不会摔跤，这样逼老师不好，真的不好。我对这样做是有自己看法的。"话还没说完，老教师已被学生一个"钻档靠"贴身钻入，喝一声，高高扛起，脚高头低，原地旋了几圈，"咕咚"一声，被狠狠掼翻在地！幸亏搞了大半辈子体育，身子骨还算结实，当下没被摔散架。周围顿时乐翻天！都说体育教研组长原来是个"菜包子"，摔跤莫说过招，连招架之功都没有，培养的学生不会打架，纯粹是误人子弟，吃公家冤枉！近视眼镜跌落一边，可怜老教师看不见，跪在地上，瞎子般摸来摸去，好容易才摸到眼镜重新戴上。"三跤两胜，还得再来一跤。"瘦猴在旁大声宣布。老教师正在努力往起爬，一听这话，又倒了下去，坐在地上死活不肯起来。

"敢上场就要输得起。老师平时口口声声教导学生：要一不怕苦，二不怕死，轮到自个儿却成了怂包软蛋，既怕苦又怕死，如何为人师表？学生们可都看着呢，赶紧起来接着摔！你到底起来还是不起来?!"瘦猴边拿老师开涮，边往起拽。秀才遇到兵，有理说不清。老师的脸窘得像块红布，一句话也说不出，挣扎着站起。瘦猴转过身，大声吆喝："让开，让开，让开场子！都给我往后站。"乘观众圈子略为松动之际，体育教师瞅准空隙，猫下腰，飞快地扒开人腿，以百米速度逃跑，猎豹般瞬间蹿出多远，被扒掉的衣服也顾不得了。事发突然，在场的人都愣住了。瘦猴第一个反应过来，急起直追，边追边喊："你往哪跑?！跤还没摔完，还我褡裢！"头发花白的老教师边跑边脱下褡裢扔在路边，赤裸上身在前面发足狂奔，后面一群顽劣学生在瘦猴带领下穷追不舍，大喊"站住！""你往哪跑！""前面给我截住！"

学生追逐老师立刻成为大街上一道奇异风景。来往行人都看愣了，不知发生了什么事。有认识张老师的，说逃跑的老头是前进中学的体育教师，一辈子兢兢业业教书育人，这会儿却不知犯了何事。行人驻足观赏，这个说：莫非学校组织老师和学生在马路上赛跑？那个道：赛跑可以，裸奔不行！老教师光脊梁，只穿条大裤衩在街上狂奔，像什么样子？更有大胆假设：莫非老师一时糊涂，做下有伤风化之事，被学生抓了个现行，自觉没脸见人，只能拼命逃跑，衣服都顾不得穿。体育教师毕竟术有专攻，径赛老底子还在，老骥奋蹄，与后面追兵距离越拉越远，最终在拐弯处消失不见。街上众说纷纭，莫衷一是，得知原委又一起摇头叹息，真是造孽呀！纷纷感慨世道日下，人心不古，以往尊师重教变成如今学生拿老师开练，好比忤逆子打爹，家长只有逃跑。

二

“一二三，贪污犯！四五六，快背砖！”喊声刚落，后面传来一阵哄笑！我听见喊声停住脚步，一股黑血直蹿脑门，脑袋里“嗡嗡”作响，王八蛋欺人太甚！我慢慢转过身，看见操场沙坑旁双杠上并排坐着四个坏小子，带头喊的是瘦猴。冯氏兄弟几次向我挑衅寻事，想到那个千疮百孔的家再也经不起风浪，我都咬牙忍了。此刻忍无可忍，欺负我可以，当众侮辱我挚爱的父亲不行，郁积在心中的怒火终于爆发！我两眼喷火，槽牙咬得“嘎巴”乱响，两只拳头攥得铁紧，一步步朝双杠走去。苟顺民一旁看得害怕，过来拦我，被一把甩开。“刚才是谁喊的?!”我怒目圆睁、脸色血红、面目扭曲、形象狰狞，三个喽啰吓得不敢吭气。瘦猴却满不在乎，居高临下斜睨着犯人的儿子，轻蔑地说：“有拾钱的，没拾骂的。我们喊我们的，关你个屁事！”肾上腺素瞬间涌上，浑身打摆子般抖个不停，上下牙磕得“嗒嗒”作响，我恨不得一刀结果了这厮！见我再不说话，瘦猴错判形势，误以为对方不敢把自己怎么样，继续挑衅：“隔墙扔砖头，谁倒霉砸死谁。砸着了自认倒霉。”我再也忍不住，扑过去拽住瘦猴双腿，猛地朝下一拉，挑衅者从高处摔倒在地。瘦猴挣扎着爬起，被我一脚踹倒，骑在身上一通暴打。“打架啦！”在校学生呐喊着，潮水般一齐向风暴中心涌来。我正打得起劲，“咚”后脑勺挨了一记重拳，眼前金星乱闪，接着身子腾空而起，重重跌落在地。袭击者是冯胖子。形势瞬间逆转。围观者惊呼声中，弟兄俩围着我拳打脚踢。我双手抱头，咬着牙一声不吭，在地上滚来滚去，任凭拳头脚尖雨点般落下，苟顺民带着哭音一旁劝阻：“别打了！你们别打了！”却不敢上前。

危急时刻，救兵赶到！一个敏捷身影猎犬般从教学楼蹿至行凶者背后，使出标准的擒拿动作——双手拍击对方肩膀，趁其回首之际，迅速屈身从背后抱住冯胖子的双膝，右肩猛力往前扛。被袭者猝不及防，肥大身躯直挺挺应声扑地，摔了个满脸花。螳螂捕蝉，黄雀在后，童子挟弹以俟。冯胖子做梦也没想到，自己瞬间从偷袭者转为被袭者。形势再度逆转。赵大壮骑在对方背上，抓住头发将冯胖子的肥头往地上一通猛磕。无奈对手力量大过自己，冯胖子挣扎着又翻了上来。四人拼命厮打，地上滚成两团。校长、教导主任和几个男教师闻讯匆匆赶来，死拉硬拽，好不容易才将我们分开。这场恶斗战况惨烈：我遍体鳞伤，五官被打得变了形；赵大壮满脸是血；瘦猴一瘸一拐；冯胖子鼻青脸肿。

双方从此势如冰炭，见面就恶狠狠互相拿眼“罩着”，都放话让对方“等着”！一场恶战扬名校内外，焦不离孟孟不离焦，都知道赵大壮是我的忠实朋友和坚定的保护者。“兄弟同心，其利断金”。学校再没有人敢把我下眼观，所到之处见到的都是谄媚的笑脸。动乱时期，拳头就是硬道理。是好兄弟帮我恢复了自信，重新挺起胸膛！赵大壮仗义赴难，舍身救友，我打心里感激，“谢”字刚出口，就被发小堵回去：“别说那个，说那个见外！咱俩是兄弟，谁敢欺负你，就是往我脸上抹屎，豁出命也要跟他干！”我红了眼眶，激动地说：“咱俩下辈子还做兄弟！”

我和赵大壮都喜爱读史，我喜闻汉唐轶事两宋典故，他酷爱读明清历史，“饮河之鼠，各充其量”。历史课徐老师今天给我们讲辛亥革命，讲到同盟会纲领“驱除鞑虏，恢复中华，创立民国，平均地权”，同桌脸色通红，双目圆睁，呼吸急促起来。我侧过脸看了好友一眼，不明白这家伙激动什么。正纳闷着，赵大壮高高举起右手，未等老师允许，自己就腾地站起，大声问道：“老师，请问清朝算不算中国？鞑虏算不算中国人？”头发花白的历史老师愣住了，估计他老人家教了大半辈子历史课，还是第一次遇上乳臭未干的毛孩子提出这样问题。沉吟片刻，历史老师对学生提出的问题不置可否，顾左右而言他。赵大壮不依不饶，继续追问，“康熙统一台湾，乾隆平定准噶尔，统一新疆，一举解决中国历史上游牧民族与农耕民族旷日持久的冲突，巩固中国多民族国家统一，奠定现代中国版图。清朝乾隆时期，中国版图东起库页岛，西至葱岭、巴尔喀什湖，南跨曾母暗沙，北至外兴安岭，开辟疆域，居功至伟。毛主席都说‘我们还靠着乾隆吃饭’。既然都是中国人，同属中华民族，就应平等相待。同盟会凭什么‘驱除鞑虏’？谁给了他们这个权力？”历史老师无言以对，借口“这个问题比较复杂，一时半会儿很难说清楚，咱们以后找时间再慢慢切磋”，暂且搪塞过去。

又过了两周，不见历史老师来和学生“切磋”。你不找我，我去找你，赵大壮追在历史老师屁股后面，强烈要求，必须立刻“切磋”！那会儿的历史老师只会在课堂上照本宣科，被离经叛道，又是一根筋的学生弄得头疼不已，见了就想躲，实在躲不过，只得被迫坐下切磋。历史老师吞吞吐吐、支支吾吾，最后半遮半掩承认：“排满”是狭义民族主义，同盟会纲领有待商榷之处，“驱除鞑虏”改为“推翻清廷”似乎更妥。历史老师很快就为这次“切磋”后悔了，下班后，将正在操场踢球的赵大壮叫到办公室，先是热情地取出自己干净毛巾让学生擦汗，接着给学生沏了一杯热茶，恭恭敬敬双手递上。弄得赵大壮受宠若惊，由不得胡思乱想：莫非历史老师看上本人？引为同道，要招自己为婿。顺便说一下：历史老师的女儿叫徐诗荷，比我们低一级，相貌古典雅致，皮肤白皙，两腮桃红，淡扫蛾眉，樱桃小口，长相仿佛古画里的仕女，不苟言笑，神态幽怨，仿佛含恨出塞的王昭君，许多男生都对她有想法，赵大壮也未能免俗。历史老师和颜悦色、拐弯抹角说了好一会儿，将自己身体欠佳、老伴多病、儿子待业的困难家庭说成是一条年久失修的破船，再也经不起任何风浪。无奈学生天资鲁钝，不明白话外之音。见学生不得要领，历史老师急了，顾不得师道尊严，低声下气哀求学生：请不要与任何人说起咱俩私下切磋过历史问题，以免引起上面不必要的误会。赵大壮失望之余，应了下来，同时永远失去对历史老师应有的尊敬。

赵同学信守诺言，只将师生秘密谈话内容告诉我一个。我听后朝地上啐了一口，轻蔑地说：“老家伙在学校待久了，胆子还没耗子大，估计早就被历次政治运动吓破了胆。”赵大壮补充道：“不是吓破胆子，是被吓破卵蛋。白天精神阳痿，晚上鸡巴阳痿。”我俩都笑了，笑完，想起历史老师畏畏缩缩的模样，心里又都有些凄然。我对好友的做法也不以为然，看三国流泪——替古人担忧，半开玩笑，半认真地说：“驱除不驱除鞑虏，关你个屁事！你又不是鞑子生的。”赵大壮不爱听，一对白眼珠子翻得像樟脑丸。我心里好笑，表情严肃：“这就怪了！一提驱除鞑虏你就满脸不高兴，丧家犬般惶惶不可终日。我明白了：你小子准是汉奸出身！给我老实交代：你是引狼入室大汉奸吴三桂的直系后代？还是卖国贼洪承畴的嫡派子孙？从实招来，饶你一条狗命！”赵大壮笑骂：“放狗屁！你小子才是大汉奸后代！”我继续拿好友开涮：“对贩夫走卒野老村夫来说，每日柴米油盐才是他们最关心的事。大明与大清有多大区别？说到底都是家天下，只不过一个朱姓，一个爱新觉罗氏。燕王朱棣扫北，夺了亲侄子的帝位，明确告诉不识时务的方孝孺‘此本朕家事’。无独有偶，慈禧太后将自己做主废立皇帝看成‘家事’，绝不容外人置喙！在独裁者眼里，无论你是大臣，还是庶民，统统都是家奴！偏偏有人脑子进水，忘了自个儿奴隶身份，拿自己当根葱，对主子‘家事’闲操心，结果操掉了脑袋！谁家坐龙庭，与升斗小民何干？内夏外夷之防，过去看得比天大，防来防去，难防汉化，年深日久，遂成一家。‘以华夷之异，有怀介然’，古人心存惕惕，今人看来却意义不大。‘谁坐江山，给谁纳粮’，老百姓只要不被无缘无故砍头，只要戏照样看，酒照样喝，饭照样吃，鞭炮照样放，麻将照样打，婚丧嫁娶照样进行，对于天下究竟是谁家的这个问题，从来也没多大兴趣。你小子却如丧考妣，激动地上蹿下跳，活像误吃了辣酱的泼猴，犯得着如此冲动吗？”

赵大壮定定地看着我，神色严肃，像是要告诉我一桩机密大事，看得我莫名其妙，也跟着紧张起来。停了一会儿，得到我保守机密的誓言，赵大壮正色道，“真人面前不说假话。咱俩是铁哥们，我实不相瞒：我祖上隶属满洲正黄旗，满族老姓瓜尔佳氏，我爷爷生前官封武略骑尉，正六品，是同盟会口口声声要驱除的鞑虏！”我死死盯着赵大壮，像是发现对方是潜伏地球已久的外星人，结结巴巴地问道：“鞑虏？你，你爷爷、我师父怎么会……会是鞑虏？闹了半天，你居然是个小、小鞑子！不对！你家不是姓赵吗？我从未听说过旗人里有姓赵的，开、开国际玩笑。”

“你小子伶牙俐齿有余，判断力却明显不足。”发小对我的智商一番嘲弄，接着说，“我爸爸随祖母姓赵。我爷爷汉姓关。清帝崇尚关羽，《三国演义》被皇太极下令译成满文，是八旗官兵必读书籍。关帝在旗人心中的地位至高无上。满人姓关的很多，最有名的当推与贺龙一起开辟晋绥根据地，八路军一二〇师政委关向应。”

“你祖母是不是汉人？你妈是不是汉人？”

“祖母是我爷爷续弦，她是汉人。我妈也是汉人。”

我哈哈一笑，戏谑：“这就对了！驱除鞑虏只是说说而已，我们非但没有付诸行动，还给老鞑虏、大鞑虏每人都娶了一个汉族媳妇，最后生下你个有汉族血统的小鞑虏。你这小鞑虏十有八九最后还得找个汉族姑娘当老婆。血缘水乳交融，满汉文化大同。你这个游牧民族的后裔喜读《史记》《资治通鉴》、唐诗宋词元曲，津津乐道中国古代四大名著，对高贵的华夏礼仪文化崇拜得五体投地，最后索性连姓氏都随了汉族，满语一句不会说，为何还怨妇般执拗？对历史问题纠缠不清、喋喋不休？”赵大壮瞪着我，瞪着瞪着，“扑哧”一声，自己先乐了，先是争辩：“古代游牧民族居住地带气候寒冷，入冬常有大批人畜冻死，迫于生存危机，大举南下，往气候相对温暖地区迁徙，寻求新的生存空间，中外概莫能外，这与正义无关。”继而承认八旗入关杀戮太重，失尽民心，趁大明之危，天下得来太易，难以服众，虽有康雍乾盛世，却闭关锁国，屡兴文字狱，清朝末年外侮内乱，民不聊生，官吏腐败，暮气深沉，人心思汉，清运已尽。发小同意好友说法：一切朝前看，对历史问题宜粗不宜细。

我提出最后一个问题：“中国人都随父姓，你家为何与众不同？”赵大壮神色骤然暗淡下来，叹口气，说小孩没娘，说来话长，我慢慢说给你听。

三

武昌首义的消息传遍全国，各地纷纷响应。同盟会联合哥老会和新军，瞅准八旗驻防军官逢周日休假的空子，1911年10月22日在西安起义，辛亥革命打响第二枪！起义部队定名“秦陇复汉军”，张凤翙为大统领。满城位于西安城里东北角，占地约全城四分之一，为城中之城，是五千八旗官兵和家属居住地。满城城高墙坚，易守难攻，我爷爷是旗兵佐领，本可率铁骑冲出重围，部下也都劝他速去搬救兵。他却放心不下一家老小，宁死不去，率领旗兵日夜苦战。23日下午三点，轰隆一声巨响，全城为之震动！满城城楼火药库被复汉军炮火击中，引起激烈爆炸和冲天大火！旗兵死伤甚众，武略骑尉倒在残垣断壁里。西安将军文瑞，满洲镶红旗人，见大势已去跳井自尽。清军官兵亲属阖家自杀者众多，剩下的缒城逃亡。血战数日，复汉军最终攻破满城，城内营房和校舍均被炮火轰毁。夜半时分，佐领醒来，挣扎着从死人堆里爬出。四周漆黑，战事结束，大街小巷空无一人，沿街店铺大门紧闭。复汉军士兵设卡盘查，远处不时传来急促的奔跑声，喊叫声，夹杂着零星枪声，像是在追捕漏网的旗兵。佐领不敢在大街上行走，一瘸一拐钻进背街小巷，猫腰贴着墙根一路朝西潜行，欲尽快逃离险境。正走着，听见巡夜更夫敲响梆子。佐领心里一惊，时辰已至五更！自己身上多处负伤，浑身是血，一会儿天亮了，何处藏身？今日怕是在劫难逃！饥渴痛交加，再也走不动，贴墙出溜下去，一屁股坐在地上。正在心焦如焚之际，身后传来驴车硬木轱辘在石板路上行驶的隆隆声，车夫嘶哑着嗓子呐喊，小巷里响起秦腔黑头慷慨激越的吼声：

喝喊一声绑帐外，不由得豪杰笑开怀。
单某人独骑把唐营踩，只杀得儿郎们痛悲哀。
遍野荒郊血成海，尸骨堆山无处埋。
小唐儿被某胆吓坏，马踏五营谁敢来……
单童一死阴魂在，二十年报仇某再来！

声音听着耳熟，佐领扭头一看，认出是天天来满城送甜水的老铁。西安城里地下水苦涩，井水只能用作洗涤，唯有西门里大水井抽上来的是甜水，故有"甜水井"之称。老铁是个老光棍，养了一头周身乌黑、四蹄踏雪的关中大叫驴。驴子拖辆加宽的板车，车上装个一人多高、两人抱不过来的大木桶，下面装个木塞。老铁靠卖甜水为生。驴子每日拉车从西门到东门，老铁一路吼着乱弹。老铁早先在城里秦腔剧团唱黑头，因嗓子倒了仓，只得改行。老铁是个热闹人，走哪都乱弹吼声不断。街上闲人们拿他开涮。这个说："错了，错了，唱错了！老铁你该扮装唱秦腔《卖水》，怎么唱起《斩单童》？"那个捂着耳朵道："老铁再别扯着嗓子吼了，小心把驴惊了！"老铁嘿嘿一笑："四条腿的驴惊了不要紧，只要不把两条腿的人惊了。"驴车走远了，闲人们才回过味，笑骂："这老东西拐着弯骂人，拿咱们和驴比！"

满城是城中之城，一墙之隔，满汉居民从不往来。老铁是汉人里的特例，来满城佐领家送水次数多了，和我爷爷混熟了。八旗兵营等级森严，每人只与同级官员交往，下级见了上级，垂首肃立唯唯诺诺毕恭毕敬。佐领位居将军、都统之下，高居千人之上，手握兵权却透着孤独。我爷爷是个棋迷，棋瘾犯了坐立不安，顾不得官身威仪，立在自家门口转来转去，逮住谁是谁。与佐领下棋绝对是个苦差，你输了，他骂你不用心，草草了事糊弄长官；你赢了，佐领吹胡子瞪眼，气不打一处来。部属以后一见佐领在家门口背着手转圈，都远远避开。佐领今天棋瘾又犯了，看见老铁赶着驴车过来，问送水的会不会下棋。老铁回答：回佐领大人的话，小人略懂一点，只是不敢在大人面前露丑。我爷爷高兴了，非要送水的陪他下两盘。送水的不归佐领管辖，没有顾忌。两人棋艺半斤对八两，下得兴起，忘了上下尊卑满汉之分，你争我吵，嚷嚷不休，从此成了棋友。去年下连阴雨，老铁多日不来，佐领在家天天念叨。棋友再来送水，佐领认真地说：老铁你年纪大了，天天送水太辛苦。我想给城里巡防队管事的说说，给你在队里谋个差事，以后叫你来下棋也方便些。接着拿棋友开涮：等老铁吃上皇粮，给老铁张罗一门亲事，晚上再不睡冷被窝。又说老铁年纪大了，娶大姑娘难，找个小寡妇估计还能通融，说完哈哈大笑。老铁也笑，说我送了半辈子水，过惯了平头百姓的日子，看见枪炮就怕，刀口舔血的差事咱可干不了。娶媳妇就更不敢想，我光棍一条，闲云野鹤惯了，还是一个人过日子逍遥自在。再说咱年纪大了，万一哪天走了把年轻媳妇撇在半道，岂不是害人家吗？大人的好意我心领了，小人恕不从命。佐领笑骂：你个老东西！别人求之不得的好事，你却拒之门外，不识抬举！过后又感叹老铁说的都是大实话，是个实在人。

“老铁！老铁！”驴车缓缓驶近，佐领压低嗓子轻轻唤了两声。老铁眯缝着眼，摇头晃脑沉浸在自己的唱腔里，像是压根儿没听见。晨光熹微，眼看驴车就要驶过，逃亡者急了，就手拾片碎瓦朝驴车砸去。瓦片正砸在驴腿上，大叫驴一惊，事先不做任何警告，驴腚一撅，两只后蹄猛地往上一扬，主人坐在空车上闭眼正吼得起劲，事先未得一点征兆，就直挺挺从驴车上摔了下来。“驴是鬼，摔下来不是胳膊就是腿。”驴是个怪东西，别看它体型远不如骡子马大，脾气却比骡马坏得多，驴脾气一旦发作，摔人摔得特惨。老铁被摔得七荤八素，躺在地上直“哎哟”，过了好一阵才从地上爬起。主人从地上爬起，照驴腚上踢了一脚，“遭驴瘟挨千刀的死驴！不好好拉车，尥什么蹶子？寻着找抽呀！”一边骂驴，一边围着驴车来回查看，找来找去，找不出驾辕叫驴突然发飙的原因。“老铁！”佐领鼓足最后的力气。这回老铁听见了，东张张西望望，最后发现东墙下黑影里坐着一个披头散发、满脸血污的大汉，正对着自己狞笑！老铁吓了一跳，颤声问道：“你，你，你是谁？你怎么会认识我？你，你是人还是鬼？”

“我不是鬼，是大活人。你过来看看就知我是谁。”

老铁壮着胆子过来，凑近仔细辨认，不看还罢，一看惊得失声大叫：“这不是佐领大人吗?！你，你还活着？我还以为你早就战死了，正琢磨着上哪去给大人收尸呢！”正说着，街上有了动静，二三行人从不远处匆匆路过。老铁见状顾不得说话，水也不拉了，将佐领架起扶上车，连推带掀塞进大木桶，吆喝驾辕驴子掉头，匆匆离去。

老铁独自住在北城墙下一个破落小院里，院墙几处露着豁口，院里三间东倒西歪破草房，空气里透着淡淡的清香，窗台上放着几盆菊花，鹅黄嫩白花朵开得正繁。老铁将佐领安顿在东房，烧了满满一大锅热水，请贵客洗发净身，又去药房买回伤药敷上。佐领换上主人的干净衣服，喝了两碗滚烫的小米粥，身上感觉好受了许多，折腾一夜，躺在烧热的炕上，很快睡着了。再睁眼，已是金乌西坠、暮色初上。晚饭已备好，五香花生米、炝莲菜、煎豆腐、炸素丸子、韭菜炒鸡蛋……满桌素菜，却也琳琅满目。老铁端起酒杯，满脸堆笑：“昨夜灯花爆，今日贵客到。佐领光临，蓬荜生辉。大炮一响，商铺关张，有钱也无处买。酒无好酒，菜无好菜。小人招待不周，还望大人多多见谅。”酒过三巡，老铁转身进了厨房，工夫不大。端上晚餐主食——满满一老碗热腾腾的油泼面。佐领饿极了，接过老碗，低头顾不得说话，连香带烫，片刻工夫，风卷残云般吃了个精光。吃完，长长打了个饱嗝，叹道：“关某素日里不敢说锦衣玉食，却也是食不厌精，脍不厌细。论滋味，都赶不上今晚这碗油泼面香！”正嗟叹着，外面街道上忽然传来一阵喧闹，间杂着叫骂声。屋里人同时住口，竖起耳朵，聆听外面动静。喧闹声越来越大，越来越近。老铁脸色骤然变了，说声“不好”，拉起佐领就朝外走。西房改成驴圈，北墙根靠着一口黑漆棺材，上面堆放着杂物。黑驴正在吃草料，见主人匆匆走进，后面跟着个生人，抬起头，“昂昂”叫了两声，提醒主人忘了添加精料和牲口上膘的豆饼水。主人顾不得理会叫驴，抬起棺材大头，一努嘴，示意客人快进！佐领还在迟疑，外面骤然响起敲门声，七八条喉咙一起扯着喊：“开门！快开门！”客人再不敢迟疑，一猫腰进了棺材，主人随即合上棺盖。见屋里人不答话，敲门变成砸门。院门被砸得摇摇晃晃，眼看就要倒下。老铁披上夹袄赶紧朝外走，边走边骂：“外面谁呀？黑灯瞎火的，大门都快被你们砸烂了！我老铁还没死，就一窝蜂跑来抢孝帽子戴。”棺材里人听得可乐，又不敢笑出声，只得硬憋着。院门刚开，涌进一群人，为首的肩抗连珠快枪，说是新成立的总部稽查处派出的巡稽队，随后的新铰了辫子，臂缠白布，拿着梭镖、大刀，初看有些面熟，仔细一认，多是刚加入会党的街道闲人。进了屋，见小饭桌上放着吃的，主人不让，自己下手。你抓把花生米吃，我捏个丸子入口，更有那脸皮厚的，抓起酒壶就往嘴里灌。老铁看得来气，想着家里藏着逃犯，又不好当场翻脸。为首的边东张西望，问："你家来过鞑子没有？"老铁没好气地回答："鞑子没来过，耗子倒是来了一窝，挨家挨户乱窜，见什么吃什么，入口的东西都被它们糟践了！"

"嘿！老东西骂人不带脏字，拐着弯糟蹋咱们，寻着挨揍呀！"

"几位有没有听错？我骂没尾巴的耗子，你们跟它又不沾亲带故，犯不着站出来给它们顶缸。"老铁吃了多年开口饭，斗嘴皮子一般人压根儿不是对手。一伙人自感没趣，四下草草看了看，正要离去，为首的忽然发现什么地方不对，阴着脸问："你家几口人？"

"我出门一把锁，进门一把火。院子里会喘气的，除了我，只剩下隔壁那头驴。"

"既然你一个人，为何饭桌上放了两双筷子、一对酒盅？！难道你和叫驴同桌对饮？"为首的讥笑。一闻此言，众人全笑了，又都觉得可疑，齐齐瞪起眼睛，"说！""快说！你把鞑子藏哪了？""交出来有重赏！""私藏鞑子，搜出来要你脑袋！"

老铁心里暗暗叫苦，慌乱间，怎么把这茬给忘了！脸上却神色自若，笑眯眯回答："重赏是好事，我做梦都想得，可惜俺家祖坟埋错了地方，坟头上从不冒青烟。我说院子里会喘气的只有我和驴，可没说家里只有我一个人。"

"人在哪？让他出来！"

"人怕是出不来了。你一定们要见，就在西隔壁，自己过去看。"

一听这话，个个想抢头功，争先恐后往西房里闯。佐领躺在棺材里听得清清楚楚，心想：老铁莫非要拿我献功？这下完了！马灯照见墙角棺材。一阵寒风陡然从窗外吹进，众人不由打了个寒噤，手提马灯随之摆动，灯影下斑驳黑暗随之摇晃，越显屋里阴影幢幢，黑漆棺材鬼气森森。几个家伙慌慌张张逃了出来，驴鸣伴着惊呼："棺材！屋里停了口棺材！"为首的变了脸色，紧着问老铁："棺材里躺着是谁？是你什么人？"

"里面睡着我老爹。他老人家去世已经十年。"

"你个忤逆之子！死者入土为安，为什么不早点把你爹埋了？"

"嗐！都是没钱给闹的！我老家是山东高密。同治年间，陕西抚台曹鸿勋奏请朝廷向陕西移民，祖上迁至关中山东庄子。我老爹临死留下话：一定将他的灵柩送回山东老家安葬。千里送灵柩，谈何容易！我盘算着等攒够了钱，将驴车换成骡马大车，加盖席棚，再将老人灵柩运回。今天是他老人家的忌日。老爷子昨天半夜将棺材敲得梆梆响，提醒儿子不敢忘了。祭奠的酒菜刚上桌，就被一群没尾巴耗子给搅了。只怕他老人家显灵怪罪。”老铁说得煞有介事。佐领听得忍俊不禁，又是咬牙，又是攥拳，硬憋着才没有笑出声。一帮人信以为真，天刚黑，就撞见里面装死人的棺材，又听老光棍絮絮叨叨说鬼话，都道今夜晦气，出门不利。

棺材密封缺氧，从里面出来，佐领大口大口喘着气，停了一阵才缓过劲来，连说：“万幸！万幸！”直夸老铁临危不惧、随机应变，有古名将风范。老铁笑道：“佐领大人给我灌米汤呢。什么名将风范？就是一嘴尖皮厚胆大不知羞的老光棍！”又调侃，“我给自己提前备下的寿材，再想不到让佐领大人先享用了。”

第二天麻麻亮，老铁锁了院门，赶着驴车匆匆走了，一是每日营生不能停，二是出门打探消息。日头过晌，老铁回来了，带回的消息令佐领心惊：城头举起“兴汉灭满”白旗，自巡抚以下清吏逃避一空，全城汉人欢呼雀跃，个个争剪辫子，人人臂缠白布，以示满汉之分。四个城门都有复汉军把守，对过往行人严加盘查。旗人妇女换去两把头（旗头）和旗袍、旗鞋，匆匆改为汉人装扮，长裙底下一双大脚却将身份暴露无遗。盘查漏网的旗兵也有鉴别办法，那些帮会会员右手提把快刀，左手托个蒸馍，问行踪可疑者：“我手里拿的是什么？”回答若是本地口音：“馍”（mo 阴平），则平安无事，努努嘴，让你过去；回答若是旗人常说的“馒头”，一刀砍去，喝声“拿下！”

出又出不去，逃又逃不了，佐领心里烦闷，借酒浇愁愁更愁，连日醉倒昏睡。这天晚上醒来，佐领忽然觉得哪有些不对，身上似乎少了什么，心里一惊，赶紧翻身坐起，摸来看去，发现自己脑后那条乌黑油亮的大粗辫子不见了！估计是客人昏睡时，主人趁机下手。客人手抚短发，两眼垂泪，怅然若失。主人劝道：“留着辫子终究是个祸害。怕佐领大人自个儿下不去手，小人就代劳了。事已至此，想开点吧。”又指着炕上棋局调侃，“世事如棋局惊变。满清入关，留头不留发，留发不留头，多少人头为之滚滚落地！如今颠倒的世事又颠倒过来，留辫不留头，留头不留辫，你们这些鞑虏进京时再想不到也有今天吧。”得知各地纷纷宣布脱离清政府，赞襄共和，大清已是惊涛骇浪中一艘年深日久、百孔千疮的破船，随时可能沉没。佐领端详棋盘残局，哀叹道：“我朝延续至今已有二百六十八年，江山易主，改朝换代，只能尽人事听天命。大势已去，残局将尽，非我等所能阻挡。”老铁告诉佐领：秦陇复汉军以总司令张凤翙名义贴出安民布告：“各省起义，驱逐满人，上应天命，下顺民心。宗旨正大，第一保民，第二保商，第三保外人。汉回人等，一视同仁。特此晓谕，其各放心。”随后又相继印发《大统领檄文》《告三秦同胞文》，严禁滥杀无辜。外面紧张局势略有松动。趁此机会，咱们明天一早就走！怕关口盘查时，佐领大人开口露馅。老铁连夜突击教学，教我爷爷学说陕西方言。无奈乡音难改，再开口，仍能听出东北高粱茬子味。气得老铁直骂：好我的关大人，小人见过笨的，没见过大人你这么笨的！无奈之下，只得让佐领大人装哑巴。烧盆热水，剃刀磨利，大人被剃成光葫芦，怕被人认出，又削了眉毛，刮去胡子，脸上抹了厚厚一层黄油，黄蜡蜡一张脸像是害了重病。镜子面前一照，佐领都认不出自个儿。

出东门是捷径，却不敢走，只因防范过严。东南西北四个城门想遍，琢磨来琢磨去，还是走北门最保险。老铁赶着驴车走在前面，车上放着行李卷和装衣服的包袱，佐领低头走在后面。寒风呼啸，路人稀少。北城门洞里五六个荷枪实弹的复汉军士兵正围着烤火，见人走近，拉响枪栓，喝问：“干啥的?!”老铁满脸堆笑：“几位军爷辛苦了！我姓铁，就在北门里住。”老铁在西安城里卖了半辈子水，大街小巷轻车熟路，男女老少混了个脸熟。复汉军挥挥手，让他过去。我爷爷脸上的烧伤引起复汉军的注意，当下如临大敌，枪口一致对准，厉声喝问：“你是干啥的?!”佐领按老铁事先排练好的入戏，装聋作哑，嘴里呜里哇啦，或捶胸顿足，或指天画地。老铁说：“这是我哑巴外甥，家在韩城，来城里我家住了几日。现在闹着要回去。”

“都说外甥像舅。他为何跟你一点不像？脸上烧伤又是咋回事？不对！这家伙看上去不像好人，倒像是漏网的旗兵，逃跑的鞑虏！”几个复汉军瞪起眼睛。未等对方继续盘问，假舅舅抢先道：“不说鞑子我还不生气，一说鞑子我就气不打一处来！起事那天，炮声一响，全城震动！胆小的躲在家里不敢出门，胆大的跑出去看复汉军攻打满城。我让外甥老老实实待在家里，他却对我呜里哇啦，指手画脚，脸憋得通红。见我不明白，跑厨房取把菜刀架在自己脖子上，杀鸡般一通比画。民间流传‘八月十五杀鞑子’，城乡四处早就传遍了。我这才明白：他闹着要去参加起义。我说你一介平民，赤手空拳，又是残疾人，收个卖水钱你都整不明白，你还能杀人？只怕你没杀了鞑子，鞑子先把你杀了！你爹娘到时向我要人可怎么办？哑巴胡搅，聋子蛮缠。见我不让他出去，越发逞性耍蛮，摔盆砸碗，死活要去。我一眼没盯见，他就翻窗户跑了。再回来时踉踉跄跄，血浸了半个身子。我看得又气又急又心疼。外甥来时好好的，现在成了这般鬼样！让我咋向我那老姐姐交代?!”假舅舅越说越来气，抽出别在腰里的旱烟袋，铜烟锅在假外甥脑壳上敲得“梆梆”响。假外甥抱住光头，“呜哇”乱号。假舅舅边敲边骂：“我让你去杀鞑子！我让你去逞英雄，装好汉！我老姐姐上辈子造了什么孽？生了你这么个又聋又哑的傻儿子！把你兔崽子烧死才省心！”假舅舅的表演惟妙惟肖，几个复汉军信以为真，都说你外甥虽然傻了点，却有一颗反清复汉的心，不但不该打，还应该褒扬。都劝假舅舅别打了，赶紧上路！

木头车轱辘一路吱扭，终于到了灞柳折别处。老铁停下驴车，抱拳作揖，郑重地说：“送君千里，终有一别。佐领大人，小的就此告辞！”佐领看着老铁，湿了眼眶，也不知说什么好。身上摸来摸去，摸出一枚拉弓射箭用的翡翠扳指，双手递给救命恩人，说：“大恩不言谢。逃亡人身上一无所有，只剩下这小玩意儿送给你，进当铺能换二三百两银子。”老铁笑道：“大人小看咱！小人真要贪财，送佐领去领赏，少说赏银千两！我舍命救你，只因大人看得起咱，从不把咱这下苦人拿下眼观。”又说，“你们这些旗人，只会斗蛐蛐养鸽子提笼遛鸟，谋生的本事全无。回家路途遥远，当了扳指换盘缠，剩下的将来做个小买卖。大人珍重，后会有期！”说完，拱拱手，调转驴车回城，边走边吼开乱弹：“说今古，道古今，说今道古人不信，只好说来与驴听。”佐领倒有些不舍，呆呆立在原地目送，直至连车带人消失……事隔多年，佐领提起老铁仍感叹不已：复汉军攻陷满城之日，救我者却是一个汉人。真是败也萧何，成也萧何！

四十年后，前清武略骑尉随转业的儿子从关外重返长安。故地重游，昔日城墙巍峨、占地广阔、营房校舍密布的满城已荡然无存，我爷爷嗟叹不已。铁家私人小院已改为公家煤炭店，问起送水的老铁，都说不知道。我爷爷不死心，顺着北城墙根一路问过。关外乡音引起一个脑后留小辫、银须过胸老者的注意，过来一搭话，汉话改成满语，细问，是满城旗营的老兵。问起满城家眷的下落，老旗兵连连摆手，说旗民除了冒死越过城墙逃命的，躲进洋人教堂侥幸活命的，其余的多死于战乱。佐领听得泪流满面，彻底断了寻找家人的念头。老旗兵说自己和一帮过命的兄弟见大势已去，脱了戎装，换上汉服，趁乱潜入北门里一带，说多亏了一些汉人朋友，没有他们掩护照应，怕是当年难逃一劫！改名换姓，非张即赵或姓李，借汉人大姓繁衍至今。我爷爷叹口气，说我儿子也随其母改姓赵，世事由势不由人，语调透着末路凄凉。

说话间，屋里又来了几个脑后留小辫子的满城老人，说是闻讯赶来给佐领大人请安。大家提起从容赴井自尽的西安将军文瑞，又是一番唏嘘，说起幕僚秦鹤鸣为文瑞收殓，齐齐跷起大拇指，都说危难时刻，旗人尚且避之不及，幕下一个汉人却挺身担当，甘冒刀斧加颈风险为东家收殓。“国士待我，我以国士报之。”城头易帜，操行不改，古城犹存国士风，令人感叹！我爷爷重提当年舍命救故人，坚决拒收报酬的老铁，大家又是一番感慨，都赞老铁侠骨义肠，古风犹存，都说要帮佐领大人了却心愿。在几位老旗民帮助下，我爷爷最终找到一个解放前也是卖甜水的老头。同行说老铁已死多年。问人埋在哪，老头撇撇嘴，说一个老绝户头还能埋在哪？北门外乱葬坟岗子呗！我爷爷带着香烛冥钱寻去，荒草连天的坟地时有野狐出没，土馒头一个接一个，没墓碑者居多。我爷爷寻无可寻，奠无可奠，昊天罔极，阴阳永隔，只得仰望上苍遥遥祭拜，祈祷故人冥福。老爷子痛思亲人故旧，大哭一场，怏怏而归。“日暮狐狸眠冢上，夜归儿女笑灯前”。外感风寒，内伤于心，年迈人回来一病不起，临终前嘱咐家人将线装本和逝者一起烧了，让那段历史随他老人家灰飞烟灭。

“那本线装书里写的什么？”我好奇地问。赵大壮脸上神色肃穆，郑重回答：“上面详细记载着西安满城城陷始末。”我想起师父出殡之日，不知从哪跑来一伙糟老头，跟老爷子一样，每个脑袋后面都拖根花白小辫，仿佛从银幕里跳出的清代遗老，其中两位更怪，焦黄辫梢系枚正面呈金黄色的“康熙通宝”，民间称罗汉钱，又叫万寿钱。老头们见面互相屈单膝请安，嘴里叽里咕噜不知说些什么，一句也听不懂。见了灵桌上遗像，人人号啕大哭，个个如丧考妣。很久以后，我才知道那天来的俱是在旗老人，说的全是满语。

一个王朝覆灭，为它凭吊的只剩下封建遗老、前朝旧臣。

四

天无绝人之路。家里困窘当口，我接到父亲从监狱的来信，说自己多次申诉终于引起上面的重视，经司法部门甄别，认为量刑过重，将刑期减至三年。按此计算，本人刑期已满，改在劳改农场就业，每月开十八元工资，现随信寄去十元钱，以后月月如此。父亲信里希望我担起长子的责任，照顾好弟妹。所谓家庭幸福，就是屋里没病人，监狱没亲人。我将信看了一遍又一遍，仿佛茫茫寒夜里，苦苦跋涉的夜行人终于看到一线曙光……

社会乱成一锅粥。学校停课，学生每天来校不过是为了消磨无聊光阴。人闲饭饱生余事，青春躯体元气淋漓，充沛精力无从发泄。校园里隔三岔五上演武打戏，有本校与本校打，有本校与外校打，还有本校学生勾结外校学生来前进中学大打出手。我和大壮都料到与冯氏兄弟早晚还得有场恶斗，提前做了准备，我书包里装块板砖，他随身带菜刀。过了好长时间，仍不见对方动静，紧绷的弦又慢慢松了。

今天下午，建中足球队应约来校比赛，操场围满观众。飞毛腿赵大壮出任左边锋，我抱着衣服场边助威。赵大壮两条粗壮的大腿似乎有使不完的劲，满场飞奔，前突后截，头顶脚踢，一人独中两元，赢得全场喝彩。我正在热烈鼓掌，一眼瞅见不远处的冯氏兄弟，阴冷的眼神斜睨着我，交头接耳，像在商量对策。我心里一沉，转而释然，操场这么多人，你俩能把我怎么样？何况我身后还有个生死与共的好友。想打，你们就放马过来！双方势均力敌，3:3 比赛结果皆大欢喜。观众潮水般拥出校门，赵大壮被众星拱月般簇拥着，说说笑笑往回走。出门不远，迎面看见冯氏兄弟。冯胖子提根垒球棒，瘦猴袖筒里藏着铁连枷，都是一脸杀气。看势头不对，我赶紧摸板砖，这才想起书包放在教室。赵大壮也是两手空空。“小叔，就是这俩！”冯胖子指着我俩喊道。话音未落，身后两只蒲扇般大手分别抓住我和大壮的后领。我俩使劲挣扎却无济于事。我心里暗暗吃惊：这家伙力气真大！刚才还热热闹闹一帮人，瞬间只剩下我俩。同行众人受惊老鼠般一个个飞快溜走。

冯占魁膀大腰圆，身高一米八八，五十年前，如此身高在国内称得上巨人。冯占魁是北方交通运输学院风云人物——校男篮主力中锋、省运动会男子铁饼比赛纪录保持者、国家一级运动员。冯占魁生得浓眉大眼、鼻直口方，堪称美男子，是青春躁动男孩眼里的偶像，情窦初开女孩心中的白马王子。到了这会儿，我才晓得冯占魁是冯胖子的亲叔叔，心里暗暗叫苦。冯占魁松了手，将我俩上下打量一番，眼神带着轻蔑，像是说这号小角色还用得着我亲自出马，手也懒得动，从牙缝里冷冷挤出一个字：“打！”见我俩还要反抗，冯占魁撩起衣襟，从腰里抽出一个乌黑的东西顶住我脑门。旁边赵大壮倒退两步，脸色瞬间变得煞白。这家伙从来天不怕地不怕，我第一次见他害怕了。赵大壮惊魂甫定，一个箭步蹿出多远，边跑边喊："端正快跑！他手里有枪！"到了这会儿，我才晓得顶住自己脑门的是什么东西，吓得腿都软了。瘦猴、冯胖子追出二三十步，自知望尘莫及，又都停了下来。冯占魁冷着一张脸，将手枪准星瞄准逃跑者的后脑勺，那一刻，我全身血液都凝固了。扳机扣动瞬间，枪口略朝上抬，"呯！"子弹擦着逃跑者头皮掠过。赵大壮一惊，逃得更快，瞬间消失得无影无踪……又是一声"打！"冯胖子抡起垒球棒狠狠砸在我右膝上，惨叫声传出多远，后脑勺随之挨了铁拳套重重一击，眼前金星乱闪，只觉得天旋地转，一头仆倒昏死过去……

再醒来时，天上飘起毛毛细雨。我挣扎着爬起，用手绢堵住脑袋还在流血的伤口。我右眼眶青紫，满头满脸是血，一瘸一拐走在街上，形象甚是狼狈，行人见了都远远避开。身后看热闹的闲人却越来越多，争相打听怎么回事。有的说我是刚出道的毛贼，行窃时被当场拿获惨遭痛殴；有的认定是三角恋爱争风吃醋的结果。踉踉跄跄走出没多远，迎面邂逅打着花伞袅袅而来的费小燕，目睹惨象，她认定是流氓街头斗殴，眼神充满鄙夷，仿佛瞥见一袋活动垃圾，转身快步走向马路对面……我一瘸一拐艰难地往家走，心里充满仇恨。冯氏兄弟太过嚣张，这一次行动超越威胁和危害之间的界限，仇家下手狠毒打破以往"恐怖平衡"，报复的飓风只会来得更加猛烈！伤口流血过多，两腿越来越软，我低头挣扎着前行。"端正！"又听见那熟悉的喊声，我抬头一看，只见赵大壮提着那把明晃晃的腰刀，匆匆向我跑来。我心里一松，紧绷的身体再也支撑不住，一头栽倒在地……

"刘端正，你在哪？！"屋外传来粗喉咙大嗓子喊叫，激起满楼道回音。屋里三人正在潜心研究种种复仇计划，听见喊叫不约而同竖起耳朵。"嗵！嗵嗵！"敲门声又响又急，伴着喊声："刘端正，别藏啦，快开门！"我心里一惊，莫非冯氏兄弟带人找到家来了？使个眼色，三人赶紧四下找家伙。苟顺民吓得脸色都变了，打开窗户，随时准备跳窗逃跑。门开了，门口立着门头高、门板宽的黑美丽。

"是你？你怎么来了？"我颇感意外。

"咦，看你问得怪不怪？咱俩同班又是同桌，你打架受伤，我为什么不能来看你?”

脑袋上绷带缠了一圈又一圈，手上裹着纱布，怎么看我，都像是战争片里狼狈不堪的伤兵。黑美丽看在眼里，哽咽着说：“瘦猴当着全班同学的面糟践我。为擦掉黑板上的漫画，你俩结下仇。你被冯家兄弟打成这样，起因是为了我。刘端正，我不会忘记，黑美丽都记在心里。”我心里生出几分感动，无言地拍拍黑姑娘的大巴掌，表示领情。黑美丽将带来的食篮揭开，里面装着蒸腊肉、烧带鱼、炒猪肝、梅菜扣肉等各色菜肴，琳琅满目摆了一桌，色香味俱全，看着就让人流口水。苟顺民从最初的惊惶中恢复过来，就要动筷子，被黑美丽一巴掌打开，“一边待着去！这是我亲手炒的菜，让伤员补身子，轮不上馋猫。等主家吃完，剩下的再赏给你。”说完，自己呵呵先乐了。苟顺民吃瘪心里不乐意，嘟囔道：“八字还没一撇，就偏向刘端正。你也不问问，人家愿意不愿意？”黑美丽脸红了，装作没听见，毅然宣布：“我要加入你们这一伙！”一个大姑娘入小子伙？仨小子面面相觑，都以为自己听错了。黑美丽挽起袖子，鼓起胳膊上碗大的肱二头肌，自豪地说：“别小看女人！梁山一百零八将还有三个是女将。我虽然不会打架，可身上绝对有劲！一个对一个，一般小男人压根儿不是我对手！不信，你仨谁过来试试？”说完不等回答，拦腰单臂就近将苟顺民轻轻挟起。苟顺民急得双腿乱蹬，黑美丽不管不顾，粗胳膊一抡，可怜小男人腾空飞了出去，身子重重跌落在对面床上，脑袋结结实实撞到墙上。苟顺民被摔得龇牙咧嘴、捂住脑袋叫痛不迭。大壮乐得前仰后合，我笑得脑瓜伤口抽着疼，一致称赞黑美丽抱腰摔这手绝对厉害！让人联想到黑熊恶斗。打麻将三缺一，往往最后来的是庄家。我半是称赞半是调侃：“老黑‘熊抱’堪称制胜的撒手锏，肤色更是克敌一绝。”皮肤黑和打架有什么关系？听者一脸纳闷。我笑道：“龚开《黑马图》云：‘幽州侠客夜骑去，行过阴山鬼不知’。老黑肤黑赛过侠客胯下乌骓，搞夜袭，鬼都发现不了！”听的都笑。黑美丽不解其意，也跟着傻笑。三个男的看在眼里，越发乐不可支。

我憋住笑，提出第一个问题：“你为什么要加入我们这一伙？”

“第一，为了不受别人欺负。第二，本人不愿和那些成天嘀嘀咕咕的丫头片子在一起，她们嫌我粗，嫌我丑；我嫌她们心眼小、是非多，豆腐渣贴门联——两不沾。第三，你们说话痛快，办事痛快，正对我脾气，和你们在一起，只有两字——痛快！”回答干脆利索。

我满意地点点头。赵大壮提出第二个问题："学校都知道俺仨是一伙，还不照样被冯家兄弟欺负。多你一个又有何用？"

"都说我傻，你比我还傻。课本里都写着人多力量大，众人拾柴火焰高。多我一个就多一份力量。"

"我们都是男的，就你一个女生。带你出去只怕不方便。"苟顺民说出自己的顾虑。

"有什么不方便的？咱俩是两股道上跑车，你上你的男厕所，我蹲我的女茅坑，只要你把我当兄弟，莫要心存邪念，偷偷打本姑娘的坏主意就行。今天当着众弟兄的面，我严正警告你小矬子：以后不要胡思乱想，黑美丽是正经人，你高攀不上，以后少给我胡骚情，小心我再把你扔出去！"黑美丽满脸严肃，说话一本正经。苟顺民无言以对，一脸尴尬。我与大壮险些笑残，都赞这是从黑美丽同学嘴里说出的最有水平的话。

"闲话少叙。同意黑美丽入伙的举手。"见我俩同时举起手，苟顺民迟疑了一下，慢慢举起右手。黑美丽咧开厚嘴唇，刚要笑出声，苟顺民提出最后一个问题："外面都把俺仨称为桃园结义'三兄弟'，现在添了你，成了四个人，你又是个女的，总不能叫四兄弟吧？"未等黑美丽回答，我一锤定音："就叫兄弟三个半！一来你是新近入伙，资历与老弟兄们有区别；二来美丽毕竟是个女的，不能和男的比；第三老黑脑子慢为大家公认，遇事只能力敌，不能智取。三项相加，算你半个。"

"凭什么算我半个？"黑美丽不服气，力争女权，又拿梁山三女将为例。我哈哈一笑，揶揄道："你这是拿天比地！且不提那两位女将，就说母夜叉孙二娘，打虎英雄都险些被她剁成肉馅！且不说卖人肉包子，你敢开黑店吗？敢在客人酒里下蒙汗药吗？你要是能做到，不但算你一个，弟兄们还要尊你为江湖老大！"老黑想了想，胆怯地摇了摇头，嘟囔道："半个就半个，只要肯让我入伙。"结拜兄弟论齿序，三个男的同年不同月，依次是我、大壮、顺民。老黑上学晚，论年龄比我们都大。顺民首先提出异议："傻大姐当老大，俺仨岂不成了傻二、傻三、傻四？传出去非得让人笑掉牙！不行，不行，绝对不行！"我和大壮都说："有理！"几个人各抒己见，嚷嚷了一阵，最后排定男的顺序不变，年龄最大的黑美丽屈居末位。老黑听了不乐意，还想据理力争，见我们三个一致通过，只得屈居"老四"。

四人仿照传说中的江湖规矩，刺破左手中指，歃血燃香结盟，拜为异姓兄弟。好东西弟兄们就应共享，老四带来的菜肴被一扫而光，我取出家中留声机和红色狂飙时代秘不示人的老唱片，关紧门窗，指指外面，做个噤声手势，示意严防满院子乱转的小脚侦缉队窃听。美妙旋律和动听歌声随即在房间里回荡：

怎能忘记旧日朋友，心中能不怀想，
旧日朋友岂能相忘，友谊地久天长。
友谊万岁，朋友，友谊万岁，
举杯痛饮，同声歌颂友谊地久天长！
我们曾经终日游荡在故乡的青山上，
我们也曾历经苦辛到处奔波流浪。
友谊万岁，朋友，友谊万岁，
举杯痛饮，同声歌颂友谊地久天长！
……

一首金曲唱罢，众人良久无声，都沉醉其中。每日里耳朵灌输的都是杀气腾腾的造反歌曲，初闻此曲，无疑倾听天籁之音。

“这是谁唱的？真好听！这首歌曲叫什么名字？”三个人抢着问。

“‘此曲只应天上有，人间哪得几回闻。’尔等孤陋寡闻，且听经世饱学者慢慢道来。”我得意地卖弄，“此乃世界名曲，名字叫《友谊地久天长》，它原是苏格兰一首古老的民间歌曲《过去的好时光》，原文用苏格兰语写作，意思是逝去的日子。十八世纪苏格兰著名诗人罗伯特·彭斯重新整理写成诗，歌唱真挚持久的友谊，后被人谱曲。1940年美国电影《魂断蓝桥》热映，它作为主题歌曲被多国谱上当地语言，逐渐在世界各地流传开来。国内举办交谊舞会，常播放《友谊地久天长》助兴。”

“你从哪弄来的老唱片？”老四问。

“我妈爱跳舞，年轻时是文艺女青年，故而家里有这个。”

“明白了，你爸一定是在舞会上把你妈勾到手的。”老三笑谑。

“错！大错特错！你小子胡说八道，将行为主体弄了个颠倒，不是我爸把我妈勾到手，而是我爸被我妈勾上！”我愤愤不平，弟兄们却笑岔了气。赵大壮从家里偷来一瓶白酒，打开瓶盖，将酒分别倒入四个杯子，大声宣布："会喝不会喝，今天都得一饮而尽！"结拜兄弟高高将酒杯举起，齐声说："让我们举杯痛饮！同声歌颂弟兄们友谊地久天长！"窗外萧瑟秋风扫落叶，屋里笑声不断暖意浓……

仨小伙和一女黑大个形影不离，很快成了前进中学校园一景和话题中心。观众议论：刘端正的"嘴"，赵大壮的"腿"，苟顺民的"鬼"，黑美丽的"力"，四人不失为最佳组合。有人断言：老天爷让秉性不同、天资迥异的三男一女聚在一起，大家就等着看好戏吧——冯家兄弟独霸前进中学的格局就要完蛋！

冬日太阳弱弱地照在学校操场上，像是电池即将用完的手电筒。四人百无聊赖地坐在沙坑里，有一搭无一搭地闲扯。十三点零五分，冯胖子像一只亟待排泄的肥猪准时出现在上厕所的路上，拉他每天的第二泡屎，这家伙肠子里装满臭烘烘的排泄物，每天总要出恭三次，而且定时不误。冯家兄弟对我们四人不屑一顾。冯胖子用眼角余光斜睨着我们，满脸不屑，见我们都盯着他看，恶狠狠朝地上啐口痰，以示轻蔑，后面紧跟的瘦猴照章办理，转身撅起瘦屁股对着我们四个使劲努出一个响屁。这个无耻的举动把那三个彻底激怒了，旧恨新仇一起涌上心头，扭过头看着我，六双眼睛齐齐询问："怎么办？打，还是不打？"我低下头，不敢正视弟兄们的眼睛，像莎士比亚笔下那个没出息的丹麦王子一样彷徨不定，含混不清地嗫嚅道："等等，再等等，时机，时机好像……还……不够成熟。"我心头笼罩着恐惧的阴影，阴影不是来自冯家兄弟，而是其背后靠山。

第五章

一

时隔多年，我还清楚记得家里第一次被子弹射入的情形：全家人围着桌子吃午饭，三弟的嘴巴不停地发出“吧唧吧唧”的响声，像是一头贪吃的猪。我和四个弟弟妹妹实在听不下去，一起对着饕餮者瞪起眼睛。三弟却视而不见，依旧发出令人心烦意乱的噪音。三弟刚满周岁就被寄养在乡下，到了上学的年龄，才第一次来省城探亲。城市日子毕竟比山沟里好过些，肚子里缺油水的三弟一进家门，立即表现出极强的食欲和饭桌上不雅吃相。虎妈大声训斥：“你吃饭能不能不吧唧嘴？看你那副吃相，跟你那倒霉爹一个样！”对这个自幼不在身边的儿子，母爱稀薄得仿佛掺了加倍水的牛奶。三弟初来乍到，仿佛小牛犊闯进瓷器店，动辄得咎。受了家长训斥，三弟停止吧唧，小心翼翼咀嚼，努力不发出声音。只是没过一会儿就忘了，饭桌上又响起吧唧声。“啪！”噪音制造者当头挨了结结实实一巴掌。虎妈厉声训斥：“猪！乡巴佬！一点教养都没有！跟你那土鳖老子一个德行！”从同一个家庭熔炉里锻造出来的兄弟姐妹见怪不怪，捂着嘴幸灾乐祸。吃饭吧唧嘴犯了哪条王法？凭什么打我？乡间田野自由惯了的三弟想不通，噘起厚嘴唇正要哭，这下又犯了虎妈的家规，举起巴掌又要打。想到“不知者不怪罪”的古训，穷凶极恶的虎妈将扇巴掌改为敲桌子，咆哮着向小儿子解释他为什么是一头猪。就在这时，“呼！”什么东西穿窗而入，打在靠墙角落地风扇的钢管上，“噹”的一声弹回，最终落在盛西红柿鸡蛋汤的汤盆里。我哆嗦着用汤勺捞出，展现在面前的是一颗撞击变形的铅头子弹！全家面面相觑，弟妹们吓得脸色煞白，嘴唇哆嗦着说不出话。“这是谁在乱放枪？还让不让人活了？出了人命谁负责?!”虎妈推开窗户，探出脑袋，两个指头捏着罪证，朝隐身射手发出愤怒的声讨！话音未落，对面学生宿舍楼顶“呼呼”又射出两枪。一枪从声讨者头顶上方掠过，另一枪距脑袋左侧不远处射入，窗户玻璃钻出钱币大窟窿。这两枪彻底打掉虎妈身上的锐气，再也喊不出声，软塌塌顺着窗户出溜下去瘫倒在地，几个孩子吓得哇哇大哭。与此同时，我清楚地看见对面屋顶望远镜镜片在阳光照射下反光，接着传来一阵快活笑声。我听出笑声里有瘦猴的声音。“小心流弹！快！全体紧急卧倒！匍匐前进，迅速转移至北面卧室！”虎妈毕竟受过数年军营熏陶，刚刚清醒过来，就像一个骤然遭遇敌情，临危不乱、指挥若定的战地指挥官，立刻向属下发出命令。我们不敢怠慢，迅速卧倒，脑袋顶着前面爬行者的脚后跟，一个接一个爬行至安全地带……

“文革”一来，武斗频发，交院变战场。我家住在交院家属院，据学院只有一墙之隔，不幸成了流弹屡屡光顾之地。家庭紧急会议一致认定：南面窗户加砌防弹墙成了当务之急。只要能保住小命，纵然将明亮居室变成不见天日暗房也在所不惜。砌墙材料好办，难在家里谁也没提过瓦刀。“我会砌墙。我在俺叔家砌过猪圈，砌得可结实了，家里老母猪发情向外跑，再拱都拱不倒。”三弟自告奋勇。三儿的话让虎妈联想丰富：说这话是什么意思？猪圈岂能与家并列？老母猪发情又暗指谁？放屁！真正的放屁！虎妈举手又要打，想想当前正是用人之际，肢体家教不宜，只得咬牙忍了。动乱时期，单位门卫形同虚设，砌墙所需材料很快“借”来。三弟身子暴露在外开始作业，铁锅顶在头上权当钢盔。我蜷缩在窗户后面，和灰，搬砖，打下手。乡下孩子比城里五谷不分少年能干多了，铺灰均匀，砌砖跟线，划缝深浅一致，房间防弹墙很快砌成，摇一摇，岿然不动。虎妈满意地点点头，第一次对乡下归来的小儿子露出久违的笑容。见我家垒砌防弹墙，左邻右舍楼上楼下竞相效仿，闹到楼道一片漆黑，像是入了洞穴，又像是进了黑牢房，大白天上下楼都要小心翼翼。

射入我家的三颗子弹全是冯占魁所为，目的只有一个——闲得无聊，拿苦主逗着玩。凭着永远也打不完的子弹，以往的好学生完成人生第一次华丽转身，成了众多枪手中的佼佼者，凭着枪法精准、心狠手辣坐上交院造反派头把交椅。据瘦猴吹嘘，他小叔已修炼成真正的神枪手，枪法堪称百发百中，无论天上飞的，地上跑的，只要被瞄上，五十米内准保一枪毙命！瘦猴说话以灌水出名，同学们听了都不相信。隔了不久，瘦猴的话得到血淋淋的验证。

赵大壮的父亲是老革命，转业交院当了总务科长，从部队到地方，行伍作风不改，经常喝得醉醺醺，稍不顺心，两眼一瞪，操着东北腔开口就骂“妈拉个巴子”。知识分子面皮薄，自尊心强，受不了赵科长的口头禅。告状人多了，赵继武的总务科长干不成了，降职到学院汽车队当队长。司机粗人多，又没军纪管束，压根儿不吃上司动辄拍桌子骂人那一套，回敬“你妈拉个巴子”。车队里三天两头传出赵队长和属下的对骂声，对骂升级至对打，队长和司机在地上滚打成一团，几次从二楼滚到一楼。红色狂飙一来，车队积怨甚多的汽车队长首先被造反，队长一职被属下取而代之，老革命被发落去开大卡车，三天两头去煤矿拉煤。赵继武倒想得开，妈拉个巴子，一个破汽车队长有什么稀罕？不让干老子就不干了，只要每月工资一分不少，不耽误老子喝酒就行。学院大操场荒草萋萋，长至齐膝高，一直蔓延到围墙根下，老赵看在眼里，动起心思，借出车便利从农村集市买回一公四母一窝小羊。每天早上，打开一楼自家窗户，指挥小羊一只接一只跳进学院，把单位操场变成自由放牧的牧场。不吃一粒粮，肚子胀鼓鼓，羊一天天往大里长。老赵心里得意，几个孩子也高兴得不行，嚷嚷着什么时候打牙祭，全家美美吃一顿清炖羊肉。那会儿供应紧张，每人每月只供应四两肉，活蹦乱跳的羊堪称挡不住的诱惑。

今天离太阳落山还早，自家窗户下面却传来“咩咩”羊叫，老赵边开窗户边纳闷，羊今天怎么回来得这么早？数一数，当即变了脸色！数来数去，颠倒只剩下四只羊。老赵心里一惊，慌不迭地从窗户跳出，将大操场来回找了几遍，就是寻不见那只公羊的踪影。赵大壮和我闻讯也跑来帮着找，最后在一片被人踏倒的荒草丛里发现血迹。目睹案发现场，老赵心疼得说不出话，猜来猜去，猜不出是谁干的。

几日过去，不见操场有何异常，老赵舍不得满眼牧草丰美，又开始自由放牧。老子不放心，让四个子女轮流攀上楼屋顶，居高临下观察牧场动静，责任具体落实到个人，每人分管一只。四只羊按小主人在家中排行，分别叫“老大”“老二”“老三”和“小四”，每只羊身上都用红墨水涂了标记。半月过去，四只羊安然无恙。老赵这才放下心，楼顶暗哨也随之懈怠下来，只剩下二凤独自坚守哨所。立秋之日，天气仍热得难耐，老赵睡在躺椅上熬暑。对面楼顶骤然传来几声枪响。红色狂飙时代，响枪不足为奇，老赵被惊醒，嘟囔两声又睡过去。“爸！死了，死了！”二凤慌慌张张跑进家，喊声带着哭腔。老赵腾地坐起，睡意顿时消失得无影无踪，颤声问：“谁？谁死了？”

“老大！咱家老大被人开枪打死了！”

“啊！”老赵一听，顿时两眼翻白，哆哆嗦嗦问道：“你，你哥真、真死了？你、你会不会看错？”二凤哭笑不得，赶紧解释：“爸，你咋听的话？死的是咱家羊，不是我哥。”一听自家养的羊又被人打死，老赵立即灵醒过来，催促道：“你个傻丫头，待在这干啥？还不快去看咱家的死羊，小心被人拖走！”话音未落，外面又传来连珠枪响。老赵一听慌了神，趿拉着拖鞋就往楼顶跑，一大家子紧随其后。楼梯道响起沉重的脚步声和气愤的叫骂声，轰隆隆像是拖拉机开过。晓得外面出事，我跑出一看，得知是好友家的羊被人开枪射死，义不容辞地跟在后面以壮声势。一家子站在楼顶朝学校大操场望去，只见野草蓬勃生长，不见几只羊的踪影。正在紧张观察，操场那头出现五六个人，贼头鬼脑到处张望，见周围没人，四下散开，低头在草丛里寻找什么东西。“羊！我的羊！”老赵终于明白那几个家伙的无耻企图，喊叫着疾步往楼下冲去，后面又响起轰隆隆声音。老赵一个箭步跨上窗台，几个儿女也要跟着跳下，都被他阻止：“枪子不长眼。你们都给我在家待着，我一人去。今天人在羊在！”话里透着悲壮。

几个贼人很快找到战利品，各自拖着一条死羊的后腿，说说笑笑往回走。老赵气喘吁吁从后面追上，边追边喊：“妈拉个巴子，都给我放下，那是我的羊！”几个贼人扭头一看，认出是一个战壕的战友，却难舍到手的美味，装成没听见，扛起死羊发足狂奔。“站住！都给我站住！你们这些胡子！活土匪！”老赵越发气愤，穷追不舍，看看就要追上，楼顶枪声又响了！子弹射在前面路上，激起沙石飞溅，以示最后警告！要羊还是要命？老赵虽然快被气疯了，孰轻孰重还能掂来，只得被迫停止追赶，恨恨瞪着几个白日公然为盗的家伙，眼睁睁看着他们消失在改造成防御工事的男生宿舍楼里。

老赵满怀忧伤走在返回的路上，眼前曾经给一家人带来欢乐和希望的草场，瞬间变为盗贼横行的死亡凄凉之地。“我的羊呀！我的五只心肝宝贝！”想到一家六口日思夜想的盛餐，老赵恨得咬牙切齿，气得捶胸顿足。“咩……”远处草丛里传来一阵微弱的叫声，像是回应主人的哀伤。老赵脑海里骤然闪过一道亮光：贼人抢走三只，应该还剩一只！老赵侧耳凝听，判断出羊的准确位置，腾地蹦起，踏倒齐腰高野草，奔向哀鸣处。劫后余生的小四孤单地卧在草场深处，浑身颤抖，一双温柔的大眼睛可怜巴巴地望着主人。老赵抱起小四，如同珍贵物品失而复得，搂在怀里再不肯松手。走出草场，老赵才发现手上湿漉漉的，仔细一看是血！心里一惊，以为自己受了枪伤，赶紧将羊放在地上，从头到脚，从前到后，将自己细细摸了个遍，摸来摸去，也没找到流血伤口，这才放下心来。再检查羊，发现羊肚皮被子弹划过，留下一道深槽。老赵心痛不已，再也忍不住满腔悲愤，边抱着羊往回走，边仰起脖子，对着同一派战友聚集之处，蹦着高狂号怒骂："胡子！活土匪！千刀万剐的混蛋玩意！谁开枪打我的羊，我操他祖宗八辈！妈拉个巴子，有种的别在沙袋后面藏着掖着，站出来让老子瞧瞧！"老赵蹦着高叫骂，正骂得起劲，"啪！"一声脆响，鲜血、骨渣、脑浆顿时糊了羊主人的半个脸！老赵被炸子震懵了，耳朵里嗡嗡作响，眨巴着眼，一时还没明白发生了什么事，定睛一看，顿时魂飞魄散！小四身子还在不停地抽搐，半个羊头却不见了，剩下半个脑袋"咕嘟，咕嘟"朝外冒血！老赵这才意识到自己脸上黏糊糊的是什么东西！"我的娘呀！"羊主人惨叫一声，满腔怒气顿时丢到爪哇国。晓得楼顶这些亡命之徒什么缺德事都干得出来，好汉不吃眼前亏，老赵赶紧改口："别开枪！楼上战友千万别开枪！误会，误会，绝对是误会！羊我不要了，送给战友们吃罢！"喊罢，扔下羊抱头鼠窜。身后传来一阵哄笑，笑声最响的是造反司令……

老赵事后心有余悸地对我们说："军用五四手枪有效射击距离是五十米，最远射程达二百米。隔着两个电线杆距离，还能一枪打爆我家小四的脑壳，枪法赶上胡子大当家了！妈拉个巴子，冯占魁这小子心狠手毒枪法准，你们以后见他趁早躲远点。"几个半大小子听得毛骨悚然，鸡啄米般频频点头，这才明白冯胖子为何在学校看这个不顺眼，那个欠修理，原来背后有这么个魔头撑腰！

连惊带气，屋里躺了一天，老赵慢慢还了阳。羊主人越想越气，我辛辛苦苦养的羊，你们凭什么抢走白吃？就因为你们手里有枪？有枪难道就可以胡作非为？抢我羊的还是所谓"战友"——同一杆造反大旗下并肩站立。骑在人脖子上拉屎，欺人太甚！老赵找本派组织头头讨公道。几个头头躲着不见。其中一个见躲不过，索性打起官腔，教育老赵"要正确对待群众运动，狠斗私字一闪念，要把组织放在个人利益之上"。老赵听得躁气，摔门而去，回家越想越窝火，小兔崽子们也不看看我是谁？俺老赵行伍出身，别的本事不敢说，要说比枪法，咱们一对一地干，小兔崽子都是我的枪下鬼！妈拉个巴子，这口恶气非出不可！老赵手里没枪，比不成枪法，只好比笔法。老赵念过几天私塾，熟读《三字经》，学过《增广贤文》，肚里攒了点墨汁，这会正好派上用场。老赵的大作在交院大门口贴出，争睹奇文的观众很快围了个水泄不通。文章题目吸人眼珠——《我的退团声明》。大家看题目都有些纳闷：退团？退什么团？“文革”一来，团组织已停止一切活动，这会子退的哪门子团？再看下面署名：“声明人赵继武”。赵继武是谁？有熟识老赵的，说是在本院车队开大卡车拉煤的，东北口音，长相江湖，五短身材那位黑矬胖子。观众这才明白赵继武的“退团声明”是献给全体战友——本院掌权一派、“反到底”兵团。老赵文章犀利，对仗押韵，一针见血，其中佳句给人印象深刻：

“战友”枪一响，溅我满脸血！全家辛苦大半年，一口羊汤没喝上。一窝胡子，满校土匪，反到底，你还我的五只羊！

观众看了老赵的奇文都道精彩。头头们却不认同，冯占魁气急败坏，拔出手枪，当下就要找苦主给点颜色看看。几位吃了羊肉心里有愧，作好作歹，将冯占魁拦住，说毕竟咱们把人家的羊白吃了，而且不是一只是五只。战友抢战友，传出去委实不大好听，战友再收拾战友，越发不成体统。大敌当前，考虑到对外影响，此事不宜张扬，最好置之不理，来个大事化小，小事化了。

贴出“退团声明”第二天，老赵去车队上班，别的司机都出车了，唯独老赵被晾在一边。老赵找现任车队队长问个究竟。车队队长的官帽是造反得来的，对扯旗造反、呼啸一方具有深厚感情，对老赵半路退出反到底兵团的做法颇有异议。队长倚着靠背椅，跷着二郎腿，边喝着茉莉花茶，边斜睨着以前的上级、现在的属下，阴阳怪气地说：“你不是不造反了吗？你不是声明退团了吗？既然退了，你还来单位车队做什么？”老赵一听急了，急赤白脸地分辩：“你睁大眼睛看清楚！我声明上写的是退团，不是退职！”车队队长冷冷地说：“要反就反到底，要退就退到底，屎屙半截再缩回去，那算啥？那叫怂人尿不尽，孬种！”老赵不是善茬，嘿嘿一笑：“我退了职，你来养我？你非逼我退职也行，我一家六口从明起改在你家开伙。”车队队长照地上啐了一口，“我又不是你爹，凭什么养你？”老赵恼了：“我是你爹！妈拉个巴子，老子不伺候了！”说完，掏出汽车钥匙拍在桌上，二次摔门而去。好在那会儿搞运动，不上班工资照发，老赵乐得在家当逍遥派。

赵继武同志的名言佳句迅速传开，败退在外的对立面“千钧棒造反纵队”听了如获至宝，天天用高音喇叭隔着马路广播，号召更多受蒙蔽的人“向误上贼船，幡然醒悟的赵继武同志学习，迅速回到革命队伍中来”。老赵听在耳里，晓得有人声援自己，心里稍稍好受些。受到“退团”启发，“千钧棒”伪造了许多“本人声明”，署的都是真名字，内容纯属虚构。趁月黑风高之时，派人潜入“敌占区”悄悄贴出。“声明人”将反到底兵团描绘为魔穴淫窟，眼中钉冯占魁成了大淫棍和吃人不吐骨头的魔头，结尾无一例外是“自己最终认清‘反到底’的丑恶面目，决心痛改前非，坚决反戈一击！誓死回到正确的革命路线上来”。声明贴出，内部互相猜疑，被署名的都忙着洗刷自己，赌咒发誓绝无此事，彼此互相猜疑，一时军心浮动。

“反到底”造反司令恼羞成怒，下令组织还击，七百年高粱八百年糠，陈谷子烂芝麻统统翻腾出来，两边高音喇叭互揭老底展开对骂。千钧棒造反纵队三号头目花丽贞早年是越剧团花旦，年轻时颇有几分姿色，为众多官员所垂涎，其中几位有了同靴之谊，一位副省长也成了入幕之宾，风流寡妇是公用情人，其生活作风成了坊间八卦的谈资。造反女将的风流旧事被对方挖掘整理添油加醋上了广播，大喇叭将其定性为“破鞋、女流氓”，黑秀才渲染得有声有色，“残花败柳屡屡自荐枕席，床上功力颇深，狐媚温柔入骨，嫖客欲仙欲死”，活脱脱描绘成当代潘金莲。花丽贞是学校房产科管理员，徐娘半老，风韵犹存。第三任丈夫病死后，学院所有鳏夫对她一致产生想法，胆大的付诸行动，其中两个老鳏夫为她大打出手，一个半秃脑袋残存的头发被拽掉宝贵的一缕，另一个被对方老拳敲掉两颗门牙。螳螂扑蝉，黄雀在后。最终被死了老婆的顶头上司捷足先登。房产科科长的续弦大家都认得，只是不晓得在她身上居然隐藏着这么多精彩故事。两边大喇叭广播内容越来越吸引听众，听了都说过瘾，都道比过去听评书精彩多了，都竖起耳朵盼对方如何反击，都等着听如何洗刷泼在同一战壕的战友身上的污泥浊水。老赵也暂时忘却自己的恐怖遭遇和家里五只羊的悲惨命运，坐在屋外手托下巴含笑闭目凝神静听下回分解。“千钧棒”奋然迎战。出乎广大听众的意料，女头目是否曾一度春情泛滥？与其有染的男人是否过了三位数？“千钧棒”笔杆子高屋建瓴，不屑在庸俗枝节问题上与对方死缠烂打，而是提纲挈领，给不光彩旧事戴上红帽子，在风流性质上做足文章，毅然用高音喇叭宣称：“坚决支持花丽贞同志的革命行动！造反的破鞋就是好！”“革命的女流氓好得很！”听到的起先都以为自己听错了，待自己耳朵确定无误，女人忍俊不禁，男人乐不可支。

二

部队奉命“三支两军”，各地武斗很快被制止。警备区颁布通令：各群众组织和个人必须在规定期限内缴出非法藏匿的枪支弹药。缴枪截止日期前夜，城内外枪声大作，仿佛过年各家各户放鞭炮。交院反到底兵团缴枪队伍威武雄壮，每辆大卡车驾驶舱顶上都架着一挺乌亮机枪，射手匍匐做预备射击状，车厢两边清一色半自动步枪扇形展开，雪亮刺刀在阳光下闪着瘆人的寒光。看见的都说这帮搞武斗的家伙不像去缴枪，倒似参加阅兵。冯占魁坐在一辆军用敞篷吉普车上，人流里窜来窜去，时前时后，忽东忽西，指手画脚，吆五喝六，最后过一把造反司令瘾。军用吉普驶至十字路口，估摸是想在大庭广众面前抖威风，这厮从副驾驶位置站起，双枪并举，转着圈狂射，黄灿灿子弹壳爆豆般地上乱蹦。枪子不长眼，一街人脸都吓白了，个个抱头鼠窜。吉普车开远，大家仍惊魂未定，上年纪的都骂：“二毬货！见过二毬货，没见过这么二的二毬货！真正的二毬货！”

缴枪大限之日，交院家属院防弹墙被统统推倒，全楼人得以重见光明。

红色的太阳，红色的天，红色的地，红色的人流，红色歌曲响彻云霄，红色口号惊天动地，红色标语贴满墙壁，鞭炮红色碎屑在空中飘舞，街道上铺满厚厚一层红色……省、市革委会成立之日，我们的城市成了红色海洋。宽阔街道上挤满各式各样前去报喜的庆贺彩车，长长车队从头看不见尾。交院彩车是一辆重型平板拖车，上面搭起双层鼓架，下层是九面小鼓，上层是一面直径五尺的大鼓，象征众星拱月。人高马大的冯占魁又一次在大庭广众面前出尽风头，一身大红，上身红背心，下身红球裤，腋下湿漉漉黑毛露出多长，立在大鼓面前，大吼一声，像是听见号令，下层九个穿蓝色球衣的鼓手举起手中鼓槌，同时敲响《得胜鼓》。见万众瞩目，冯占魁心里得意，越发抖擞精神，《秦王破阵乐》的鼓点敲得如疾风暴雨、万马奔腾，引来阵阵喝彩声。我和赵大壮立在马路边，张着嘴，木呆呆、酸溜溜看着仇家表演。冯占魁这号人是政治弄潮好手，人前总要也总能有一番精彩表演，无论哪股浪潮刮来，都能独立潮头弄潮，手擎红旗旗不湿。别人拿他无可奈何，能打倒冯占魁的只能是他自己。

交院革委会成立，不出所料，掌权的反到底兵团取得压倒性优势，冯占魁是堂堂一把手。交院几乎天天都有冯占魁活动的报道，大喇叭里不时传出女播音员矫揉造作的播报，一口一个“冯主任”，声音甜得令人发腻：“交院认真部署开展斗批改工作，冯主任结合本单位实际作重要指示。”“交院师生誓言过一个革命化春节，冯主任做具体安排部署。”天天如此，全院教职工听得习以为常。

校园忽然充满躁动不安的气氛，像是发生了什么大事，职工三三两两聚在一起议论，见人路过赶紧闭嘴。我依稀觉得周围起了变化，像是某种天天耳闻目睹的熟悉东西突然不见了，想来想去想不起是什么，问赵大壮，他也觉得哪有些不对头。两人琢磨了好一阵，几乎同时喊出声：“冯占魁！”我俩恍然大悟——冯主任的行踪从交院大喇叭里彻底消失。交院领导班子乱成一锅粥，一把手不知何故连续几天没来上班，也没给院办打招呼。到冯主任家里探望究竟，只见大门紧锁，问周围邻居，都说不知道。领导们这下都慌了，正商量着是报案还是向上级汇报，惊天消息传来——冯占魁已被刑拘！昨天座上宾，今日阶下囚。以往平静的交院顿时炸了锅，流言蜚语满天飞，校园里流传着学院一把手被捕的各种版本：有的说冯占魁深夜还在睡梦中，楼下已被荷枪实弹的警察围了个水泄不通；有的说冯占魁是在下班途中被七八个干练刑警一拥而上摁倒，冯占魁仗着身高力大拼命挣扎，被枪柄砸昏过去；还有的说冯占魁自知罪孽深重，企图越境投敌，被边防军开枪击伤擒获。出乎所有人的意料：涉及命案的冯主任不是被捕，而是自己背着铺盖卷主动投案。冯占魁人脉颇深，采取抓捕行动前夕，同一派战友、省革委会某领导为他通风报信，让他早做安排。冯占魁身负人命，思来想去，自知难逃法网，抢在逮捕前去公安局自首，争取宽大处理。

从三好学生蜕变为交院头号枪手，从枪手升级至杀手，由杀手跃升学院一把手，冯占魁完成短暂人生的华丽三级跳。在众人羡慕的目光里，一颗炫目的政治舞台新星冉冉升起，瞬间又从高空陨落，新星变流星。随着坏头头落网，几个手上沾血的喽啰相继被抓。高音喇叭里以往提到“冯主任”甜得发腻的声音转瞬变得语调铿锵、慷慨激昂：“热烈欢呼冯占魁等坏分子被无产阶级专政！”“冯占魁罪大恶极！长期以来在校私设公堂、滥用刑法，在外组织武斗、草菅人命。交院广大革命群众看在眼里，恨在心头，早已是可忍，孰不可忍！”

周三下午全院例行学习成了控诉会，罪大恶极的冯占魁是当然主角，“假枪毙”是其最阴毒的一招：半夜睡梦正酣，“哐啷”一声，门被一脚踹开，闯进五六条戴大口罩的彪形大汉，领头的正是牛棚总管冯占魁，骂骂咧咧，推推搡搡，牛鬼蛇神被拽下床，不由分说蒙上头套，反剪双臂，押至黑暗处。看管照膝窝就是一脚，牛鬼蛇神向前踉跄两步跪倒。执行者厉声宣布：“×××，你顽固坚持反动立场，拒不悔改，实属罪大恶极！经反到底兵团慎重研究，决定宣判你死刑，立即执行！你最后还有什么要交代的？快说！”生死关头，胆小的不是吓尿了裤，就是吓得哭出声；胆大的还要做最后申辩，“呯！呯！”两枪紧擦耳畔而过，被拉到刑场的十有八九吓得瘫倒在地，身后随之传来阵阵狞笑……假“枪毙”是造反司令逗你玩，上演黑色幽默独幕剧。从“鬼门关”回来的人越来越多，无一例外被折磨得神经衰弱。控诉会演变为争辩会，好像被“枪毙”的次数越多越光荣，人人争说自己在刑场上的英勇表现，揭露刚才大言不惭的牛棚同伴才是真正的怂包软蛋，让听众忍俊不禁。先是精神折磨，后是物质敲诈。交院家属院楼下不时响起怪腔怪调的喊声：“×××家属，你家老头烟瘾犯了！你们是送香烟来，还是让我们帮他戒烟？”听见喊声，“犯人家属”无不屁滚尿流，生怕好汉们“帮着戒烟”，连滚带爬地将香烟送去。巧取档次越来越高，花样越来越多，香烟从宝成、海河、大前门升级至牡丹、中华；“烟瘾犯了”延伸至“酒瘾发作”。牛鬼蛇神的家属被看管们的索求无度弄得苦不堪言……受害者们越说越气，最后一致认定：冯占魁无恶不作，罪大恶极，十恶不赦。恶有恶报，这回轮到他自己被押上刑场，真正被枪毙！

太阳出来了！冰山融化了！冯家兄弟靠山倒了！冯占魁公捕的第二天，兄弟三个半聚在一起。自从遭受冯氏兄弟毒打以来，我忍气吞声、脸色阴暗、眼神黯淡。号角吹响，战士聚集，今夜，我眼里第一次射出瘆人的寒光！兄弟们看在眼里，不约而同说声“打”！四个脑袋凑在一起商量恶战具体部署，一致同意地点选在冯胖子每天定时上厕所的路上。我恶狠狠宣布：“我要把冯胖子肠子里的屎都揍出来！”

正义在我，师直为壮，剑及履及，势如狂飙。赵大壮一脚将瘦猴踹翻，两只脚在对方瘦屁股上轮番猛踢，仿佛场上踢足球。老黑熊抱显示惊人威力，从后面拦腰抱起冯胖子，原地转了两圈，仿佛田径场链球选手，掷体重九十公斤对手就像扔一件破大衣。冯胖子仿佛突遭飓风，树叶般飞起又跌落，跌落又飞起，被一连三个熊抱摔得七荤八素，趴在地上急切爬不起来。我跳在仇人身上，攥紧戴着金属指环的拳头，左右开弓猛击肥头！直打到冯胖子没了声息。看势头不对，赵大壮转过死死抱住我的后腰。我面孔扭曲，气喘吁吁，拼命挣扎，哭着喊叫：

"混蛋！放开我！我今天非打死这个王八蛋！"几个人合力才将已陷入半疯狂的我拉开。冯胖子被打得奄奄一息，大小便失禁，臭气熏天地躺在地上。既定时间，既定地点，既定对象，既定之战很快结束。事过多日，赵大壮仍心有余悸地对我说："你那天真疯了！我再不拦住你，非得闹出人命！"

苟顺民恬不知耻的举动给这场斗殴抹上一缕喜剧色彩——恶斗刚结束，老三立刻从不知什么地方钻出，手举大棒，装腔作势地喊道："两个狗东西在哪？看老子怎么收拾他俩！你们谁也不准拦我！谁拦我跟谁急！"见冯氏兄弟被几位老师送往医院，老三叹口气，煞有介事地说，"家伙不趁手，我又回去重寻。谁知这俩货不经打，我紧跑慢跑还是没赶上！"口吻带着遗憾。围观的都乐了，都说这小子果然鬼！既要入好汉帮，又怕担风险，稳稳当当做英雄，只是戏演得忒假，纯属装蒜！我破涕为笑，老黑气得大骂，赵大壮干脆以脚代言。

三

痛殴冯氏兄弟的当天晚上，全家同往常一样，聚集在昏黄的灯光下，就着咸萝卜条，喝着红薯苞谷粥，六个人低着头，谁也不看谁，谁也不说话，空气异常沉闷。"嘭嘭"响起敲门声。家人对看一眼，心里都有些纳闷：自从父亲入狱，很长时间没有人上门，这会是谁呢？"嘭嘭！"敲门声再次响起。为防备冯家人上门报复，我悄悄操起铁榔头，朝靠门口坐的大弟弟努努嘴，示意他去开门。全家一起竖起耳朵，凝听门口动静。家门打开瞬间，门道响起惊喜的尖叫："爸爸！"屋里顿时炸开锅！"爸爸回来了！"几个孩子撂下饭碗，争先恐后地扑向久违的亲爱的爸爸！抱腿的抱腿，搂胳膊的搂胳膊，小妹死死抱住爸爸的脖子不肯丢手，黄瘦小脸紧紧贴着沟壑遍布的老脸，一个劲号啕，鼻涕眼泪抹了爸爸一脸。外面响起短促的喇叭声，我朝窗外望去，路灯下，一辆吉普车缓缓驶离。爸爸是坐小车回来的！也就是说，爸爸现在的身份再不是劳改就业人员。虎妈目瞪口呆，坐在那里一动不动，似乎还没反应过来发生了什么事。爸爸看都不看离婚的妻子，只顾和孩子们亲热。几年不见，爸爸的头发几乎全白了，人也消瘦了许多，耿直开朗脾气仍未变，说话依然是粗喉咙大嗓门，说到高兴处依旧开怀大笑。爸爸告诉我们，他这次回来就再也不走了。屋里又爆发一阵欢呼！几年来，父亲不停地向上面申诉，几位老战友帮着从中斡旋，终于引起京城高层的重视，批示重审，最终认定这是一桩错案，予以纠正。虎妈听得兴奋，觍着脸凑了过来，慷慨激昂地宣称："老刘，你的行政级别必须恢复！工资必须全部补发！该配的小车也必须配！待遇一样不能少！"听口气，似乎她和爸爸仍是一家子。未等爸爸回答，我狠狠剜了她一眼，讥讽道："请问这些和你吕玉清有什么关系？咸吃萝卜淡操心！"虎妈当着众子女面吃瘪，正要发作，想到夫妻关系已亡，没有自己说话的份，又讪讪缩了回去。久别重逢，大家都异常兴奋，一直聊到弟妹们哈欠连连，小妹在父亲温暖怀里酣然入睡。

夜深沉，虎妈重新梳妆打扮，乌发高高盘起，涂上红红唇膏，身上抹得香喷喷，换上睡衣在前夫面前走来走去，离了婚的丈夫却看都不看。虎妈自觉无趣，只好一人进了卧室，门却半开，摆出虚席以待的态势。"哐啷！"爸爸将小房间门用力关上。咫尺如隔千里。卧室又传出细细的哭声，似怨似恨，又似表达对前夫的愧疚之情。未等爸爸吭气，我先吼了一嗓子："哭什么哭！早知今日，何必当初！我爸落难时，你一滴眼泪没有，铁了心要分手。你这会儿后悔了？晚了！"

父子抵足而眠。说起几年来家人所受的欺凌和困窘，我眼睛一酸，落下两行泪。老人家叹口气，说你小小年纪，家里担子本不该你挑。做长子不容易，爸爸感谢你！听了暖心窝子的话，我再也忍不住，放声大哭！爸爸拍拍我身子，还像我小时候那样，故作惊讶地说："我儿子是老虎，小老虎长成大老虎。谁见过大老虎还会哭天抹泪。稀奇稀奇真稀奇！"我听得破涕为笑。

父亲回来的第二天，三位不速之客登门，自我介绍是上级组织部门派来落实政策的，为首的是李处长，随行的一个是王科长，一个是张干事。大墙里面蹲了几年，父亲对身外之物越发看淡，谈到工作和个人待遇，说一切由组织安排决定。父亲的回答大大出乎来人意料，三人先是对看一眼，同时松了口气，王科长赞扬刘守义同志不愧是戎马半生的老革命，久经锻炼的无产阶级老战士，思想觉悟就是高！张干事称赞刘老受了那么大委屈，却不与组织讨价还价，更无半句怨言，表现出一个真正共产党员的本色，让我们很是感动，很受教育！李处长颂扬刘老高风亮节令人钦佩，值得大家认真学习，回去以后，我们立刻向上级领导汇报。集体灌完米汤，就要握别告辞，父亲对伸过来的手视而不见，说你们且慢走，我有一件难事亟待上级部门出头帮助解决。三个人脸上笑容同时僵住，只得重新坐下。父亲说：我现在无家可归，万般无奈之下，只得恳请上级给我及六个子女一个栖身之处。李处长大惑不解，说：这里不是你家吗？父亲阴沉着脸，取出离婚证递过。当官的丈夫刚落难，年轻妻子就急着分手，李处长见怪不怪，悄悄使个眼色，随行的打起官腔，王科长说眼下房子紧张，只能容我们回去慢慢协商解决。张干事说房子问题迟早是要解决的，只是假以时日而已。父亲问什么时候能解决。李处长脸上堆着甜腻腻假笑，回答轻飘飘：具体时间现在还不好说，房子实在是太紧张了，请你们全家多多理解耐心等待。父亲还未说话，长子首先爆发！我红脖子涨脸，额头青筋鼓起多高，气愤地说：制造冤假错案，你们从重从严从快，到了落实政策，你们却让我们一家多多理解耐心等待。屁话！全是狗屁倒灶的屁话！父亲摆摆手，制止儿子破口，轻描淡写地说：这里是别人的家。我一个大男人住进来算怎么回事？名不正言不顺。我一天也待不下去。你们索性把我送回监狱，我在里面耐心等待，什么时候给我一个遮风避雨之处，我什么时候出狱。李处长不笑强笑，说老同志真幽默。父亲笑了，话里透着斩钉截铁：我准备将幽默进行到底！回去请向上级领导汇报，就说丧家犬刘守义说的，一月之内，拿不到房子钥匙，我就穿上旧军装，佩戴军功章，带上残疾证，背上铺盖卷，去收容站报到，恳请收容一个为新中国流血负伤多次立下战功饱受冤屈现在无家可归的老兵。李处长仿佛被牙医告知给自己拔错了牙，脸上肌肉不停地抽搐，笑得比哭还难看，苦笑道：老刘同志真会开玩笑，太幽默了！

与此同时，前妻的复婚活动也在紧张进行。破镜重圆首先需要营造和谐幸福的家庭氛围，虎妈脸上以往冷峻神色换为温馨笑容，说话柔声细语，对前夫嘘寒问暖，对子女关怀备至，无奈以往狰狞形象深入人心，看惯了恶妇，再看其扮演贤妻良母，如同婢学夫人，总不大像。虎妈做戏，前夫视而不见，听而不闻；子女心存恐惧，避而远之。虎妈将小女儿拉到怀里，作慈母状为其梳头，小妹一动不敢动，眼睛透着惊恐，大人没梳几下，小人已吓得缩成一团，只剩下哆嗦的份了。我见状，过去将小妹拉走。虎妈叹口气，耐着性子继续扮演贤妻良母角色。个人表演与群众关心双管齐下。老战友、老朋友、老熟人、老同学、老邻居、老乡、亲戚……一切可以动员的关系都被虎妈紧急动员起来。中国人是“宁拆一座庙，不破一门亲”的忠实信奉者。大家受人之托，忠人之事，以极大的工作热情投入到破镜重圆的工作中，登门说合的人群像河里产卵的鱼，一拨拨游到我家。大家苦口婆心，举一反三，耐心做冥顽不化的前夫思想工作。这个谈话分析入微：吕大夫之所以走到离婚这一步，完全是迫于来自各方面的压力，违心说了不该说的话，违心做了不该做的事。作为男人，你要深刻体会一个女人的难处，理解万岁！那个发言慷慨激昂：吕玉清烈女不嫁二夫，离婚不离家，替你抚养六个孩子，不但无过，而且有功！你刘守义不能前脚平反出狱，后脚就想当陈世美！更有高屋建瓴式发言：现在一切都要向前看。男子汉大丈夫肚里撑得船，离异夫妻该合即合，切莫纠缠于鸡零狗碎，落个一地鸡毛，让外人看笑话。人生百年，白驹过隙。老刘你也是奔六张的人了，还有什么看不开？赶紧复婚！一旁虎妈殷勤地为说客端茶倒水，不时掏出手帕拭泪，做含冤负屈状。说客们看在眼里，生出几分感动，一致认定虎妈是当代秦香莲。父亲背靠沙发，闭目缄口，任由众人聒噪，始终一言不发，仿佛老僧入定，又似风过牛耳。待到客人告辞，主人送出一句：自古泼水难收，诸位不必费心。

眼看复婚无望，虎妈撕去伪装面具，露出狰狞真面目。指着父亲的鼻子，厉声宣布："姓刘的，六个孩子都随你姓，我姓吕的凭什么白养！你补发的工资必须分我一半，少一分也不行！"

"可以。"

"房子是我的，家具是我的，屋里东西都是我的！"

"随你。"

谈到六个孩子归谁抚养，父亲表示孩子都已懂事，应尊重他们意愿，由他们自己决定。晚上召开家庭会议。父亲又幽了一默：男左女右。谁愿意跟爸爸走，继续姓刘，举左胳膊；谁愿意留下跟妈妈过，改刘姓为吕姓，举右胳膊。话音未落，六条左胳膊齐刷刷举起。我心里暗自发笑，想起《史记·吕太后本纪》"太尉周勃谋诛诸吕，行令军中说'为吕氏右袒，为刘氏左袒'。军中皆左袒。"再想不到，西汉故事今日在老刘家重演。见六个孩子没一个愿意跟自己，虎妈恼羞成怒，大骂："滚滚滚！全家没一个好东西，都给我滚！眼不见心不烦，老娘一人乐得清闲。"

"将幽默进行到底"果然有效，组织部门来人回去不久，父亲就拿到三居室钥匙，工作安排在东郊一家国营大厂，职务是工会副主席，待遇不变，有职无权。

搬家那天，一家子笑语喧哗、欢天喜地。赶上周日休息，全院子的人都出来送行，冯婆子觍着脸，讪讪挤到跟前。唯独虎妈将自己锁在家里，再不肯露面。临走前，我幽了最后一默，当着众人的面，敲响玻璃窗，对着屋里喊："吕大夫，姓刘的都走了。欢迎你以后到我们新家来玩！"旁边的人听了，想笑不敢笑，个个作掩口葫芦。

第六章

一

提起孙翠萍，家属院大人小孩都说好，说话柔声细气，见人总是温和地笑，谁家有事，都要热心相助。说到赵继武，单位职工无不摇头，嘴里总有一股难闻的酒气，不喝高还算正常，灌多猫尿必定骂街撒酒疯。一个善人，一个浑人，一个容颜清秀，一个长相粗鲁，两人如何成了夫妻？外人再想不通。

孙翠萍本姓李，生母患产褥热去世。父亲是个小商人，做买卖经常外出。后妈见不得前妻的孩子，李翠萍饥一顿饱一顿，瘦得身上没有几两肉，小脸只剩下一对大眼睛，像只瘦弱的小猫，谁见了都说这娃凄惶，怕是活不了几天。姑姑不忍心看着亲侄女早早夭折，将李翠萍抱回自家抚养，随姑父姓，改姓不改名，大号韩翠萍。韩翠萍长到三岁，姑姑染上虎烈拉死了。姑父张罗着续弦，韩翠萍又成了累赘。韩家放出口风要将养女送人。县城东街有对中年夫妇膝下无子，见了韩翠萍还算满意，领回自家收养。这家姓孙，韩翠萍过继后又改名为孙翠萍。孙家视养女为己出，孙翠萍过了两年好日子，人也从黑小丫变成白胖妞。谁知好景不长，一家三口去外地走亲戚，路面结冰太滑，长途汽车翻到沟底，一车人死了大半，养父养母当场气绝，养母怀里的养女却安然无恙。消息传开，都说孙翠萍命犯铁扫帚星，幼时乖戾破家，长大克夫再嫁，万万收留不得！说的人多了，连孙翠萍本人也自认扫帚星。早就觊觎伯父家产的侄子乘机蹦了出来，说死丫头走哪祸害到哪，罪不可赦，死有余辜！将扫帚星赶出家门。可怜孙翠萍小小年纪就成了无家可归的流浪儿。

孙翠萍有个表姨，长年吃斋念佛，面慈心善，见表外甥女实在可怜，本想自家收养，老公却死活不同意，只得寻思帮着找个栖身之处，连着问了几家想要收养孩子的，无奈“扫帚星”恶名远扬，对方一听连连摆手，一口回绝。表姨想来想去，凡人拿扫帚星肯定没辙，只有庵里观音菩萨镇得住，领着孤女来到百里外南山大悲庵，说明缘由，恳请明净法师收留。“黄金白玉非为贵，唯有袈裟最难披”。老尼不惧扫帚星，只嫌孩子小，能吃不能干，借口孙翠萍前生罪孽深重，今世孽缘未了，“佛陀只渡有缘之人”，此女与佛门无缘，不愿收留。无奈老施主面子大——每年都要给庵里施舍，这次又随驴车捎来五斗小米、一罐清油和半筐腌芥菜疙瘩，只得勉强答应留下试用。

说是出家，却未剃度，算是住庵居士，五岁的孙翠萍黎明即起，抱着与自己一般高的大扫帚洒扫庭除，打扫完卫生，进厨房刷锅洗碗，下菜园摘菜锄草，每日忙碌不停，形同庵里杂役。可怜一介幼女，正是与同伴们调皮玩耍的年龄，却终日只能与青灯古佛为伴，晨钟暮鼓，缁衣芒鞋，食物简陋，戒律森严，沉闷的生活如同阴霾密布的天空，看不到一缕阳光。

花开花落，年复一年，小杂役慢慢长大。母亲生前是小城数一数二的美女，孙翠萍继承美的基因，昔日瘦弱枯黄的小丫头如今出落成美人，乌亮头发盘成发髻，面色白润，嘴唇鲜红，一双眸子明亮有神，色泽暗淡衣服遮不住青春躯体，胸脯隆起，腰臀分明，凸显成熟女性风姿。香客见了，都忍不住多瞄几眼，心里纳闷：尼姑庵何来此尤物？出家人讲求清心寡欲，她青春靓丽如何做得到？明净师太看在眼里，唯恐佛门清净之地闹出绯闻，几次厉声斥责，勒令女居士用布条将胸脯勒紧，无事待在后面，殿前游客多时不许出来走动。

多日绵绵春雨，庵前路断人稀。孙翠萍待在厨房憋闷，出来透透气，转到大殿前，看见一位白衣男子在观世音菩萨像前双膝跪倒，朗声诵持《大悲咒》如是愿：“受持身是光明幢，受持心是神通藏。洗涤尘劳愿济海，超证菩提方便门。我今称诵誓皈依，所愿从心悉同满……”之后是为大病初愈的老母祈福。男中音厚重，朗诵颇具乐感，听上去极具穿透性，与众尼姑干巴巴的念经声不可同日而语。孙翠萍平生第一次听如此悦耳的男声，只觉得那声音富有磁性，入耳入心，立在那儿，不觉听呆了。香客诵毕起立，一转身，四目相对，再想不到深山古庵居然隐藏着如此清丽脱俗的女子，当下看呆了。眼前男人身材挺拔，两道剑眉如刷，面色白净，五官俊朗，双瞳如黑漆点就，眉宇间透着书卷气。见青年男子笑意盈盈，目不转睛地盯着自己，孙翠萍羞红了脸，心头小鹿乱撞，低下头转身缓缓离去。已是思春的年龄，孙翠萍夜里辗转反侧，脑子里尽是英挺男子的身影，好不容易睡着了，面前又浮现那双漆黑的眸子……

雨过天晴。进山游人络绎不绝，庵外熙熙攘攘，庵内香客多如过江之鲫，大悲庵又恢复往日热闹景象。殿内佛塑轩轩，香烟袅袅，梵呗声声，善男信女虔诚拜忏，起身恭敬捐助。眼见功德箱里的纸币、现洋、铜板越积越多，一旁执事尼脸上笑开了花，手中小木槌轻叩铜磬，面朝香客单手礼拜，一口一个“阿弥陀佛，善哉，善哉”。女杂役身在灶房，心在殿堂，抽个空子悄悄来到前面，一眼瞅见做梦都想的妙人。男子立在大殿台阶上，四下环顾，脸上带着焦虑的神情，像是正在苦苦寻觅意中人。二次四目相对，双方眉目传情，一切都在不言中，彼此视线像是春蚕吐丝，只想将对方紧紧裹住再不肯松开。当班僧值大殿前后巡视，转了几圈，见女杂役仍立在那不动，像是中了邪魔，又像在端详什么，不由得好奇，悄悄走到背后，顺着视线瞄去，当即变了脸色！连推带搡，将妙龄女居士押至斋堂，说明缘由，让典座严加管束，不许其外出一步！人想人，想死人。孙翠萍一颗心都在美男子身上，耳听屋外晨钟暮鼓，眼望窗前耿耿明月，暗暗下定决心：纵然天崩地裂、江水倒流，我也要再见他一面！

春雨淅淅沥沥下个不停，望着檐下如烟如雾的雨帘，典座心里直犯愁：灶房蔬菜前天就吃完了，连日雨水将庵里菜园泡得稀软，压根儿进不去人，几十张嘴等着吃饭，巧妇难为无菜之炊，今天的晚餐可怎么做？旁边的孙翠萍灵机一动，说是后山坡荠菜鲜嫩，摘些回来下热汤面最好。典座听了点头称是，让女杂役快去快回。孙翠萍如逢大赦，戴上斗笠，穿上蓑衣，脚踏木屐，挎上竹筐，此刻心情恰似斩监候囚犯逢皇恩大赦，慌不迭逃出山门。天雨路滑行人稀少，孙翠萍边摘荠菜，边居高临下朝上山路上张望，盼着心上人早点出现。竹筐里荠菜已装满，仍不见那白杨般挺拔身影，只得怏怏下山。雨停歇，天色渐渐暗下，多情女低着头，挎着竹筐，无情无绪地往回走，到了山路拐弯处，对面过来个行人。男人行色匆匆，穿件连帽过膝雨衣，脸遮了大半，山道狭窄，孙翠萍庵里待了多年，养成出家人谦恭，低眉敛目，垂手肃立，侧身立在路边，给对方让道。男子走出数步，又转身返回，柔声道：“是你？你怎么会在这？”声音带着惊喜。男的前脚进殿，女的后脚出庵，难怪两人没碰见。孙翠萍也认出对方，一张粉脸羞得通红，对方问什么都不作声，手捻衣角，只把满头秀发来摇，将灶房等菜下锅忘得干干净净。雨后天空洁净，明月缓缓升起，下面是棉花般白云。晓得女孩害羞，男子再不询问，转过介绍自己，说的什么大多忘了，孙翠萍只记得男人姓钟，在省城一家洋行做事，因老母前些日子病重，奉老父之命来大悲庵请众尼做法事消灾祈福……

远远传来庵里击鼓声，暮鼓响过不久，门头就要关闭山门，大悲庵的一天结束了。空门鼓声在山谷中久久回荡，小鸟惊飞，草木摇曳，贯通幽明，直抵人心，陷入情网的多情女被唤醒，这才想起出外摘野菜的事，地上挎起竹筐，慌慌张张往回赶。男子快步追上，不容分说，从女子臂弯抢过竹筐。天黑雨后地上湿滑，脚踩木屐走不快，几次险些滑倒。男子见状，不由分说挽住女孩胳膊，快步向前。感受到爱慕男子的体温，孙翠萍仿佛喝醉了酒，脑袋阵阵发晕，挣扎了几下，见挣不动，也就乖乖顺从。赶到庵前，门头正在关山门，见香客送来一筐鲜嫩荠菜做供养，满脸堆下笑来，待看见施主身后的杂役，晓得孤男寡女黑夜同行，当即变了脸色……孙翠萍身为住庵居士，犯了“不淫”戒律（不可与异性交往），尤其是夜里独自与青年男子同行，当下被看管起来，勒令每日诵经、面壁思过。人居囚室，心在山野，每日里朝思暮想，脑子里都是明月夜有情男女相处的情景，应了唐人那句“朝钟暮鼓不到耳，明月孤云长挂情”。

半年过去，孙翠萍才得以恢复自由，明里暗里再无人监管，庵内任其出入，外出与僧值打个招呼即可。孙翠萍高兴之余，又有些纳闷：看管前紧后松，不知庵里何意？怀春少女白日里驻足翘盼，不见心上人再现，夜里苦苦思念，直弄得茶饭不思、花容憔悴。庵里一位法名静心的年轻尼姑，与孙翠萍平时说得来，看得不忍，悄悄告诉闺蜜：钟姓男子以后又来慈莲庵寻你，维那（寺院监察）对其谎称孙翠萍因屡犯戒律，已被逐出山门。钟姓男子听了脸色大变，追问你去了何处。维纳只合掌念佛不作答。钟姓男子不死心，几次来庵打听，师太大怒，当众厉声呵斥：“你既然来大悲庵做法事为母消灾祈福，就应虔诚礼拜一心向佛，却如何心生妄念？罪过，罪过！偈云‘千烧香，万烧香，心中无戒，空烧香’。此乃佛门净土，居士须谨持戒律，切不可自诩高明，藐视戒律，更不可在此妄动淫念！居士有居士戒，犯戒必感受恶果，轻则自身遭天谴，重则祸及令堂！南无大慈大悲救苦救难广大灵感观世音菩萨，善哉，善哉！”

“一声佛号观世音，深深唤醒自家心。”一听“祸及令堂”，钟姓男子不由自主双膝跪倒，佛前叩首谢罪，再起来时，已是面如土灰、泪流满面、浑身颤抖，踉踉跄跄出了山门，一去再不回首……

“欲使我流泪，君须先下涕。”孙翠萍听得心如刀绞，寻个人迹罕至处大哭一场，“断缘断念”，彻底绝了那点念头，从此心如止水，一心念佛，渐渐连身体也起了变化，眼神黯淡，面无血色，躯体日渐消瘦，胸部复归“太平”，与庵里尼姑一般无异。

二

一晃又是十年过去，终于熬到解放。进山香客说起山外新气象，个个眉飞色舞。仿佛一潭死水投入石头，千年古庵失去往日平静，泛起层层涟漪。年轻尼姑有几位是逃婚跑出来的，剃度是急来抱佛脚，并非真心向空门，听说新社会婚姻自由，心里活动，又相继蓄发还俗。见庵里年轻尼姑接连离去，师太急了，唯恐孙翠萍也要走，张罗着为其削发剃度。孙翠萍人大了，想法也多了，心想：我初入山门，一心想剃度，老尼却死活不肯。我这会儿不愿削发，师太却嚷嚷着让我正式出家，左右都由了你！青灯古佛诵经多年，孙翠萍吃够了斋饭，不愿过一眼能看到头的沉闷日子，向往山外丰富多彩的新生活，一跺脚，收拾包裹偷偷下山。

初进省城，孙翠萍看什么都新鲜，溜溜达达转到剧院门口，水牌上写着“本院今日上演《双下山》”，听旁边戏迷讲，这是一出尼姑思凡戏，心里不禁一动。剧场观众稀稀拉拉，孙翠萍却听得入耳入心。“(山坡羊牌)小尼姑年方二八，正青春，被师傅削了头发……他把眼儿瞧着咱，咱把眼儿觑着他。他与咱，咱共他，两下里多牵挂。”昆曲唱段百转千回、柔肠寸断，令人想起大殿前少男少女眉目传情一幕，孙翠萍不禁潸然泪下，听到“（风吹荷叶煞牌）夜深沉，独自卧，起来时，独自坐，有谁人，孤凄似我？似这等，削发缘何”，住庵居士已是珠泪滚滚，直悔遇到对的人，自己没有及时还俗……

第二天，赶上新华印刷厂在街上设点招工。招工告示上写着：“急招具有一定文化程度的青年女工，待遇从优，包食宿。”招工的举着喇叭吆喝，看的人多，问的人少，那会儿刚解放，平民小户家女孩多不识字，大户人家的千金又不愿下苦到工厂做工。孙翠萍看了告示怦然心动：师太讲经，尼姑诵经，这么多年下来，自己耳朵几乎磨出茧子，捎带着也认了些字。听孙翠萍说自己识字，招工的翻开字典当场测试，所言果然不虚，当下如获至宝。见年轻女孩欲言又止，似乎有什么难言之隐，招工大姐联想到逃婚，联想到一对有情人反抗封建家长私奔，当即热情鼓励："是反抗包办婚姻从家里偷跑出来的吧？不怕！你一旦进了厂，就是有组织的人，组织上自然会为你做主！你女婿在哪？两人一块进新华印刷厂该多好！"说着，四下张望寻找一同私奔的小伙。孙翠萍哭笑不得，嗫嚅着道："我不是私奔，我是扫帚星，人家都说我命硬，走谁家克谁家，不知贵厂敢不敢收留？"招工大姐听得哈哈大笑，豪爽地说："现在是新社会，新社会讲科学，压根儿不信封建迷信那套鬼话。只要胜任工作，别说是扫帚星，丧门星来了我们也热烈欢迎！"孙翠萍半信半疑地说："你不会骗我吧？事后又反悔，半道赶我走。"几位招工的都笑了，说跟你说话的大姐是咱厂工会的包主席，新华印刷厂是国家办的大厂，不是私人老板开的印刷小作坊，工人阶级是领导阶级，端的是铁饭碗，只要你本人不开口，任谁不能也不敢赶你走。

进厂填写招工表时遇到难题，孙翠萍长到五岁换了三家，先后三个姓氏，又在尼姑庵待了多年，除了净明师太，周围人都不知道女杂役的来历，每日晨钟暮鼓，对佛诵经，心如古井，幼时事情几乎忘光。面对询问，孤女一脸茫然，自己也闹不清楚父母为谁，自己多大年龄。劳资科科长耐心启发：自己的生肖总记得吧？鼠、牛、虎、兔、龙、蛇、马、羊、猴、鸡、狗、猪，你的属相是十二个生肖中的哪一个？孤女如何晓得自己属相，想了一会儿，嫌鼠、狗、猪难听，猴、鸡也不咋样，现在是龙腾虎跃新时代，本姑娘别的不属就属龙！劳资科长按此推算：1950年是虎年，十二生肖中，龙排在鼠、牛、虎、兔之后，孙翠萍应为二十二岁。

新工培训结束，孙翠萍被分到印刷厂最苦最累的排字车间，手工排版辛苦不说，每天还得呼吸车间刺鼻铅味。排字工孙翠萍却乐此不疲，穿花蝴蝶般穿行在密密麻麻字架间，动作像跳舞，踮脚、昂头、抬臂，时而俯身来个卧鱼，同样动作每天要做上万次，眼睛盯着稿件，右手拣出一块又一块铅字，放进左手托盘……一天工作下来，满手甚至脸上都是铅锈黑灰。排字工劳动定额每天排版一万个字，错字率不超过2.3‰，要诀是"眼快、心快、手快"。孙翠萍床头放本字典有空就翻，每逢周日，同宿舍女伴不是逛街就是约会，唯独她一人躲在宿舍用功。功夫不负有心人，孙翠萍一跃成为车间活字典，年年被评为厂先进工作者。

今天早晨刚上班，厂部给车间来电话，让孙翠萍速去厂工会。进办公室看见包主席和一位穿列宁装的女干部正在说话，旁边坐位年轻军官。见孙翠萍进来，包主席和女干部站起热情招呼，年轻军官坐着不动，不错眼地盯着孙翠萍。青年女工被盯得不好意思，羞涩地低下头。包主席介绍两位客人："这是区妇联的卢主任，这位是赵连长。"赵连长随即起身，伸出热情的双手。孙翠萍红着脸，蜻蜓点水似碰了一下男人的手，触电般赶紧缩回。男人问一句，女人答一句，低着头，显得十分拘谨，仿佛庵里年轻尼姑回答男香客询问。两位女干部怕冷场，不时在旁插科打诨。聊了一会儿，赵连长看看墙上挂钟，说是外出请假时间快到了，起身告辞。包主席和卢主任出去送客，剩下年轻排字工一人在屋里纳闷：上班正忙着，叫我来干什么？不像是有要紧事。正琢磨着，包主席和卢主任回来了。未等孙翠萍问话，包主席先开口："小孙呀，你看赵连长这人怎么样？"孙翠萍不知何意，呆呆地点了点头。两位女干部互相看看，都笑了。卢主任单刀直入："小孙，我今天来是特意给你和赵连长牵线当红娘。你的情况包主席刚才都介绍过了。你属龙，今年二十三岁，他属鼠，今年二十七岁，男大女四岁，年龄般配，属相也和。你要是没意见的话，组织上就替你做主，将这门亲事定下！"孙翠萍这才醒悟过来：电话里说的"要紧事"原来就是这个！急得连连摆手，神色慌乱地说："不，不，我不，我就不！"一听这话，卢主任的脸拉了下来。包主席笑眯眯问："赵连长哪点不好？"孙翠萍嗫嚅着说："他、他一个黑矬子，又矮又胖不说，个子还没我高，大门牙是黄的，还、还是个小眯眼。"两位女干部对看一眼，绕着圈子做起女青年思想工作。卢主任语重心长地教导年轻女排字工："志愿军在朝鲜前线踏冰卧雪浴血奋战，饿了，吞炒面，渴了，掬捧雪，吃尽了苦！咱们之所以能在大后方过着幸福安宁日子，全凭他们在前线流血牺牲。人要有良心！"包主席接着教导："后方人民要拿出实际行动全力以赴支援志愿军打胜仗。支援不仅是物质，还有精神方面，包括奉献爱心。小孙，你说我说的对不对？"两位女干部苦口婆心劝了半天，孙翠萍还是不乐意，说赵连长长相也太寒碜了点。卢主任循循善诱："长相不是重要问题，感情才是家庭基础。等你俩成了家，吃一锅饭，住一个屋，朝夕相处，有了感情，你看他就顺眼了。"排字女工还是不松口。包主席灵机一动，索性来个以毒攻毒，收敛笑容，煞有介事地说："小孙呀，招工时，你说的话我都还记得：你说自己是扫帚星，我不信，那是封建迷信；你说你命硬，我信，要不你怎么走三家克三家？这就叫命！命硬的女人就得找个命大的男人罩着，成亲后，一家人才能平平安安。赵连长十七岁当兵，十年征战，大仗小仗打了上百场，杀敌无数，自己却毫发无损，鬼见了他都怕，枪子儿见他都绕着走，你说他命大不大？这样命大的男人打着灯笼都难找，你还犹豫什么？”这话点住孙翠萍的死穴，红了脸，支吾着说：“让、让我、再考虑考虑。”两位女干部对视一眼，都笑了。区妇联主任一挥手，口气不容商量：“婚事就这么定了！我和包主席代表女方家长，后天就给小孙和赵连长办喜事。”包主席假惺惺地说：“卢主任，这事不能操之过急，咱们还要征求当事人的意见。”用甜得发腻的声音问道：“小孙，你看这样办行不行？对婚礼有什么要求？现在就给组织提出来。老大姐既然把你招进厂，就要对你终身大事负责到底。”排字女工声音小得几乎听不见：“我，我服从组织安排。”

孙翠萍婚后才知道，丈夫家两代单传，赵继武即将随第三批援朝部队出国参战，闻知前方战况惨烈，强烈要求上级帮着赶在出征前解决本人婚姻问题，说自己不怕流血牺牲，就怕老赵家绝后。赵连长的要求合情合理，部队求助于地方妇联，卢主任找到当地年轻女工最多的新华印刷厂，包主席将厂里未婚女工用脑子细细过了一遍，想来想去，唯有孤女孙翠萍最合适。

新娘眉清目秀、身材苗条、新烫大波浪卷发，一身崭新的列宁装，只是脸上不见一点喜气，茫然地看着前方，任由司仪摆布和宾客耍笑，仿佛婚礼与己无关，神情不像成亲，倒似殉道。新郎面皮黢黑、五短身材、满脸横肉，看着身边美丽新娘喜得合不上嘴。参加婚礼的客人都议论新娘新郎实在不般配。洞房花烛夜留给新娘的是一团混沌不清的噩梦：新郎一句话不说，爬在自己身上，手忙脚乱折腾了好一阵，然后翻身下来呼呼大睡。新娘心里委屈，再也睡不着，又想起那双黑漆似的双眸，黑夜里暗自垂泪……组织上安排给自己的丈夫来得迅速，去得突然，三天婚假刚过就匆匆上了前线。新婚妻子满怀幽怨将新婚合影锁进箱子，很快连自己丈夫长得什么样都忘了，只记得男人的那句口头禅“妈拉个巴子”，闪婚似乎成了一场遥远的梦，只是断断续续的呕吐和日益显怀的身子提醒自己已为人妇，不久将为人母。十月怀孕期满，孙翠萍产下一个大胖小子——我的发小赵大壮。远在前线的赵连长接到家里报喜高兴坏了，来信称赞“我日思夜想的老婆翠萍，你的肚皮真争气，特记大功一次！”

包主席的话只说对一半——枪子儿见赵继武都绕着走，却躲不过美军飞机投下的炸弹，抗美援朝第四次战役异常惨烈，全连伤亡殆尽，赵连长身负重伤被送进野战医院。赵大壮周岁时，《朝鲜停战协定》在板门店签订，已升任副营长的赵继武凯旋回国。当爹的第一次见到自己的儿子，搂在怀里左看右看再看也看不够，满意地说："妈拉个巴子！娶媳妇还得娶漂亮的。这小子高鼻梁、大眼睛，比老子我长得强多了！"

日子暗淡无光，如同城外那条被污染的小河向前流淌，像许多缺少爱情的米面夫妻一样，孙翠萍与转业丈夫在吵闹中过了一年又一年，到了第四个孩子呱呱坠地，夫妻磨合才算过关——孙翠萍彻底死了离婚念头。今天上班，轮班长孙翠萍从待排的稿样上看到一份反映自己家乡变化的文章。尘封的记忆之门重新打开，童年往事涌上心头，排字工将文章看了一遍又一遍……从那时起，回故乡探望的种子在心里生根、发芽……老公却坚决反对，嘴上说你父母早已亡故，老家又无近亲，千里迢迢地回去干甚？心里是怕花钱。任凭老公磨破嘴皮，家乡我是回定了！平时温和谦让的孙翠萍第一次表现出不可理喻的固执，必须、一定、坚决要回趟老家，理由是为父母扫墓，看望救命的老表姨，还有一个说不出口的重要原因：为自己当众正名，为当年"扫帚星"摘帽平反。

熬到学校放暑假，一家六口喧闹声中上路，孙翠萍左手牵着老小，右手拉着老三，意气风发地走在探亲队伍前头，紧随其后的是东张西望、满脸好奇的大壮和大凤，押后的是提着大包小包，嘟嘟囔囔、满脸不情愿的老公。

表姨老得牙都没了，走路颤颤巍巍，见表外甥女领着一家子不远千里来看自己，高兴得嘴都合不上。孙翠萍送上红包和四样厚礼，表姨直夸孙翠萍有良心，毕竟在佛门修行多年，懂得感恩图报，比自己那几个没良心的儿女强多了！远亲上门，惊动左邻右舍，表姨家挤满瞧热闹的。几家老街坊听说少小出家的孙翠萍回来了，也都跑来看望。儿子长得虎头虎脑，三个女儿花骨朵般招人爱，又听说孙翠萍现在省城国营大厂当轮班长，老公是大学汽车队队长，只剩下羡慕的份儿了。提起辛酸往事，孙翠萍红了眼眶，几度哽咽。老街坊见状，忘了自己昔日也跟着胡说八道、落井下石，都骂那些乱嚼舌根的缺了八辈子大德，都说孙翠萍头发乌黑、银盆大脸、细皮嫩肉，一看就是有福之人，压根儿不是什么扫帚星，而是天上福星下凡！直捧得当年的苦孩子破涕为笑。一屋人说说笑笑，直到天色暗下，来客才相继告辞。

夜深人静，四个孩子都睡了，剩下孙翠萍和表姨灯下拉家常，赵继武一旁作陪。表姨上了年纪，记性却好得出奇——孙翠萍生母哪天死的，生父何时续弦，又何时得何病去世，小翠萍哪年哪月哪日送入大悲庵，扳着指头一一道来。话头扯到初次见面的表外甥女婿身上，问过属相，表姨咧着没牙的嘴，笑眯眯地说："翠萍找了个小女婿。"表外甥女随即纠正："您老弄错了。我属龙，他属鼠，比我大了四岁。"表姨摇摇头，说："不对！是你记错了。你是民国九年生人，属猴，比你女婿大了四岁。"一旁表外甥女婿听得变了脸色，急着问："我媳妇比我大了四岁？您老没弄错吧？"表姨笑道："翠萍是她亲娘唯一的孩子，接生时喊我去帮忙，如何会忘记？按老历，她是民国九年出生，按阳历算，翠萍是公元1920年3月7日午时生人，我说得一点不错！"老公听了，半晌说不出话，老婆嫁给我时，已经三十一岁！本以为找了个妙龄女子，却原来是个嫁不出去的老姑娘！上当了，上大当了！表外甥女婿在女方亲戚家不好发作，借口旅途劳顿，一个人闷头睡了。赵继武从此落下心病，以后在家但凡多灌了几杯，就借酒向老婆发飙。

老赵家今天又传出叫骂声，隐隐约约听见："妈拉个巴子，只当买了棵嫩葱，却原来是个老白菜帮子，老子上当了！"声音越来越大，楼下听众越聚越多。儿子嫌父亲发酒疯丢人，躲在里屋不肯出来；三个妹妹表情尴尬，说哭不是哭，说笑不是笑；赵婶低头抽泣，小声分辩："我没骗人。我真不知道自己多大……"赶上我来家串门，老赵像是见到裁判，一把攥住我的手，满嘴酒气，气呼呼地说："端正，你、你来得正好！你今天，非得给赵叔我，断、断个公道！"赵继武满嘴醉话，唾沫星子乱溅，激动地连说带比画："相亲那会儿，媒人说你婶子属龙比我小，现在忽然又比我大了许多！年龄一会儿大一会儿小，变来变去没个准，难怪她是属猴的！大侄子，你给评评理，嫁不出去的老姑娘冒充黄花闺女，这不是坑人吗？妈拉个巴子！"我从地上捡起酒鬼摔碎的相框，将老两口结婚照放到梳妆台上，忍笑回答："赵叔，老人们常说，'女大三，抱金砖'娶媳妇年龄大点是好事嘛。"赵叔对我混淆是非的说法很不满意，当即反驳："屁个好事！她不是大三，是大四！先是小我四岁，现在又变成大我四岁，一反一正，加起来就是八岁。八岁呀！呸呸呸，让人一想就恶心，怪不得她还不到五十，就老得像、像快要退休！"说着说着，酒鬼扯到我家，"大侄子，你看你、你爹多能行！给自己找、找了个年轻漂亮媳妇，老夫少妻，街、街上一走，多少人盯、盯着看，那多美气！你爹却死活不、不愿复婚，真他娘邪、邪门了！我，我明白了，你爹准是找了个更、更年轻，更漂亮的小、小媳妇！”我听了哭笑不得，几个妹妹忍俊不禁。里屋门“哐啷”一声拽开，赵大壮再也听不下去，怒冲冲走出，指着他爹大声呵斥：“你酒疯发够没有？丢人准备丢到啥时候？！”赵继武混劲上来，敢站在交院大门口当着院长面骂大街，说来也怪，酒鬼平时天不怕地不怕，唯独忌惮平时在家寡言少语的大儿子，嗓门顿时低了许多，大声咆哮变为小声嘟囔：“咋啦？我吃亏上当还不能吭气？都把我当鳖。”赵大壮两只眼睛瞪得溜圆，露着凶光，一双鼻孔喷着粗气，仿佛发怒的狼狗，看模样就要发作！我看势头不对，赶紧拉着发小朝外走。直到下了楼，才听见楼上传出叫骂声：“妈拉个巴子！小兔崽子竟敢管到老子头上，反了天了！”

来到僻静处，赵大壮气呼呼地对我说：“我这辈子算是倒了血霉！摊上这么个四六不通的酒鬼爹！”又带着羡慕的口吻说，“瞧你家老爷子多好！待人和蔼可亲，知书达理，说话透着学问。两个爹相比，我爹给你爹提鞋都不配！”我半真半假回答：“你看我爹好，我看你娘好，要不咱俩换换？”两人相视苦笑。

三

上山下乡锣鼓敲得震天响。时代大潮卷来，绝大部分学生无可奈何去了农村。极少数留城的幸运儿不是家有特殊困难，就是身患重病或体有残疾。面临严峻形势，苟顺民再也顾不得病情保密和自身形象，小儿麻痹症在关键时候、关键地点、关键人物面前及时“复发”，从走路一瘸一拐发展至架着双拐才能勉强行走。小儿麻痹患者唯恐大家不晓得自己病情，见同学扎堆就赶紧凑过去宣传自家症状，未等别人发问，他就将裤腿高高挽起，死乞白赖让大家参观自己的粗细腿，满意地听到观众发出的各式各样的惊叹声，最终如愿以偿因病留城。大家从同情转为羡慕，只恨自己小时候为何没有麻痹。

学校几个军干子弟换下显示家庭尊贵的将校呢军装，脱去松紧口式半高腰军用牛皮鞋，理所应当穿上崭新的国防绿军装，耀武扬威地接受注目礼，趾高气扬地到处炫耀。平民小户家孩子看得眼里冒火，却徒唤奈何，只能暗地埋怨自己没个好爹。一个爆炸性新闻在交院传开——汽车队老赵家孩子穿上绿军装，不是一个是两个，有男孩也有女孩！军宣队进驻交院，赵继武走了狗屎运。晓得交院两派斗争复杂，一度是武斗“重灾区”，数条人命尚未结案，军宣队长特别提出给自己开小车的司机必须是老党员，最好是逍遥派，以防清查部署泄密。学院按图索骥，唯独赵继武符合条件。两下一见面，听口音认了吉林老乡，细聊，军宣队长也参加过抗美援朝，与赵继武还在一个部队。他乡异地邂逅老乡兼老战友，关系顿时亲近许多。造反起家的汽车队长随即被免职，贬去烧锅炉。赵继武恢复交院汽车队队长职务，兼任军宣队长小车司机。赵队长挟军宣队自重，开口“老部队”闭口“老战友”，交院人以往见了他不拿正眼瞧，现在见了赵队长，一个个脸上谄笑得能挤出水来。今冬来本市负责征兵的是军宣队长老战友。言者无意，听者有心，赵继武坚决要求“送孩子去老部队”。老赵得陇望蜀，解决了大儿子，还要解决大女儿。负责招兵的十分为难，说女兵名额太少，军队子女还照顾不过来。赵继武眼睛瞪得溜圆，说他们是军队子女，我的孩子难道不是老部队的后代？小车司机死缠烂打，军宣队长在旁说情，最终如愿以偿。

看见大壮兄妹同时穿上绿军装，众多家长嫉妒得眼里冒火，我由衷地为好友家高兴，高兴之余又有些失落。入伍前夕，三人为大壮饯行，席间喝得酒酣耳热，彼此执手说了许多披肝沥胆、生死与共的话，讲到动情处，老黑号啕大哭，我潸然泪下，顺民也动了真情，不时掏出手帕拭去眼泪。赵大壮强笑着说：一盆清水孵豆芽，谁也长不大。长大成人各奔前程，这是自然规律，谁也没法违背。只有一条——散伙不散交情，咱们永远是兄弟三个半！

看完学校插队名单，我情绪低落——心仪女孩去了别的公社，本队四个女知青，两个长相平平，一个是箩底橙，一个是望而生畏的老黑。黑美丽做异性结拜兄弟还行，当女朋友则万万不能。

鸳鸯梦碎，厄运又来。老黑妈不知从哪打听出我家地址，当天晚上来“认门”，进门不说话，东瞅瞅，西瞧瞧，最后盯着我看个不停，仿佛片警查户口，把我爸弄得莫名其妙。老黑妈和老黑像是一个模子倒出来的，都是黑脸、大高个、虎背熊腰，说话粗喉咙大嗓子：“老哥哥，你说巧不巧？柳泉沟集体户四个男的，四个女的，刚好四对！‘男女搭配，干活不累’。上面考虑得真周到。你儿子生得白净文气，我一看就喜欢。老哥哥，你说咱两家是不是有缘？”哪里是认门，分明是认亲！我听得心惊胆战、冷汗淋漓，慌乱间夺门而逃。怕老黑妈纠缠不休，我在街道游荡到半夜才回家。老父亲还在灯下等我，劈头就问：“黑美丽长得怎么样？像不像她妈？”我没好气地说：“驴见惊，马见走，骆驼看见翻跟斗。她比她妈长得还丑!”老头子叹口气，再不说话。

发小一走，我情绪低落，刚出校门，背后有谁大喊：“刘端正，你等等!”我扭头一看：是唯恐避之不及的“插友”。黑美丽快步撵上，兴冲冲说：“老大，我刚才上你家找你，你爸说你去学校了，我紧追慢赶正好碰上。”我板着脸，没好气地说：“你找我干啥？没事你该干啥干啥去!”黑美丽宽宏大量，不计较我态度恶劣，笑嘻嘻说：“我妈请你到家吃饭。你还不知道吧？我舅舅是大厦名厨，他手把手教会我几个招牌菜，做的葫芦鸡色泽金黄、皮酥肉嫩，吃了能香死你!”葫芦鸡是陕西名菜，听过没吃过，我咽了口馋涎。“还有汤浓味美的奶汤锅子鱼，温拌腰丝泼花椒油，拌蒜末，调鲜酱油，绝对好吃。保你吃了还想吃。”我打小嘴馋，这下被点住死穴，假惺惺地说：“这……这多不好意思。”心里却无耻地想：只要能解馋，纵然黑家今天摆下鸿门宴，我也要闯一闯!

黑美丽的爸爸是个结巴子，见人只是咧嘴笑，除了“你、你、你，吃、吃、吃”再不会说别的。老黑妈却喋喋不休：“我家秀丽外粗内秀，炒菜、蒸馍、烙饼、擀面、脱坯、粉墙、蹬三轮样样行，人厚道，心眼好，守规矩。不像街上那些小妖精，见了男孩就腰摆屁股扭，乱飞媚眼。”说着朝地上啐了一口，骂道，“呸！什么玩意儿！都是些小骚货，先人的害!”接着夸女儿，“俺家美丽老实本分，嫁到谁家都是贤妻良母，不知哪个小伙有这个福气？小刘，你说是不是?”黑美丽换上红棉袄，端坐床头，低首敛眉，羞答答像个新娘子。我忍住笑，频频点头，连连称是。满盆温拌腰丝一扫光，三斤重葫芦鸡被我一气吃了大半，最后上桌的是热腾腾、香喷喷的奶汤锅子鱼，我不顾肚子撑得几乎爆炸，继续狼吞虎咽，忽听“嘣”一声响亮，撑得滚瓜溜圆的肚皮骤然松了，我心里一惊——不好！皮带崩断!“什么东西作响?”老黑父母狐疑地看着客人。我装作若无其事，心里暗暗叫苦，借口出去方便，提着裤子找到家在附近的马三同学家求助。见我挺着肚子，饱嗝连连，马三起了疑心，追问皮带崩断的缘故。马三漂亮妹妹在旁，我起先顾忌形象不肯说，被追问不过，只得从实交代。得知是贪吃缘故，马三幸灾乐祸笑得打跌，漂亮妹妹捂嘴乐个不停。

酒足饭饱，主人撤去碗筷，为客人沏上香茗，老黑妈和我进行一番前景悲惨的促膝谈心，要求我和其独生女儿明确“朋友关系”，声称：“我和他爸对你都很满意，美丽问题也不大，我们再给她做做工作，你俩的事就成了。我们老两口也就放心了。”谈话越来越危险，我听得心惊肉跳，连连摆手，坚决谢绝，心里直悔不该来赴宴。老黑妈越挫越坚，看架势恨不得立马将我摁跪下，男女当场一拜天地，二拜高堂。这顿饭好吃难消化，赛过拉郎配。危急时刻，我灵机一动，做出一副“恨不相逢未娶时”神情，声明“我已有女朋友”，语调充满遗憾。老黑妈一听，脸顿时沉下，怀疑地问：“你有女朋友了？你女朋友是谁？”

“费小燕。”我信口开河。老黑妈转头看女儿。黑美丽点点头，当即证明：“费小燕和我俩一个班，他俩上初二时就好过。我亲眼看见他俩在教室亲嘴。”

“你看见他俩什么了?!”当妈的追着问，像是没听清。我大窘！又是咳嗽又是瞪眼，警示老黑立即住口！老黑妈白忙活半天，黧面吊得像驴脸挂霜。我见势不妙，赶紧圆场：“大妈，你老还不知道吧？我早就是她哥，她是我兄弟。我一定照顾好她！”

“她是你兄弟？”黑美丽父母同时瞪大眼睛，不知面前年轻男子是什么意思。我忍住笑，将我和黑美丽交往的来龙去脉说了一遍，除去黑美丽一度被诬陷为贼和我与漂亮女生亲吻情节。一番话彻底断了老黑父母的妄想。老黑妈绷着脸说：“你俩一个男一个女，却彼此称兄道弟，当家长的怎么听怎么别扭。能在一块插队，就是缘分。从今起，你与黑美丽改为兄妹相称。”吃了人家嘴软，我满口答应。

第七章

一

知青到柳泉沟插队第二天，队里组织社员往棉花地里送粪。连阴雨后土壤松软像海绵，送粪架子车碾过，留下两道深深车辙，前拉后推，个个挣出一身臭汗。黑美丽一人拉辆架子车，来回一溜风，比两人拉一辆还跑得快，社员们无不啧啧称奇，都夸女知青劲真美！干活顶住一头骡子。生产队长包军社脾气暴躁，平时黑着一张脸，看谁出工不出力，开口就骂，动手就打，社员私下都叫他包老歪。老黑膀大腰圆、膘肥体壮，干重活一人顶俩，包老歪看得高兴，咂着旱烟嘴，笑眯眯称赞：“‘好男一身毛，好女一身膘’。黑美丽一身力气，干活赛过棒小伙，谁家娶这女子当媳妇绝对赚了，早晚非发家不可！”队长、社员越夸，老黑越来劲。到公社粮站交公粮，黑美丽巾帼不让须眉，嚷嚷着也要去。进了粮库，众多男人一起投来诧异目光，来交公粮的都是各生产队精壮汉子，破天荒第一次来了个女人，都围过来等着看笑话。黑美丽对进耳的风凉话不理不睬，脱了上衣系在腰间，马步蹲裆扎稳步子。两条大汉分别抓住盛粮麻袋四角，吼一声，二百斤重麻袋上了驮夫肩。黑美丽踩着一尺宽木板搭就的斜梯，脚下一步一颤悠，稳稳当当将麻袋里粮食倒进二层楼高粮囤。黑美丽一气背了三趟，周围汉子看得直咋舌。

队里给知青评定工分，全体社员一致同意给新社员黑美丽评集体户唯一“全劳”—— 一个劳动日十二分，比我们这些男知青还多二分。集体户女生都不愿与男人婆同屋同灶，一嫌老黑吃得多，饭量顶别人两个；二嫌老黑，屙是屙，屁是屁，全无女孩家矜持，晚上睡觉打呼噜，排浊气咚咚响，隔壁男知青听得清清楚楚，严重损害青春美少女形象。黑美丽最终沦落到单房独灶。

黑美丽膂力过人，说话办事却常冒傻气，在柳泉沟留下经典段子。那天，一群女社员和几个女知青围在饲养室门前搓苞谷粒，旁边拴头大叫驴。正搓着，邻队生产队长老安拉头母马从门前路过。老安是个热闹人，爱和同级别干部家属开些不忌荤腥玩笑。见柳泉沟生产队长的老婆也在，当下立住，问包队长老婆想不想配种，想配了一块拉去。包队长老婆也不是善茬，说我就免了，要配先把你家婆娘拉去配，你上炕不办事，还得请配种站你四条腿兄弟帮忙。老安说我不办事你怎么知道？莫非咱俩配过？我怎么不记得？明白了，你是做梦招野汉想我了！老安的话激起一片笑声，女知青听得脸红，纷纷低下头。包队长老婆吃了亏，捡起土坷垃就砸。老安拉着母马笑着跑了。男女耍笑本不关大叫驴甚事，它却一听“配种”就骚动起来，先是对着远去的母马“昂昂……”一阵嘶叫，接着蹬蹄扭胯摆臀咬牙努力弄出些怪景致。黑美丽一扭头，不经意看见叫驴裆里长出一条又粗又长黑不溜秋怪东西，几乎垂地，吃惊地问：“驴怎么又长了条腿?”另外几个女知青也睁大眼睛看稀罕，都纳闷大黑驴怎么突然多了条腿。黑美丽转过问社员：“驴是不是病了?”乡下婆娘们笑得满地打滚。“五条腿驴”成了当地农民嘲讽知青的保留节目。

上门女婿蒋忠义是集体户邻居。老蒋是外路客，家穷娶不上媳妇来柳泉沟倒插门，签下“小子无能，情愿改名换姓，入赘董家为婿”契约，双方约定三年考验期满，正式入户完婚。老蒋面黑口拙，未婚妻看不上眼，常叹自己命苦。上门女婿白天牛马般劳作，夜里睡在四周透风柴房。眼看熬到圆房良辰吉日，这当口儿村里来个江湖郎中，背负小药箱，手摇铜串铃，挨家走户为人看病。不知野郎中给董家女子下了什么迷魂药，三日后清晨，满山坡回荡着上门女婿悲惨号声——串铃声和未婚妻一起消失！包队长救火般呐喊，全队青壮劳力紧急集合兵分几路，大队派出基干民兵协助追拿。拐人的和被拐的最终在县城长途汽车站双双落网。山地民风淳厚，最恨伤风败俗勾当，更怕人财两空、鸡飞蛋打。一对私奔男女被押到大队部，当下缚了个寒鸭赴水吊在房梁打秋千，奸夫白脸吓得焦黄，一个劲求饶；淫妇痛得汗珠子往下掉，却咬紧牙关不回话。老蒋恨得牙痒痒，寻把钳子钳住野郎中胡子连皮带肉朝下拽，屋里号得像杀猪。上门女婿却心疼媳妇，搬张凳子站上，左手拿馍，右手端水，让媳妇连吃带喝。媳妇不理，脸扭一边。老蒋耐心劝解：“咬牙再忍忍，只当生娃，一会儿就下来了。”觍着脸求民兵将自己媳妇放下，却无人理会，说给别的媳妇做娃样子。野郎中被送进局子。老蒋媳妇放回家，睡在炕上不吃不喝，乘人不备喝了农药。山上不缺木头，几块板子打发了薄命红颜。埋人那天，死者父母没掉几滴泪，未圆房的上门女婿却跪在新坟前哭得惊天动地。男人们骂老蒋没出息、缺心眼，女人们却夸上门女婿有情有义，离也不弃。

当了三年长工，落了一场空。丈人家自知理屈，央求队上有头有脸的来家调解。大队田支委、贫协马主任、包队长、张会计、王保管悉数驾到，一个个喝得红脖子涨脸，饱嗝声中达成调解协议：

一、队上同意蒋忠义正式落户；

二、上门女婿即日从丈人家搬出，获赔两升苞谷、四升高粱、一副床板，另加三个老碗和一罐腌酸菜；

三、两下从此再无干系，蒋忠义不得借机生事无理取闹。

死了媳妇丢了魂，上门女婿再无往日精气神，犁地不小心耕牛滚坡。包队长像死了爹，蹲在死牛跟前木呆呆看着，一句话也说不出。老蒋自知闯下大祸，候在旁边等待发落。队长腾地站起，两脚轮番朝上门女婿身上招呼，踢得老蒋乱“哎哟”。上门女婿地位卑贱，有人看却无人劝。队长踢累了，破口大骂：“咋把你狗日的没摔死?！摔死你队里还省份口粮。再犁地就拿你上套！”又骂老蒋天生灾星倒霉蛋，上门克死媳妇，上山犁地牛滚坡，活该一辈子打光棍！骂上门女婿什么都行，就是不能涉及死去的媳妇。见老蒋竟敢还嘴，队长火冒三丈，操起老镢抡去，第一下挨上，老蒋抱住右膝满地乱滚，第二下砸去，人躺倒顿时没了声息。队长当下折了锐气，黑脸变得煞白，蹲在地上几个人都拽不起，挣出一句：“快，快把人往医院抬！”上门女婿挨打成为队上保留节目，瞅包老歪不在，总有人翻出砸洋炮，说老镢长着阶级眼，有儿有女的它不敢打，也就敢欺负老光棍。又一起感叹：没啥不能没媳妇，缺什么不能缺牛牛娃。身后站几个骡高马大的儿子，谁敢在老子头上翘尿骚?

半月后，老蒋架着双拐一蹦一蹦从镇卫生院回来。包队长见了赶紧迎上，脸上堆满巴结笑容，像是迎接公社干部。耕牛自己滚坡，为啥打断我的腿？上门女婿想不通，将打人致残凶手告到大队。来调查的是大队治保主任，旧军装补丁连补丁，风纪扣却系得严严实实，裤子是进口化肥袋改制，虽已染黑，前边还能隐隐认出“日本”“尿素”，两个屁股蛋上更绝，合起来“含氮量40%”。化肥袋裤子结实轻薄，山风一吹抖个不停，人前一走透着风流潇洒，非一般社员所能享用。山民看得眼热，都叹是官比民强，不花钱就穿上东洋料子裤。上门女婿破草屋里坐了半晌，只听窦娥诉冤，不见端茶敬烟。治保主任见没指望，抬屁股奔队长家，进门先是四个水卧荷包蛋，再加满满一勺白糖。治保主任紧绷的脸展开，待端起酒杯更是喜眉笑眼再不拿腔捏调。两重待遇两重天，治保主任难免有想法，有想法就表现在执法上。

大队没有包青天，上门女婿就上公社要说法，公社解决不了，又奔县上讨公道，县城离家六十里，没钱坐车，一条腿蹦去又蹦回。蒋瘸子蹦的次数多了，上面派人下来调查，召开社员会，问这个，说“没看见”，问那个，回答“不晓得”，谁也怕得罪队长。偏偏黑美丽不知深浅，未等问到自己，就主动站起。晓得傻大姐犯傻，我坐在旁边拼命拽其衣角。被傻大姐一把甩开。黑美丽举起蒲扇般巴掌，大声报告：“我看见了！”将包老歪打人致残来龙去脉如实复述一遍。傻大姐义正词严、大义凛然，生产队长张口结舌、面色铁青，槽牙咬得嘎巴响，恨不得将女知青一口吞了！两人从此结下梁子。

有了人证，包军社被公社治安办传去蹲黑房子。包队长是当地老户，亲戚多，人脉广，没关几天又放了。结论是：“工作方法虽然简单粗暴，但目的是为了集体财产不受损失，动机还是好的。”打人凶手躲过一劫，上门女婿却成了永远的瘸子，工分顺理成章拦腰砍，比妇女还少两分，随着马齿徒增，最终沦为生产队里人见人厌的五保户。

二

新兵训练结束，赵大壮因身体素质出众，被分到侦查连。侦察兵一开始就是高强度训练，鸭子步、俯卧撑、百米冲刺、五公里越野、单双杠练习，专业训练科目更苦，摔跤、散打、射击、攀岩、捕俘拳、汽摩驾驶、负重长跑、武装泅渡、擒拿格斗，训练量大得累死人，与兄弟们书信来往也少了。今天，省军区政治部群工科李科长来基层调研，听完侦查连汇报，李科长不置可否，却对指导员工作手册夹的请假条来了兴趣，要过一看，硬笔竖写，银钩铁画，通篇繁体，严遵尺牍。李科长是大学生从军，喜爱文化人，追问是谁写的。回答是本连二排三班班长隋进财。隋进财被叫到连部，李科长拿着请假条，劈头就问这是你写的吗？隋进财不敢隐瞒，说自己文化低，认字不多，假条请班上一个新兵代劳。赵大壮被火速传来。小伙子浓眉大眼，浑身上下透着精干利索，李科长一见，先有几分喜欢，问你年纪轻轻，如何会写繁体字？又如何懂得尺牍格式？赵大壮说我表伯靠替人代写书信为生，写得一笔柳体，我小时寄养在他家，表伯耳提面命，给我讲《尺牍大全》《秋水轩尺牍》，教我习字，让表侄学着写寿序、诉状、八行书，包括墓碑在内的各类碑文，时间一长，我也能涂抹两笔。李科长听了连连点头。

李科长回去不久，省军区政治部打来电话，指名借调赵大壮。"一分材料一分福"，能写一笔好字的新兵蛋子一步登天，留在机关抄抄写写，帮着回复群众来信，算是半个文书。傻子都知道，大头兵待在机关肯定比基层进步快，再有领导佛眼相看，入党、提干指日可待。待在机关学做人，下到基层学做事，来信字里行间明显感到这家伙比过去油多了，以往桀骜不驯的赵大壮放下身段，学着奔仕途。信里郑重交办"一件要事"，我看得笑了，这家伙贼心不死，忘了曾背后骂未来丈人"阳痿"。

兄弟之托不敢怠慢。我天亮出发，赶到肖家寨已日上三竿。说来也巧，别的知青都去下地，只有她一人在集体户轮值。徐诗荷正在灶房蒸馍，看见我先是一愣，随即笑道："刘端正，你怎么来了？"我故作惊奇地说："咦，奇了！你怎么认得我？"

"赫赫有名的'兄弟三个半'，打架差点打出人命！别说前进中学，社会上都知道。"徐诗荷说完捂住嘴笑了。

"好事不出门，恶事行千里。这就叫臭名远扬。"我自嘲。

衣服打着补丁，脚上鞋粘着泥巴，白嫩脸庞晒得浅黑，重体力劳动和粗劣饮食使徐诗荷皮肤变得粗糙，性格也泼辣许多，以往校园体态优雅、神情矜持的少女形象荡然无存。我心里骤然涌上一丝莫名的难过，恍惚看见多年以后，仕女成了彻头彻尾的村妇，蓬头垢面、邋里邋遢，出了灶房进猪圈，说不了几句就爆粗口，屁股后面跟着几个脏兮兮的孩子哭着闹着要吃的……见我神情恍惚、沉默不语，徐诗荷关切地问："你怎么了？哪不舒服？"我摇了摇头，努力使自己的思绪回到现实中来，东拉西扯聊了一会儿，谈话转到正题："小徐，你有没有男朋友？"

"你什么意思？"徐诗荷笑容不见了，换上一脸警惕。

“别紧张，莫误会。不是我有意思，而是别人有意思。我的一位兄弟对你可是爱慕已久。”

“刘端正，你再胡说八道，我真生气了！”徐诗荷当即变脸。

“千万别生气！刘端正同学别的毛病有，就是不会胡说。我是真说。”我不笑强笑，说明来意，掏出赵大壮情书双手递上以示郑重。“我不要！谁给你的信你还给谁。你也别在这待了，赶紧走！”女孩满面通红，口气不容通融。“不用你赶，我马上就走。只有一条：受人之托，忠人之事。看在我一早跑了二十里路的份上，你还是收下信吧，权当可怜我。”我觍着脸哀求。对方坚决不要。我只好将求爱信放在锅台上。外面传来一阵喧闹，队里收工了。我出去迎主人，走出灶房又想起什么，回头一看，那封求爱信不见了，这才放下心。

与本地集体户素无交往，刘端正突然跑来想干什么？男知青把集体户女知青看成自留地里一窝葱，自己可以不拔，宁肯嫩葱变硬棍，也不许外来公鸡啄食。见我来得蹊跷，集体户又只有男女两人，几个男知青像是嗅出什么，一个个黑下脸，对不速之客爱搭不理。我自觉无趣，起身要走。徐诗荷脸上淡淡的，既不留饭，也不送行。我只好一个人灰溜溜出了门。当媒人，一只红焖蹄髈总要吃的。我连顿杂粮馍都没混上，反挨了众人冷脸子。回去路上，饥渴累交加，我越想越气，将赵大壮和他的意中人骂了个狗血淋头，一怒之下，回信赌咒发誓：“谁再管你的破事，谁是地上爬的！”晓得我真生气了，大壮回信再不提他的“破事”。时间一长，我反倒起了好奇心，“破事”进行得如何？信里又不好问，我已发过誓，再提此事岂不成了自己打自己的嘴。大壮性子倔，好脸面，吃一次闭门羹，估计就死了心。

插队时候，我最怕干的农活是锄二茬秋苞谷，至今想起仍心有余悸。火辣辣太阳晒得身上发烫，一人高的苞谷地里密不透风，闷热得让人几乎喘不过气，苞谷叶子边缘利得仿佛刀片，在人身上划出一道道口子，汗水浸进血口子，疼得钻心。我戴上破草帽，脱去背心，穿上长袖衬衫，脖子围条毛巾，上下扣得严严实实。锄了片刻工夫，身上衣服就被汗水溻透，田垄漫长得令人绝望，似乎永远也锄不到头。“刘端正！刘端正！”地头忽然响起急促的喊声。耳朵听出是赵大壮的声音，脑袋却以为是中暑出现幻听。喊声越来越大，我这才闹清不是幻听，是我的兄弟来了！

人凭衣裳马凭鞍。穿上军装，赵大壮显得威风许多，人也比入伍前壮实许多。赵大壮推辆飞鸽牌加重自行车，说是借出差之机，从省城骑车来看我。两地相距二百多里地，又是暑天，看着他衣服后背被汗水洇透，我心里生出几分感动，领他去集体户休息。赵大壮说后面还有一个。我这才注意到远处大槐树浓荫下立着个人，白衬衫、蓝裤子，草帽遮住大半个脸，像是怕人看见庐山真面目。“那是谁呀？”我好奇地问。赵大壮狡黠一笑，没有回答，朝对方招招手示意过来。两根毛刷辫，胸脯微微突起，袅袅娜娜走来，来人居然是个女的！我暗暗埋怨大壮，这么热的天，这么远的路，你骑车带着女友来看我，也不问问人家女孩子受得了吗？赵大壮像是看出我的心思，哈哈一笑，说下边表演戏法“大变活人”。说声“一，二，三，变”，轻轻揭去女孩头上草帽。“是你?!”我吃惊地瞪大眼睛，立在面前的不是别人，正是含羞无语的徐诗荷！我终于反应过来，想起以往冷遇，怀着恶意调侃：“咦，这不是徐诗荷吗？你不是拒收人家情书吗？你不是骂我胡说八道，把牵线搭桥的媒人往外赶吗？为何吃起回头草？”徐诗荷满面娇羞，低头捻衣角，窘得说不出话，依稀又现当年仕女神态。见我不依不饶，赵大壮转过为心上人解围，从挎包里摸出个纸包。我还没看清是什么，一个香喷喷东西飞快塞进我的嘴。酱肘子！我喜出望外，顾不得说话，当即大嚼起来。多日不见荤腥，我香得恨不得连骨头都吞了。看着我狼吞虎咽的馋相，赵大壮一旁奚落：“你小子哪来恁多淡毬话？我就不信酱肘子还堵不住你的嘴。”我一边吃，一边含糊不清地回答：“没了，淡毬话一句都没了。只要有酱肘子啃，我啥都不说了，天大委屈哥哥我认了！”

夜深沉，两个异姓兄弟躺在炕上抵足长谈，一个兴致勃勃讲他如何搞定美人，一个听得津津有味。赵大壮进了军营，思维方式起了颠覆性变化，成为愚公移山精神坚定的奉行者。前几封求爱信石沉大海，他却越挫越坚，去信频率越来越快，直至发展到拍电报、寄包裹、托人捎东西。大兵赵大壮摇铃打鼓、扯旗放炮、花样百出、大造舆论，要的就是肖家寨男女老少都知道“徐诗荷找了个当兵的女婿”。女知青被骚扰得招架不住，终于回信告饶：“求求你，别再给我写信，更不要给我送东西了，影响不好。”他信里蛮横宣布：“不让我给你去信绝无可能。谁让你偷走我一颗青春萌动的心。”好女也怕歪缠。吃的是粗粝饮食，睡的是冰凉土炕，日复一日，生活单调苦闷，前途看不见一点亮色。煤油灯下读着年轻异性的来信，成了劳累一天后的精神寄托，火辣辣词语让徐诗荷面热耳赤，读着，读着，少女终于……“怦然心动！”我俩同时说出，搂着对方臭脚笑成一团。“士别三日当刮目相看，”我揶揄道，“你小子进步够快的！写了几封破信，就哄得美人归，真给咱弟兄们长脸！”好友苦笑着回答：“女朋友易找，准丈人难缠。我的麻烦刚刚开始!"

赵大壮追求徐诗荷的事传到她家，历史老师闹清赵大壮就是当年死活要跟自己"切磋"的那位顽固学生，耳朵里又灌进"兄弟三个半"聚众斗殴致人重伤劣行，当即暴跳如雷，连夜伏案疾书。父亲旁征博引，举一反三，举例好人家女儿遇人不淑的悲惨结局，《红楼梦》里迎春误嫁中山狼即是典型例子！直至女儿痛哭流涕，违心答应再不与"流氓"交往。怕赵大壮继续纠缠，事情出现反复，历史教师釜底抽薪，瞒着女儿，给部队偷偷去信……

接到群工科电话，赵大壮匆匆赶来。李科长紧绷着脸，劈头盖脸来了一句："赵大壮，我真没看出来，你表面老实巴交，入伍前居然是流氓团伙头目!"赵大壮当时就蒙了，未等自己分辨，李科长又问："'兄弟三个半'是怎么回事？你今天必须向组织上老实交代!"赵大壮从最初打击中清醒过来，意识到有人背后给自己使坏，莫非是冯氏兄弟？定了定神，将诨号来龙去脉说了一遍。李科长紧绷的脸慢慢松弛下来，不屑地说："我还以为什么大不了的事，原来是几个乳臭未干的毛孩子上学期间胡闹。小题大做!"赵大壮大着胆子问出了什么事。李科长起身反锁上门，从抽屉里拿出一封信递过，说你自己看吧。这是一封地方群众寄给部队的实名告状信，一看署名"前进中学教师徐守道"，赵大壮先吃了一惊，再看内容，脊背上冷汗当时就下来了。告状信说赵大壮秉性凶残、心狠手黑，纠集无赖恶少横行一方，是臭名昭著"兄弟三个半"流氓团伙的头目，打架斗殴、伤人不计后果。该流氓乔装打扮混入部队后，不思悔改，现又将罪恶黑手伸向人民教师的女儿，软磨硬缠，采取各种卑劣手段，企图达到其不可告人的目的。信里有藏头露尾的叙述，有添油加醋的夸张，有义正词严的声讨，三句就是一个感叹号。历史教师声称："其所作所为给我一家人精神造成极大伤害!""强烈要求部队领导对流氓分子赵大壮采取果断措施！严禁其与我女儿来往!"

李科长将告状信收起，郑重告诫属下：要尽快妥善处理好此事。为山九仞，功亏一篑。眼下正是你进步的关键时候，容不得出半点纰漏。

我这才明白赵大壮为何突然跑来，笑骂你小子见色忘友，不是遇到过不去的坎，压根儿不会来找老朋友。发小问我该怎么办？话里带着焦灼。我挠挠头，这事确实不好办，历史教师再要写告状信，谁也拦不住。告状信落在李科长手里，还有个周旋余地，再往上告，事情就麻烦了。军令如山，军纪如铁，部队管理严格，一旦被扣上“流氓”帽子，再也说不清，身上军装就得脱了。我说：“摆在你前面只有两条路：一是与徐诗荷纠缠到底，结局听天由命；二是与心上人一刀两断，速速免去后患。大丈夫何患无妻。权衡利弊，我赞成后者。”赵大壮一脚踹在我肚子上，骂道：“你小子是醉雷公——胡劈（批）。一刀两断，说得容易！这就像啃酱肘子，香喷喷塞进嘴，刚嚼出美味，你会舍得朝外吐吗？”我听出话里有话，追问好友莫非已经把徐诗荷当酱肘子“那个”了。赵大壮赌咒发誓，截至目前真没有，不是自己不想“那个”，而是对方坚决不让，说自己是好人家女孩，没结婚前，坚决不能“那个”。我压根儿不信，赵大壮扭捏一阵，羞答答承认搂抱亲嘴有，而且大见成效，卿已山盟海誓非我不嫁。我乐了，戏谑：“徐诗荷俏脸赛过粉底桃花，绝对是一块嫩羔羊肉！‘所谓渴马守水，饿犬护肉，欲其不侵，亦不几矣’。”说难怪徐诗荷看你时，眼角眉梢都是风情，没人时，男女紧紧贴在一起，见我进去，做贼般赶紧分开。我笑赵大壮是鱼吃香饵，吞吐两难，笑发小两手捧刺猬，丢了是块肉，捧着又扎手。笑罢，我灵机一动：何不来个“即以其人之道，还治其人之身”。大壮提头知尾，喜上眉梢，连呼妙哉！

赵大壮返回军营不久，历史教师收到一封部队回函，红头信笺上赫然写道：“徐守道同志：部队领导接到你的来信，对你反映的情况十分重视，当即组织人员展开调查。你所说与组织调查结论大相径庭，几近人身诽谤！赵大壮同志入伍以来，努力学习，刻苦训练，表现突出，是部队重点培养的好苗子。赵大壮与徐诗荷书信来往，纯属男女同学纯洁友情，无可非议。俗话说，男大当婚，女大当嫁。你是人民教师，更应该懂得这个道理。作为家长，你不该无理指责、横加干涉，甚至造谣污蔑。对你的所作所为，我们表示强烈不满！你如果再无端生事，部队将通过地方组织，要求对你进行严肃处理！”回函盖着鲜红的省军区政治部群工科公章。历史教师一贯胆小谨慎，从来夹着尾巴做人，树叶落下都怕砸破脑袋，看完正气凛然、义正词严的“部队回函”，可怜的“徐守道同志”反应可想而知，估计只剩下哆嗦的份儿了，从此再不敢“无端生事”，连夜去信告诫女儿：“宵小之徒只能虚与委蛇，勿拒之过急，以免无端惹祸上身，切切！”

赵大壮来信将智斗历史教师过程和盘托出，我边看边笑发小的“江湖手段”，动机的高尚并不赋予你行为卑鄙的权利，我回信开涮：“世上准翁婿斗法，莫过于此：前者公然造谣，后者作伪终止。”

三

留城学生分配工作，家长有头有脸的去了国营大厂；次一等的进了商业；没路子的分到集体企业；门卫的儿子只好进医院当卫生员。“金眼科，银外科，杂内科，乱儿科，脏妇科”。进妇产科的护士和卫生员的都是缺关系、没背景的。苟顺民进医院第一天就听到这句话，心里暗自祷告，祈求老天保佑：千万别把自己分到又脏又累的妇产科。怕什么来什么。为期两周的医院新工培训结束，缺了大德的医院人事科长宣布缺德的分配名单，念到“苟顺民去妇产科当卫生员”时，队伍里响起幸灾乐祸的笑声，一个大小伙子连女朋友还没有，就被送去妇产，确实有些搞笑。当事人却傻了眼，哀叹：谁叫咱是寡妇的命——上面没人，这辈子注定要跟污血秽物盆子打交道。

刚刚接生出来的婴孩身上沾满血污油腻，脐带缠在脖子上，周身红得像剥了皮的兔子。苟顺民第一次看见引产下来已成型的胎儿尸体，跑进厕所吐了个不亦乐乎，端污血秽物盆子，更是恶心得受不了。初来乍到妇产科，苟顺民吓得头都不敢抬。时间长了，科里上下没人把他当爷们看，遇见抢救危难产妇，唤他也过来搭把手。除了上厕所，苟顺民几乎忘了自己是个男的，在妇产科唯一收获是彻底破除对异性的神秘感和对异性美的崇拜，再漂亮的女人经过生孩子一番折腾，都头发蓬乱、身体臃肿、神色憔悴，与孕前相比判若两人。医院是个论资历、讲等级的地方，苟顺民在科里属孙子辈，连小护士都敢对他指手画脚。小苟同志成了老太太的尿盆——挨呲儿的货。男卫生员心里躁气又不敢挂在脸上，只能拿没后门的产妇出气，碰上那喊叫得厉害的，学着凶巴巴的老护士吼道：“喊叫啥！你这会儿生不下娃嫌疼喊叫，舒服那会儿怎么不喊叫?!”遇见那擦枪走火，来妇产科收拾残局痛得哭爹叫娘的小姑娘，不忘揶揄几句：“小妹妹，别喊了，权当咱这回交学费。记住大夫的话：以后千万悠着点！上床男女都快活，来这却是孤军作战，受罪的永远都是你自个儿!”

周三下午是每周例行政治学习，照例是一人读报纸社论，全科室人洗耳恭听。读报读得口干舌燥，谁也不想读，你推我我推你，推来推去，最后还是落在小卫生员头上。苟顺民读得无精打采，声音有气无力，听众听得沉闷乏味，昏昏欲睡。“停!”科主任突然大喊一声。众人赶紧睁大眼睛，七斜八歪的身子纷纷坐直。读报的心里一惊，以为自己哪读错了。“苟顺民，你过来！”老主任抓住卫生员两只手，翻来覆去看个不停，啧啧称奇。大家一旁看得纳闷，不明白领导唱的哪一出。“你们看看小苟这双手，发现什么没有？”医生、护士团团围住，看了半天也没看出端秽物盆子的手有何出奇之处。老主任嗔道：“笨脑瓜！一个都不开窍！”接着解释，“小苟一双手小得出奇，比女人手还小了许多。手不光小，做动作还很灵活。你们说，这样的手最适合干什么？”

“接生！”大家恍然大悟，众口一词。领导来了兴致，部属跟着凑趣，都拿男卫生员开涮。这个说：“‘天生我材必有用’，小苟就是为女人接生而生的。”那个道：“小苟得天独厚，靠这双小手早晚是妇科名医，绰号我都想好了，就叫‘苟小手’。”有的半真半假地说：“接生最怕碰上滞留宫腔无法自然娩出的胎盘，得一点点用手‘片’下附在子宫肌壁的胎盘，才能顺顺当当完整取出。以后再遇上这样难活，苟小手当仁不让！”还有的说：“临产治疗胎位不正，宫内倒转急需小手托住胎儿身体慢慢回转，直至头部挪转向产道方位。”说来说去，都需要“苟小手”进入女人子宫操作。老主任听得高兴，热情鼓励男卫生员：“好好学习！闲时看看妇科学教材，不懂的地方向各位老师虚心请教，有机会了推荐你去省卫校进修，卫生员转产科护士，踏踏实实一步步干起，最终目标助产士，在妇产科干一辈子！”

苟顺民听得哭笑不得：一个大小伙子，沦落到天天给产妇端秽物盆子，一端就是六年。六年了！研究生都念完了，自己何时毕业还遥遥无期。妇产科的男卫生员，名声已经够难听了，同学聚会都不敢参加，生怕大家拿自己开涮，境况绝对是悲惨世界。自己连女朋友都没有，却被妇科主任认定给难产娘们掏产门最合适，搁别的男人身上听着逗乐，放在自己身上成了黑色幽默，传出去还让不让人活了？男卫生员哭丧着脸，挨个作揖，哀求道：“拜托各位大夫阿姨、护士姐姐嘴上留情，看小子从小有爹没娘的可怜份上，你们就饶了我吧！我一个小卫生员，本来就没成色，生鸡蛋无，屙鸡屎有，老爹又是个看门的，一来二去耽误成剩男，这下子非得打一辈子光棍！”男卫生员死活不愿往助产士方向发展，小护士拿接生话题逗乐，他当场跟人急眼！苟顺民也没想到，时隔不久，自己却主动承认是“苟小手”。

一条黑蛇从天花板角落缝隙里缓缓钻出，长长身体一点点垂下，周身金色花纹美艳可怖，三角形蛇头高高扬起，嘴里吐出长长的红信，两只阴冷的蛇眼死死盯着单人病房产妇与初生婴儿，嘴里馋涎欲滴，似乎要将母女俩一口吞掉！产妇吓得浑身一激灵，从噩梦中惊醒，紧接着又是一阵哆嗦——一个戴口罩的青年男子立在床前，正死死盯着自己！“你？你是谁？”问话带着颤音。

“你说我是谁？”

“你是？……”男子声音听着似乎有些耳熟。

“真是贵妇多忘事！连我的声音也听不出来。”男人注视着心目中的女神：产后相貌判若两人，妊高症造成水钠潴留——如花似玉的容貌如今丑陋不堪，脸肿得像刚出笼的包子，五官变形挪位，美目成了两条肉缝。“你，你究竟是谁？”唐甜甜越发纳闷，眼睛瞪得溜圆。男子发出一阵怪笑，缓缓取下口罩。“苟顺民！怎么会是你？你怎么会在这?!”产妇惊得一骨碌坐起。“我为什么不能在这？”男护工反问，接着自问自答，“我在医院妇产科上班。”

“你在妇产科上班？一个大男人怎么会在这里上班？”产妇惊奇地问。

“这有什么稀罕？我是助产士，人称‘苟小手’。”

“‘苟小手’？这话什么意思？”

“意思是鄙人天赋异禀，一双手小而巧，最适宜为难产产妇接生，就像这样。”说着，单手模拟宫内倒转术。见故人半信半疑，苟顺民索性将谎言进行到底，“你生孩子时不顺，我被叫来治疗胎位不正。”

“我生产，你接生?!”产妇一双眼珠瞪得要掉出，摇摇头，“不对，你肯定哄我！”

“三十六床，发药了。”一位年轻护士推着送药小车进单人病房。男卫生员对女护士挤挤眼，不怀好意地对产妇说：“不信你可以问她，三十六床生产时，我在不在场？”晓得熟人开玩笑，小护士不置可否，抿嘴一笑。产妇却当成真的，当即脸色大变！小车刚出门，三十六床随即发出一声凄惨的号叫，飞快地用被子蒙住脸，被子下面发出嘤嘤的哭声，过了好一阵，才将脑袋重新探出。产妇红肿着眼睛，恨恨地瞪着男卫生员，满怀悲愤斥责：“苟顺民！你没安好心！你乘人之危偷窥别人隐私！这么多年了，你始终贼心不死！我非找医院领导告你！”男卫生员放下手里抹布，斜倚在沙发上，笑眯眯地说：“欢迎，欢迎，本人求之不得！实话告诉你：我早就不想在这干了！告苟顺民的产婆来头越大，本人调出妇产科越早。不过你得提前告诉我，你要告我什么？上次是你父母告我‘流氓骚扰’，这次打算给我扣上什么罪名？光是‘偷窥隐私’，似乎不大合理。咱们提前编好台词，免得你告而不力、状而无功，申诉信转了一圈又回到妇产科，我还得在这干下去。”

男卫生员的厚颜无耻彻底激怒产妇。唐甜甜正要破口，门外又响起敲门声。男卫生员站起开门，七八个穿戴时髦，抱着鲜花，提着礼品盒的女人蜂拥而入，病房里叽叽嘎嘎，像是池塘里涌进一群母鸭，“甜甜，我走了。你好好休息，需要什么东西你吭气。明天抽空我再来看你。”男人告别声音甜得发腻，谁听了都觉得两人关系不寻常。男卫生员拿起拖把和盛脏水铁桶，在众多女性狐疑目光下出门。

第二天再见男卫生员，产妇脸上神色缓和许多，嗔道：“苟顺民，你还是那么坏！早上查病房时，我问过你们科主任了，说你就是一拖地抹桌子端污纸盆的。屎壳郎爬铁轨——冒充铆钉。一个小卫生员竟敢装助产士！”老底被揭，男卫生员无言以对，当下蔫了。唐甜甜又说：“我知道你一直恨我，跑来故意吓唬我，恶心我，糟蹋我。苟顺民，你居心不良！”苟顺民垂下大脑袋，为自己分辩：“甜甜你说错了。我不是恨你，也不是恶心你，更不是糟蹋你。我就是一直想你，心里再也忘不了你。昨天晚上做梦，我又梦见你了！”语气真诚不容置疑，自己都被感动了。唐甜甜脸上飞起两朵红晕，小声骂道：“呸！真不要脸！见过厚脸皮的，没见过你脸皮这么厚的！”却不像真恼。男卫生员半真半假诉说情愫：“老同学，我十六岁就给你写情书，是因为苟顺民打心眼里喜欢你，生怕一朵鲜花被别人抢先摘了去。再想不到，一腔痴情付东流，惨遭你父母一路追杀和学校领导疯狂迫害！我以死抗争，为你流的眼泪能装一脸盆。每当想起你美目盼兮、巧笑倩兮，舞台上矫若游龙、飘若惊鸿，我就临月洒泪，心如刀绞，边哭边挥毫写下对你的思念之情，差一点因此成了诗人。擦干眼泪之后，苟顺民又来了，还是忍不住要大声说：唐甜甜，我爱你！”产妇听了哭笑不得，斥道：“癞蛤蟆想吃天鹅肉！”

两人正说得热闹，护士将新生儿抱来。等产妇喂罢初乳，苟顺民接过女婴端详：小眼睛大嘴巴塌鼻子，头上稀稀拉拉几根黄毛，十足丑女。“这孩子怎么跟你长得一点不像？”男人纳闷。

“女孩长得像他爸。”产妇幽幽叹了口气。

“我来了两次，怎么没见你老公？”

唐甜甜眼神骤然黯淡，脸对着窗外不吱声，过了一会儿，反问：“我昨天上午昏睡时，妇产科来过一个烫发头、戴耳环、身材矮胖、穿貂皮大衣的半老女人没有？”

“来过。那女人到哪都指手画脚、颐指气使，后面跟了一帮人，像是官太太。我们院长一路陪着不笑强笑，脸上的肌肉几乎被笑残了。”男卫生员说到这，突然醒悟过来，“那女人莫非就是你婆婆？看她那牛皮哄哄的架势，老公肯定官小不了。你公公是谁？”

产妇说出名字，男卫生员吃了一惊，报纸上常见其大名，莫说医院院长，卫生厅长见了也得点头哈腰。“恭喜，恭喜，恭喜校花唐甜甜同学嫁入豪门当少奶。”男护工嘴上恭喜，心里泛酸。唐甜甜没接话，又问：“你听见我婆婆说什么没有？”卫生员蹙眉努力回忆，像是想起什么，为难地说：“耳朵倒是逮住两句，我却不敢乱嚼舌头。坐月子最怕生闲气，小心把奶水憋回去苦了孩子。”经不住产妇再三央求，苟顺民从实道出：“你婆婆后面跟个小个子年轻男人，想必是你老公。你婆婆从育婴室出来，脸上像挂了霜，鼻子不是鼻子，脸不是脸，当着众人面，就对着儿子嚷嚷：‘折腾一晚上，我还以为你媳妇生太子呢，闹了半天，生个臭丫头片子不说，还是个丑八怪！’男人张张嘴，想说什么，却什么话也没说。母子俩连你病房没进就走了。”

产妇听得脸色大变，身子蜷成一团，被子下面又发出嘤嘤的哭声。卫生员一旁劝慰：“男尊女卑的传统老戏，妇产科几乎天天都能看到。上年纪人观念陈旧，只能慢慢改造，别和你婆子一般见识，熬到孩子长大就好了。”哭声依旧。老同学继续劝解：“世上事有得就有失。你和你男人门不当户不对，嫁入高干家庭难免被公婆看不起。甜甜你不能光想着住大屋、坐小车、收礼品、吃香喝辣，也要有当受气包的思想准备。”女人哭声越来越大。男卫生员幸灾乐祸：“这就叫早知今日，何必当初！你那会儿要是肯嫁给我，岂不是免了今日之气。我一定把你当宝贝供着，什么都听媳妇的，大小事都由媳妇做主。放着将军不当偏要当奴隶，都是你自找的！怨不得谁。”

被子猛地揭开，产妇腾地坐起，擦干眼泪，怒冲冲回敬：“想看我笑话的多了，都死完了也轮不到你！门卫儿子、医院杂役，嫁给你能带给我什么？”下边话带着炫耀，“嫁到高干家当年，我大龄姐姐从外县调回省城，很快结婚成家；两个待业弟弟相继安排了理想工作；父母从潮湿阴暗的旧平房搬进新建的三居室楼房；本人从工厂生产流水线上调局机关坐办公室。这几件大事你办得到吗？你办得到，我就嫁给你！可惜，你没那个能耐！”美人眼里，一切都可以物化，包括感情在内。

“明白了，这叫牺牲一人色相，幸福全家大小。高风亮节，令人敬佩。”男人语带讥讽。女人冷笑着说：“实话告诉你：唐甜甜宁愿缩在高干家里偷偷哭，也不愿在小户人家哈哈笑。那种贫寒日子我一天也过不下去！”口气转为不屑，“老同学，转过来我也要说你几句：参加工作六年了，你说你自己混了个啥名堂？入党、转干、上大学、基层上调机关，好事你是一样不沾，到现在还是个小卫生员。屈指一算，咱们同学混得有头有脸的已为数不少，你却为何总是不见进步？准备将秽物盆端到什么时候？嘴尖皮厚腹内空空，一个男人什么本事都没有，又是穷家小户出来的，就会癞皮狗般与女人死缠，见了漂亮姑娘就怦然心动。难怪你直到现在还是光杆，混成这样，哪个女的会跟你？”

太伤男人自尊心了！卫生员大白脸气得通红，争辩道：“自古将相出自寒门。以一时一事论英雄，那是庸人！狗眼看人低，一阔脸就变，那叫小人！苟顺民注定不是平地卧的，早晚出人头地！实不相瞒，我正在运作一件改变命运的大事，一旦成功，唐甜甜你就等着后悔吧！”一个门房的儿子能有多大道行？女同学撇撇嘴，不屑地说：“‘命里注定八合米，走遍天下不满升’，你就使劲吹吧，小心把自己吹肿了。”指指柜子上的各种营养品，态度居高临下，口气就像是打发一条乞食的狗，“我明天一早就要出院。给我送的东西太多，带回去嫌麻烦。说起你也可怜，全家一辈子也没吃过高级补品，挑几样稀罕的拿回去，只当你长这么大了，第一次孝敬你爹。”卫生员感到莫大的侮辱，气得浑身乱颤，起身回敬：“谢谢，我不要。你还是带回家喂狗吧。”男人猛地拉开病房门，身后传来冷冷一句：“不识抬举，什么玩意儿！”

刚受过高干婆婆的气，转眼摆起豪门少奶的谱，一个女人婚后居然有如此大变化——歇斯底里，骄横无礼，小市民的庸俗、屈辱顺服与权势支配欲望，杂烩般乱炖，平民家矜持青涩少女变成心胸狭窄、待人刻薄、言语尖酸的豪门少奶，心目中的女神形象轰然倒塌。两人社会地位悬殊，如同两条永不会交会的平行线。“同学少年多不贱”，唯独自己还在端秽物盆。苟顺民痛定思痛，辱定思辱，立志改变自身卑贱地位，纵然天崩地裂、水滴石穿，也要坚定地一步步实施既定计划。

第八章

一

惠民医院的人爱逗乐子，每次开全院大会都像说群口相声，大夫们扎堆不称呼姓名，以各自专业相互戏谑：“肝硬化”你来了。“痔疮”最近咋瘦了？“肿瘤”，听说你儿子参军了？“牛皮癣”换了新房，今天得请客！“心脏病”的儿子刚被单位提了正处，你给大家介绍晚上和老婆在床上咋弄的，让大家学习优生优育的经验……乍听还以为疾病们开派对。苟顺民自知地位卑贱，远不够逗乐资格，也就不苟言笑。惠民医院崔院长最爱高谈阔论，每次坐在主席台上讲话，上下五千年，纵横八万里，从美苏两个超级大国既斗争又勾结的实质影射本院外科正副主任内讧；从肛肠科小护士嘴馋偷吃病人糕点联系到防修反修防微杜渐开展政治思想斗争的重要性、必要性和迫切性。台上院长滔滔不绝，显示领导水平，台下听众却不买账，不是嘀嘀咕咕开小会，就是垂首昏昏欲睡。苟顺民正襟危坐，一脸虔诚，目不转睛望着领导，仿佛恭听圣旨佛音。院长自以为讲得精彩，下面却喧嚣不断，拍了几次桌子仍弹压不下，心里颇为躁气，忽然瞥见前排当中听者频频点头，一双眼睛崇拜地看着自己，含笑作醍醐灌顶状或不胜感慨状。知音难得，仿佛闷热会场骤然吹进小凉风，院长舒服了，台上越发滔滔不绝。台下虔诚听者点头频率随之加快，满脸陶醉，如闻天籁之音。

苟顺民潦倒穷途，侘傺而不得志，做梦也想扔掉天天都得端的秽物盆子，却苦无门路，冥思苦想，忽一日悟道正迷津——开会点头是向领导献媚，是一项长期感情投资。男卫生员如梦初醒，茅塞顿开， 每晚对镜自照，精心研究点头的火候和尺度。点头逐渐点出艺术，轻重缓急恰到好处，随领导情绪语调高低变化，仿佛钢琴师弹奏伴唱，台上台下配合默契，成了会场一道风景……卫生员深信其道，坚持不懈，独得之秘，运用自如。数年开会下来，果然大有收获。崔院长形成习惯，每次台上一坐，不由自主先寻找台下那双虔诚的眼睛，四目相对，仿佛电波交流，默契点头，拨动领导心弦。台下点头一次容易，难的是数年如一日。院长最终认定妇产科男卫生员是难得的忠实属下，苟顺民是省惠民医院真正的顺民！

脱产两年带薪赴北京中医学院进修指标下达，全院职工议论纷纷，都想着这等好事非院里几个干部子弟莫属。结果令全院人大跌眼镜——天上掉馅饼最终落到端秽物盆子的头上。院长这回铁了心——说情电话一律不接，关系条子坚决不理！此次好事非顺民莫属，给全院职工树立一个理解崔院长尊敬崔院长热爱崔院长的好榜样。

学成归来，苟顺民进中医科跟姚老当徒弟。姚老出身中医世家，祖父在直隶一带颇有名气。光绪二十六年，八国联军进犯京畿，武卫后军统领董福祥率甘军血战，击毙沙俄军团长安宁科夫。战事正紧，董福祥却突患急症，太医多方诊治无效，把口口声声称“我恃董福祥”的慈禧太后急得团团转。姚郎中奉诏星夜赶来，一帖加减“大承气汤”当下使大便通畅，朝廷特赐六品顶戴花翎。此事绝非野老杜撰，村夫妄言，姚老家乡县志的名人录有详细记载。苟顺民自知机会难得，把姚老当太爷伺候。徒弟勤快，老师欢喜，从浮、芤、洪、滑二十八脉细细说起，每有病人先令弟子诊毕脉息写出脉案，自己随后把脉两相比较指点迷津切中肯綮。几年下来，关门弟子熟读《黄帝内经》《伤寒论》和《本草从新》，颇得老师八纲辨证的真传，阴阳、表里、寒热、虚实，脉息已看得大致不差。

自从当上医生，院内外提亲的不少，苟顺民相了数十次面，却高不成低不就。有几次双方对上眼，女方上门一看：单间房住俩光棍。想到进了门还要和老鳏夫同居一室，都知难而退忍痛割爱。“没房做陪嫁坚决不要。”苟大夫择偶新条件在医院成为笑谈，都说这小子想房子想疯了，妇产科老护士郑雪梅却动了心。郑雪梅从省卫校毕业，小姑娘心气颇高，立志找个医学院毕业的大夫做老公。无奈两者社会地位不在一个档次。年轻大夫和小护士上班时磨牙吃吃豆腐还行，动真格的基本绝迹。护士工作脏累，还要上夜班，被患者家属辱骂甚至殴打，更是司空见惯。许多男士提起找护士当老婆，都畏难而退。小粉褂们自嘲：前世做错事，今生当护士。郑雪梅在普外时，科里分来一个戴眼镜的大学生，几个小护士竞相献媚，都想逮住年轻大夫做老公。郑雪梅和情敌从钩心斗角发展到大打出手，相互在脸上留下抓痕，最终被贬到妇产科。临末了，眼镜大夫在外边找了老婆，小护士们白斗一场。妇产科同事想把苟顺民和郑雪梅捏合一起，男卫生员自然没意见，女护士一听鼻子都气歪了：我好赖有张中专文凭，再惨也不能嫁个端秽物盆的！从此见了苟顺民没好脸，背后没少垫黑砖。再想不到端秽物盆的时来运转，短短几年，“苟小手”转为白大褂，成为名老中医的关门弟子，自己却原地趴窝，由小护士变成老护士。失去的才感珍贵。郑雪梅现在看苟顺民怎么看怎么顺眼：大脑袋装满智慧，走路不快不慢尽显成熟男人稳重，不抽烟不打牌，男爷们里少见的勤快……老护士越想越悔，没看出男卫生员是只潜力股，白白把匹大黑马放跑了！这回机会来了。苟顺民不是想要房吗？老郑家别的没有，唯独不缺房。郑雪梅吸取眼镜的教训，不贸然出击，探明对方底牌，再下香饵钩金龟婿。

周末下午，郑雪梅找到苟顺民，说老父亲头痛脑热几天不好好吃饭，服了药也不见效，想请苟大夫晚上到家看看。郑家住城中村，琉璃瓦三层小楼，铝合金蓝玻璃窗，外墙贴着白瓷砖，客厅铺的印度红大理石板，全套日本进口家用电器。苟顺民看得羡慕不已。郑雪梅瞅在眼里，暗自得意，忽然像想起什么：“听说你快办喜事了，妇产科老同事想凑份子买东西送礼，不知新房还缺什么？让我问问。”苟顺民苦笑着说：“你不给我帮忙就算了，还拿老哥开心。”郑雪梅故作惊讶地说：“这是谁乱传话？你真没有啊？条件不要太高了，小心挑花了眼。”

“我哪有本钱挑人家？只要女方有房有正式工作，我就把自己嫁了。”

“别的条件呢？”老护士穷追不舍。

“晚上睡一个床，熄了灯我不做噩梦就行。”

诊过脉息，病人六脉平和，再看过舌苔，舌苔白腻，苟大夫心里有了底：老头子内伤饮食外感风寒，不是什么要紧症候。从提兜取出医院处方笺，开了脉案，笔走龙蛇片刻拟了个解表发汗疏中理气的方子，自己细细看了一遍，还觉满意，叮嘱：这两天吃饭忌了荤腥，两服药下去应该见好。过了几日，郑雪梅又来中医科，说老父已痊愈，在家直夸苟大夫医术高明，想请你周日到家吃饭。苟顺民坚辞。“小苟，人家诚心请你，你就去嘛，不要辜负小郑的心！”对桌坐的魏大夫看出老护士路数，“心”字咬得特别重。郑雪梅心存感激，说：“要不，魏老师也一块去？”魏大夫哈哈一笑：“我才不当电灯泡呢。要请，等你俩发喜帖一块请。”郑雪梅羞红了脸，说：“人家把你叫老师呢，老师咋给学生乱开玩笑？”老护士走后，老魏笑着恭喜“苟大夫走了桃花运”。苟顺民苦笑不语。

魏大夫自幼顽劣，小时候掏鸟窝，从门前大树上摔下来，右膝盖粉碎，从此瘸了一条腿。父母看他干别的无望，儿子刚满七岁，就在鸡毛掸子督促下，苦苦背诵汤头歌诀，初中刚念完，就被送到内蒙古呼市，跟着开诊所的娘舅学中医。舅舅白天让外甥跟着自己认药材、学号脉，晚上为外甥讲解《药性赋》《频湖脉诀》《金匮要略》，灯下响起朗朗的《脉象口诀歌》：

> 脉理兮，用心记，三法四中要熟记。人脉难，须勤理，察形辨象非容易，浮沉迟数力为中，扩充脉象真消息……

十年过去，舅舅将残疾外甥逼成一名中医大夫。外甥仿舅，舅舅与直肠子牧民谈论病情从不藏着掖着。魏跛子耳濡目染，和病人说话向来是竹竿捅蜂窝——直来直去。碰上那没什么大病又疑神疑鬼的患者，只有一句话：没事，没事，屁事没有！如果是青壮年男性患者，还忘不了加一句：回去搂着媳妇只管睡！门诊时有疑心重的患者上门就诊，说自感身体不适，去过几家医院，查来查去，都查不出是什么病。苟大夫仔细诊过脉，脉象平和，再看病人舌苔，舌淡红，苔薄白，湿润适度，心里有了底：患者不是什么大病，只是疑心太重。苟大夫反复解释，直说得口干舌燥，对方仍不放心，问东问西，纠结着不肯去。对面坐的魏大夫听得不耐烦，隔桌抓过病历，草草翻了翻，接过话头，说患者“病情蹊跷”，需要做“深切检查”，让患者脱了鞋，解开上衣，上床检查。魏大夫左手抓住病人手腕，右手这敲敲，那叩叩，趁其不备，两个坚硬的指关节猛地戳向胃上部神经丛。病人立刻痛得缩成一团。“痛不痛?”魏大夫和颜悦色地问，两指关节继续施压。“妈呀，痛死我了！大夫，我求求你，下手轻点。”病人连声惨叫，仿佛挨刀的猪。“喊什么?！忍着点！‘通者不痛，痛者不通’。病灶原来在这。”魏大夫满意地坐下，笔下龙飞凤舞，开了一副疏中理气、消食健脾的太平处方。病人拿在手，逃命似蹿出门诊室。魏大夫在后面大声叮嘱：“哪不舒服，还来找我。”

凡是经魏大夫“深切检查”的病人，以后宁死也不肯上门。魏大夫的诊断方式城里居民颇有微词，却很对农民兄弟的胃口，都夸跛子大夫看得好，诊断斩钉截铁、一针见血，不像别的医生说话吞吞吐吐，一看就是本事欠缺心里没底。魏跛子交了许多农民患者朋友，苟顺民跟着没少沾光，吃了许多乡下送来的萝卜白菜大葱大蒜，两人成了忘年交。

面对痼疾顽症，跛子大夫勇闯难关的胆量令人咋舌，惯用大黄、麻黄、雄黄、巴豆、枳实甚至芒硝等虎狼之药，依据是“补补补，中国人就知道一味进补，只补不泄，虚火上腾，五脏热毒蕴结，脉络不通，须以毒攻毒、排毒痛泄不可！”看了魏大夫的虎狼方剂，同行舌挢不下、惊诧不已。同诊室的苟顺民也曾担心地问：“老兄开的方子医理固然精妙，只是药性过于猛烈，病人服了，会不会出事？”魏大夫哈哈一笑，胸有成竹地说：“不怕！《本草纲目》里‘九畏十八反’不可不遵，也不可拘泥，‘以毒攻毒’，用好了有奇效。服了俺老魏的汤药，上吐下泻难免，却不碍大事，大不了多窜几泡稀，离蹬腿尿尽还远着呢！”说来也奇，魏大夫看常见病疗效平平，诊治疑难杂症却偶见奇效，如同坚持期期买彩票，早晚撞上大奖。

前年夏天，门诊室来了一个用担架抬来的危重病人，面色蜡黄、呼吸急促，脸上布满黄豆大汗珠，说是便血三月有余，起先当成痔疮治，不料病情越来越重，最后查出是肠癌，已到晚期。病人是个老革命，资历颇深，病情一度惊动京城高层。主管文教卫的副省长几次打电话给卫生厅长，要求全力抢救。卫生厅请来几家大医院专家会诊，看了都摇头，都道回天乏术。家属无奈，辗转送到惠民医院。魏大夫死马当成活马医，跟家属口头约定“医生治得了病治不了命。我只管治病，不管生死”。仍是固执己见，痛下虎狼药，泄热通便的芒硝是君药。说来也奇，病人服药后，先拉了半盆黑血，又连续几天屙出成串血疙瘩，腹疼随之减轻，身上轻松许多，嚷嚷着“我还要吃魏大夫开的药”，连服二十多剂，病人体内的癌肿奇迹般消失。

肠癌病人刚痊愈，医院又来了个食道癌三期患者的老太太。魏大夫以不变应万变，仍是痛下虎狼药。也该跛子大夫露脸，食道癌患者几番上吐下泻，竟也奇迹般痊愈。患者家属感激不已，相继送来铜匾，前者是“仁心奇术、妙手回春”，后者颂词过于生猛，令同行侧目而视，恨不得群起踏之——匾上赫然题着“艺压杏林，华佗再生”。省电视台跟着轧闹猛，让痊愈的肠癌患者现身说法，叫以往的食道癌病人当众表演吃麻花。“省惠民医院中医科出了个跛子神医，治癌症就像治感冒，治一个好一个。”神话一夜间传遍全省大街小巷。省电视台“杏林之春”栏目收视率因此猛增，创下建台以来新纪录。神奇疗效引起省卫生厅领导高度重视，迅速组织专家研究跛子大夫开的处方。专家们看了连连摇头，都说

“看不懂”。

“魏成功中医学术思想专场报告”召开，台上老魏神采飞扬，口吐莲花，滔滔不绝，台下同行听得皱紧眉头，交头接耳，直斥“胡说八道”！学术报告作了不到一半，台下听众纷纷离席而去，偌大会场只剩下稀稀落落几个人。苟顺民本也想半道溜走，又怕被台上老魏发现，回去见面脸上不好看，只得咬牙硬忍到散会。业内全盘否定跛子大夫的野蛮疗法，癌症患者却只认疗效，视为嫉贤妒能，典型的窝里斗，门前依旧排起长龙，应了那句“有病乱投医”。为制止挂“魏专家”的号加塞，心急如焚的患者家属破口谩骂、拳脚相加，直至惊动警察前来维持秩序。跛子大夫医运戛然而止，来诊治的晚期癌症患者来一个，死一个，来两个，死一双。神话破灭，跛子大夫短暂辉煌很快复归平淡。院方将老魏视为怪物，其对待患者的态度和诊治水平令院领导难以捉摸。考虑到惠民医院刚刚荣登“三甲”，院里有个远近闻名的异类，也不一定是坏事。

二

吃罢晚饭，苟顺民正在收拾桌子，郑雪梅打扮得花枝招展，不请自来。“愣着干啥，不欢迎？”未等主人反应过来，客人已进了屋。家里来了大姑娘，又是儿子的同事，老鳏夫喜欢得不得了，瓜子花生水果饮料统统上了桌，借口有事出去遛弯。两人相对坐下。苟顺民问：“今晚怎么想起光临寒舍？”

“你托我办事，我没忘你倒忘了。”

“我托你办什么事？”苟顺民想不起来。郑雪梅扑哧一笑：“你不是让我给你介绍女朋友吗？既然已有心中意，我就不耽搁你的时间了。”站起要走。“对，对，有这事。”一听是帮自己找老婆，苟顺民热情了许多，忙不迭地拉客人坐下，打开饮料递过。“女的是哪的？”苟顺民急着问。

“和我同行，也在医院上班。”

苟顺民一听热情骤减，本院小护士我一抓一大把，还用你操心？

“新房家具都备好，你光杆一人过去就行。”郑雪梅赶紧朝女方秤盘里加砝码。天平恢复平衡。“女的长得咋样？个子高不高？”苟顺民提出最后一个问题。“长相、个子和我差不多，配你没问题。”郑雪梅越说离自己越近。苟顺民把对方从头到脚打量一遍，叹口气，一句话差点让老护士背过气：“唉，年龄不饶人，只能凑合了。什么时候见面？”

“什么时候都可以，现在想见也行。”

主人惊问：“你把人带来了？”客人点点头。主人赶紧起身收拾房子，嘴里埋怨：“你也不提前打个招呼，让我准备一下。”换上雪亮坡跟皮鞋，穿上四个兜银灰色毛涤制服，头发梳了又梳，怕头式倒了喷发胶固定，扭头问：“咋样？咱这形象还行吧？”客人笑岔了气，捂着肋子说：“蛮好，蛮好，一看就知是大医院的名医。”上下收拾齐整，荀顺民开门探头一看：院子里一个人没有。赶到大门口，鬼影也没见着，慌慌张张回到屋里，媒人仍稳坐钓鱼台。“坏了，坏了！肯定是人家等得不耐烦先走了，这可怎么办?!”荀顺民急了。

“人早就来了。”郑雪梅红着脸说。

“在哪？”

“人就在你跟前。”老护士低下头。

“是你?!”一对圆眼睛瞪得赛过铜铃，就算邻居家那只卷毛母狮子狗突然开口要嫁给自己，也不会令荀大夫更吃惊。“怎么会是你？”老护士今晚神头鬼面赛过川剧演员舞台变脸。“你开什么玩笑?!”荀顺民真的生气了。“哪个姑娘家跟你开这玩笑，”郑雪梅强笑着说，“咋啦？莫非我配不上你？”荀顺民这才明白：郑雪梅毛遂自荐赤膊上阵，今天晚上要来真的！“配得上，配得上，”话刚出口，觉得不对急忙纠正，“是我配不上。”再一想更不对了，又改口：“是咱俩配不上。”

本以为事情十拿九稳，未想开局不利。郑雪梅脸上红一阵白一阵，屋里颠倒只有四只耳朵，不怕谁听了去，牙一咬，老娘豁出去了！老护士语调铿锵：“荀顺民，你在单位是比我混得强，论别的条件你不如我！郑雪梅不傻不丑，不愁嫁不出去，这两天跟在屁股后面要和我见面的男的就有五个（扩大五倍）！干部教师警察厂长老板干啥的都有，哪个腿都比你的长！这么多优秀男人我不见，为啥找你，主要是我爸妈看你老实。找对象要心好。什么叫心好，对你好就叫心好！你是不是嫌我年龄大了？年龄大才懂得知疼着热，那些花里胡哨的小姑娘娶回家，还得当小妹妹哄。现在是经济社会，家庭和睦也要靠经济基础。你没房她没房，只好去租农民房，连个卫生间都没有，一大早就得端着尿盆子往公共厕所跑。不过，这对你倒不难，老本行嘛。”说到这，老护士捂住嘴笑了，接着说，“租农民房还要看房东脸色，四时八节还得烧香送礼，两口子住在里头能幸福吗？送上门的小洋楼你不住，房东不当你要当房客，荀顺民呀荀顺民，你说你傻不傻?!”一席话义正词严合情合理体贴入微，老护士高屋建瓴洞若观火，俨然是循循善诱的人生导师和婚姻迷津的指路人，苟大夫倒成了无情无义糊涂之人，被批得一句话也答不上……

老苟在外冻到半夜才回家。面对连珠炮般问题，小苟回过神，越想越来气：眨眼媒人变对象，唱的是哪出？是狸猫换太子？还是暗度陈仓？你有房怎么啦？有房就可以拿大肚子夯人？我没房怎么啦？世上没房的男人还不找媳妇了？等到气消下去，苟大夫不得不承认老护士的话有道理：租农民房的日子不好过，医院里小两口为此吵架闹离婚的还少吗？郑雪梅虽说鼻子塌点、眼睛眯点，两条长腿却难得，两人站一起，个子比自己高小半头。爹低低一个，娘矮矮一窝。现在只准生一个，不优生优育怎么能行。老苟家无高个的历史，要从我儿子改写……那座小楼确实诱人，住在里面一定惬意……正当天平开始向郑雪梅倾斜，又想起郑老爷子痰迹上蹭来蹭去的两只脚，心里泛起一阵恶心——郑家人整个没文化，上不得台面站不到人前，特别是老二，张嘴不是赌博就是找小姐……想到这，苟大夫断然摇头。

演说动之以情，晓之以“利”，郑雪梅自己都被感动了，苟顺民的心就是铁打的也该融化了。她耐住性子不再找他，单位里遇见也不拿正眼瞧，单等对方迷途知返、负荆请罪。岂不知正中对方下怀：谢天谢地，老护士再不来纠缠。半月过去，仍不见浪子回头。今天上班，听说消化科有人给苟顺民介绍对象，郑雪梅又急了，她最清楚苟顺民眼下的含金量：绝对是大龄择偶市场的抢手货。架子略摆一下就行了，别老绷着，小心被别人抢了先手。老护士提醒自己。男人有招，女人有计，苟顺民真可恶，逼我动真的。

周末下起大雨，就诊的少了许多，没了病人，大夫们聚堆闲聊，单等下班铃响。“嘭！”中医科门被撞开。郑雪梅板着脸走到苟大夫面前，将病历挂号单据往桌上“啪”地一拍，“看病！”直挺挺坐下，眼里射出的光似怨非怨似恨非恨。魏跛子正想和她开玩笑，看苗头不对，也不知男女之间发生了什么事，赶紧站起，跛着一条腿悄悄溜了出去。“你哪儿不舒服?”苟顺民没想到郑雪梅竟以这样方式找上门，只好假戏真唱。“心口疼！”老护士硬邦邦回答。

“多长时间了?”

“十六天！”

苟顺民屈指一算，暗暗叫苦：正是郑雪梅来家毛遂自荐那晚！本以为事情已过去，没想人家一天也没忘。“好好的，怎么突然心口疼？”

“被人气的！”

“谁这么大胆敢气你？不想活了？”苟大夫装糊涂。“你！就是你！”老护士指头直直戳向对方鼻子。苟顺民吓得赶紧起身掩门，求饶道：“好我那姑奶奶，求求你别喊了！让人听见还以为里面怎么了。”

“听见怕什么？我又没做亏心事。”郑雪梅不依不饶。

“我知道你对我有意见，有意见可以提嘛。”

“我恨你！你不让我好过，我也不让你好过！”郑雪梅声音又大起来。

“你恨我干啥？我又没惹你。”苟顺民边说边提心吊胆听门外动静。“我恨你不识人敬！我恨你把好心当成驴肝肺！我恨你把我害成这样！”郑雪梅皱眉捂胸口，作花蕾遭狂风暴雨袭状。“来，让我号号脉，”苟顺民信以为真，垫上脉枕，细细诊起脉息：“脉象倒还平和，怎么突然疼成这样？会不会乳房里面长了东西？”苟顺民担心地说。“别敷衍了事，耽误病饶不了你！”郑雪梅脱了粉色护士服，摘下奶罩搭扣，一对白兔似乳房蹦出，高耸坚挺洁白丰润，乳头红得像樱桃，上浴池洗澡引来无数嫉妒目光。今天为降伏前世冤家，郑雪梅亮出最后的法宝。苟顺民眼一亮，心一动，这对尤物要是长在别人身上，还能多看两眼，郑雪梅的光可不敢沾！靠着妇产科练就的定力，当下稳住心猿意马。“你到底是哪儿疼？说清楚！”苟大夫一副职业口吻。“这……不是这，是这，……也不是这，是那……”老护士抓住大夫的手在自己乳房上来回移动，逐渐哼出声，身子慢慢斜过，最后干脆偎在大夫怀里……光天化日上班时间，这算干什么！此举非但未勾得大龄男青年入彀，反引起苟大夫极大反感，手一甩，猛地站起，厉声说：“像啥样子嘛！”郑雪梅没防备，身子一歪差点从凳子摔倒在地。面对鄙视眼光，老护士脸变得通红，长这么大第一次对男人敞胸露怀，为了你我脸都不要了，临末了，送货上门反被下眼观。郑雪梅瞪着苟顺民，想说无话可说，想骂骂不出口，又羞又气趴在桌子上号啕大哭。

哭声惊动别的科室。片刻工夫，带着各种疑问的脑袋在中医科门口攒动——“郑雪梅咋啦？”

“是不是查出啥不好的病了？”

“肯定是小苟欺负人家。你看小郑的衣服扣子还没系上！”

“男大当婚，女大当嫁。年龄大了容易出事。”

“苟顺民看着老实，怎么也干这种事？领导也不管管。”

“快把崔院长叫来，万一小郑想不开……”

老护士不管不顾趴在桌上痛哭，谁也劝不住，苟大夫脸上颜色赛过公鸡冠，面对众多疑问，一句也答不上……魏大夫闻声一瘸一拐赶回，驱散围观人群，才为苟大夫解了围。

二十天后，郑雪梅停薪留职离开医院，和一个在南郊开家具城，已离了三次婚的温州老板结婚。

郑雪梅哭得蹊跷，走得突然，成为全院职工永远的悬念。老护士出走害惨了苟大夫，其中最恶毒的传言是：苟顺民花言巧语弄大了郑护士的肚子，事后却死不认账。坐了女人的车又想逃票！女护士同仇敌忾，一致认定苟顺民是披着羊皮的短腿色狼！年纪大的看他眼神怪怪的，年轻的见了他都躲着走，像是上街遇见流氓。医院单身汉们对苟顺民产生浓厚兴趣，一见面就拍肩膀，意味深长地笑，脸上都是一副洞晓底细的神情。一个刻薄鬼当众捏着苟顺民的大耳朵调侃：“苟大夫，你老人家平时深藏不露，关键时刻可真够花的！诚所谓静水流深，心浪飞溅。”苟顺民气得发昏，既无法当众验证郑护士的肚子没有大，也说不清本人从未干过那事。目睹郑雪梅衣衫不整痛不欲生的几十双眼睛，岂容自己分辩！老护士的话应验了：你不让我好过，我也不让你好过！

三

“黑美丽！黑美丽！”随着屋里连声叫喊，门外踉踉跄跄跌进一个大个子女人，像被谁在背后猛推一把。招工组组长钱麻子初见黑美丽，先吃了一惊：此姝皮肤黧黑身躯粗壮，立在那浑如黑铁塔，个子比寻常男人高出半头，公牛般粗壮脖子，宽肩阔腰，衬衫被坚实的背阔肌绷得紧紧的，四肢粗壮，手大脚大，走路“嗵嗵”响，仿佛受阅队伍中的大洋马，魁伟身材让人联想到奥运赛场上掷链球的女选手。豆腐渣贴门联两不沾，魁伟形象与其美丽名字压根儿对不上号。钱组长自己也生得其貌不扬，脑壳半秃，面皮黑黄，两只三角眼，一口龅牙让尼古丁熏得焦黄。招工人员长得奇形怪状，却对被招人员外貌、身材，从来高标准、严要求。钱组长皱起眉头问：“黑美丽，你今年多大了？”

“二十一。”

“我问你实际年龄！”

“我真是二十一岁，我没骗你。不信你去查户口。俺妈把我生的老相，从小别人就叫我老黑。”黑美丽回答粗声粗气。钱组长听得直想笑，粗丫头粗手大脚，干粗活还行，从事纺纱细活怕是不行，在她身上没有任何必要浪费时间，正要划掉名字，随行人员及时提醒：来时厂工会主席再三拜托，地区运动会开赛在即。关键时刻，厂女篮中锋的肚子被男朋友弄大，日益显怀无法上场。事关卫冕，情况紧急！请招工组多多费心代为寻访新的高大女中锋。眼前黑大个不知是不是这块料？钱组长被提醒，连连点头，赶紧问：“你会不会打篮球？”

“会！”回答斩钉截铁。

“你在哪学过？打什么位置？”钱组长紧着追问。

“我在省业余体校受过两年专业训练，一直担任中锋。”

踏破铁鞋无觅处，得来全不费工夫。钱组长喜出望外，当下就要测试球技。黑美丽坦然回答：上周被地区公安局借调，到省城参加前卫联赛，抢球时崴了脚，大夫说还得休息一周才能上场。说着脱了鞋，露出右脚踝骨贴的跌打止痛膏药，仿佛不经意间透露：几家单位都争着要她，何去何从，自己还没最后拿定主意。钱组长听得心惊，暗道：侥幸！当机立断，现场拍板为紧缺人才办理特招手续。

灯光球场围满观众，争睹新组建的厂女篮风采。新中锋登场亮相，观众眼前一亮：一身大红球衣，脚下球鞋雪白，篮下一站，赛过黑铁塔。从哪找来的黑大个？莫非省女篮退役下来的？未等众人发问，老钱抢先表功：“她是我特招的。多少单位抢着要，多亏我下手快！”比赛哨一响，全场笑翻天！劳资科当宝贝招来的“紧缺人才”原来是傻大姐！场上跑步摇摇晃晃，像头病骆驼，又疾又猛传球飞来，不去接球先双手抱头……女中锋原来是冒牌货！上场不到五分钟，就被换下场。再看老钱，不知什么时候悄悄溜了。劳资科钱科长素以精明能干著称，全厂三千多名职工仿佛他口袋里的扑克牌，随便摸出一个，立马能叫出其姓名和所司岗位，厂里都叫他“活电脑”，再想不到今日被一个傻大姐涮得找不着北。消息传开，全厂当笑话讲，策划者在旁听得偷着乐……

招工开始，一块来的同伴们陆续都走了，柳泉沟集体户只剩下两人。我在大队合作医疗站当赤脚医生，半山区缺医少药，大队一直舍不得放我走。黑美丽被生产队长认定“思想落后，与贫下中农离心离德，政治上不能保持一致”，推荐这关先通不过。熬到秦都棉纺厂来秦县招工，我以撂挑子相威胁，大队才勉强同意我去县里参加目测。想到五间知青房只剩下自己一个，黑美丽慌了，找老大商量对策。老黑与生产队长结成死疙瘩，想解开也难。我抓耳挠腮好一阵，也没想出什么高招。黑美丽扛起锄头怏怏下地。望着门头高身影，我忽然想起有体育特长的知青从来都是招工单位心目中的香饽饽。黑美丽要想回城，只能走特招这条路。我灵机一动，大声将黑美丽唤回，面授妙计，言传身教，现场模拟，厉声纠正，反复指点，无奈黑美丽悟性太差，气得我失去耐心，先是夸其“笨得可爱”，最后干脆拿脚说话。排练几十遍，黑美丽才勉强过关。

县旅社门前候选队伍排成长龙。看着周围鲜花一样艳丽面孔，黑美丽自惭形秽，越瞅越没信心，临阵打起退堂鼓。招工组叫到“黑美丽”，老黑吓得不敢进。我气得小声骂：“瞧你那点出息！怕尿床，你就睡一辈子筛子！”黑美丽门外彷徨，还是不敢进。情急之下，我飞起一脚狠狠踹在“妹妹”肥臀上，黑美丽身不由己，跌进目测房间……

纱厂新工上岗前，先练接细纱断头，俗称“捻纱头”。几天下来，别人每分钟能捻四五个，黑美丽手指头粗得赛过红萝卜，笨得赶上脚指头，急出一身臭汗，一分钟还捻不了一个。教练员气得脑瓜疼，宣布黑美丽“五个指头切下来能称一斤，只配干粗活”！大妇织绮罗，中妇织流黄，黑美丽笨得连粗使丫头都不如，织麻袋片也戛戛乎难，劳资科只好改派“紧缺人才”去细纱车间拖地板。丑女笨妞偏爱美。脱去春衣，黑美丽全城第一个穿上大红裙子，高头大马、艳光四射、惹人眼珠，被街上色狼误认为勾引男人的风流娘们，悄悄尾随在后。商场出来，黑美丽隐隐觉得屁股有些湿，用手一摸，左臀黏糊糊，再摸右臀，又有一摊。老黑不知何物，站在街上骂，骂谁瞎了眼，把鼻涕擤在我身上！边骂边脱，裸露三角裤衩下两条粗黑大腿。路人都停下看稀罕。车间几个师傅逛街，见商场门口围满人，挤进一看：黑美丽正指着裙子上的“鼻涕”控诉无德之人！师傅赶紧拽上女徒弟冲出重围。“傻大姐”的诨号当天传遍全厂。

傻大姐捻不了纱头，更不能熬夜。一过晚上十点，上下眼皮直打架，走路摇摇晃晃。同宿舍上夜班都走了，傻大姐还躺在床上呼呼大睡。轮班长寻来，一把揭开被子，连摇带晃，大声呼唤，黑美丽仍酣睡不醒，好容易叫起，轮班长一松手，大块头又直挺挺倒下。轮班长叫来俩力大女工帮忙，生拉硬拽下床，强行冷水泼面，傻大姐才勉强睁开眼，痴呆呆看着前面，像是没睡醒。三人前拉后推，勉强将瞌睡虫押上岗。第二天夜班，黑美丽照旧酣睡不起。折腾五六次，轮班长彻底没了脾气，死活将睡不醒退回。谁招来的“紧缺人才”谁处理。老钱赔着笑脸四处作揖，傻大姐若无其事，跟在后面东张西望，仿佛与已无关。傻大姐贪睡出了名，塞给哪个轮班都不要，最后只得安排到纱女人人羡慕的常白班拖地板。

辅助工就是装卸工，纱厂最底层。辅助工改行调出大车间，纯属做梦娶媳妇——净想好事。织布车间内部调整也非易事，先得抽空学上轴，把织机结构吃透再跟师傅打下手，一步步往保全工过渡。从辅助工熬到技工，少说十年！辅助工没门路调出去的也有，和我同年进厂的齐抗美是典型。这家伙推车咬牙切齿、横眉怒目，像跟谁玩命，专朝人多处猛冲，拐弯更是急加速。快犊破车，一年撞翻八个！其中俩大肚子流产。上面找来，齐抗美二大爷般振振有词：我一干活就急眼，一急眼就管不住自己，想慢都慢不下。要不，厂里派人跟着？怕出人命，上面把“管不住自己”的家伙调到汽车队当装卸工。进车队当天，齐抗美从二大爷变成三孙子，见谁都点头哈腰，自己把自己管得服服帖帖，将开车师傅伺候得舒舒服服，跟车一年就握上方向盘。

山外有山，人外有人。我敬佩之余，直悔这招怎么不是自己琢磨出的？前有车后有辙。我准备照章办理，一年撞八个太少，三个月就得达标，放翻大肚子越多，调出几率越大。交接班走道站满人，堆如山高的装纱包车轰隆隆火车般冲来！我边推边喊：“闪开，闪开！不躲不闪，撞死不管！”纱女们吓得乱闪，一个大肚子躲闪不及眼看撞上！千钧一发，车头猛拐，“嗵”的一声巨响，千斤重四轮车结结实实撞在换衣柜上，柜门撞个大窟窿，细纱锭滚了满地……我最后瞬间改变主意：这手绝是绝，就是太缺德，只怕将来生儿子没屁眼。

听说黑美丽从三班倒调至常白班，我羡慕不已，晓得这里面一定有名堂，悄悄跑去取经，见面先恭维：“老四，首先向你表示最最诚挚的道歉！我以前大大低估你的智商。你异常聪明地将上夜班起床复杂化，顺利达到自己目的，令本人钦佩得五体投地！看在兄弟的分上，你千万不能保守，给老大稍稍点拨一下，让我这笨脑瓜也开开窍。”黑美丽看看周围，压低声音得意地说：“都怕上夜班，都想去常白班。一块进厂的只有我一人办到。你猜为啥？就因为你们精，因为我傻！别人装睡不醒，没人信；我扮瞌睡虫，大家都信。你说，咱们到底谁傻？”

见我满脸失望，黑美丽又有些不忍，凑到耳边告诉我一个秘密，说就看你会不会利用。

胡明舟原是省城大医院主任医师，医术高明，关爱病人，特别是年轻漂亮女患者，以致时有醋意大发的老公来医院寻找老婆行踪；怒火中烧的男友上门诊和大夫切磋三角关系纠葛。胡大夫身体雄壮，兼习太极，以柔克刚，从容退敌。常走坟地难免遇鬼。胡大夫深夜赴美人之约中了情敌埋伏，脑袋被板砖拍成烂羊头，险些送命。大医院待不下去，胡大夫发配秦都棉纺厂。厂医院大夫学历高不过卫校，来了大牌医生，厂里视若拱璧委为主管业务院长。美女们宛然一池春水，胡院长如鱼得水乐游其中，工作更加热情，"老骚胡"诨号很快传遍全厂。胡院长开病假条看人行事，裆里带把或姿色平常，原则上"不行，不行"；年轻美貌全都"可以，可以"。

胡院长毫不掩饰对刘端正的厌恶，公道地说，他这么做是有理由的，因为我屡屡通过装病来骗取假条去折磨院长的耐心。今天看病轮到我，一量血压，收缩压170，舒张压110！见患者颚部紧绷拳头攥紧臀部似坐非坐，胡院长起了疑心，喝令："好好坐着，身上抖什么抖?!"勒令患者两腿叉开坐踏实。众目睽睽之下，我黔驴技穷，血压魔术般恢复正常。胡院长冷笑道："钟馗面前玩花子——你小鬼还嫩点!"周围女工都偷着笑。推纱工把戏当众戳穿，无心恋战，拨开人群夺路而逃。我不怕丢人，就怕在靓妞前栽面，从此和胡院长结下梁子。

天热睡不好觉，脑袋直发懵，想到晚上还要上夜班，我心里直发怵。上厕所瞅见红白一摊——不知是谁拉痢。我拿个塑料袋，捏着鼻子舀了半袋粪汤，去找开病假条的，一路发狠：进了厂医院，把好东西举在姓胡的眼前，就说是刘爷我刚屙的，看你还有啥屁放？病假条开还是不开?！再敢眼里有俊女无猛男，老子就将粪汤泼在老骚胡桌上！门诊室敞着，开病假条的却不见踪影。我忽然想起老黑告知我的秘密，悄悄寻到胡院长住的单人宿舍。屋里拉上窗帘，遮得严严实实，耳朵贴门细听，屋里娇喘吁吁，淫声浪语可闻。一对狗男女！我将门擂得山响。屋里一阵慌乱过后，门开了，一个留着"招手停"发型，穿戴时髦的俏娘们红着脸、低下头，悄无声息朝外溜。女的是粗纱车间王小红，老公是油田钻探工，常年在外给地球钻窟窿，再想不到自家窟窿被大夫钻了。睡别人老婆被发现，胡院长面不变色，站在门口问："你有什么事？看病前头等着，"接着若无其事地解释，“她腰椎间盘突出，请我按摩。”院长吃官饭放私骆驼，我听了哈哈一笑：“来得早不如来得巧！我腰椎间盘也突出，也想请你按摩。”说着侧身挤进屋直扑通奸现场。床单发现两根可疑毛发，我明知故问：“咦？这毛咋看着怪怪的？不是头发，绝非汗毛！请问院长，这是人身上哪个部位长的？”

“这是男性下身毛，你又不是没长，大惊小怪！”老骚胡脸红嘴硬。

“胡院长，有道是真人面前不说假话。你还不知本人来历吧？咱们以前是同行！”

“你和我是同行？扯淡！”胡院长压根儿不信。

我肯定地说：“咱俩绝对是同行！我也曾任医疗单位负责人兼学术带头人，也是一方名医。不同的是你穿皮鞋，我打赤脚。”见老骚胡死不认账，我说话声大了许多，“科学问题来不得半点含糊！莫把赤脚不当医生！既然咱俩无法统一认识，现在就让别的大夫过来看看，说女患者前脚走，后脚在院长床上发现蹊跷东西。请每个大夫都认认这是这什么毛！”见胡院长还想抵赖，我大声嚷嚷：“职工同志们，厂医院有坏人！大家千万提高警惕！”老骚胡慌了，拉住我低声说：“刘师傅，你小点声！你不是想要病假条吗？我开，我现在就开！”我将手甩开，满脸冰霜，义正词严：“少来这套！你把我当什么人了？五尺之躯顶天立地，三寸丹田大义凛然！刘端正从小行为端方，正直不阿，洁身自好，视公平、公正、公道为生命，薰莸不同器，本人从不吃拉拢腐蚀那一套！刘端正是为开病假条吗？绝对不是！是为了把问题搞清楚！我先问你，咱俩谁是钟馗，谁是小鬼？我再问你，这，到底是男人还是女人身上毛？!”胡院长哭丧着脸，苦苦哀求：“好我的刘师傅，我真服你这张嘴了！你是钟馗，我是小鬼。你说是什么毛，就是什么毛。从今往后你的话就是最高指示！”射兔得獐，过其所望。我哈哈一笑：“好说，好说。与人方便，自己方便，你好说，我更好说。”

经过一番斗智斗勇，我最终奠定超级医疗待遇，往胡院长面前一坐，病情尚未自述完毕，病假条已开好递来。辅助工们看得眼红，纷纷讨教如何才能和开病假条的攀上交情。我正色答道：“院长酷好风花雪月，最喜‘老胡新词韵最娇，小红细品紫玉箫’的妙境。刘端正略通医道，也能诌几句诗。才子敬才子，惺惺惜惺惺。我俩相遇谈五言七律绝句汉俳，聊诗词境界平仄声韵，捎带着切磋人体疑难杂症。高手对弈，人生快事。胡院长只和有道之人过招，与你们这些凡夫俗子如何会有共同语言？”

第九章

一

“端正！刘端正！”窗外响起急促的叫声。我从睡梦中惊醒，听出是赵大壮的声音。这家伙突然从部队回来，深更半夜跑到厂里找我，莫非出了什么事？我骤感不祥，匆匆穿上衣服。赵大壮神情黯淡，脸色憔悴，两眼通红，眼圈发黑，头发乱成一团，军人整洁仪表荡然无存。更让我吃惊的是，军装虽然还在身，缀在上面的红领章却不见了！我心里一沉，将他带到僻静地方，急着问：“出事了？”我话刚出口，他就双手抱头蹲在地上，像是承受不住意外打击。我心里明白：出大事了！我一把将大壮抱住，就像多年前他抱住我一样，热切地说：“兄弟不怕！有我在，什么都不怕！天塌下来，咱弟兄俩一起扛！”赵大壮伏在我肩上浑身颤抖，从他断断续续的诉说中，我弄清噩梦原委。

北风呼啸，飞雪漫天。深山老林里悄无声息走出一队全副武装的胡子，马裹蹄，人噤声，飞快地朝山下屯子扑去。激烈狗吠，密集枪声，杀声震天，熊熊火光，哭声震野，赶在剿匪部队到来前，胡子带着抢来的财物、粮食匆匆撤退。走到半道，后面传来枪声，剿匪部队追来。为减轻负担，胡子扔掉驮在马背上的粮食，两个五花大绑的俘虏成了难题，一个是舍命不舍财的地主老财，原想弄来当肉票；一个是组织民兵自卫的农会主任，拉回去当人质。情况紧急，顾不得许多，土匪头子用马鞭指指两个崽子（新入伙的小胡子），朝俘虏努努嘴。新入伙的心里明白：大柜这是让我俩交上“投名状”。俘虏被一脚踩倒，喝令跪下，寒光一闪，颈血喷出多远，老财的脑袋和身子分了家。砍刀递到另一个新入伙的手里，刚刚举起，农会主任挣扎着骂出声：挨枪子的胡子，烧成灰我也认识你！做鬼我也不会放过你！蒙面还是被人认出，崽子心一颤，手一软，快刀落下，对方应声仆地，身首仍连在一起。雪地上留下一道道弧形的马蹄印，被大雪压弯的树枝擦过人的肩膀，雪花落在人身上和马的躯体上。杂乱的马蹄声渐渐远去，一切归于寂静。漫天飞雪掩盖了雪地上殷红的血迹，却掩盖不住刚才发生的罪恶。奄奄一息的农会主任被剿匪部队抬回家，挣扎着刚说出凶手名字，就咽了气……

旧时代的东北，胡子横行江湖。除了著名的“四大旗杆”——谢文东、李华堂、张黑子、孙荣久，还有大队胡子二三十股，较出名的旗号有：天边好、老山东、九江好、靠山红、宋美人、花蝴蝶、浑天球、小白龙……甚至还有叫“八路军”的。大股三五千人，小股二三百号，可谓遍地是匪，北满南满加在一起，胡子总数近二十万。靠山屯老赵家开粮行被抢，贩运牲口又被劫道，这世道，好人没法活了！想着回去没法给另外几家股东交代，押运人狠狠心，一跺脚，你能抢我，我就能抢别人！决意就近上山入伙“飞过天”。胡子不是你想当就能当。挂柱（入伙）首先得有胡子信得过的人保荐，歃血盟誓，当众立下“走马飞尖、不计生死”的字据。无人保荐，自己挂柱，须一过堂，二拜香，新人头顶瓷碗，由大柜（胡子头）二十步外开枪击碎，验过胆量，试了枪法，暂且留下以待观察。一个崽子胆子大，枪法准，出手顶硬，外出抢劫“麻溜过了”，灯笼子萝（赵姓）被大柜认可，成了自家小兄弟，留下当炮手。另一个崽子根斗子（李姓）手黑身子笨，几次从快马背上摔下，大柜看得直摇头，赏了五块大洋，好言打发回家。

“飞过天”很快被打垮，大柜被活捉，脑袋砍下悬挂示众，藏匿山林的残匪摆在面前两条路：交出武器，回各自屯子继续务农；被剿匪部队收编，参加革命打老蒋。灯笼子萝身负命案不敢回家，只得将革命进行到底，从东北民主联军进入第四野战军序列，从黑土地一直打到海南岛，以后又参加抗美援朝，三次负伤，立过两次大功，转业时已是副营长……

听到这里，我已有所悟，“你说的灯笼子萝，是……”

“赵继武！”赵大壮咬牙切齿地说，“有这么个身负命案的土匪爹，我算倒了八辈子血霉！”

“清理阶级队伍”如同人生过筛子，留下的是同志，筛下去的是敌人。车队队长听到去自己老家外调的风声，终日惶恐不安，请了病假，天天在交院大门外转悠，终于等到外调的回来。赵继武笑脸相迎，外调人员横眉冷对。赵继武情知不妙，通宵未眠，喝光一瓶白酒，撂下满地烟蒂，只想着一桩命案早已石沉大海，再想不到二十六年前的血债又被翻腾出来……第二天一早，杀人凶手背着行李卷去公安局自首。

好事成双。赵大壮刚填完提干审批表，未婚妻又被推荐上师范学校，两人正在憧憬以后的美好生活，谁知好事没来，祸事来了！赵家兄妹被迫同时摘下领章帽徽，由军区负责招兵退兵的军务科长退送回原籍。从军区大门出来，迎面撞见李科长，短短几天，龙精虎猛的部下变得胡子拉碴、萎靡不振，李科长看得难过，叹了口气，想说什么，摇摇头，又转过身去。回去的列车上，落难兄妹相对而坐，哥哥脸色青黄，一双眼睛死死盯着窗外；妹妹面容灰白，低下头蜷缩成一团，仿佛受伤的绵羊，长达二十多个小时的旅途，两人几乎没说话……

真是成也萧何，败也萧何。我听傻了，喃喃地说："怎么会是这样？"

打击接踵而来。历史教师不知从哪得来消息，再次蹦出打横炮，去信指点迷津，当面严加训斥，坚决要求女儿与"土匪儿子、杀人犯家属、部队开除的坏分子"一刀两断，甚至不惜以死相逼。我听得暗自担心，徐诗荷性格柔弱，目前虽未变心，长此以往，就难说了。我问："大凤呢？她没事吧？"发小苦笑着回答："覆巢之下岂有完卵。我现在最担心的就是她。"我沉默了。大凤是个好女孩，人生得漂亮，性格也好，见人总是笑眯眯的。大壮告诉我，大凤在通讯班时有了男朋友，是军分区一个叫邢冀生的参谋，小伙子出身干部家庭，生得白白净净，说话温文尔雅。两人一见钟情，偷偷好上了，已发展到海誓山盟、私订终身。大凤心眼实，又是个痴情女子，提前退伍就够她受的，这段恋情再有波折，当哥的生怕妹子承受不住连续打击。

中国老百姓眼里，城里工人分四等：一等是央企，工资高，福利待遇好，名头响亮；二等是地方国企，各方面都比央企低了一个档次，但毕竟是全民体制，旱涝保收，仍为许多年轻人所向往；三等是集体企业，市属少，区办多，俗称大集体，工资低，福利差；等而下之的是街道小厂，职工家庭妇女居多，场地狭小，厂房简陋，工作条件差，产品技术含量低，福利待遇压根儿谈不上，工作服都是再生布做的。企业性质将人分为等级。集体企业女工嫁人，眼睛都盯着国企，漂亮姐相对好办，无奈相貌平平者居多，婚姻问题只得内部消化平级解决。反之，集体小厂男工找国营大厂女工当老婆，绝对是高攀，成了单位头号新闻。

我认识的就有这么一对。男的姓张，体格瘦小，在集体小厂当浇铸工，铁水包一抬就是十三年，两手布满大大小小烫瘢。女的叫崔丽，在一家国营大厂理化室当化验员，上班穿白大褂，属于蓝领里的白领，工作体面，人也生得漂亮，眉眼俊秀，身材高挑，年轻男工们私下给她起了个绰号——“崔莺莺”。男的酷爱历史，女的是文学青年，在省图书馆借书时相识。自古文史不分家，两人一见如故，越聊越投缘。化验员厂里厂外不乏条件优秀的追求者，谁也想不到，崔莺莺铁了心要嫁给区办小厂浇铁水的小个子。都说两人实在不般配，都来泼凉水。鞋子合不合脚，只有穿的人知道，化验员依旧我行我素。消息传开，都说这姑娘看着灵性，实则脑子进水！外人想不通，女方家人更觉得吃了大亏。两个哥哥都是势利眼，瞒着妹妹，半道截住浇铸工，严正警告对方：再敢纠缠我妹妹，轻则打断你一条腿，重则要你狗命！恫吓难阻热恋中的情侣，一对男女仍偷着约会。报复来了！浇铸工头部遭钝器猛击昏倒在地，开颅清除瘀血才得以脱险。坚持制裁凶手，还是坚守爱情？看着衣不解带，一直守护在自己身旁，哭得两眼红肿的恋人，浇铸工长叹一声，最终选择后者。婚礼冷冷清清，娘家人一个未到，崔莺莺出嫁像是出丧，气氛凄凄惨惨，父母一致表示：我们没有这个闺女，只当她死了！再想不到，破瓦片也有翻身见阳光的时候。全国恢复高考，浇铸工以同等学力考上名校历史系研究生。“十年磨一剑”，其人其事上了晚报头版。舆论来了个一百八十度大转向，都夸崔莺莺灵心慧眼，一眼看出浇铸工是落魄张生，金榜题名早晚的事。浇铸工以后成为大学教授、隋唐史名家，三天两头在电视里讲史。

咸鱼翻身只是个案，现实生活中，崔莺莺也绝无仅有。落魄张生事例从侧面告诉我们，体制决定人的一切，包括婚姻。军装虽然脱了，生活还在继续，还得削尖脑袋钻进国营体制。大壮却始终提不起精神。瞅着他那萎靡不振的样子，我心里着急，几次告诫好友：正视现实，振作起来！赶紧活动，提前铺路，想方设法进个好单位。赵大壮置若罔闻，一副听天由命的模样。在家待了小半年，通知终于下来，哥哥去幸福娱乐制品厂，妹妹分到和平织袜厂。我想不通，复员军人端的都是国营铁饭碗，为何将你兄妹俩贬到大集体？赵大壮却显得相当淡定，苦笑着说：“背着赎罪的十字架，能指望有什么好下场？提前退伍那天起，难兄难妹就被划入政治异类。今天的结局我早料到了！”

狂躁型神经发作事前没有一丝征兆。全家人吃完晚饭，大凤像往常一样，洗净碗筷，扫地抹桌，收拾妥帖，看不出任何异常。睡到半夜，女孩卧室里骤然传出连声惨叫！全家人都被惊醒。大壮跳下地，鞋也顾不得穿，光着脚冲进三个妹妹的房间，拉亮电灯。眼前一幕让当哥哥的惊呆了——大凤披头散发，内衣凌乱，受伤母狼般哀号，疯狂地用头撞墙，鲜血顺着额头汩汩而下。大壮冲上前，紧紧抱住大凤，拼命制止妹妹自残。直到闻讯赶来的医生给狂躁病人注射了大剂量镇静剂，大凤才逐渐安静下来，昏然入睡。同室的二凤、小凤吓得直哭，说是姐姐睡前反复看一封信，边看边落泪。问姐姐哭什么，她红肿着眼睛不吭声。睡到半夜，她、她突然发作！……将撕成碎片的绝交信拼凑在一起。哥哥什么明白了：覆巢使妹妹的精神濒临崩溃，绝交信给痴情女最后一击——年轻参谋有了新恋人，很快发展到谈婚论嫁，回信声称“咱俩只是普通朋友”，希望“你再不要来信，以免引起不必要的误会……”哥哥的话不幸言中。

从精神病院出来，大凤像是变了个人，年纪轻轻头上就有了白发，以往俏丽脸庞如今虚肿苍白，两眼无光，神情痴呆，行动迟缓，一看就知是精神病患者。

二

麻雀虽小，五脏俱全。与国企相比，大集体企业虽然体制不同，政工、厂办、人事、技术、生产、销售，相应科室一个不少。幸福娱乐制品厂缺少幸福气氛，厂房简陋，里面黑黢黢，大白天也要开电灯，黄惨惨灯光照着一张张暗黄色的脸，车间鲜闻笑声，气氛沉闷压抑。

赵大壮上班第一天，从大卡车往库房搬运一张张马口铁。干了一会儿，这个借口上厕所趁机溜号，那个说去诊所打针，一走再不见人。三个人的活变成一个人干。粗布手套被锋利的铁皮边缘割得稀烂，手掌划出道道血口，旁边人冷眼旁观，等着看新来的笑话。晓得是老职工欺生，赵大壮心里窝火，咬牙一声不吭，硬是一个人将整车铁皮卸完。

厂长姓李，一张肥脸，两只肉泡眼，大背头梳得油光，官不大，脾气不小，一天到晚阴沉着脸，走路腆着肥肚子，到哪吆五喝六，看谁不顺眼，开口就骂：你他妈的还想不想干了？不想干马上给老子滚蛋！李厂长仿佛两面人，见了年轻女职工，马上换上另一副嘴脸，笑容甜腻腻，说话腔调也变了，粗喉咙大嗓的本地方言转为文绉绉的醋熘普通话。包装组被职工们戏称为“后宫”，里面有两个半老徐娘和厂长关系暧昧。李厂长借口检查质量，三天两头去那吃豆腐，不是摸一把这个婆娘的奶子，就是在那个媳妇肥臀上捏两下，打情骂俏，乌烟瘴气。厂里第一次来了复员军人，引起全厂职工瞩目。赵大壮相貌端正，体格健壮，说话办事干脆利索，周身透着阳刚之气。小国之君隐隐感到一丝威胁，暗中观察一段时间，见赵大壮每日埋头干活，见了自己不卑不亢，顺民谈不上，却也不像有篡位夺权野心，待摸清复员军人底细，这才放下心。

幸福娱乐制品厂生产三棋——象棋、跳棋、军棋，主打产品是机械发条版彩色铁皮玩具，产品老三样——小汽车，铁皮青蛙，喷火冲锋枪，多年一贯制。儿童玩具看似简单，入了行，才晓得铁皮玩具加工工艺相当复杂，须经过开模、印刷喷漆、冲制、装配四道工序，其中以印刷最复杂，具体分为设计画稿、照相、分色、制版、拷版、晒版、打样，最后一道工序是印铁——用制好的锌板，在印铁机上对马口铁上色加工，通常要用三到五个套色才能完成图案。开制玩具模具最难，铁皮不像塑料，模具做好一劳永逸。每一个铁皮玩具部件都要制作模具，手工制作环节多，模具钳工用45号钢或特种合金工具钢开模。赵大壮很快迷上这行，有空就往技术室钻。人事组长本想让新来的单身汉外面跑销售，赵大壮执意要学技术，最后还是去了技术室学开模具。工厂有句老话：“三十六行，钳工为王。”钳工又以模具钳工技术含量最高，开模锉刀尖刮，铲刀尖挑，三角刮刀擦，纯手工造出凹凸型腔，精度要求很高，耗时又费力。

技术组组长人到中年，是上海玩具厂派来对口支援的高级技工，开模分色制版手艺顶呱呱，只是有些保守。上海师傅讲究个人仪表，戴副金丝边眼睛，西装头梳理得一丝不苟，衬衫雪白，裤子笔挺，皮鞋锃亮，腕上镀金罗马手表明晃晃，仿佛十里洋场上的小开，用上海话形容是“卖相好”。上海师傅工作作风严谨，见不得谁干活不认真，厂里工人压根儿不吃这套，干好干坏一个样，又不影响我开工资，你又不是厂长，早晚要走，凭什么给我甩脸子？你说你的，我只当没听见。唯独新学徒态度谦恭，心灵手巧，尊师好学，两相比较，逐渐赢得上海师傅好感。那年头供应紧张，饭桌上鲜见荤腥。每逢周日，大壮叫上我，两人骑车去南山脚下稻田，摸黄鳝，逮泥鳅，捉青蛙，都是南方人喜欢爱吃的，带回收拾干净，送给上海师傅改善伙食。徒弟会做人，师傅心欢喜，将本事悉心传授。

支援期满，上海师傅临行前送给爱徒两样玩具，一件是“母鸡下蛋”，上足发条，红冠黄毛白爪的母鸡会走，会咯咯叫，还会下蛋；另一件是“猴子上树”，毛茸茸金丝猴在机械驱动下，在绿树上上蹿下跳，显得异常顽皮。这两样玩具比厂里的老三件技术含量高多了。赵大壮放在桌上，不错眼地盯着，心里欢喜，再也看不够。上海师傅告诫徒弟：莫把玩具当普通产品，它是有灵性的，要当艺术品对待。这是我们厂开发的新品，很受海外客户欢迎，本想能与你们厂联营扩大生产，来了一看，大失所望。你们厂长一肚子花花肠子，心思不在生产上，都在女人身上，婆娘身上揩油，见了漂亮小姑娘就动坏心思，谁敢不顺从，早晚穿小鞋。这样的下作坯居然也能当领导，厂子早晚倒灶！赵大壮心里一动："漂亮小姑娘"说的是谁？幸福娱乐品厂女职工大嫂居多，清一色黄脸婆，仅有的几个姑娘相貌平平，离"漂亮"二字差得远。听说厂里有个"冰美人"，却从未见过。听完也就完了，没往心里去。

哥哥的情绪渐渐平稳下来，妹妹的症状却越发狂躁，从自残发展到在家里乱打乱砸，窗户玻璃统统砸碎，大衣柜镜子也未能幸免。白日里，常见大凤披头散发，涂脂抹粉，穿着小背心花裤衩，坐在窗台上，裸露着白花花胳膊和大腿，对着虚幻空间，一会儿唱，一会儿笑，一会儿大声尖叫，引得院子里大人小孩一起朝上观望。家长们看得连连叹气，都说赵继武造孽呀！害了自己，也害了自家亲闺女。小孩子们不懂事，站在下面瞎起哄，嬉笑着喊叫：快来呀！快来看女疯子唱戏。围观的小孩越来越多，楼下不时传出快乐的笑声。赵大壮再也听不下去，黑着脸从家里出来，揪住两个闹得最欢的小崽子，每人结结实实赏了一大脖拐！哥哥两眼血红，怒视着一帮毛孩子，大声恫吓："谁他妈再敢瞎起哄，我非把他臭嘴抽烂！"看热闹的被赵大壮凶神恶煞样子吓坏了，纷纷作鸟兽散。一场大众娱乐活动被武力弹压下去。

怕妹妹再发生意外，赵大壮用木板钉死卧室窗户，锁了房门，怕病人乱摸乱碰造成触电，索性切断房间电源，以往光线明亮的卧室变成黑洞洞的囚室。夜深人静，五楼老赵家传出母狼丧偶般悲号，听得人心里直发毛，一声接一声，似乎永远也到不了头……

赵大壮在部队养成晨练习惯，今天像往常一样，早上起来，推着自行车一路跑步上班，晚上再骑车回家。到了厂门口，看见门卫正要打招呼，屈老头笑着先开口，说你天天争第一，今天落后了。谁比我来得还早？赵大壮疑惑着来到技术室，门开了，伏案女孩闻声抬头，四目相视，赵大壮心里一动，莫非眼前就是上海师傅口中的"漂亮小姑娘"。女孩二十出头，头发乌油油，灯光下微微呈淡蓝色，仿佛喜鹊羽毛，一双眼梢细长的丹凤眼明亮有神，五官精致得毫无瑕疵，脖子曲线异常优美，漂亮得如同画中人，皮肤略显黛黑，仿佛来自亚热带地区的美少女。灯下看美人，越看越美。复员军人定了定神，热情地伸出手，自我介绍：你好！我叫赵大壮，是新来职工，请多关照。出乎意外，美少女没有接话，只是矜持地略点点头，眸子射出清冷的光，神情透着倔强，对伸过来的手视而不见。真是个冰美人！赵大壮有些尴尬，讪讪将手缩回。

上班铃响过，李厂长背着手，舰着肥肚子，开始每日例行巡视，来到技术室，大家都直起身子，唯独美人依旧伏案工作。看见冰美人，厂长愣了一下，继而满脸堆笑，声音甜得发腻："哎呀，这不是孙小慧吗？你来上班了？身体要紧，千万不要勉强。"孙小慧头都不抬，像是没听见。厂长自觉无趣，尴尬地咳嗽两声，装作若无其事的模样。厂长刚出门，技术室几个老职工无声地笑了，互相挤眉弄眼，表情内涵丰富。

"冰美人"冷若冰霜，说话惜字如金。女的神情矜持，男的随之严肃，两个风华正茂的年轻人仿佛上年纪的老职工，言必互称"师傅"，客气中显得生分，称呼里透着世故。旁人听着怪异，当事人也觉得别扭。转瞬到了深秋，秋雨淅淅沥沥下个不停，房间里空气湿得能拧出水，莫名的惆怅在烟雨中弥漫，人的心里像长了毛。下班铃响过，职工潮水般涌出厂门，厂里很快变得冷冷清清。赵大壮进了灯光昏暗的自行车棚，见孙小慧愁眉苦脸立在那不动，一问，说是后轱辘没气，估计是扎了内胎。赵大壮推过自己的自行车，让对方先骑回去。孙小慧起先不肯。赵大壮说天黑了，外面又下着雨，女孩家回去晚了路上不安全。骑车快走吧！幸福娱乐厂位居北郊城乡结合部，当地治安混乱。去年冬天，厂里一个年轻女职工下班回去晚了，半道遭匪人劫财劫色，案子至今未破。见男同事态度诚恳，孙小慧再不拒绝。模具钳工修自行车是张飞吃豆芽——小菜一碟。补胎、整圈、前中后轴承擦去油泥重新上油，车子修理得妥妥帖帖，用棉纱擦拭得明光锃亮。孙小慧第二天一试，高兴地说骑着轻快多了，就像新车一样，谢谢赵师傅！赵大壮摆摆手，说碎碎个事情，以后车子再有毛病，给我说一声就行。看着面前美人如花笑靥，赵大壮壮着胆子开起玩笑："孙师傅，你天天绷着脸，厂里人都说你是冰美人。我还以为你天生不会笑呢。其实你一笑真好看，就像公园里牡丹开了。"孙小慧的脸霎时红了，嗔道："讨厌！少给我油嘴滑舌！恭维话还是留着给你女朋友说吧。"却不像真生气。雨夜修车迅速拉近两个年轻人的距离，彼此称呼也悄悄改了，“赵师傅”变成“大壮”，“孙师傅”成了“小慧”，技术室一改往日沉闷气氛，不时传出朗朗笑声。

冰美人脸上有了笑容，李厂长脸色却越来越难看。赵大壮上厕所，碰见正在蹲坑的厂长。看看周围没人，厂长阴阳怪气地说：“赵大壮，你不简单，下手真够快的！来厂才几天，不吭不哈就把好事办了。你是红萝卜调辣子，吃出看不出！”赵大壮听得一头雾水，紧着问：“厂长，你说的我怎么一句也听不懂？我是当兵出身，说话直来直去，工作哪点没做好，你就直说，我马上改。”厂长冷笑几声，笑声里透着阴森，冷冷地说：“秃子头上的虱子，明摆着的事。咱俩心里都清楚，你就别揣着明白装糊涂。”说完，留下一大泡秽物，提起裤子走了。赵大壮是个直肠子，被厂长阴阳怪气夹枪带棒一通话弄懵了，一个劲琢磨姓李的话是什么意思。直到下班铃响，仍坐在那发愣。看男同事脸上神色不对，女同事关切询问。赵大壮将厂长的话复述一遍。小慧顿时脸色发白，两片薄嘴唇抿得紧紧的，一对黑水晶球般眼珠含着泪花，趴在桌子上，头伏在臂弯里，一个劲抽泣。男同事转过劝女同事：“心里有什么苦，受了什么委屈，你就痛痛快快说出来！千万不要憋在心里，那样会憋出毛病。”见女的闷头不说话，男的一声叹息，现身说法、将心比心，将妹妹大凤的悲惨遭遇和盘托出，说到伤心处，声音几度哽咽。哭声渐渐停止，孙小慧抬起头，一双美目哭得红肿，直愣愣看着面前男人，憋出一句：“他欺负人！”赵大壮瞪圆眼睛，厉声说：“谁呀？谁敢欺负我们小慧?！你说清楚，看我怎么收拾他！”小慧不接话，一头秀发复埋在臂弯，两个肩胛又开始不停地抖动……

今天上班铃响过不久，厂办打来电话，说是轻工局要下来检查工作，让孙小慧提前做准备，找间闲置房布置一下，作为产品陈列室。赵大壮一旁听得好笑，厂里就那几样老掉牙的产品，也值得陈列？孙小慧刚出门，技术室两个老职工相视一笑，又开始挤眉弄眼。脸上表情带着暧昧，新职工看在眼里，心生疑惑，想问又不好问。想起那天小慧的哭泣，赵大壮心里忐忑，总觉得哪里有些不对劲，椅子上像是长了刺，再也坐不住。天色阴沉沉的，气压低得人心里发闷。赵大壮前后找遍，都不见小慧踪影，心里越发不安。旧库房在厂子最里边，铺顶小瓦长满苔藓，安着铁条的窗户开得很高，门前一地秋叶，像是很久没人来了。还未走到门口，就听见里面传出响动，一个女声坚定地说：“不行！你今天说什么也不行！”赵大壮心里一惊，听出是孙小慧的声音。又有人说话，是厂长的声音：“姓赵的一来，你就给我甩脸子。别以为你现在有了靠山，我就不信一个小工人还能翻了天。惹躁了老子，连他小子一块收拾！”里面声音越来越大，像是两个人正在撕扯，女的说：“你再不住手，我就喊了！”男的威胁：“你喊呀，大声喊！你把世事弄清楚：一个未出门的大姑娘，把自己弄臭了，哪个男的会要你？让你妈如何有脸见人？”女孩不说话，只是嘤嘤地哭。里面又开始撕扯。姓李的欺人太甚！一股黑血猛地蹿上脑门，赵大壮怒不可遏，抬脚就要踹门。转念一想，贸然闯入，势必惊动全厂。看似痛快，却叫小姑娘以后如何做人？姓李的正是号准了这根脉。心里实在气不过，就手从地上拾块烂瓦片，对着玻璃窗狠狠砸去！“哐啷！”一声响亮，玻璃应声而碎，屋里顿时没了动静。赵大壮一个箭步蹿过，隐身大槐树后面。过了片刻，门开了，厂长走出，立在屋檐下，一双阴毒的三角眼四处巡视。佳人已属沙咤利，看谁敢蹦出打横炮。看看外面没人，厂长威严地咳嗽几声，舰着肥肚子大摇大摆地走了。回到技术室，赵大壮一脸平静，像是什么也没发生。孙小慧回来，赵大壮照样说笑，像是什么都不知道。

从那天起，厂长再也不来技术室，路上遇见模具工，一张油光光肥脸总是皮笑肉不笑。一连多日，风平浪静。当事人本以为事情已经过去，今天忽然接到人事组通知：赵大壮同志从即日起，去冲制车间报到，模具钳工改为冲压工。当事人愣了，追问：我在技术室干得好好的，为什么突然调换工作岗位？人事组长是个老油条，嬉皮笑脸打起官腔：革命战士是块砖，哪里需要哪里搬。你是复员军人，部队优良传统不能丢，千万别把自己混同于普通老百姓！冲制车间现在缺的就是你这块砖，这是革命工作需要！

报复来了。

三

眼看、手放、脚踏，冲床操作工永远不变的既定程序动作，日复一日，年复一年。机械运动的飞轮转动曲轴，曲轴驱动冲头，“哐当”一声，将加工材料重重压进模具凹孔，静压瞬间，冲头重新退回，随着脚踏板松开，冲压工用长镊子从模具凹空里夹出一件东西——平面铁皮压成立体既定形状。工作单一重复，直至完成当天生产定额。冲床发出的声音单调乏味，令人昏昏欲睡，特别是在上夜班的时候，危险就在此时悄悄迫近！冲床如同老虎，不，比老虎更凶险，事先没有任何警告，专门袭击不按操作规程，图省事，赶进度，不用吸盘或长镊子，改用手代替辅助工具的操作工。它不吃人，专切人的手指头，伤口边缘齐整，如同利刃切割。赵大壮常来冲制车间维护模具，耳闻目睹，晓得冲床的厉害，操作起来格外小心。

夜色阴沉，细雨蒙蒙，冲床前工作小灯的暗黄色光线显得更加惨淡，人的心情也越发黯淡。凌晨四五点是最难熬的时候，赵大壮干着干着，瞌睡涌上，脑袋往下一冲一冲，仿佛鸡啄米。他俯身自来水龙头下，用凉水反复冲头，沉重的脑袋略略轻松了些。赵大壮关了水龙头，用毛巾擦干头发，正要离去，身后不远处，隐约传来对话声。

“大小伙子和一帮老娘们干同样的活，真够窝囊的。”

“待在技术组多好，怎么发配到这？”

“都是争风吃醋害的。”

“为谁争风吃醋？”

“技术组那个俏黑妞，在咱们车间待过几天。”

“男的是谁？”

“还能有谁？李厂长呗。”

“乖乖，一个新来的小青工竟敢跟厂长争风吃醋！耗子舔猫鼻梁——寻着找死。”

“男人都是这号德行，见了漂亮女人命都不要了。”

“这叫啥？这就叫老二害了老大！”

几个婆娘叽叽呱呱笑成一团。

小厂无秘密。自己打抱不平被说成争风吃醋，赵大壮气坏了！维护名誉的事不能耽搁，本想过去理论一番，又觉得实在无聊，只得勉强忍住。摁下电钮，冲床重新开始工作，脑子却还没转过来，仍在琢磨刚才的闲话，越想越来气，以致精神恍惚，忘了身在何处，所做何事……“啊！”一声凄厉的惨叫瞬间传遍整个车间。出事了！正在干活的工人被惊动，关了冲床，纷纷往出事处跑去。眼前一幕令人惊心：赵大壮脸色惨白，左手鲜血淋漓，两眼死死盯着模具凹空里一小节黄白色东西，似乎不相信它刚从自己身上切下……

外面响起轻轻的敲门声。门开了，伤员陡然瞪大眼睛——来人是孙小慧，手里提着水果和补品。赵大壮又惊又喜，一迭声问道："怎么会是你？你怎么能找到这？"孙小慧嫣然一笑，柔声回答："我来晚了，早该来看你和大凤。"赵大壮伸出看上去有些怪异的残指，说伤口已经愈合，再过几天就能上班。

精神病人蓬头垢面、衣衫不整，见陌生人进屋，神色惊慌，吓得缩在角落里一声不吭，身子蜷成一团。孙小慧蹲下身子，握住病人一双冰凉的手，反复摩挲，柔声安慰。看着面前笑脸，病人感受到温暖，戒备的眼神渐渐消散。孙小慧削好带来的苹果，切成瓣耐心喂病人吃，又为病人洗头净面、梳理发辫，换上干净衣服。收拾完毕，孙小慧给病人化上淡妆，唤大壮取来镜子，让大凤对镜自照，自己一旁由衷赞叹：大凤真漂亮！看着，看着，病人脸上慢慢有了笑容，顾影自怜，似乎再看也看不够。欣赏完自己，大凤转过脸，定定地看着小慧，半晌憋出一句：黑姐姐，你真美！听了这话，小慧脸红了，大壮一旁笑出声。大凤此刻像是明白了什么，拉过两人，将男人的大手紧紧地摁在女人的小手上，看了这个看那个，意思是你俩要天长地久，永不分离。到了吃药时间，小慧哄大凤服下药，病人很快入睡。

走出房间，轻轻关了房门，孙小慧眼里含着晶莹的泪珠，小声说："大凤是个好女孩，太可惜了！"赵大壮心里涌出几分感动，柔声说："小慧也是个好女孩，你们都是好女孩。"孙小慧摇摇头，话音里透着悲凉："大凤是，我不是。"说完，就要回去。赵大壮转身开门送客，一双柔弱无骨的小手忽然从身后将他拦腰抱住，粉脸紧紧贴在脊背上。男的紧张得手足无措，嗫嚅着说："小慧，别，别这样。我、我有女朋友。"女的不作声，过了片刻，哀怨地说："你别怕，我不会缠你，小慧心里清楚。我活得真累，只想在好男人的宽脊背上靠一会儿。"闭目靠了片刻，又说，"大壮是个靠得住的男子汉。我真羡慕你的女朋友。"赵大壮无言以对，看着胸前的小手，心里陡然一颤：右手食指同样少了小半截，心里什么都明白了，转过身，两只残疾的手紧紧握在一起。女的将围巾解下，系在对方脖子上，幽幽地看着男人的脸，两只黑水晶般眼球一动不动，像是要把对方容貌一丝不差永远记在心里，哽咽着说："只怨小慧命薄，没早点遇上大壮哥哥。戴上我亲手为你织的围巾，永远别忘了小慧！"说完，匆匆离去……

美人走了，赵大壮的心情久久难以平静，实在憋不住，对发小一一倒出。我听得哈哈大笑，揶揄道："你小子艳福不浅！白玫瑰还嫌不够，又有黑牡丹送上门，你一人应付得过来吗？一头驴子面前有两堆草，它不知道该吃哪一堆，结果哪堆草也没吃上，活活把自己饿死。我看你就是那头蠢驴。”赵大壮苦着脸回答：“小慧是个好女孩，心灵手巧，心地善良，长得真漂亮！我打心里同情她，喜欢她。说句实话，若不是有了女朋友，我一定讨她做媳妇。”他若有所思看着我，认真地说，“你不是还没女朋友吗？干脆将孙小慧介绍给你。将来弟兄们成了亲，两家人也好相处。”我像被烙铁烫了一下，从椅子上腾地蹦起，连连摆手，坚决谢绝，话里半真半假：“收回！赶紧收回你刚才说的话！孙小慧看上的是你赵大壮，而不是我刘端正。我与她成了夫妻，这女人表面上跟了我，内心里却只有你。你这人貌似坚强，内心软弱，压根儿经不住诱惑，见一个爱一个，碰上美女就犯迷糊。万一哪天一冲动，把握不住自己，哥哥我头上帽子非变成绿色！都知道我这人够朋友，但再讲义气也不能甘当王八。到那时，你让哥哥我怎么办？是一怒之下，毅然砍下奸夫首级提到官府自首？还是视而不见、听而不闻，继续装缩头乌龟？按前者行事，咱俩从小是兄弟，我实在下不去手；按后者办，暂且寄下你颈上这颗驴头，我却实在咽不下这口鸟气！再说，刘端正没开废品回收站，别人不要的，都塞给我处理，我顾得过来吗？”赵大壮不爱听，将一顶“不识好歹”的帽子劈头罩来，恶狠狠瞪着我，怒冲冲骂道：“男人话留三分，石中藏玉。你小子怎么跟街道臭婆娘一样，淡毬话恁多！孙小慧是个好姑娘。你再敢胡说八道，看我怎么收拾你！”看着对方气恼模样，我反倒乐了：“‘儿女情深，友朋道丧’，真没看出来，俺兄弟还是个有情无义见色忘友的情种，不仅是情种，而且是天字第一号大情种！好了，好了，算我刚才没说，不耽误你双管齐下，继续怜香惜玉。”

见大壮仍在生气，我故作严肃地开逗，“报告领导：刘端正从小管不住自己的嘴，一贯胡说八道、信口开河，而且屡教不改。究其原因，除了其自身因素，更重要的是受了坏孩子的影响。近朱者赤，近墨者黑。从小就将刘端正引上邪路的小坏蛋姓赵，大号赵大……”我话还没说完，发小狂吼一声：“我今天非治你贫嘴的毛病！”一个饿虎扑食将我摁倒。我拼命反抗，无奈对方训练有素，加之力量大过我，没挣扎几下，就被前侦察兵熟练运用捕俘动作弄了个嘴啃地。这厮仍不肯罢休，迅速抽出腰间皮带，捆粽子般将我捆了个结结实实。我受痛不过，额头上豆粒大汗珠直往下掉，杀猪般哀号：“痛死我了！杀人了！快来人呀，这家出人命了！”赵大壮不为所动，坐在椅子上，惬意地抽着香烟，笑眯眯欣赏我脸上痛苦的表情，揶揄道：“什么是成熟的男人？既憋得住尿，又憋得住话。你小子什么时候才能做到？”我哀号变成苦苦告饶：“妈呀！我痛得实在受不了，再也不敢贫嘴了！兄弟对天起誓：我洗心革面，我痛改前非，我脱胎换骨，我重新做人！”看我脸上渐渐变了颜色，对方这才起身给我松绑。一皮带捆得我一佛出世，二佛升天，我瘫倒在地，过了好一阵才缓过劲来，恨恨地瞪着对方，愤愤地骂道：“你小子活该少半截指头！你当是捆猪呢？手忒黑！”赵大壮乐了，转身取来绳子，笑眯眯地说：“我刚才捆人，你非说是捆猪，看来咱俩看法很难统一。部队过年杀猪，我打过下手，捆猪也不外行，四蹄朝天就行。要不，咱们现在就试试？让你亲身体会一下捆人与捆猪的区别。”说完，作势就要动手。我惊恐地看着对方手里晃荡的麻绳，吓得拼命大叫：“不要！我不要体会！你不许过来！”凄厉号声像汤锅旁待宰的猪。看着我惊慌失措的模样，赵大壮笑得差点跌倒。我气得大骂：“你小子见色忘友、见异思迁，真不是玩意儿！见了徐诗荷，我一定美美奏上一本，让她好好收拾你！”提到女友名字，赵大壮的眼神顿时黯淡下来，好一阵没说话。我看在眼里，顾不得身上余痛未消，很没出息地凑过去，关心地问：“你俩闹别扭了？”对方摇摇头，长长吁了口气。

幸福娱乐制品厂令新职工女友感受不到丝毫幸福。从厂里出来，徐诗荷遮掩不住满脸失落，闷头走路，赵大壮再逗她，就是不说话，半晌憋出一句：真想不到你会进这种上不了台面的破单位。女友看男友的眼神里透着失望，像是班主任面对本以为会考上名校却意外落榜的好学生，又像是做生意看走眼，将处理品误当紧俏货，弄得男朋友心情也跟着郁闷起来，默默跟在女友后面，像是自己做了什么错事。从那以后，两人很少约会。赵大壮想去女友就读的学校看看，被徐诗荷一口回绝，说是“上学期间，影响不好”。两人来往书信也明显少了，从最初的每周通信，锐减到两月一封，火辣辣的词语不见了，内容不像是热恋中的情人通信，倒似定期例行公事。男的是大集体工人，女的即将成为公办教师、国家干部，两者社会地位相差悬殊，加上女方家长拼命反对，恋人态度逐渐由热变冷，两人几次不欢而散。恋人关系就像瓷器，外表固然精美，质地却十分脆弱，一旦出现裂痕，怎样修补也难以完好如初……问清缘由，我不由为好友担起心来。两条光棍坐在一起，你推心置腹，我建言献策，结果都被一一否定。两个人闷头抽烟，直至烟蒂将烟灰缸堆满，也没琢磨出什么高招。

四

幸福娱乐制品厂笼罩在诡异的氛围中，赵大壮伤愈上班第一天就感受到了。到了厂大门口，赵大壮像往常一样，与老屈头打招呼。以往见自己说说笑笑的门卫一愣，随即将脸扭到一边，装作没看见。赵大壮心里纳闷：这老汉今天怎么了？厂里三五成群，正在议论什么，见赵大壮过来，几乎同时噤声，有的背过脸，更多人装作若无其事，用眼角余光瞄去，偷窥当事人脸上神情。赵大壮一头雾水：本人脸上没长花，有什么好看的？进了冲制车间，嘈杂厂房骤然静下，正在做班前准备工作的手齐齐停下，几十双眼睛一起看过来，却无人吱声。赵大壮心里越发纳闷，去车间办公室，询问自己工作安排。车间主任正在优哉游哉抽烟喝茶看报纸，见了赵大壮像是看到瘟疫传播者进门，骤然脸色大变！从椅子上跳起就朝外走，边走边嘟囔："有事别找我，你去找厂部。我啥也不知道，啥也管不了。"厂里人见了赵大壮不是远远避开，就是装着没看见，大家眼里，赵大壮成了"易燃易爆"物品，这里面一定有事，而且是大事！赵大壮却连个问话的都找不到。

百无聊赖转了一圈，赵大壮又来到大门口想问个究竟。老屈头慌了，赶紧朝外撵，借口厂长有交代，严禁职工上班时间在传达室逗留。赵大壮倔劲上来，非但不走，反而拉过椅子一屁股坐下，非要对方说清厂里究竟发生了什么事。老屈头紧张地连连摆手，声音都变了："好我那赵师傅，你饶了老汉吧。我真的什么都不知道。你赶紧走！"赵大壮不理睬，从挎包里掏出杯子沏上茶，点着香烟，摆出打持久战的阵势。老屈头这下算是没辙了，苦着老脸说："我老汉算是服你了！给你说不怕，就怕你娃嘴上不把门。老汉我老了，老了，饭碗被你砸了！"赵大壮对天发誓，老屈头这才放下心，先是探头看看窗外，接着将门悄悄关上，伏在耳边小声告知："孙小慧死了！"平地响惊雷！赵大壮浑身一激灵，触电般从椅子上蹦起，脸色顿时变得煞白，劈胸揪住老门卫，恶狠狠问道："她什么时候死的？死在什么地方？怎么死的?!"老屈头边挣扎边回答："大前天晚上的事，吊死在技术室，被厂里巡夜的发现，我也在场。死人披头散发，衣服凌乱，眼睛半闭，小脸成了紫茄子色，看上去真够惨的！她家里只有一个寡母，看见尸首哭得几次昏死过去。公安局的人也来了，连夜勘查现场。李厂长和厂办、工会正忙着处理后事。好好一个姑娘，有什么想不开的？非得走绝路。”想起孙小慧对自己说的最后一句话：“只怨小慧命薄，没早点遇上大壮哥哥。”心里这才明白：猫鼠同巢，安能见久。小慧那日是来与自己永诀，走时已下了必死的决心！男人胸臆阵阵酸楚，两行热泪夺眶而出，手一松，瘫坐在椅子上。老屈头欲言又止，赵大壮不耐烦地催促：“你说话怎么吞吞吐吐的？把人能急死！”老屈头再次探头看看窗外，见无人出入，压低声说：“我说了，你可千万别生气。厂里一伙臭婆娘乱嚼蛆，说你和厂长为她争风吃醋。你惹不起厂长，只好拿她出气。孙小慧挨了打，心里想不通，偷偷寻了短见……”好好一个姑娘就这么死了，死得不明不白！现在又集体往我身上泼脏水。一口恶气憋在心口，赵大壮再也听不下去，怒吼：“我操他祖奶奶！”一脚踢翻椅子，踹开门怒冲冲而去。看势头不对，生怕连累自己，老屈头追出，压低嗓子在后面叮咛：“你记住，千万不敢提我！”

出门没多远，远远看见厂长一行回来。仇人相见，分外眼红，赵大壮眼里喷火，恶狠狠瞪着对方浑浊不堪的三角眼，槽牙咬得嘎巴响，两只拳头攥得铁紧，恨不得将逼死小慧的淫贼恶棍一顿乱拳打死！李厂长做贼心虚，脸扭一边，装作没看见。看赵大壮脸色不善，几个人簇拥着厂长匆匆而去。

第二天刚上班，人事组丁组长就找来了，见了伤员快步上前，满面堆笑，热情关怀，亲切慰问，紧握双手摇个不停。全厂上下都知道人事组长是厂长的心腹。老猫跑来给耗子拜年，明摆着没安好心。赵大壮不说话，冷眼看其表演。丁组长煞有介事地告诉当事人：“你进厂伊始，厂里就看出你是棵好苗子，将你列入重点培养对象。调你去冲制车间，目的是让你熟悉工艺流程，所有车间都待上一段时间，生产上的事就难不倒你，为日后进厂领导班子打好基础。没想你出了生产事故，唉，这就叫好事多磨！”赵大壮听得齿冷，冷笑道：“惩罚说成重点培养，冲掉手指头说成熟悉工艺流程，丁组长好口才，真幽默！我是个直筒子，说话不会拐弯，你就别来弯弯绕。厂长派你来干什么？直说吧。”丁组长略显尴尬，干咳几声，看着对方脸色字斟句酌：“年轻人脑子转得快，一下就猜出来了。李厂长的意思是：最近厂里连着出事，弄得他很烦，晚上睡觉都睡不好。希望你能从大局出发，体谅厂长苦衷，支持领导工作，多为厂里考虑。世上事相辅相成。职工关心厂子，厂子也会关心职工。你个人有什么困难？尽管告诉我。需不需要经济补助？想不想调换工种？准备调走也行，厂里马上帮着联系单位。”见对方仍在冷笑，丁组长倚老卖老，推心置腹地说：“小赵，论年纪咱俩隔着辈，我老丁工龄比你年龄还长。丁叔今天就托大说你一句：听人劝，吃饱饭。年轻人要学会识时务，不要由着自己性子来！都是一个厂的，抬头不见低头见，事情闹大了，对谁都没好处。你是聪明人，聪明人从来大事化小，小事化了。聪明人从不多事，做事只为自己考虑，不管别人闲事。谁爱多管闲事，那叫湿手抓面，以后想甩都甩不掉。”赵大壮冷笑一声，话里透着刚硬：“丁组长太会说话了！我也很想识时务，做你说的那种聪明人，可惜本人在娘胎里就是一根筋，再学不会！”见对方冥顽不化，丁组长的脸慢慢垮了下来，临去，撂下软中带硬一句：“该说的我都说了。你自己好自为之，事情掂量着办吧！”

听完谈话经过，我沉默了，过了好一阵才开口：“姓丁的为虎作伥，真不是玩意儿！但细琢磨，却也不无道理。我知道你为小慧抱屈，心里憋屈，只是人死不能复活。听我一句：人在屋檐下，不得不低头。赶快将她忘了，过去的事情就让它过去吧。”

“我晓得自己有几斤几两，一个小工人竟敢与厂长作对，无异于以卵击石，下场可想而知。由事不由人。我也想忘了她，却怎么也忘不了。昨天晚上，我又梦见孙小慧。她披头散发站在我面前，还是自缢时那身衣服，长发将脸遮盖得严严实实，一句话不说，只是轻声抽泣。我惊得赶紧坐起，小慧不见了，隐隐约约听见窗外有女人在哭，声音如泣如诉……夜沉沉，阴惨惨，黑洞洞，寒风透骨，仿佛来到鬼蜮世界，我悲从中来，凄然泪下……小慧死得太冤！厂长欺人太甚！我已忍无可忍！”赵大壮两眼血红，槽牙咬得嘎巴响，拳头攥得铁紧，脸上杀气令人生畏。我想劝却再也无话可说，心里有了一丝不祥预感：巨石顺着陡峭山路轰然滚落，已经没有任何办法能够阻止。

幸福娱乐制品厂召开全厂大会，篮球场挤得满满的，李厂长阴着一张脸坐在主席台正中。“大家都已知道，最近咱们厂出了大事——一名年轻女工因生活琐事上吊自尽。公安局刑侦部门勘查现场后下了最终结论：自缢身亡。也就是说，这是她个人厌世行为，与单位没有任何关系！当然，考虑到死者家庭经济困难，从革命的人道主义出发，在政策允许的前提下，我们将尽最大可能给其亲属抚恤。”工会主席说到这，下面乱成一锅粥，交头接耳、议论纷纷，操心死者的少，关心补助款具体数字的多。“呼！”随着扩音器里传出拍桌巨响，嘈杂会场顿时静下。厂长抓过话筒，恶狠狠说：“厂里极个别人居心不良，唯恐天下不乱，不顾组织上教育挽救，一意孤行，想借此事乘机发难！”台下听得面面相觑，都猜测“谁是个别人”。所有视线最终聚焦在一个人身上。赵大壮端坐当中，面无表情，如同一尊石佛。周围人避嫌纷纷躲开。声讨继续，“我代表厂部，在此严正警告极个别人：现在是无产阶级专政天下，你想屎壳郎挡道，只能被碾个粉身碎骨！”接着一声暴喝，“政工、保卫的人都到了没有？”应声站起几条汉子，仿佛古代衙门站堂的皂班，齐齐答道：“报告厂长，都到了！”官威凛凛，厂长说话越发有了底气，“从今天起，你们要切实负起各自责任，严密关注阶级斗争新动向！对于极个别胆敢挑起事端的坏人，做到露头就打，蹦出就抓！”长官发恶，杂职声毒。几条汉子装腔作势，齐声回应：“明白！”应声透着威吓，像是呐喊堂威。你敢螳臂当车，我必全狮搏兔。全场鸦雀无声，张张脸上透着肃穆，唯独当事人无声地笑了，笑容里露着轻蔑。赵大壮缓缓站起，一步一步走向主席台。厂长慌了，结结巴巴问道：“赵大壮，你、你要干、干什么？！”几条汉子复又站起，揎拳撸袖，以防不测。赵大壮咧嘴一笑，全场屏息静听，只待石破天惊。听众再想不到，等来的回答居然是“拉屎”。目送“极个别人”绕过主席台去了后边厕所，会场静默片刻，转而哄堂大笑……

冤家路窄。过了数日，厂长一人在厕所蹲坑，赵大壮进来，四目相对，两人都愣了一下。赵大壮背对着小解，突然发问：“李厂长，有句话我一直想问你：孙小慧为什么自杀？”

“你这话问得真怪！她寻短见前又没向我汇报。我怎么会知道？”死无对证，厂长胆子大了许多，回答镇定自若。

“阿弥陀佛。人命大如天。厂里死了人，你当厂长的却无动于衷。”

“死个把人有什么稀罕？哪个单位不死人？毛主席都说：死人的事情是经常发生的。亏你还当过兵，死个人也值得你大惊小怪。”

这句轻飘飘的话将赵大壮激怒，转过身，话里带着杀气：“李厂长，我算服你了。你胆正得很！做了亏心事，难道不怕半夜冤魂敲门？”听话头不对，厂长再不敢唇枪舌剑、针锋相对。赵大壮强压下怒火，刚走出厕所，后面飘来的话直戳心肺：“你以为你是什么东西？撒泡尿照照自己！土匪杀人犯的儿子也来充大瓣蒜！”“嗡”的一声，赵大壮只觉得脑袋骤然大了许多，眼前发黑，肾上腺素瞬间涌上，浑身打摆子般抖个不停。见对方两眼通红，杀气腾腾返回，厂长情知不妙，顾不得屎拉了半截，赶紧往起站，嘴里嘟囔道：“你、你想干什么？！”赵大壮一瞬间终于失去控制，怒吼："我想揍你!"一记大摆拳结结实实砸在厂长面门上！对方仰面摔倒，挣扎着爬起，口鼻流血，后背和裤子上沾满新鲜大便。正在性命交关，保卫组组长大老王进来。厂长像是看到救星，狂喊："快！快把他给我抓住！这家伙疯了，竟敢殴打厂长!"保卫组长仿佛听见主人指令的巨獒，猛扑过来。两人随即扭成一团。保卫组长膀大腰圆，个子比赵大壮高出小半头，却徒有其表，身手比对手差远了。前侦察兵使出捕俘拳里"插裆扛摔"招数，下拉、上挑、转体，动作一气呵成，将人高马大的保卫组长扛在肩上，吼一声，将对手掼翻在地！保卫组长被摔得七荤八素，躺在地上一个劲"哎哟"。晓得属下今天要玩命，厂长吓得屁滚尿流，裤带都顾不得系，发足狂奔。

之后发生的事情令人瞠目结舌：厂长身上臭气熏天，提着裤子边跑边号边朝后看，生怕索命使者追来。赵大壮杀心顿起，快步撵上，怒吼："你往哪跑!"腾空双脚飞踹。厂长被踹了个大马趴，趴在地上急忙爬不起来。赵大壮对准那颗恶贯满盈的肥头，上前飞起一脚，"咚!"沉闷响声令旁观者胆战心惊。行凶者不慌不忙，后退几步，接着又是一脚，踢得是那么从容、那么优雅、爆发力十足，仿佛绿茵场上罚任意球的高手。三脚过后，厂长像条死狗趴在那一动不动。围观的越来越多，施暴者杀气腾腾的模样令人望而生畏，谁也不敢贸然上前制止，任凭冲压工把厂长的脑袋当球踢。老屈头闻声匆匆跑来，死死抱住索命者的后腰，拼命喊："娃呀，再不敢踢咧，踢出人命咋得了!"……

李厂长从手术室推出时，仍陷入重度昏迷。主刀大夫面色凝重，告诉候在外面的家属和厂领导班子：颅内溢血基本清除，但因伤势过重，患者能否存活还很难预料。消息传开，全厂陷入骚动之中，都想亲眼看见以往飞扬跋扈的一把手此刻垂死挣扎的惨状，职工们像是农民赶大集，一拨拨赶往医院，探听"李厂长死了没有"。一把手伤势最新情况成了每日谈话焦点。全厂陷入莫名亢奋之中，都说杀人偿命天经地义，都期盼李保成同志追悼会早日召开。

我和苟顺民急了，赶紧行动起来，四处托人打听，传回的信息令人沮丧：赵大壮已被砸上脚镣，重点看管，厂长真要死了，凶手吃铁花生米板上钉钉。弟兄们听后面如死灰，老黑号啕大哭，哭罢，擦干眼泪，自告奋勇去看守所看望临刑前的"二哥"，次次都吃了闭门羹。

都想着好兄弟在劫难逃。再想不到事情忽然有了转机。孙小慧的舅舅得知妹妹家噩耗，匆匆从浙江绍兴老家赶来。妹妹受刺激太深，终日以泪洗面，双目已近盲。帮着收拾遗物时，退休中学老师看见外甥女生前最珍爱的《纳兰词》。此书原为赵大壮心爱之物，不仅因为作者纳兰容若是清代著名的大词人，被誉为“国初第一词人”，王国维赞其“北宋以来，一人而已”，而且与大壮祖上同属清正黄旗，感情上先有几分亲近。我借书时，大壮再三嘱咐我一定爱惜，千万不可折叠污损，看了没几天，就急着往回要，弄得我老大不高兴。闲坐聊起《纳兰词》，我说本人最喜欢纳兰的《木兰花令》“人生若只如初见，何事秋风悲画扇。等闲变却故人心，却道故人心易变……”大壮却最爱大词人的《沁园春》，说读来刻骨铭心，让人至死难忘。我拿他开涮，说你小子光棍一条，却缠缠绵绵学起痛悼亡妻，莫非将来要当鳏夫？再想不到，数年后竟一语成谶！禁书时代，读书人见到好书无异于邂逅奇珍异宝。孙小慧初见《纳兰词》就爱不释手，反复吟诵。看她实在喜欢，大壮咬咬牙，忍痛割爱。我知道后，气得大骂发小“见色忘友，无耻之尤”！

舅舅翻开《纳兰词》，发现孙小慧笔迹秀丽的小楷绝笔书，读到：“……孤女寡母，受人欺凌。冰清玉洁女儿身，竟为衣冠禽兽侵害！泪尽有血，心碎无声。本想一死了之，唯念老母尚在，只得隐忍偷泣。岂料此獠变本加厉……李保成，我死后化为厉鬼，也绝不放过你！”舅舅看得老泪纵横，捧着外甥女的绝笔书像是捧着一团火，再也坐不住了，当天就送往公安局。据说办案人员阅罢，不禁潸然泪下。奇文共欣赏，凡看过这封绝笔书的警察都为美貌才女扼腕叹息，都说逼她走上绝路的混蛋死有余辜！

消息传开，厂里舆论来了个一百八十度转向，晴干吃猪头，雨落吃羊头，幸福娱乐制品厂的群众也未能免俗。男职工们说：早料到孙小慧的死与色鬼厂长有直接关系，要不，厂里那么多男人脑袋赵大壮不踢，偏偏捡李厂长的肥头开练；女职工们道：李保成不是东西！仗势欺人，贪色舍命，咎由自取。大家一致感叹：咱厂这么多年终于出了一条替天行道的好汉！与逼死女职工的坏分子划清界限成了当务之急，厂领导班子再不露面，心腹们销声匿迹，厂里派来的三名陪护不辞而别。怒气冲冲的家属找到厂部大闹，等弄清事情原委，自觉脸上无光，仿佛泄了气的皮球，再也蹦不起来。单位不管，家人厌烦，成了一摊臭狗屎的李保成却苏醒过来，经过数月理疗，最终落了个口眼歪斜、嘴角流涎，说话含糊不清，右半身偏瘫，走起路来颤颤巍巍，仿佛缠足老妪。

五

一个秋风瑟瑟、黄叶飘零、红光普照的黄昏，我们三个立在分局看守所门前，等候好兄弟释放。赵大壮脸色苍白，胡子拉碴，精神略显萎靡，看见我们，咧开嘴无声地笑了。他与老黑紧紧握手，亲热地拍拍顺民的脸颊，和我抱在一起，互相拍着脊背，一切尽在不言中。

“大光”饭馆黄经理肥头大耳，红光满面，外貌比实际年龄年轻许多。我们夸他保养有方，黄经理哈哈一笑，说这都是苟大夫的功劳，定期为鄙人诊脉开方调理身体。黄经理热情地将我们领进单间，殷勤地问我们想吃什么。苟顺民摆摆手，说我兄弟援外归来馋肉，素的不要，只拣油水大的上！工夫不大，葫芦鸡、回锅肉、梅菜扣肉、糖醋大鲤鱼……琳琅满目摆了一桌。大壮笑道：“肚里好长时间不见油水，你仨今晚莫非想让我吃滑了肠？”我们最担心老二在看守所受欺负，大壮摇摇头，“号子里最烦的是花犯和毛贼，敬重的是敢杀人的豪杰、打抱不平的好汉。刚进去确有混混寻衅，等闹清新来的案情，一个个换上笑脸，都改叫‘赵哥’。身体没有受罪，精神实在难熬，觉得每一天都是那么漫长，盯着日影一点一点在地上移动，就像看着自己生命在慢慢消逝，内心凄凉惨痛无以复加。我的青春期在监狱里结束，轻狂躁动逐渐换位于冥思苦想，真想削掉顶上万根烦恼丝，进深山找个人迹罕至的僻静处，学隐士修行。”

觥筹交错，欢声笑语，几个人轮流举杯向大壮敬酒，庆贺好兄弟平安归来。我注意到赵大精神欠佳，脸笑眼不笑，两只眸子透着清冷，有种让我感到陌生的东西，似乎对眼前喧闹感到烦躁，却刻意掩饰，尽力周旋。我看在眼里，心里感到一丝不安。苟顺民也有所察觉，再不向大壮进酒，只剩下粗线条的老黑还端着酒杯咋咋呼呼。去洗手间方便，看旁边没人，我道出心里疑虑。苟顺民回答专业：“大壮从小心高气傲，不像咱俩没皮没脸。‘弯弯扁担年年担，硬木杠子拦腰断’。人越好强越难承受挫折。他这是蹲号子落下的应激反应综合症，属于心理创伤。大壮再不能受打击了，窝心事瞅机会再慢慢告诉他。你这几天陪他四处转转，多说说话，估计过段时间就能好。万一不见效，你设法将他哄到惠民医院，我找心理科医生进行心理干预，为大壮心理疏导。”正说着，门开了，赵大壮进来。我俩赶紧住嘴。赵大壮看看我，又看看顺民，狐疑地问：“你俩躲在这叽咕什么？莫非背后议论我？”顺民咳嗽一声，我提头知尾，煞有介事地说：“惠民医院中医科新分来个小护士，长得如花似玉。顺民想给你俩撮合撮合。我说不急，不急，谈恋爱耗时费神，大壮刚出来，身子还虚，怕是对付不了如狼似虎的美人，待缓过劲来再说不迟。”赵大壮压根儿不信我的鬼话，骂声：“扯淡！”

泡澡堂，看电影，品小吃，听大戏，看街景……几天过去，大壮情绪逐渐好转，话也慢慢多了。吃过早饭，我又来家叫他出去。大壮说：“咱俩今天别的不干，带上干粮水壶和爱看的书，在城墙上美美泡上一天，重温少时旧梦。”我笑了，上城墙是两人小时候的共同爱好。我们放学后经常不回家，喜欢并肩坐在高高的城墙垛口上，俯视脚下车流和蚂蚁般行人，让春风从少年脸颊拂过，任凭牛毛细雨飘落在身上……那日来了兴致，大壮放着不远处的马道斜坡不走，偏要从青砖砌成的水槽往上攀登。这厮灵活得仿佛猿猴，双手撑着水槽内壁两侧，四肢并用，身子一伸一缩，抽支烟工夫，就顺利攀上四层楼高的城墙。我看得眼热，有样学样，也跟着往上攀，攀到三层楼高，只觉得两手出汗，脚底打滑，往下一看，妈呀！高得吓人。心里当即打起小鼓。上又上不去，下又下不来，万一掉下去，摔不死也得摔个半死。我越想越怕，带着哭音喊：“大壮，我不行了！咋办呀?!”头顶传来暴喝：“少废话！憋足劲朝上爬！”没了指望，我边哭边朝上挣扎，快攀到顶时，一只手将我拽了上去……连累带吓，我瘫坐在地。大壮不但不好言安慰，反而踢了我一脚，骂道：“你小子记住：到了谁也救不了你的时候，只能自己救自己，是男人，就得有尿没尿撑住尿！”

城墙上空无一人，两边浓荫处不时传来小鸟婉转的鸣声，遍地闲草夹杂着不知名的野花，地面年久失修，显得坑洼不平，透着岁月沧桑。一夜秋雨过后，天气晴好，空气透明度极高，数十里外苍蓝色终南山脉清晰可见。我俩立在城头，凝眸欣赏南面美景。赵大壮感慨道：“‘人事有代谢，往来成古今’。脚下城墙建于隋唐，重修于明朝，千百年来，多少英雄豪杰文人墨客立在上面欣赏城内外风景，风流终被风吹雨打去。记得我俩小时爬城墙，仿佛还是昨天的事情。人生能有几个二十年？岁月如流，景色依旧，届时我辈安在？城墙又有后人复登临，想来令人伤感。”我乘机引导：“人生一瞬间。你我都是历史长河里的匆匆过客，早晚送到火葬场化为一股青烟，缓缓升入无垠太空。现在看来是泼天大事，事后都是过眼烟云。”听出我话里有话，赵大壮定定地看着我，问：“出了什么大事？你就直说。”我想起老父的教导：如果你没有足够的承受力，最好不要去探问真相。犹豫一会儿，经不住对方追问，还是如实道出：“提起千斤，放下四两。男人就要心胸宽广，拿得起，放得下，诸事看淡。好在事情已过去——徐诗荷已作他人妇。”佳人负盟，琵琶别抱。赵大壮愣了一下，随即皱起眉头。我看看对方脸色，继续往下说：“你进去时间不长，她急匆匆跑来找我。听完详情以后，她的脸苍白得像死人，一言不发走了。徐诗荷刚毕业就结婚了，女婿是她师范学校的同学。”

好事徒成虚化，含饴还同嚼蜡。赵大壮强笑着说：“她嫁人也好，倒去了我一桩心事。”我放下心，取出一沓钞票塞在对方上衣口袋，说：“这是我的一点积蓄，你先用着。”赵大壮坚决不要，说自古君子不吃白食。我说你先收下，我再告诉你其中缘故。见我神色凝重，赵大壮问道：“还出了什么事？竹筒倒豆子——统统朝外倒！”

赵大壮被释放的第三天，幸福娱乐品厂领导换人。新厂长上任伊始，就提议坚决、必须、立刻将赵大壮除名。新厂长说：赵大壮和上任厂长的私人恩怨，我管不了，也不感兴趣，但是，犯上歪风断不可长！一个小工人竟敢把一厂之长的脑袋当球踢，这还得了！赵大壮胆大包天，目无领导，谁知道他以后还会干出什么事？会不会把别的厂领导的脑袋也不当事？防患于未然，我作为厂长只能快刀斩乱麻，断然清除害群之马！一把手的提议得到厂领导班子一致响应，都夸新厂长高瞻远瞩，铁腕治厂，给胆敢顶撞领导的职工做个娃样子——谁胆敢犯上，就砸谁饭碗！

最伤不过夕阳红，得知自己被厂里除名，赵大壮望着远处金乌西坠，脸上神情黯然，过了好一会儿，才淡淡地说：“阿弥陀佛。一切都在意料之中。我现在什么都没了，女友成了别人的新娘，工作也丢了。能走出看守所，全凭菩萨保佑和小慧聪慧。这样也好，除了疯子妹妹，我已是赤条条来去无牵挂。”转过头问我，“端正，你相信轮回吗？相信人鬼缘未了吗？”我不知何意，茫然地看着对方。赵大壮自问自答，“阿弥陀佛。那天深夜，我梦见孙小慧。她穿件连衣裙，白衣胜雪，蝴蝶般翩翩而至，笑嘻嘻地说：‘大壮哥哥，我就要往生了，特意来和你告别。’我急着问：‘你要去什么地方？我还能见到你吗？’她脸上笑容越发灿烂，娇声说：‘佛家说人身难得，投生好人家更难。我前世冤孽已了，从此遍游各地，寻找今生缘分。若干年后，当你看见一个漂亮小女孩，见了你露出还没长全的牙，对着你甜甜的笑，张开莲藕节般白嫩小胳膊，非要让你抱，那就是转世的小慧。’我内心一阵惆怅，再也说不出话。她安慰我：‘大壮哥哥，不要难过。你已消业，灾难即将结束，很快就能出去。咱俩来世再见。’临去秋波一转，媚眼如丝，惊鸿一瞥，白蝴蝶般飘然而逝。你说此梦奇不奇？”

我摇摇头不以为然，梦中所见所闻不足为据，只能答以圣人之言：“六合之内，君子论而不议；六合之外，君子存而不论。”

“我和你想的一样，只道是日思夜想，梦中幻境不足为凭。谁知第二天，看管就将我脚镣卸去。同号子的都说：恭喜赵哥，你的案子转机来了！都问我，家里通了什么路子？有掌权的亲戚或大款朋友在外帮着疏通关系？我茫然地摇摇头。同号子的一位江湖术士会看相算命，通晓易经六十四卦，看我神情不像是装的，当下来了兴致，取大通铺麦秸秆权当易经占卦用的蓍草，为牢友起卦。卦象为渐卦，此卦为易经第五十三卦，由山下风上组成，象曰‘小子之厉，义无咎也’。与我遭遇暗合。渐卦积累终遇贵人，爻辞有‘夫’与‘妇’，主男欢女爱。老江湖算定我时来运转，冥冥之中得到贵人相助，而且是个年轻女子。年轻女子救我？心上人已过周年，懦弱如徐诗荷绝无可能。想起小慧的话，我又有些将信将疑。

第二天，办案警察将我从号子里提出，劈头就问：你是孙小慧的未婚夫？我愣了一下，随即意识到什么，点点头。烈性女子在绝笔书里将施暴者称为‘我最亲爱的未婚夫’，留下遗嘱：‘务必将这部《纳兰词》完璧归赵——我今生最爱的人。’遗嘱里说，‘你为我忍辱蒙羞，远远超过一个男人自尊心所能承受的极限。我感激涕零，今生无以为报，唯愿来世与你结为夫妻。我去之后，望你忍气吞声、忍辱负重，切切不可受辱不过，激于义愤，做出过激之事。”赵大壮叹息道，“孙小慧料定她死后，我和厂长势如水火，必定爆发激烈冲突，提前埋下伏笔为我开脱，让赵某师出有名——未婚妻不堪欺凌含恨而死，未婚夫忍无可忍，暴怒之下断然出手！虽不合法却合情合理，赢得办案人员同情和理解……”

我这才明白，赵大壮释放与孙小慧的绝笔书有直接关系，由衷赞叹：“这女子果然是冰雪聪明！隐而不言，蓄而待发，遗嘱草蛇灰线，一路埋伏，前后呼应，‘受辱不过，激于义愤’早早为痛殴逼出人命的色鬼定下基调。孙小慧岂止小慧，真正有大智慧！”

“前世有缘，今生邂逅才貌双全的烈性女子，却再想不到……‘只有生离无死别，果然天上胜人间’。我将她视为至亲至爱的亡妻，日思夜想，至死难忘！李保成，我只恨没踢碎你的猪头！看着你死在路边被狗拖！”赵大壮声音几度哽咽，两眼通红透着戾气。秋风萧瑟，残阳如血。古城墙上响起男儿的鸣咽，哭声痛彻心扉，仿佛古战场痛悼阵亡同伴的士卒，又像是失偶的大雁在哀鸣。“男儿有泪不轻弹，只因未到伤心处。”除了祖父去世，长这么大，我第一次看见赵大壮痛哭失声。我红了眼圈，拍着同伴宽阔的脊背，小声说：“哭吧，心里难受就大声哭，哭出来就好，千万别憋在心里……”男子汉的哭声撕心裂肺，令人震撼，像丧偶的孤独公狼在大漠残月下哀嚎。我劝无可劝，骤然忆起好友最喜爱的纳兰容若的《沁园春》，心里一动，随即轻声背诵：“瞬息浮生，薄命如斯，低徊怎忘。记绣榻闲时，并吹红雨；雕阑曲处，同倚斜阳。梦好难留，诗残莫续，赢得更深哭一场，遗容在，只灵飙一转，未许端详。”随着感心动耳、回肠荡气的朗诵声，凄厉的哭声慢慢停住。一人背诵，变成两人合吟：“重寻碧落茫茫，料短发，朝来定有霜。便人间天上，尘缘未断；春花秋月，触绪还伤。欲结绸缪，翻惊摇落，剪尽荀衣昨日香。真无奈，把声声檐雨，谱出回肠。”双双吟罢，两人久久无语……

夜色如磐。我俩摸黑走下城墙，一路无语。到了交院家属院门口，赵大壮红肿着眼睛，强笑着对我说：“你陪我泡了一整天，快回家休息吧。”我怕碰见虎妈，母子见面尴尬，点点头，正要离去，“咚！”不远处传来一声闷响，像是重物从高处坠下，接着传来凄厉喊声：“快来人呀！有人跳楼了！救命呀！”每次搞运动，交院家属院都是自杀的高发区，经常有人“自行高坠”。今夜，又是谁家新鬼上路？我和大壮对视一眼，脸色瞬间都变了！二话不说，拔腿就往院子里跑。大壮腿快，冲在前面，我在后面紧追。跑到赵家所住单元楼下，已围了一群人。赵大壮挤进一看，立刻认出死者是谁，一双瞳孔骤然高烧般灼热闪光，亮得令人心寒！他一言不发，掉头撞开人群就朝外跑。我气喘吁吁赶到，见发小脸色煞白发足狂奔，满脸杀气，像刚宰过人。我不知出了什么事，跟在后面急得大喊“大壮！大壮！”大壮像是没听见，越跑越快，眨眼工夫就冲出院门，等我追出来，他已消失得无影无踪……跳楼的是个年轻女子，穿着睡衣睡裤，头发散乱，脸朝下趴在地上，前额破裂，鲜血淌了一地。老老小小一家子从楼道里冲出，围着尸首痛哭。到了这会儿，我才意识到寻短见的是大壮的亲妹妹——大凤！

家长蹲号子还没出来，老赵家唯一男孩、顶门立户的长子又弃家出走。赵大壮不管不顾地跑了，长子肩上的担子责无旁贷地落在我身上。大凤见我就像见了自家兄长，从小就一口一个“端正哥”，我也视大凤为自己的妹妹。我不能眼睁睁看着她浑身血污赴黄泉路，那样做，“端正哥”将一辈子良心不安！顾不得衣服染上血污，众人惊讶目光注视下，左邻右舍议论声中，我鼓起全身力气托起体温尚存的尸首，一步一步抱回五楼老赵家。二凤、小凤第一次看见死人，吓得战战兢兢蜷缩到一边低声哭泣。我大声呵斥、厉声责骂，连指挥带威逼两个胆战心惊的妹妹为姐姐净身换衣。最后是给死人化妆，二凤、小凤说什么也不敢上手。无奈之下，我只好看样学样亲自动手，描眉，涂口红，打粉底，两腮淡淡抹了胭脂，将大凤尽可能收拾漂亮一些，让逝者带着最后的尊严上路。

设灵堂，撰写悼词，接待亲友吊唁，主持召开追悼会，安抚精神几近崩溃的赵婶。我百忙之中不忘将赵大凤同志的讣告寄给军区政治部转交负心郎，通知“邢冀生同志务必按时参加遗体告别仪式”，谎称这是逝者最后的遗愿，让负盟的年轻军官心里添堵，有负屈的冤魂惦着，婚后的小日子不要过得太甜蜜。熬到将大凤妹妹稳稳当当送进骨灰盒，我已累得人仰马翻，乏得站着都能睡着。

女儿跳楼自尽，儿子离家出走，老赵家乱成一锅粥。赵婶愁苦交集，终日以泪洗面，短短几日，已是满头飞雪。这当口儿，蹲了一年多监狱的赵继武被提前释放。司法部门经过综合考虑，结合赵家目前实际情况，身负血债而又为共和国流血拼杀屡建战功的老兵最终得以从轻发落。一见丈夫释放归来，老伴扑上去揪住老头子的衣服领子连摇带晃，哭骂道：“死老头子，你作孽害死了闺女，又害了儿子，你自己咋不去死呀！我那可怜的大凤呀！大壮你跑哪去了？妈想你呀！”赵继武自知罪孽深重，祸及家人，双手抱头蹲在地上，一声不吭，任凭老伴哭骂……

刑期可减，处分难逃，赵继武由国家十七级行政干部降为清洁工，工资尚不及过去的一半。酒鬼从此蔫了许多，走道溜边，见人低头，彻底戒酒，家属院里再也听不见他醉醺醺骂人。

第十章

一

昏天黑地忙罢大凤丧事，我才想起发小吉凶未卜，城里城外寻遍，不见大壮踪影，亲友故旧问遍，都不知这家伙下落。我慌了神，跑去找香火兄弟商量怎么办。黑美丽一听，咧开大嘴“哇哇”大哭，说完了，完了！大凤跳楼，大壮肯定也跟着寻了短见。我听了气不打一处来，大骂黑美丽“乌鸦嘴”！骂完越发担心，哭丧着脸说：“雪上加霜，祸不单行，我真担心大壮能否挺得住。”苟顺民比我俩沉得住气，回答胸有成竹：“没事。还是应激反应综合症，过段时间就缓过来了。老二在外面晃荡几天，钱花完了，没吃没喝，你不去找他，自己就跑回来了。”又过了一段时间，仍不见发小踪影，我彻底慌了，联想到失踪者各种横死可能，大骂冒牌心理医生不懂装懂，冒充内行，耽误了寻人最佳时机。苟顺民哭丧着脸回答：“怪我，都怪我！本大夫大大低估了老二的病情，没想到这家伙应激反应综合症如此严重！”兄弟们紧急行动起来，大街小巷农村集市到处张贴油墨印小广告，又在报纸上刊登“寻人启事”，联系人是刘端正，联系地点设在我家。

“寻人启事”登出后，反响热烈，心理创伤患者不见归来，平时做梦都想不到的家伙却像进山朝拜的香客来了一拨又一拨——有幼儿园同伴、小学同窗、中学同学、老邻居、部队战友、工厂同事。旧雨新知，叹息连连，神鬼汇聚，喷云吐雾，人人语调沉重，个个眼神惆怅，无一例外地对“我的朋友赵大壮”的失踪表示极大关心。“赵大壮为什么离家出走？”“他出走的背后会不会有更深层次的原因？”“大壮殉情的可能性有多大？”“莫非他看破滚滚红尘，忍将慧剑斩情丝，从此浪迹天涯？”……无数个问题冰雹般袭来。我心中不快，想到人家出于好意，顾及礼貌，只得强打精神，耐心回答一个接一个的疑问，众人的好奇心得到初步满足，转而分析赵大壮出走之后的种种可能，有的断定：赵大壮特禀妙声，嗓音高亮异于凡人，又常诵佛号，想必已遁隐深山古刹，剃度出家，身披袈裟，早晚诵经，善声沙门。失踪者是否已削发为僧，众说纷纭，莫衷一是。

又有人联想到UFO，断言赵大壮已被外星人押上飞碟劫走，这辈子怕是回不来了。听众兴趣陡增，热烈讨论UFO的种种奇异表现，对赵大壮能否安全归来，以何种方式重返地球做大胆推测。少他妈来点假设，现实世界已够人烦的！我听了哭笑不得，正想反驳，忽然想起大壮那句话“进深山找个僻静地方学隐士修行”，心里有了主意。我首先代表老赵家深切感谢在座诸位对赵大壮的关心，接着提议组成若干寻人小组进山寻找。有人当即表示不同意见：远处不说，就说邻近的终南山，西起宝鸡市眉县，东至蓝田，大大小小峪口超过三位数，谁知道失踪者藏在哪条峪沟？寻人热情高涨固然可嘉，但还要与现实相结合。众人听了都说有理。我说秦岭峪沟虽多，适宜人居住的却不太多，我再想法组织些人，咱们分成小组分头寻找。一听这话，屋里顿时鸦雀无声，个个如老僧入定，一言不发，唯一的反应是喉咙咽茶水的咕咚声，静默过后，众人借口天色已晚，纷纷起身告辞，撇下满桌用过的茶杯、一地痰迹、烟蒂、瓜子皮，剩下昏头昏脑的主人独自打扫卫生。

又过数日，有位不速之客登门。来人年过半百，两鬓染霜，瘸着一条腿，操一口地道京片子，自称姓孙，看了报纸上“寻人启事”，上门想问个究竟。我瞅着来人面熟，似乎以前在哪见过，端详一阵，终于想起是卖酸豆汁炸焦圈的掌柜。赵大壮说起京城小吃，最赞酸豆汁，说不光美味营养，还有提神醒脑、消暑去燥、开胃解腻之功效，可惜咱这吃不到。听说北门外新开了家北京小吃铺子，专营酸豆汁和炸焦圈，骑车带着我兴冲冲去解馋。小吃铺子门前几张桌子坐满了人，都上了年纪，都操一口京片子，老人们喝一口，赞一句，直夸东西地道！说多少年没喝酸豆汁了，就是这个味！酸豆汁端上桌，大壮告诫我：第一次喝这玩意儿，得悠着点，喝时就着小咸菜，慢慢品味。我不解其意，心想不就是喝碗酸豆汁吗？哪来那么多讲究？端起“咕咚”就是一大口，妈呀！只觉得嘴里酸酸的，还有股馊味，“哇”的一声，兜肚连肠又都吐了出来。我皱着眉头说：这是什么怪味？就像喝泔水。大壮笑道：你小子是洋猪吃不了土饲料，没福消受，白白糟蹋了好东西！旁边几个老北京都乐了。以后再叫去喝酸豆汁，我打死不去，他只好一人跑去享受。

听我讲完“寻人启事”的来龙去脉，孙掌柜神色黯然，半晌不吱声，似乎心有戚戚焉。我瞅着卖酸豆汁的直纳闷：一个卖，一个买，两人纯粹是买卖关系。姓孙的找上门，估计不光是为了叹老赵家苦经，肯定还有别的事，莫非大壮喝了人家酸豆汁旧账未清？转念一想不对！首先发小不是赖账的人，其次就算被人白喝了几碗酸豆汁，掌柜也不至于难受成这般模样。

正在胡思乱想，姓孙的开口，道出他和赵大壮之间的秘密：红色狂飙突起，大街小巷到处可见成群结队的红卫兵查抄“黑五类”，绿林般行径成了执政者默认的革命行动。赵大壮几天没喝酸豆汁，又惦记起这口，一大早就骑车过去。到了小店门前，老顾客吃了一惊：桌子条凳统统翻倒，满地锅碗瓢盆碎片，酸豆汁泼了一地，热辣辣太阳照射下，散发出难闻的气味。几位来喝酸豆汁的看见眼前惨状，摇摇头，一个个转身离去。瞄见小店门上贴的造反标语，大壮心里明白：这家酸豆汁算是喝到头了！掌柜蹲在地上，一声不吭，两手抱着花白的脑袋，瘦弱脊背不时抽搐，透着末路凄凉。老顾客看得难过，想安慰掌柜几句，却又无话可说，想着每次来喝酸豆汁，掌柜都是盈盈笑脸，殷勤招呼，实在不忍心就这么离去，下车将翻倒桌椅重新摆好，拿起扫帚将地上残渣碎片打扫干净。孙掌柜看在眼里，渐渐停止抽泣。赵大壮收拾完毕，推上车子要走，后面低低喊道：“小兄弟，且慢走！”看看周围没人，掌柜腾地站起，也没个铺垫，开口直奔主题：“小兄弟，你家是不是‘红五类’？”顾客不知何意，纳闷着点点头。“你怎么不戴红袖箍去造反？”酸豆汁卖不成改查政治立场，掌柜莫非受刺激太深？顾客越发纳闷，反问：“阿弥陀佛，罪过，罪过。我从不干伤天害理的勾当，为什么跟着起哄？”皱纹遍布的苦瓜脸上第一次绽出笑容，掌柜一把攥住顾客的手，激动地说：“好兄弟，快进屋！咱们屋里说话。”

房间不大，靠墙角缩着一个面容憔悴的中年女人，怀里抱着个幼子，身旁靠个小丫头，见屋里又来生人，六只眼睛都露出惊恐的神色，小男孩吓得哭出声，拼命将头往母亲怀里钻。主人看在眼里，叹口气，摸摸孩子脑袋，安慰道：“儿子不怕，这位叔叔是好人！”说完，恭恭敬敬请客人坐下，沏杯茶双手递上，和颜悦色问清客人姓名、家庭地址、家庭成员详细情况、父母政治面貌，比上门查户口的片儿警还认真。问完，长长舒了口气。赵大壮被问得不耐烦，正想找个借口离去，却再想不到，“咕咚”一声，主人对着自己双膝跪倒！磕头如捣蒜。客人吓了一跳，赶紧站起将主人往起拽，嘴里嘟囔道："好好说话，这算怎么回事?"主人泪流满面，哭着说："小兄弟，我看出来了，你是大好人！求你发发慈悲，救救我们全家！"主人一哭，全家大小跟着号，屋里气氛像刚死了人。赵大壮一腔豪气被勾起，也不问什么事，拍拍胸脯，大包大揽："有事你只管说，包我身上！"见客人爽快应了，主人擦干眼泪，脸上露出一丝喜色，搬过凳子挣扎着站上去，手从顶棚角落处伸进，取下一个书包，里面装满钱。第一次看见这么多钞票，客人瞪大眼睛，调侃道："难怪老人念叨：'家有万贯，不如开个烂店。'别看这屋不咋样，却藏个万元户。"主人没接话，轻轻拉开窗帘一角，悄悄指指外面。客人凑过一看，屋外不远处，几个戴红袖箍的小脚造反队正探头探脑往这边窥探，顿时什么都明白了。

"我是残疾人，干不了别的，只能靠祖传手艺谋生。这钱是我卖了半辈子酸豆汁、炸焦圈，一分一分攒下的。将两个孩子拉扯大，我两口以后养老，全靠这点保命钱。这几天耳闻目睹巷子里好几家'黑五类'被抄，我心里明白，自家成分高，下一个就该轮到我。偷偷找了几位亲朋故旧，想把钱暂时存放在他们那，未等我说完，就被一口回绝：这年头自顾不暇，谁也别连累谁！我一夜愁白了头，钱没了，活路断了，全家人只有死路一条！好兄弟，你大慈大悲，就是那救苦救难的活菩萨！"自感责任重大，客人沉吟一会儿才说："外面盯得紧，现在带钱出去风险太大。到了后半夜，监视的扛不住瞌睡，也该回家挺尸了。听见屋外自行车铃连响三次，你不要开灯，摸黑悄悄将书包送出，余下的事都交给我。"主人感激涕零，又要下跪，被客人一把拉住……

等到狂飙减弱至气旋，客人摸黑又悄悄将挎包送回，包里三万元一文不少。主人感激不尽，抽出两叠钱非让他收下。赵大壮坚决拒收，说残疾人谋生艰难，花这钱心里不安，水也没喝一口，就走了。

我听愣了，这么大的事情，时隔数年，发小竟然一个字也没对我透露，我有事却从不瞒他，小子真不够意思！脸上当时就有些不好看。孙掌柜像是看出我的心思，耐心解释："自古财不露白。何况我这类政府眼中的改造对象。我再三央求恩人保密，他果然守信。"说完，从衣兜里掏出厚厚一沓子钱，说自己是个残疾人，跑腿的事干不了，只能尽点心意，这点钱请你无论如何都要收下，权当寻人旅费。见掌柜诚心诚意，我不好推却，只得收下。话题转过，我问孙掌柜现在干什么营生。孙掌柜苦笑着说："酸豆汁不让卖了，水总得让人喝吧。我现在摆茶摊，一月也有二三十块进账，不够了取点老本，日子凑合着往前过吧。”停了一会儿，又说，“我就不信世道会永远乱下去，熬到政策宽松了，我还要干老本行。那时候，大壮兄弟也该回来了，我请你俩来喝酸豆汁，吃炸焦圈。”一提酸豆汁，我又忆起曾经尝过的可怕滋味，吓得连连摆手，坚决谢绝：“心领，心领，免了，免了。”孙掌柜想起我第一次喝酸豆汁的窘样，呵呵乐了，我也跟着笑。笑着，笑着，又都想起大壮，笑声里都带着苦涩。

二

大壮解人危难，来自慈母熏陶，我想起发小一件往事：古城城墙根是我们上学的必经之路。三年困难时期，几乎每个城墙洞里都住着盲流，仿佛古时穴居人，有拖儿带女逃荒的，有蓬头垢面、衣食无着的流浪汉。洞口晾晒着不知从哪捡来的各种破烂，阳光下散发着霉腐味。来往行人视而不见，掩鼻匆匆而过。赵大壮对流浪者有着异乎寻常的兴趣，经常站在洞口朝里探视，不时问这问那。我立在一边等候，心里纳闷：与脏兮兮的盲流有什么好说的？流浪日子难熬，盲流哪有闲心搭理一个乳臭未干毛孩子的关心。“别站在洞口挡亮！小屁孩哪来恁多废话，快走！”少年关怀者常遭到无情驱赶。我讥笑他：你对盲流有如此兴趣，是寻找失散多年的亲叔叔？还是准备长大也要加入流浪队伍，早早来联络感情？赵大壮气得对我直翻白眼，仍不改初衷。

一场流行性感冒席卷全城，班上天天都有同学请病假上医院打针输液。缺医无药的盲流只能死扛，城墙洞里传出剧烈的咳嗽声，尤其是咳得死去活来的婴儿，听上去令人揪心。过往路人充耳不闻，钢铁年代人心似铁，谁也不会关心一个盲流孩子的死活。唯独赵大壮像是听到号令，迅速行动起来，先是将赵刘两家的家庭药箱搜刮一空，接着紧急动员全院小孩“做贡献”——集体突患感冒咳嗽。枇杷露、甘草片、青果丸、四环素、土霉素、咳嗽糖浆、通宣理肺丸……源源不断送往盲流栖身处。我敢断言：那年全城流行性感冒期间，从北门里到火车站，沿途数十个城墙洞里患者的药品均来自赵大壮，以致当月交院家属医疗费猛增。“求求你小兄弟，救救我孩子！”一对中年盲流夫妻半道拉住大壮，只差跪下磕头。那是个三岁女婴，烧得满脸通红，紧闭双眼，呼吸急促，凭着我和大壮那点少得可怜的医疗知识，也看出是患了肺炎，非注射抗生素不能救命。被求者义不容辞，故技重施，照方抓药。我现在想起还有些后怕：无知者无畏，一个小学四年级的毛孩子，注射前必做的青霉素皮试都不知道做，就敢照猫画虎为婴儿肌肉注射。病危婴儿痊愈的消息旋风般在各个城墙洞传开，大壮与盲流之间距离迅速缩至零。早晨上学路过，每个城墙洞里都有大人出来，分别操着河南、山东、安徽、甘肃方言打招呼：

“大壮，吃了木牛（没有）?”

“大壮，哈汤了啊?”

“大壮，尔吃饭不曾?”

“大壮，闲了来浪 。”……

阳春三月，春暖花开。学校组织春游。小学生衣裳整洁，佩戴红领巾，列队出发。队伍走到城墙根，负暄闲话的流浪汉们一起站起，纷纷向队伍中的小友点头微笑，有的还招手致意。学校和流浪汉是两股道上跑的车，从不交接。以往冷漠孤僻的流浪汉为何今日变得和善可亲？带队老师如堕五里雾中，押后的校长看得莫名其妙。下面一幕充满喜剧效果：路过几家盲流合住的城墙洞，里面忽然皮球般滚出五个衣衫褴褛的小妞，个头几乎一般大，仿佛一根藤上同时结出的葫芦娃。看见队伍中的救命恩人，带头小妞欢呼雀跃，另外四个妞也俱是熟口熟面，五张花骨朵般小嘴同时大叫：“哥哥，哥哥，大壮哥哥！”春游队伍先是静默数秒，接着爆发大笑！夹杂着口哨声。我笑得岔了气。五个穿得破破烂烂的小叫花子，都是刚学会走路的小丫头，蹦着高呼唤行进队伍中某个男孩的名字，亲亲热热喊“哥哥”，场景确实有些搞笑。“大壮哥哥，抱抱我！”调皮男生学着小妞们奶声奶气腔调，又是一阵哄笑。大壮窘得满面通红，低头一声不吭，脸上表情半是害臊半是骄傲……

孙掌柜一瘸一拐走后，又有不速之客上门。这回来的是高三三班一位男生，戴副黑框眼镜，神色沉稳，说话慢条斯理，透着少年老成，虽在同一个学校，却未说过话。那会儿的高年级学生与低年级学生从不来往，中间像隔着鸿沟，高年级学生说起低年级，张口闭口就是“那帮小孩”，口气带着不屑。不速之客进了屋，既不落座，也不说话，背着手观看墙上挂的几幅用颜体抄写的伟人诗词，看罢摇摇头，说笔力虽然不弱，可惜未脱右军习气。我听得不快，哪有客人初次上门就对主人墨迹评头论足。我家老爷子临帖多年，一笔颜体已小有名气。你小子才多大年纪，就敢妄评老爷子得意之作。来客转过身，问：“赵大壮现在有消息吗？”我摇摇头，他叹口气，脸上神情转为凝重，从随身挎包里取出两卷立轴，双手递上，郑重地说：“我奉家父之命，将此作品赠与赵大壮同学。可惜他不在，只好请你以后代为转交。”作品是四尺楹联，上联是“解人危难长安又见郭解”，下联为“风邪肆虐难掩侠义古风”。上款题：劫后残叟敬赠大壮小友。大篆笔画雄健凝重，风格典丽峻奇，韵致含蓄精气内蕴，叩之当有金石之声。我看得连声叫好，再瞧署名，暗暗吃了一惊，这个名字可谓如雷贯耳！在家常听老爷子说起，口吻带着仰慕，称其所写大篆天下独步，可惜一字难求。我看得既羡慕又纳罕，书法界泰斗来往多是达官贵人社会名流，如何肯屈尊为一个小工人精心撰写楹联？又为何称一个默默无闻的小青年为“小友”？不出所料，里面果然有故事，只不过角色由小吃店主转换书法大家，巨款改为历代书法巨擘的真迹。

狂飙突起，日日宾客盈门骤然沦为门前冷落车马稀，平时趋之若鹜的宾客如今唯恐避之不及。人情冷暖，世态炎凉，历经沧桑的书法家淡而视之，什么都是身外之物，唯独收藏的数十件卷古代名家墨宝难以割舍，特别是其中一件元代赵孟頫抄写的碑文卷轴，虽几经劫波，残卷篆籀真迹尚余八十六个字，被藏家视为性命所系。手卷钤有当代大篆名家、国民党元老吴稚晖的鉴赏印章，所附跋称手卷藏主为“道友”。吴稚晖去了台湾，蒋经国称其为“生平最钦佩的人”。卷轴一旦被抄，“道友”在劫难逃，跳进黄河也洗不清。同道故旧学生遍天下，危难之时，竟无一人可托！书法家瞻前顾后，不禁潸然泪下，只能坐等抄家末日到来。危难时刻，儿子骤然想起一个人……

平时形同路人，此刻却以身家性命相托，赵大壮颇感意外，见对方苦苦哀求，又想起老娘常告诫子女的那句话：“帮人是福，救难积德。帮大忙是大福，救大难积大德。别人有难，你们能帮即帮，能救须救！”拍拍胸脯，满口应承。送走客人，受托人晓得肩上责任重大，容不得有半点纰漏，连夜翻箱倒柜，找出父亲当兵时穿的人字呢黄军装，从家属院小孩胳膊上强行“借”去“红卫兵”袖章，箍在自己左臂。红色狂飙时代，身上有了这两件东西，等于有了打人抄家胡作非为的合法执照，肆无忌惮横行霸道的通行证。第二天一早，赵大壮穿戴革命小将行头，骑上车子，雄赳赳跑去“造反”，两下心照不宣，整皮箱名家真迹顺利转移，假红卫兵刚走，真造反派就来了……

抄家，几番遭受毒打，批斗会上，手腕被以往貌似恭顺、心怀嫉恨的书法同道几乎扭断……家人与及时转移的名家墨宝成了书法家活下去的精神支柱。忆起老父屈辱受难往事，客人几度哽咽……劫后唯一令人安慰的是，物主没有看走眼，狂飙去后，托管之物完璧归赵。

我看着生客，纳闷地问："据我所知，你和赵大壮并无交情，价值连城的文物托付给一个素无往来的人，如何放得下心？"客人笑道："我冒昧上门拜托，说起来和你还有关系。"和我有什么关系？主人越发纳闷。"你和冯家兄弟以命相搏之时，我就站在四楼教室窗前，从始至终看得一清二楚。那天如没有赵大壮出手相助，老弟你可就惨喽！"大壮骁勇给看客留下深刻印象，待闹清其为何奋不顾身加入恶斗，只有钦佩的份儿了。"这人真仗义！够朋友！"动乱岁月，尚武时代，这是对一个男人的最高评价。我灵机一动：当事人既然说此事和本人"有关系"，瓜皮搭李皮，何不乘机搭上这班车。听了我牵强附会的理由，近乎厚颜的要求，客人沉吟片刻，说："经过此番变故，老爷子心灰意冷，多少求字的都被拒之门外。看在你是大壮至交的面上，我又不能不答应。你莫要心急，等到哪天老爷子高兴了，我再乘机提及。"

暑往秋来，我已不抱什么希望，他却突然登门，送来一幅大篆写的中堂"海纳百川有容乃大，壁立千仞无欲则刚"，主人喜出望外，连声道谢。客人不接话，出门时，只说了一句："我说到做到，你找的人在哪？"我脸上笑容顿时僵住，一时无言以对。

看到期盼已久的名家墨宝，老爷子笑逐颜开，直夸大儿子会办事！说此联为林则徐所撰，上联"有容乃大"出自《尚书·君陈》"有容，德乃大"；下联"无欲则刚"出自《论语·公冶长第五》"子曰'枨也欲，焉得刚？'"楹联寓意深远，是人生的大境界，做人做事都该如此。大家中堂挂出，客厅熠熠生辉，父亲乐得嘴都合不上，儿子却高兴不起来，深感愧对发小，暗暗发誓：纵然踏破铁鞋，我也要找到老二！

三

一条条峪口依次朝南裂入秦岭深处。我愁眉苦脸看着墙上地图，害牙疼般直抽凉气，靠一人之力要找到猴年马月？老父亲正在灯下阅读，见儿子愁得满屋转圈，心里纳闷，问清是找赵大壮。老头子立马来了精神，合上书，戴上老花镜，像研究作战地形般查看地图，过了好一会儿，抬起头，猛不丁问我：“你认为赵大壮会躲在哪？”我茫然瞅着地图，说：“他会不会上了华山？或者去了楼观台。”老爷子对我的胡乱猜测很不满意，当即批驳：“瞎扯！你连失踪者宗教取向都没弄清，就急着进山寻找隐者，岂不成了盲人骑瞎马？华山号称道教洞天福地，崇尚全真派道教。楼观台为道教发祥地，起因老子在此著《道德经》五千言。赵继武的老婆是从尼姑庵出来的，家属院大人小孩都知道。当妈的天天在家烧香念佛，儿子从小耳濡目染、潜移默化，你说他潜意识里信释教还是道教？和尚不进道观烧香，华山、楼观台该不该略去？”想起发小遇到疑难之事，常将“阿弥陀佛”挂嘴上，我承认老爷子言之有理。见儿子点头称是，老爷子心里得意，从书架取下《后汉书》，继续开导愚钝，“终南‘北抵黄河，南依长江，西遥昆仑，东指大海，有王者气’，为中国佛教十大名山之一，也是多个佛教宗派发源地，唯识宗第一代祖师玄奘称终南山为‘万山之祖’，历代高僧辈出，祖师大德多聚于此。中国自古就有隐居的传统，《后汉书》曰‘或隐居以求其志，或曲避以全其道，或静己以镇其躁，或去危以图其安，或垢俗以动其概，或疵物以激其清’，修炼至圆润通达，人生更高境界。终南自古多隐士，数千年来，一直是世外高人、深山隐士修道的首选之地，赵大壮也不例外。终南山号称‘秦岭七十二峪’，最有名的是长安八大峪、周至九口十八峪，后者离长安城较远，可以暂不考虑，寻人范围一下缩小许多。”生姜还是老的辣。我听了连连点头。

长安八大峪从东向西依次是库峪、大峪、小峪、太乙峪、石砭峪、子午峪、沣峪、高冠峪。老爷子问：“你去过其中哪几条峪沟？”

“说来惭愧，我只去过子午峪和高冠峪。”

“长安大小峪沟我都进过。读万卷书，行万里路。你还差得远！”

“小子孤陋寡闻，您老见多识广，两者岂能相提并论。”我及时送上一顶高帽子，接着问，“据您看，赵大壮最有可能躲在八大峪中哪一条？”老爷子面有得意色，看着地图，胸有成竹地说：“依我看，他不在八大峪，而是取道大峪和小峪之间的北道峪，当地人称白道峪，从西坡上了嘉午台，在附近岔谷择地隐居。”

“您凭什么说得这么肯定？”我不大相信。

老爷子又开始卖弄学问，舌粲莲花，滔滔不绝：“早在唐贞观年间，嘉午台就名闻天下，缁素云集，僧人住此或避嚣静志，或闭关取证。来京朝觐的西藏活佛班禅、达赖相继在此禅定，留下喇嘛洞遗迹。以后又有印光、虚云、妙闻、定慧等四十多位高僧大德在此苦修。”转过问我，“听说过虚云和尚吗？”我一脸茫然，又开始摇头。

“虚云是中国近代禅门宗师，也是中国近现代最受尊重的和尚，历经四朝五帝，受尽九磨十难，活了一百二十岁，生平业绩重兴六大祖庭，一身兼承禅门五宗，法嗣信徒达数百万人，是中国佛教协会名誉会长。光绪年间，虚云大师曾两度进终南山结茅修行，第一次就在嘉午台后狮子岩，自述‘地处幽僻，身心清净，煮芋釜中，跏趺待熟，不觉定去’，连日大雪过后，前来狮子茅棚探望的众禅师‘见蓬外虎迹遍满，无人足迹，入视，见予在定中，乃以磬开静，釜中芋头已霉高寸许，坚冰如石’。虚云和尚在狮子茅棚禅定十八天，从此名动禅林，声闻天下。”

我听得纳闷：自古以来，“天下名山僧占多”，为何有那么多禅师和苦行僧偏偏要选终南山苦修？老爷子沉吟片刻，回答：“我想无非两个原因：一是修行者讲求幽静，最怕被人打扰，凡来过的僧人都说‘此山特别清静，气场直通人心’，适宜入静闭关修行开悟，故有‘名山修道，莫过终南’之说。二是当地素有护持住山修行者传统，古风绵延千年至今不绝，当地林业部门对苦行僧结茅搭棚持宽容态度，终南山民和山外居士尊重理解苦行僧和隐士，不时前来探望，供养他们粮油蔬菜和生活用品。除了终南修行福地，大壮他还能上哪去？”听了父亲一番高论，我连说有理，当即决定进白道峪寻人。

阳春三月，野花烂漫，草木青葱，阴坡上残留积雪，山风吹到脸上带着几分寒意。我沿着北道峪山路疾行，途经太白庙、二天门、冷水泉，往上攀过一段漫长的石阶，在分水岭停下歇息。比我先来的是三位山民，蓝色布条缠就的裹头，裤腿宽大，裹腿缠了一层又一层，身边背篓里装着刚挖的草药。我掏出卷烟一一递上，打听附近有没有隐士。两个年轻的摇摇头。年长者说：“再往里走，以前是有过一些隐士搭茅棚修行。红卫兵来了，寺庙茅棚相继被毁，僧人被撵走，隐士被当作盲流驱赶。”我急着问：“隐士最后都去哪了？”年长者说：“大多数出山，少数几个进了深山，以后再没见过。”我听了暗自为发小担心，山高沟深，无水缺粮，长此以往，如何熬得下去？ 年长山民所言果然不虚，往山顶攀登的崎岖路上，我看见崖壁上开凿的山洞，往里丢进一块石头，一只野兔慌慌张张从里面逃出，沿路野草丰茂，残留着七八座破烂不堪的茅棚遗址，里面空无一人，想是隐士们留下的。翻过山顶，下坡来到狮子岩下，眼前是块巨石，形状若护法吼狮，故此得名。背靠狮子岩，是一座简陋的房子，用大大小小石块砌成，这就是大名鼎鼎的狮子茅棚，茅草屋顶已被后来隐士改铺瓦面。屋外杂草丛生，屋里阴暗潮湿，毫无人居烟火气，看样子已荒弃多年。我在门前站立良久，大师已去，茅棚尚在，睹物思人，惆怅不已。

看天色不早，我加快脚步重回岭上，是沿原路下山，还是一鼓作气攀至顶峰？正犹豫着，前面忽然传来阵阵狗吠。定睛一看，野草丛中窜出一条身子圆滚滚的半大黄狗，站在路中间，对着我摇头摆尾。岭上不见人烟，从哪来的狗？莫非菩萨知道我来寻觅好人，特意派使者前来引路？我从背包里取出几块饼干，蹲下身子喂狗。无功受禄，毛茸茸尾巴摇得更欢。“黄导，请问在下该何去何从？”我戏称黄狗为“导引”，简称“黄导”。黄导似乎听懂客人的话，“汪汪”叫了两声，掉头前面带路。山路陡峭，没走一会儿，我已累得满头大汗，黄导跑在前面，远远望去，仿佛黄绒球向前滚动，野草丛中时隐时现。我急得大喊：“黄导，慢点跑，等等我！”黄导果然通晓人意，立住等候。顺着石阶一步步攀上，来到嘉午台顶兴庆寺门前，已是夕阳晚照。黄导摇着尾巴对着山门吠个不停，报告有香客来访。山门开了，出来一个老和尚，冷冷看着我，一言不发，转身进了禅房。黄导见怪不怪，熟门熟路领我进去，摇着尾巴，将檐下食盆里狗食吃得干干净净，原来这家伙是寺里养的看门狗。回到寺里，一路活蹦乱跳的黄导态度转为矜持，徐行缓步，再不乱叫，我逗它也不搭理，似乎有意保持宗教场所肃穆气氛。来时听说兴庆寺一度香火鼎盛，面前场景却令人失望，被毁痕迹尚存，残垣断壁刺目，木质构件残破，五进殿宇只剩下最后一进，传说中殿里“花开见佛”构思奇妙、工艺精湛，现仅残留石头底座。眼看天色黑了下来，沉默寡言的老和尚终于开口：寺里只有两个出家人，一个去了别处，施主今晚可以睡在他的炕上。

星光灿烂，长夜深沉，万籁俱寂，一尘不染，独卧古寺，红尘远隔，身心清净，我很快入睡。

再醒来时，窗外已是朝霞满天。庭院传来说笑声，一群香客涌进寺里，带来粮油和新鲜蔬菜。黄导顿时兴奋起来，人腿丛中钻来钻去，尾巴摇得更欢。香客僧人相熟，老和尚一改昨晚冷淡，笑容满面，合掌施礼，口诵“阿弥陀佛”，香客则嘘寒问暖，关怀备至。年长居士将一张红纸贴在壁上，上面用楷书端端正正写着“众信徒佛前发愿十上终南供养苦行僧人”，下面是数十位捐款人名字和个人捐款数目，原来这帮人是上山送供养的施主。我过去随喜功德，又问起终南隐士，众人纷纷摇头都说不知。有个慈眉善目的女居士忽然像是想起什么，在旁插话：“前些日子，隐隐约约听说南面山里来了一个隐士，深居不出，只是谁也没见过。”问清寻人缘由，年长香客放缓语调，郑重对我说：“修身养性洗涤身心，入山最终为了出山，闭关时辰未到，何必苦苦寻觅？干扰隐士修行，岂不成了罪过？阿弥陀佛！”我听了无言以对，却心有不甘。辞别老僧，告别众香客，我出了兴庆寺。像来时一样，尽责的黄导执意送我一程。山风呼啸，龙脊险峻，我胆战心惊，一步一步小心翼翼朝下挪。跑在前面黄导转过头，对着我“汪汪”吠了几声，仿佛讥笑我的胆小，又像鼓励我大胆朝前走。走了好一阵，前面出现岔道，黄导立在左边，摇动尾巴，示意被引导者此为下山的路，人犬就此告别！掉转肥滚滚身子，头也不回地顺来路返回。我立在岔道口，内心踌躇，就这么入嘉午台空跑一趟？回去如何向大壮家人说起？又如何对两个弟兄交代？想想实在不甘心，一跺脚，沿着右边小道继续前行。

往南疾行约一个时辰，埋没在草丛里的羊肠小径越来越难行，走着走着，小径忽然不见，往下一看：下面是深谷，原来我走的是一条断头路。我双手拽着野藤，两脚交错蹬在崖壁上，身子一点一点朝下挪，过了好一阵，双脚才踏在地上，内衣都被汗水浸透。往南前行，藤萝蔓挂，野卉丛生，灌木丰茂，山谷幽静，景色苍润。令人想起《诗经·秦风·终南》所言：“终南何有，有条有梅……终南何有，有纪有堂。”终南风景美得令人心醉！远远传来不知名的鸟叫。“鸟鸣山更幽”，从喧嚣的闹市来到这里，无疑是一种享受，我寻人心切，顾不得驻足欣赏眼前景色，更不敢休息，如同美国诗人罗伯特·弗罗斯特所言：“丛林迷人幽暗深远，可我早已许下诺言，路迢途远岂敢酣眠。”前面是山崖，山势陡峭，绝难攀登，崖壁下面有条裂缝，宽度仅能容一人侧身进去，裂缝周围长满青藤和野草，不用心察看，很难被人发现。我走到跟前，拨开青藤，好奇地朝里张望：左壁长满杂草，右壁相对光滑，壁面凿有一溜石窝，似供人攀登时的脚蹬，像是隐士开凿。我踩着石窝，艰难地朝上爬，爬了约五六米高，看见头顶上有一个半人高的山洞，进洞猫腰摸黑走了七八步，再往南拐前进约数十米，一缕光线射进，走出洞口，眼前豁然开朗：面前是长满闲花野草的山坡，原来我已穿山而过。百步外一块坡地引起我注意，别的地方野草丛生，那片地上却为何寸草不长？走过去才发现，地上间接冒出寸高的绿叶，细看，是种下的白萝卜起根发苗。我心里一喜，菜地附近应该有人居住，顾不得歇息，努力往坡上爬。上了坡顶，前面几棵松树下，果然有一座茅棚，草泥墙，茅草顶，看样子像是搭建不久。怕惊动茅棚里人，我蹑手蹑脚摸了过去，轻轻推开柴门。棚里空无一人，木板床上被子叠得整整齐齐，有棱有角，主人像是受过严格的军营管理。青石枕左旁放着一本薄薄的《金刚般若波罗蜜经》，右边是《明史·列传》，“王守仁传”天头密密麻麻写满眉批，此卷正是他出走那天在城墙上读的。我心中暗喜，可以断定：这座茅棚的主人就是赵大壮！铁锅里斑斑锈迹给我兜头浇了瓢冰水，多日未动烟火，主人莫非外出？山里天气说变就变，天色很快阴了下来，风声里夹杂着雨点。主人不在家，再等也无用，不如趁早归去。

雨越下越大，来时未带雨具，我很快被浇成落汤鸡，心情随之沮丧，边往回跑边诅咒发小不是东西，藏在这不见人烟的鬼地方，害得老子也跟着受罪。雨中悬崖比天晴时难爬多了，鞋踩在沾着泥水的山石上直打滑，人越急越慌，越慌越容易出错，我攀登时一脚踩空，从丈高处滚落，脑袋重重撞在石头上，顿时天旋地转！昏眩中产生幻觉：我看见自己躺在棺材里，周围摆满鲜花，亲友小声哭泣，老黑扒住棺材不丢手，号啕声像母牛哀鸣。苟顺民担任葬礼主持人，穿一身黑西服，胸前别着小白花，声情并茂悼念“我们已死的亲爱的兄弟”，悼词说：“二十六岁的刘端正是为救自己最好的朋友英勇牺牲的，死时脸上还带着笑容。他的生命虽然短暂，人生却无比辉煌！端正兄弟安息吧，你永远活在我们心中……”“棺材装死不装老。”老子还没死，你们就急着开追悼会！我大惊失色，拼命大叫：我不死，我要活！拼尽全力推开棺盖，挣扎着从里面爬出……冰凉雨水浇在脸上，出窍魂灵复归。

天色已近黄昏，远远传来野狼凄厉的嚎声，雨越下越大，从崖顶泻下的水线变成水流，越来越急。“在家怕鬼，出门怕水”。身处深山荒野，连个避雨的地方都没有，苦熬一晚上，不被冷雨浇死，也得喂了狼。我摸着脑袋鼓起的大包，越想越怕，扯开喉咙拼命喊：“来人呀！有人掉崖底下了！”喊声在空谷里回荡，企盼有人听见，让倒霉的我从可怕的承诺中解脱出来，直至喊哑嗓子也无人回应。我绝望了，一屁股坐在泥水里，此刻心情如同下河救人没救成，自己也上不了岸。我不顾羞耻号啕大哭，边哭边骂：“赵大壮呀，赵大壮，你小子真不是东西！不就是被部队退回原籍，蹲了一年大牢，遭恋人抛弃，被厂里除名，心上人和亲妹妹先后自杀，可你还活着呀！活下去比什么都重要。你不管不顾一跑了之，害得我跟着收尸，连累我跟着垫背。想死你就去死吧，烂在山野里骨头被狼啃净才好。老天不公！你小子一人占俩漂亮的女朋友，我却是不折不扣的处男，就这么死了，你们说我这辈子冤不冤?!”哭着哭着，想到莫非自己罪孽深重，才沦落到眼下呼天天不应，呼地地不灵的悲惨地步？我开始回忆自己所作所为，悔不该对虎妈过于绝情，悔对老父亲照顾不周，悔对弟妹们不够关心，后悔拿结拜兄弟开涮……脑海骤然闪过发小那句话：“你小子记住：到了谁也救不了你的时候，只能自己救自己，是男人，就得有尿没尿撑住尿！”话丑理端，我腾地站起，咬紧牙关，艰难地再次向山上攀去……等我挣扎着爬上崖顶，浑身瘫软，躺在地上一动不动，怎么看都像是死人。

雨地里躺了好一阵，我挣扎着站起。雨夜山脊黑得不见五指，空寂使人凛然生寒。昏黄光柱照射下，我小心翼翼往前挪，不知走了多长时间，手电电池终于耗完，周围复归黑暗。按方位和距离判断，应该离兴庆寺不远。仿佛瞎子雨夜行路，一筹莫展，我站在原地一动不敢动，抱着最后一线希望，对着看不见的前方大喊：“救命呀！”一声接一声，凄厉呼救在幽静夜里听着格外瘆人。山鸣谷应，流水传音，前面山巅上忽然亮起一盏灯笼，雨夜里朦朦胧胧透出红光，那是庙里老和尚为夜行迷路人指引方向。我内心一阵狂喜，仿佛一叶小舟顶着狂风恶浪夜航，筋疲力尽的水手终于看见海岸灯塔射出的光芒。远远传来狗吠声，此地此刻无异于神旨佛音。四蹄飞奔践踏泥水的声音越来越近，一个黑影猛地扑进我怀里。搂着浑身长毛湿漉漉的黄导，仿佛苦苦挣扎的迷路者终于走出窄门绝境、重峦叠嶂，觅见险谷出口、高峡栈道。我像个多愁善感的老娘们，人脸贴着狗脸，毫无羞耻地放声大哭……

得知失踪者藏匿之地，老三、老四兴奋不已，嚷嚷着尽快进山将老二带回。我却有些担忧：大壮要是不愿回来怎么办？最坏的情况是连咱们面都不愿见。苟顺民提议：老二要是不肯回来，咱们就来硬的，强行将其绑架带回。想起大壮将我捆成肉粽子的往事，我心有余悸地说：“不行，不行。这家伙机警过人，身上有功夫，又当过侦察兵，只怕没绑了他，先被他绑了。”黑美丽拍拍大胸脯，大包大揽：“没事，有我呢。咱们悄悄摸过去，你进茅棚，我堵门口。大壮想跑，我上前一把搂住后腰，看他往哪跑！老二再捣乱，我将他装进麻袋，一路扛回。”俗话说“一力降十会”，老黑熊抱冯胖子给人留下深刻印象，我赞许地点点头。苟顺民也要跟着去，遭到我俩一致反对，我讥笑：“就你那粗细腿，还能去爬山？别添乱了！半道走不动了，谁来背你？只能说老三是秃子留背头——精神可嘉。”黑美丽随即表态：“背大壮我干，背顺民我可不干！这家伙两瓣肥腚，一肚子腌臜，放的臭屁能熏死人。本姑娘外粗内细，心里干净，绝对受不了。”苟顺民却死活要跟着去，说是既然知道老二下落，不去接他回来愧对兄弟情义。实在拗不过，只得三人同行。

上了山道，三人有说有笑，走出五六里地，苟顺民显出小儿麻痹后遗症患者原形，走路一瘸一拐，嘴里叫苦连天，后悔自己不该来，抱怨我俩拦阻不力，说老二害人不浅，害得本人那条好腿也快不行了，断言赵大壮脑袋瓜小时被猴啃了，留下一身猴气的后遗症，放着大城市不好好待着，偏要学猴躲进山里。不让你来，你偏要来，来了又怨天怨地，我听得心烦，朝苟顺民肥腚上踢了一脚，宣布他再敢怨妇般唠叨不休，这脚是最轻的。苟顺民噘着嘴，再不敢吭声，瘸狗般跟在后面。黑美丽看得不忍心，找了根棍子，一头递给苟顺民，一头自己前边拉着。两人成了山路上一道奇异的风景，来往游人无不驻足观赏。我戏谑：这叫黑熊给瘸子领路。昔日香火旺盛的破山寺，如今破败不堪，只剩下一座偏殿。《全唐诗》里《咏兴善寺佛殿灾》云：“如来烧赤尽，唯有一群僧。”破山寺更惨，只剩下一个蹲墙根晒日黄，身上袈裟破烂，缩袖打瞌睡的老和尚，又聋又哑，一问摇头三不知。苟顺民一屁股坐下，声称自己再也走不动了，说强行将一匹瘸腿马放在冲锋陷阵的位置上，肯定是不行的，我俩要是再强迫他往前走，顺民只有在此剃度出家，早晚啸傲烟霞，余生与青灯古佛老僧猿猴为伴。我笑骂：“只怕你小子口不应心，宁与俏妞同入地狱，不乐随老和尚升天。”老黑轻蔑地说：“大年三十逮个兔子——有你过年，没你也过年。”同行变成三缺一。

沿着长长石阶，再次攀上兴庆寺，见了黄导，犹如故友重逢，人与狗亲热地搂在一起。我掏出慰问品——香喷喷的葱花油饼，犒劳指引我生路的佛门灵犬。黄导吃得满意，毛茸茸尾巴摇得更欢。像上次一样，黄导将我俩送到岔道口，然后掉头独自返回。两人一路疾行，山洞出来，先去大壮隐身之处。茅棚草泥墙上用白灰写下两个斗大楷体字“勿扰”。我心里一沉：自以为上次来踏雪无痕，结果还是被他发现。我掏出钢笔，写下留言条：“老二，回来吧，弟兄们想你！”署名：端正、顺民、美丽。出了茅棚，黑美丽眼尖，远远看见西南山坡上有个豆芥大人影。我俩蹑手蹑脚慢慢摸过去，看清是一个终南隐士，长发披肩，面朝太阳，背对我们，在龟背形巨石上盘腿打坐。我对黑美丽做个两头包抄的手势，两人随即分散开，猫腰向前潜行。黑美丽只顾着盯着前面，一脚踏在干枯的树枝上，“咔嚓”一声响，瞑目打坐的隐士被惊动，回首观望，那一瞥我看得清清楚楚：对方眼神骤然一亮，随即变得黯淡，里面没有久别重逢的喜悦，只有冷漠与绝情。隐士站起，长发几乎将脸遮严，一言不发，大步流星转身离去。黑美丽在后边急得乱喊：“大壮，你往哪跑？老二，你给我站住！”隐士像是没听见，逢涧跳涧，遇沟跃沟，健步如飞，缕缕长发在山风中飘动。我俩在后面连奔带跑，累得上气不接下气，还是追不上，距离越拉越远。前面是峭壁，隐士动作敏捷得如同猿猴，四肢并用迅速攀上山脊，很快消失在茫茫群山中……我看着渐行渐远的背影，心一点一点沉下去……

回去路上，我阴沉着脸，一言不发。苟顺民却喋喋不休，反复追问：“逃跑的隐士是不是赵大壮？你俩究竟看清了没有？会不会看错人？”接着抱怨我俩没坚持让他跟到底，否则，凭着本人聪明脑瓜，动之以情，晓之以理，大壮兄弟绝对痛哭流涕、后悔莫及，乖乖跟着咱们回来。马后炮总是正确，问题是你早干什么去了？我被老三的聒噪弄得心烦意乱，忍无可忍，吼道：“你小子再敢啰唆一句，我一脚把你踹进山沟里喂狼！”见我脸色铁青，苟顺民吓得再不敢吭气。我心里明白：从人迹罕至到人踪绝迹，老二铁了心当终南隐士，躲进更加幽静僻远的深山……

窗外朔风呼啸，寒气逼人，又到了雪夜闭门听禁戏。《四郎探母·见娘》伴着西皮流水板，佘太君的唱段慷慨悲凉：“沙滩会一场败，直杀得杨家好不悲哀，儿大哥长枪来刺坏；你二哥短剑下他命丧阴台；我的儿失落番邦一十五载未曾回来；唯有儿你五弟性情改，削发为僧出家在五台！”触景生情，我不觉听呆了。“明月也知千里共”，联想到大壮迭遭变故，以致性情大变，离家出走，冰天雪地独自隐居深山，茕茕孑立，落到与独狼和孤猿为邻……“胸中没有未了事，便是人间好光景”。我的好光景一去不返——比亲兄弟还亲的异姓兄弟流落深山，成了我难以释怀的一块心病，如同胸腔扎了一根致命的钢针，我忙碌的时候，它静静地待在那里，也不知道疼，每当我想起赵大壮或有谁提起他，心就猛地一动，随即感受到针扎般疼痛……

第十一章

一

黑美丽怀抱粗棕地拖，呆头鹅般立在细纱车间门口。我走来笑嘻嘻说：“老四，恭喜！贺喜！大喜！有男人看上你了！知道咱俩义结金兰、情同手足，特意托我做媒。”傻大姐也知思春，只是自惭形秽，不敢枉自多情，想不到破瓦片也有翻身时，当下激动得两眼放光，一把揪住媒人，紧着追问：“是谁？谁看上我了?!”

“老四，莫急，莫慌，待吾慢慢与汝道来。”我努力从老黑的巨掌中挣脱出来，操着京剧道白，“此人大名乔德浩，诨号‘耗子’，惯会怜香惜玉，乃当今吾厂第一情种。黑佳人进厂之日，耗子就爱慕于汝，总有一双深情鼠眼在背后默默注视，暗恋苦恋，发展至今已是茶饭不思、长夜难眠、奄奄一息。”黑美丽手托黑腮想了一会儿，终于想起“耗子”是谁，羞答答说：“人家脸那么白，怎么会看上我？你别哄我了。”说着低头捻衣，扭股糖般将身子扭来扭去。我憋住笑，一本正经胡诌：“看看，外行了不是？三十年河东，三十年河西。现在找对象行情变了，兴的就是白脸找黑脸。有道是：白人配黑人，美得销了魂。像你这样的黑牡丹眼下行情大涨绝对抢手！”

乔德浩身材瘦小、白面黄须、一双吊梢眼，黄褐色眼珠总是骨碌碌转个不停，仿佛出洞耗子窥测方向。那年厂里新进一批Glza45淡黄色埃及长绒棉，是世界上强力最好、价格最贵的棉花，织出的布富蚕丝光泽、弹性强、透气性好、手感细腻，是制造降落伞专用布料，也是制造顶级衬衫的上佳原料。成品车间军品被盗！保卫科、公安局相继赶来，查来查去，查不出作案人。厂里加强警戒，设暗哨监视，厂区门口增派双岗。那夜风雨大作，毛贼想大捞一笔再收手。下中班铃响，乔德浩裹在人流中匆匆朝外走。推纱工身躯骤然膨胀，步履沉重，看上去十分蹊跷。暗哨起了疑心，连喝“站住!”乔德浩像是没听见，越走越快。暗哨疾步追上，门岗随后赶来，双双喝令乔德浩脱去雨衣。众目睽睽之下，毛贼现出原形：赤身紧缠偷来的布料，门岗使劲一拽，乔德浩身不由己转一圈，拽得越狠，转得越快，仿佛被抽打的陀螺，窃取的布料三十米还没打住！观众都赞：“这厮是云端里的老鼠，天生的耗子。”批斗会上，乔德浩痛哭流涕，跪地悔罪。念其是孤儿，又是初犯，厂里从轻处理，给了个记过处分。乔德浩从此得了个外号：“耗子”。

我初来乍到，耗子欺生，故意少推几车纱，卡在交接班时用完。我刚进车间，“没纱了！没纱了!”喊声像救火。我衣服都顾不得换，赶紧从细纱车间往织布车间抢运细纱，紧推快跑，挣出一身臭汗。被涮了几次，我不干了，去找上班理论。耗子嬉皮笑脸，说出的话厚颜无耻：“‘一年师傅，二年哥，三年打夯把毬摸’。这是咱厂老规矩。当徒弟的就该多出力，不仅工作要抢着多干，师傅生活上有困难也得帮着解决，千万不能小心眼，跟师傅斤斤计较。等你熬够三年出师，咱俩就平等了。”听罢耗子的谬论，我当即表示：“经乔师傅一番指点，徒弟茅塞顿开，一定照您说的办!”

傻大姐抛媚眼，耗子不知何意还以微笑，眉目传情很快发展到帮着装车。傻大姐爱上耗子，纱女都说“好玩”。推纱车过来，纺纱机后面探出许多脑袋，挤眉弄眼，半真半假地喊耗子“傻女婿”。耗子从遇上女雷锋最初兴奋中冷静下来，晓得傻大姐招惹不得，再不急刹车，只怕以后麻烦多多！傻大姐再来帮助装车，耗子冷若冰霜，严词拒绝。耗子陡然降温，把傻大姐闹糊涂了——不知情郎唱的哪出？抹着眼泪找媒人大哥。我挠挠头，煞有介事地说：“关键时刻到了！这是耗子考验你心诚不诚。想当老鼠娘子，必须经受考验勇闯难关。耗子是小白脸。小白脸都喜欢温柔型女人。你不能光埋头傻干活，还要主动加温。男怕女缠，你连续进攻，死缠烂打，不愁耗子不递上降表。”黑美丽不耐烦地说：“你说的都是老一套，半点新意都没有。我妈早就教过我了，她当年追我爸用的就是这一手。我现在要的是干货！什么是干货？你懂不懂？干货就是具体招数，不是笼统概括。老大你到底有没有？”我哈哈一笑：“有，太有了！老大别的东西没有，只装了一肚子干货。”伏在傻大姐耳边，借箸代筹，献了些高招。

女工宿舍新添一景：傻大姐眼睛瞪得溜圆，猪八戒织毛衣，杵来杵去。问给谁织？傻大姐幸福地回答："给俺耗子。"像听见猫对付耗子最新动态，乔德浩胆战心惊，再想不通为何是自己中了头彩——被傻大姐爱住不放。乔德浩低头吃饭，听见喊自己，抬头一看——比自己高半头、宽一膀、满脸幸福的傻大姐挥舞着鲜红毛衣，当众展示爱之旗帜，像头情欲冲动的母骆驼，昂首阔步向自己奔来！乔德浩触电般蹦起，饭也不吃了，碗也不要了，拔腿就逃。傻大姐见猎心喜，紧追不舍，高喊："耗子，耗子，你站住，毛衣给你打好了！……"

傻大姐轰轰烈烈的爱情攻势成了乔德浩的噩梦：红毛衣像柔软的捕鼠机，自己被装在里面"吱吱"乱叫，徒劳挣扎，透过网眼能看见外面世界，却怎么也逃不出去，隔网是一只巨大的黑色母猫，情欲冲动两眼充血，淫荡地睨着耗子，口角流涎，不停地舔着自己嘴唇，像是刚尝过美味奶油蛋糕，又似乎是在考虑眼前猎物先从哪个部位下口最有味道……耗子惊吓过度发起高烧，仿佛戴有色眼镜，看什么都是绿的。

乔德浩出院办的第一件事，是找细纱车间领导，强烈要求花痴的上级出面，采取断然措施，切实保证本人人身安全，坚决制止傻大姐性侵犯！领导听得哈哈大笑，笑够了都说这事虽不大，却也是个事，该管的事还得管，否则要我们这些领导干啥？乔郎本无意，是卿枉多情。傻大姐听了组织结论，咧开大嘴边号边骂："呜呜……追我的是耗子，追上闹着要吹还是耗子，把我当耍货！呜呜……活帮你干了，毛衣给你织了，跟俺爸俺妈说了，葫芦鸡、蒸糟肉、带把肘子备好了，八凉八热大菜一个不少。只等这个星期天领你上家认门。呜呜……你说不干就不干了?！不行！耗子你今天非得当面给我说清楚！呜呜……不说清楚，这事没完！"傻大姐发飙，领导纳闷，耗子和傻大姐究竟谁追谁？细问，是织布车间乙班推纱工刘端正保的媒。解铃还须系铃人，火速把媒人传来。

刘端正承认自己动机不端正——利用结拜兄弟耍弄耗子，老黑情商高智商低，没想伊弄假成真。解铃还须系铃人。没法子，只得促成猫鼠姻缘。三方对质。我一脸委屈："乔师傅说了多次，让我帮助解决'师傅生活上的困难'。咱这人老实，起先不明白什么意思？回去一琢磨，乔师傅三张出头还是火柴没头——光棍一条，'生活上的困难'无非是找不到老婆，又不好意思跟徒弟明说。咱当徒弟的就得认真领会师傅意图，主动为师傅排忧解难。想来想去咱厂黑牡丹最合适，就把老同学介绍给乔师傅。本想赠人牡丹，手有余香，谁知黑牡丹性子急、爱得太投入，方式上也欠讲究。乔师傅叶公好龙，没对象心里着急上火，有了对象又嫌人家太热情，阴盛阳衰直喊受不了，才整出这档子事。这叫好心办坏事，爱心整出毛病。”乔德浩这才闹清傻大姐发花痴由来，气得瞪着幕后策划者，恨不得千刀万剐！我嬉皮笑脸接着说：“气可鼓，不可泄。师傅您千万不能灰心。黑美丽如果不合适，咱们可以重找。不过，我也当众劝师傅一句：找对象就像女人进商场买衣服，挑了这件挑那件，挑来挑去挑花眼，最后觉得还是第一件好。等你回头再来寻，黑美丽已被别人挑走，后悔也来不及。”

“放屁！黑美丽那么好，你怎么不找她？”师傅骂道。

“领导们听听，这就叫好心当成驴肝肺！”我一脸委屈，“尽管乔师傅您不爱听，徒弟我还要大胆进言：黑美丽同志离您择偶标准虽有一定差距，人家却是不折不扣的初恋，这一点我敢拍着胸脯打保票！初恋女孩最纯洁，最珍惜感情，远非那些三天两头换男友的漂亮姐所能比。初恋女孩娶回家，男人就等着享福吧。现在找个初恋处女当老婆，比在东大街拾钱包还难！要不是黑美丽她妈瞧不上我，天大好事哪能轮到您？此外，黑美丽还独具优势，人前一站，赛过铁塔，两眼一瞪，不怒自威！您身小力薄，又有历史污点，以往常被人欺负，现在有了不要钱的贴身保镖，看谁以后还敢跟您奓刺儿！也不知您祖上积了什么德，天上掉馅饼不偏不倚正砸在您头上。别的男人梦寐以求，师傅您却错把美玉当顽石，等着吃后悔药吧！”

听了我贴心贴肺一番话，旁边黑美丽感动得一塌糊涂，边哭边从指缝张望，偷窥耗子有无吃后悔药迹象。领导听了齐把头点，都说有理，都夸徒弟懂事——自己没对象却惦记着给师傅找媳妇，这样善解人意的好徒弟上哪去找？都劝乔德浩，黑美丽真的不错。你再考虑考虑，最起码婚后搬蜂窝煤上楼不用你操心。乔德浩越听越气，又羞又恼，脸上红一阵白一阵，见徒弟兀自喋喋不休，忍无可忍，扑上去挥拳就打！师徒为做媒扭作一团。女领导上去拉架，哪里拉得动。“别打啦，你俩别打啦！”傻大姐急得团团转，拿不定主意到底帮谁。我瞅准时机，一个“夹颈摔”将师傅撂倒，骑在身上死死摁住。乔德浩动弹不得，情急之下，鬼使神差喊了一嗓子：“美丽，快上！”听见心上人召唤，老黑毫不犹豫地朝我猛扑过来，拦腰死死抱住。我像遭到熊抱，身上咔吧乱响，痛得几乎喘不过气。傻大姐仍不罢休，摆胯扭腰振臂朝外一扔，我像一袋粮食飞了出去，“咚”的一声，身体重重撞在对面墙上，造成左边第四根肋骨骨裂。

此事给我教训惨痛：男女友谊压根儿靠不住，我和黑美丽义结金兰，八年兄弟之情在无望的爱情面前不堪一击！傻大姐见色忘友、悖礼背义，当众拉偏架，并未换来心上人回心转意。我以后几次看见乔德浩在前面跑，黑美丽在后面追，边追边喊："耗子，耗子，你往哪跑？你今天非得给我说清楚！"

闹剧演到高潮，大幕戛然落下，惊人消息传开——全厂职工"一致推荐"黑美丽同志上大学，学的专业更是出人意料——专攻哲学。傻大姐又一次成为全厂新闻人物。"推荐"触忌招妒，都说傻大姐脑子不够成，不够成也能上大学，大学莫非也不够成？一群心比天高、身为下贱的辅助工不服，去找厂教育科科长。教育科长是个老大学生，刚从扫车工岗位上解脱，胆子变得还没绿豆大，一听是来讨公道，吓得连连摆手，再三申明自己是"聋子的耳朵，纯属摆设"。又去找分管职教的厂革委会洪副主任。洪副主任是1952年进厂扫的盲，典型的大老粗，跟下面工人说话从来小胡同赶猪——直来直去。听完辅助工申诉，洪副主任三角眼一瞪，厉声训斥："你们和黑美丽比，岂不是拿天比地！黑美丽的亲娘舅是现任市委书记！你舅舅是干啥的？谁也别怪，只怪你自己没投胎到好人家！"几个青工还想据理争辩，洪副主任挥挥手，不耐烦地说："去去去！我没工夫和你们闲扯淡，该干啥干啥去！"

黑美丽母亲的大哥是秦都市委一把手，兄妹多年不来往，起因是：市委书记新婚夫人讨厌小姑子，言行低俗，说话粗喉咙大嗓子，登门有损领导干部家庭高贵形象；小姑子见不得新嫂子，领着孩子来看舅舅，谁稀罕看你官太太那张臭脸！姑嫂勃谿发展到互揭老底。嫂子说：看你那怂样子，面老皮黑，糙得像头黑母熊，怪不得嫁不出去，最后勉强嫁了个老光棍。小姑子说：你早先就是招待所铺床叠被端茶倒水一服务员，仗着双狐媚眼，舞场上卖弄风骚勾搭我哥，等弄大了肚子，又逼着我哥当陈世美。我原来嫂子比你贤惠多了，两个孩子一个比一个聪明。好好一个家，硬是被你这个小妖精拆散！你说你这个小娼妇有多缺德！小姑子正骂得起劲，赶上哥哥开会回来，一字不少落在耳里，"陈世美"气得发昏，喝令妹妹滚蛋！

"文革"狂飙卷地来，宋书记第一个进了"牛棚"。天气越来越冷，阶下囚冻得受不了，几次捎话，就是不见家里送冬衣。夫妻本是同林鸟，大难来时各自飞。夫人深明大义，儿子立场鲜明，母子同仇敌忾，坚决彻底必须与"走资派"划清界限。宋书记无颜向妹妹求助，只好觍着脸写信给外甥女。接到舅舅求援信，外甥女不记旧恨，凑够布票，买来棉花，央求车间巧手女工缝了一套新棉衣棉裤，到了休息日，骑车去送寒衣。进了地委机关，四处打听宋水平书记关在哪？被问到的人都是一脸紧张，像是遇见瘟疫，不说话只把头来摆，一个个远远避开。黑美丽不得要领，人憨也不知道怕，双手握成话筒状，咧开大嘴，对着办公楼大声喊："舅舅，舅舅，我来了！"连喊七八声，却不见动静。找人无人理会，喊人无人应声。这可怎么办？傻大姐笨脑筋转来转去，终于醒悟过来，光喊"舅舅"肯定不行，谁知道你喊谁？只能指名道姓地喊："宋——水——平，你、关、在、哪？"这招果然灵验，喊声未落，两个凶神恶煞的看守走出，紧绷着脸，喝问你是谁？哪个单位的？喊叫走资派的名字想干什么?！傻大姐憨憨一笑，说我叫黑美丽，大家都叫我老黑，在秦都棉纺厂上班。你们别紧张，也别害怕，我啥也不干，宋水平是我亲舅舅，我是来给他送棉衣的。说完，捏紧独头蒜般大鼻子，一声响亮，擤去冻得流出多长的清鼻涕，让路过人不忍直视，再用掌沿擦去残留的，抬起右脚，将手上鼻涕统统抹在鞋底上。这个典型老农民式动作把两个看守逗乐了，对视会心一笑，站在面前的原来是个傻大姐！当下去了戒心，摆摆手，说去吧，宋水平关在406房间。

捧着黑美丽送来的新棉衣，宋书记老泪纵横、百感交集：说什么娇妻亲生儿，危难时刻，不及一个傻外甥女！

阶下囚官复原职，宋书记要办的第一件事是报答雪中送炭的外甥女。黑美丽吓得连连摆手，说我脑子笨，上大学只怕白耽误时间，学哲学只能越学越糊涂。舅舅耐心开导：糊涂不怕，这年头糊涂是福，犯错误的都是聪明人。我刚关进"牛棚"，全家人就和我断绝关系，看似聪明，实际愚蠢！"覆巢之下，安有完卵"的道理都不懂。目前形势是黑屋逮黑猫，摸黑乱扑一气，舔的野狐涎，集体来发昏。眼下干革命靠卖嘴，事办得怎么样不重要，重要的是说得怎么样。你进高校学哲学大致也得这样，弄不明白原理不要紧，舔皮论骨，只要把一些常用名词记熟，能用在大批判文章上蒙人就行。

胸前佩上大学校徽，傻大姐笨脑瓜豁然开窍，学问不见长，却明白了富贵不归故地如衣绣夜行的人生道理，再回秦都棉纺厂，大胸脯挺得多高，路上遇见昔日同事，矜持地略点点头；途中邂逅以往的心上人，昂首阔步，白眼寄傲。乔德浩面色灰暗，丧魂落魄，怅然若失。我见状趁机取笑："身在福中不知福，幸福来了拿脚踢。乔师傅，您后悔了吧？"

“只知黑美丽不够成，哪晓得她背后有个东山再起的舅舅。隔皮猜瓜，早知道，唉……”乔德浩长叹一声，后悔得真想扇自己几耳光，嗫嚅一阵，凑过觍着脸问，“端正，你帮师傅算算，我和老黑重归于好有无可能?”我断然否决：“胜负之数，无待蓍龟。你俩绝对没戏！本人上晓天文，下知地理，哲学也略通一二。老话说得好，‘要得公道，打个颠倒’。我试站在黑美丽的立场上，用辩证法对你俩未来关系深入剖析。”咳嗽一声，学着老黑大嗓门粗声粗气地说，“我当辅助工那会儿，你跟我闹对立，誓死不统一，我舅舅二次出山，我上了大学，你不对立了，做梦都想统一。对立统一固然可以转换，但须具备一定条件，过去是你说了算，现在得由我点头。鸟枪换炮，今非昔比。想当官舅舅外甥女婿的海了，光工农兵大学生就能拉一卡车！你嫌我人丑脑子不够成，别的男人却不计较。所谓此一时，彼一时也！我学别的，你还有戏。现在我把对立统一当饭碗，玩的就是这个，就没你什么事了。耗子想和黑猫统一，这辈子没戏了，等下辈子吧！”

二

黑美丽大学毕业，被市革委会中心写作组点名要去。《秦都日报》头版不时看到“本报特约评论员红罡风”领衔的长篇理论文章，动辄一个整版！里面用的全是大词，哲学术语沙金般点缀其中，初读高屋建瓴、鞭辟入里、气势如虹，细看上纲上线、无中生有，内容假大空，缺乏缜密的推理论证，只有武断霸道的断言，单一构念的反复论述，虚言涂鸦，糊弄老百姓，真正的狗屁文章！我蹲茅坑边看边笑，一条长凳同坐三年，老黑作文水平我最清楚：咬烂笔杆憋不出百十字，写的字像狗爬，错别字满篇，标点符号一逗到底，社论一看就知是黑秀才代笔。笑罢，我将印有结拜兄弟笔名的报纸擦了屁股，由衷感叹：没法子，大势永远是第一位！孟子都说“有智不如乘势”。你是否会飞不重要，重要的是要有好风，好风来了，笨狗熊都能乘势借力飞上天！

转眼到了1976年，全国刮起“反击右倾翻案风”，秦都市也不例外，“特约评论员”的评论火药味十足。我和苟顺民都认为“红罡风”民心相背、逆天而动，黑美丽掺和其中，虽致身通显，逞威一时，日后下场只恐不妙。老三提议向结拜兄弟泼凉水、进忠言，劝其趁早抽身而退。我听了连连摇头，说官场人就像上了车的乘客，不是你想下来就能下来，黑美丽早已不是当年的老四，进了市革委会，如同换了个人——如果说她以前像个受气包，现在更像一名颐指气使的小官僚。官高一阶，品下一级。黑美丽几次来厂办事，挟衙威自重，官步不紧不慢，神态倨傲，有了女领导模样，见了我不苟言笑，说话哼呀哈的，像是在衙门里学会打官腔。最可气的一次，黑美丽装着不认识我，市委书记似的当众称曾经的结盟兄弟为“刘端正同志”，首长视察般屈尊与推纱工握手，手掌轻轻一碰，动作仿佛蜻蜓点水。刘端正同志受此奇耻大辱，气得差点背过气，每次想起都恨得牙根痒痒！官高一品，不压乡邻。黑美丽尚未入品，却黑母牛骑摩托车牛哄哄。我气得几次在背后大骂老四：黑狗熊戴乌纱帽——熊样混充官人！

粉碎“四人帮”，树倒猢狲散。市委换了新班子，黑美丽作为黑写作班子骨干和“特约评论员”，被勒令“限期说清楚”。被审查的日子难熬，老四托人捎话，想让弟兄们去看她。老三约我同去，我气呼呼一口拒绝：“黑美丽披被子上天——张得没领了，摔下来活该！我懒得搭理她。”老三叹了口气，幽幽地说：“谁让老四和咱们是兄弟？老二要是在，绝不会袖手旁观。”这话点住我的命门，顿时没了脾气。

进了学习班，面对声色俱厉的审查人员，黑美丽这才晓得自己“上了‘四人帮’的贼船”，心里怕得不行。老黑平时吃饭不知饥饱，睡觉不知颠倒，生平第一次有了思想负担，闹到晚上失眠，饭量骤减，人瘦了一圈，见了弟兄们，仿佛见了久别的亲人，“呜呜”地只是哭。昔日大名鼎鼎的“红罡风”沦落至今天的狼狈样，我和顺民看得想笑又不敢笑，只得咬牙硬忍。乘旁边监视的人去隔壁房间接电话，老四哭着哀求弟兄们想法救她。早知今日，何必当初。我连连摇头，表示爱莫能助。老黑一看，咧开大嘴又要哭。还是老三脑子环环多，眉头一皱，计上心来，凑在老四耳边面授机宜……

再次提审，“红罡风”大变，由以往一言不发、默默抽泣变为滔滔不绝的倾情哭诉：“呜呜……我说我上不了大学，我舅舅偏让我上……呜呜……我说我学哲学越学越糊涂，我舅舅说，这年头越糊涂越好……呜呜……我说我写不了文章，我舅舅说不怕！谁都是边干边学，偏要让我进市委中心写作组……呜呜……我是聋子的耳朵——纯属摆设……”装疯卖傻企图蒙混过关的审查对象见得多了，审查人员冷笑一声，拿出一沓过期报纸丢在黑美丽面前，指着上面“特约评论员”的笔名，厉声质问：“你敢说自己不会写文章？报纸上的‘红罡风’又是谁?！中心写作组众口一词，都说报纸上反击右倾翻案风评论全都由黑美丽领衔主笔。你卖身投靠‘四人帮’及其死党，为虎作伥，人证物证俱全，白纸黑字铁证如山！你还有什么可抵赖的?！”

黑美丽捶胸顿足叫起屈来：“冤枉呀！我哪里会写什么评论文章，都是刘向东、李志红、张永革那几个黑秀才凑在一起写的，连我的‘红罡风’笔名也是他们给起的，写完非要署我笔名，嘴上说这样影响大，心里想巴结我舅舅，这点，市委机关上下都清楚。现在拨乱反正，都把污水泼到我身上，我比那戏台上的窦娥还冤哪！”见审查人员似乎不大相信，黑美丽又哭了起来，边哭边申诉：“呜呜……我脑子笨，从小学一年级起，到初中毕业，呜呜……我语文考试从来没及格过，作文满分六十分，我最高一次得分三十八分，还是偷抄邻桌的……呜呜……我数学课成绩也不好，唯独体育课成绩好，同学都笑我，说我数学是跟体育老师学的……呜呜……你们要是不信，可以找刘端正调查。呜呜……你们问刘端正是谁？他在秦都棉纺厂织布车间上班，上中学和我坐一条长凳。我的考试成绩他最清楚。呜呜……我什么时候才能回家？呜呜……我妈有病，回去晚了，我怕见不上我妈了。妈呀，我想你！”老黑说到动情处，放声大哭，哭声仿佛母牛悲鸣。审查人员对视一眼，差点笑出声：“本报特约评论员”是冒牌货，大名鼎鼎的“红罡风”原来是个傻大姐！

黑美丽因傻免祸，被列入“说清楚”一类，由最初的“卖身投靠”降为“误上贼船”，第一批获得解脱。黑美丽同志哪来哪去，又发回原单位。

“报告领导，我回来了！”傻大姐的声音充满欢快。钱科长正在聚精会神阅读《参考消息》，一则外国人中了两亿美金头彩的消息牢牢吸引自己眼珠，对喊声充耳不闻。黑美丽加大分贝，又报告一次，钱科长这才从中大奖的憧憬里回过神来，闻声抬头，见是老冤家，一双眼睛顿时瞪得多大！未等对方发问，黑美丽熟门熟路拉过一把皮坐垫椅子，笑眯眯坐在人事主管面前，递上本人回原单位的人事局调令。钱科长看得脑袋都大了！哀叹傻大姐就像狗皮膏药，一旦粘住，甩不掉、揭不下。一男一女，小眼瞪大眼，你看着我，我看着你，钱科长仿佛面对好不容易才甩掉的乡下前妻又来纠缠讨要孩子的生活费，既厌倦又无奈；黑美丽像是老友久别重逢，脸上露出亲热的笑容。

如何安排傻大姐成了一道难题。黑美丽已是国家干部，又有大学文凭，赶上落实知识分子政策，再派往大车间拖地板，显然不符合党的政策，想来想去，只有派给厂子校。女校长久闻傻大姐轶事，起初坚决拒收，经不住钱科长死缠烂打、苦苦哀求，最后勉强答应。校长会上宣布，全场哗然！校长苦笑道："黑美丽当主课教师咱不敢想，能带好小学低年级副课，我当校长的就谢天谢地！"

第二学期伊始，区教育局组织观摩教学，黑美丽教的自然课被抽中。教室黑压压坐满人，后排是各校听课老师，居中是区教育局初教科科长、视导员和校长。黑老师第一次见这阵势，两腿哆嗦着上了讲台，颤声说："同学们，我们今天上蔬菜课。蔬菜大家天天吃，蔬菜的来历大家不一定清楚。我今天就给大家介绍几种咱们常吃的蔬菜。"讲到番茄，黑老师从讲台底下取出一个细长条紫茄子当教具，告诉台下："同学们，这是咱们常吃的茄子，学名叫番茄。"四座哗然！小手纷纷举起，争着发言："老师，番茄是西红柿，不是茄子。"黑老师望形生义，教育学生："同学们，学习要虚心，不要不懂装懂！你们看，茄子弯弯的，身子翻转，所以叫番茄。"学生不服，是"茄子"还是"西红柿"，台上台下展开争辩。校长再也坐不住，几次站起示意停讲。黑老师固执己见，仍站在讲台上喋喋不休。什么叫误人子弟？今天算是领教了！初教科科长紧绷着脸，训导员脸色铁青，两人一言不发站起朝外走，后面跟着一群忍俊不禁的听课老师。一位男教师调侃："这堂课是狗配猪，稀里糊涂。"

"番茄"塌了子校的台。看到教育局批评通报，女校长更年期症状暴发，跑到厂部一通歇斯底里，坚决要将傻大姐退回！黑老师说起，也是一肚子委屈："我长到二十八，第一次听说西红柿又叫番茄。我舅舅干了一辈子厨子，只听他说洋柿子，西红柿，没听他说番茄。西红柿就是柿子，茄子就是茄子，柿子咋会跟茄子沾边？哪个缺心眼的起了这么个倒霉名字？你说这人傻不傻？这不是硬把水往浑里搅吗？"

皮球重新踢回劳资科，劳资科长跟着吃挂落儿。看着满不吝的傻大姐，老钱哀叹黑美丽是自己命中灾星再也躲不过，想起招"紧缺人才"进厂后的诸多窝心事，气就不打一处来，掐死黑美丽同志的心都有！发配食堂喂猪都便宜她！劳资员老万一旁献策：傻大姐虎背熊腰，一身力气，当装卸工最合适。科长沉吟不语：让大学生当装卸工合适吗？毕竟现在不是"文革"，再说，她又是个女的。老万建言：装卸队的老铁撂挑子不干了，队长座位到现在还空着，不妨把黑美丽职名改为“厂装卸队队长”，名义上安排在基层领导岗位，体现了大学生应有价值，队长是虚衔，在岗不脱产，享受工段长待遇，干的却是装卸工的活，既体现了党的政策，又做到人尽其才，任谁也挑不出毛病。科长听得连连点头，说就这么办！

装卸工吊儿郎当惯了，装卸队出了名的难管，五年之内，先后打跑一任领导，气走两任队长，都说想要在装卸队立住脚，首先得力气大拳头硬。来了个女队长，一帮爷们不服气，琢磨着给新领导来个下马威。黑队长上任第三天，赶上盖厂家属楼卸水泥。嫌卸货速度太慢，黑队长嘴一撇：“大男人一次才扛一袋。”语气带着轻蔑。装卸工里力气最大的大刘听见，反问新队长：“你能扛几袋？”黑美丽嘿嘿一笑：“你能扛几袋，我就扛几袋。”一帮装卸工跟着起哄，非要男女当场比个高下。纵然块头大，毕竟是个女的，能有多大道行？水泥一袋五十公斤，大刘扛起两袋就走。老黑不含糊，紧随其后。看热闹的纱女越来越多，都盼着傻大姐赢了壮汉。两袋升级至三袋，仍未分出胜负，最后说定扛四袋。最后一袋刚上肩，大刘再也支撑不住，两腿一软，“扑通”跪倒，水泥袋跌落在地，引起周围一阵哄笑。黑姑娘当着众多男人面束紧裤带，抖擞精神，大吼一声，全身肌肉绷紧，撅起母马般宽大臀部，两手托住水泥袋，门板般宽阔脊背像是驮起一座小山，装卸工面面相觑，无不咋舌。众人惊呼声中，黑队长一步一个脚印，将四百斤水泥稳当当送进库房，当下镇了全场！黑美丽得胜不饶人，讥笑对手：“服不服？不服，咱俩接着扛！”大刘的脸窘得像红布，连声告饶：“服了，服了。黑队长是神仙放屁——不同凡响。”

黑队长没把自己当干部，从不臧否部属，每日和一群男爷们扛大包，干活压倒须眉。年底评厂级先进个人，黑美丽全票通过，第一次上了光荣榜橱窗，彩照上的傻大姐咧开血盆大嘴，对着来往行人傻笑。

“神龙失势，与蚯蚓同”。未被推荐上大学的青工幸灾乐祸，心存畛域，都等着看失势高干亲属的笑话。傻大姐却拿得起，放得下，由市委贬回工厂，从教师沦为装卸工，本人安之若素，毫无侘傺不得志之态，见了我再不拿糖作醋的，“刘端正同志”又回归“老大”。我余怒未消，冷嘲热讽，爱搭不理。老黑受不了这个，胁肩谄笑，伏低做小，哭兮兮地认错：“老大，我知道自己不是东西！还没当官，头上先长了扇扇（乌纱帽帽翅）。看在结拜弟兄的分上，你就原谅我一次。”看着老黑可怜巴巴的模样，我心软了，照老四肥臀上猛踢一脚，骂道：“黑笨狗扎了个狼狗势!”这才算消了气。两人此后见面拍拍打打，又恢复往日亲热。我戏谑:“摘去顶戴始为人。祝贺‘红罡风’改邪归正，欢迎黑美丽同志、曾经的上级领导回归江湖老四。”

雪停了，冰冻路面滑得如同抹了油，骑车的个个小心翼翼，仍不时摔得人仰车翻。黑美丽正在路上走着，身后陡然传来刺耳刹车声!一辆崭新吉普车停在不远处，车前头躺个老汉，两个铁桶翻倒，水漫一地。“车把人撞了!”马路上瞬间围满行人。吉普车下来条大汉，看看没事，司机还了阳，粗喉咙大嗓子训斥老汉:“你眼瞎了!会不会过马路?!”老汉身上棉裤湿了，连吓带冻，一句话也说不出。车里坐个穿毛料中山装的，肥头大耳，双下巴臃至胸前，颇有些官相，难怪司机也跟着牛气。路人不愿意了，纷纷指责开车的怎么说话!司机不搭理，骂骂咧咧上了车。打着火一踩油门出了怪事——吉普车像中风病人，立在原地浑身突突乱抖，就是不朝前挪步，找来找去找不出毛病。当官的坐不住了，下来帮着察看。再踩油门，车动了，缓缓朝前行驶。官员高兴地喊:“行了，行了。这下行了!”扭着肥大臀部追上，没想刚坐下，吉普车二次中风!观众笑得合不拢嘴，满意地看着车里人狼狈相。莫非白日撞鬼?司机伸头朝后瞅，车后立个黑铁塔般女人，满脸怒气!再朝下看，脸色大变!赶紧下车，大姐长，大姐短，一个劲告饶。黑铁塔仰脸看天，只作没听见。司机乖乖向老汉赔礼道歉，吉普才被放行。官员纳闷:“车好好的，刚才为何不朝前走?”司机心有余悸，探出头看看后面，这才交底:“我一踩油门，她就将车后轱辘抬离地，油门踩到底，车也走不了。行家伸伸手，就知有没有。黑大个女人不是凡人，咱可惹不起!”

第十二章

一

柳巷巷口左右摆开两排花篮，昨日的兰州拉面馆改为今天的“红线婚介所”，门前贴副红底洒花纸大楷对联：

非今日花前月下男女一见钟情；是前世三生石上卿我注定姻缘。

横批“天作之合”。

字体雅媚秀润，对联也有些意思，苟顺民路过立住观赏。门帘掀开，屋里走出个身穿半旧团纹香云纱短袖衫的黑胖子，面相粗糙，像是风干的橘皮，戴副金丝边眼镜，手持湘竹骨黑绸扇，大背头梳理得油光水滑，黄眼珠子骨碌碌乱转，一望便知是老江湖，见有客上门，满脸堆笑，挤着小嗓问：“先生请进。贵姓？是您自己登记，还是替别人代劳？”

“免贵姓苟，随便看看。”

“苟先生是第一次来吧？我是这里的所长兼法人。红线婚介所讲求社会效益，宗旨是为大龄青年、中年丧偶、鳏夫寡老提供各种优质服务，热情周到，最讲信誉，绝非社会上那些乌七八糟只图骗钱的婚介所可比，货源也充足，”随即改口，“是登记人员充足。”

“怎么个登记法？”

“我们这里分会员制和贵客部，前者主要是为蓝领阶层服务，包括进城的打工仔、打工妹；后者面对的是国家干部、公司白领，都是有身份有地位的，就像先生您这样的贵客。”

“你怎么知道我是贵客？我昨天才从乡下进城寻活干，到现在还没找到管饭的地方。”

黑胖子哈哈一笑，说：“您老人家待见我，喜欢我，逗我玩！哪有您这样天庭饱满地阁方圆目似朗星满脸福相的打工仔？您举足龙行虎步，抬手风流倜傥，立定玉树临风，顾盼眉目传情，一望不是大家子弟，也得出自书香门第，周身充满儒雅之气，那种尊贵做派装都装不出来。”千穿万穿，马屁不穿。一通马屁拍得客人通体舒泰，不由得嘉许主人：“先生眼力不错！我是省惠民医院的中医大夫。所长真会说话，搁这屈才了！”

“听听，我猜得怎么样！您果然是玉树兰芝，才华横溢，我这叫慧目识珠、大家法眼！”黑胖子跷起大拇指自诩，接着说，“我叫崔白羽，是市曲艺团京韵大鼓书演员。您博学多闻，大鼓书泰斗刘宝全肯定知道，那是我师爷！在下不才，自幼秉承师传。京韵大鼓书讲究字正腔圆，开口嘎嘣脆，蒙听众喜爱，赠我艺名小嘣豆。”黑胖子臀比肩宽、腹比胸高，和芥微之豆再连不到一起。客人忍俊不禁。“您还别笑。别看我现在胖成这样走路都喘，过去市电台每逢周日都播放我演的节目，回去问您家老爷子一准知道！”

“你现在怎么干起这个？”

“倒退二十年咱也挂过头牌，台上一亮相就是碰头好。后来曲艺团解散，我开过烟酒铺、贩过衣服，不怕您笑话，还卖过几天猪头肉。挣了几个钱去大户室透支炒股，被逼平仓赔得就剩下身上裤子，老婆也跑了。”小嘣豆满脸沧桑。顾客被逗乐了，调侃：“自己老婆都守不住，你还开婚介所给别人说媳妇。老兄没吃错药吧？”

“妻子如衣裳，旧的不去新的不来。跑了我还省事，”崔所长转移话题，“怎么样，登记上贵客部吧？哥哥一定给您找个满意的。别人开价两千，给您优惠打八折，一次交清，服务到底，不把兄弟欢欢喜喜送进洞房，哥哥我不算完。”

“一千六?！太贵了！”

“不贵，现在猪后臀还十六块一斤呢，何况一个大活人。”

“你当是在农贸市场卖猪肉呢。”顾客哭笑不得。

“猪肉，人肉，左右都是肉，只要您爱这口就行，秀色可餐嘛。哥哥喜欢实在人，咱俩朋友交定了！看在兄弟分上，再给您打八折。”所长怕送上门的生意黄了，主动降价。

顾客还价：“一千块。能行现在就缴钱办手续，不行就算了。”

“一千就一千。谁叫我摊上您这个朋友，金钱虽可贵，友情价更高，哥哥我认赔！”

“女方必须有房！”贵客提出附加条件。

收了钱，崔所长办事倒也麻利，第二天就通知见面。双方一碰头，苟顺民先泄了气：女人头发虽烫得蓬松，却好比墒情不足的耕地，上级检查时再怎么遮掩，总能瞅见没出苗的那片。二次见面，苟顺民更倒胃口：满嘴牙黄中带灰，是二十世纪六七十年代四环素受害一族。医院人多有洁癖，对口腔卫生要求更高，当即打退堂鼓。第三个浑身香气浓烈，一进门令男的鼻子大受刺激，连打几个喷嚏。俩人对坐，苟顺民嗅出空气里有股奇怪的味道漫开，像是老骚胡体臭和强力香水搅在一起，慌忙找个借口夺路而逃。

“红线”连着安排苟大夫见面，一蟹不如一蟹，好的比孙菊花还差了档次，丑的像是猴变人最后一下没变好。贵客心里躁气，朝所长发火：“狗屁贵客部！你满嘴跑火车乱许承诺。无轨电车乱搭线，胡乱找些丑八怪来应付相亲，拿我涮着玩！”

“冤哪！……”小嘣豆唱起委屈，“哥哥我牵马坠镫扯篷拉纤保驾护航，好比那齐天大圣一路斩妖除魔送您入洞房，遍寻佳丽不辞苦，做媒丹心可对天。到头来，飞鸟尽，良弓藏，狡兔死，走狗烹，忠心月老却落个如此下场，泪洒青衫湿，寒透吾心肠！”苟顺民的苦瓜脸再绷不住，“扑哧”笑出声。小嘣豆的大鼓词一段接一段，对这张嘴他算认了招安。苟顺民心有不甘，讽刺道：“崔所长劳苦功高，全城人尖子被你一网打尽，婚姻成不成先叫我饱了眼福。”

“这话哥哥我不爱听！一分钱一分货。一千块还想找杨贵妃当老婆，您就白日做大梦吧！瓜田洗瓜，越洗越泥，布店挑布，越挑越花。哥哥我算明白了：兄弟您大家风度，高人气量，个不高却心高眼更高，飞机上放炮——响（想）得高。凡夫俗子难入法眼，非九天仙女下凡伺候不了您。要不，您干脆再加俩钱，升级至贵宾宝典，准保您配上心中意。”

“什么贵宾？我不早就是了吗？”苟大夫不明白。

“贵宾是贵宾，贵客是贵客，压根儿不是一码事。老外来中国，不叫国宾就叫外宾，没听说叫国客或外客的，称呼先透着高贵，自然走哪收费都要高出一截。贵客只能睡标准间，贵宾当然要住高档宾馆。您掏的是招待所的价，却非要五星级宾馆待遇，那自然不行。”

"当你的贵宾有什么好处?"

"好处海啦!电脑你听说过吧，真正的高科技产品，比人脑好使多了。市科研所刚从美国进了一台，我正在与他们合作，开发征婚科研项目。比尔·盖茨知道吧?那是世界首富!旗下的微软公司最近研究出专供择偶的软件，号称爱神宝典，只要往电脑输入您的个人资料和择偶条件，软件就会接通网上征婚信息自动组合万里挑一，选出双方都满意的。"小嘣豆说着神秘兮兮地取出了一个扁平的四方塑料盒，从电脑里取出软盘，上面贴个金发碧眼张弓搭箭长俩翅膀的光屁股小爱神，底下是一长串英文字母。崔所长煞有介事地说:"您可别小看这玩意儿，据统计，择偶成功率达到99.96%，绝对是世界顶尖!要不怎么敢叫爱神宝典。"

"有这么神吗?你又来蒙我。"苟大夫将信将疑。

"罢，罢，罢，分明指与平川路，却把忠言当恶言!"崔所长满脸痛心疾首，"给您交底吧，爱神宝典国内总共进了两件，一件在北京，一件就在我这，您还是第一个享用。世界首富都替您做媒，您说您的福气有多大!要不我怎么初次见面就看出您不是凡人!"

"电脑征婚"，"软盘择偶"，中医大夫被蒙得一愣一愣。

"上爱神宝典得多少钱?"苟顺民动了心。

"您是老顾客了，给您最大优惠打五折，只需再交一千块，别人可没这个价。我是痛快人报一口价，最烦谁啰里啰唆讨价还价。"

"还要再交一千块?"苟顺民着实有点心疼，又问，"这玩意儿到底行不行?"

"电脑你都不信，世上你还信什么?"小嘣豆讥笑道，"兄弟，这话当着外人面可不敢问，显得咱中医大夫忒土鳖，只晓得望闻问切，科盲一个惹人笑话!隔行如隔山。高科技的事一时半会儿给您也说不清，您把手续办了就回去等好吧。"

等了半月，还没见"红线"动静，正着急时，电话响了，"恭喜!贺喜!大喜!苟大夫走了桃花运——广寒仙姑下凡尘，要与顺民成双对!"崔所长笑着说，"哥哥我曾经沧海难为水，也没 见过谁有照片上姑娘那么俊。电脑从数十万应征男士中按图索骥最后选定，不偏不倚正是您!您说这爱神宝典绝不绝?这就叫天赐良缘!"

"那你赶快安排见面呀!"贵宾听得心花怒放。

"哈哈，老弟急了!哥哥为了给您找媳妇，人累瘦了一圈。都说是媒不是媒，先吃三四回。可我到这会儿，茶还没喝您一口！不是哥哥非要撮你一顿，姑娘条件委实太好了！咱们得在餐桌上好好合计合计，别叫眼看到手的小母鸽子又飞了。昨天有俩来登记的，一见电脑里姑娘照片眼都直了，哭着喊着非要跟人家见面不可，还硬拉我去酒楼。我拒腐蚀永不沾，死活没答应，这块肥羊肉得留给自家兄弟！说了半天，肚子早就饿了，咱俩找家饭馆，边吃边筹划下一步行动。”

明知对方借机揩油，苟顺民却无可奈何，只得被领着下馆子，路过几家饭馆都不进，七拐八拐，拐进小巷，来到一所民居前。苟顺民心里纳闷，怎么跑到这么僻静的地方吃饭？问媒人，媒人说哥哥今天领你去吃“孙家私房菜”，风味独特，外面绝对吃不到。崔所长掀开门帘喊了声“桂花！”主人闻声从里间出来。老板娘一脸狐媚，打扮入时，说话嗲声嗲气，三十五六岁模样，却梳着中学生留的马尾辫，扮清纯状。两人嘻嘻哈哈，拍拍打打，一看就是熟客。趁老板娘不备，崔所长在圆鼓鼓的屁股上捏了一把。老板娘将手打开，飞快地扫了一眼来客，低声娇嗔：“要死呀！当着客人面，像什么样子。”苟顺民低下头，只做没看见。客人坐定，老板娘殷勤倒上茶水，笑眯眯送上菜谱，待看清上面价格，客人脸色惊变，刀子忒快！眼下固然流行宰熟，却也不是这么个宰法。凉菜是红油肚丝、酱牛肉、卤鸭胗肝、凉拌海蜇丝，端上来一看，多是葱丝加辅料，主料连盘子底都没遮住。苟顺民忍着气奚落：“该给配菜的师傅配眼镜了，见过菜量少的，没见过这么少的。”崔所长脸扭一边，专心研究墙上的招贴画，像是压根儿没听见。老板娘依旧笑眯眯，依旧语气温柔，真诚地告诉贵客：“凉菜是正餐前开胃小菜，意思一下即可，现在提倡节俭，咱们都要积极响应，吃不了会造成不必要的浪费。”接着热情推荐店里几个招牌菜。热菜端上，客人不看还罢，一看怒从心头起——葱烧海参这道菜，菜谱上注明海参采用名贵的关东辽参。正宗辽参刺又粗又长，端上桌的却是周身光溜溜的海茄子。“茄参是菜，海参是药”，两者价格天壤之别。主菜上桌，苟顺民更是恶向胆边生，所谓“青山双明月”，是一堆青蒜薹上面卧两只白白的荷包蛋。苟顺民心里窝火，美眉至今一个没见到，却挨了温柔一刀！价钱高得离谱，名字哗众取宠，食材以假乱真，“私房菜”绝对是坑人菜！老板娘却不以为然，从没有客人对“孙家私房菜”表示不满，实在想不通苟大夫凭什么要开这个先例？

刚出门，上当客人就质问崔所长：“你将我骗进黑店摁倒抻长脖子，一刀一刀任她宰。哄客人来上供，老板娘到底是你什么人?!”回答是“表妹”。表妹?

在中国这是个令人联想丰富的可疑称谓。崔所长赌咒发誓，说老哥绝对没有骗你，老板娘绝对与本人沾亲，她是我姑奶家的外孙媳妇，结婚没几年，男人出车祸死了，现在是个小寡妇。见客人满面冰霜，崔所长承认私房菜“宰客刀子稍微快了点”，今后一定提请老板娘注意把握分寸，又叹做人难！照顾了亲戚，得罪了朋友，世事古难全。接着嬉皮笑脸地问：“兄弟，你看老板娘长得咋样？漂亮不漂亮？”苟顺民没好气地说：“她漂亮不漂亮和我没关系。”小嘣豆“嘿嘿”乐了，满嘴醉话：“现在没关系不要紧，男女一旦对上眼，没关系不就变成有关系了吗？要不，我给你俩从中撮合撮合？”见苟顺民不理睬，崔所长喷着酒气，搂着对方肩膀，又开始推心置腹：“兄弟，听哥哥的话，听哥哥的话错不了！死了丈夫的女人是块宝，小寡妇比大姑娘好。小寡妇会玩，会体贴男人，不像大姑娘矫情任性……”苟顺民哭笑不得，只能容让小嘣豆口无遮拦、泼皮无忌。

周日早早起来，苟顺民洗完澡，又到理发店焗油刮须吹风，上下收拾得焕然一新，提前来到“红线”，坐在那漫不经心地翻着几本旧杂志，两只招风耳竖起倾听外面动静。门口传来轿车喇叭声。“来了，来了！”崔所长满面春风走进婚介所，后面跟着个西服革履身材魁梧的中年男人和一位袅袅婷婷的年轻女子。苟顺民赶紧站起，觉得屋里瞬间亮了：姑娘黑眉俊眼柳腰削肩、墨玉般头发瀑布般垂下，唯一不足的是脸色略显苍白，相貌虽不像小崩豆说的惊若天人，却也称得上百里挑一。苟顺民越看越爱，禁不住心头小鹿乱撞，又开始怦然心动，估计中年男人是女子的父亲，赔着小心恭敬让座。“你先坐着，我出去一下就回来。”中年男子对女儿说。临走时，剃刀般锋利的眼神剜了相亲人一眼。苟顺民打了个寒噤，隐隐感到当爹的不是善茬儿。女子面无表情一声不吭。苟大夫像是为幼儿看病，既有爱心又有耐心，问三句，对方答一句，每句话都像经过深思熟虑。女子叫霍娜，本地人，财会大专毕业，现在一家房地产公司财务部上班，母亲已去世多年。

美人乘驾飘然远去，男人仍立在“红线”门外痴望。“苟老弟，魂还在吗？”旁边崔所长看得想笑，伸开肥巴掌在贵宾眼前晃晃，问：“这是儿？还认得吗？”苟顺民魂灵归窍，顾不得对方耍笑，一把抓住所长的手，急切地说：“崔所长，我的事全拜托你了！”

“谋事在人，成事在天。两边见了面，成不成全看缘分。”

苟顺民心有不甘，问：“你看我还有没有希望？”

所长摇摇头，“我看悬乎。女的从进门到出门就没露过笑脸，八成嫌你是半残废，现在的女孩都爱高个子男人。”苟顺民哭丧着脸：“这可怎么办？不见也罢，见了面再不成，就像鼻头上吊腊肉，闻到香却吃不上，这不是要我命吗？”看着贵宾可怜样，所长满意地笑了，拍拍胸脯，爽快地说：“包我身上！救人救到底，送佛送到西。我亲自出马做她爸工作。不过……”欲言又止。“快说呀！”苟顺民急不可耐。崔所长拍拍大肚皮：“哥哥没别的毛病，就爱吃点喝点。这两天尽忙你的事，也没顾上正经吃顿饭，饿得腿都软了。”

“全城馆子随你挑，我就是卖血也要让你大媒人吃好！”

“兄弟痛快！就冲你这句话，哥哥我龙潭虎穴也敢闯，刀山火海也要上！降服不了姓霍的一家子，崔某对不起师父真传，枉叫小嘣豆！”

一周过去，仍不见动静。苟顺民实在等不及，又去了“红线”，见面劈头就问：“事情办得咋样？怎么再不见你回话？”所长哭丧着脸回答：“热脸贴冷屁股，还被踹了窝心脚，哥哥我无颜见兄弟。”

“莫非霍家把你撵出来？”

“比撵出来还难受！‘初开理发店，遇上连鬓胡’，老霍家不仅头难剃，说话更难听。哥哥为了你，硬生生被人弄了个烧鸡窝脖！我拨通名片上电话号码，苦口婆心良言相劝借古喻今，讲得口干舌燥比说场书还累。临末了，姓霍的一句话差点没把我噎死！”

“他说什么？”

“姓霍的问：‘你说完了没有？’我说：‘完了。’他说：‘谢谢你的关心，我女儿的事以后就不劳你费心！’说完‘啪’地挂了电话。闹了半天，我是瞎子点灯白费蜡，对牛弹琴枉费心！兄弟你也知道，哥哥原来是舞台名角，台上一站，万众瞩目，多少漂亮姐给我写信，争着抢着放电，我都不带搭理，再想不到落到今天这个地步！嗐！这叫什么？这就叫龙陷泥潭遭虾戏，落架的凤凰不如鸡！哥哥我倒驴不倒架，时运不济心里尊贵，把脸面看得比天大，却硬被这四六不通的东西把哥哥的面儿给卷了！气得我一天没吃饭。姓霍的看上去人五人六，却原来不知好歹、油盐不进！兄弟，我看这事八成不行了。哥哥心有余力不足，坟头挂屁帘——面子小了点。”

苟大夫灰溜溜从红线婚介所回来，整日里无情无绪，只要静下，眼前就闪动着杨柳小蛮腰，昨天把一张处方笺上病人名字误写为“霍娜”，让药剂室主任找上门好一顿奚落，严肃提醒苟大夫“处方事关人命”，上班时间切莫“发花痴”。正害着单相思，老魏一瘸一拐进来将一封信放在自己桌上。信封上只有收信人单位和姓名，盖的是本市邮戳。城里谁会给我写信？苟顺民纳闷着把信拆开，里面只有一张印花信纸，上面写着：

小苟大夫：请拨冗来寒舍一晤，周六下午五点专候。霍彪谨启

地址：本市唐园四排A座。

霍彪是谁？我不认识，肯定是寄错了，但单位、姓名都对，真是怪事。苟顺民骤然醒悟，激动地猛击桌子：“我知道是谁了！”响声把对面老魏吓了一跳。苟顺民此时心情好比判了监候斩的死囚，又遇圣上慈悲下了特赦圣旨，只有感戴皇恩浩荡朝南遥拜的份儿了。

唐园是南郊一处高尚住宅小区，入住的均是以轿车代步的成功人士。苟顺民愤愤地想：高尚和住宅有什么必然联系，莫非房子高级了，居民住在里面思想自然升华成为品德高尚的君子。照此推理，像我一类久居陋室的必然堕落为卑鄙小人，真正是狗屁不通！摁响门铃，女佣迎出，屁股才在沙发落定，看见主人从复式房二楼走下，苟顺民慌忙站起。“随便坐，不必客气，就像到自家一样。”聊了一阵，苟顺民发现人家对自己情况了如指掌，就连老娘何年去世，父子相依为命，自己在妇产科端过几年尿盆，家里房子多大都一清二楚。我的妈呀，孙菊花的事他知道不？咱年龄大了碰上个好的不容易，传话的你嘴上千万积德！“娜娜，你下来吧。”霍彪朝楼上喊。又过了一会儿，朝思暮想的美人终于再现。苟顺民诚惶诚恐肃立迎接，美人却视而不见，懒洋洋斜倚在对面沙发上。苟顺民自惭形秽低头作小，赔着笑脸没话找话。霍彪看在眼里，露出一丝不易察觉的笑容。

从那天起，苟顺民有空就往霍家跑，进门积极表现，连父女俩换下的脏衣服也由他包圆。女佣人乐得偷闲，没少在主人面前夸准女婿好。霍娜仍是一副慵懒模样，躺在沙发上看电视，旁边放着炸薯条、麻辣牛肉干、烤鱿鱼片等零食。看屋里没人，苟顺民想加加温，壮起胆子蹭到跟前，一看美人眼空无物、拒人千

里，又没了贼胆。

时间长了，苟顺民自己也糊涂了：闹不清本人是霍家的毛脚女婿，还是侍奉高贵公主的忠实奴仆。时间长了，对霍家底细略知一些：霍彪是体工大队举重教练，后来下海做钢材生意，几年前，不明不白卷入桩伤害案，关了几天因证据不足又放了。霍彪面带杀气不怒自威，苟顺民见了他像是小学生遇见班主任，老实许多。

吃完晚饭，苟顺民帮着收拾碗筷，霍彪摆摆手叫他坐下，“我最近忙着接待外地客户，顾不上和你聊。你和娜娜谈得怎么样了，有什么打算?”苟顺民小心翼翼回答：“霍叔，我听娜娜的，她说怎么办就咋办。”一旁霍娜漫不经心地摁着电视遥控器按钮，两个男人说的事仿佛与她无关。霍彪不满地哼了声，说：“男人嘛，婚姻大事自个儿决定。女孩子嘛，还得家长替她做主。你要是拿定主意，婚事就这么定了!”苟顺民一听乐得差点蹦起来。

“你准备把新房安在哪?”霍彪接着问。

“这个，这个嘛，实在不行，就……”苟顺民声音含糊不清越来越小。

“知道玫瑰园吗?”

“听说过。在城里商业区，是全市造价最高的住宅小区。”如同将每日美元汇率烂熟于胸的穷人，做梦也想房子的苟顺民对报纸售房广告记忆犹新。一串崭新钥匙递来，“K栋复式结构，使用面积二百四十六平方，是爸爸送你们的结婚礼物。你们小两口先凑合着住，等将来有了孩子雇保姆，再换大的。”

“霍叔叔，”话刚出口，苟顺民觉得不妥马上改口：“爸……太谢谢你了……我……”

“爸爸”摆摆手：“一家人不说谢字，说那个外气！以后对娜娜好点就行。她妈死得早，我把她惯坏了。你比她大六岁，以后过日子多让着她点。我就这么一个女儿，谁欺负她我可不答应!”丈人眼里陡射凶光，女婿心里又是一阵哆嗦。从糠箩跳进米篮子，由贫民区住户转眼变成了高尚小区的高尚居民，苟顺民攥着沉甸甸的钥匙，顿时觉得自己也高尚起来。

二

离婚期只剩三天，两个亲家、公公儿媳才第一次见面。酒楼包间气氛沉闷，老苟对天上掉馅饼毫无喜色；亲家态度矜持，言语不多；霍娜似乎面对的不是家翁，而是与自己不相干的外人。席间气氛沉闷，新女婿夹在中间不免尴尬，搜肠刮肚说些医院听来的逸闻趣事，无奈餐桌上总是笑不起来。

回家路上，小苟问老苟："怎么了？"

"生米做成熟饭？我还能'怎么了'。"老苟回答闷声闷气。

"不是咱家房小吗？不然早就领她来认门了。"

"我还没老糊涂！我看你不是找老婆，倒像找了个女菩萨供着！"

正在兴头上的儿子不高兴，嫌老子说话难听。老苟说："娃呀，你爸是过来人，什么都明白。娶媳妇要娶穷的，嫁姑娘要嫁阔的，这样的日子才踏实。你和霍家不是一路人，姑娘也和常人不一样，怎么看都觉得怪怪的。你嫌我现在说话难听，我怕你将来日子难过！"

"是祸是福，是我自个儿的事，你老就别再瞎操心！"苟顺民长这么大，第一次跟老爸红了脸。

"听说你女朋友貌美而多金，我们什么时候能有幸一见？"每次听了弟兄们的要求，苟顺民都王顾左右而言他。以为美女难求，大家也就不问了，忽然间，这小子宣布自己要结婚了。

婚礼盛大，人声鼎沸，衣香鬓影，冠盖如云，笑语喧哗，美酒飘香，觥筹交错。我和黑美丽手持印刷精美的烫金请柬，应邀参加"苟顺民先生与霍娜女士的婚礼"，第一次见到老三漂亮的新娘。看着眼前热闹场景，又想起失踪数年的大壮，我感慨道："老二要是在就好了。老三今天办喜事，兄弟三个半唯独少他一个。"说着鼻子一酸，声音哽咽，差点落泪。老黑听得心里难受，咧开大嘴正要号啕，被我拧了一把，随即灵醒过来，意识到场合不宜，赶紧打住，含泪接过话头："老二不来也好。他要在，看见老三娶的媳妇，不定心里有多添堵。"我听得纳闷，追问黑美丽这话是什么意思。黑美丽撇撇嘴，揶揄道："你仨都说我傻，我看你比我还傻！新娘子眼神痴呆，表情木讷，从出场到现在，一句话不说，一举一动仿佛被伴娘牵线的木偶，一看就是脑子有病！"我听了心里一惊，放下酒杯，偷偷打量起新娘子，最后不得不承认：女人挑女人毛病，那叫一挑一个准！披着白色婚纱的新娘子乍看身材苗条，脸蛋漂亮，细看却觉得人哪有些不对劲，神情呆板，行动机械，像是机器人，似乎为药物所控制。我的心往下一沉，暗自疑惑：苟顺民鬼点子多素来为人公认，找老婆却为何昏了头？

美人与豪宅兼得。“苟大夫走了桃花运兼狗屎运”成了惠民医院这几天中心话题。夫妻初次交合，丈夫发现身下女人乳房松弛乳头发黑，肚皮妊娠纹隐约可辨。凡人如我，不识山路。苟大夫虽是处男，但毕竟是学医的，又有妇产科工作的经历，就像吃饭吃出苍蝇，一下倒了胃口。此刻心情好比打开包装精美盒子，发现里面竟是一双别人穿过的旧鞋。更可悲的是：这事还无法对人说，只能吃哑巴亏。几天过去，苟大夫慢慢想通了：刮娃本质上和母鸡下个软蛋差不多，蛋没了，鸡还是鸡，什么也不少。自己受过高等教育，又是医生，思想怎么也那么封建。现在诱惑太多，有几个能顶得住？又有几个是处子？满街都是绿帽子，也不多我一个。女人嘛，结了婚死心塌地跟你过日子就行，以往的事能糊涂时且糊涂，一切朝前看。新郎不敢奢求新娘的第一次，只求生下的孩子是自己的。

新婚第七天深夜，苟顺民翻身时觉得身边少了人，睁眼一看，“妈呀！”——床尾朦朦胧胧站着个人！苟顺民战战兢兢开灯，发现是自己新娶的老婆。“你，你干啥呢？！”一丝不挂的霍娜不说话，站在那对着自己丈夫“嘿嘿”一个劲傻笑……

几天以后，睡梦中的苟顺民被响声惊醒，发现老婆不见了，顺着声音找到厨房，看见老婆磨刀霍霍。“你……你又要干什么？”丈夫惊问。“杀老鼠。”老婆头也不抬地回答。“老鼠？哪来的老鼠？”丈夫奇怪地问。

“就在房子里，有好多好多老鼠，我听见它们吱吱地叫。”

丈夫哭笑不得：“半夜三更你发什么神经？快睡觉去！”夺下菜刀硬把新婚妻子拖上床。苟大夫认定娇妻有梦游的毛病。连服几天醒神开窍汤药，霍娜果然好了些，夜里再不装神弄鬼。

蜜月最后一夜，苟顺民来了兴致。霍娜起初并不积极，随着深入加剧，眼神朦胧双腮猩红，搂住男人脖子热烈起来。男人得到回应更加奋进。事毕，老婆进入梦乡，嘴里喃喃念着一个陌生男人的名字。搂着自己老公，想着别的男人，真成了同床异梦！苟顺民纵是泥人，也有个土性，一把推开老婆。霍娜嘟囔两声又沉沉睡去……这天晚上，苟顺民做了个噩梦：卧室门后不知什么时候积了堆草，里面隐隐约约露出一双蓝荧荧的眼睛，像是深夜墓地闪动的鬼火。随着窸窸窣窣响声，一只母狼从草窝里爬出，趴在地上左右窥视，匍匐前进，一点点靠近床。苟顺民看得真真切切，可身上像压着重物，动，动不了；喊，喊不出声，急出一身冷汗。母狼纵身跳上床张开血盆大口，白森森獠牙直取自己咽喉！苟顺民拼死一搏，用尽全力将母狼从身上掀开。“咕咚”一声响，一个东西摔倒在地板上。苟顺民醒来，以为老婆又在梦游，大喝一声欲唤醒梦中人。谁知老婆真成了母狼，扑上来连咬带撕，疯狂号叫：“你骗我！杀死你！杀死你这个混蛋！”看着扭曲面孔、疯狂眼神、满嘴鲜血，苟大夫此时才明白：新婚妻子不是什么梦游症患者，而是彻头彻尾的精神病人！

霍彪一夜间老了许多，双鬓添了几缕白发，只有眼神仍是那么犀利。父亲默默站在病床前，久久注视着昏睡中的女儿，用手轻轻将她脸上乱发分开，长长叹口气。听罢事情经过，看过女婿身上遍布的抓痕和深达骨膜的齿印，霍彪自言自语：“怎么会突然变成这样？结婚前不是好好的吗？”女婿一旁听得来气，又不敢据理争辩。丈人用不由分辩的口气说：“娜娜现在是你的人了，你要对她负责到底！”从容神态里透着老谋深算。

送岳父到医院大门口，等候在那的精神病医院院长殷勤地拉开轿车门，苟顺民吃惊地发现：俩人早就熟识。新婚丈夫带着疑虑来到医生值班室，想查查有没有老婆以往的病历。主管医生神色惊惶，坚决不肯，像是接到命令。受骗女婿猜出谜底——自己陷入丈人精心编织的金丝罗网，成为其女儿理想的终身监护人和家庭医生。

得知小苟被骗，老苟暴跳如雷，声称将离婚官司进行到底！这当口，一件意外事发生：媳妇有喜了！掐指一算，应是生死大搏斗那晚的事。苟顺民捧着化验单看了一遍又一遍，脸上表情似哭非哭似笑非笑。“快看！媳妇怀娃了，小苟乐傻了！”几个烫发头一起从化验室窗口探出，笑眯眯欣赏大龄青年将为人父的幸福表情。公公得知喜讯迅速端正立场，警告儿子要好好待媳妇，说媳妇现在为你怀娃，你对她不好，我孙子在肚子里要吃亏的！老苟做梦都想当爷爷，看见别的老汉抱着白胖胖孙子或粉嘟嘟孙女，实在眼馋。苟顺民不敢怠慢，请医院营养师排出每周孕妇食谱。老苟当仁不让，一日三餐亲自掌勺，精心伺候儿媳。怕影响胎儿，治疗精神病的药停了，老魏也积极参与，两个中医大夫脑袋凑在一起，千斟酌万商量，拟了个安神保胎的太平药方，苟顺民亲自煎好守着老婆服下。许是母亲保护腹中胎儿的本能起了作用，怀孕期间再未犯病。

霍娜足月顺利产下一个健康女婴。爷爷、姥爷喜欢得不得了，穿梭般来家看望。有了孙女的共同话题，两个亲家又开始说话。经反复协商，宝贝孙女取名苟雨，小名狗狗，“雨”为霍姓偏旁部首，表明非苟姓一家之专利，乃苟霍两家共同结晶。

夜里狗狗忽然发起高烧，小脸发青呼吸急促，吃下的奶全吐出。霍娜搂住孩子吓得直哭。苟顺民怕老婆添乱，哄着吃了镇静药，等她睡着了，抱起狗狗直奔医院。一查是小儿肺炎，赶紧住院打针输液急救。医院狗狗没事了，家里狗妈闹翻天，睁眼不见孩子，一急之下旧病复发，硬说狗狗被老鼠拉跑了！疯子不吃不喝不睡，目光炯炯、杀气腾腾，提着菜刀翻箱倒柜四处寻找婴儿……

从精神病医院探视回来，苟大夫脸色铁青，老婆精神彻底崩溃，永远回不来了！看着熟睡的女儿，苟顺民哭道：“狗狗真可怜，有娘和没娘一个样！”狗狗被惊醒哇哇大哭，父女眼泪流在一起……

“苟大夫被人骗了，娶的老婆是疯子！”消息传开，都看没娘的孩子可怜，来喂奶的年轻妈妈们也让狗狗吃上一口。狗狗倒是不挑不拣，叼住谁的奶头都不放，以后形成条件反射，一见人进哺乳室就扒着育婴床围栏“嗷嗷”叫，招呼快过来给自己喂奶。哺乳室阿姨当笑话讲给狗狗爸爸听，苟顺民笑在脸上哭在心里：老婆要是好人，狗狗何至于有奶就是娘！老魏看不过眼，劝道：“你过的这叫什么日子？你还打算为疯婆娘守一辈子活寡？趁早两清！”苟顺民哭丧着脸说：“我不是没想过，可一想到她还在精神医院住着，又是狗狗的妈妈，我不忍心。”老魏冷笑一声，说：“你不忍心，你是好人，霍家给你上套时可没想这些，八成早就瞄上你个大傻帽！狗狗有这样的妈还不如没有！趁你年轻，离了再找一个贤惠的，给狗狗一个囫囵的家。”老魏的话刺疼了苟顺民，特别是“守活寡”。苟顺民精神萎靡干啥都没劲，觉得本人也快成了神经病。老魏看出苗头不对，天天连劝带骂，让好友赶紧一刀两断。受骗丈夫最终下了决心，从豪宅搬出的第二天，向区法院递交离婚诉状。

苟大夫下班出医院大门不远，两条汉子迎面走来，白净面皮汉子和颜悦色地问：“您是苟大夫？”大夫见得人多，以为是病人或是患者家属，随口应了。话音未落，胃部神经丛突然挨了重重一拳！胃脏平滑肌骤然痉挛，苟大夫痛得蹲在地上缩成一团，过了好一会儿，才勉强站起，质问行凶者：“你，你为什么打人？”旁边黑脸汉子笑眯眯代答：“粗腰小短腿，腚圆肚子鼓，谁让你长了这么个缺德模样，看着就欠揍！”话音未落，一记凶猛的上勾拳结结实实打中下巴。苟大夫仰面摔倒，挣扎着爬起，又被一个右高边腿狠狠踢在左腮，槽牙脱落，鲜血喷了一地，像摊烂泥瘫软在地。两个打手行凶手法专业，一看就是老手。黑脸汉子临走撂下一句：“有人叫俺俩捎句话：你再敢胡折腾，小心那条好腿也瘸了！”

苟顺民脑袋缠着厚厚绷带，乍看像是伤兵，艰难地走在回家的路上，越走伤口越疼，越疼心里越气，说什么天赐良缘，分明是前世的冤家对头！想到家中小女儿嗷嗷待哺；想起疯婆娘狗皮膏药般黏在身上再也揭不下；想到自己被霍家暗算惨遭毒打，苟顺民再也忍不住，双手抱头蹲在地上，放声悲号……

如果说苟顺民以前对离婚还抱有愧疚之心，这顿黑打让受骗丈夫彻底斩断夫妻之情。开庭之日，苟顺民在同事陪伴下出庭，两个大夫一个满脸青肿，一个一瘸一拐，给法官留下深刻印象。监护人霍彪没有出庭，由委托律师代理。双方对财产分割没有意见，妻子精神分裂是婚前还是婚后？丈夫是否应承担责任？承担什么责任？两边展开激烈争辩。因双方都拿不出确凿证据，判不予离婚。法官同时警告当事人，如一方再发生意外，定当另立案追究伤害罪！

接到苟顺民的哭诉电话，我和黑美丽心急火燎赶到医院。苟大夫被安排在单间病房——本院大夫的特权。老三伤得不轻，脸蛋本来就胖，这会儿更肿得像冬瓜，躺在床上疼得乱哼哼。“这是哪个王八蛋干的？欺负俺兄弟，找兔崽子算账去！”我怒不可遏，老四大声叫骂。得知“兔崽子”就是伤员的老丈人，我和老黑像是气球被针戳了，同时泄了气。顺民婚后，我和他老丈人在女婿家见过几次，虽说隔着辈，倒也谈得来，彼此印象不错。现在，说翻脸就翻脸，让我帮着收拾“霍叔”，叫人如何下得去手？女婿挨了丈人黑打，却无法申冤，老三哭兮兮问我们怎么办？我苦笑着回答：“婚前把关易，婚后后悔难。结婚这么大的事情，谁让你事前不让弟兄们帮着参谋，现在却哭着喊着四处求助。你和老婆还没离婚，从法律上讲还是一家子。‘清官难断家务事’，弟兄们能有啥办法？”

“我聪明一世，糊涂一时，咋就没想想天上掉馅饼为何偏落在我头上？”苟顺民哭丧着脸说。

“这也难怪你，人在事中迷，豪宅美色送上门，搁哪个大龄男青年也乐晕了。”

问清事情来龙去脉，黑美丽迅速转变立场，从兄弟义气变成坚定的女权主义者——正气凛然、旗帜鲜明、义正词严：“苟顺民，你媳妇给你生儿育女容易吗？狗狗他妈现在有病住院，你不去病房伺候，倒闹起离婚，什么玩意儿！我要是你丈人，也得揍你！”这话苟顺民不爱听，当即瞪起眼睛。我打蛇随棍上，煞有介事地说：“老三，我刚才上楼时，见楼道立几条大汉，个个面相凶恶，一看就不是善类！隐约听见‘找姓苟的’，莫非你老丈人仍不肯罢休？”老三一听脸都吓白了，双手撑着床勉强坐起，弱弱地问：“你……你没听错吧？”转过脸看着黑美丽，话里透着内心恐惧：“老四，我求求你，这会儿千万别走！你在，我心里才踏实。”看着苟大夫的怂包模样，我忍俊不禁。晓得是拿自己开涮，老三又瞪起眼睛。我笑着劝慰：“老三，你一个门房的儿子，半个残疾人，居然找了个白富美，给弟兄们树立勇攀豪门的好榜样！羡慕之余，老大我正琢磨着如何迎头赶上，你却经受不住考验，打起退堂鼓，这让弟兄们十分彷徨——富家婿难当，不知是该知难而退，还是迎难而上？目睹你现在的惨状，我毅然下定决心，一辈子独身，绝不动辄怦然心动，落个半道遭人暗算！”

“放屁！”病人气得大骂。黑美丽笑得弯下腰。我不管不顾，接着调侃：“都说‘一个女婿半个儿’，老三，你权当是挨了爹的揍。老子揍儿子天经地义，这样想，思想不通也通了。俗话说：‘不打不成交’，‘父子无隔夜之仇’，通过这顿臭揍，翁婿加强了解，消除误会，沟通感情，坏事变好事，爷俩越打越亲。”

一个厉声指责，一个冷嘲热讽，苟顺民越听越来气，俯身拾起床前的拖鞋分别向我俩砸来，我侧身让过，黑美丽躲闪不及，正中脑门。砸了还不解气，老三破口大骂：“滚、滚、滚！什么狗屁结拜兄弟！见我找个有钱老婆先是眼红，现在又跑来看老子笑话。刘端正，你这装模作样、满嘴喷粪的猴子！黑美丽，你就是一头不辨是非、好赖不分的蠢猪！两个狼心狗肺的家伙，都给我滚蛋！”老三骂，我俩笑。老三骂着，骂着，转为哭诉，“呜呜……老二，老二，你死哪去了？呜呜……你要是在，绝不能让我往人家设好的圈套里钻！呜呜……更不会见兄弟挨了黑打袖手旁观！呜呜……老二，我想你呀！……”

老三的哭诉像是点住命门，我俩再也笑不出来，乖乖坐下，为好兄弟出谋划策，分忧解难。

“红线”门前一片狼藉，对联扯碎扔了满地，婚介所招牌被踩成几截，门外围满看热闹的。崔所长眼眶青紫，大门牙掉了一颗，手捂腮帮，一口接一口朝痰盂里吐血水。苟顺民见状吃了一惊："你，你怎么啦？谁把你打成这样！"崔所长含泪痛说原委：一位颇有几分姿色的少妇登记征婚，自称设计院工程师，却没有任何证件，说是来得匆忙忘了带。第二天，女的就通过"红线"和一个离婚的大学讲师同居。谁知只睡了一晚，女骗子就不辞而别，值钱东西席卷一空。讲师赶紧报警，派出所一查，登记资料全是假的，成了无头案。讲师率两个弟弟上门理论，要求经济赔偿。两下没几句就谈崩了，六只拳头齐上，差点把崔所长活活打死！崔所长揉揉腮帮子，忍痛控诉："大学老师咋也恁野蛮？戴副眼镜看着怪文明，见一面就敢把女骗子睡了！被人骗了又来讹我。就算那女的是骗子，我又没叫你把女骗子领到家睡觉，赖得着我吗？弟兄仨凭什么找上门把我往死里打？"

挨过重击的下巴一笑就抽得痛，苟顺民赶紧忍住用手托着。小嘣豆这才注意到，忙问："兄弟，你脸上怎么也挂了幌子？媳妇打的吧？唉，老婆漂亮了，老公难免受气，都是男人惯的。忍得一时之气，免了百日之忧。千万别学哥哥我，两口子吵架嘴上不饶人，硬把老婆给气跑了。"苦主这才想起自己为什么跑来，恶狠狠说："打你活该！我看你就是欠揍！打死你才好，看你以后敢不敢再信口雌黄？还害不害人？"

"兄弟，你咋啦？" 崔所长一脸惊诧，"莫非在老婆那受了凉风，跑到哥哥这打喷嚏？"

"姓崔的，你把我害惨了！害得我挨黑打；害得我女儿从小就没了妈，你缺了大德！"

弄清老主顾火从何起，婚介所所长再也招架不住，两手抱头蹲在地上哀号："呜呜……我小嘣豆招谁惹谁了？疯子骗子都跑来欺负我！屋漏偏遭连夜雨，船破又遇顶头风。刚走了上当的苦主，又来了神经病婆娘的老公，我可怎么活呀？呜呜……来征婚的女人脸上没贴字，隔布袋买猫，我怎么知道一个个都是啥货色？我冤啊！呜呜……"

"你不是说我的婚姻是天作之合吗？你的爱神宝典呢？你和科研所合作的科研项目呢？你说电脑择偶成功率不是高达99.96%吗，现在怎么不灵了？"

"兄弟，你就别哪壶不开提哪壶了。"小嘣豆擦干眼泪，嬉皮笑脸地回答，"我小学没念完就去学说书，二十六个洋码字都认不全。我哪懂什么电脑，晓得什么软盘，它们是什么样我都没见过，耳朵里逮住几个洋名词，用在婚介所若事。‘红线’牌子被人砸了，婚介所关门了，哥哥我又得改行了！跟你实说吧：爱神宝典上的小洋人是我从外国画报上剪的，贴在塑料盒上哄傻帽。兄弟别生气，就算哥哥欠你的，将来有好事一定先想着你。”

“你……你不是坑人吗！”贵宾气坏了。小嘣豆破涕为笑：“俺兄弟真是老实人！这年头就是我坑你，你坑他，他再拐过来坑我。不坑人如何来钱？又有哪一行不坑人？你倒是给我说出来。就拿你们这些大夫来说，小病大处方，开高价药吃回扣，算不算坑人？兄弟你就敢说自个儿是圣人，从没宰过一个病人？哥哥开了半年婚介所，算是闹明白一个道理：‘各有因缘莫羡人’。婚姻是月老红线前生系定，是你的就是你的，命中有此劫，再也躲不过去！要不天底下这么多男的，女疯子为啥偏偏找上你？这就是命！好兄弟，你就认命吧！”

三

起风了，风声里裹着黄豆大雨点，气温骤降，来往路人缩着脖子匆匆往家赶。苟顺民坐在小饭馆靠窗口的位置，呆呆地看着雨中的街道在夜色里发出幽冷的光。夜幕降临，看看再没有顾客上门，老板娘无精打采地叹口气，吩咐服务员收拾桌凳准备打烊。喝得半醉的苟顺民却磨磨蹭蹭不想走。他实在不愿回去，害怕独自面对那个冷清寂寞毫无生趣的家。禁不住老板娘再三催促，顾客只得悻悻离开小饭馆。出门骤然受了寒风，胃里一阵翻腾，苟顺民蹲在马路牙子上呕吐起来，将刚吃进的酒菜又全都倒出……

街道灯光黯淡，勉强能分辨出脚下的路。苟顺民摇摇晃晃在街上走着，忽然隐隐觉得后面有什么东西悄悄尾随，心里骤然一紧，身子随之哆嗦起来，残存的酒意顿时消失得无影无踪。自从惨遭老丈人的暗算，女婿不仅身体留下伤痕，心里也有了阴影，总觉得暗中有人尾随自己伺机痛下黑手。苟顺民不动声色，悄悄掏出买来防身的水果刀，紧攥在手以防背后偷袭。幽长小巷是回家的必经之路，也是伏击的最佳之地。苟顺民进了巷口，尾随者仍跟在后面。“是福跑不了，是祸避不过。”今晚大不了拍个鱼死网破！苟顺民横下心，猛地转过身，挥动着水果刀，颤声喊道：“谁？是谁跟在我后面?！明人不做暗事，有种你就站出来！”出乎意料，背后没有人影，只有一团黑影。苟顺民瞪大眼睛仔细辨认，好一阵才认出尾随自己的是一条半大的黑狗。“狗东西！不吭不哈跟在后面，差点没把我吓死！”苟顺民一脚踢去，黑狗敏捷地闪开，任凭落魄者再三驱赶，丧家犬仍不屈不挠地跟在自选的新主人后面。

终于到了家，苟顺民摸出钥匙开门，扭头想看看尾随者离开没有，“嗖”的一声，一条齐膝高黑影闪电般抢先窜入屋里。明亮灯光下，房主人将不速之客看得清清楚楚：这是一条纯种的罗威纳犬，宽头、鼻短、耳朵紧贴头部，尾巴短小得几乎可以忽略不计，黑色短毛，特定部位为黄褐色，额头上方各有一个褐色圆点，乍看像是长了四只眼。罗威纳犬身上伤痕累累，血迹斑斑，像是遭人用棍棒痛殴，一双幽幽的黑眼睛看着自己，浑身颤抖不已，喉咙里发出低声呜咽。狗通人性。莫非这家伙从我身上嗅出医院的气味，晓得是大夫，特意来求救。没跟来也就算了，一路跟到家里又不能不管，好歹是一条命。医生想起自己救死扶伤的天职，动了恻隐之心，打开家庭备用药箱，先用碘酒后用酒精在伤口上消毒，再仔细敷上伤药。见狗伤得不轻，苟顺民心想：我挨黑打，你遭毒手，两个倒霉蛋，询问不速之客：你是谁家的狗？主人去哪了？罗威纳犬抬起头，“汪汪”叫了两声，算是回答。苟顺民叹口气，自说自话：我被欺骗，是无家之人，你遭丢弃，是丧家之犬，两个俱是落难者，我以后就叫你“丢丢”吧。罗威纳犬叫了一声，表示同意。丢丢身上抖个不停，一摸热得烫手，晓得是伤口感染，医生将消炎药碾碎和水灌入狗嘴，将喂女儿的奶粉挖了几勺，倒入开水兑成牛奶，里面泡了两个馍。丢丢像是饿坏了，伸出长长的红舌头，“呼噜呼噜”风卷残云般吃了个精光，吃饱喝足，熟门熟路寻到阳台窗下卧倒，很快就进入梦乡。

第二天一早醒来，丢丢这嗅嗅，那闻闻，像一条训练有素的警犬，房子里没有狗的气味，晓得没有同类与自己争宠，丢丢高兴地低低吠了两声，对新家表示满意。

苟大夫很快就为自己的善举后悔了。主人没打算让不速之客长住，准备等它伤口痊愈，就将其放归街上。丢丢可不这样想，它坚定地认为苟顺民就是自己的新主人，新主人的住处就是自己温暖的新家，再赶也不走。

以后的事情变得越来越令人难以容忍：以往平静无事的家属院骤起波澜——先是院子里养的鸡相继丢失，接着各家走廊挂的准备过年享用的香肠、腊肉不翼而飞。邻居互相猜疑，小脚侦缉队紧急出动，甚至惊动驻地派出所，却一无所获。众说纷纭，有的怀疑是野猫所为，有的断定黄鼠狼出没。苟顺民起初想到丢丢身上，面对厉声审讯，丢丢睁着一双天真的大眼睛，眼神写满无辜，令主人打消疑心。

老邻居赵金海养了一棚信鸽，打头的雄鸽为比利时桑杰士种系，流畅的流线型身架，华丽羽毛绸缎般柔软光滑，鸽眼明亮有神，捧在手上，肌肉膨胀富有弹性。这尾信鸽血统显赫，出身高贵，曾在本市千公里信鸽大赛中夺冠，主人视为掌上明珠。宝贝忽然消失不见，主人心急如焚，找来找去，发现地上几根鸽毛，一路寻去，终于发现院子角落偏僻处，一只信鸽疯狂地扑扇着翅膀，正在地上拼命挣扎，旁边一只黑狗饶有兴致地用爪子来回拨拉，像是猛兽拿猎物取乐。看见鸽主寻来，黑狗撇下口中食，一溜烟跑了。有人认出那是九号楼苟大夫家的丢丢。主人将受伤宝贝捧在手里，心疼得老泪纵横，半晌说不出话……狗赃俱获，真相大白！愤怒的人群涌进苟家，指责狗主放纵恶狗作案。铁证面前，主人只好赔着笑脸谢罪，一一埋单。苟顺民气坏了！揪住丢丢的后颈，任凭它四肢乱扑腾，发出凄惨的哀嚎，一路拖到院子大门外，飞起一脚将它踢翻！心里还不解恨，赶上去又狠狠补了几脚。见主人真恼了，闯祸的母狗惨叫着逃得无影无踪。

过了几日，仍不见丢丢的踪迹，苟顺民松了口气。谁知人狗纠结才刚刚开始。夜深人静，万籁俱寂。苟家门前忽然响起狗爪不屈不挠的抓门声，伴随着如泣如诉的哀嚎，像是惨遭父母遗弃的孩子历经千辛万苦又找到家，狠心的家长却拒不开门。苟顺民用被子蒙住头，横下一条心，外面再叫也不理会。左邻右舍从梦中惊醒，纷纷起来敲打苟家房门，厉声要求立刻制止噪音发生！众怒难犯。苟顺民只得乖乖将遗弃的狗让进家门。人狗重逢。丢丢欢快地摇着短尾巴，低低叫了两声，像是向主人报告：我回来了！苟顺民恨恨地看着丢丢，恶狠狠骂了声“滚!”四条腿的肚量远比两条腿的大。丢丢将不愉快往事忘得干干净净，毫不计较主人的恶言劣行，脸上挂着一副谄媚神情，卧在主人脚下，仔细舔着主人的大拇脚趾头，仿佛在品尝一截美味无比的香肠。苟顺民看在眼里，心又软了。

为了给丢丢长记性，主人第二天用绳子牵着狗在院子里游街。丢丢对活物多看一眼，或对别人家食物露出一丝兴趣，狗肚子立刻挨上狠狠一脚！体罚给丢丢上了深刻一课：好狗不吃窝边食。

丢丢在新主人精心喂养下，个头长得很快，目光炯炯有神，行动悄然而灵活，奔跑如同一道黑色闪电划过，毛皮尤为漂亮，油光水滑，又黑又亮，阳光照耀下遍体生辉，用手一摸，像是摸到黑色缎子，透着品种高贵。路上便急，丢丢行为十分淑女，不像别的狗那样不择地方、不顾场合，高高跷起一只后腿，肆无忌惮撒尿。丢丢东闻西嗅，非要找到一处干净僻静的地方才肯方便。出去遛狗，谁见了都夸：漂亮！真是条好狗！丢丢受到表扬心里激动，对着一家商店门前照镜子臭美，神气自鸣得意，那副德行似曾相识，想来想去，主人终于想起在选美小姐的脸上见过。自我欣赏过后，丢丢情绪亢奋，扑在主人身上，伸嘴要和主人亲吻。热情献吻不宜断然拒之，荀顺民只好将狗嘴推到一边，说感激之情心领，当众狗吻免了。

家属院的狗与附近小区的狗为一截腊肉皮发生争执，双方因细故而结大仇，约下场子，准备一决雌雄。两边倾巢而出，丢丢露出罗威纳犬凶猛好斗一面，口口到肉，爪爪见血，对方抵挡不住，夹着尾巴哀鸣着一起往回跑。系列恶战奠定丢丢的江湖地位，成为当地狗类里臭名远扬的带头大姐。随着家属院狗群势力范围逐步扩大，周围声名狼藉、劣行斑斑的恶狗纷纷跑来投靠，队伍越来越庞大，战事随之越来越频繁。每次出征，走在队伍前面的必定是杀气腾腾的丢丢，左右护卫分别是面目狰狞似狼的哈士奇与敏捷的德国黑背，随后的是斗牛犬、猎狐犬、斑点狗、贵宾犬、史宾格犬、纽芬兰犬、圣伯纳犬和体型肥大的白熊，更多的是血统复杂的杂种狗，压阵摇旗呐喊的是个头小、叫声大的板凳狗。丢丢的队伍连战连捷，直至威猛藏獒亮相，战场形势才发生逆转。

庞大的黑色身躯出现在眼前，家属院的狗们吓得胆战心惊，胆小的悄悄朝回退，胆大的绷紧四腿肌肉，做好随时消失的准备。丢丢却毫无惧色，迎上前与体积比自己大了三倍的对手对峙。两边扎住阵脚，双方头领互相打量对方。藏獒恶狠狠瞪着丢丢，眼神里充满不屑：这么个小东西竟敢和我对决单挑，寻着找死！丢丢仰起头，张开大嘴，长长打了个哈欠，一副无精打采的模样，像是没睡醒，接着茫然四顾，似乎不知发生了什么事情，最后，干脆后臀着地坐下，合上双目，仿佛沉思冥想的哲人。藏獒看在眼里，心里纳闷：这家伙演的是哪一出？紧绷的神经松弛下来，走过来想看个明白。突然，没有一声警告，没有任何斗前征兆，丢丢如一道黑色闪电掠过，一口咬住藏獒靠前的左腿！所谓“静如处子，动如脱兔”。藏獒的脸痛苦地抽搐成一团，发出一声长长的哀嚎，凄惨声音在整条街上空久久回荡。两条狗随即展开一场恶斗。藏獒身大力猛，却转身慢，加上左腿负伤，与对手周旋，动作总是慢了半拍。丢丢动作敏捷，藏獒稍有懈怠，就被快如旋风的对手扑来狠狠咬上一口，又闪电般跳回安全地带。多亏藏獒周身毛发浓密，否则早已被咬得遍体鳞伤。前来观战的人越来越多，都看得纳罕，都说从未见过这么凶猛的犬，居然敢跟藏獒对阵，而且场面占了上风！百密难免一疏。丢丢又一次进攻时，被状似懈怠的藏獒瞅准时机，用硕大头颅狠狠撞去，巨大冲击力将丢丢撞得腾空而起，摔了个四蹄朝天。藏獒白森森獠牙直取敌手咽喉！助阵的狗们同时发出恐怖尖叫，都以为女头领在劫难逃！藏獒再快快不过罗威纳犬。丢丢一个快速滚翻躲过致命一口，闪过同时，锋利后爪从对方左眼窝划过。血瞬间糊了藏獒半个脸。

苟顺民下班路过，见街上围满人，里面不时传出叫好声，心里好奇，挤进去一看，原来是两条狗咬仗。这有什么好看的？纯粹是吃饱了撑的。正想挤出人群，依稀觉得咬架的罗威纳犬似乎有些面熟，定睛一看，正是自家的丢丢！苟顺民大惊失色，上前厉声呵斥，企图将两条狗分开。丢丢斗红了眼，对主人的命令置若罔闻。旁边一个环卫工饶有兴致地立在那看，怀里扫地工具被苟顺民一把抢过。在大扫帚疯狂驱赶下，两条狗勉强分开。丢丢兀自悻悻地叫个不停，直到狗肚子挨了狠狠一脚，狗脑子才最终清醒过来，晓得势头不对，夹起尾巴，乖乖跟在主人后面回家。

丢丢身上几处流血，右臀伤口尤深。主人看得心疼，边疗伤边责骂："你在家不吭不哈，装得像个淑女，出门原来是个四处寻衅挑事的泼妇！藏獒你也敢惹，寻着找死呀！你就不怕人家吃了你！"一听"藏獒"，丢丢抬起头"汪汪"两声，像是在反驳：藏獒有什么了不起？要不是你半道跑来拉架，笃定是我赢！主人恼了，将高昂起的狗头又狠狠摁了下去，揪住耳朵严厉警告："你再敢在外面鬼混，与那些乱七八糟、浑身疥癣的街头野狗狼狈为奸、串通一气、结帮斗殴，小心我这回真把你一脚踢出家门！"丢丢天不怕地不怕，就怕无家可归，成了四处流浪、风吹雨淋、食不果腹、遭人厌弃的野狗，一听"踢出家门"，顿时蔫了，眼睛里没了光彩，脑袋也跟着耷拉下去，仿佛老师面前低头认错的小学生。

丢丢以后果然老实许多。窗外众犬狂吠，呼唤主将率队共赴斗场。看主人脸色不对，丢丢卧在沙发上，耷拉着耳朵，将脑袋埋在两只前爪里，一动不动，任凭外面喧闹，只作听不见。什么是头头？部下在外面受欺负，敢于勇于挺身而出的才是。丢丢的表现让部下大失所望，领头犬的位置很快被一条同样凶猛的德国狼犬代替。丢丢只有到了夜幕降临，才溜出家门四处溜达。苟顺民心里宽慰，多亏自己调教有方，自家宠物再不在外惹事。过了些日子，苟顺民隐隐觉得丢丢哪有些不对，腰身粗壮许多，肚皮紧绷绷，走路慢腾腾，没了以往的敏捷。以为是营养过剩造成体型发胖，主人也没放在心里。蹊跷的事情接连发生——先是沙发靠垫突然消失，接着女儿的小褥子不翼而飞，最后连丢丢也不见了。这家伙跑哪去了？主人放心不下，院里院外找了个遍，喊哑了嗓子，仍不见丢丢的踪影。丢丢这回真的丢了？还是被前主人找到带走？养了数月，人狗有了感情。苟顺民心里一阵惆怅。

睡到半夜，隐隐听见一阵轻微响动。莫非是贼人攀窗入室？苟顺民心里一惊，翻身下床，抓起长柄水果刀，悄悄摸到客厅，骤然摁下电灯开关，颤声喝问："出来！放老实点！不老实我可用刀捅了！"再喊也不见动静。苟顺民壮着胆子挨房间检查，结果什么也没发现。是梦中出现幻觉？还是自己听错了？边想边拉开储藏室。储藏室堆满杂物，里面没装电灯。手电光柱映出角落里一双黑亮眼睛，透过杂物嫌隙正盯着自己。苟顺民吓了一跳，定睛一看，原来是丢丢！失而复得，主人又惊又喜，蹲下身子嗔道："你这两天死哪去了？害得我到处找！"纳闷地问，"阳台上有狗窝你不待，躲在黑洞洞的储藏室里做什么？"丢丢伸出长长的红舌头，亲热地舔舔主人的手，表示回答。苟顺民这才注意到丢丢肚皮底下有什么东西蠕动，手电光柱凑近一照，原来是一窝刚产下的狗仔，黑灰色，每只拳头大小，数一数，整整八只。一条就闹得四邻不安，这下又来了整整一个班。苟顺民被群犬折腾的悲惨前景吓坏了，厉声质问母狗："你不明不白弄出一窝狗崽子，提前给谁打招呼了？生生生，你就知道生！生下来谁给你养？我反正不养，养也养不起！"主人越骂越起劲，挥舞着水果刀给自家宠物上风化课，"你看你现在成了什么鬼样子！一个姑娘家不知道自尊自重自爱，不明不白不知被哪来的野狗弄大了肚子，还好意思跑回家生产，一生就是八个！呸呸呸，不要脸，真不要脸！泼妇变淫妇，我都替你害臊！"骂着，骂着，甩不掉、挣不脱的老婆也被无辜卷入，"你和我老婆是一号货，都是破鞋！在外面被人家弄大了肚子，装作若无其事地跑回家害我。都把我当傻瓜！老天爷呀，我怎么这么倒霉！"丢丢不明白主人为何发这么大的火，低下虚弱的脑袋，紧紧护住自己的狗崽子，闭上眼睛，一声不吭，任凭主人叫骂。

家里成了狗窝，恶劣气味令主人再也无法忍受。必须立刻采取断然措施！主人将这一家子搬回阳台，出门前乘母狗不备，悄悄将两只狗崽装进提兜带走送人。罗威纳幼犬初次亮相在科室引起一阵骚动，年轻护士们立刻喜欢上方头、粗脚、大骨量、双睛不怒自威的小狗，这个喊“我要!”那个说“给我!”剩余的六只也被预订一空。中医科室欢声笑语，苟大夫家里却愁云惨雾。初为狗母的丢丢在家翻箱倒柜，四处寻找，不时发出痛失爱子的凄惨叫声。想叫你就叫吧，主人只作听不见。夜深人静，母亲寻子的叫声越发凄厉，一声接一声。主人咬牙忍着，邻居们却不干了。早上起来，苟顺民发现自家堆在楼道的蜂窝煤被人用水泡成煤浆，自行车前后轮胎的气门芯不翼而飞。晓得犯了众怒，当事人敢怒不敢言，心想，丢丢再这么折腾下去，早晚屋里飞进黑砖。

狗主人正琢磨着怎样才能把这一家子尽快打发走，家属院门卫老关领着一个陌生人找上门。来人满脸横肉，上身穿山寨版名牌西服，桃红色领结一头长，一头短，吊在脖子上晃晃荡荡，不像领带，倒似吊死鬼的上吊绳，下身穿牛仔裤，脚蹬冒牌耐克运动鞋，打扮得不伦不类。老关谄笑着介绍：“苟大夫，这是我表哥，专程从河南开封老家来。他爱狗如命，办了一家大型名犬养殖场，里面养的都是从各地搜集来的名犬。听说你家养了一条好狗，他非要我引荐上门拜访。”表哥点头哈腰，操着一口开封话说“苟大夫，打扰了。”表哥身上有股特殊的气味，那是常年与各种狗打交道留下的。丢丢敏锐嗅出危险气息，颈毛立刻乍起，警惕地注视着陌生人的一举一动，露出白牙，喉咙里发出“呜呜”的威胁声。“丢丢，不得无礼!”一旁主人厉声制止。表哥毫不在意，蹲下身子仔细端详，问道：“这就是跟藏獒咬仗的那条狗吗?”得到主人肯定的回答，客人点点头，连声称赞：“好狗！真是条好狗!”看完大狗看小狗，客人满意地说：“不错！没串秧子，一窝全是纯种狗。”直起身子对主人说，“大狗、小狗我都要，你开个价吧。”开价？开什么价？苟顺民没听明白。老关在旁解释：“我表哥看上你家狗了，想包圆买下。”苟顺民想都没想，斩钉截铁地说：“我不卖!”未等客人开口，主人又说:“丢丢能被好人家收留，我就放心了。你要是真喜欢，我统统送给你，现在就可以带走。”表哥第一次遇见苟顺民这号狗主，半信半疑地问：“您真不要钱?”苟顺民一挥手，断然说：“别跟我提钱。提钱窝心。你见过谁家卖孩子？只有一条：以后对丢丢要好。”老关和表哥对视一眼，脸上同时露出掩饰不住的笑容。表哥翘起大拇指，故作感动地说：“佩服，佩服！苟大夫救死扶伤，对狗也有一副菩萨心肠。真叫人感动！您放心，我回去一定把你的狗当宝贝供上。”楼下停着一辆面包车，后排座椅拆了，竖着一个铁笼子，专门用来运输猛犬。丢丢真要走了，主人心里倒有些不舍，特意买了一笼刚出锅的肉包子路上当狗粮。面包车刚启动，丢丢立刻意识到发生了什么，急得在铁笼子上蹿下跳，隔着车窗玻璃对着主人哀嚎，仿佛被父母舍弃的孩子苦苦哀求留下自己。苟顺民看在眼里，眼眶湿润了，无奈地摆摆手，像是永别。

丢丢走后，苟顺民心里一直空落落的。流言慢慢在家属院传开：丢丢去新家不是当宝贝供上，而是被倒手转卖。老关从中拉线捞了不少油水。苟顺民听到流言放心不下，找中间人问个究竟。老关捶胸顿足、指天画地，赌咒发誓绝无此事，说丢丢正在名犬养殖场享福呢，牛奶、鸡蛋顿顿管够，说丢丢由威猛帅气的公犬陪着，每天在草地上晒太阳撒欢谈恋爱，吃了玩，玩够了接着吃，比在你家强多了！苟顺民听了半信半疑。

第十三章

一

日子缓缓流淌，像一条懒洋洋的河流。千年古城缺乏改革开放时代紧迫感，许多事情总要比沿海晚上几年，我也未能免俗，业余时间不是扎堆聊天喝酒，就是通宵打麻将，日子过得昏天黑地。老父亲看在眼里，急在心头，多次苦口婆心、良言相劝，大儿子浑浑噩噩，无动于衷，只当春风过驴耳。糊里糊涂过了三十五岁，一夜更深漏尽，酒阑人散，浴室镜面映出一个中年男人的面容：面庞略显浮肿，两只眼袋鼓起，五官边角下垂，脸上有了皱纹，稀疏头发间杂着白发，呈秃顶趋势。身上添了岁月，脖颈赘肉松软，肚子鼓得像孕妇，救生圈的腰，体态臃肿难看，以往风华少年如今面目全非。“镜中见白发，欲哭反成笑”，心里一惊，苦笑着自问：这还是我吗？颓然坐下，内心沮丧，茫然四顾，回首往事，光阴虚度，事业家庭两不成，终于有了紧迫感，生平第一次认真考虑自己今后的路该如何走。

古城新闻单位体制改革第一次面向社会公开招聘编辑记者，老三积极鼓动我抓紧时间应聘。我担心自己学历低，考不上。老三说自古无场外的举人，你不进考场，如何知道？又说弟兄几个就属你文笔好，还是咱班语文课代表，准能金榜题名！老三借来复习材料让老大临阵磨枪，说“手中一支笔，万事不求人”；说和尚吃十方，记者吃各界，白吃白喝白看戏，逛名胜古迹不买票，漂亮女朋友手拿把掐，还能隔三岔五拿红包。我听得惬意，当即拍着胸脯大包大揽：“将来顺民二婚再惨遭丈人暗算，官司不打了，全靠我这无冕之王出头给你讨公道！”老四也给我打气，说在中心写作组那会儿，常去新闻单位送稿，里面美女如云，外销极少，基本内部消化。你进了报社，捎带着连找漂亮老婆也解决了。我听得热血沸腾，拍着胸脯表态：“乌龟爬门槛，但看此一翻。倘若天助人愿，婚礼上我俊媳妇的伴娘非老四莫属！老三当我的伴郎。”黑美丽听得高兴，扭捏了几下，担心地说：“只怕你媳妇嫌我丑，不肯让我当伴娘。”我听得哈哈大笑，断然道：“宁换新娘，不换伴娘！兄弟如手足，妻子如衣裳。我老婆胆敢嫌弃我的黑兄弟，刘端正立马休了她！”老黑听了越发高兴，笑声像是母牛咆哮。

弟兄们的鼓励让我像是打了鸡血，提气提劲，决心一搏，头悬梁，锥刺股，发愤苦读，连闯初试、复试、面试、新闻实践考试四关，最终如愿以偿进入报社。

离春节还有三天，编辑部嘈杂得像农贸市场。办公室里乱哄哄的，人来人往，有送年货的；有送购物卡的；有送请柬让跑口记者参加一年一度联谊会的。最多的是各单位送挂历的，像是河里赶着产卵的鱼，走了一拨又来一拨……年要过，出报也不能耽误。好不容易等人都走了，我赶紧坐下开始划版。看着桌上一叠稿件，我不禁发起愁：数量不少，有分量的却没有，明天拿什么做头题？正在挠头，“咚咚……”又响起敲门声。又是送挂历的。我喊声“请进！”头也未抬，半晌却无人吱声。我奇怪地抬起头：来人是个瘦小老汉，脑壳半秃、满脸皱纹、稀稀拉拉几根黄胡子，眼镜片比瓶底还厚，像是吴敬梓笔下落魄半世的私塾老先生从《儒林外史》里钻了出来。他巴结地笑着说：“老师忙着呢？”

“有事吗？”我边问边打量对方：一身二十世纪六七十年代公社干部装束，洗得褪色的蓝咔叽布制服套棉袄，裤腿沾满泥点，脚蹬旧解放鞋，肩上黑色人造革挎包几处裂缝，用线绳密密缝着。这身打扮和民工差不多，大概是农村来的“老上访”，怪不得看着面熟。老汉冤屈一定小不了，要不怎么快过年了还找报社。未等他回答，我说：“群工部搬一楼了。那儿有个群众来信来访接待室，有冤有苦去那申诉。”

老汉笑容更加谄媚：“我不是告状的，我是来给咱体育组送新闻稿的，”我有些意外，重新打量老汉。“我是咱报的通讯员，五年前就发了证。”老汉说着从兜里小心翼翼地掏出通讯员证，恭恭敬敬用双手递上。“甄守信，五十一岁，男，汉族，政治面貌群众，文化程度初中，农民，联络单位玉山县唐家镇。”原来老汉是群工部发展的农村通讯员。甄守信显得面老，看上去比实际年龄大了十岁。“原来是老甄，失敬，失敬，请坐。”我一边起身让座一边纳闷：地处秦岭北麓的唐家寨和体育新闻能有什么关系？老甄从破挎包掏出一叠稿子放在鼻子底下，闻味似透过厚厚眼镜片选出两篇放在我面前。平心而论，老甄的钢笔字写得不错，一笔一画也很认真，像是小时候练过书法。一看标题，我差点笑出声：一篇题目是《唐家镇小学今冬坚持长跑 学生身体好了感冒的少了》，另一篇题目是《刘村建起棋牌活动室正气上升 打架骂人歪风没有了市场》。这都是哪跟哪呀，至多是在镇广播站发表的水平。我将稿子推回去，忍住笑说："老甄，这稿子不好用。"

"咱这不是体育版吗？"老甄脸上甜蜜蜜的笑容僵住了，像是辛辛苦苦打下的粮食，交公粮时却被告知未验上。

"是体育版没错，可你这两篇和体育版不搭界。"

老甄心有不甘，嗫嚅着分辩："长跑算不算体育？运动会不是每次都有象棋比赛吗？"老通讯员把我问住了。

"倒也和体育沾边，不过……"

老甄未等我把话说完，又把稿子推了回来，"要是版面紧，两篇你任挑一篇算了，咱不让老师为难。"老甄一副宽宏大量不与我计较的样子。我被他弄糊涂了——咱俩谁说了算？ "不行，不行，"我反应过来又把稿子推回去，"体育报道讲个规格，国际大赛第一，全国第二，省上排第三，市级比赛发个短讯，你这稿子至多是一句话的'群体简讯'。"

"'群体简讯'有稿费吗？"老甄赶紧问。

"有。过去是五块，最近稿费调整到八块。"

"二八一十六。那还得麻烦老师给咱把两篇都发了。只有两句话嘛。"老甄可怜巴巴地望着我，一副乞求的神态。我这才明白：老甄本意不在发稿，而在稿费上。看着老甄一脸沧桑，我不由动了恻隐之心：农民通讯员写新闻稿不容易，见报就更难了。唐家镇巴掌大点地方，你能指望老甄能弄出什么重大新闻。见我犹豫，老甄乘机又把稿子推过来。我摇摇头，无可奈何地说："咱们丑话说在前面：下不为例！"老甄喜出望外，高兴地连连致谢："谢谢老师，谢谢老师。"说完，他却不走，一个劲盯着桌上看。"还有事吗？"我问。"老师，能不能……给咱……几张稿纸？"老甄支支吾吾地说。"没问题。"我随手将桌上整本稿纸都给了他。老通讯员千恩万谢出了门。老甄倒是真守信，以后再没给我送过什么"体育新闻"。有时在楼道里遇见，他招呼一声"刘老师"就过去了，又去敲别的办公室的门。

部里人事调整，我调到科普版当组版编辑。上任第三天，老甄就送稿上门。还是那个破挎包，他摸索着从里面拿出三份稿子放在我面前。吸取上次教训，我没有贸然先看稿，而是告诉对方："老甄，我现在分工看科普稿子，你别送错了地方。"

"我晓得刘老师刚调这里，送的就是科普稿。"我一边纳罕老甄的消息灵通，一边纳闷他居然也懂科普。一看标题，我乐了：第一篇《浅谈萝卜生克熟补的科学道理》，第二篇《保温瓶为什么会保温》，第三篇《冬天睡热炕的利与弊》。老甄误会了我的笑声，说："挎包里还有几篇，都给你吧，我就不给别的新闻单位送了。"稿件你还是自己留着吧，我赶紧拦住。老甄的磨功我已领教，不想再和他磨牙。我告诉他，科普版是向读者介绍最新科技知识和前沿动态，不是生活常识。咱们还是下不为例，"萝卜"按"豆腐干"版面处理，"保温瓶"和"热炕"你还是带回去吧。

"士别三日当刮目相看"，老甄应了这话。他以后送的科普稿，上自宇宙黑洞下自纳米材料，深入浅出通俗易懂，够得上科普专栏作家水平。甄守信的笔名"唐汉"期期见报。我也曾问他：这稿子真是你写的？老甄脸都红了，结结巴巴地说："当，当然，当然是我写的。"我调侃："老甄，你是红萝卜调辣面，吃出看不出。没想你还有这么大学问！"他忸怩着说："我买了本科普书，略微参考了一下。"

"参考"很快事发。今天刚上班，报检科就打来电话。看到作者的告状信和复印件，我鼻子都气歪了！老甄的"大作"均来自湖南某出版社的一本《科海漫游》，只是文字上略有改动。面对白纸黑字铁证如山，老甄低着头蜷缩在沙发里一声不吭，任凭我大声咆哮。雷霆过后，看着老汉可怜样，我心又软了：大学教授、博导还剽窃别人的文章，何况一个老农民。唉，也怪我糊涂：老甄写科普文章，那不是赶鸭子上架吗？他不当"文抄公"能行吗？最后老甄写了封悔过书把自己骂了个狗血淋头，寄给作者赔礼道歉了事，说是要退还稿费，最后不了了之。

一年一度的通讯员表彰大会召开，来自全市各行各业的数百名通讯员将报社会议大厅挤得满满的。通讯员大致分为三类：衣着光鲜气势不凡的多是党政机关和权力机构的；工厂企业的不显山不露水说话谦和；老甄之类的农民通讯员，人前畏畏缩缩沾着些灰头土脸。按每年见报稿件数量多少，老甄也评上了优秀通讯员。表彰会结束，各自呼朋唤友到饭馆一聚，老甄却带上奖状孤零零一个人朝回赶。别人招呼他吃了饭再走，老甄摆摆手说天不早了。吃饭时说起老甄。几个和他相熟的直摇头，说老甄这辈子混得真窝囊！甄守信年轻时当过几年民办语文教师，因为字写得好，文字也还通顺，在当地算得上半个秀才，被借调到公社以农代干当文书，整日里给领导写总结、写讲话稿、写各种材料，点灯熬油一写就是二十年，眼睛熬成半瞎子。几任公社书记都许诺解决老甄转干问题，说是材料已上报地区，最后都不了了之。随着机构改革，老甄被精简回乡当农民，当年和他一起的民办教师都转了公办。老甄是驼子跌跤——两头不着地。老伴想不通，气得犯了脑溢血瘫在床上。唐家镇靠多种养殖致富的农户不在少数。可老甄不甘心，总想在舞文弄墨上找出路。看别的农民通讯员干出成绩，转干当了官，认准了给报社写稿子这条路，撂下地里农活不干到处找新闻。别人地里麦苗绿油油，老甄家的却青中泛黄像是害了痨病。"老甄一家靠什么生活？"我好奇地问。"靠啥？靠稿费呗。"旁边的老编辑说。那才能有几个小钱？稿子用不用又没个准。"你知道老甄稿子的外号吗？"人有外号，没听说稿子也有外号。我摇摇头。"老甄的稿子在新闻单位被称为'扶贫稿'。大家看他可怜，网开一面，可用可不用的尽量都发了。老甄出了市报进省报，报社送遍送广播电台，到处送他的扶贫稿，一个月也有二三百块收入。老甄一周来送一次稿，他眼睛高度近视骑不成自行车，又没钱买车票，来回都靠两条腿。"我听了心里一阵酸楚：唐家镇离城三十里，老甄竟是一步一步量出来的。

那次表彰会后，再没见到老甄。有时碰见县里通讯员，断断续续得知老甄一些近况：老伴脑病二次复发，没等送到医院就完了，老甄随后大病一场，三个孩子，两个小的辍学在家，大女子跑到广东打工。

又快过年了。这天下午，我从跑口单位开联欢会回来，被熟人多灌了两杯，走路头重脚轻。出电梯间瞥见走廊尽头蹲着个戴旧棉帽衣衫褴褛的老汉。门卫怎么搞的，要饭的都跑到楼里来了。我一边嘟囔一边开门。"刘老师。"背后谁叫了一声。扭头一看，被我当成要饭的居然是老甄！老甄和要饭的实在没啥两样：一身衣服又脏又破扔在街上也没人要，眼镜右腿也不见了，用线绳系在耳朵上。他两颊瘦削，头发枯黄，"胡噜胡噜……"喘得像偎灶老猫，一看就知有病。看得出来，老甄的光景是王小二过年——一年不如一年。"刘老师，我又写了两篇稿子，麻烦你给看看。"我接过稿子放到桌上，看着老甄一时竟不知说什么好。"老甄，以后别写稿子了，干点别的吧。”说罢，自己都觉得是废话。“我能干啥？”老甄苦笑着摇摇头，“我是擀面杖掉进屎坑，闻（文）不得舞（武）不得。除了会写几篇豆腐干，别的啥也干不了。一辈子就这么荒废了。”两人没了话。停了一会儿，我起身将单位发的年货装满老甄的挎包，安慰道：“先过年，天大的事等过了年再说。”老甄千恩万谢地走了。我立在窗前，目送瘦弱背影寒风中渐行渐远……

初七上班第一天，总编室聚满闲聊的人，兴致勃勃谈着各自春节见闻。电话铃响了，总编拿起听了几句，赶紧示意大家闭嘴，“好好，我们明天就去人。”大家不知发生了什么事，屋里顿时静下。老总神色凝重，“刚才是唐家镇水流村第十三村民小组长来的电话，说组员老甄大年初五喝农药自杀，家里穷得买不起棺材。村民小组的意思是老甄写了多年的新闻稿，对报社没有功劳也有苦劳，请咱们去人商量老甄的后事该咋办。”兔死狐悲，物伤其类。老甄也算半个舞文弄墨的，又是报社老通讯员，听说他死得凄惨，大家心里都不是滋味。

第二天一早，我们驱车直奔唐家镇。进了镇，问甄守信家在哪无人知晓，提起经常在报上发表文章的“唐汉”，村民们都笑了：“你们早说‘土记者’不就完了。他住水流村东头，全村房子最破的就是他家。”尽管早有思想准备，老甄家穷得还是出乎我们的意料：土院墙已倒了一大半，三间旧瓦房房顶长满青苔，其中两间窗户没了玻璃用白塑料布蒙着挡风。屋里家徒四壁，除了三张床、两条烂板凳、一张破桌子、几个装粮食的瓦瓮，什么都没有。窗台上放着一盏用墨水瓶自制的煤油灯，我好奇地拿起仔细端详：怎么这会儿还用这个？旁边身穿重孝的小女子怯生生地说：“家里交不起电费，电灯早就被停了。我爸晚上写稿子就用它照明。”

出村口朝北百多米，陪同告诉我们，老甄服毒后暴毙于此，身边是一个空农药瓶子，路边半间房大一片麦地明显有滚压痕迹，可以想见他临死前遭受的巨大痛苦。大家红了眼圈，暗暗自责：早知道老甄家这么可怜，多发几篇“扶贫稿”就好了，他也不至于走上绝路。老甄生前活得凄惶，身后事却办得风光，报社、电视台、广播电台均派记者采访，报社总编主持追悼会，县委宣传部长和镇领导闻讯匆匆赶来，个个神情肃穆，对为社会主义新闻事业做出突出贡献的甄守信同志，表示沉痛哀悼和深切惋惜之情。报社职工捐了两万多块钱替老甄家还清外债，又为两个孩子置办了被褥衣物等生活用具。老甄遗像两边摆满了花圈和挽联，其中一副挽联写着：

笔耕十载新闻传播千家万户唐汉犹生，

贫病交加去意彷徨孤幼何依守信难死。

挽联对仗谈不上工整，意思倒还贴切，众人看了嗟叹不已。起灵鞭炮炸响，唢呐声声凄厉，纸钱雪花般空中飞扬，浩浩荡荡的送葬人流向墓地涌去，三个儿女号啕声中，老甄入土为安。农民通讯员的丧事是唐家镇有史以来办得最热闹一次，称得上备极哀荣。村民们啧啧称赞土记者死得值了！只有一个长者摇着头说：这人吃亏在摆不正自己位置，一辈子上不去下不来，捻不得轻，扶不起重，肚里这点墨水害了自己，也拖累了一家子。

前天路过唐家镇时，我从车里远远望去，唐汉葬身之处已是坟草萋萋。老甄已死去三年。

二

杨海是个文静秀气的小伙，面色白净，红唇皓齿，一双眼睛明亮有神，比许多姑娘还漂亮，和印象中粗犷剽悍的摔跤手截然不同。

全省青运会每四年举行一次，目的是为省专业运动队选拔人才，为备战全运会做准备，对各地市体育官员而言，代表团成绩好坏直接关系头上的乌纱帽。本届青运会决赛打响，过去默默无名的秦都市代表团一鸣惊人！高音喇叭不时向全市五十万人民报告“又一个特大喜讯”。眼看金牌一块接一块落入东道主囊中，别的代表团再也坐不住，纷纷打探夺魁奥妙。口音暴露秘密：秦都市游泳选手均说粤语；田径运动员操着湖南腔；摔跤手说话一听就是内蒙来的……中国体育体制痼疾造成一批“比赛专业户”，从各省运动会到全国青运会、城运会、大运会、工运会、农运会，都是同一张面孔参赛，以不变应万变，只是每次名字、身份、年龄不同。状一直告到主管文体的副省长那，揭发演变为狗咬狗。夺得冠军的“雇佣兵”拿到事先敲定的出场费，立即从秦都市蒸发，查处像一连串重拳打在空气里，显得十分可笑。摔跤比赛照常进行。专业对业余，成年人对青少年，就像猎豹和家犬撕咬，不到一个回合就决出胜负，秦都摔跤手摔遍全省无敌手，直至中国式摔跤六十五公斤级较量开始，“雇佣兵”才真正遇到对手。

杨海代表煤城出场，对手是来自大草原的剽悍汉子，胸毛浓密，一身腱子肉，两条胳臂铁棒般坚硬，压根儿没把一脸稚气的对手放在眼里。场上裁判刚下令开始，他就猛扑过来，上面左扯右晃下边连施拨脚，杨海却纹丝不动。蒙古汉子一看不行随即变招，转体用右肩顶住对手腋窝，准备用“倒口袋”把杨海从头上扔出去。杨海几次被背起，却始终单腿插裆别住膝盖，紧紧贴住对方背上，双脚刚落地，就上扳下叉一个麻利的“搓脚”将对方腾空撂倒。全场顿时一片欢腾！“雇佣兵”遇上劲敌，再不敢大意。第二回合，双方比分交替上升，眼看三分钟比赛时间已到，杨海抓住战机，佯上实下，俯身屈膝猛然发力，一个“穿裆靠”将蒙古汉子扛起，大喝一声“过去！”将对方摔了个仰面朝天。“漂亮！”全场观众齐声喝彩，来赛场选苗子的省摔跤队陈教练也为这位摔跤奇才连连叫好。

参加冬训的摔跤手头上腾着白色热气，有的蹲杠铃增强腿部力量；有的两两一组进行对抗练习。杨海抱着一人高沙袋，在垫子上一遍遍向后仰摔，练习古典式摔跤中的过桥摔，这种角力技术要求跤手有极好的柔韧性和强大的腰腹力量。杨海的技术动作已臻完美，随着每次发力，上百斤重人型沙袋次次干脆利索飞越头顶。看见我，杨海放下沙袋过来打招呼：“刘记者，你来了？”憨憨一笑，再没话了。杨海光着脚，穿条运动短裤，赤裸上身布满黄豆大汗珠，头上扣顶棉帽，看上去十分滑稽。“你这是哪一国的打扮？”我纳闷地问。杨海的脸红了，吭哧半天也没说出个所以然。陈教练一旁调侃：“我们杨海刚从科威特战场凯旋，和萨达姆的共和国卫队打仗受了伤。他在战场上表现得很勇敢，重伤不下火线，你们都市报要好好为他吹嘘吹嘘。”说着，一把揭下棉帽。杨海光头贴满纱布，胶布横一道竖一道斜一道粘着。像是被踢爆的足球，用胶布胡乱黏在一起。旁边的跤手都快活地笑了，饶有兴致地研究伤兵头。杨海抢过帽子又扣在头上，脸色窘得像红布。摔跤手的脑袋不是被共和国卫队打破的，而是火车站票贩子。省射击队和体操队最近接连外出比赛，买卧铺票成了令人生畏的任务。售票窗口是票贩子们的“领地”，半夜排队不见他们，早上开始售票，忽地钻出一帮子挤在最前面。射击队会打枪不会打架，体操队丫头更是秀才遇到兵，一晚上算是白站了，只好瞒着教练悄悄到摔跤队搬兵“维持秩序”。杨海是体工大队出了名的“活雷锋”，凡有出力、跑腿的活总是第一个想到他。这天早上，票贩子又像往常一样准时“上班”，出乎意料被人挡住。杨海嘴笨，翻来覆去就是那句话“大家都要排队”。一个膀大腰圆满脸横肉的家伙过来，看样子像是票贩头，兜胸狠狠推了杨海一把，嘴里骂骂咧咧：“你小子敢来这找茬，不想活了？滚一边去！”杨海站着不动，只是冷冷地看着他。“咦？你还不服气，咱俩到外头说去！”说着，揪住杨海领口使劲朝外拉，旁边同伙幸灾乐祸地笑着，像是看耍猴。杨海是个老实人，老实人轻易不发火，一旦发火，比平时动不动就发火的人可怕得多。新买的夹克被撕开一条口子，杨海真的火了。下边发生的事让在场人大吃一惊：票贩子突然从杨海头上飞了出去，仰面朝天重重摔在地上！杨海抢上去，右手抓住对手左衣襟，左手抓住衣袖，提起转身又是一个柔道立技中的背负投，对方沉重身体麻袋般狠狠撞向地面，一连三个背负投，票贩子被摔得魂灵出窍，躺在地上张着大嘴喘不上气，像一条被卡车撞飞的肥猪。这家伙今天早上中了头彩——寻衅对象是个训练有素的摔跤手。另外两个队友警惕地站在两旁，看哪个不要命还敢上。一旁票贩子们看得目瞪口呆，像受惊的老鼠一个个脚底板抹油溜之大吉。

省乒乓球队有个女队员叫羊羊。长相甜美，性格绵软，招人喜欢。追羊羊的人很多，用男运动员的话说是“饿狼群中一只小绵羊”。不知从什么时候开始，羊羊总和杨海在一起，看着俩人有说有笑的样子，许多小伙心里像打翻整瓶陈醋。羊羊的妈妈从外地来省城看女儿，一听女儿新交男友是个摔跤的，见了面脸色就不大好看。杨海赔着小心，鞍前马后地献殷勤。回去的时候，母女俩在前面说着贴己话，杨海扛着大包提着小包负重毛驴般跟在后头。进了火车站候车室，杨海把母女俩安顿好，自己去买矿泉水。刚出大门，杨海遇见煤城一个老乡。老乡带孩子来省城看完病，兜里只剩下买回程票的钱，没想上了票贩子的当，给的是过期废票。这下连家也回不去了。

“卖票的人在哪？”

“在售票大厅。我找过了，他不认账，说卖给我的不是这张。”

杨海火了：“走，找他们去！”

“算了吧。那帮人看着可厉害了。咱出门在外惹不起人家。”

“再厉害他们也得讲理。”杨海不由分说拉住老乡就走。两边一照面，双方都愣了——冤家路窄，又遇上那个满脸横肉的票贩子。“到处找你找不着，今天可是你自己上门送死！”一场恶斗随即展开，被票贩子围住群殴的杨海瞬间变成困境中的猛兽！值勤警察赶来时，满脸横肉的票贩子和一个同伙躺在地上痛苦地挣扎；杨海被啤酒瓶砸得满头满脸是血；受惊旅客议论纷纷。摔跤手狰狞形象和出手之快之狠给未来丈母娘留下极其可怕印象：这小子是只披着羊皮的狼！见了我低眉顺眼，现在终于露出原形！羊羊跟了他，将来非得被活活打死！

杨海的初恋至此结束。

全运会是国内竞技体育最高水平较量，事关形象，各直辖市、省、自治区对此十分重视，各地体委更是全力以赴，唯恐丢了头上乌纱帽。西北邻省上届走了背运，打进决赛的运动员仅有十八人，和其所拥有的人口数极不相称。该省省报就此在头版发表述评，题目是《××省体育大旗下站了几人？》文章见报后，当地舆论大哗！上面领导震怒，下边老百姓骂声不绝，万夫所指，体委官员弄得像过街老鼠，日子十分难过。竞技体育成绩靠票子堆起，有钱才能引进好苗子和优秀教练，购置价格不菲的训练设备。西北穷省自然不能和经济发达的沿海相比，我们团算来算去有望拿到手的金牌也就七八块。杨海在跤坛初露峥嵘，连夺全国青运会、大运会冠军，全运会预赛一路夺关斩将，以明显优势杀出重围。杨海夺金成了全团重中之重。

离决赛还有半月，杨海的体重比参赛级别超出两公斤。别人坐在屋里吊扇下还嫌热，杨海却穿一身密不透气的尼龙运动服从头到腿裹得严严实实，绕着田径场在烈日下跑步，满脸都是汗。“杨海，撑得住吗？”我看着他担心地问。“还行。就是饿得实在受不了，我五天没吃过一顿饱饭。”杨海可怜巴巴地说。决赛前一天晚上称体重，所有参赛跤手按级别排队过磅。一天水米未进，饿得两腿发软的杨海勉强过关。另一个参加大级别比赛的队友却没这么幸运。这家伙和杨海相反，体重还差2.5公斤，怎么也鼓捣不上去，尽管半月前就开始增肥，每天从早到晚五顿饭，鸡蛋最多一次吃了十二个，以至见了带壳的就想吐。过磅前，心急火燎的教练急中生智，提来半桶自来水填鸭般硬往里灌，可怜的跤手肚子膨胀得像临产孕妇，扳着腰腆着肚一步一挪上了磅秤，涌到喉咙眼的凉水再也憋不住，“哇”的一声，开闸急流般涌出，喷了正在弯腰看磅工作人员一头一脸……

摔跤手每次比赛消耗体力之大，非常人所能想象。六届全运会摔跤预赛在西宁举行，我现场目睹北京队一位跤手打完比赛后瘫倒在地，脸色青紫，严重窒息，全身不停地抽搐，样子十分吓人，队医为他插上输氧管抢救，过了好一阵，人才慢慢缓过来。跟摔跤队时间长了，慢慢看出些门道：杨海的力量并不占优，他的长处是柔韧性和灵活性，动作十分矫健，比赛往往后发制人，乘对方体力下降动作减缓之机，紧紧拴抱住对手双臂，下盘稳住骤然向后发力，随着暴雷似一声吼“过去！”身体在空中划出一条漂亮的弧线，魁梧对手被他用“过桥摔”从头上扔过去，摔个脸部着地，跤场行话叫“坐飞机”。“漂亮！”场外响起热烈的喝彩声，杨海以大比分获胜。我注意到场边一位留着板寸头的魁梧男人，蹲在地上全神贯注观察杨海的每一个技术动作。当杨海再次用过桥摔拿下全运会决赛第三场比赛，全场喝彩，板寸头却皱紧双眉连连摇头。这人是哪个团的？估计是下轮比赛对手的教练，提前来搞火力侦察，我没往心里去。谁知，杨海意外失利就是从此刻开始。

时针指向夜里十二点。我给报社发完稿子刚睡下，忽然响起敲门声。谁呀？我一边穿衣一边纳闷：这么晚了谁还来串门？开门一看：原来是杨海。“刘记者，不好意思，这么晚还来打搅你。”

“没事，屋里坐吧。”

“别影响人家休息，咱们到外头说。”路灯下，杨海结结巴巴吭哧了半天，我才弄清发生了什么事。今天下午，将和杨海争夺冠军的S团的那位跤手缠上杨海。在邀请赛和预赛中，杨海两次以大比分赢了对方，俩人实力明显不在一个档次。明天就要决赛，对手现在找自己能有什么好事？杨海预感事情不妙，见了就躲，最终还是在洗手间被堵住。对手开出底价，要求将冠军拱手相让。

“你答应了？”我着急地问。

“没有。全团上上下下百多号人都看着我，那样做的话，我连自个儿都对不住。”

“你是怎么回答的？”

“我说：我答应了，教练也不答应；教练答应了；代表团也不答应！”

“好样的！就这么回答，”我又问，“教练知道了吗？”

“没有。陈教练火暴脾气出了名，让他知道非得跟人家闹崩。大家都是干这一行的，我不想把关系搞僵，”杨海眉头紧锁，担心地问，“我现在心里特没底。刘记者，你说明天不会出什么事吧？”我安慰他：“赛场上实力决定一切，再说还有那么多眼睛盯着呢。你多虑了！明天就要决赛，赶快回去休息吧。”我嘴上轻松，心里忐忑，当了几年体育记者，知道两句黑话：“体能类项目靠吃药，竞技类项目凭钞票。”裁判是暗箱操作的核心人物，“裁判的工作做好没有”成了体委内部公开的秘密。不怕竞争对手明着硬拼，就怕买通裁判暗地算计，但愿杨海千万别在这个环节栽跟头。回到屋里，“豆干”劈头问我：“杨海叫你出去干啥？咱们可是预先说好：信息共享。你可别背着我搞什么独家新闻。把老哥给晾了。”

“你想哪了？小伙子打进决赛，激动得睡不着，找我来聊聊。”

豆干姓窦，转业来到省报，因当过几天部队通讯员，安排在编辑部体育组。老窦工作认真，只因文化水平有限，拿不下人物通讯、新闻述评之类大活，只能写二百字短讯。前年春节联欢，省体委主任多喝了几杯，当着众人面拿他开涮：“窦记者，你跑咱体育口也七八年了，见报的稿子我都看过，拿尺子左量右量，没有一篇比豆腐干大。是省报看不上体育这块儿，还是你在单位混得背？”老窦的脸一阵红一阵白，尴尬得说不出话来。从此，同行们背后都叫他“豆干”。豆干半信半疑，在我脸上瞅了一会儿，也没瞧出什么破绽，“开个玩笑，开个玩笑。”说着，翻身又睡了。

国际式摔跤最后决赛即将开始，报社、广播、电视台一帮随团记者跟屁虫般跟在杨海后面，要抢在第一时间把夺魁消息发回。板寸头早早来到赛场，一问，果然是决赛对手的教练，随着裁判一声令下，杨海闪电般扑向对手，前者膀宽腰细腹肌分明，后者虎背熊腰筋肉暴突，四条粗壮的胳膊扭在一起，双方都在用全身力气角力。决赛一开始，我就感觉不对：对方消极比赛，没有一次主动进攻，按比赛规则，“消极”是要被判双手扶垫跪撑罚摔，直至打完三分钟，也没被罚过一次。场上裁判执法尺度对积极进攻的杨海明显不利，一是消耗体力太大；二是难以发挥技术特长。第一局杨海只得一分，是打进决赛以来得分最少一次。陈教练脸色铁青，几次到场边裁判监督席申诉。第二局比赛开始，对方依然一味消极防守，时间已过去大半，杨海仍只有一分优势。此时是最危险的，万一对手得分，形势将急转直下！大家的心都提到嗓子眼。好个杨海！趁对手松懈瞬间，一个漂亮的过胸摔让对方从自己头上飞了过去。“漂亮！”全场暴雷般喝彩，观战的人都站了起来，以为大局已定。杨海抱住对手躯干用力往下压，对手拼命抵抗仍被迫双肩着地，裁判却视而不见。年轻的杨海此时犯了大错：抬头看场上裁判，用目光询问为何不判。压在身下的对手借松动之机，用力翻上。几经翻滚，降体重消耗过大的杨海反被压在下面。场上裁判此时却明察秋毫，立刻拍垫判杨海双肩着地败北！“判不成！”陈教练狮子般怒吼，冲进场内理论，赛场顿时秩序大乱！几个工作人员连拖带架将教练“请出”……

事发突然，全团目瞪口呆！豆干为抢新闻将杨海夺魁消息提前发回，此刻彻底傻眼：省报已将这条消息作为今日头版头条，而且是通栏大标题。窦记者第一次将臭豆干变成香饽饽，激动得一晚没睡好，报纸这会儿已开印，打电话撤稿也来不及了。玩笑开得太大了！想到回去将面对老总疾风暴雨般责骂，新闻同行冷嘲热讽和不怀好意的笑脸，豆干急得直转圈，嘴里不停地嘟囔：这可咋办？这可咋办?！杨海张着嘴一句话也说不出，人整个傻了。发奖时，杨海面色惨白精神恍惚，和赛前仿佛换了个人。站在冠军领奖台上的对手脸上勉强挤出一丝笑容，低着头始终不敢正视杨海……

“四年苦练、流血流汗，毁于裁判一次‘误判’！这跤没法摔了！”返程火车上，杨海流着眼泪对我说。望着年轻面孔，我想安慰他几句，却又无话可说。杨海念书时学习成绩不错，父母一直想让他上大学，为了事业，荒废学业，到手的冠军却飞了，这对杨海太不公平！

哀莫大于心死。回去不久，摔跤手离队。

此后，我再没见过杨海。

三

春去夏来秋复冬，转眼又是一年。新春将至，家家户户响起菜刀砧板合奏曲。苟顺民晚上正在厨房忙年夜饭，隐隐听见楼道传来断断续续的呜咽声，声音极弱极细，似将断的丝弦，谁在门外哭泣？苟顺民刚把门打开，一个浑身泥污、肮脏不堪的活物踉踉跄跄跌将进来，挣扎着走了两步，四肢再也支撑不住身体重量，扑通一声倒地。这是什么怪物?！苟顺民吓了一跳，赶紧后退两步，戴上眼镜一看，认出是条瘦骨嶙峋、奄奄一息的黑狗，看上去依稀有些面熟。苟顺民心里骤然一紧：莫非是送人的丢丢又跑回来了？凑近仔细打量，狗的外形变化太大，还是不敢确定，小心翼翼地询问：“你是丢丢？”黑狗挣扎着抬起脑袋，对着旧主硬挣着点了点头。苟顺民大吃一惊，接着问，“你，你怎么成了这般模样？新主人虐待你了？”两行浊泪从黑狗眼睛里淌出，似乎在无言倾诉心里无尽的冤屈和哀痛。苟顺民看得心痛不已，眼前丢丢与以往生龙活虎的模样不可同日而语，形象惨不忍睹：鼻子从中间豁开，左耳少了半截，身体遍布抓痕、牙印和棍棒击打留下的伤痕，像是历经九死一生。开封离此上千里地，丢丢是怎么找到回家的路？路上一定吃尽千辛万苦。前狗主吃惊之余，心里又有些内疚。

将息数日，丢丢终于能站起来了，走路仍一瘸一拐。苟顺民将四条狗腿依次提起检查，这才发现是左后腿骨折，赶紧请来本院骨科大夫，手法正骨复位，上夹板固定，外敷内服续筋接骨药物。经过多日调养，去除夹板之日，丢丢走路已无大碍。苟顺民出去遛狗。丢丢高兴地一路蹦蹦跳跳，路上遇见同院的狗，旧雨重逢，双方嗅来嗅去，尾巴摇个不停，相互致意。走着，走着，主人手中的牵狗绳突然绷紧，丢丢一窜多高，颈毛乍起，眼睛因充血变得发红，像是看见不共戴天的仇人，发出可怕的咆哮声！苟顺民吓了一跳，不知出了什么事？还未等他反应过来，丢丢已挣脱绳索束缚，离弦之箭般朝前射去！老关在大门外和卖鸡蛋的小贩为五分钱争得面红耳赤，一条黑狗猛地向他扑来！老关猝不及防，撞了个屁股墩，手里一网兜鸡蛋掉在地上摔个粉碎，蛋黄蛋白淅淅沥沥淌了一地。未等他反应过来，“刺啦”一声，刚上身的新夹克被狗爪豁开，紧接着，右腿肚子被锋利的白牙咬个贯通。惨叫声惊动来往行人，都驻足观看。冤家路窄，老关认出袭击者是谁，顿时魂飞天外！挣扎着爬起，一瘸一拐朝门卫室逃去，一只鞋也跑丢了。牛皮鞋很快变得面目全非，丢丢丢下咬得稀烂的皮鞋，继续追赶仇人。老关将门从里面插上，透过窗户玻璃胆战心惊地偷窥复仇者的举动。丢丢对着木门怒吼，见对方深藏不露，越发暴怒，后退数步，一个猛冲高高跃起，“咚！”用胸脯狠狠撞击大门，仿佛古代死士用攻城锤冒死猛轰城门。木门被撞得摇摇晃晃，窗户玻璃震得乱响，撞击声惊动越来越多的人跑出来察看。丢丢胸脯毛发被血染红，兀自用身体猛撞木门不已，像是誓与仇人同归于尽！外面人看得胆战心惊，屋里人更是丢魂丧胆，搬过桌子抵住门，大声求救：“救命呀！这狗疯了，大家快来帮忙，把它赶走！”

苟顺民匆匆赶来，一看眼前玩命阵势，也吓了一跳，赶紧上前抓住拴狗的绳子。丢丢不肯罢休，两眼通红，嘴角淌着白沫，对着传达室大门狂吼暴跳不已。待看见屋里老关那张吓得煞白的脸，狗主人心里什么都明白了。“苟大夫，你家的狗今天怎么了？”人们纷纷过来询问。苟顺民气愤地将事情来龙去脉和丢丢回家时的惨状讲了一遍。家犬千里寻主，大家听了都有些感动，夸丢丢真是条义犬。几个年轻人听了气不过，将门叫开，非让老关当着大家面说清楚。獠牙威胁下，老关低头承认：他领到苟家的不是什么“表哥”，而是唯利是图的狗贩子，名犬养殖场纯属虚构。丢丢被直接拉进斗狗场，每日流血流汗、疯狂撕咬，替新主人卖命挣钱。狗贩子挣大钱，老关拿小头，报酬是一万元。联想到以往院子里几条纯种名犬莫名其妙丢失，众人越发起了疑心，逼问之下，老关无可抵赖，只得承认：是他和狗贩子合伙干的。问怎么得手的？老关羞答答回答：乘周围没人，他用香肠将狗诱进门房，狗贩子将狗麻翻装进编织袋，用车拉走。聘门卫聘来内贼。大家气不过，被盗走宠物的人家更是又气又恨又心痛。“我拐的是狗，没有偷人，犬非人，所以不能算偷。”见老关还在狡辩，丢失宠物的人家实在气不过，一拥而上饱以老拳，打得老关喊爹叫娘、抱头鼠窜，逃得再不见踪影。

苟顺民将寄养在亲戚家的小女儿接回。两狗一见如故，狗狗见了丢丢喜欢得不得了，搂住狗颈抱在怀里，一会儿揪揪耳朵，一会儿拽拽尾巴，腻住再不肯松手。丢丢见了狗狗母性大发，眼神里充满温柔，像是想起自己失落在外的孩子，不时伸出长长的红舌头，舔舔孩子白嫩的小手。狗狗玩乏了，躺在沙发上睡着了。丢丢紧靠旁边，躺在地板上假寐，门外一有响动，立刻抬头竖起耳朵，警惕地睁大眼睛，低低吠两声，以示威吓，像是保卫女王安全的忠实卫兵。看着小女儿睡时憨态，父亲怜惜不已，坐在身边，一遍遍摩挲狗狗黑亮的头发，骤然心里一惊：浓密头发里夹杂着星点发亮的东西，捏在手里凑近细看，原来是头发多日不洗生了虮子。父亲看在眼里，心里难受，亲戚毕竟不如父母精心，女儿寄养在外遭罪了，再难以后也要自己带孩子。父亲将女儿外衣烫过，内衣丢弃，又烧了几壶开水倒在搪瓷浴缸里，调好水温，正要将狗狗叫起洗澡，楼下响起传呼声：“苟大夫，传达室有你电话。”

一路小跑来到传达室，再想不到是精神病院打来的。张院长劈头一通训斥：“苟顺民，我说你这人是咋回事?！自己老婆住院治疗，大半年过去，再不见你露面。有你这样当丈夫的吗？亏你还是个医务工作者，真不像话！”

“她住不住院跟我没任何关系！有事你找她家长，别找我。”苟顺民没好气地回答。

“霍娜是你合法妻子，怎么能说和你没任何关系？难道你们离婚了？我怎么不知道?”张院长疑惑地问，随即否定，“不可能！精神病患者住院治疗期间，没有监护人签字，法院轻易不会判离婚。你长期不来探视，不尽做丈夫的义务，算怎么回事?”挨了黑打的丈夫终于爆发，回敬道：“探视容易，性命难保！我也想去医院探视，想来想去不敢去，怕再遭人暗算。非要我去也行，只要你当院长的立下字据，确保我人身安全，如有意外，探视产生的一切后果由你负责！”谈话变得越来越吸引人，传达室里鸦雀无声，正在对弈和围观的齐齐竖起耳朵。张院长语塞了，过了一阵才说：“清官难断家务事。我受人之托，传话与你，来不来医院探视，你自己看着办。我劝你还是抽空来一趟，毕竟从法律上来讲，你和霍娜还是合法夫妻。”

受辱丈夫还要据理反驳，远远传来凄厉的犬吠声，苟顺民依稀听出是丢丢的呼救声，顿时脸色大变！撂下电话听筒，疯了般往家跑。远远看见楼下站满人，仰着脖子一起朝上看——丢丢眼睛血红，口吐白沫，浑身皮毛湿漉漉，站在五楼自家窗沿上，对着下面一个劲狂吠，像是召唤主人速速归来！看架势，主人再不回来，它就要舍命从高楼跃下。晓得家里出了大事，苟顺民三步并作两步，冲上楼打开家门，一看顿时吓得魂飞魄散——小女儿仰面躺在地上，双眼紧闭，面色青白，身上衣服湿得精透，像是刚从水里捞出。父亲将女儿抱在膝上，脸朝下拍着脊背往外控水，嘴对嘴做人工呼吸，折腾一阵，小女儿断断续续哭出声。苟顺民这才放下心。卫生间里一片狼藉，放脸盆的铁架子倒在地上，旁边是翻倒的小凳子，地上全是积水，洗澡香皂沉在浴缸底，肥皂盒却漂在水面。看了事故现场，苟顺民心里明白：自己刚出门，狗狗就醒了。小孩子顽皮，搬来小凳子站在上面玩水，不小心一个倒栽葱滑入浴缸，拼命挣扎却再爬不出来，呛水导致窒息，多亏丢丢相救，跳进浴缸噙住衣服，将小主人从水里拖了出来。父亲摩挲小女儿的头发，心里充满歉疚。丢丢在旁轻轻舔着小主人娇嫩的小手，像是为自己守护未能尽职感到内疚。“爸爸。”女儿终于醒过来，低低叫了声。苟顺民彻底放下心，看着狗狗黑亮的眼睛，瞅瞅丢丢愧疚的眼神，心里一阵激动，将女儿和宠物一起搂在怀里，动情地说：“亲狗狗，好丢丢，咱们一家三口今后永不分离！”

狗救幼童事迹传开，晚报派记者来家采访，社会新闻版很快登出《义犬勇救幼主》的消息，并配有大幅照片。照片上的丢丢却不识抬举，呲着白森森的獠牙，对欣赏它的读者狂吠。义犬救主消息越传越远，来家看望丢丢的人络绎不绝，主人将事情经过讲了一遍又一遍，直讲得口干舌燥、头昏脑涨。

第二天晚上，刚熄灯睡下，门铃又响了。以为又是好事者上门，主人蒙上被子，只做听不见。谁知门铃却顽固地响个不停。苟顺民无奈，嘟囔着起床，一开门，迎面就是一顿臭骂，骂主人是个混蛋！怎么看的孩子？压根儿不配当爹！狗狗有个三长两短，我们跟你没完！骂得主人不笑强笑，赔着小心回话。主人老友深夜来访，丢丢兴奋不已，强行吻过。黑美丽一旁看得眼热，“丢丢，丢丢”叫个不停。丢丢不理会，只顾与男客人亲热。主人笑着论证：“这就叫同性相斥，异性相吸。端正兄弟，我家丢丢吻你，说明她看上你了。”我边躲闪母狗热情献吻，边解释：“丢丢心明眼亮，好人坏人分得清。见了好人，热情有加，见了坏人，置之不理。”下面的话更损，“丢丢嫌自己长得黑，只爱皮肤白的，潜意识里有些自卑。好不容易盼来个从未谋面的亲姑姑，没想比自己还黑！丢丢难免有些郁闷，有些迷惘——黑美丽姑姑为什么比她长得还黑？俺奶奶是咋生的孩？”屋里响起一阵爆笑！怕里屋狗狗被惊醒，苟顺民做个噤声手势。黑美丽又气又笑，笑罢觉得自己吃了亏，举拳作势要打。丢丢扑过横在中间，对着客人露出白牙，喉咙里发出低沉的威胁声。黑美丽吓得赶紧收回拳头，这才想起自己还没送上犒劳品，从挎包里取出一个饭盒放在狗面前，柔了嗓子，低声下气地说：“好丢丢，快来看干妈给你带的什么好吃的？”饭盒盖打开，香气扑鼻，里面是几块表面煎得焦黄的牛肉韭黄馅饼。看着自己宠物狼吞虎咽啃着喷香的馅饼，苟顺民馋得直流涎水，抱怨老黑为何不多带几块，让主人也解解馋。老黑还没答话，我先乐了，在旁插话：“你小子越长越没出息！这么大人了，还跟你三岁狗闺女争东西吃。咬牙忍着！等它吃剩下的你再接着吃。”苟顺民气得直翻白眼，老黑咧开大嘴，笑声像母牛叫，差点笑残。

第十四章

一

惠民医院经济效益是王小二过年—— 一年不如一年。院里人心浮动，各寻各的出路。老魏眼亮，提前办了病退，下乡开诊所为农民朋友服务。苟顺民无处可去，只好留在医院苦撑，当爹又当娘，挣钱不敢花，那点死工资顾了狗狗顾不了自己，只好厚着脸皮回家蹭老爷子的，离婚的事也顾不得了。

狗狗转眼到了入托年龄。苟顺民到附近几家街道办托儿所看了，都不中意。卫生条件差不说，阿姨全是家庭妇女，满口黄牙又蠢又笨，吃饱还行，想学点东西绝无可能。苟顺民越想越难过：妈妈成了疯子，爸爸是穷人，生在苟家算是倒了霉。人生起跑线上，狗狗一开始就落在人后。想着那张可爱的小圆脸，父亲眼泪流了下来……腰间手机响了："您是苟大夫吗？我是肖玲玲。"声音透着亲热。肖玲玲是谁？实在想不起。"苟大夫贵人多忘事，您不是找过我吗？怎么，不想把孩子放工大幼儿园了？"

"狗狗去工大，当……当然去……去工大……"苟顺民激动得话都说不出来。

送狗狗入托那天，听几个家长小声嘀咕：托儿所心忒黑！赞助费每个孩子两万块，入托前必须缴清。苟顺民听得心惊肉跳，自己那点工资一年不吃不喝也不够。可刚才在所长那办手续时，没说要缴赞助费呀。"你们都缴了？"苟顺民问。家长们脑袋齐齐扭过，一起发问："不缴怎么能行，你难道没缴？"

"缴了，当然缴了。你们都缴了，我怎么能不缴？"

问清没有漏网之鱼，家长心理取得平衡，脑袋又都扭回。苟顺民心里纳闷：别人都缴赞助费，托儿所为什么不叫我缴？大概知道我处境困难特意免了。所长好人哪！胖得像如来，果然是佛面佛心。

小嘣豆找来时，苟顺民差点没认出。两年没见，这家伙从头到脚一身名牌，连眼镜都换成进口的。看着故人惊奇眼神，小嘣豆得意地笑了：“兄弟，认不出了吧？士别三日，当刮目相看。哥哥我鸟枪换炮，鲤鱼跳龙门，今非昔比！”说着递上烫金名片。苟顺民接过一看：

中美合资飞达商务股份有限公司公关策划部部长
崔白羽博士　高级经济师

故人扑哧笑出声，揶揄道：“崔所长二十六个英文字母都认不全，你什么时候成了博士？变‘高级’了？”小嘣豆也笑了，“印在上面蒙人的。现在的人眼皮子浅，不装潢包装，他不拿正眼瞅你。不过我们公司可是真的，母公司在纽约，是实力雄厚的跨国集团。我现在一月挣八百，不是人民币，是美金!”

“你还有美金？又是从画报上剪下来的吧？”上当者再不信鬼话。小嘣豆不爱听翻旧账，生气地说：“兄弟，你咋还拿老眼光看哥哥？姜太公没遇周文王前倒霉蛋一个；韩信未拜大将前受过胯下之辱；刘备起兵前和他娘贩履织席为业，好汉也有走背运的时候，要不怎么说英雄不问出身。小嘣豆不是久居人下之人，这辈子难道就没有发达的一天？一朝被蛇咬，十年怕井绳。老弟多心了！闲话少叙。今天找你有正事要办：香港一大富商下午飞抵古城考察项目，晚上飞达公司为贵宾接风，请你出席作陪。”

小嘣豆这回没吹牛，来的郭董事长果然是香港富豪。作陪的除了飞达公司的人，还有政府官员和本市商界名流。董事长不苟言笑，端坐上席目不斜视，众人恭敬递上的名片都由秘书代接。贵宾矜持，主人拘谨，作陪的更是腰板挺直，满座神情肃穆。不像吃饭，倒似皇上赐宴。苟顺民如坐针毡，吓得不敢动筷子，心里直悔不该来，这顿饭吃得真难受，哪有在大排档吃碗羊肉泡馍自在。“这位先生，您的名片呢？”苟顺民正在胡思乱想，私人秘书绕过来问。

“我……我没有名片。”苟顺民脸红了。

“您没有……没有名片？”秘书似乎不信。

“我是大夫，没……没印过名片。”

大夫？一个看病的怎么跑这来了？十几双眼睛齐齐盯着他，毫不掩饰鄙夷神情，像是发现高贵白天鹅群里混进一只丑小鸭。苟顺民自惭形秽，从脸瞬间红到脖子。“苟大夫是名医，专攻疑难杂症，药到病除，妙手回春。”小嘣豆赶紧解围。“苟先生是看中医，还是西医？”一直不说话的董事长终于开了金口。

“我是中医大夫。”

“中医好，西医治标，中医治本。可惜国内四大名医都过世了，我无缘一见。”董事长像是有感而发。

“郭先生哪儿不舒服？信得过的话，我倒可以为您诊脉。”说到本行，苟大夫镇静下来，对姚老嫡传心里有数，更想在狗眼看人低的家伙面前露一手。“苟医生不必费心。我这病说起来也不是什么要紧症候，从幼时起，每年立秋前后，前胸后背生出许多红色颗粒，慢慢延伸至满头满脸，不疼不痒，只是浑身发燥，总要等到冬至才自然消退。中外名医看了不少，有的说是一种罕见的皮肤病；有的说是内分泌失调，药吃了不少，也不大见效。年纪大了害怕吃药，索性不看了。”

“郭先生是聪明绝顶之人，一定听说过术有专攻，看病不在名气大小，总要对症才能见效。”

“没有金刚钻，不敢揽瓷器活。我兄弟着实得了名师真传，董事长不妨一试。”小嘣豆在旁鼓动。

“那就劳动大驾，请苟先生先看看脉。”

在旁伺候的领班赶紧吩咐抬来茶儿，铺上洁净台布。苟大夫闭目调息，敛气凝神，三个指头按准寸、关、尺三步脉位，细细把脉，再换左手脉诊，切完脉再看舌苔，看罢却不言语。众人对视不知何意。“从脉息上看此病还能治吗？”董事长问。苟顺民沉吟了一下，说：“我还年轻，不懂分寸，有些话在长者面前不知当不当讲？”董事长摆摆手：“病不避医。苟先生就请照实说来。”

“那我就得罪了。从脉息上看，郭先生必定出生在大富大贵之家。”

董事长一惊：“这也能看出来？”苟顺民笑答：“我说得对，您点点头；说得不对，您摇摇头。”接着道，“令尊令堂身体硬朗，尤其是令尊身体健壮异于常人。有您时，令尊年龄当在二十八岁间。”

董事长点点头：“家父行伍出身，七十多岁了仍能冬泳。父子年龄相距断得也准。”

“您是长子，而且是头胎，身体特棒，从小至今未得过大病。”

董事长愣了一下，又点点头，说：“我在家排行老大。三十年代，举办全国健康儿童竞选，我当选三岁组男童亚军，蒋总统夫人亲自颁的奖。”

苟大夫屡说屡中，周围人都被吸引。“下边的话就该打嘴了！令尊先天充足，元气盈沛，正当青年，又多服了参、茸、鞭、金锁阳、肉苁蓉等纯阳大补大热之品，以至内火太盛。交合之际遗下热毒，您先天胎里坐下病根，秋燥则发。从脉象看为洪大脉，邪热较盛，属燥热实证。除您所说上述症状外，夏秋两季还应有便秘、尿短黄、潮热、口渴等症。”

董事长听罢脉息，连连点头，叹道：“真是人不可貌相！苟先生虽然年轻，脉理却如此精深，所说无一不中！使郭某顿开茅塞，佩服！佩服！”重新入席，董事长请苟大夫坐在自己身边，询问师从何人。得知姚老年事已高，家人再不让接诊，连叹“可惜！”再提起老病，苟大夫说：“大热燥烈之品不可再服，酒戒了为好。栗子、龙眼、蜜柑性燥之物少吃为佳，雪梨、芦笋、香蕉等清凉生津或解热通便的食物应四季不断。我再给您拟一个清热润肠的方子，若嫌煎汤药麻烦，可制成大蜜丸，入秋每天睡前服一丸。坚持数年，有望见好。”董事长双手接过药方再三谢了。

苟大夫一炮打响，让小嘣豆在公司大大长脸。以后凡有重大交际活动，名医作为公司经典节目，场场被邀友情出演。人有了身份就惜命，听说座中有名医，人人争求看脉。男人沾了钱或权，免不了一个“花”字，外面偷泄了本元，回家还要按时交公粮。人到中年，斫丧过度，双管齐下刀枪并举，底下难免露出怯来，一个个添了些头晕目眩腰膝酸软肢体沉重畏寒乏力的毛病。苟顺民却不点破，一律都是“肾亏”，按桂附地黄汤加减拟方。服了都说好！随着苟大夫名气传开，请的人越来越多。

今晚又有饭局，座中一位是金凤凰洗浴城的杨老板，西服革履，扎着桃红金利来领带，大背头焗得乌黑油亮，指套钻戒、腕戴金劳，说话口大气粗，典型的暴发户。小嘣豆吹嘘名医，杨老板青眼相看，听说苟大夫有妇科工作经历，越发来了兴趣，当即邀请：“苟大夫，我想请你来敝处保健中心兼职，一是那正好缺个中医；二是想借阁下这块金字招牌提升金凤凰洗浴城的知名度。不知意下如何？”苟顺民淡淡一笑，却不接话，该洗浴城挂羊头卖狗肉，声名狼藉，自己早有所闻。去花柳之地，进风月场所，前贤早有训言——“医家五戒”云：“视毕即回，看回只可与药，不可再去，以避淫邪之报。”未等苟顺民回答，小嘣豆抢先说：“能者多劳。请苟大夫出诊的太多，怕一时半会儿抽不出空。”杨老板哈哈大笑："无非是钱嘛。我比他们出的都多，总可以了吧。苟大夫每周只来三个晚上，不影响你平时出诊，月薪五千，外加一千块车马费，同意的话，下周你就来金凤凰洗浴城上班。"

每月六千块！赶上我小半年工资了！苟顺民陡然心动，转念一想：只要自己尽职尽责，恪守传统，春心不动，牢记明代名医陈实功所撰"医家五戒十要"中云："凡娼妓及私伙家请看，也当正已视为良家女子，不可他意见戏，以取不正。"洗浴城保健医似乎可以一试。心里正在踌躇，小蹦豆见状，在桌子底下踢脚。苟顺民不知何意，最终应下。

出了门，小嘣豆一个劲埋怨苟大夫答应太急，说杨老板挣的都是'脏钱'，何不乘机多敲他几个，让哥哥也跟着尝腥。

金凤凰洗浴城养了七八十位按摩技师，客人回头率低的随时可能被淘汰。苟大夫的职责除了指导穴位按摩，纠正手法，还有一项重要任务——把好按摩技师"个人卫生关"。杨老板交代完任务，令领班"先牵十头来"。洗浴城里如何养着许多动物？苟顺民听得纳闷。过了片刻，十名按摩技师叽叽嘎嘎拥入，苟大夫这才明白她们在老板眼里的地位。杨老板随即换上笑脸，摸摸这个脸，拍拍那个肩，对苟大夫说："这些技师都是我的好妹子，你一定要认真检查，对她们身体健康负责！"

周末华灯初上，豪华大厅进来几个老板模样的人，为首的是个白胖老头，头发稀疏，眼泡下垂，脸庞略显浮肿，一看便知是酒色之徒。老板赔着笑脸，恭恭敬敬将来客请进贵宾间。"今晚该你这大名医露脸了！"杨老板悄悄说，"李总是咱们的重要客人，没少往金凤凰送钱。老爷子人老心不老，今天不管你用什么招数，也得让他老人家家伙硬起来！"苟顺民愣了，做梦也没想到老板出此损招，为难地说："这……这可不好办。"杨老板脸色顿时难看起来，说："我在李总面前五马长枪替你夸下海口，说你是名医的关门弟子，真有绝活！总不能叫我屙出来再缩回去。养兵千日，用兵一时。你今天就是拿嘴吹也得给我吹硬！"斯文扫地！苟大夫的脸成了茄子色，传出去，医生颜面何在！一怒之下，真想拂袖而去！杨老板换副脸色，笑嘻嘻说："开个玩笑，我晓得大名医总会有办法的。"不由分说推进贵宾间。

李总躺在按摩床上，肥肚子挺得老高，肥胖松弛的躯体活像褪了毛的大白猪，闭着眼听完杨老板介绍，鼻子哼了声，算是打过招呼。苟大夫犯难了：不中用的老家伙如何弄硬？中医学院和指导老师都没传过这下九流的招，边琢磨，边取肾盂、命门、关元、三阴交等调补肾气、固本回阳诸穴，用重手法点穴……

贵宾室里荡起淫声浪语，过了好一会儿，满面红光的李总才走出，嘴里直嚷嚷："爽，真他妈爽！"杨老板屁颠屁颠跟过，问："你老人家筋骨活便了吧？"李总满意地点点头，问："你从哪找了这么个男人？床上按摩功夫真不错，效果强多了！"听见的都乐了。随从递过一千块钱，李总笑着对苟大夫说："你伺候得不错！和里面那位享受同等待遇。"男人们听了都笑。苟大夫脸一阵白，一阵红，恨不得地上裂条缝让自己钻进。

"苟顺民在金凤凰洗浴城当保健医"消息传开，全城同业嗤之以鼻，年轻医生讥讽苟大夫走了桃花运，天天欣赏残花败柳；老中医痛骂苟顺民辱没先师，糟蹋行道！风声传到耳里，苟大夫难免愧悔，先贤的书都念到狗肚子里了！当即痛下决心，再不干这糟蹋师门的下流勾当，再不进藏污纳垢的洗浴城。

医院昨天贴出集资建房通知。"攒鸡毛凑掸子"，自己倾其所有，加上老父亲平生积蓄，还差五万。这可这么办？祖孙三代不能总挤在一间旧房里，不为"按摩技师"服务，自己又能干什么？有钱的王八大三辈，无钱充不起硬汉子。什么叫"一文钱难倒英雄汉"，什么叫"逼良为娼"，这回算是明白了。

三黄、蛇莓、车前等清热解毒利水通淋的药材熬成药液，放凉后按秘方添加对下身杀菌有奇效的柠檬汁，苟大夫像往常一样配好洗下身的中药液，唤来六个患病的按摩技师坐浴。忽然，楼道传来一阵急促脚步声，门"哐"地被一脚踹开，警察一拥而入，六个按摩技师吓得齐刷刷站起，紧挨着的是不知所措的苟大夫……金凤凰洗浴城门口停满警车。面对众多摄像机和照相机，低矮肥胖的苟大夫走在队伍的最前头，茫然四顾，似乎还没意识到发生了什么事。带头大哥的若无其事和遮遮掩掩的买春客和卖春女形成鲜明对照，给警察留下深刻印象：这是一个仗着有钱赎身没把进去当回事的老嫖客。随警方出动的老记们也对苟顺民产生了浓厚兴趣，长枪短炮一起瞄准……

"蹲下！"警察一声大喝。"我不是……"苟大夫刚想申辩，膝窝挨了一脚，只好乖乖蹲下。"姓名、家庭地址、工作单位……"警察挨个审问抓来的买春客。轮到苟顺民，审讯者互相交换了一下眼色，坐在当中的警察讥讽："你站着没人高，蹲着没狗高，咋还恁大劲？怪不得都叫你'花狗'。"蹲在地上的买春客们听得有趣，一起扭头瞻仰“花狗”尊容，都偷偷笑，有几个忍不住笑出声来。“笑啥呢?！都给我放老实点!”警察赶紧过来弹压……

二

“苟顺民和六个卖春女一起被抓”的传言，将从号子里出来的“花狗”永远钉在惠民医院耻辱柱上。苟顺民也不分辩，他对吃不饱、饿不死的大锅饭没了兴趣；对“发热清开灵，感染双黄连，心血管病香丹针”临床业内法则早有烦言。每次参加业界学术会，苟顺民都大声疾呼：中医最大特色是因人而异，辨证施治，注重个体，而不是千人一剂的流水线。参麦注射液、鱼腥草注射液、痰热清注射液、热毒宁注射液、康艾注射液、血栓通注射液、丹红注射液……提取越来越多的中药成分转为注射液，其有效性安全性均有待检验，绕过肠胃屏障，通过静脉注射，直接进入血液，必定存在安全隐患。全国药品不良反应监测网络收到中药注射剂报告逐年增加，年超过十二万例次，其中严重报告逾七千次！急功近利的医院，医药企业强大“公关”能力，个人呼声显得苍白无力，苟顺民萌发个人挂牌行医念头。

办了辞职手续，苟大夫开了一家“惠民国医馆”，每日忙得不可开交，月底盘账，数钱数到手软。

今天下午，“惠民国医馆”来了一个穿西服、打领带，夹着黑色公文包的中年男人。每次轮到他，总是摆摆手让后边患者先看。这家伙莫非有什么难言之疾？苟大夫看在眼里，起身把中年男子让进里屋。接过名片，才知道来人是律师。王律师说：“我是受我的当事人霍彪先生的委托，专程来找您。”苟顺民一惊，哆嗦着问：“他……他怎么知道我在这里？找我干啥？我和他没任何关系!”王律师没有回答，从公文包里拿出两页打印好的A4纸递过，说：“请您先过目。”苟顺民战战兢兢接过，心想老丈人又要使什么毒招？一看是“离婚协议”，内容只有一句话：“鉴于我女儿霍娜身体的实际状况，同意其解除与苟顺民的夫妻关系。”下面是监护人霍彪的亲笔签名。苟顺民简直不敢相信自己的眼睛！翻来覆去地看，担心会不会又是什么陷阱。

“如果您同意，请在这一式两份上都签字。”

那顿黑打教训太深!“霍家真的没有附加条件?”霍家女婿还是不信。律师回答肯定："至少我今天来没有。"苟顺民这才放心签字。送出门，律师想说什么欲言又止。苟顺民看出来，说："有什么话你就直说。"律师犹豫了一下，说："霍先生快不行了，就是这几天的事。"苟顺民惊得眼珠子差点从眼眶里弹出，颤声问："你，你说什么?!"

王律师叹口气："霍先生患了肝癌，发现时已到晚期。我的委托人没有要求我做，但我想还是应该告诉你：霍先生昏迷时断断续续喊着两个人的名字，一个是他女儿霍娜，一个是他的外孙女狗狗。"

老苟将亲家恨之入骨，提起骂不绝口，听到霍彪病危的消息和人生最后愿望，态度来了个一百八十度大转弯，郑重告诫儿子："你岳父再可恶，也是狗狗的亲外公。临终不让爷孙俩见一面，天理人情都不容！"

肿瘤医院单人病房，面色青黑形如槁木的霍彪在床上缩成一团。虽有思想准备，苟顺民还是吃惊不小：剽悍精壮的汉子三年不见竟成这般模样。见到狗狗，霍彪眼睛顿时亮了，拍拍床用微弱的声音说："快，快到姥爷这来！"狗狗乖乖地偎在霍彪怀里。端详着外孙女一双天真无邪的大眼睛，外公流下两行浊泪。"姥爷不哭，姥爷乖乖不哭。"狗狗用小手给姥爷擦着眼泪，"哇"的一声，自己也哭了起来。霍彪挥挥手，让陪护把狗狗带出去。锥心剧痛袭来，纵然是硬汉子也忍不住喊出声！苟顺民赶紧跑出去叫医生，注射完大剂量杜冷丁，病人安静下来。翁婿对视，霍彪说："你在里面受罪了。"苟顺民心里纳闷：我进看守所，他怎么会知道？霍彪苦笑道："你被释放是我交的罚款。"女婿的脸一下子红了。霍彪递过一个信封，里面是豪宅的钥匙，"搬回去住吧。"余恨未消的女婿推回信封。霍彪喘着气说："你……你现在也有女儿了。你，你将来会理解，一个做父亲的为了自己的女儿，什么……什么事都做得出！我实话告诉你吧，娜娜上大学时和一个公子哥好上了，为他做过三次人流，最后一次差点送命！小白脸的父亲是高官，本人是情场老手，上当的女孩不止我女儿一个。小白脸和一个门当户对的女孩结婚，把……把娜娜当……当一块用过的破……破抹布扔掉！娜娜撵到他家理论，却被他母亲骂了出来，说是你自己贱！娜娜经受不住一下子疯了！"霍彪声音哽咽了，"她妈死后，我怕孩子受委屈没有续弦。辛辛苦苦养了二十年的女儿，就让这个小杂种给毁了！不过，小杂种下场也不妙，生不如死，下辈子再做男人吧！"岳父眼里阴冷的光令女婿心里直打战。"娜娜的病时好时坏，全靠药物控制。女儿大了总得嫁人，千挑万选你最合适。谁知……”霍彪摇摇头，停了一阵，又说：“我给娜娜开了个户头，够她在精神病医院用一辈子。看在她是狗狗亲妈的分上，逢年过节领孩子去看看她，别……别让娜娜一个人太寂寞，算我求你了！”霍彪大口喘息着说，“亲家是个好人！……回去告诉你爸爸，霍……霍家做事对不起苟家……欠你们父子的，我，我父女俩来……来世再还吧。”说完，霍彪闭上眼睛再不说话……

回去路上，苟顺民心里像是打翻五味瓶，什么滋味都有。狗狗问：“姥爷的病什么时候能好？”苟顺民愣了一下，说：“快了。”狗狗高兴地蹦了起来，欢呼道：“太好喽！姥爷又能到托儿所看我了。”苟顺民奇怪地问：“姥爷去看你？他什么时候去的托儿所？”

“我去托儿所第一天，姥爷就来了。每周他都来看我，”狗狗抬起小脸看看爸爸，怯生生地说：“托儿所肖阿姨叫我不要告诉你和爷爷。爸爸，你不生气吧？”

“不生气，爸爸不生气。”苟顺民现在才明白：两万块的赞助费为何没要，肖所长为何前倨后恭。前女婿心里热乎乎，一块坚硬的东西逐渐融化……

三天后，霍彪走了。与冠盖云集盛大婚礼场面相比，葬礼显得格外凄凉，只有霍家几位近亲和苟家祖孙三代。苟顺民感叹人情冷暖、世态炎凉，挥毫写下挽联：

> 盖棺论定，总系怜女累慈父；
> 病因心碎，临去犹自念弱孤。

岳父过了“七七”，苟顺民领着狗狗去看狗狗的妈妈。

省精神病院是二十世纪五十年代复古民族形式，铺琉璃瓦，飞檐斗拱，典型的中国式大房顶，里面开间宽，进深长，室内净高比通常房间高出许多。走廊光线幽暗，透着几分阴森，蓝色墙裙多处斑驳，白色墙皮间或脱落，透着岁月沧桑，两厢病房门装着铁丝网，里面不时传出低沉咆哮和尖声咒骂，气氛凄清阴惨，正常和疯狂只有一墙之隔，令人感叹。一名中年男医护将父女领到132号房间门口停下，随着钥匙转动，屋里传出一阵慌乱响动。门开了，若不是病床床头插着病人名牌，苟顺民简直不敢相信自己的眼睛：以往那个丽人不见了，眼前病人白发蓬乱，面庞虚肿，眼睛黯淡无神，谁也不认得了，见到生人，赶紧把一个脏兮兮的布娃娃紧紧搂在怀里，眼里露出惊恐的神色，威胁着发出“呜呜”声，像是正在哺育狼崽的母狼见到猎人……狗狗吓得直往后退，哭着问：“这个阿姨怎么啦？爸爸，我怕！”苟顺民搂住狗狗，眼泪忍不住地往下掉，哭着哄孩子：“阿姨有病。狗狗不怕。爸爸在这！”内心自责：霍娜真可怜！毕竟夫妻一场，我早就该来了。孩子太小，等她长大后，我再告诉谁是她的亲妈妈。还要教育孩子：你可以不和你妈妈在一起，但心里必须给她留个位置，逢年过节要来看她。这是为人子者应尽的义务。

从精神病院回来当晚，苟顺民独自坐在家里发呆，前尘往事涌上心头，忍不住凄然泪下，一时万念俱灰。电话铃响了，话筒那端又传来小嘣豆快活的声音：“恭喜！贺喜！大喜！苟大夫又要走桃花运！……”

三

大儿子的婚礼是父亲晚年最舒心的一件事。老爷子拿出当年指挥作战的劲头，坐在家里运筹帷幄，婚宴地点、酒席桌数、档次规格、来宾名单、迎亲车队、婚礼司仪、印刷请柬……诸事都要一一审定，甚至将大孙子的名字都早早想好了，儿子既然是“老虎”，孙子大名就叫“刘小虎”。

记者的社会交往多，得知我要结婚，熟人都嚷嚷着要来喝喜酒，原定的三十桌酒席坐不下，临时又加了五桌。我身着名牌西装，扎着桃红色领带，脚上皮鞋光可鉴人，稀疏头发虚虚吹了个小背头，脸上打粉底淡淡抹了胭脂，打扮得油头粉面。新娘披着雪白的婚纱，乌发高高盘起，本来姿色平平，经过美容师精心修饰，仿佛换了个人，出场光艳照人，引来一片赞美声。我恪守诺言，说服新娘让黑美丽当伴娘。老黑生平第一次获此殊荣，激动地彻夜难眠，天不亮就起来化妆，头发烫得像狮子狗，盘子脸抹了厚厚一层脂粉，大红旗袍罩着虎背熊腰，圆滚滚身子绷得像巨大木桶。黑脸大块头伴娘引人瞩目，成了婚宴上一朵奇葩。我正忙着敬酒，一眼瞥见婚宴大厅进来个长者，身穿公安蓝制服，却没有帽徽领章，像是退休的老警察。我岳父快步迎上，一边紧紧握手，一边抱怨对方“怎么现在才来”招呼来宾挨着自己坐下。

一对新人挨桌向来宾敬酒。敬酒来到岳父这桌，我一眼认出那双锐利的三角眼，迟到男宾就是二十年前审问我的老警察！仿佛当头一棒，我当时就懵了！脑袋“嗡嗡”作响，胃里一阵翻腾，神情恍惚，张口结舌，暗暗叫苦不迭，真是冤家路窄，本人婚宴上撞见死对头！新娘热情地向新郎介绍来宾：“这位是孙伯伯，和我爸同年参加公安工作。他俩在刑警队搭档多年，老战友了。”妻者齐也，做丈夫的违心跟着叫“孙伯伯”。我对“孙伯伯”至今心有余悸，一指禅点穴曾让我痛得死去活来。退休刑警冷冷地看着我，像是审视犯人，看得我心里直发毛，开口更叫我心惊胆战：“新女婿看着有些面熟，咱俩以前好像在哪见过？”老刑警的姑娘找了个贼女婿，传出去岂不成了笑话。我窘得面红耳赤，一口否认。鹰隼般眼睛如同多年前那样死死盯着我，退休刑警坚持道：“我当刑警三十年，阅人无数，练就一双火眼金睛，看人从来过目不忘。咱俩肯定见过面！只是地点一时想不起来，莫非是在公安分局？”客人话里有话，岳父似乎咂摸出异味，瞅我的眼神都不对了。一夜卖身，终身是娼；一日偷人，终身是贼。我痛悔自己少年时的不良行径，羞得只恨地上没裂条缝让自己钻进去。岳父疾恶如仇，性子火暴，要是知道自己女婿曾经做过贼，在公交车上偷钱包被抓，非得当场掀了酒桌！要命关头，我只能故作糊涂：“交通分局我常去，税务分局我去的不多，不知您说的是哪家？”

“我说的是东大街公安分局，你进过吗？”老刑警冷冷地问道，声音不善，像是确认我是谁了。一言轰去了魂魄！我张口结舌，脸上肌肉抽搐着，不笑强笑，故作镇静地回答：“您老一定是认错人了。我从未与公安打过交道，也没有进过分局，只去过一次驻地派出所，还是为了转户口。”老刑警还想继续审下去，一旁泼辣新娘不干了，娇嗔：“孙叔叔没喝就醉了！请您来喝喜酒，没让您来审案子。俺家新郎官人老实胆子又小，杀只鸡手都哆嗦。您张口‘公安’，闭口‘分局’，把俺家小刘吓得脸色都变了！万一吓出毛病，耽误我们小两口今夜入洞房，谁来负责？谁能负责?!”周围来宾听了都笑，都说新娘子毕竟是警察家出来的，说话麻辣、一针见血，都怪孙老汉警察职业病得的深，看谁都可疑，见谁都板着脸来个三推六问，不看看这是什么场合，大喜日子也不怕主家扫兴。新郎也跟着故作苦笑。退休刑警仍板着脸，怀疑地打量着我。伴郎是苟顺民，这家伙脑子就是好使，见气氛尴尬，料定新郎婚宴上遇见冤家，赶紧大声招呼黑美丽过来，两人共同举杯，“代表新郎向新娘的叔叔敬酒”。我乘机转身离开，只觉得脊背冰凉，冷汗将内衣湿透……

洞房花烛夜，一番缱绻后，幸福新娘进入梦乡，呼噜声传出多远，新郎却毫无睡意，婚床上辗转反侧，思索婚礼窘况，想起沉痛往事：

一大一小两个男人疾行在街上，走在前面的是交院保卫干事大老郭，后面紧跟着做贼未遂、惨遭警察修理的小倒霉蛋。大老郭身高腿长，走路风快，我连奔带跑才勉强跟上，累得汗流浃背、气喘吁吁。出了北城门洞，本该继续朝北走，大老郭却贴着城墙根西行。残砖断瓦，枯木朽株，衰草斜阳，鸦雀聒噪，不闻人声。他领我来这干什么？我心里纳闷，又不敢问。正疑惑着，大老郭陡然止步，转过身，恶狠狠瞪着我。“郭叔，我、我……”心里发虚，嘴里嗫嚅。“嗵！”膝窝结结实实挨了一脚，我腿一软，不由自主跪倒在地。“谁是你叔？谁家有你这么个侄子，那叫羞先人！小小年纪不学好，偏要去做贼！”大老郭越说越来气，揪住我头发，大嘴巴子左右开弓，抽得我眼冒金星，满脸是血。才遭警察收拾，又被保卫干事毒打，我不干了，爬起来一蹦多高，捂着火辣辣的腮帮子，大声哭喊：“你凭啥打我?!”大老郭一脚将我踹倒，指着我骂道：“不是我打你，是我替刘守义教训你！”一提父亲的名字，我顿时蔫了，再不敢吱声。“你爹的事，我都清楚，他冤枉呀！你爹宁折不弯、敢作敢当，牺牲自己，救了多少人命！我虽然和他只是点头之交，却打心眼里敬佩他。那年月饿死了多少人！我老家在安徽无为县……”说到此，声音哽咽，再说不下去……以后我才知道：大老郭的老娘和两个舅舅就是那年饿死的。停了一会儿，大老郭又开始骂：“响当当硬汉子，怎么生了你这么个没起色货？别人家的孩子给家长争光，你朝你爹脸上抹屎，你他妈什么玩意儿！”

“郭叔，我一时糊涂，以后再也不敢了！”想起从小父亲就教育儿子做人要行得端。立得正，自己现在却沦为街上扒手一伙。卿本佳人，奈何做贼？我羞愧难言，痛哭着再三保证。“算你小子命大！今天是我值班，放下电话，匆匆赶到分局，进门就听说要报送你去劳教。”

我一听脑袋都大了！小小年纪成了“两劳人员”，让我以后如何做人？父子双双收监，一家人还能活吗？

“我再三替你说情，说你父亲是戎马半生的老干部，谎称已于前年病故；说你母亲去了干校；说家里六个孩子，你是老大，一旦送去劳教，五个孩子谁来管？还得给政府添麻烦。说你一贯表现良好，从无盗窃行为，我拿党性人格保证，这孩子绝对是初犯。我领回去，院保卫科一定严加管教！好说歹说，分局总算网开一面。”

郭家与我家素无交往，关键时刻却主动为一个犯人的儿子担当。我感激之余，又有些担心，嗫嚅着说：“郭叔，你，你看，今天的事……”大老郭一挥手，豪爽地说：“你爹守义我守信。今天的事权当没发生！不过我丑话说在前头：你小子以后再敢做贼，我跟你新账老账一块算！”我终于放下心，明白了他领我到人迹罕至处的良苦用心……

大老郭恪守信言，将刘端正曾经做贼的秘密永远烂在肚子里。那天，刘记者在街上邂逅故人，当年高大魁梧的大老郭如今已白发苍苍、垂垂老矣，拄根拐棍踽踽独行。我向他鞠躬问好，搀扶过马路，垂手肃立，目送远去，仿佛当年的小学生邂逅过去的班主任，不由得不老实。我老婆一旁看得纳闷，问拄拐棍老头是谁。我回答是过去的一个老邻居。得知老邻居与我家并非世交，退休前也只是个芝麻官，老婆越发奇怪。她最清楚记者德行——这行干久了，个个混成老油条，大小官员见多了，早没了敬畏之心，嬉皮笑脸，拍拍打打，全无上下尊卑之分。为何今天见了一个退休多年的小科员，老公却一改平时油腔滑调，变得毕恭毕敬、判若两人？老婆出身警察家庭，熏陶出疑神疑鬼的毛病，说她冷眼旁观老公和老头关系不寻常，老头以前又干保卫工作，由此推理，莫非两人以往有过一段精彩故事？老婆越琢磨越觉得这里面有戏，最后索性站住不走，强烈要求老公必须立刻说出以往糗事，一来让她解解闷，捎带着长长见识；二来自己遇人不淑，只能早下贼船。我大窘！矢口否认这里面有故事，经不住老婆再三盘问，最后羞答答承认“少年时犯过仅有的一次生活错误”，私自改动案情和作案性质，作案地点从1路公交车转移至“交院果园”；偷钱包篡改为“偷苹果”。老婆听得齿冷，撇撇嘴，满脸不屑：还以为老公作下什么惊天大案，让她好一阵紧张，闹了半天，保卫科干事抓获的是个“小馋猫”……

冬至之日，正是大老郭大去之时。仿佛心灵感应，我待在办公室里烦躁不安，站也不是，坐也不是，臭着一张脸，与人说话像是吃了枪药，正焦躁着，骤然脑子一闪念，莫非小妹家又遇上了什么难事？小妹身体不好，提前病退，妹夫早早下岗，全家日子艰辛，穷得一度交不起房租。几个哥哥姐姐一商量，将父母留下的那套旧房给了小妹。自行车驶进交院家属院右拐，对面楼下稀稀拉拉并列放着几个花圈。谁家死人了？我好奇地骑近一看，上面赫然写着“郭守信同志千古”。我大惊失色，车把一晃，差点从车上摔下来，去年我还在街头看见他，人怎么突然就走了?！匆匆赶到附近花圈店，买了一个最大的花圈，我挥毫写下挽联：

救人育人长者千金一诺，感恩戴德小子不忘教诲。

挽词为“尊敬的郭叔叔一路走好！世侄刘端正痛挽”。焚香鞠躬完毕，我默默端详着大老郭的遗像，往事涌上心头，一时百感交集，禁不住悲从中来，放声大哭……郭家是外地人，本地少有亲友，加上大老郭退休多年，门前冷落，灵堂显得冷冷清清。忽然闯进一个素无往来的吊客，哭丧惊天动地！丧属感动得一塌糊涂，陪着一起掉泪，感动过后又都有些纳闷……

从郭家出来，楼下已聚集多人，围着花圈七嘴八舌评论。中国人讲究盖棺定论，自古以来就看重挽联，文人骚客也将写挽联当作卖弄才情的良机，灵堂演变为比较胸中才学的场所，吊客们逐一欣赏挽联，精彩处一咏三叹，许多挽联得以流传后世成了名对。挽联如今变了味，讲究何人所写？写的什么？内中寓意？写者官拜何职？与死者什么关系？送挽联单位什么规格？局级？处级？还是科级？里面都有学问。花圈挽幛送得少了，规格低了，不仅死者无颜，活人脸上也无光。

交院有位邓讲师生性耿直，说话口无遮拦，评副教授连续三次未通过，气得在家喝了老酒就骂山门，大家私下都叫他“酒疯子”。邓讲师上课时突发脑溢血，英年早逝。小小讲师去世波澜不惊，上下都不当回事，系领导露了个面，未等丧属将话说完，就借口有事匆匆离去。邓讲师是否“因公殉职”，交院与家属各执一词。协议不成，家人只得让可怜的讲师在殡仪馆冰柜里长期抗争。

谁知三个月后，邓家门前凋零残破的花圈又换上新的，挽联署名把交院上下都震了——与上周新调来的省委主管文教卫工作的曾副书记同名同姓。院长接线报不敢怠慢，赶紧差人四下打听。反馈回来的信息令交院领导惶惶不安——花圈确系省委领导所送，曾副书记与死者既是同乡，又是大学同窗，两人私交甚笃。好友生前坎坷，死后凄凉，曾副书记伤感之余，据说对交院领导班子“有了看法”。院长心里忐忑，借汇报学院工作欲探口风，走廊上坐了半天冷板凳，书记几次出入却视而不见。官场有句话：“不怕书记骂我，不怕书记训我，就怕书记见了不理我。”院长回来再也坐不住了，生怕顶头上司“有了看法”升级为“很有看法”。院领导班子连夜召开紧急会议，集体认定邓讲师“因公殉职”。来头大则帽子高。治丧规格随即提升，治丧小组组长由院长亲自担任，宣传部长撰写悼词，追悼会由院党委书记主持，院长亲自致悼词，院领导班子悉数参加，各系和各处室奉命送来的花圈挽幛堆满灵堂，葬礼可谓隆重辉煌。丧属提出的诸多要求迎刃而解——立刻上报邓讲师评副教授的申报材料，力争早日批下以慰英灵；解决待业儿子的工作，即日起进本院车队开小车；将纱厂下岗的爱人调至交院，安排在图书馆；比照副教授住房标准，两间房换三居室，旧平房搬新建楼。消息传出，全院职工齐齐感叹：一个花圈改变一家人命运，邓讲师堪称“活得艰难，死得幸福”。

我献上的挽联引起看客们的浓厚兴趣，观众条分缕析、逐字索隐、逐句探幽，仔细研究死者与生者的不为人知的秘密关系，企图从字里行间找到微言大义，还有人打听“刘端正”是哪路神仙？什么来头？官居何职？议论传到耳里，我苦笑一声，决心将秘密永远隐藏，连最亲近的人也不让知道，直至自己也化为灰烬……

第十五章

一

火车站站台熙熙攘攘，旅客们肩扛手提大包小包，一窝蜂向列车车厢门口涌来，车厢下站着前来送行的人群，隔窗互道珍重。我坐在卧铺车厢里，看着窗外的风景。“乘坐西安到北京的特16次列车的旅客，请您抓紧时间在一站台上车。”随着高音喇叭一遍遍播放，车厢里的人越来越多。“师傅，请问您睡哪个铺?”一位干部模样的人问道。我指指上铺。中年人和颜悦色地对我说：“师傅，我儿子去北京他奶奶家度暑假。买的也是上铺，和您邻铺。孩子还小，路上想麻烦您照看。”未等回答，中年人将身后小男孩推到我面前，“快叫叔叔!”

“叔叔好！叔叔辛苦了！我叫伍子扬。伍子胥的伍子，扬眉吐气的扬。初次见面，请您一路多多关照!”小男孩朝我鞠躬。我被小毛孩周到礼节逗乐了，笑着揶揄：“不用客气。请问伍子扬小朋友，您是吾国吾民？还是来自一衣带水的东瀛?”这话小男孩不爱听，蹦起多高，小手指着我的脸，说：“你才是东洋人！我是中国人，堂堂正正的中国人!”说着，“嗨”的一声，一跺脚，来了个虚步亮掌接马步冲拳，小拳头几乎挨上我的鼻尖，故作恶声：“吾乃威震津门霍家迷踪拳嫡派传人。小日本你服不服？不服快快放马过来！三招之内，定叫你俯首屈膝称臣!”旁边人都乐了，饶有兴致地看着眼前一幕。父亲将儿子小手打落，嗔道：“怎么和叔叔说话呢？没大没小!”我笑道：“没事，没事。这叫小狗放屁，百无禁忌。”说完，打量起伍子扬：高额头，圆脸盘，头发又黑又密，小小年纪戴副黑框眼镜，手里拿本法汉对照的《茶花女》，像个小学究，心里先有了几分喜爱。中年人说：“一说去奶奶家，你激动得折腾了半宿，刚才坐出租车还打瞌睡。这会儿又人来疯。快上去睡觉!”小男孩对爸爸做了个鬼脸，脱了鞋，猴子爬杆般飞快地攀上上铺。广播再次催促：“请送亲友的同志赶快下车!”中年人与我握手道别。刚走出两步，像是想起什么，转过对我说：“我这孩子天生话痨，口水多过茶，说话叽叽歪歪、歪七缠八、没皮没脸，路上你只管装着睡觉，不要理他，免得麻烦。”我笑道：“小孩话多了好呀，长途列车寂寞，正好一路聊天解闷。”几个小时之后，我就为没听这位父亲的忠告而后悔不迭。

到了晚间休息时间，卧铺车厢照明灯熄灭，车厢陷入漫长黑暗，闲聊声音低了许多。我轻手轻脚爬上自己铺位，想起中年人嘱托，借着窗外微弱光亮，伸出脑袋窥视邻铺动静。伍子扬四仰八叉躺在卧铺上，发出轻微鼾声，嘴角流出一丝涎水。毕竟是小孩子，说睡就睡着了。我无声地笑了，爱怜地为他盖好被蹬开的毛毯。随着列车节奏摇晃，不知过了多长时间，我迷迷糊糊睡着了。毕竟不是在自家床上，睡着了却不踏实，朦朦胧胧中，一只大猫悄悄爬过来，在距我咫尺之遥的地方停了下来，一对黄褐色眼珠像两团燃烧的火，死死地盯住我，眼睛一眨也不眨，让我浑身发毛、不寒而栗。“你也该睡醒了吧？”大猫骤然开口说话！我吓得浑身一激灵，赶紧睁开眼睛。大猫不见了，问话的变成了邻铺小男孩。他看看手表上夜光指针，随即宣布：“从我睡醒到现在，你睡了四十五分钟，加上你我共同入睡的时间，你已经休息够了！现在到了聊大天时间，北京叫侃大山，四川话谓之摆龙门阵，东北叫唠嗑，山东话称拉呱，陕西话叫谝闲传。聊大天是广大人民群众的精神需要，省电视台都新设《开谝》栏目。咱们也要顺应时代潮流，抓紧时间开谝。闲话少说，正式开谝！”口气斩钉截铁，不容推三阻四。我打个哈欠，觉怕是睡不成了，无精打采地问：“开谝？咱俩有什么可谝的？”谈话对象显然对我的精神状态很不满意，陡然放大声音：“你是瞌睡虫变的？赶紧振作起来！”接着问道，“叔叔，您是哪个单位的，做什么工作？”

“我在报社工作，每天任务写稿子。”

“叔叔是记者？幸会，幸会，本人生平第一次邂逅记者。”声音里透着一丝惊喜。我被逗乐了，笑道：“你才多大？就敢称‘生平’？”

小男孩接着摇摇头，断然否定：“不像，你不是记者！”

“你看我哪点不像？”我陡然来了兴趣。

“电视屏幕上的记者风风火火，形象精干麻利，哪像你头半秃、眯缝眼，个子矮墩墩，动作慢腾腾，迈着八字步，挺个腐败肚，整个一‘土肥圆’。你不像记者，倒像是下基层蹭吃蹭喝的乡镇干部。”

我哭笑不得，自我解嘲："我也知道自己形象不佳，污染观众视觉。爹娘给了这副模样，让我有啥法子？不过，叔叔没骗你，我真的是记者。"见对方还不相信，我从上衣兜掏出记者证递过。小男孩摁亮手机照明，对照证件照片验明正身，这才相信对面并非冒牌货，冷不丁地问道："主任记者是什么玩意？"虽说童言无忌，我仍有一丝不快，正色回答："用词不当！伍子扬同学，提醒你说话注意语言文明。主任记者不是什么玩意儿，是新闻专业技术职称。"

"记者叔叔，不是我说你，恁大年纪才评上副高，看来你在新闻单位混得不咋样，还得继续努力，争取退休前混上正高。一来对得起自己；二来别人问起，面子上也好看些。"小孩教训大人。我又好气又好笑，却又无可奈何，"道焰十丈，不敌童心一车"，只能觍颜点头称是。小男孩又问："记者叔叔，你负责哪个口？"

"负责谈不上，只能说分工跑文教口。"

"跑文教口油水大不大？"

"清水衙门哪来的油水？用新闻圈里话说，记者跑口是'一工交，二财贸，打死也不去文教'。叔叔在单位混得背，只好去跑文教口。"

"自己混得背，莫要怪单位，"小男孩的口气半是怜悯，半是鄙视，接着问，"叔叔你是地方报纸记者，不好好在家种自己的一亩三分地，去北京干什么？"

"中国新闻学会在京举办编辑记者培训班，报社派我参加培训。"

"记者叔叔，你老了，老了，还被送去培训，是写不了稿子？还是单位嫌你业务水平低，强制送去恶补？"

"稿子本人凑合着能写，文化程度确实不高，叔叔年近四十，点灯熬油才拿到大专文凭。唉，没法子，叔叔没赶上好时候，该上学的年龄，被插队落户当农民。"

对方听了撇撇嘴，不屑地说："我终于明白你为何混得背。叔叔你就是那报废一代，险些沦为下岗工人，拼死拼活侥幸赶上末班车。报纸扩版急缺人手，你当记者是秃子出家——将就材料。"停了一会儿，小男孩又说，"记者叔叔，都说干新闻这行见多识广，结交人多，我向你打听个事：国内哪所学校是专门培养间谍或特工的？间谍学校通过什么渠道招生？入学都考哪些课目？国外有无此类学校，招不招外籍学员？"再想不到一个乳臭未干的小毛孩会问这个。我愣了一下，摇摇头，老老实实承认"不知道"。伍子扬同学轻蔑地哼了一声，称呼随即略去“叔叔”，“刘记者，外国情报机关有哪些？它们的名称、历史及现状你知道多少？”我一脸茫然，又开始摇头。小男孩对我的看法有了颠覆性变化，“刘记者”沦为“老刘”。伍子扬轻蔑地说：“老刘，你孤陋寡闻，一问三不知，就这水平还当记者，而且还是什么主任记者。除了会写‘本报讯’，你还知道什么？”长这么大第一次被个毛孩子当面羞辱，我脸都臊红了。

谈话上溯罗马帝国令人毛骨悚然的秘密警察和让明朝百姓闻之色变的东厂、西厂，仿佛闸门打开，伍子扬的话似渠水滔滔不绝。小男孩开导大人：“老刘，你好好听着，我现在就给你恶补各国情报机关这一课：第二次世界大战时，欧洲谍报机关以德国帝国军事情报局、德国中央保安总局组织最为庞大，前者鲜有惊人之笔，后者工作效率奇高，下辖的盖世太保令人胆寒。值得一提的是：盖世太保三万多人，战争期间只有一人与苏联情报机关合作，其组织之严密，信仰之坚定，可见一斑。二战结束后，德国成立联邦宪法保卫局与德国联邦情报局，继续从事情报工作。世界上最神秘的谍报机关首推MI5——英国军情五处，以神出鬼没闻名于世，1931年改名为国家安全局，与之齐名的是MI6——英国军情六处，007系列间谍片主角詹姆士·邦德就是以该处特工为原型，现隶属英国国防部。英国海军情报局搜集情报能力也不可轻视。

“在捷尔任斯基领导下，全俄肃反委员会以行事大胆果断，冷酷无情而著称，简称‘契卡’，1922年改名为苏联国家政治保安局，1952年更名为苏联国家安全委员会，简称‘克格勃’，与触角无孔不入的美国中央情报局、精干高效的以色列‘摩萨德’，并称‘世界三大情报机关’。苏联情报机关还有内务人民委员会外事处、苏军总参情报局。苏联解体后，叶利钦将克格勃一分为二，原第一总局改为俄罗斯对外情报局；第二总局改为俄罗斯联邦安全局。乌克兰也设有国家安全局。美国有一个鲜为人知的情报机构——美国国家安全局，简称NSA，是1952年奉美国总统杜鲁门的秘密指令成立的，在处理古巴导弹危机中起了决定性作用，现在主要任务是窃听各国无线电和网络通信。法国二战前，由法国二厅负责情报搜集。战后，由法国部际情报委员会、对外安全总局、总参二局共同负责情报工作。丹麦国家情报机构简称PET。捷克叫国外事务情报处。埃及有情报总局。

“亚洲情报机关过去首推南满洲铁道株式会社，简称‘满铁’，是日本在远东最大的间谍情报站。日本战败后，成立内阁情报调查室和日本防卫厅情报本部。

日本几家大商社除商业运作外，搜集情报能力也相当厉害，被行内评为‘在中情局之上’。巴基斯坦设有三军情报局。越南谍报局又叫派遣局，简称‘基伊德’，在中越边境活动频繁。韩国有国家情报院。朝鲜情报机关叫人民军侦查总局，代号‘586部队’，策划周密，出手狠辣，令各国闻之色变。”

我惊叹道：“你今年多大？上小学几年级？怎么会知道这些？”

“本人九岁，现上六年级。你对什么事物感兴趣，自然就会关心。兴趣是最好的学习动力。”

我再次发出惊叹：“九岁上六年级？鄙人三生有幸，今晚邂逅神童，失敬，失敬！”

“神童谈不上，只能说脑袋瓜比同龄人开窍早点。我五岁入学直接上二年级，以后又跳了一级。”

“你长大准备从事什么职业？”

“情报专业人员。”

“当特务？三百六十行，干什么不行，你怎么偏偏想去干那个？”

“当特务多好！驾驶防弹兼射击的特种轿车，手握杀敌于无形的高科技秘密武器，情报活动经费用之不竭，精通多国外语，擅长擒拿格斗，身怀绝技出生入死，逢凶化吉屡建奇功。什么大场面都见过，各种好吃的都吃过，好玩的地方都去过，还有……”

“香车美女杀人于无形，各种肤色的‘邦女郎’招之即来，露水鸳鸯，一夜风流，”我讥讽道，“老刘明白了，你小子准是看多了007系列谍片。”暗夜里看不见小男孩的笑脸，却能听见对面发出的笑声，像是默认我的说法。“当间谍首先得信仰坚定，能经受住各种考验，你能挺得住吗？”小男孩对我的疑问嗤之以鼻，列举种种例子，令对面大人不得不承认：间谍早已褪去了在信仰旗帜下的浪漫色彩，与五行八作一样，没有什么崇高之处，不过是养家糊口的职业，唯一区别是风险大、收益高，如同以骁勇闻名的廓尔喀雇佣军。

“情报人员必须熟练掌握外语。你外语成绩怎么样？”我问。

“英语过了四级，准备明年过六级。法语查字典，能凑合着看原版小说。我的目标是精通四至五门外语，现在还差得远。”语气轻描淡写，似乎不值一提。我又是一阵由衷的赞叹。

“老刘，你们报社的女记者长得好看不好看？”

我嗔道："小小年龄，思想复杂！你才几岁？问这个干什么？这是你当小学生该问的?!"伍子扬吃了瘪，闭上小嘴。我打了个哈欠，准备睡觉。"老刘，你爱人不是记者吧?"稚嫩童声又从暗夜里冒出。

"不是，她是小学班主任，专门收拾你这号调皮捣蛋学生。"我带着睡意应付。

"我猜她也不是报社的。"

"你如何猜得出来？瞎讲!"

"看看你们报纸，每天上面多少广告！经济效益好，记者每月肯定拿得不少。肥水不流外人田。老刘你舍近求远，不在单位内部找媳妇，估计只有一个原因——女同事长相实在不敢恭维。"小男孩三绕两绕，又将话题绕回去，把我也绕进去。我写到这里只有祈祷：请求上苍保佑，莫让单位女同事看见下面对话，免得她们同仇敌忾一起收拾我。

"报社不是文艺单位，招聘记者不挑长相，只要能写稿子，不论你是仙女下凡还是麻子怪。"

"你们报社的女记者俊的有多好看？丑的有多难看?"小男孩不屈不挠，穷追不舍。我沉吟了一下，开始字斟句酌："这个，这个嘛……俊的好比……"

"不要打比喻，要从一个男人角度出发，谈谈你切身感受，从实交代!"小男孩命令。

"我的感受是……"我努力挑选合适的字眼。

"要直言不讳，不要遮遮掩掩、欲言又止!"

"我说，我说，我从实交代：记者节报社举办舞会，与丑女一曲舞罢，晚上要做噩梦；和美女跳完，夜里会做美梦。"

"言简意赅，一针见血。精彩！实在是精彩！我开始相信你刘记者的水平了。"对我的称谓由"老刘"回升"刘记者"。

"你问了我半天，也该我问你了，"怕小男孩再提出什么难以回答的问题，我转守为攻，"你爸爸是干什么的?"

"衙门小吏一个，循规蹈矩，按部就班，说话谨小慎微，做事瞻前顾后，看人眼神忽闪不定，透着鬼鬼祟祟。俺父子俩中间岂止是代沟，简直就是隔着一条鸿沟！别提他，我爸这人没意思，我在家都懒得搭理他。"

"这不公平！你的问题，我必须回答；我的问题，你为何不答?"

小男孩拗不过，说出一个权力部门名称。

“你爹是处长？处长可不是小吏，是政府官员。”

小男孩撇撇嘴，不屑地说：“处长还算个官？上下班骑辆破自行车，几个人挤一间房子办公，也就是个领着干活的工头，见了厅长点头哈腰，一脸甜腻腻假笑。我爸这人没什么大出息，一辈子最大的理想是混个沟子冒烟。”

“什么叫沟子冒烟？”

“刘记者你怎么连这都不懂？沟子冒烟就是混上副厅级干部，出行配专车。”

“你爹沟子冒烟有什么不好？儿子雨雪天上学有免费小车坐。”

“拜托你老人家切莫偷换概念，我什么时候说过沟子冒烟不好？我是说我爸爸为了能沟子冒烟，人品沦为下三烂。”

“有点意思！你说具体一点，越翔实越好。”我听小男孩说话开胃，积极鼓励对面描述“下三烂”的具体表现。

“我爸爸每天下班回家，吃完晚饭，看完新闻联播，就埋头研究单位人事：厅长今天找二处老孙谈话，两人关门在里面谈了好长时间。老孙出来面带喜色，像是有什么好事，莫非谈话内容和领导班子调整有关？五处小张最近和常务副厅长走得很近，也不大避人，莫非提前从上面知道人事变动消息？单位站队须慎之又慎，一旦跟错人，前功尽弃，满盘皆输！我爸像个运筹帷幄的大将军，潜心研究各派势力此消彼长，审时度势随时调整与几位厅领导的关系，又似沙盘兵演，时刻关注单位其余竞争者的最新动态，做到水来土掩、兵来将挡。五张半的人了，每晚乐此不疲，说人生能有几次搏，最后一搏的时候到了！退前一定要搏个副厅，要不这辈子算是白活了！我爸研究来研究去，心得只有一条——要想确保沟子冒烟，还须加大工作力度！”

“加大工作力度是什么意思？”

“刘记者，你老人家是真傻还是装糊涂？连这都不懂！”小男孩不屑地说，“加大工作力度就是猛舔领导沟子，提高送礼档次！”停了一下又说，“我爸送礼从每年节假日发展到闻风而动，凡上级领导家有红白喜事、老人过寿、儿女高考、孙子满月，他准保第一个跑去送礼，从送东西发展到送钞票，起点少说五位数！新调来的张副厅长年龄比他整整小了一轮。两人乘火车出差，他抢着睡上铺，说下铺是领导睡的，自己‘级别不够’。卑躬屈膝、低三下四、精神阳痿，一个老男人活成三孙子。我替他害臊，我妈说他活得真累！”

“你妈是干什么的？”

“医院小护士。我爸跟第一个老婆离了婚，孩子也判给女方，心情郁闷生了一场大病。住院时，我妈当班给他打针，打着，打着，不知怎么搞的，两人就弄到一起，然后就有了我。按婚礼日期与我生日推算，这俩绝对是先营业后办执照——奉子成婚。”

我再也憋不住，当场笑喷！笑声惊醒下铺旅客，翻个身，嘟囔着发出抗议。女列车员闻声过来警告：“你俩赶紧睡觉，不要影响别人！”沉默一会儿，睡意渐渐上来。小男孩伸出手捅捅我，小声问：“刘记者，你和电视台的人熟不熟？”我鼻孔“嗯”了一声，不置可否。

“电视台哪个女记者是你相好？”

这个跳跃性极强的问题把我彻底弄晕了，一时不知如何应答，过了一会儿才反应过来，咬牙切齿地说：“伍子扬，我真想把你小脑瓜切开，看看里面装的都是些什么乌七八糟的东西！”

“爱美之心人皆有之。这也值得你老人家大惊小怪？我喜欢什么就直说，不像你们大人心口不一、口是心非，更不像那些贪官白天台上冠冕堂皇、大言炎炎，夜里蝇营狗苟、男盗女娼。官员上身无道，下身必然无耻。我就爱看屏幕上电视台出镜的女记者，雪白脸，大眼睛，披肩发，高个细腰长腿，穿件浅色风衣，说话干脆利索，干事风风火火，真正是英姿飒爽！老刘，你敢说你见了心里就没一点想法？”

今晚的觉算是没法睡了。我来个反守为攻：“说话听声，锣鼓听音。莫非你小唐璜心里装着哪个小姑娘？”小男孩不说话只是笑。

“不愿说是吧？不愿说，叔叔就不耽误自己瞌睡了。”

“我说，我说还不行吗？”小男孩羞答答承认自己对一个叫“牛丽娃”的女孩“有些初步想法”。

“名字听上去怎么这么土？像是从山沟里钻出来的柴火妞。老侄是看花了眼？还是该重配眼镜了？”我对小男孩的审美能力表示严重质疑。“你老记阅历丰富，如何也以名字取人？牛丽娃名字虽然欠佳，相貌绝对一流。这点，我可以用本人名誉保证。”小男孩信誓旦旦。牛丽娃与伍子扬同级不同班。小男孩空有爱慕之心，却苦于无亲近之径。“刘记者，你见多识广、阅人多多，请殚精竭虑，为小侄建言献策。”

“写信”“发短信”“马路偶遇”，我甚至半真半假地建议搞一次“小英雄途中救美”，都被当事人一一否定。我搔搔头，再想不出什么高招。浓厚睡意袭来，上下眼皮直打架，我再也撑不住了。对方兀自喋喋不休，逼着我“再想想办法”。我这才领教了“话痨”的厉害，晓得何谓“没皮没脸”，明白了什么叫“口水多过茶”。我带着哭音告饶：“我困得眼睛都睁不开了，脑袋成了一锅糨子，卑之无甚高论，实在想不出什么高招。求求您发发慈悲，好赖让我睡一会儿。”

“瞧你那点出息！刚谝到兴头上，你的瞌睡就来了，真叫人扫兴！”小男孩看看表，带着命令的口吻说，“生时何必久睡，死后自会长眠。看模样你老人家已过了五张，离长眠已为时不远，更要抓紧时间大谝、特谝、猛谝！人生几何，不谝何待？给你四十分钟，到时必须醒来！咱俩二次开谝。”

……正睡得迷迷糊糊，什么东西在后腰上连捅几下，我翻过身，发现窗外天色初见曙光。我把“二次开谝”忘得一干二净，睁开睡眼惺忪的眼睛，疑惑地看着对方。小男孩再开口，我彻底崩溃！伍子扬用不容置疑的口气告诉我：“通过今晚咱俩谈话，我对记者的智商和学养有个基本认识，概括起来四个字——令人失望。牛丽娃的事估计你这笨脑袋瓜也想不出什么好办法。现在离终点站还有半小时。咱们抓紧时间再聊聊女记者。报社、电视台的都说了，下来该谈谈广播电台。广播有个栏目叫《深夜悄悄话》，我的青春启蒙就是从她那完成的。女主持人说话又甜又糯，估计长得还不错，可惜无缘一见。你们是同行，一定见过，她年龄多大？长得究竟怎么样？你动心了没有？……”

终于熬到列车到达终点站，我抓起提包逃命般往车厢门口挤去，身后传来稚声呼唤：“老记，先别急着走！留下你的手机号码，咱俩以后接着开谝！”我装着没听见，匆匆加快脚步，生怕被话痨追上，直到逃出检票口，坐上出租车，才长长松了口气……

二

京城培训回来已近元旦。办公桌上堆着一沓来信，我拆开一看，不是新闻稿件就是请柬或开会通知。最后一封信皮字迹歪歪扭扭似曾相识，拆开原来是黑美丽写的。一看内容，我惊得差点蹦起来——黑美丽定于国庆节结婚，请老大和老三“务必百忙之中参加兄弟婚礼”。信里卖关子，不提新郎名字，只说“是你的老熟人”。我拿着信，心里抱怨黑美丽办事毛糙——记者外出是常有的事，为何不早早告知？宁可培训晚去几天，我也要参加老四婚礼。“老熟人”是谁？我绞尽脑汁，也没猜出本人认识的哪位男士敢娶愿娶母熊般老黑。去问苟顺民，他也不知老四结婚。两人电话里说好年前去看黑美丽，补上结婚贺礼。事有不巧，我媳妇上班骑车摔倒再次流产。我又要上班，又要伺候老婆坐小月子，忙得不可开交。去秦都为新婚夫妻贺喜就这么拖了下去。

两年过去，秦都棉纺厂破产消息传来。我惦记昔日工友，更操心黑美丽现在过得怎样。找个采访题目，带上结婚贺礼回到秦城。小车驶经秦都电影院门口，我瞅见一个熟悉的瘦弱背影，心里一动，赶紧喊司机停车。乔德浩两鬓染霜，看上去老了许多。我问乔师傅成家了没有。回答结婚三年了，媳妇和我一个厂，你也认识。我问是谁？乔德浩让我猜。我从厂里老姑娘一直猜到小寡妇，连猜多人都不是。乔德浩讥笑：真笨！连这都猜不出来，就你这智商还能当记者？正说着，黑美丽远远蹬着三轮车过来。车上装啤酒的箱子堆积如山。乔德浩手一指：“她就是我媳妇！”我瞪大眼睛，即使大白天看见黑猫白鼠结伴同行，我也不会更吃惊。男女睽违数年，两个冤家如何成了一对鸳鸯？

工厂烂包，职工下岗，有技术的不怕，到哪儿都能找到活，剩下灰头土脸的中年普工，除了年龄和一身疾病，什么都没有，在劳务市场上像放蔫的蔬菜被雇主挑来拣去。老黑人缘好，厂里谁家盖房、搬家，随叫随到，从不惜力，轮到自己有难事，大家都帮着出主意，最后选定摆冷饮摊。木工房小崔帮忙，打了个四胶皮轱辘木头拖车；供销科老李辗转托关系买了一台商场按次品处理的大容积冰柜。夜幕降临，城市广场乌泱乌泱全是练摊的下岗工人。黑美丽天天将冰柜拉此出摊。干了没几天，乔德浩也来了，离冷饮摊不远卖起烧烤。彼此不忘前嫌，近在咫尺，互不理睬。吃烧烤少不了冷饮。乔德浩不时喊道：“烤筋客人四瓶冰啤！烤鱼客人冰啤、冰镇可乐各一瓶！”喊时头都不抬，也不知喊谁。黑美丽心知肚明，咧开大嘴回应：“知道咧！”一手抓四瓶，颠颠地送来。两家虽有业务来往，忙罢仍是互不理睬。

今晚出夜市，乔德浩远远看见自己摊位被人占了。抢占摊位的是俩卖烤羊肉串的新疆人，一个穿件阿拉伯长袍，一个戴顶新疆小花帽，面目凶恶，令人生畏。乔德浩上前理论，长袍摇头，小花帽摆手，只做听不懂。见别的摊主忙着挣钱，乔德浩急了，把烤羊肉串的摊子硬朝外拉。长袍过来，一个“泼脚”将前摊主摔得满地乱滚。帮工看势头不对，躲在黑影里不敢露头。乔德浩又羞又怒，爬起抡板凳就砸。长袍抢过板凳，一脚把耗子踹倒，骑在身上抡圆巴掌左右开弓。正打得起劲，黑美丽推着冰柜轰隆隆赶到，见乔德浩摊位前围满看热闹的，不知出了什么事，赶紧拨开人群，见状大怒！护崽母熊般扑去。俗话说“一力降十会”。黑美丽拳脚功夫稀松，克敌制胜全凭独门秘籍——一熊抱，二扔人，这两招非同小可，堪称独步武林、笑傲江湖。一旦被老黑抱住，纵然是千手观音也挣不脱，扔人更厉害，再雄壮的汉子也得“坐飞机”。长袍身子腾空飞出，重重跌落在马路上，跌得七荤八素，急切爬不起来。小花帽见势不妙，嘴里呜里哇啦，抢过切肉刀子一气乱抡！黑美丽冒锋刃双手径取其颈，小花帽两眼翻白、尖刀“当啷”落地。长袍挣扎着站起，捡起刀子就朝黑美丽后腰捅去！围观人群一阵惊呼！乔德浩眼明手快，抡起啤酒瓶砸在长袍右腕上，刀子复又落地。黑美丽故伎重演，喝声“过去！”小花帽腾空而起，被扔得更高更远。见过打人的，没见过扔人的，老黑的神力镇了全场！遇上煞星，两个假买买提现出原形，死鸭子硬嘴，边跑边回头操着本地方言骂：“俩龟子怂不要走！回来再给你俩算账！”黑美丽哈哈一笑，喊道：“你姑奶奶候着！谁不回来谁是俺孙子！”乔德浩蹦着高跟着大骂：“俩囊松不想活了！敢来惹你耗子爷！”黑美丽出手相救，乔德浩心存感激，偷眼看去，发现对方也偷偷朝这边张望，四目相对，触电般赶紧收回。

人事如此，天意可知。一场恶斗使男女明白：和则兼美，离则两伤。乔德浩精心烤了一大把羊肉串，撒上细盐、孜然、辣面，双手递上，柔声道：“你吃吧。”投之木桃，报之琼瑶。黑美丽拉开冰柜，拣瓶冰可乐递过，挤着小嗓说：“你喝吧。”你来我往，几十个回合下来，摊子并到一块，猫鼠同卧一床。乔德浩安慰自己：黑白是个馍馍，美丑是个婆娘。我听得哈哈大笑，调侃道：“那会儿要是听了徒弟我的话，乖乖让老黑投怀送抱做您媳妇，乔师傅您少挨多少揍。”

乔德浩自嘲：“白鼠遇见黑猫，想跑也跑不了。”

“怎么没见你俩孩子?”一听这话，两张脸同时阴了下来。黑美丽没好气地指着乔德浩：“你问他！”耗子哭丧着脸不吱声。米花枝习惯性流产，黑美丽怎么也怀不上，同病相怜，我随即建言献策，从省城看不孕不育症的名老中医，到民间诸多偏方秘方。两个脑袋摇个不停，说都试了，钱花了不少，就是不见肚子有动静，这辈子怕是没指望了。我灵机一动，拉过男的，悄悄面授机宜。女的一旁狐疑地看着我俩。男的转过附在女的耳边，将客人说的原样转告。“内言不出于阃”。黑美丽听了勃然大怒，黑脸涨成酱紫色，指着我好一通臭骂：“腌臜人！我黑美丽烈女不嫁二夫，你说的都是屁话！你咋不叫你媳妇去人工授精?！什么玩意儿！记者有什么了不起？我在地区机关报当特约评论员那会儿，你还在大车间推纱呢！”

骂声引来众人目光，一起看着我。黑美丽光骂人还不解气，腾地站起，揎衣攘臂，就要动手。这才叫拍马屁拍到马腿上！熊抱记忆犹新，我吓得连连后退、频频告饶，一边郑重声明：“口误，口误，老哥绝对是口误，”一边忙着拍马屁弥缝，“自古英雄无后，天才无种。黑美丽是女汉子，好汉难怀，一旦怀上，产下婴儿绝对是天上龙种，人间豪杰。”乔德浩一边骂我胡说八道，一边拦着自家媳妇，挤眼示意客人快逃！我慌慌张张放下电饭锅和微波炉——送给老四的结婚贺礼，在周围人哄笑声中，屁滚尿流坐车逃跑。

三

崭新宝马轿车前面开道，押后是锃亮奔驰，中间是一辆刚出厂的沃尔沃大轿子车，车厢内欢声笑语，坐满赶场子的“省城文化名流”和“武林各派掌门”，想到主家备下待客酒宴和即将到手的红包，个个意气风发，人人神采飞扬，大家口沫横飞，比赛着说黄段子。随着农村富起来的人越来越多，竞相攀比，盲目炫耀，大操大办红丧喜庆成风，村镇干部借机敛财；暴发户广发英雄帖，遍邀地方名人有偿吊丧。我对此从来嗤之以鼻。

昨天夜里，久不通问的工友老霍突然打来电话，说他乡下的亲娘舅死了，有事相求，请我一定帮忙。帮忙？现在农村提倡土葬，莫非丧家要入土为安，镇政府拦着非要火葬，两边僵持不下，拉记者去通融？正在胡思乱想，老霍电话里哭兮兮地说，他亲爹死得早，寡母拉扯四个孩子实在艰难，几次想把老三、老四送人，若非乡下娘舅不时接济，一家人早就散了。老娘临终遗嘱：你舅舅是咱家的恩人。我死后，你们谁都能忘，唯独不敢忘记你舅！刚才大表哥打来电话，说你舅舅刚刚走了，说丧礼万事俱备，只欠东风，说东风就是组织一批省城名人前来吊丧，出场费每人五百元，名头大的翻番，文武两行都要有，一来让逝者脸上有光，二来给你老舅家壮门面、撑场子，说省城就你一家近亲，此事就拜托老表！放下电话，老霍犯了愁：自己下岗多年，每天靠打零工混日子，本人认得名人，名人却不认得本人。老霍想来想去，想到我身上。记者门路广，认识人多，找一帮上档次、拿得出手的吊客想必易如反掌。禁不住老霍软磨硬缠，我只得应了。放下电话，自己也觉得可笑，曾在党报上慷慨陈词，呼吁痛刹借红丧喜庆大搞奢靡之风的刘端正记者，今天也沦为赶红白场子的组织者。

谁来当召集人？我立刻想到三毛身上。三毛真名卢天宝，大眼睛蒜头鼻，脸上有“结缘肉”，见人总是喜眉笑眼，五短身材顶着个大脑袋，秃脑壳上只有稀稀拉拉几根毛，出门须用发胶固定，怎么看，都像是张乐平漫画里的主人公，故得此诨号。三毛在秦汉唐书画院供职，顶着画家头衔，却始终未入流，一辈子只会画鸡，画出的公鸡或母鸡，身子与腿永远不成比例，两只鸡腿永远一条腿粗，一条腿细，似乎得了小鸡麻痹后遗症。三毛画技稀松，却能说会道，擅长交际，为人甚是四海，见人哥长哥短，出口的话赛蜜甜，典型的“见面熟”。书画院社会活动多，义卖赈灾，文化下乡，救助失学儿童，接待外省同行来访，每年还要组织画家外出集体采风，一路吃喝拉撒睡，都要有专人负责安排。画家自由创作，个个散漫惯了，心思都在画画上，谁也不愿管杂事。唯独三毛乐此不疲，安排得妥妥帖帖，将领导伺候得舒舒服服。几任院长都说，卢天宝虽说作画滥竽充数，画院少了他还真不行，遂封三毛为单位“对外联络部部长”。

我俩初次见面，卢部长就一见如故，从随身带的画夹里取出一幅“粗细腿公鸡”，咬着耳朵，神秘兮兮地告诉我，“日本同行来秦汉唐画院观摩，一眼看中此画，当场出价五百万日元！我都没舍得卖。咱哥俩上辈子有缘，此画就送给你了！兄弟仔细收藏，千万珍惜！”我受宠若惊，感动之余，恨不得披肝沥胆剖露心迹。卢部长看得满意，哈哈一笑，勾肩搭背将我变成自家兄弟。回家灯下细细观赏卢部长的得意之作，受赠者越看心里越疑惑，“粗细腿鸡”不像价值不菲的佳作，倒似老年大学书画班学员习作。涉足江湖日久，才晓得卢部长是真正的老江湖，见人说人话，逢鬼说鬼话。与有利用价值的人初次相见，以不变应万变，必定来割爱赠画这一手，被当成兄弟的远不止刘端正一个。回想本人被冒牌画家哄得信以为真，我哀叹：现在什么都是假的，只有骗子是真的！那张“粗细腿公鸡”被我当垃圾扔了。

三毛电话里大包大揽：“不就是拉人走穴吗？碎碎个事情！刘哥你就踏踏实实睡觉，一切都交给我！兄弟最爱帮人搭台子、撑场面，让主家钱花得体面，花得排场，花得高兴！只是事后算账有些肉疼。”我有些不放心，问他准备请哪些人。三毛哈哈一笑，“这和买东西一样，得看货论价。一流画家、书法家不屑下乡赶红白场子，传出去嫌跌份；二流的虽没那么多讲究，却往往狮子大开口。好在十三朝古都别的都缺，唯独不缺三流画家和顶着副主席、理事头衔的注水书法家。哥哥我一个群发短讯，不出半个时辰，能来两卡车！演艺界就更好办了，现在年轻人不爱听戏，剧场不景气，名角、名琴师都在家闲着，巴不得天天有人喊去赶场子。武师也好办，我认识几个三脚猫拳师，功夫不咋样，自封头衔都大得吓人，不是‘××派正宗传人’，就是‘××拳掌门’，上台花拳绣腿表演几下，一台文武大戏就齐全了。”

巷子两侧搭起长长的芦席棚，里面坐满前来吊丧的客人，风机呼呼，炉火熊熊，厨子手中炒瓢翻抖不停，炒勺碰击叮当作响。二十桌同时开席，棚外还排着等待坐席的队伍。薛家大办丧事，小镇人家倾巢出动，携妻带子来吃豆腐饭。丧家门前停满前来吊丧的大小车辆。灵堂门联：“辛苦一生今可息，滋味红尘有悲欣。”院内花圈、挽联、挽幛、纸屋、纸马堆成银山，哀乐低回，满眼缟素，气氛庄严肃穆。“孝子头，遍地流。”身穿白色孝服的孝子贤孙灵前分两排跪倒，从院内一直跪到院外，见了前来吊丧的吊客，不分年龄大小，一律叩头。

公祭时辰已到，主祭为当地镇长，穿戴整齐，乡音浓厚，大声诵读文白杂糅的祭文。祭文念完，公祭开始，吊客胸前别上丧家预备的白色纸花，五人一组，鱼贯而入，灵前焚香三鞠躬，个个低眉敛目，均作沉痛哀悼状。焚香行礼完毕，开始诵启灵文，高音喇叭随即响起卢部长令人酸倒牙的醋熘普通话：“河水滔滔，青草郁郁，人间三月，和风熙熙，春阳灿烂，永照君眠。”我听得暗自发笑，卢部长又以不变应万变。高音喇叭话题一转，拐到自己身上，“今天，社会各界名流怀着万分悲痛的心情，组团专程从省城前来祭奠本地乡贤、德高望重的薛拴牛老先生。团长兼领队是秦汉唐书画院对外联络部部长，入选《中华百年百名国画大师》画典，海内外闻名的国画大师卢天宝先生，由其创作的巨幅国画《雄鸡啼晓》《雄鸡一唱天下白》和《鸡鸣春晓》已分别被法国卢浮宫、大英博物馆和美国纽约大都会美术馆永久收藏。随同其前来吊丧的著名画家还有郑利娃、崔碌磚、邱顺条……”死人面前吹牛皮。我听得忍俊不禁，想笑又不敢笑，只得咬牙忍住，再打量几位末流画家，名字虽蹊跷，打扮却新潮，身着花格呢大衣，有的长发披肩，有的蓄着马尾辫，或戴鸭舌帽，或头顶无檐帽，做足艺术家风度。卢部长继续胡吹冒料："专程前来吊唁的还有省报常务总编辑、高级记者刘端正先生。"我听得大惊失色，好不尴尬！自己到现在连个组长都没混上，主任记者职称才刚批下，转眼间，又升"常务"，又是"高级"，风声传到报社，冒充领导外出招摇撞骗的罪名再跑不了，还让不让我活了?！院门口围满看热闹的人，听了广播，一个个指指点点，争睹"中国著名报人"风采。我窘得面红耳赤，生怕在此地撞见熟人，低下脑袋，恨不得地上裂条缝，让我赶紧钻进去。

灵前吊唁完毕，"社会名流"一涌而出，也不顾先来后到，大家争抢入席，气得排队等候者怨声不断。吊客狼吞虎咽，风卷残云，刚上桌的菜一扫而光，个个露出老饕真面目。三毛挨着坐下，未等我开口埋怨他大庭广众之下信口雌黄，他倒先责怪起我："刘哥，不是兄弟说你，你老哥办事错得远！情况没摸清楚，你就胡乱答应弟兄们出场费标准，白白饶过一头大肥猪！闹得大家现在都对我有意见。"这厮不愧是对外联络部部长，下车半个时辰，他就将丧家底细摸得一清二楚。三毛咬着耳朵告诉我：薛家在小镇是外来户，五个儿子年幼时，大人小孩没少受本地老户窝囊气。咸鱼也有翻身时，到了改革开放，薛家五个儿子个个显出能耐，老大烧砖窑，老二办面粉厂，老三是建筑队包工头，老四承包小煤窑，老幺最能折腾，县城歌厅舞场桑拿浴多是他开的，相好不说，光二奶就包了仨！说是一个比一个漂亮。联络部长说到这，羡慕地直咂嘴。老薛头驾鹤西归，五个儿子一致同意：老父丧事须办到本地前无古人，后无来者，炫富摆阔，为的是让父亲走得风光，让后人借机扬眉吐气！为此，五兄弟各掏出十万元。"五十万呐！"对外联络部长两眼放光，似乎看见八仙桌上堆满钞票，激动地说，"如此暴发户真正是可遇不可求！遇上这号花钱摆阔充大头的瓷锤土鳖，再不帮着漂漂亮亮花钱，捎带着给自己兜里弄几个，那叫天理不容！咱们这样做也算是劫富济贫、替天行道。"

几张方桌摆开，上面放着文房四宝，恭候艺术家们留下挽联墨宝。同车来的艺术名流已喝得半醺。这个打着醉嗝，挥毫"音容已渺，德泽犹存"，那个喷着酒气，写就"高风传乡里，亮节映后人"，字写得七拐八扭，行话"挽花子"，用以遮掩笔力未逮。再看几位末流画家的大作，一律是大写意山水，洁白宣纸涂抹得黑漆漆如同三代拓碑，看着，看着，主家脸上笑容不见了。对外联络部长见状，悄悄将另一个书法家拽到一边，附耳面授机宜。对方心领神会，挥毫而就，"瑶池今来贵客，佛国又添金刚"。刚一收笔，联络部长就暴雷似喝彩："好！好！"周围都是练就的套，仿佛古时帮闲文人，在旁纷纷帮衬："果然是妙不可言!”“写得真好!”联络部长煞有介事地说:“不光是字写得好,这里的妙处,你们这些凡夫俗子哪里晓得。”

“愿闻卢部长指教。”名流个个做洗耳恭听状,主家也来了兴趣。

“适才灵前祭奠,晚辈我等瞻仰薛老先生的遗像,望之凛然犹神明:圆颅丰额双耳下垂,仪态凛然,不怒自威,绝非凡夫俗子,细看,薛老双瞳复生,目射精光,宝相庄严,定然大有来历!我正琢磨着老爷子上应天庭哪位星宿?这位兄弟慧根犹存,仙毫一挥,倒把我提醒——‘彩云堆里仙人见,手把红罗扇遮面’,薛老先生不是凡人,正应上界金刚下凡!”

“薛老先生是金刚下凡?!”周围及时发出一阵惊叹。我听得忍俊不禁,犯了贫嘴的老毛病,忍不住戏谑:“不知是哪位金刚?莫非是好莱坞电影里遍体黑毛那位?”声音虽然不大,却被一对招风耳朵逮住,对外联络部长恶狠狠瞪了我一眼,目光锐利赛过刀锋,旁边几位帮闲凑趣的瞅我也眼神不善,花花轿子人抬人,一把子年纪了,怎么连这个理都不懂?我自知不妙,生怕坏了好事,犯了众怒,吓得赶紧噤声。卢部长慨然宣布:“菩萨低眉,离不开金刚怒目。薛老先生是天庭护法四大金刚之一——须弥山卢沙门大力金刚转世,现已驭青龙西归重登莲花宝座,摩耳崖下再现金刚不坏之体。”众人纷纷点头称是,我却差点笑出声——这家伙真能胡说八道!对外联络部部长应改为对外胡喷部部长。丧家听得高兴,当场一一派发红包,冒牌艺术家们不虚此行,个个喜笑颜开,现场气氛越发融洽。卢部长故技重演,现场挥毫作画,众人一旁帮衬,都道卢先生的佳作价值连城,蜚声海内外,我们梦寐以求,想了多少年,部长惜墨如金,总是一拖再拖。没想今日主动赠画,主人真是有福!薛老五信以为真,当下如获至宝,恭恭敬敬补送一个大红包,小心翼翼捧着墨迹未干的“粗细腿公鸡”,高兴得满脸放光。对外联络部长趁热打铁,先是与薛家兄弟推心置腹,一副相见恨晚的模样,继而与老五勾肩搭背称兄道弟,速成莫逆之交。

曲终人散。返城大客车发动机开始轰鸣。三毛悄悄拽拽我的后衣襟,脸上表情像个来接头的特务,鬼鬼祟祟小声告知:“咱俩住下,明天一早再走。”我问为什么?这家伙神秘兮兮地说:“今晚这里有精彩节目。”我的好奇心一下被勾起,正要细问,卢部长看了看正在鱼贯上车的社会名流吊唁团,做个噤声手势。

月上柳梢头。马庄小镇戏台灯火通明,举行薛拴牛老先生追悼会文艺专场。

两边朱红柱子糊满白纸贴上挽联“良操美德传乡梓，高洁古风泽后人”，横批“百姓同哀”。台下坐满观众。忽然，不知从哪冒出来七八个涂脂抹粉的女人，衣服缀着蕾丝、花边和闪闪发亮的珠片，裙子开叉过高，走动露出雪白大腿，两片嘴唇涂得血红，莺啼燕叱，嘻嘻哈哈，毫无顾忌，一看就知绝非良家妇女。观众纷纷议论：薛老汉入殓，怎么跑来一窝“鸡”？莫非是老汉生前众多相好集体来送丧？知情的说：薛老汉长年有病，走路都东倒西歪，怕是心有余而力不足。这些女人估计都是老五歌厅里的小姐。开场折子戏是《周仁回府·哭坟》选段，（内唱尖板），“周仁”踉踉跄跄上台背跌跤唱嘹子：

一霎时打得我皮开肉绽，好一似觳觫羊脱离刀尖；
浑身上无完肤蓬头垢面，放大声哭奔了贤妻墓前。

不愧是省城剧团来的专业演员，唱腔悲壮凄楚，激越缠绵，卢部长请来的众多文艺界名流，唯独这位货真价实。未等我开口叫好，台下却响起一片口哨声，有的还叫起倒好！台下一帮土棍纷纷喊叫：“不听老戏，要听酸曲！”“烂戏拖棚，趁早收场！”会场顿时大乱。演员立在戏台当中，脸上红一阵白一阵，唱也不是，走也不是。台下一些老者看得不忍，自己也想听戏，起身大声呵斥：“三娃子，你娃子混蛋！”“四狗子，狗日的欠挨打！”按下葫芦浮起瓢。几个走路都颤巍巍的老汉哪里镇得住一伙青皮。薛老五见状，一个箭步蹿上台，抓过话筒，嬉皮笑脸宣布：“主家请的野玫瑰歌舞团正往这赶，一会儿就到。请大家少安毋躁耐心看戏，保证观众今晚大饱眼福！本人丑话说在前头：酸曲听了上火，裸舞看了发骚，出事主家概不负责！擦枪不走火的统统留下，免疫力不足的请提前退场。”台下随即响起一阵会意笑声。薛老五话锋一转，指着台下领头土棍，大声说：“会哭会闹的娃儿有奶吃，今天就让你几个吃饱！”说完，让性工作者们招呼几个闹得欢的土棍。常年在风月场所接客，小姐都是练熟的套，过来一屁股坐在土棍腿上，两手围住脖子，身子扭股糖般扭来扭去。旁边帮闲凑趣，一人擒条胳膊。小姐随即撩开上衣，将土棍脑袋摁在胸前做喂奶状。薛老五大声问：“喂饱了没有？”周围笑着回答：“饱了，饱了。娃吃了他妈奶现在乖得很，说再也不闹了。”有奶就是娘。会场顿时乐翻天！连刚才骂人的几个老汉也没憋住，都说几个混混今天吃了大亏——给婊子当儿子。台下骚乱被几个肉蛋轻轻化解，台上中断的演出继续进行。

“来了，来了！”随着众人喊声，一辆大巴缓缓驶往戏台后面。折子戏停了，换成酸曲，开场节目是《二姑娘思春》。观众听得乐不可支，笑声、掌声、口哨声响成一片。我听得直摇头，狗屁好戏！简直俗不可耐，又上了对外联络部长的当！回头再看，刚才还在身后的卢三毛和薛老五都不见了，一同悄悄消失的还有小镇上几个头面人物，再看小姐们也没了踪影。

夜空里充满淫荡气息，下边的节目越发不堪入目，台上跑江湖女戏子赤裸着上身边扭边唱。如此下流节目简直是对死者的大不敬！台下大姑娘、小媳妇早就羞跑了，一帮婆子实在看不下去，寻姑觅嫂，大呼小叫，边往外走边骂：“演的都是些啥腌臜玩意儿，真叫亏先人！”剩下的清一色的男性，看得津津有味，频频叫好！见我面露鄙夷之色，旁边的丧事大总管笑着解释：“让你这省城来的大记者见笑了！咱们小地方都是这样，谁家过红白喜事，节目不来点黄的不行，不刺激没人来。来的人越多，闹得越热火，才显得日子红火人气旺，这家才显得有面子，才能让别人看得起。”我苦笑无言，“走胡地，随胡礼”，只得接受这套听上去很另类的人生哲学和待客之道。

骷髅卖俏，徒增笑料。演出节目越发不上道，看这样的下三烂演出，纯粹是耽误瞌睡！我站起身，伸个懒腰，长长打了个哈欠，准备回去睡觉。“下边特邀省城著名武生友情出演《孙悟空大战盘丝洞》”，喇叭里传出节目预报。一听“著名武生”，我来了兴趣，又重新坐下。台上传出“急急风”的击打乐器声，一个脸上戴着孙悟空面具的武把子出场，一群披头散发的女妖精手持刀枪，呐喊着从幕后杀出，一律三点式，身上披着白纱。“孙悟空”抖擞精神“打出手”，赤手空拳以一敌九，闪展腾挪，翻滚蹿跃，兔起鹞落，快捷如风，身段那叫一个漂率脆！斗群妖成了一个人的表演。台下观众巴掌都拍红了，叫好声连连不断。我和观众一起大声喝彩，心里纳闷：一个下九流走江湖的野草台班子，如何能请来这等好身手？连串拧旋子下来，台上“孙悟空”已明显体力不支，上气不接下气，呼吸沉重得如同拉风箱，台下都能听见，连续后空翻至最后一个，身体再也支撑不住，“咕咚”一声，重重摔倒在舞台上。全场发出一阵惊叫！台下的混混纷纷叫开倒好，一个混混喊道：“大屁股不怕摔，摔倒了再重来！”引起一阵哄笑。小混混越发起劲，接着喊：“大屁股，屁股摔烂了没有？叫那几个光腚娘们给你揉揉。”又是一阵哄笑。“孙悟空”一声未吭，未等旁人过来搀扶，自己挣扎着爬起，一瘸一拐下台。

就在“孙悟空”背对观众下台那一刻，我脑袋里“嗡”的一声，仿佛突遭雷击！耳朵里嗡嗡作响，眼前阵阵发黑，大张着嘴，却说不出话——虽然看不见演员的脸，但那两块往上翘起的臀大肌却明明白白告诉我眼前是谁—— 十年未见，我那朝思暮想、至亲至爱、生死不渝的患难兄弟！我惊喜之余又有些纳闷：马庄地处偏远临近黄河，对岸就是山西地界。赵大壮如何来此？为何与跑江湖的草台班子搅和在一起？又为何肯屈尊与一帮烂货同台演出？莫非自甘堕落？我摇了摇头，不是到了山穷水尽、走投无路的地步，他绝对不会这么做。本想马上过去相认，走了几步又停了下来，我最清楚发小的脾性——自幼心高气傲，从不向任何人示弱，更不愿让好友看见自己此时落魄形象。贸然过去相见，只能是雪上加霜，让大壮精神二次受刺激，再次玩失踪，弄不好，这辈子再也见不着了。我沉吟片刻，掏出钢笔，从随身携带的记事本撕下一页，匆匆写就：“老二，回不回家由你，只有一条——千万别毁了自己！”虽已早春，晚间仍寒气逼人，冷风袭来，我穿着皮衣还打了个寒战。想到大壮此刻衣裳单薄，处境窘迫，我心里锥刺般疼痛，脱下绵羊皮夹克，将身上所有的钱连带腕上浪琴手表和字条，统统塞进皮衣夹层暗兜——此刻不仅不能与大壮见面，连送衣物的是谁也不能让他知道，正如福斯特《印度之旅》结尾语“还不是此时，也不是此地”。

后台用布幔围上，入口处站个染着一头黄毛，痞里痞气的瘦子。我刚走到跟前，瘦子伸手拦住，厉声喝道：“干什么的？后台女演员化妆重地，闲人止步！”我赔笑道：“师傅，有件事想麻烦你。”瘦子将我上下打量一番，误将我当成买春客，淫笑着说：“明白，明白，俺心里明白。‘野玫瑰’花香，引来野蜂嗡嗡。老板看上哪个妞了？我进去帮你传个话，演出结束就让她卸妆出台。我这人好说话，有几个酒钱就能打发。”这家伙原来是个拉皮条的。我赶紧解释：“师傅你弄错了，我不是来找女的，我来找男的。”瘦子瞪大眼睛，将我重新打量一番，嬉皮笑脸地说：“稀罕，稀罕，少见，少见。来这找妞玩的我见得多了，基佬还是第一次碰上。你相中哪个小白脸？”我听了哭笑不得，“拜托，拜托，师傅你又弄错了！我是来寻我侄子的。”

“找你侄子？你侄子是谁？”

“就是那个扮演孙悟空，在台上翻跟头的。”

“闹了半天，你是来找哑巴。”

“哑巴？他什么时候变成哑巴？”我脸上当即变了颜色。瘦子笑了，说：“看把你吓的。他没哑，就是不爱说话，不演出的时候，总是一个人闭目盘腿打坐，像尊石佛，团里男女私下里都叫他哑巴，”又怀疑地问，“我看你俩年纪差不多，不像隔着辈，你怎么会是他叔父？”我装模作样地叹口气，现场现编：“我是他小叔，只比他大五岁。我哥嫂早就不在了，哥哥临终前将他托付与我。叔侄俩相依为命。我这侄子什么都好，就是性子太倔。那年我给侄子定亲，聘礼也下了，临娶亲他又不干了，说是嫌人家姑娘越长越丑，非闹着退婚。当地规矩：聘礼男悔连根烂；女悔退一半。我舍不得六百块聘礼，非逼着他同意。叔侄吵翻天，我把饭桌都掀了，还动手打了他。我侄子一气之下，连夜弃家出走。这一走就是十年！只想着这辈子再也见不上了，没想今晚在这里遇上。”

“只听说女的逃婚，没见过男的逃婚。哑巴真不开窍，媳妇丑就丑呗，灯一关，上了床都一样。”瘦子说着就要进去叫人。我一把将瘦子拉住，先将丧家给的一盒软中华香烟塞给对方，又将皮夹克递过，语气诚恳地说：“我侄子从小气性大，我怕他不愿见我。你把皮夹克给他，就说是我送的，看他肯不肯出来。”摸着崭新乌亮的皮夹克，瘦子爱不释手，大发感慨：“哑巴真有福！唉，老天爷不开眼，我怎么就没有一个找上门寻亲的有钱叔叔？”瘦子刚进去，我迅速隐身暗处。工夫不大，两人同时出来。见候在门口的寻亲者不见了，瘦子急了，扯开嗓子，“叔叔”“小叔”“老板”“寻人的”，大呼小叫，乱喊一通，沿着布幔转了一圈。大壮没吱声，一瘸一拐跟在后面。我看得可乐，差点笑出声。暗地窥明处，我将发小观察得一清二楚：以往一边倒发型改为平头，人比年轻时消瘦许多，脸上颧骨高高突起，下巴一圈黑胡子……见实在找不到人，瘦子神色悻悻，嘟嘟囔囔进去。大壮仍不死心，伸长脖子四处张望，……我终于笑出声，笑罢，只觉得脸上冰凉，用手一摸，不知什么时候已泪流满面……

四

省工运会期间，我邂逅厂工会文体干事老杜。老同事见了免不了把盏叙旧，酒过三巡，我想起数年没有来往的黑美丽，问两口子是否还在电影院门前练摊。老杜反问：“你还不知道？两口子大发了！黑美丽有个舅舅在驻外使馆当厨师，会烘法国面包，擅长土耳其烤肉，退休后在北京开了家西餐馆，喊下岗的外甥女来店里帮忙。黑美丽学到本事，在秦城南大街开了一家二层楼的‘黑大娘土耳其烤肉店’，生意火得不得了，饭口上顾客多得排长队。”开大店得资金雄厚，老黑两口子都是下岗工人，哪来的本钱？老杜说：“咱们以前都小看了黑美丽。傻大姐绝对是粗中有细、外憨内精，开店的本钱多是她从股市挣来的！”

“别逗了！都说股民是‘一挣，二平，七赔’。我和老黑发小，她的智商我最清楚。黑美丽炒股票非赔得连裤子都当了。你说出大天来，我也不信！”

“信不信由你。股市就是这么邪，聪明人赔得底儿掉，憨人赚得盆满钵满。耗子够精的吧？照样赔得一塌糊涂！这家伙是秦城最早一批股民，天天看走势图，四处打探内幕消息，每晚熬夜钻研个股，将著名股评家的话奉为葵花宝典，短线频繁进出，挣少赔多，临了还是白瞪眼。黑美丽气得发飙，声称自己男人再敢炒股，立马离婚！严禁自家男人炒股，女人却动起心思：满街道下岗工人，都挤在一起卖冷饮，扎堆卖烤串，一天挣不了仨瓜俩枣，苦到什么时候是个头？想来想去，别的发财门路没有，还得想法在股市打翻身仗。笨脑瓜琢磨来琢磨去，黑美丽认定一个朴素的真理：企业会亏损，银行保赚不赔；工厂会倒闭，银行永远坚挺，要买就买银行股！爹娘死后留下两间私房，黑美丽瞒着男人，将卖房所得连同自己攒的私房钱，统统买了深圳发展银行股票，手头再紧，银行股票只买不卖，每次配股都参加，平时对股市不闻不问。苦熬数年，终于扛到大牛市来临。

清仓第二天，黑美丽拎着蛇皮口袋笑眯眯从证交所回家，见老公还在酣睡，揭开被子，照瘦屁股就是一巴掌！耗子睡眼惺忪，不耐烦地说：练摊熬到下半夜，刚睡下，你就喊叫‘快起来！’还让不让人活了？白天不养足精神，晚上咋练摊？黑美丽笑道：从今起，练摊人群里再没咱俩！一听此言，耗子灵醒过来，反问：不练摊咱俩吃啥？喝西北风？看见满桌钞票，一对耗子眼瞪得溜圆，颤声问：你，你抢银行了？闹清老婆未当劫匪，都是炒股挣来的，耗子嘴都笑歪了。两口子插上门，数钱数到手软。耗子乐得见人就夸：只说咱这辈子妻命不好，娶了个傻大姐，没想老婆是旺夫命，闷声发大财，脑子比我灵光多了！

“黑美丽果然有旺夫命，日子越过越红火，座驾是进口奥迪，住房是二层别墅，现在又张罗着开分店，家里资产少说也有千万！当上老板娘，黑美丽将自己重新包装，现在模样你绝对想象不来，脸上厚厚脂粉遮住本色，人又高又胖，却偏偏爱穿旗袍，胖大身子绷得圆鼓鼓，挎着LV包，一身国际名牌，手腕金镯子明晃晃，操一口醋熘普通话，典型的暴发户形象，一句话：三仙姑打哈欠——神气。”

眼前浮现出老黑描眉傅粉、临水自照傻样，穿旗袍施施而行憨态，我不禁笑出声，感慨道：“真是憨人有憨福，傻婆娘天照应！”又叹息道，“可惜两口子无后，偌大家产最后不知便宜了谁？”老杜奇怪地看了我一眼，反问：“你还不知道？黑美丽早就有了孩子，是个姑娘。”天心既转，人谋允臧。老黑最终如愿以偿。我听了又惊又喜，打心眼里为老四高兴。想起那张黑黢黢的大饼脸，我随口问道：“老黑其貌不扬，闺女也够丑的吧？”老杜的回答出人意料：“恰恰相反！姑娘大名乔金凤，乳名小丫，大眼睛，红嘴唇，皮肤雪白，天生的美人胚子，谁见谁爱。黑美丽带小丫出门，大人小孩见了都抢着抱。”母亲形象粗陋，父亲模样猥琐，两口子居然弄出个漂亮女儿？真真令人想不通，用句老话讲“余窃有惑焉”。老杜看出我的疑惑，肯定地说：“小丫绝对是老黑生的！老黑挺个大肚子晃来晃去，家属院的人都看见了，等到老黑大肚子不见了，小丫也生出来了，小丫不是老黑生的能是谁生的？”回答仿佛绕口令，把我逗乐了。老杜说，“厂车队队长张胖子人骚嘴贱，爱跟女人开不着调的玩笑。路上碰见耗子一家三口，张胖子直夸小丫长得俊，可惜跟你们两口都不像，嬉皮笑脸问黑美丽：是妇产科护士弄错了？还是你请帅哥帮的忙？一听此言，耗子脸阴沉得像要快下雨，老黑脸色变得惨白，两眼射出瘆人的寒光，浑身抖得像打摆子。早闻老黑熊抱厉害，张胖子见势头不对，扭头就跑。老黑快步撵上，从后面将饶舌者拦腰抱起，怒吼：‘我让你屁嘴贱！’将体重超过二百斤的车队队长腾空丢进路边灌木丛，一家三口扬长而去。张胖子腰摔伤动弹不得，躺在断枝落叶里长一声，短一声‘哎哟’，直到路人发现报警。警车来了，张胖子不好意思承认自己嘴贱被女同事摔伤，谎称遇上三个劫匪，自己奋起抗暴，无奈寡不敌众。抬回家睡了半月光床板，张胖子才勉强下地。纸里包不住火，最后还是漏了风声，打那儿起，再没人敢和黑美丽开此类玩笑。”

小丫上学伊始，就深谙汉语遣词造句之精妙。学校公布考试成绩，家长问起，女儿坦然回答：这次考得不算太好。父母听得一头雾水：“不算太好”是什么意思？“太好”应是或接近满分，与“不算”构成词组，词义模糊，只能揣摩大概，难以精确度量，百分不到，七八十分总有吧。小丫以不变应万变，次次都是“不算太好”，直至被班主任传唤，家长才晓得自己孩子考试成绩排在班上末位，“不算太好”是“不及格”的代词，为该女生自撰。小丫不承认自己不懂，不是归结为“粗心”，就是指责老师“改错了”。屡考屡次“不算太好”，小学二年级就开始补考。我听得直笑：“这就对上卯了！有其母必有其女，小丫和她妈一样，都不是念书的材料。”笑罢，仍心存疑惑，我断言：“你说小丫是老黑生的，我信。说小丫是老黑和耗子的孩子，我不信。麻袋片上能绣出花？其中必有隐情！”

“你，你的意思是？”

“堂奥深深，不辨门径，何以得窥？这种事再说不清，只有当事人自己心里明白。”

“这，这种事，确实说，说不清。”老杜喝得半醺，说话含混不清，嘴里拌蒜般表示同意酒友观点。世事如麻，许多人事说不清，道不明，说不清就不说了。直到分手，我俩再没提及这个话题。

第十六章

一

几个月不见，苟大夫像是换了个人，头发蓬乱，胡子拉碴，形容憔悴，神色惨伤，嗓音嘶哑，脚上鞋子溅满泥点，身上衣服已多天未洗，散发出一股怪味，与以往中式打扮、背头油光、举止沉稳的古城名医形象大相径庭。我心里一沉，急着问："出事了？"老三不回答，坐在沙发上双手掩面，一声不吭，像是出了大事。我心里越发着急，莫非苟大夫头脑偶尔发昏，误开虎狼药？还是把关不严，购进的中药材出了问题？以致患者旧病未除，又添新病，病人家属冲进"国医馆"喊打喊杀。看出不速之客有难言之隐，办公室同事互相使个眼色，一一开溜。我揽住顺民的肩膀，就像多年前抱住大壮一样，郑重地说："十八年前，我丢了一个兄弟，到了这个年纪，再也承受不住又少一个。说吧，纵然天塌下来，咱弟兄们一起扛着！"老三听了感动得一塌糊涂，含泪羞答答诉说原委：

"惠民国医馆"名气越传越远，候诊的患者排起长队。门前告示"本馆仅限于每日上午接诊"，因来的病人太多，接诊常常拖到下午。苟大夫忙得不可开交，经常连午饭都顾不上吃，吃几块饼干垫饥是常有的事。苟大夫自嘲："咱有挣钱的命，没有花钱的运。"今天看完最后一个病人，墙上挂钟已指向下午两点，苟大夫饥肠辘辘出了诊所，琢磨着上哪吃饭。骤然想起听候诊患者闲聊：马路斜对面巷子里，上周新开"西府第一碗"面馆，汤味酸辣，臊子鲜香，手擀面条吃着筋韧爽口。进了店门，心里先有几分喜欢，墙壁雪白，地面洁净，操作台面一尘不染，青花瓷海碗顺序排开，外面擦得干干净净，里面红的是辣椒油，黑的是酱油，白的是醋，五色俱全的是臊子。过了饭口，店里顾客不多，坐了工夫不大，一大碗热腾腾、红油浮面的臊子面端上桌，挑起长长一筷子面条大口吃下，客人暗暗叫声好！西府臊子面讲究"薄、筋、光、煎、稀、汪、酸、辣、香”，这家面馆都占了。吃饱喝足，心里惬意，苟顺民长长打个饱嗝，大张的嘴忽然僵住——从门外进来一个身材匀称的俊秀女孩。美女从衣兜里取出几张缴费单据，交与老板，原来是店里的员工。女孩乌发如云，脸庞白润，双唇红润，眉眼灵动，秀气里透着聪慧，说话悦耳动听，仿佛舌底下有黄莺婉转，顾客不觉看呆了，一直坐到女孩进去再不见出来，才恋恋不舍离去。

晚上辗转反侧，苟大夫脑子里都是妙人，直至天快亮，才迷迷糊糊入睡。天天一碗臊子面，从此雷打不动。时间一长，苟顺民和店里人混熟了，晓得女孩叫小玉，家在四川巫山县。苟顺民数年前去过“天下第一峡”，小三峡江水清澈，空气清新宜人，堪称“负氧离子天然大氧吧”。青山绿水养佳人，女孩个个肤色白润光洁，水灵养眼。游客赞誉：应在此地秀水、幽峡、奇峰、猿啼、怪石、巧洞之后，再加一景——巫山美女。同去的男驴友们看得心旌摇荡，都说“少不入川”的古训果然有理，倘若有中年丧妻的运，二次非在这里讨老婆！大家一致为鳏居多年的苟大夫建言献策：宾馆里的几个美眉据说尚待字闺中，大丈夫当断则断，放下名医身段，动之以情，晓之以利，速战速决，争取抱得美人归，切莫瞻前顾后，入“峡郡桃源”美人窝却空手归，落下终身遗憾。苟顺民虽未照方抓药，却怦然心动，回来念念不忘，没想，今天在此遇上桃源绝色。苟大夫借机搭讪，小玉甜甜一笑，却很少接话，弄得男人越发痴迷。

外出忙着采购中药材，苟顺民半月没去吃“西府第一碗”。作为资深中医大夫，他太清楚现今中药市场的猫腻：亚香棒虫草冒充外形相似的冬虫夏草；独活切片冒充当归；红苕花梗茎晒干用天麻水浸泡，晒干后几可乱真；大棚人参被移往森林冒充野人参；哈什蚂用其他蛙类产品替代；海龙海马用水泥增重，或用酒精萃取有效成分，剩下外形完整的“药渣”用来哄骗外行；藏红花用纸加工业染料搓成；三月茵陈四月蒿，五月六月当柴烧，本该按时采集的中药材，为了追求产量一拖再拖……中医界哀叹：不是中医不灵，是中药不行。中药饮片炮制假货泛滥已是行内公开的秘密，如今自己开诊所，诸事须小心谨慎，购进中药材更要亲力亲为。

心里惦记佳人，刚刚忙罢，就匆匆来面馆。一大碗面吃完，又磨蹭了好一会儿，仍不见小玉身影。这女子干什么去了？苟大夫心里着急，表面却装作若无其事，向别的服务员打听，被告知：小玉前天辞工走了。霹雳轰顶！苟顺民顿时慌了神，急赤白脸地问：“干得好好的，她怎么说走就走了？”女服务员偷偷瞟了一眼正在埋头算账的老板，压低声音说：“辖区税务所的跛子税收员看上小玉，几次让小玉陪他去歌厅跳舞。小玉不愿去，跛子就借口偷税来店里查账找茬。”跛子税吏站都站不稳，如何能跳舞？苟顺民听得可笑又可气。跛子税吏来“国医馆”看过病，走路颇有特点：以左边好腿为支点，右边病腿走路不像迈腿，倒似扔腿，靠右侧腰肌发力带动，甩出病腿在空里画一个大大的半圆才落地。没想人跛骚劲大，还是个花公鸡。有患者晓得跛子税吏底细：这家伙原是郊区畜牧站勤杂工，姐夫得道，小舅子升天，转行干起税务。小饭馆每月交税多少，由税收员说了算。跛子税吏将手中权力发挥到极致，从白吃白喝发展到觊觎美色。辖区哪个饭馆服务员漂亮，他就死乞白赖上门骚扰，不是叫去跳舞，就是陪着唱歌。女服务员说：“那天跛子又来了，跟老板咬着耳朵嘀咕好一阵。跛子刚走，老板就让小玉放下手里活，换了衣服，去后街歌厅，说李税收候你唱歌。小玉不愿意，拗不过老板再三催促，只得去了。工夫不大，小玉满面通红气冲冲回来，当下就让老板结清工钱，说什么也不在这干了！看模样，像是受到居心不良的跛子欺负。”苟顺民听得心如刀绞，急着问：“你知道她去哪了？”女服务员摇摇头。

苟顺民失魂落魄出了店门，立在街头四顾茫然，怅然若失，过往熟人热情地向苟大夫打招呼，他却视而不见，听而不闻，显得瘟头瘟脑。以往熟悉的街道成了噍类靡遗的沙漠，自己成了一具没有灵魂的躯壳，不知道该走向哪里。苟顺民活了四十多岁，从没有像今天这样心烦意乱、焦躁不安，心里空落落的，仿佛遗失了一件最心爱的美玉。他徒劳地寻找她，跑遍自认为有可能找到小玉的所有地方，结果一一扑空。寻人者是瞎子碰上小数点—— 一筹莫展。晚上入睡，噩梦死死困扰着他——小玉沦落风尘倚门卖笑，打扮得花红柳绿，满脸憔悴涂脂抹粉……梦中惊醒，浑身冷汗，苟大夫心里充满惊恐与绝望，万般无奈之下，来找把兄弟商量对策。

我听了哈哈大笑，调侃道：“首先让我们向情场劳模致以崇高敬礼！你丢盔弃甲、灰头土脸跑来，我还以为出了什么大事，闹了半天，却原来是半老男人害相思病！你小子失魂落魄，如何诊脉？又如何给患者开药方？”得知“惠民国医馆”已关门两月，我吃了一惊，去那看病的多是患了疑难杂症，有的还是癌症患者，随即沉下脸，指责对方：“老三，这就是你的不对！自古道‘医生有割股之心’。你倒好，为了一己情欲，医馆说关就关。那么多病人等着苟医生解除痛苦，延缓生命，改善生存质量，你却不管不顾，说关门就关门，太不负责了！”

“我现在是泥菩萨过江——吾身顾不了吾身。你让我对患者负责，那谁来对我负责？我的痛苦谁来解除？我的生命谁来延缓？我的生存质量谁来改善？”老三的脸上带着鳏夫般苦笑。我听了哭笑不得，揶揄道：“你小子至于吗？哥哥我简直地想不通：一个外省的乡下柴火妞、街上小饭馆的服务员，一个端面，一个吃面，两人总共也没说过几句话，居然就闹得俺兄弟魂不守舍！顺便问一句：街上漂亮女服务员多了，小玉排在让你怦然心动、丢魂丧魄第几位？你总不能吃一次西府臊子面，就无可救药地爱上一个。”

“刘记者，请闭上你的臭嘴！”苟顺民哀怨地瞪了我一眼，哭丧着脸反驳，“鞋子合不合脚，只有自己知道。我对小玉一腔真情，岂是尔等俗人所能理喻！苟顺民现在居有豪宅，出有名车，收入丰厚，名利兼有，按说找个漂亮女人当填房并不难。可我就是找不到感觉，总觉得那些涂脂抹粉、矫揉造作的女人另有所图，初次见面没说几句，就直奔主题——问我住的房子面积多大？开什么牌子的车？诊所每月能挣多少？真正的俗不可耐！这号女人岂能是贤妻？狗狗小小年纪就没了亲娘照顾。我对不起孩子，再不能让她受半点委屈。唯利是图的女人见过一面，我就统统抛之脑后。”

这话我信。苟顺民发达以后，光我就给他安排了二十多次相亲，从商场年轻女售货员到年过不惑仍待字闺中的女博士，其中不乏几分姿色的。这家伙却总是提不起兴趣，见过一面再无下文。气得我沉痛宣布：鳏夫苟顺民一提再婚，腿肚抽筋，从一个极端走向另一个极端，由情欲亢进蜕变为悲惨的阳痿患者，原因只有一个——遭黑打以致“破表失针”。苟顺民对再婚兴趣淡薄，女人们却对有钱的鳏夫趋之若鹜。惠民国医馆不时有各式各样的女性光顾，借看病之名行联络感情之实，频频对有钱的大夫放电，苟大夫却视而不见，听而不闻。

我笑谑：“俺兄弟‘久鳏无偶，思配织女，求非其望，自令寡处’。怎么今天突然来了个一百八十度大转弯？”

“没法子，唯独小玉我再忘不了，初见就怦然心动。每当她露出洁白的牙齿，对我粲然一笑，我的心都要融化了！不怕老大你笑话，我行医连头带尾已有二十年，可谓阅人多多，还是第一次碰见这么纯的女孩子，滚滚红尘中再也遇不到。她如同山泉般清澈，荷池月色般柔美，出水芙蓉般纯净。在我眼里，小玉就是茫茫人海里一块尚未蒙尘的羊脂美玉。”苟大夫一脸陶醉，沉浸在深情述说中。

“酸！真酸！”我打趣道，“这女子道行不浅，怕是褒姒托生，九尾狐转世。小玉不管不顾，一走了之，硬生生用单相思将俺兄弟迫害成睹物伤情、临风洒泪的行吟诗人。据吾所知，诗人离疯子往往只有一步之遥。老三，听哥哥一句贴己话——美人得之我运，不得之我命。你千万悠着点，切勿用情太专，以免陷入情网拔不出来，以致走火入魔坠入万劫不复之地——与前妻病房破镜重圆。可惜可怜可叹一代名医，最终在精神病院让人生谢幕，让老弟兄们情何以堪！"

苟顺民摇摇头，大脑袋埋下去，又开始双手掩面。我看着半老情种实在无奈，叹了口气，"你小子中枪不下马，老哥看得不忍，只能出手相助。说吧，我能帮大情圣干点什么？"

"找人！"大脑袋腾地又抬了起来。

"你高抬老大了，"我苦笑着回答，"使无青鸟，客少黄衫，我上哪给你找人去？"

"你办法多了，就看你愿不愿意，"苟顺民斩钉截铁对我宣布，"第一，通过报社想法让公安局发协查通报，警察找人那叫一找一个准。你现在就给公安局打电话。"这家伙原来是有备而来。我摇摇头，断然否决："拜托你说话经过脑子，公安局不是老刘家的，局长也不是俺老表，再说你那点单相思破事也不值得局子发协查通报。往下说第二条。"老情种失望地叹了口气，继续指示："第二条，立即在你们报纸显著位置刊登《寻人启事》，不要放在周日，单位放假没人看报。周一也不合适，积压报纸和当天报纸混在一起，谁还会仔细翻阅。最好选在周二至周四，10×15厘米的广告连登三天，为了引起广大读者注意，每次启事都必须做到醒目，四周围上……"

"围上黑框，线条加粗，"我抢先说出。看我一脸坏笑，老三醒悟过来，骂道："放狗屁！又不是发讣告，围哪门子黑框？记住：四周加粗线花边！"我打断老三絮叨："想登什么就登什么，想啥时登就啥时登，你当报社是俺老刘家开的？按你说的办也行，先数数自己皮夹里的钞票够不够？咱们按规定先去广告部办手续，吃腊肉不搁盐——有盐（言）在先，客户指定时间，预定版面，除了按标准收费，还得再交加急费。"

"钱、钱、钱，现在的报社就晓得要钱！为人民服务的精神哪去了？"

"为人民服务也得先填饱肚子，报人和普通人一样，月月也是等米下锅。广告不收费，我们喝西北风？"

"算了，算了，我不跟你们计较，报社不就是想要钱吗？这点碎银子本人还掏得起，"老三摆摆手，摆出一副宽宏大量的模样，继续指示，"第三条，你当过体育记者，又跑了几年社会新闻，三教九流、五行八作、江湖人士、黑白两道，都有你认识的，什么摔跤的、练拳的、看场子的、养鸽子的、放风筝的，广场领舞，赌徒烟民，鸡鸣狗盗之徒，统统给我动员起来，投入到寻人运动中。纵然翻江倒海、挖地三尺，也要把她找到！谁先找到小玉或提供可靠线索，我苟顺民予以重赏，苍天在上，决不食言！”

兄弟之托，不敢怠慢。当天，我就像渔夫一样将手中的网统统撒了出去，再想不到，两月过去，老三心中女人没有任何线索，失踪多年的男人却浮出水面。

八月十五是女儿笑笑七岁生日。我和老婆在厨房炸鱼炖鸡，忙着做一顿丰盛的生日家宴。隔着门，就听见女儿放学回家的喊声：“爸爸，妈妈，快来看我拿的什么。”我闻声出来，见女儿手里拿着一个包裹，忙问：“这是什么东西？谁给你的？”

“我也不知道。东西送到学校，传达室伯伯送到班主任那，于老师又转给我。”

我听了越发好奇，拿起包裹仔细打量：女儿名字、所在学校、班级，写得清清楚楚；寄件人一栏却模糊不清，似乎有意为之。我瞪大眼睛瞅了半天，两只眸子都酸了，才隐隐约约认出寄件地址打头“广东”两字。我和老婆都是土生土长，既没亲戚也无朋友远在岭南，包裹会是谁寄来的？我实在猜不出。折腾两月，当爹的没帮着兄弟找到心上人，女儿却意外地收到一件礼物。记者职业敏感让我联想丰富：本人撰写的揭露假医假药在我市行骗的系列报道，登出后社会反响强烈。莫非对方怀恨在心设下圈套企图报复？我心里陡然一阵紧张，耳朵紧贴木盒仔细聆听，里面没有微型定时炸弹运行的“嘀嗒”声，嗅嗅也无有害气体的异味。会不会是松发式爆炸装置？我立刻紧张起来，叫老婆带上孩子紧急下楼疏散。我戴上摩托头盔，穿上厚棉衣，怀着壮士一去不复返的悲壮心情，毅然上阵排爆。改锥慢慢将木盒撬开，里面是个缎面纸盒，打开一看，有个小熊模样的发条玩具，反复观察，最终断定体内没有爆炸物。我哑然失笑：铁皮玩具是谁送的？都什么年代了，玩具已升级至激光、声控等高科技，谁家孩子稀罕这种老古董？小熊尺把高，模样憨态可掬，我上紧玩具发条，小熊表现让我大感意外：能时左时右旋转，停下时举起闪光灯照相机拍照，随着“咔嚓”一声，眼前亮起一道闪光。有意思，真好玩！我童心大发，忘了在外避难的母女。米花枝领着孩子寒风里站了半天，既没等来爆炸声，也不见我叫她娘俩上去。急匆匆上了楼，见我正在全神贯注摆弄玩具，老婆顿时气不打一处来，大骂老公是“神经病”！盒底有张折叠得整整齐齐的A4打印纸，我打开一看，上面黑体加粗“祝笑笑生日快乐!”究竟是谁寄来的呢？瞅着女儿兴高采烈玩着小熊，我心里陡然一动：发条玩具将我的心向着过去转动，一些消失已久的东西又慢慢浮出水面，我俯下身子，双手掩面，双肩不停地颤抖……

二

两天后，我来到广州，在当地报社帮助下，很快找到那家快递公司，顺藤摸瓜寻到汕头，辗转摸到寄件人住的小区……

门虚掩着，我轻轻将门推开，客厅里一个男人正在伏案工作，听见身后响动，头也不回，说了句：“你先坐着，等我把手里活忙完。”又听见那久违的熟悉声音，我周身一颤，仿佛蒙尘已久的琴弦重新拨动，旧时旋律流水般缓缓从心间淌过……房间两室一厅，客厅多宝格琳琅满目，分别摆放着青蛙、母子鸡、小汽车、万吨巨轮、会冒烟的火车头等各种老式铁皮发条玩具。居室十分整洁，床上被子叠得棱角分明，枕头上放着我给他的那块浪琴手表。靠床头墙上挂个镜框，我凑近一看，眼睛骤然瞪得多大！公园绿草地上，一位中年男人和怀中幼儿合影，小女孩咧着粉嘟嘟花瓣似小嘴，甜甜地笑着；中年男人张着大嘴傻笑，幸福得快要融化了。这位男人不是别人，正是我自己！这张照片是四年前拍摄的，报社摄影部和社会部联合搞了一次“春日亲子活动”，我和三岁女儿也参加了，照片登载在报纸二版。房主人怎么会有这张合影照？真真令人费解！我取下镜框，反复端详，这才发现是两面镜框，另一面是位年轻女人的六寸肖像，五官精致，一双眼梢细长的丹凤眼，明眸皓齿，秋波流转，是那种令男性魂牵梦萦的美人。这是谁呢？莫非是大壮的新女友？看着，看着，心里陡然一动：照片上女人似乎在哪见过。

“她看着是否面熟？”身后人问。

“是的，像是在哪见过。”

“你不觉得她和谁有些像吗？”对方追问。我摇摇头，眼睛仍盯着照片，“我眼拙，实在认不出来。”

“阿弥陀佛。刘端正，你怎么还是不开窍，这么多年了，一点长进都没有！”

“赵大壮，你混蛋！”一股怨气直蹿脑门，我再也忍不住，转身猛扑过去，下面抱膝，上面肩扛，对方猝不及防，摔了个仰面朝天。前侦察兵反应还是那么迅速，几乎在倒地同时，一个兔子蹬鹰将我人整个从头上蹬翻过去。两人在地上扭打成一团，从居室滚到客厅，又从客厅滚回居室。“咚！”一声巨响，多宝格架被撞倒，铁皮玩具掉了一地，万吨巨轮和火车分别砸在我俩头上。占据上风的发小突然住手，两手抱头蜷缩一团，任凭我骑在他身上挥拳痛打。我边打边骂：“赵大壮，你脑袋里装的全是大粪！做事是厕所里跳高——过粪（分）！你是个懦夫、胆小鬼！逃避责任，躲避现实，自己一跑了之，撇下大凤尸首，让谁来替你照应?！你不管不顾弃家出走，害得你妈短短几天头发全白了！我为找你雨夜深山迷路，差点喂了狼！这些年老弟兄们想你想得好苦！每次提起老二，哥仨就掉眼泪！你爸因长年酗酒患肝硬化死亡，你妈病卧在床，天天念叨着你的名字，你兔崽子知道不知道?！你个忤逆不孝的畜生，不折不扣的混蛋！”直打到筋疲力尽，我才住手，跌坐在地，毫无顾忌地放声大哭。“男儿有泪不轻弹，只因未到伤心处”。赵大壮掩面一声不吭，两个肩胛骨不停地抽动，直至再也控制不住，扑过一把抱住我，放声大哭！“流泪眼逢流泪眼”，仿佛失散多年的亲兄弟重逢，两人抱头痛哭……

多年不见，大壮老了，眼角鱼尾纹清晰可辨，瞳孔里令人心颤的高烧般灼热闪光不见了，以往戾气转为平和，眼神清澈，淡眉静目间有一种从容笃定的气度，头发乌黑如青年，说是受每日打坐所赐，左脸颊有一道深深的疤痕，从嘴角一直到耳根，看上去颇有些煞风景。大壮擂了我一拳，说：“别以为我现在老了打不过你，我这是让你，让你小子出出气。不信咱俩再试试，不出五分钟，准捆你个四马攒蹄！信不信？不信咱俩现在就来！”说着就要动手。想起那年捆我的旧事，我吓得连连摆手，“我信，我信，我太信了！你小子心黑手狠，什么事干不出来？快给哥说说：这些年你都干什么去了？怎么会来到这里？”

“嗐，一言难尽！”赵大壮长叹一声，眼神随即黯淡下来，“面对接踵而来的打击，我那会儿精神濒临崩溃，杀人的心都有！就像是装满火药的木桶，碰上一点火星就会爆炸！说躲避责任也好，说逃避现实也罢，总之一句话：远远避开人群，忘掉一切烦恼，只能是我当时唯一的选择。我躲进人迹踪绝的深山，狂野躁动的心慢慢平静下来，修身养性，坐禅悟道，定下心读无字书，以卑微虔重面对天际浩渺，内心渐渐有所领悟：我心里有两座山，一座是父亲的梁山，一座是母亲的灵山，是莽撞行事还是与人为善，就看两座山孰轻孰重。每人都是一面镜子，擦亮镜子的过程就是修行。‘此生若不逢离乱，哪得天涯饱看山’，天高云淡之日，我在山巅打坐，让疲惫身心听风的诗，读云的书；月白风清之时，独自饱览阴晴圆缺，体会人世间悲欢离合，逐渐养成出世之心。”

“听上去蛮洒脱的。早知如此，我那会儿就该随你隐居终南，做几天隐士，体验林间月下修行的潇洒。”我羡慕地说。

“修道人‘勇猛心易起，长远心难发’。你哪里晓得入深山修行的苦处！且不说蚊蝇叮咬、虫蛇骚扰，光是寒冬腊月这关你就过不去！山里冬天比山外冷多了。三九寒天，北风呼啸，茅棚里冷得如同冰窖，和衣蜷在被子里，两只脚通宵都暖不热。关节炎、胃病是隐士常见的疾病。冰天雪地，陡峭山脊滑得像抹了油，出行一不小心就会跌落沟底，送了小命。冰封时间一长，喝的水、吃的粮、烧的柴火，统统成了问题。与我前后进终南山修行的隐士，大约有百十个，除了本省，还有来自甘肃、河南、山东、江苏、安徽等地的，外省来的以吉林居多，有男的，更多是女的，其中几个还是年轻姑娘。隐者彼此只知姓名，不知来历，甚至什么时候隐居秦岭深处的都不知道，大多寡言少语，见人只是温和地笑，彼此很少联系，与外界断绝来往。隐者隐居长达数年，短则几月，又相继离去。隐者心不能隐，身隐深山也无用，每年都有修炼不成反成癫狂，最终不知流落何方。‘出世容易入世难’。隐者有个共同的特点——在深山待了几年，和外面社会脱节，出去显得傻乎乎的，和别人难以交流，很多事都做不了，无奈之下，只好又回到山里隐居。”

我调侃道：“你在终南山里待了几年？想必已‘悟道正迷津’。”

“本人不是宗门弟子，进山只是为了修身养性，追求‘看破，放下，自在’的人生大境界，最终目的是为了出山。小慧临去送给我的那条羊毛围巾，支撑我度过艰难岁月，熬过无数漫漫长夜。孤寂中，我几次隐隐听到灌木丛中传出她的声音，跌跌撞撞冲出草棚去寻，一遍遍呼唤小慧的名字，回答我的唯有徐徐山风、唧唧虫鸣……独立山巅，仰望星空，我想起哈代《唤我》里的诗句：‘在纷纷落叶之中，我踉跄前行，听到那年轻女子的声音唤我。’不禁百感交集，凄然泪下…… 数年修行，餐餐素食，天天打坐，苦思冥想，却始终不得要领。王阳明是我崇敬的先哲，因上疏得罪宦官刘瑾，遭廷杖四十，被贬贵州龙场当驿丞，于万分困顿中忽然彻悟，一夜间领悟格物致知的道理，提出‘致良知’‘知行合一’等重要理论，改几千年‘得君行道’为‘觉民行道’，创建心学，一生事功显赫，被誉为‘真三不朽’。以往读史看到此，总觉得有些玄，似乎不可思议。忽一日，自己内心有所悟，似从混沌中醒来，眼目清明豁然开朗，心灵神廓一清如洗。佛家所说的‘顿悟’果然不虚！小子天资愚鲁，无德无能，不及先哲万一，只是自觉能以出世之心超然入世。渐修者秀美，顿悟者能行。我决意重返尘世。”

“你为何不回城？早日和弟兄们团聚。”

“阿弥陀佛。本人尚未修行至四大皆空、六根清净的境界，想到又要面对恶毒议论，怜悯目光，假惺惺关心，幸灾乐祸笑容，心里就像结了冰，只想到新的地方，开始新的生活。出山后，我游走四方，成了一个蓬转无定的人，砖厂烧窑，货场扛大包，夏收当麦客，建筑队打小工……总之一句话：什么活我都干过，什么苦我都吃过。后来给一位游四方的老木匠打下手，拉大锯，推刨子，熬到三年出师，我已是一个手艺不错的木匠。将来你闺女出嫁，陪嫁家具我包了！”

我盯着他脸上伤痕，操着京剧道白戏谑。“脸带刀疤，口中念佛，尔不像吃斋修行的居士，倒似伪装善人下山踩点的惯匪！左右，速与本官将此江洋大盗拿下带到官衙大刑伺候！尔要想不受皮肉之苦，速速从实交代脸上刀疤来历！”大壮听得可气，擂了我一拳，笑骂：“刘端正，你小子嘴上就积点德吧！江山易改，本性难移。年近半百，一张臭嘴还是那么损！”接着说起刀痕来历：

连日阴雨过后，车辆进进出出，县长途汽车站停车场被碾压成大大小小的烂泥坑。一辆半旧大巴怀胎老母猪般哼哼唧唧，挣扎着从泥坑里爬出。雨后溽暑，车厢闷热，一车人昏昏欲睡。突然，几条粗喉咙同时响起：“打劫啦！都他妈给老子放老实点！”睡意瞬间消失得无影无踪，大壮佯装瞌睡，拉低帽檐观察车厢内动静：一个劫匪持械逼住司机，另外四人同时亮出明晃晃的刀子，从前往后挨个儿搜身。车厢大乱！哭的哭，叫的叫，更多是哀求，却无一人敢挺身反抗。来到大壮座前，劫匪一把抢过帆布挎包，拉开一看，里面是斤斧绳墨，晓得撞上走四方的木匠，劫匪骂声“晦气！”照地上啐了一口，悻悻将包扔在地板上。盗亦有道，江湖有江湖的规矩。自古以来，横行江湖的劫匪多不碰医卜星相江湖卖艺游方僧道娼妓走卒，最忌讳遇上木匠，据说是作案翻把颈戴木枷的先兆。大壮摸摸兜里辛苦挣来的钞票，暗暗道声：“侥幸！”正在庆幸自己躲过一劫，车厢后面传来女孩嘤嘤哭泣和一个中年妇人的苦苦哀求：“几位师傅行行好！我侄女还是个没出门的黄花闺女，你们放了她吧！”

“黄花闺女？稀罕，稀罕！放她容易，不过得先脱了裤子，让哥几个验验真假。”几个劫匪一阵淫笑。大壮正想站起，邻座老者偷偷拉了一下他的衣襟，悄声说：“小伙，听我老汉一句：这帮惯匪心黑手狠，常在这一带出没，该忍则忍，免得惹祸上身！”女孩嘤嘤哭泣变成大声哭喊，哭喊戛然而止，像是被人堵住嘴！大壮再也坐不住，腾地站起，“放开她！”声音透着威严。几个匪人闻声转过身，见只有一人站出，随即放下心。一个光头劫匪走过，雪亮匕首捺在打抱不平者脸上，恶狠狠说：“再敢吱声，我一刀豁了你的嘴！”周围旅客吓得变颜失色。大壮面不改色，定定看着对方，还是那句话：“放开她！”

“我就不信你是铁嘴钢牙！”一道寒光闪过，出头者顿时皮翻肉卷，鲜血顺着脸颊直往下淌。乘客噤如寒蝉，车厢里回荡着还是那句话“放开她！”利刃再次挥来，大壮侧身让过，使出空手夺刀招数，擒住光头执刀手腕，反关节一拧，劫匪“哎呀”一声，匕首“当啷”落地。赵大壮紧接着一个大背挎，屈身转体，喝声“过去！”劫匪大头朝下从肩上摔了过去，结结实实被掼翻在地！晓得撞上会家子，几个劫匪神色紧张如临大敌，旅客们一个个吓得缩成一团，都想着一场生死恶斗即将展开！大壮从地上拾起刀子。在场的谁也没想到，夺刀者两手握住利刃，在膝盖上猛力一撅，“嘣”的一声，硬生生将钢刀断成两截！折断的利刃落在地上。赵大壮脸上、两手鲜血淋漓，面孔扭曲，怒睁着两只血红的眼睛，形象异常狰狞！怒吼：“谁再敢动她一指头，先从我身上踏过去！”遇上这么个有功夫且不怕死的主，劫匪互相看看，心里直犯嘀咕：今日出门不利，车上撞见煞星，一旦展开恶斗，势必两败俱伤闹出人命！晓得警察命案必破。车匪意在劫财劫色，却不想将抢案闹成命案，最后搭上自己小命。为首的眼珠一转，换上另一副嘴脸，双手抱拳，撇开江湖腔：“佩服，佩服，老哥真是条硬汉！俺家兄弟有眼不识泰山，多有得罪！恭敬不如从命，就照老哥说的办！山不转水转，咱们后会有期。”说完，一声呼哨，前头同伙会意，勒令司机停车。几个车匪迅速下车，转眼消失在公路边青纱帐里……

“好汉架不住人多。你不该逞强出头，落个脸挂金印。”我埋怨道。

“光天化日，众目睽睽，桃李年华的少女被匪人轮番凌辱，遭此奇耻大辱，传出去叫她怎么做人？以后还嫁不嫁人？又如何活得下去？纵然含垢忍辱、饮泣吞声、苟且偷生，实则生不如死！受害者终身活在黑暗里，余生的每一天对她都是地狱！大壮没撞见也罢，撞见只能挺身而出——‘我不入地狱，谁入地狱’！”

“利刃在手，杀心顿起！你已夺刀在手，为何又弃之不用？”

“‘众生度尽，方证菩提，地狱未空，誓不成佛！’大巴空间狭小，人满为患，双方一旦动刀，势必血流满地，尸横车厢，宁可我一人倒下，也不愿伤及无辜！”

我听罢感叹：“老二铁骨铮铮！‘唯大丈夫能本色’。大壮不愧大境界、大慈悲，超凡脱俗得大自在！”

今人脸带刀疤，无异于古时男儿脸带黄金印，赵大壮从此运交华盖，走到哪都被视为人群里的异类，再没人敢请他去做木匠活。乘车、住店，多次受到重点盘查，幸亏他早有准备——随身装着盖有大队公章的外出做工证明——公章是自己刻的。

秋雨滂沱，黑云倒坎，道路泥泞，闭户难出。赵大壮一连多天困在镇上小店，每日里只有出的，没有进的。囊中羞涩，心中愁闷，外感风寒，腹内缺食，内外夹攻，病倒在床。店主遇雨收伞，又来催讨房钱。一个游走江湖的社会边缘人没有生病的资格，正在发烧的赵大壮挣扎着坐起，央求宽限数日，容本人再想办法。一听这话，店主顿时黑下脸，说住店客人都像你这样，我这店还开不开?!“饥寒至身，不顾廉耻”。困境中的客人只有厚着脸皮苦苦哀求。“两天为限！”店主竖起两根指头，说过期再不补交住店钱，休怪我无情！说完，摔门而去。一文钱难倒英雄汉。一筹莫展之际，广播里传出《秦琼卖马》：

> （西皮慢板）店主东带过了黄骠马，不由得秦叔宝两泪如麻。提起此马来头大，兵部堂黄大人相赠与咱。遭不幸困至天堂下，为还你店饭钱，无奈何只得来卖它……

赵大壮平时听这段戏，品不出滋味，此刻心有灵犀一点通，落难人不觉听呆了：

> （西皮摇板）家住山东历城县，叔宝名儿天下传，我本是顶天立地男儿汉，好汉无钱到处难……

漫漫寒夜，何以天明？情感交融，跨越时空，心中好不凄凉惨淡！听至动情处，男儿潸然泪下……

两天过去，赵大壮办法没想出来，病情却急剧恶化——高烧不退转为肺炎。

店主一脸麻子，两只三角眼，心肠冷硬似铁，见住店客人病重，嘴里骂骂咧咧：“遇上你这号客人，算我倒了八辈子血霉！你要死死在外面，死在我店里算怎么回事?！走，走，快走！别弄脏了我的店。”边骂，边撵患病客人走。工具包却不能带走——拿钱来赎。屋外寒风如刀，冷雨似箭，病中人哪能撑得住，刚走出几步，就觉得天旋地转，双膝一软，“咕咚”一声栽倒在地。也是大壮平时积德行善，命不该绝，碰上一家跑江湖的草台班子来客店投宿。见店门外雨地里倒着一个人，男的呼，女的叫，吵吵嚷嚷，将刚撵走的病人又抬回店里……

赵大壮醒来时，已在镇卫生院病床上，身上挂着吊针。得知是草台班主救了自己，病人挣扎着坐起，再三感谢救命恩人！班主指着挂在床头的木匠工具包，说：“你别谢我，要谢你谢它，”见病人不解，班主笑着解释，“论起，咱俩算是同行。我跟师傅学艺，推了一年木匠刨子，实在吃不了那个苦，死活不干了。我大哥和你一样，也是个游四方靠手艺吃饭的木匠，那年他在外遭遇车祸，救他的是素不相识的一个同行。人不亲行亲，你落难，我理当出手相助。”下了半月的秋雨终于停歇，太阳从云层中露出红红笑脸。班主看看窗外，说龙腾剧团三十多张嘴等着吃饭，演出一天也不敢耽误。住院费我已提前支付，你安心静养数日再出院，说着就要告辞。赵大壮灵机一动，自己现在走投无路，能否借光搭上龙腾剧团这班车？班主听了哈哈大笑：“龙腾剧团缺的是文艺人才，不缺木匠。你别小看我这草台班子，吹拉弹唱插科打诨，人人都是多面手，上了台个个都是角。民办剧团没有大锅饭，团里不养闲人，演员个个凭本事吃饭。兄弟，不是我小看人，你会唱哪出戏？生旦净末丑，你能演什么角？”

“说来惭愧，本人愚笨，天生没有文艺细胞，你说的我都不会，只会打把式，上台充其量是个牵马坠蹬的跟头虫，跟在大将屁股后头跑阵列摇旗呐喊的兵卒。”

班主一听眼睛都亮了！再三询问，病人回答肯定。班主高兴了，一把攥住病人的手，激动地说：“这才是踏破铁鞋无觅处，得来全不费工夫！你不会唱戏不打紧，团里多排几出只打不唱的折子戏，有《三岔口》《挑滑车》《闹天宫》《八大锤》《火烧裴元庆》，龙腾剧团就缺个撂得响的武把子！”

“戏剧团怎么可能没有武把子？团里原来的武生呢？”

“嗐，别提了！原先那个唱武生的两年前犯案，被公安机关通缉，改名换姓进了龙腾。上月在外地演出时被人认出。小子眼亮，瞄见台下几个汉子对着自己指指点点，交头接耳说什么，晓得势头不对，下了台妆都没卸就跑了，让匆匆赶来的警察扑了个空。武生一跑了之，却把班主害苦了——进局子说清楚。我分辩：民办文艺团体进人没有外调责任，也没那个能力，隔口袋买猫——谁知道来的都是什么货色。警察不依不饶，说龙腾剧团藏污纳垢，说我窝藏逃犯，要押着我四处寻人。我好说歹说，最后罚款了事。”班主话头一转，“俗话说得好：茄子一行，豇豆一行，各是各的事。咱俩交情归交情，团规归团规，我丑话说到前头：是骡子是马拉上台遛遛，祖师爷赏你这碗饭，欢迎加盟龙腾剧团，倘若不是这块料，兄弟你还得走四方当木匠！”

三

大幕拉开，随着急促的鼓点声，武生从后台连串前空翻上场，身子绷得直，筋斗翻得又快又高又圆，疾转如风车，赢得全场暴雷般喝彩“好功夫！”赵大壮抖擞精神，抢背、起霸、飞脚、卧鱼、朝天蹬、乌龙绞柱、鲤鱼打挺、一字劈叉、连串旋子，武行活玩了个齐全。“好！好！”台下连连叫好，掌声不断！赵大壮首次登台亮相就一炮打响！都说这个草台班子不简单，武把子灵活矫捷、身轻如燕，赛过专业剧团的武生。班主激动得满面放光，直夸赵木匠：“身上有功夫！当木匠委实可惜了材料！”见班主高兴，众演员跟着捧场，说赵师傅一来，团里角色齐全，咱们敢跟城里正规剧团一比高下！赵大壮的武戏成了团里的压轴节目，每次演出都大受欢迎。水涨船高，龙腾剧团门票收入节节上涨，班主乐得脸上开了花，逢人便道：“约来不如撞来，江湖闯荡江湖见。只想着我帮了赵师傅，没想是赵师傅帮了我！”

江湖剧团仿佛一块磁石，吸引了一些奇形怪状且来路神秘的汉子，时聚时散，来而复去。“好汉不问出处”，团里人见怪不怪，新入伙的木匠脸带刀疤，来路蹊跷，却从未有人打听他的来历。赵大壮手脚麻利，眼里有活，搬运行李，装卸演出道具，重活累活总是抢着干，时间不长，就混出人缘。唯独我见过的那个瘦子总跟他过不去。瘦子叫吕天宝，在团里管账，自恃会些拳脚，除了当班主的表哥，谁也不放在眼里。这厮风流成性，惯会怜香惜玉、甜言蜜语、伏低做小、曲意逢迎，团里凡有点姿色的女演员多着了他的道。赵大壮堂堂正正，吕天宝邪不压正，总觉得新来的抢了自己风头，更怕在漂亮女演员面前失宠，说赵大壮徒有其表，除了能翻几个空心跟头，别的都不会，纯属花架子；说别看赵木匠平时寡言少语，实际上是老骚胡打盹儿—— 心里谋事着呢，不定盘算咱团里哪个妞呢。诋毁发展为暗中算计。赵大壮聪明而不精明，虽久历江湖，饱经沧桑，仍心性单纯，与人交往从不设防，与小人长期相处，只有吃亏的份儿。

天刚麻麻亮，赵大壮就起来练功，下腰、拔筋、踢腿，待活动开全身筋骨，又练起连串后空翻，手掌骤然钻心般刺痛，“哎呀！”一声，腾空身体重重摔倒在地。爬起一看，左掌鲜血淋漓，俯身仔细查看，浮土下面是一截铁蒺藜！晓得团里有人陷害自己，从此暗中留意。两月过去，见对方没有动静，以为软弱可欺，吕天宝贼胆越发大了。压轴武打戏演完，赵大壮已是大汗淋漓，下了台，端起自己茶缸就喝，茶水进了嘴，感觉味道异常，赶紧朝外吐。“谁喝我茶了？”赵大壮装作若无其事地问。剧务回答：“我刚才从外面进来，见吕天宝一人在里面，没事吧？”

“没事，没事，茶谁喝都一样。”当事人佯作无事，悄悄藏起罪证。

过了几日，龙腾剧团易地换场，吕天宝一人留下结账。赵大壮上了大巴又下来，说是“忘了东西”，让大家先走。关上房门，赵大壮仍是和颜悦色，要与几次陷害自己的人“交心”，做一番“恳谈”。罪证摆在面前，吕天宝仍是铁嘴钢牙，毫不示弱。见对方执迷不悟，赵大壮叹口气，连道：“阿弥陀佛，罪过，罪过。”纵然是我，你奈我何！吕天宝还在得意，再想不到事态来个一百八十度大转弯——口头交谈瞬间转为肢体语言。吕天宝被对方连环腿踢得一佛出世，二佛升天，这才醒悟：对方不是菩萨是凶神！当下痛哭流涕，双膝跪倒，苦苦哀求，承认放置铁蒺藜、茶缸投巴豆均是自己所为，行为多么卑鄙，多么无耻，多么小人，我吕天宝是令人恶心的一摊大鼻涕！

管账鼻青脸肿，走路一瘸一拐，仿佛战场下来的残兵，半日不见，人怎么成了这般模样？团里人惊问。“摔的”，吕天宝回答。同事们越发惊诧：是自己摔的？还是被别人摔的？“自己摔的”，当事人回答肯定。大家将信将疑，转问同行人，赵大壮笑不而答，弄得众人心里越发疑惑。“恳谈”效果远远超过恳谈者的预期。吕天宝从此像换了个人，见了赵大壮老老实实，一口一个“赵师傅”。一次酒后吐真言：哑巴嘴里念佛，心里咥活！（关中方言：多指干坏事）别看这家伙平时寡言少语、蔫不啦唧，装得像个老实人，一旦翻脸，心黑着呢！众人好奇地问：哑巴怎么个黑法？吕天宝哭丧着脸回答：别人用拳头打人，他用大脚丫子踹你脸。我听得乐不可支，笑道：“痛快！还是那句话，‘没有霹雳手段，难显菩萨心肠’。”

想起大壮在舞台上与那帮浪荡娘们打成一团，我调侃，“降伏情场竞争对手，赵木匠可以含笑入花丛了。”赵大壮苦笑道：“‘宁逢恶宾，不逢故人’。我就知道你小子在这憋着坏！‘黄鹤楼上看翻船’。我在台上汗流浃背卖艺失手丢人现眼，你坐在台下优哉游哉看笑话，真不是东西！唉，没法子，什么叫逼良为娼，我算明白了！龙腾剧团原来还行，后来竞争者一多，年轻人又不爱看老戏，经济效益节节下滑，团长无奈，只好随大流玩起下三烂。剧团名字也改了，龙腾剧团变成野玫瑰艺术团。演出节目庸俗不堪，团里人心涣散，真心搞艺术的演员相继离去，说是不忍心糟蹋行道，朝传艺师傅脸上抹黑！懂行的走了，乌七八糟的却接踵而来，站在台上不会表演，只会半裸放骚，弄得团里乌烟瘴气。日月如梭，转眼到了‘翻筋斗太老，去死又太小’的年纪，武生这碗饭吃不成了。前途未卜，不如走路。我一度萌生去意，想到班主对咱有救命之恩，实在难以开口，看到你写的便条，才最终下决心离去……”

我点头赞许：“神女有心，大壮无梦，目中有妓，心中无妓。‘百花丛中过，片叶不沾身’，俺兄弟果然是好汉，真正是守身如玉！”

“出了剧团，四顾茫然，脸带刀疤，无人敢雇，年逾不惑，何以为生？囊中虽薄有积蓄，架不住坐吃山空。有道是天无绝人之路，住小旅馆邂逅一位玩具厂推销员，从他口中得知：因容易划伤儿童的手，铁皮玩具被定为‘不安全玩具’，国内五十多家铁皮玩具厂相继倒闭。风水轮流转，玩具复古风从去年骤然兴起，消费群体多为成年人，已被淘汰的铁皮发条玩具成了抢手货，以往售价七八元的火车头、冲锋枪、拖拉机、万吨巨轮等铁皮玩具，一旦贴上‘怀旧’标签，立刻升值数十倍甚至上百倍！最夸张的是一个六十年代生产的发动机玩具模型，最高飙至十万元！推销员的话让我看到生计——铁皮玩具工艺失传，如同旧邮票、老家具，不可再生性和稀有性注定其升值的巨大空间。”

赵大壮第一次上网揽活就接了个大活。对方是位房地产公司的老板，说家里有两件铁皮玩具坏了，在当地修理无门，想找高手师傅修复。大壮回复：老铁皮玩具修旧如新是个难题，我以前干过这行，可以试试，只是费时耗工，工钱少了划不着。对方回答干脆：能用钱解决的都不是难题，只要能修好，工钱由你开！两件玩具快件寄来，一件是火轮，一件是载着乘客的照相汽车。赵大壮拆开一看，里面锈迹斑斑，火轮绷簧崩了，需要重换零件；照相汽车齿轮组损坏脱落，修理难度很大。赵大壮先将两件铁皮玩具做除锈处理，表面重新刷漆，精确测量传动装置尺寸，去街上钟表修理店买回合适配件，摸索着重新安装。好在技术室老底子还在，折腾半月，总算修好了，用发条钥匙一拧，火轮、照相汽车工作如常。接到修复如新的玩具，顾客高兴坏了，打来电话，再三感谢赵师傅！说人近暮年，怀旧情绪日浓，看着修旧如新的玩具，就想起“自己的童年”，想起“住石库门的日子”，想起“浩劫中惨死的老父亲”……顾客让赵师傅开价，修理工在电话这边挠挠头，说你看着给吧。过了两天，赵大壮接到一张汇款单，一瞅数目，吃了一惊。说到这卖开关子，让我猜是多少？

“费这么大劲，对方又是个老板，一千块应该有吧？”

赵大壮笑了，“一千块乘以二，后面再加个零。”两万块！我吃了一惊。要知道那是九十年代初，票子还没毛，这些钱娶媳妇都够了。我感慨道：“本人明白了：你卖的不是修旧如新的玩具，而是帮客人追忆逝去的童年。”

赵大壮得了窍，从此一发不可收——廉价买下倒闭玩具厂库房积压的零部件，跑各地旧货市场收购残破铁皮玩具，拿回拆开修理打磨上油润滑喷漆重新组装，放到网上待价而沽。其中一个万吨水压机玩具模型的残品，赵大壮花五百元从沈阳旧货市场一个小商贩手里买来的，在场的人都说不值，说花这么多钱买这么个破玩意儿，莫非脑子进水？买家笑而不语，心里清楚：该品种模型玩具当时生产量就很少，至今几成孤品，价值不可限量。不出所料，修复如新的万吨水压机模型玩具很快以2.8万元被识货的买走，几经倒手，最后被一个海外藏家出高价收藏。人转运，财源随之滚滚而来，干了几年，刨去各项开销，买下这套房子，开上小车，银行还有存款。我听得感叹不已：“家有万贯，不如薄技在身。那会儿人眼皮子浅，看不起大集体，没想你在幸福娱乐制品厂学的那点本事，这会儿都派上用场！”问起卧室照片的来历，老二笑骂：“说你不开窍，你还真是头猪！图书馆，明白不？”我恍然大悟：为扩大影响，各地互相交换报纸。老二一定是在当地图书馆翻阅家乡报纸时，看到我和女儿在公园合影，然后翻拍放大。我笑道：“你小子撞到南墙不回头，失踪这么多年，为何现在又拐着弯与我联系？什么时候开始回心转意的？”赵大壮看着墙上的镜框，眼神里充满浓浓的爱意，微笑着说：“这得感谢笑笑！”感谢笑笑？这又是从哪说起？

“游走江湖，迭遭变故，身居闹市，满心荒凉。可每当我看见照片上她甜甜地笑着，心里就有一股暖流涌出，心里实在爱得不行，再看也看不够。笑笑照片挂在床头，我每天早晨醒来，第一眼看见的就是她。无形弥坚，爱心无敌。爱能战胜一切，时间长了，堵在我心头那块冷如冰、硬似铁的东西一点一点慢慢开始融化……‘四海无人对夕阳’，年龄越大越感寂寞.，常常独自喝酒不知其味。俗话说：‘家犬过年还有三天好日子’。每逢新春佳节，家家欢声笑语，门前鞭炮齐鸣，我却独坐空房，索然面壁，又无夕不梦见哥儿个，老公扇扇——凄（妻）凉啊。觉得自己家犬不如，是一条无家可归的流浪狗！‘江湖浪走知何益’，直到有一天，我再也忍不住了，按照那张亲子照片文字说明提供的线索，将精心为笑笑制作的玩具给她寄去……不出所料，你果然入彀，循着蛛丝马迹一路寻来。”话头一转，问起女儿近况，得知笑笑“六一节”在全市少儿小提琴比赛获得儿童组一等奖，赵大壮高兴地笑出声，满意地说：“女儿争气！我当爹的更得好好干！”

“喂喂，拜托，拜托！你小子有没有搞错？笑笑是我刘端正生的，什么时候变成你赵大壮的女儿？牛头不对马嘴！饭店里买葱！”我不满地说。大壮笑而不答，摘下墙上镜框，取出后面女人照片，与笑笑照片并列一起，说：“你自己看。”这回唱的又是哪一出？我疑疑惑惑凑近细看，不看还罢，看了大吃一惊！同是眼梢细长的丹凤眼，同是菱角般轮廓分明的嘴唇，笑颜如花的两颊同有浅浅一对酒窝。“像！两人长得真像！唯一区别是尺寸一大一小，”我扭过脸问照片主人，“这女人是谁？莫非你新交的女友？长得真漂亮！秀色可餐，赶快叫来让咱也饱饱眼福。”对方不接话，眼睛随即黯淡下来，脸上神情凄然。我心里“咯噔”一下，随即意识到什么，紧着问：“她？莫非她就是孙小慧？”大壮默默点头。我将两张照片捧在手里看来看去，越比照越觉得两人长得惟妙惟肖，仿佛遭到雷击，人整个惊呆了！造物弄人，竟至于斯。我的腿开始发抖，似乎再也承受不住自己身体重量，脑子里面一片空白，两只眼睛仍紧紧盯着照片，过了好一阵，像是问大壮，又像是问自己：“怎么是这样？怎么会是这样？莫非真有佛家所谓六道中的人道轮回？真真不可思议！……”

夜深沉，我俩像少时一样同床而卧，彻夜长谈。一别多年，赵大壮迫切想知道香火兄弟的近况。我打个哈欠，无精打采地回答：“真没什么好说的。我媳妇叫米花枝，小学教师，俺两口典型的米面夫妻，日子平平淡淡，凑合着过吧。”

“你两口莫非感情不和？”发小关心地问。

“那倒不是，只是缺乏激情。我俩的事说来话长：第一次见面，谁也看不上谁，出门一拍两散。过了八年，我年近不惑，伊老女未嫁，双双成了各自单位闻名的婚姻困难户，左邻右舍茶余饭后谈资。与她二次见面的前夜，我又去相亲，女方坐了不到五分钟，就借口‘单位有急事’，匆匆离去，边走边打手机埋怨媒人：‘脑壳半秃，脸有褶子，还是个驼背，你办事忒不靠谱，给我介绍个老头！’我听见差点没憋过气去！再见面，我和米花枝都认出对方，先是彼此惊呼‘怎么又是你?!’接着一起感叹‘长安城太小了！’剩男、剩女被无数次再无下文的相亲弄得身心俱疲，共同的烦恼带来共同的语言。也怪咱这张嘴不好，说着，说着，又要开贫嘴：面箩箩筛下去的是精粉，剩下的是麸子。咱俩都是别人挑剩下的，我迷途知返，一个穷矮丑再不敢妄想高攀白富美；你也该幡然醒悟，剩女别再惦记着高富帅。唉，拾到篮里都是菜，剩男剩女谁也别嫌谁，能行的话，咱俩先凑合着处吧。不过，我得把丑话说在前头——耽误了你找老公，不是我的错。米花枝一听气得满脸通红，腾地站起！我以为和上次一样，二回又黄了。谁知这女人又重新坐下，气呼呼地说：‘凑合处就凑合处，谁怕谁呀！闲着也是闲着，我权当拿剩男解闷。’停了一会儿，她又转怒为喜，盯着我，笑嘻嘻地说，‘为什么那么多女人都瞧不上你？我总算明白了：你是打烂的夜壶剩把嘴。’”

老二听得哈哈大笑，赞道：“骂得好！这叫透过现象看本质，嫂子不愧是搞教育工作的！”我苦笑着说：“这女人表面文静，内里剽悍，标准的女汉子。本人这回不幸将玩笑开大了！我举棋不定，她动起真格，得空就往报社跑，还自我介绍‘是刘端正的女朋友’，闹得尽人皆知，意在釜底抽薪——单位再没人给我介绍对象。见我还在犹豫不决，她使出撒手锏，一人摸到我家，借口‘从这路过顺便看看老人’，进门手脚不停，洗衣做饭打扫卫生，嘴上甜得像抹了蜜，‘伯父长，伯父短’，亲亲热热叫个不停。老爷子晚年寂寞，终日孤坐家中，除了看书练毛笔字，就是打棋谱，突然从天上掉下个老姑娘，嘘寒问暖、伺候得舒舒服服，老头子当下乐得找不着北。米花枝仅仅来了三次，老头子饭桌上就断然对我宣布：‘就是她了！’我讨厌剩女这种上不了台面的小伎俩，佯装糊涂，故意反问：她是谁？什么叫‘就是她了！’我怎么越听越糊涂？晓得大儿子装傻，老头子不理睬，自说自话：‘米姑娘告诉我她家地址，这个周末我就亲自去米家替儿子求婚。’人生大事岂能越俎代庖，我当时就火了！急赤白脸指责老爷子：‘现在是新社会，父母之命、媒妁之言那是封建年代！这会儿是我找对象，不是您！’老爷子像是没听见，继续自说自话：‘我算了算日子，离国庆节还有四十三天，时间不多了，筹办婚事得抓紧！’声音透着急切。‘老人一急，你要小心。’我这才意识到找老婆这件事上，本人逐渐失去控制，被老爷子推着往前走。形势催人，形势逼人！

“我越想越气，撂下吃了一半的韭菜馅饼，气冲冲打电话约她出来算账，一见面就指着鼻子斥责：‘米花枝同志，咱俩可不带这么处的！极知老女添妆苦，晓得你嫁人心急，可你再急着嫁我，也不能霸王硬上弓！哄老子而令儿子，这叫什么事啊？我严重鄙视剩女这种下三烂手段！’恶语伤人，搁别的女人早就气跑了。米花枝不是怯战的鸵鸟，当即蹦了起来，奋起还击：‘刘端正同志，我米花枝什么时候说过要嫁你？你又自作多情！我学雷锋做好事主动上门照顾老人，难道还有错？以小人之心度君子之腹，你才是不折不扣的下三烂！’一对男女同志忘了各自知识分子身份，毫无君子休休有容的大度，说出的话毒汁四溅，唇枪舌剑，你来我往，杀了个昏天黑地、难分难解！我从来自恃口才了得，没想今日将遇良才、棋逢对手。好汉惜好汉，英雄敬英雄，骂着，骂着，我‘扑哧’乐出声，笑谑：‘此女果然好一张利嘴！我终于弄懂为何那么多男人都不敢要你——仗着一副伶牙俐齿，得理不饶人，无理辩三分！唉，只怪咱命交华盖、妻运不济，老天偏偏剩下我来收拾眼前残山剩水。’米花枝笑着回敬：‘破驴驮个烂口袋，旷夫怨女谁也别嫌谁。’

“两人认识以来，我第一次认真打量面前的女人，平心而论，米花枝五官生得还算周正，一双眼睛大而黑，可惜长得老相，眼角早早有了鱼尾纹。见我盯着她不放，米花枝脸红了，嗔道：‘讨厌！有你这么看人的吗？’我觍着脸说：‘我发现你不撒泼骂人的时候，其实还蛮耐看的。’米花枝打蛇随棍上，使出激将法：‘有贼心没贼胆，光看顶什么用，谅你也不敢娶我。’说完掩口而笑。我勾起一腔豪气，拍着胸脯说：‘小瞧人！不就是娶个男人婆吗？有什么不敢的。我属虎，你属蛇，老人常说白虎见蛇如刀斩，命相相克，犯冲犯斗，怪不得咱俩见面就打嘴仗。没法子，只能等你过了门，老公我再慢慢调教，大不了一对男女将舌战进行到底！’我指手画脚，信口雌黄，口沫乱溅，米花枝笑得花枝乱颤。我纳闷地问：‘你笑什么？’对方只笑不说，从随身挎包取出补妆盒递过。我拿着小镜子照来照去，脸上未发现任何出奇之处，一张嘴，差点背过气——门牙上粘着两片宽韭菜叶！如同花下晒裈、开会放屁，绝对大煞风景！想着我刚才大牙带着绿幌子，依然慷慨激昂、口沫横飞的傻样，自己都觉得可笑。我觍着脸自嘲：‘仆人眼里没伟人，爱人瞅我冒傻气。’米花枝笑骂：‘谁是你爱人？做梦娶媳妇——尽想好事！’男女吵架演变成打情骂俏。

“老爷子还在灯下等我。一见大儿子回来，又接着自说自话：‘娶妻娶德，交友交心。吕玉清年轻时，谁都说她漂亮。脸蛋美心不美，那叫茶壶盖上放鸡蛋——靠不住！大难一来，她先琢磨着抛夫弃子独自飞。小米说不上多漂亮，却心地忠厚、手脚勤快，娶进门，准保踏踏实实过日子，忠心耿耿伺候自己男人一辈子。’老父的话最终打动还在犹豫不决的儿子。”

婚后米花枝越发显老，花枝变枯枝。我看在眼里，心里暗暗后悔：老二的女朋友个个容貌出众；老三的媳妇虽说脑子有病，却也相貌俏丽、身材苗条；凭什么我媳妇刚过四十，就老得像快要退休？厚彼薄此，老天不公！赵大壮乐了，讥讽道：“你也不撒泡尿照照自己！说你是‘土肥圆’，那叫高抬你，充其量算个猪头小队长，头上还没几根毛。俺嫂子可怜你，咬着牙将你收容，你个超级剩男就知足吧！”我恼了，大骂“你放屁！”一翻身卡住对方脖子，两人又是一场恶斗，从床上滚打到地上，直打得山摇地动。屋内打斗惊动外面，有人“咚咚”砸门，一个尖细的女声喊叫：“屋里闹鬼呀！半夜三更的，还让不让人睡觉？欺负人也不是这么欺负！”斗殴者同时住手，赵大壮做个噤声手势，直到对面门“砰”地关上。我悄声问：“这女人是谁呀？”赵大壮苦笑着说：“这娘们姓麻，是个寡妇，典型的神经质。我刚搬来的时候，她隔三岔五送来碗自己做的小馄饨、芝麻汤团什么的。对门邻居，我起初也没多想，慢慢发现她看我的眼神都不对了，晚上来串门，坐在屋里磨磨唧唧不想走。我心里一惊，意识到事态严重！随即严防死守，将糖衣炮弹统统拒之门外！麻寡妇恼羞成怒，反目成仇，从门前卫生到屋里声音大小，发展到我在自家门前放个响屁，她都能认定我污染空气，噪音扰民，居心不良，存心欺负寡妇孤儿。一个大男人与小寡妇较什么劲？我只能装聋作哑，息事宁人。”

我听得乐不可支，幸灾乐祸地说：“恶邻妇淫威之下，百炼钢化为绕指柔。老二，这就是你的不对！夜深人静，没有什么比一张空荡荡的大床更让男人悲伤。麻寡妇投之以木桃，老光棍就应报之以琼瑶。你却反其道而行之，弄得寡妇由爱生恨。旷夫怨女，春情萌动，各有需求，漫漫长夜，卧榻辗转反侧，咫尺千里，有违人伦之道。此外，你没费劲就当上爹，送上门的便宜为何不占？”见对方瞪起眼睛，我笑着转移话题，“我老婆老得令老公伤心，女儿却是天生的美人胚子，谁见谁夸，人见人爱，我美得不行，心里总算找回些平衡。再想不到，我才得意了几年，你小子却突然从地下钻出，没经刘笑笑亲爹亲娘同意，就突然宣布要当我女儿又一个爹！试问：寒冬腊月给婴儿洗尿布时，你在哪里？笑笑夜里哭闹，我抱在怀里一哄就是半宿，你那会儿又在何处？赵大壮，我发现你现在变得和我老婆一样无耻！两人做事异曲同工，一个通过我老子逼婚；一个争着抢着要当爹，都是霸王硬上弓！天下有这么捡便宜的吗？咱俩不带这么玩的！”我说话半真半假，态度慷慨激昂。赵大壮笑了，笑得是那么开心，当即拍着胸脯表态：“别害怕，莫担心，我这个干爹不白当！从今往后，别人家有的，笑笑要有，别人家孩子没有的，我女儿也要有！不管你两口同意还是反对，一句话——笑笑干爹我是当定了！”

听完老三悲惨婚姻经过，老二连连摇头，苦笑着说老三不该被老丈人骗得找不着北，这就叫色迷智昏，财迷心窍！得知“红罡风”宦海沉浮的悲惨经历，老二笑岔了气！说人心险恶，政治斗争复杂，愚拙如老四如何应付得了官场潜规则，书记舅舅偏偏哪壶不开提哪壶。外甥女力有余而智不足，厂装卸队队长才是她的最佳位置。想起痴迷老三托我寻找心上人，当笑话说与老二听。出乎意料，老二这回不笑了，一骨碌从床上坐起，详细询问面馆美女服务员的详情。我打了个哈欠，漫不经心地说：“只记得她叫小玉，好像是姓……楚，又似乎姓初，会不会是姓褚？时间长了，实在想不起。”老二对我的回答很不满意，骂道：“猪头！这么重要的事你怎么能忘了？兄弟重托你居然也敢忘了！”未等我回嘴，他叹了口气，幽幽地说，“也难怪，你从未真心爱过一个姑娘，哪晓得其中滋味，真正是铭心刻骨！一旦失去所爱，直教人痛不欲生！”话音里带着沉痛。我晓得又勾起令其心碎的前尘往事，再不敢怠慢，绞尽脑汁开始回忆，想着，想着，骤然一声大叫：“啊哈！我终于想起来了！老三的心上人不姓褚，也不姓初，而是姓楚，大号楚玉川，小玉是她的小名。”

“你没记错吧？”老二对我的记性有些不放心。“怎么会呢？”我语带讥讽，“经过深山隐士的点化、世外高人语重心长的开导，愚钝如我好似醍醐灌顶、天眼顿开，骤然大彻大悟！不光她本人，她家的情况我都完全想起：小玉父母都在巫山乡下务农，她下面还有一个弟弟，说是有先天性心脏病，小玉还找顺民咨询过。”

“再好好想想，是不是还漏了什么？”

“没了，绝对没有！我敢对天发誓，”我好奇地问，“问这么仔细干什么？莫非你再不搞铁皮玩具修旧如新，改行当私人侦探？”老二不回答，看看手表，断然宣布，“我还有事，不留客了！你现在出发，还能赶上去广州的头班车。”说完，一迭声撵我起床。旅途劳顿，只待了一宿，就急不可耐撵我走，多年不见，老二为何变得如此绝情？我强忍内心不快，怏怏而归。

四

回单位上班第三天，荀顺民又来报社打听消息。想起岭南之行，我余怒未消，当着老三的面大骂老二薄情寡义，他妈的什么玩意儿！发誓这辈子永不相见！我越骂越起劲，老三却心不在焉，似听非听。桌上电话铃响了，拿起听筒，对方劈头就是一句：“找荀顺民。”这是谁呀？声音听着耳熟。“找我的电话怎么会打到你这？”荀顺民也觉得奇怪，疑疑惑惑接过电话，随即惊出声：“老二?!真是你吗？怎么会是你！”我忘了刚才还在大骂老二，赶紧竖起耳朵。赵大壮说什么我一句没听清，只见老三脸上表情变幻不定——时而高兴，时而紧张，时而难过。通话时间短暂，荀顺民说了句：“我现在就去！”放下电话就往外跑。我看得纳闷，追在后面喊：“老三，你这是去哪？”老三急促地朝后连连摆手，像是要甩掉我的追赶，头也不回地喊道：“我去机场赶飞机，你等我电话！”老二神出鬼没，老三神神鬼鬼，弄得我心烦意乱、神魂不安，这俩家伙搞什么鬼名堂？

周末傍晚，编辑部的人都走了，只剩下我一个。电话铃响了，我慌不迭地抓起，果然是老三打来的，话筒里传来的声音电报般简练：“我和老二刚进家门，速来！”

推开荀家门，迎面看见一个肤色白净、青春靓丽的白衣女子，见我打量她，莞尔一笑，脸上露出两个浅浅的酒窝。“她就是小玉。”荀顺民向我介绍。我又惊又喜，紧着问：“这就是你的真命天女？踏破铁鞋无觅处，你俩在哪撞见的？”小玉脸红了低下头。大壮在背后悄悄捅了我一下。莫非有什么难言之隐？我知趣地将话题转移。顺民和小玉紧挨着坐在沙发上，两人十指相扣，像是立誓永不分离……

“黑大娘土耳其烤肉店”员工排列整齐，女老板正在进行每天上班前例行训话。店里店外对视，不约而同一阵欢呼！女老板喊着大壮的名字冲出店门，紧紧抱住离散多年的结拜兄弟，像是怕对方又跑了，嘴里不停地念叨：“老二呀，我的好兄弟！这些年你死哪去了？我都快想死你了！昨天晚上，我又梦见你在山顶上打坐。我在山下一个劲地喊，你就是不理我！”说着，咧开大嘴“呜呜”地哭。周围员工都看傻了眼，不知来的是老板娘的什么人。大壮拍着老四宽厚脊背，一句话不说，脸上带笑，眼里含泪。瞅着老板娘打扮，我在一旁差点乐出声：烫的爆炸头型，远看蓬松如松狮狗，近瞧似黑猫发怒奓毛，眉毛拔个精光，眉骨文出细细弯弯两道，两片厚嘴唇涂得鲜红，一对硕大耳环，母牛般粗脖子戴着天然海水珍珠项链，左手五个指头三个戴着宝石戒指，红、绿、黄都有，仿佛舞台上的戏子，“镀金牙齿咬银勺”，土豪得不能再土。弟兄们把酒言欢，大声说笑，正侃得热闹，大厅进来一位少女，身穿黑领白色跆拳道服，齐耳剪发、眉目英挺，宽肩细腰、身材高挑、英气逼人，不像豆蔻年华纤纤少女，倒似玉树临风英俊少年。上年纪顾客看得赏心悦目，像是看一道美丽风景，年轻男顾客看得怦然心动，想看又不敢多看，不时偷偷瞄上一眼。黑美丽大声招呼：“小丫，快过来！这是我常对你说起的三个舅舅。”我笑着纠正：“叫错了！俺仨和你妈是兄弟，不该叫舅，叫伯伯。”小丫鞠躬行礼，“大伯”“二伯”“三伯”，亲亲热热挨个叫了一遍。三位伯伯喜得合不上嘴，比赛着朝外掏钱，说是给侄女的见面礼。问为何让女孩子练跆拳道。当妈的叹口气，说这孩子执意要学，我有什么办法？

黑美丽意识到女儿前途黯淡，瞻前顾后，辗转反侧，苦思宝贝女儿出路。当爹的却不管不顾，躺在床上酣然入梦。老黑一筹莫展之际，遇高人指点迷津，说你家小丫盘靓条顺，天生搞文艺的料，省歌舞团正在招考芭蕾舞学员，何不领孩子前去一试？考点外面排起长龙，家长和女儿都做着天鹅湖美梦。小丫身子绷得紧，打得开，虽临阵磨枪，舞蹈形体动作倒也中规中矩。考官脸上有了笑容，一问年龄，四人不约而同皱起眉头：这孩子比同龄人高出大半头，站在一起仿佛鹤立鸡群，照此发育速度，不用测骨龄，也能推断出到了正式登台，身高少说长到一米七六。如此身高女孩表演双人舞托举旋转，王子齐格弗里德托举旋不过三圈，就得被天鹅公主奥杰塔压趴下，当场塌台！老黑母女芭蕾舞梦碎考场。

跆拳道列为悉尼奥运会正式比赛项目，各国都想从这块新烤的蛋糕上切一块。跆拳道投资少、见效快，选材成了关键，教练恨不得挖地三尺寻找好苗子。高个女孩应试芭蕾落选成了烤肉店餐桌谈资，说者无意，听者有心。一听客人想让小丫去练跆拳道，当妈的满脸冰霜，严词拒绝：女孩子天生一双长腿用来跳舞，不是用来踢人的，我们家小丫不学那个！教练不死心，顺藤摸瓜找到学校。省队教练下来选材，全校轰动！想不到臭狗屎也有变香饽饽的一天。班主任见了差生，第一次有了笑脸。小丫测试结果比预想的还好：下肢关节灵活，柔韧性好，弹跳力上佳，爆发力尤为惊人，堪称千里挑一。教练如获至宝，紧着问小丫想不想练跆拳道。小丫反问什么是跆拳道。教练深入浅出解释：是一门韩国格斗术，简单说就是用脚踢人，当场示范腾空旋风踢。小丫看得喜欢，说我愿学！随即发狠道：谁再敢骂我是傻大个，我一脚踢翻他！一旁校长、班主任脸上笑容僵住。教练忍住笑，循循善诱：光踢翻本校还不行，踢翻全市、全省才算真本事！最好踢到奥运会，登上领奖台，升国旗，奏国歌，那才叫风光！小丫听得高兴，铁了心要进省体校练习跆拳道 。

小丫脱去训练服换上工装，去厨房帮厨，左手托半打扎啤，右臂排一溜烤肉盘子，传菜来回一溜风。赵大壮不时打量一眼英挺女子，神色若有所思。我拍了他一下，笑道："人心不足蛇吞象，你有了笑笑还不够，莫非还想要俩？"

"干女儿有一个就行。我只是纳闷：老黑其貌不扬，她老公我也见了，长相不敢恭维。如何会有如此漂亮女儿？一家三口相貌差得远，皮肤也黑白分明，小丫莫非是从外面抱来的养女？这话又不好问。"

大壮道出心中疑惑，我也有同感。顺民哈哈一笑，"土鳖进城，一惊一乍。苟大夫今天有兴致，给俩科盲扫扫盲：自然界遗传基因变异或返祖现象时有发生，黑蛇孵出白蛇早已不是新闻。近期医学杂志登出一则海外轶事：一对美国黑人夫妇生了三个男孩都是黑皮肤，最后一个却是白皮肤女婴。老公起先以为是医院弄错了，转而怀疑老婆红杏出墙，查来查去，确系是自己骨血。此事引起人类遗传学家关注，通过对该产妇DNA测试，清晰绘出她有十六分之一白人血统的图谱，也就是说她曾祖父的高祖是白人。人类基因传播种族范围之广、地域之辽阔大大超出我们想象。人类遗传学家称成吉思汗是人类历史上最成功的'播种者'，全球目前至少有一千六百多万人与一代天骄有血缘关系，其中包括英国皇室家族。由此推论：黑美丽同学的曾祖母极有可能是一位人见人爱、倾城倾国的绝色佳人，或者黑家高祖父是一位玉树临风、英俊潇洒的风流公子。小丫之所以漂亮，如同黑蛇产下白蛇，得益于基因返祖。"

倾国倾城绝色佳人，玉树临风英俊公子，卖烤肉的黑大娘皮肤粗糙、身躯庞大、长相粗鲁、粗喉咙大嗓，怎么看，三者都联系不到一起。苟大夫却一本正经，说得煞有其事，弄得大壮半信半疑。我先看日历，确保今天不是四月一日愚人节，再观察苟大夫的脸，隐隐露出的一丝笑容颇为诡异。我心存疑惑，笑着调侃："大壮，别听他瞎掰！苟所长时医时巫，有时是白衣天使，有时满嘴鬼话，所谓'问着医生便有药，问着师娘便有鬼'。见人说人话，见鬼说鬼话，打着科普名义招摇撞骗，糊弄善良的老百姓，从老实巴交的患者兜里掏钱。"

歌厅包厢里回荡着熟悉的旋律，我放声歌唱：

怎能忘记旧时朋友，心中能不怀想，
旧时朋友岂能相忘，友谊地久天长……
我们也曾终日逍遥荡桨在绿波上，
但如今却劳燕分飞，远隔大海重洋。

唱着，唱着，两行珠泪滚滚而下，老三、老四泪流满面，再看老二，已泣不成声。一人独唱变成四人合唱：

友谊万岁，朋友，友谊万岁，
举杯痛饮，同声歌颂友谊地久天长！
我们往日情意相投，
让我们紧握手，
让我们来举杯痛饮，友谊地久天长！

满屋子响着跑调的歌声，仿佛又回到年少轻狂岁月，虽然我们早已不是在学校操场快意恩仇大打出手的中学生，马路上恣意笑骂、放纵青春的顽劣少年……人生如淙淙流水，经过九溪十八涧，汇成中年的大河奔流，最后的归宿是平静地纳入浩瀚的汪洋。在蜿蜒曲折的河流里，弟兄们有过欢笑，有过痛苦，也一度沉浮，更多的是拼命挣扎，互相拉拽着向命运做不屈的抗争，所幸的是弟兄们没有被淹没，仍在努力向前……弟兄三个半举起扎啤畅怀痛饮，尽情地唱啊、笑啊！直至第一线晨曦从东方边际升起，才从歌厅出来，一个个勾肩搭背，醉得走路都东倒西歪……

赵大壮回来不到三个月，油尽灯枯的母亲含笑辞世，临终前蠕动着嘴唇，似乎有话要说。儿子跪在母亲嘴边倾听，孙居士留在人世最后一句话是："我佛慈悲"。

第十七章

一

看见赵叔叔的第一眼，笑笑就对其脸上刀疤产生浓厚兴趣，大着胆子抚摸，纠缠着问来历。怕小孩子口无遮拦冒犯客人，未等当事人说话，我先抢着回答："这不是刀痕，是光荣奖章！赵叔叔英勇救人留下的。"将刀痕来历讲了一遍。笑笑听得激动，拍着巴掌说："赵叔叔真是英雄！我下次写作文再不发愁没素材，准保得满分，全班拿第一！"说完，像是想起什么，向赵叔叔悄悄诉说：班上有个叫李猛的留级生，仗着个子大，总爱欺负同学，最近常找各种借口向她索要东西，现已发展到要钱，还威胁她不准告诉老师和家长，自己心里怕得不行，也不知该怎么办。赵大壮一听，两只眼睛睁得溜圆，满屋转圈，装腔作势地喊道："菜刀在哪？快给我菜刀！熊孩子胆大包天，竟敢欺负我家笑笑，我非把李猛剁个稀巴烂，拿去喂猫！"笑笑笑了，笑得十分开心，对赵叔叔的表现非常满意。她要的是自己遇事时大人的态度，并非真要"把同学李猛剁个稀巴烂，拿去喂猫"。

一老一小谈话的第二天，熊孩子对笑笑的态度有了根本性转变——由索求无度转为悉数退还。只有当事者知道内中缘由：来人骨骼岳峙，线条分明，脸带刀疤，绝非善类！李猛被逼在角落里，恐吓者面相狰狞，怒目而视！莫说一个熊孩子，搁大人也心里发毛。勒索者吓坏了，双膝跪倒，痛哭流涕，就像处于险境中的小流氓发誓痛改恶习。

我工作忙，老婆忙工作，对女儿俱是有爱心，没耐心。赵大壮对孩子却有着无限耐心和永恒爱心，见了干女儿脸上总是笑眯眯的。他主动承担每天接送笑笑上下学，路上，一老一小大手牵小手，有说不完的悄悄话，白天变着法给孩子改善伙食，晚上辅导孩子做作业，周末带着笑笑出去疯玩，用大壮的话说"这叫培养父女感情”。一老一小感情急剧升温，称呼也变了，从最初的“赵叔叔”升级为“二爸”，最终定格为“大壮爸爸”。我老婆却对这个称谓十分反感，愤愤地说：“什么‘大壮爸爸’，难听死了！‘烈女不嫁二夫’，米花枝这辈子只嫁了一个男人，我女儿从哪又冒出个‘爸爸’？外人听见算怎么回事？我总不能一个一个地解释，以后再不许叫！”

我开导老婆：“女儿多一个爸爸有什么不好？有两个家长就有两份嫁妆。她大壮爸爸说了，干女儿长大出嫁，干爹陪嫁全套红木家具，外加一套婚房！”

“此话当真？”老婆眼睛里骤然射出贪婪的光芒。

“大壮是真汉子！男子汉说话，落地成坑，上墙是钉。”

得到自己男人肯定的回答，老婆大喜过望，随即宣布：“笑笑长大不留在长安，要去北京、上海发展！”接着不无担心地问，“北京、上海房价高得离谱，她大壮爸爸买得起吗？”

“买得起，绝对买得起！”我笑着说，“大壮爸爸会挣不会花，钱都存在银行。一个孤老头子要那么多钱干什么？又不能带进棺材。”

“有道理！干爹挣的钱就该让干女儿花！”老婆满意地笑了，又有些担心，“赵大壮会不会老来思春，琢磨着找媳妇暖被窝？他要是有了自己的孩子，我们笑笑‘大壮爸爸’岂不白叫了。”

“绝无可能！”我斩钉截铁地回答。

“为什么？”

见老婆一脸好奇，我又犯了嘴贫，故作神秘地看看窗外，似乎怕人听见，凑在老婆耳边，压低声音说：“天机不可外泄，此言不传六耳，只能天知，地知，你知，我知！”老婆越发好奇，脑袋点得像老母鸡啄米，我忍着笑胡诌：“赵大壮有阳痿毛病，‘一提结婚，大腿抽筋’。倘若不信，你当嫂子的可以向兄弟当面验证，彻底打消顾虑。”

“放屁！放狗屁！”米花枝气得破口大骂，窘得满面通红。我却差点笑岔了气，笑完，心里却涌上一丝悲凉，结义兄弟抱定终身不娶的缘故我最清楚：心上女人悬梁自尽，男人的心也随之去了，念兹在兹，永远也忘不了那媚眼如丝，临去惊鸿一瞥……

干爹和干女儿之间的感情远远超出我的预料。大壮走后半月，庄校长亲自打来电话，让我立刻来学校一趟。笑笑出事了？我怀着忐忑不安的心情匆匆赶去。看见女儿课堂违纪物证，我大吃一惊：面前是一部崭新的美国摩托罗拉翻盖原装进口手机！一九九六年手机在国内还是稀罕之物，工薪阶层如我等只有隔着商店柜台玻璃渴慕的份儿。“你女儿说手机是她另一个爸爸送的。我冒昧地问：刘笑笑究竟有几个爸爸？你是孩子的亲爹还是继父？这么贵重的东西送给一个小孩子，可能吗？手机到底是从哪来的?!”校长口吻带着明显质疑。我立刻想到大壮身上，笑着解释：“庄校长，您千万别误会！我绝对是刘笑笑同学的亲爸爸，送手机的是孩子干爹。”

“真是送的？这种型号的手机售价一万八，出手真够阔绰的!”庄校长两眼放光，口吻由质疑转为仰慕，“刘笑笑的干爹现在哪高就?”

“个体户，自己单干。”

“个体户？个体户什么时候变得这么有钱？居然拿高档手机当玩具送孩子。”庄校长的口吻又转为质疑。怕对方啰啰唆唆问七问八，我随口现编：“机子是水货，不值那么多钱，估计也就是三四千块钱。”庄校长两眼又开始放光，抓住我的手使劲摇晃，热切地说，“刘记者，想必你也知道，校长杂七杂八的事太多，一天到晚跑来跑去，忙得不可开交。校长工作迫切需要一部手机，全靠家长大力支持！麻烦你和刘笑笑同学的干爹说说，一定也帮我弄部手机，型号不变，价钱照旧!”

我听了暗暗叫苦，瞎编没想把自己编进去，只好胡诌：“校长工作繁忙，家长应该帮着减负。只是买卖水货违法，一校之长似乎不大合适。”庄校长笑容里透着狡狯，“校长买手机是为了革命工作，和违法扯不上。当然了，就看家长是否真心想帮忙。”

我借口海关最近查水货风声太紧，只能以后慢慢瞅机会。见家长没有拒绝，庄校长顿时面露喜色，急不可耐地搓起手来：“好事多磨。我晓得，晓得。请刘笑笑同学的干爹多多费心，本人静候佳音。”庄校长脸上露出贪婪的神情，似乎一只馋猫舔着嘴唇等待享受美食。正说着，有人来找校长，我乘机带上手机开溜。

电话打过去，我将笑笑的干爹好一通埋怨。大壮笑着分辩：“干爹干女儿见不了面，总得让听听声音。笑笑是我心头肉，一天听不见女儿说话，我就六神无主，心里发慌。”我没好气地说：“见过惯孩子的，没见过你这样的，小心惯坏笑笑！”对方只是笑，也不说话，临了撇下一句：“我是她大壮爸爸，不惯笑笑惯谁，惯你？”

手机被没收，笑笑噘嘴掉脸闹起情绪。父女经过拉锯式谈判，最终达成协议：手机由家长代为保管，每日作业完毕，可与大壮爸爸通话十分钟。

期中考试成绩揭晓，笑笑班上排名从第三退至第六，母亲责怪女儿，笑笑不服，与她妈顶嘴。米花枝一气之下，踢了女儿两脚，骂道“快滚！”笑笑哭着躲进自己屋里，喊她吃饭也不肯出来。第二天早上，班主任打来电话，问刘笑笑今天为何不来学校上学？小小年纪竟敢旷课！我撂下正在修改的稿子，气冲冲跑回家。家中不见女儿，只见一张笔迹稚嫩的留言字条：“妈妈不爱我，让我快滚，滚就滚。大壮爸爸喜欢我，我去广东找他，再也不回你们家。”我大吃一惊，冷汗当时就下来了！急匆匆赶往火车站，在候车大厅觅见笑笑，随身旅行包里装着换洗的衣服。我左哄右劝，郑重保证：米花枝再敢让笑笑“快滚”，我一定与女儿同仇敌忾，双双离家出走！笑笑这才破涕为笑，答应随我回家。

大壮当晚打来声讨电话，劈头盖脸将我一通臭骂，声称：“笑笑小小年龄就被逼得离家出走，你们于心何忍?！我女儿倘若发生什么意外，我不找米花枝，只找刘端正，见面先捆你个四马攒蹄！”未等我回话，对方先把电话摔了。米花枝得知后，又气又笑，断言：“一个小屁孩竟敢离家出走，都是她干爹给惯的！”又道，“我算明白了：这个女儿不是为我生的，也不是为你生的，而是给她大壮爸爸生的！”

冬至那日，黑大娘烤肉店打烊比平日晚了许多，小丫出门已是深夜。见小丫容貌秀丽，衣饰讲究，独自一人，俩流氓起了歹心，一路尾随。艺高人胆大，小丫佯作不知，待贼人贴近，转身一个后旋踢重重踢中太阳穴，贼人当即栽倒！另一个见势不妙，撒腿就跑，小丫快步赶上，跃起一个横踢将贼人撂倒，刚挣扎着爬起又被旋风脚踢倒。常年练跆拳道，脚上力道惊人，今晚撞上一对贼人，只当送上门请小姑奶奶练飞脚的活靶子。小丫越踢越来劲，直踢得俩毛贼鼻青脸肿、满地找牙，挣扎着向路过的巡逻警车大喊：“救命！”

本报今日二版头条新闻吸引无数眼球：《跆拳高手深夜遇劫匪 小丫飞脚踢翻俩毛贼》，作者是秦城公安分局通讯员。读者议论纷纷：谁家有女初长成，竟如此少年英勇！我看得兴奋，断言必是结拜兄弟的女儿。未等我落实，老黑先打来电话，一个劲夸奖自己女儿如何威猛。

好消息相继而来：小丫一踢成名，夺得全国青年跆拳道比赛女子冠军，被武汉一所大学破格录取。

二

满月席上，女主人不胜酒力，一张俏脸泛了桃花，越发显得娇媚。我看在眼里，嫉妒之余又有些纳闷：滚滚红尘，茫茫人海，苟顺民究竟在哪找到她的？借酒盖脸，旧话重提。老二看着顺民只笑不说。老三心里高兴，加上多喝了几杯，乘媳妇进去歇息没了顾忌，说在座的都是自家兄弟，一个外人都没有，老二你就如实讲来以助酒兴。

刘端正前脚走，赵大壮后脚就奔了四川巫山，借口“寻找失散多年的舅舅”，从户籍室查出全县有五个叫“楚玉川”的女性。赵大壮按图索骥，很快找到小玉家。楚家竹篱茅舍，与周围村民二层小楼相比，仿佛鸡立鹤群，家里有个病孩子，想富也难。寻人者借口“在当地办厂招工”，套出小玉的下落，马不停蹄地返回广东。

来到东莞。找到小玉上班的厂子，一问，说是半年前已辞工。这可怎么办？寻人者在厂门口转来转去，一时没了辙。下班铃响，女工们说说笑笑潮水般涌出厂门，听见川音，赵大壮灵机一动，拦住几个年轻女工的去路，和颜悦色打听“外甥女”的下落。几个年轻女工相视一笑，都摇头说不知道。笑容里透着暧昧，寻人者看在眼里，心里一沉。赵大壮远远跟在几个女工后面，一个年龄较大的女工半路停下，在路边小店买东西。询问者递过几张钞票，女工看看周围，接过飞快藏好，随即如实招出：小玉化名“金莉”，现在夜店上班，具体哪一家不清楚，BP机号码也换了，只有一同进厂的几个老乡知道。女工担心地说：说是去夜店当服务员，时间长了，只怕年轻漂亮女孩经不住客人金钱诱惑，改当坐台小姐，更有甚者，去酒店当高钟妹，最后染上脏病，把自己一辈子都毁了！这种事当地几乎天天都在发生。寻人者听得脸色大变……

暗红色光线笼罩着歌厅包厢，朦胧中透着几分暧昧，赵大壮靠在沙发上，等待金莉到来。金莉是这家歌舞厅当红小姐，客人都争着点她坐台。寻人者故技重演，领班见钱眼开。包厢门开了，领班俯下身子，一手叉腰，一手前伸，做引导状。得意扬扬声音里透着奇货可居："金莉小姐到！"一个身着红衣红裙的小姐飘然进屋，熟门熟路挨着客人坐下。寻人者仔细打量金莉：身材匀称，长发乌黑，相貌俏丽，皮肤细白滑腻如凝脂。难怪老二被迷得神魂颠倒。"你叫什么名字？家在什么地方？"客人问。

"我叫金莉，家在重庆。"

客人笑了，出语惊人："不对！你不姓金，你姓楚，家也不在重庆，在四川巫山。"仿佛遭到雷击，小姐惊得差点跳了起来，惶恐地问："你怎么会知道？"

"我知道的多了，知道你真名楚玉川，小名小玉；知道你原来在顺丰电子厂做工；知道你父母都在家务农，家里还有一个患先天性心脏病的弟弟；知道你来夜店坐台，主要是为了筹集弟弟的医疗费，还知道你以前和现在的BP机号码。"客人随口报出。金莉瞪大眼睛，忽然想起什么，身子挪到一边，大声说："我知道你是谁了！白天传呼我冒充熟客，套出我在哪上班的就是你！你究竟是谁？找我到底想干什么?！"话音里透着惊恐。客人哈哈大笑，揶揄道："阿弥陀佛，罪过，罪过。小玉妹妹，莫惊，莫怕。我是谁不重要，重要的是本人辗转千里，为我那为情所困，丢了三魂六魄的可怜兄弟专程而来！"接着一五一十告知寻人缘由和经过，说至动情处，联想到自己，声音几度哽咽。女服务员对天天来"西府第一碗"吃面的苟大夫记忆犹新。灯红酒绿，迎来送往，喜新厌旧，曲意逢迎，买笑迎欢的事小姐见多了，情感早已麻木，难得滚滚红尘中还有男人对自己痴情如此！一时百感交集，掩面而泣。赵大壮也不说话，坐在一旁静静地抽烟。哭了一会儿，小玉抬起头，怯生生地问："我在歌厅坐台他知道吗？他能原谅吗？他知道了还会要我吗？"赵大壮摇摇头，说："这要由我兄弟自己决定，当哥哥的没法回答。"小玉满头秀发又低了下去，片刻工夫又昂起，定定地看着寻人者，一字一句地说："请你转告他：三天之内，倘若他出现在我面前，表明他原谅我当过小姐，对我真心实意，楚玉川这辈子跟定了他！期限一过，我就换了BP机号码，从这个城市消失，两人今生永不见面！"口气不容置疑。

只为这一句，三千里赴约也无怨！两人见面一句话不说，相拥而泣，仿佛失散多年的情侣重逢。寻人者此时成了多余的人，轻轻掩上歌厅包厢门，悄悄离去……

苟顺民接过话："见年轻漂亮女儿领个'土肥圆'回家，她爹娘脸上不大好看，细瞅，不速之客走路还略显‘地不平’，再一问，得知女儿男友年纪与未来丈人相差无几，离过婚，家里还有个即将成年的女儿。二老气得七窍生烟，破口大骂，认定我骗了他们的女儿！他爹操起棍子，他妈抡起扫帚，一起把我朝外撵！要不是小玉左拦右挡，一顿臭揍再跑不了。小玉的弟弟受惊吓发病，倒在地上双目紧闭，脸色青白，嘴唇发紫，虚汗淋漓，四肢厥冷。全家人都吓坏了！危急关头，我取出随身携带的针灸包，分别在心经的少海穴、心包经的曲泽穴和肺经的尺泽穴下针，又用重手法按摩大肠经、三焦经与小肠经，片刻工夫，小弟清醒过来转危为安。暴风雨过去，二老脸上阴转多云。看过病历，我心一沉，未来妻弟患的是先心病法乐氏四联症，病情凶险，病人随时可能猝死！我建议尽早做手术。见二老面露难色，晓得家里经济拮据。我拍着胸脯保证：‘小弟住院治疗，请国内顶尖专家主刀，一应费用我包了！’得知我是大医院的中医大夫，现在下海开诊所，每月收入颇丰，准丈人和准丈母脸上雨过天晴。楚家老房子漏风漏雨，成了危房，我掏出一张银行卡放在桌上，豪爽地说：‘这房子委实不能住了，卡里有十万块钱，家里拿去盖新房。’毛脚女婿说话大气，出手阔绰，再看小玉爹娘，脸上已是阳光灿烂！有钱的娇客上门，不七碟子八碗热情招待，却棍棒招呼，二老自己也觉得不好意思。阶下囚转眼变成座上宾……请北京阜外医院心外科专家做手术，盖一院新房，给丈人岳母办大额养老保险，我这几年开诊所挣的钱多花在丈人家。夜阑人静，看着熟睡中的娇妻爱子，我心里美滋滋的，这钱花得值！”说完，得意地浮一大白。

我笑谑：“男是名中医，女是红小姐，真是一对奇妙结合！弟兄们丑话说在前头：满月酒我们虽然喝了，但并不表明这孩子就一定是你的。你老婆在娱乐场所结识了许多男朋友。倘若以后发现有什么蹊跷之处，你只能忍气吞声，认赌服输，切不可恼羞成怒，更不能怪罪老二。”

“放狗屁！”酒杯迎面飞来，我笑着躲过。苟顺民醉醺醺、怒冲冲宣布：“你，你们都要尊重我老婆！她婚前虽然当，当过歌厅小姐，却是坐，坐台不出台，陪唱不货腰，真正是出，出淤泥而不染！她和我结，结婚时，处女膜完整，仍是纯，纯洁处女。本人是，是大夫，又在妇产科干，干过。我说的，你懂的。我敢向弟兄们保，保证！”

你老婆处女膜是否完整，和弟兄们没有半毛钱的关系，你保的哪门子证？我忍住笑，一本正经地说：“明白，弟兄们都明白：你老婆节操虽然谈不上，接客却绝对有底线。”弟兄们听得想笑又不敢笑，捂着嘴拼命点头，老黑直憋得黑脸发青。见老三连连点头，似乎认可这个说法，我再也憋不住，终于乐出声。笑声瞬间转为哄堂大笑！一个个笑得眼泪都流了出来。众人笑声令当事人骤然酒醒，老三恶狠狠瞪了始作俑者一眼，再不说酒话，说话开始夹枪带棒：“罢罢罢，我给弟兄们说知心话，你们却当笑话听，太伤我的心了！老二笑我，我不介意，因为他劳苦功高；老四笑我，我不在乎，因为她不知内情；你刘端正凭什么笑话我？路遥知马力，日久见人心。见我遇上难事，你隔岸观火，出工不出力，光会卖嘴，算什么兄弟？假君子！”

我捶胸顿足，叫起屈来：“冤枉啊！刘端正就是那屈死的窦娥！为帮你找到心上人，能想的办法我想尽了，能求的人我求遍了！你登报‘寻人启事’打八折，也是哥哥我厚着脸皮找老总硬磨来的。你小子得鱼忘筌，我好心落了个驴肝肺，气得我肝疼。老三，人说话可要凭良心！”老三摆摆手，做出一副宽宏大量的模样，轻描淡写地说：“好在事情都过去了。毕竟是弟兄，我就不跟你计较。”转过脸，握着老二的手，动情地说：“百里托孤，千里顾命，万里担当大义，是真正的君子！我下半生幸福，全拜老二所赐！不知我上辈子积了什么德，今生有缘遇上你这个有情有义有担当的好哥哥！真不知该怎么感谢你。”

老二笑道：“感谢就免了。只要你小子余生做到朝前看，永远不要介意弟妹曾经的过去，两口好好过日子，哥哥我就阿弥陀佛，谢天谢地。”老三笑嘻嘻回答：“二哥，你放心！对待我媳妇，我不仅要向前看，也要朝后看。”听者一愣，不知这话什么意思？老三敛起笑容，郑重地说：“只因心里有爱，我要像父亲对待女儿一样，看待她的过去；像丈夫对待妻子一样，善待她的现在。”笑声变掌声，大家齐夸：“精彩！”“说得好！”我半是赞叹，半是调侃：“士别三日，自当刮目相看。老三如今气量宽宏，志存高远，不计前污，重情重义，说话富有人生哲理，弟兄们自愧不如！愿天下从良小姐都嫁给这样具有崇高境界的男人，早成神仙眷侣！”

苟顺民、楚玉川婚后恩爱，果然是一对神仙眷侣。小玉喜欢丢丢，与狗狗相处得像亲姊妹，一家子过得和和睦睦。家里没人的时候，男的常拿老婆逗乐：“苟顺民妻命苦哇！挑来挑去，挑了个三陪小姐做老婆，你说我冤不冤？”女的反唇相讥：“我夫命更苦！遇人不淑，被蹲过号子的花狗花言巧语骗到手，苦啊！”赶上我来家串门，一字不漏全听见，笑着揶揄：“你冤，她冤，我更冤。新郎先斩后奏，新娘奉子成婚，却假模假式宣布我是媒人。我这介绍人是聋子耳朵——纯属摆设。”

三

一场秋雨一场寒。今天来“惠民国医馆”看病的患者比平日少了许多。看完最后一个病人，苟大夫直起身子，伸个懒腰，准备锁门回家。门帘一掀，进来个女人，戴着口罩，围巾将头裹得严严实实，只露出一双眼睛。苟大夫复又坐下，细细号脉，脉来迟缓而有不规则间歇，脉象断定是肝气郁结型，为七情所伤，所愿不遂。病历与自己诊断相符：女人患乳腺癌，已接受改良乳癌根治术，病变乳房及腋下淋巴结被切除。女人术后接受放化疗，因反应严重，实在无法坚持下去，西医大夫建议改为中医治疗。苟大夫当下笔走龙蛇，开出温阳扶正、疏肝解郁，佐以活血化瘀的药方，医嘱七服药服完后再来复诊。女人拿了药，迟疑着想说什么。苟大夫以为患者忘了带钱，说没关系，下次来一并结清。“你，你不认识我了？”女人嗫嚅着摘下口罩。苟大夫闻言，将面前病人上下打量一番，随即摇摇头。女人缓缓取下头巾，颤声说：“老同学，是我，我是唐甜甜呀。”苟顺民吃了一惊，睁大眼睛仔细辨认：女人身体羸弱，白发蓬乱，面色萎黄，满脸皱纹，完全是个小老太婆模样。年轻时的唐甜甜明眸皓齿，顾盼生辉，青春靓丽，充满灵气，舞台上巧笑倩兮，美目盼兮，活力四射，为众多男生心魂所系。眼前小老太婆与自己心目中的女神怎么也对不上号，唯独说话声音仍是那么熟悉，让人感叹岁月是把杀人刀，一年一刀，硬是把人见人爱的美女砍削成走在街上没人会多看一眼的白发老妇。回首往事，恍如隔世。苟大夫不敢相信自己的眼睛，惊呼：“你，你真是唐甜甜？你变化太大了！我一点都认不出来。”唐甜甜苦笑道：“对不起，吓着你了。我晓得自己形象实在难看，比死人只多了一口气。”苟顺民赶紧拉过椅子，请老同学坐下，又沏杯热茶递上。唐甜甜捧在手里，幽幽地看着曾经的追求者，调侃里带着羡慕：“你红光满面，白白胖胖，看来小日子过得不错。听说你二婚找了个年轻漂亮的小媳妇，得了个大胖小子，膝下儿女双全。老同学你好福气！”

“多年未见，你现在过得怎么样？”苟顺民反问。

唐甜甜苦笑着说：“ 我是老驴打滚——翻不了身了。 ”

校花嫁入豪门第四年，公公突发脑溢血去世，李家从云端骤然坠落地上，从此饱尝人情冷暖、世态炎凉。婆婆气得天天在家骂山门，不是骂老公这个部下“没良心”，就是骂那个亲信“白眼狼”，骂着骂着，矛头转到儿媳身上——唐甜甜成了“丧门星”。婆婆家住不下去，小两口搬了出来。经商热兴起，官二代顺应潮流纷纷成立各种皮包公司。老公少时玩伴不是倒外汇指标，就是卖进出口批文，一个个赚得盆满钵满，早早开上私家车。李云山看得眼热，也嚷嚷着下海，到处拉关系，走门子，寻情钻眼，无奈没了官老子的荫庇，儿子在别人眼里屁都不是，压根儿无人买账。李云山不是经商的料，几笔买卖做下来，家里储蓄赔了个精光。男人从此性情大变，躲在家里不出门，整天不和老婆说一句话，天天与酒瓶子抗战，喝高了就寻衅滋事，骂自己老婆是不折不扣的“扫帚星”，谁家娶进门，不是破家就是破财！冷漠转为阴鸷，谩骂发展为家暴。最后一次动粗，唐甜甜被老公一脚踹翻，从楼梯滚下，右腿髌骨骨折，左肋巴骨折了两根。这日子没法过了！

法院判了离婚，母女相依为命艰难度日。豪门恩怨永远是平民小户的娱乐节目，唐甜甜的遭遇成了左邻右舍和单位同事茶余饭后的谈资。赶上局机关精简机构，分流富余人员，没文凭死了后台的唐甜甜首当其冲，从办公室白领分流到后勤部门当勤杂工。房漏偏逢连夜雨，单位组织职工体检，自己又被查出患乳腺癌……

唐甜甜苦笑着说：“三十年河东，三十年河西。你现在是名利双收的大牌医生，我误入豪门，过了多少年，现在还在收拾残局……”苟顺民生出几分怜悯，安慰道：“人一辈子都要过几道坎，熬过去就好了。”唐甜甜摇摇头，凄然地说：“我别的不敢想，只盼着女儿考上大学，看着她成了家，我死也瞑目了！”时间会抹平一切创伤。苟顺民忘了以往怨恨，动了恻隐之心，慨然道：“你现在不容易，老同学理应搭把手。从今往后，你来‘惠民’看病，一概费用全免！”唐甜甜红了眼眶，残存的尊严和仅有的矜持都不见了，颤声说：“说来说去，还是老同学好！我那会儿势利眼，骂你是‘再下贱不过的卫生员’，如今自己也沦落到终日与抹布、拖把和污水桶打交道。现在想起来，真正是现世报，心里后悔莫及！老同学，你还恨我吗？”苟顺民摆摆手，大度地说：“俱往矣！人生苦短，重要的是过好每一天。‘少年同学惟青眼，易世相逢已白头’。同窗情谊且行且珍惜，旧事莫提，一切朝前看！”

四

学校放寒假，小丫却没回来，说是准备报考体育系研究生，自己文化底子差，只能留校恶补笨鸟先飞。黑美丽想闺女，准备去武汉探望，给小丫一个意外的惊喜。我和顺民知道后嚷嚷着也要去看侄女。醉翁之意不在酒，“三月赏樱，唯有武大”，闻名遐迩的武汉大学樱花正是盛开时节，来个探亲赏花两不误。为了帮腰包鼓胀的黑老板花钱，我俩坚持不坐火车坐飞机。老黑起初死活不愿坐飞机，经不住我俩冷嘲热讽，只得勉强应了。

谁知一上飞机，两个说客自己先后悔了，机舱里设施陈旧、破破烂烂，与以往乘坐的舒适宽敞的干线大飞机不可同日而语。苏制安-24双发涡轮螺旋桨支线客机噪音大得惊人，堪称震耳欲聋，高速运转的引擎使乘客陷入震颤和噪音的双重夹击，我和荀顺民邻座，彼此说话都听不清。后悔才刚刚开始。秦岭郁郁葱葱，一望无垠，升空不久，天气骤变，乌云翻卷，狂风大作，飞机在群山叠嶂的上空飞行，强烈气流令飞机剧烈颠簸，忽上忽下，落差瞬间达几百米，仿佛乘高速电梯上上下下。我紧张得脸色发乌，荀顺民的白胖圆脸变成青皮冬瓜，两人系好安全带，抓紧座位扶手，互相打气“没事，没事”，心里却不停地敲小鼓，默默祈祷上苍，保佑飞机安全降落。后排忽然传来一阵骚动，一位年轻漂亮的空姐匆匆从前往后赶去，大声说：“请立刻回到您的座位上！”我扭头一看，黑美丽站在过道中间，高空惊魂，脸上变颜变色，紧绷的神经近乎崩溃，一个劲哀叹：“完了，完了，这下完了！”劝说不听，空姐改为肢体引导。没想女黑大个胳膊一抡，空姐踉踉跄跄倒退几步，若非后排乘客伸手挡了一下，非摔个仰八叉！吵闹声惊动前面，又一个空姐过来帮忙，老黑仍不肯乖乖就范，三人扭成一团。凄惨喊声像是传染极快的瘟疫，激起全舱一阵骚动，以为飞机发生故障，末日即将来临，胆小的乘客脸都吓白了！看势头不对，我顾不得飞机在空中剧烈颠簸，解开安全带，冲过去抱住老黑一条胳膊，荀顺民也过来帮忙，两人连哄带劝，老黑才停止躁动。征得邻座同意换座，我俩将老黑夹在中间，笑脸相对，好言劝慰，打比方，举例子，拿人格担保这趟飞行绝对安全！飞机此刻相对平稳，老黑情绪略略安稳了些，仍心有余悸，哭丧着脸抱怨：“我有恐高症，不能坐飞机，你俩死活不信，骂我是铁公鸡，越有钱越吝啬，非逼我买飞机票，坐这倒霉的破飞机！”我和老三忍住笑，拼命点头，保证余生再也不“坐这倒霉的破飞机”。老黑越说越来气，骂我俩是乌鸦嘴，正事干不了，尽出馊主意！恶狠狠宣布：“要是见不着我闺女，绝饶不了你俩！”我俩鸡啄米般点头，说万一发生不测，我俩都是你的坚强肉垫背，纵然牺牲自己，也要让你见到亲闺女！我调侃：“李敖从未去过外国，说是有恐高症，怕坐飞机。人家是名士，矫情情有可原。你老黑五大三粗，动辄请人‘坐飞机’，为何自己也怕坐飞机？莫非学着矫情，想让男人怜香惜玉爱美丽？”说得恐高症患者破涕为笑。三人正侃得热闹，飞机又是一阵剧烈颠簸，仿佛高台跳水骤然下坠！机舱内一阵惊呼，老黑发出杀猪般凄厉号叫……

春光明媚，游人如织。武大三百米长的“樱花大道”成了花的海洋。沿路风景美不胜收，令人目不暇接：颜色灿若云霞的是单瓣樱花；气象雍容华贵的是重瓣樱花；婀娜多姿摇曳生媚的是垂枝樱花，冰清玉洁的白色樱花最是迷人，仿佛白衣白裙的纯洁少女。蓝天红日，春风拂来，落英缤纷，与附近嫩绿乔木、民国初年古建筑的蓝色琉璃瓦顶，相映生辉，令游人心旷神怡。都说武大是“世界上最美丽的大学之一”，今日所见，果然不虚！“樱园”风景最美，樱树上团团簇簇挤满枝头，或洁白如雪，或灿若云霞，花枝浓密，抬眼见花不见天，仿佛进入晶莹透亮的世界和浮动的粉色花海，身临其境，才懂得何谓“春深如海”。游人在花海里赏心悦目，流连忘返。樱树下，年轻情侣情话绵绵，或拥或抱，全然不顾来往游客的目光。一对情侣引起我的注意：男的坐在地上，背靠树干，女的粉面含春，闭目躺在男人怀里，似乎正沉浸在爱河里。女孩子似乎有些面熟，像是在哪见过？我心里一动，不由放慢脚步。“看什么看?!”男人声音不善。大道朝天，各走一边，此处是公共场所，又不是你私人领地。我听得来气，当即回敬：“你不看我，怎么知道我看你?!”

“老东西！皮痒了你吭气！”

我心里越发来气，这么多人游园，你小子敢把我老汉怎么样！正要开口对骂，男人怀里的女孩睁开眼睛，四目相对，我吃惊地瞪大眼睛——眼前女孩子不是别人，正是黑美丽的宝贝女儿！小丫也认出我俩，一骨碌爬起，赶紧过来招呼：“大伯，三伯，你们什么时候来武汉的?”我没好气地说：“小丫，你不是忙着考研吗？不是忙得过年都顾不上回家看父母吗？怎么今日有闲情雅致来此游园惊梦？”小丫粉脸窘得通红，装作没听见，转过向我俩介绍年轻男子，说是她新认识的男朋友，姓王，名大卫，是专业剧团舞蹈演员。大水冲了龙王庙，我尴尬地咳嗽两声，对方脸上勉强挤出一丝笑容，彼此点点头，算是打过招呼。面前年轻男人长身白面，白衣白裤，头发披散过肩，不时朝后甩动几下，艺术范十足，身上古龙香水味隔多远都能闻见，脸上写满自恋，一对龙睛眼白多黑少，眼神看人闪烁不定，总像是在回避什么。得知妈妈到学院女生宿舍找自己，小丫急得不行，埋怨自己忘了开手机，道声“再见”，和男友匆匆而去。望着这对恋人的背影，我心里像吃了苍蝇般腻歪，别的恋人走路手拉手，至多男的搂着女的腰。大庭广众之下，这厮却毫无顾忌，在年轻女伴臀部上摸来摸去。我担心地说：“这闺女和她妈一样，都是实心眼。王大卫油头粉面，打扮得花里胡哨，一看就是情场老手。只怕小丫上当受骗！”老三听了哈哈一笑，“你又多虑了！小丫是谁？跆拳道冠军！谁敢欺负她，那叫寻着满地找牙！”我摇摇头，心里总觉得不踏实。

五

黑经理正和收银员清点一天流水，珠帘掀开，一个五短身材、尖嘴猴腮、脸上长着瘰疬疙瘩的中年男人走进。黑经理一见皱起眉头，转身将肥臀对着客人。男人叫白仁贵，祖上三代都是城市贫民，靠一张油嘴混世界，熟人都叫他“白日鬼”。白日鬼十处打鼓九处在，周围地面凡说媒拉纤、打架说和、挑事生非、占卦算命、买卖中介、红白喜事、饭馆开张、商店开业、草台班唱戏拉场子、麻将桌三缺一支腿子，都少不了白日鬼，自然也少不了吃白食。“嫂子，俺乔哥呢？”白日鬼大大咧咧一屁股坐下。“不知道！”回答硬邦邦，口气透着厌烦。白日鬼不计较嫂子态度恶劣，从餐桌烟灰缸拣客人抽剩的半截香烟点上，吐出一串烟圈，自言自语：“肚子饿了，到这会儿还没吃饭呢，”见无人理会，讪着脸说，“嫂子，今天打烊早，烤肉有卖剩的吧？”见嫂子依旧冷屁股对热脸，转过对大堂经理说：“兄弟，都是自己人，彼此不必客气。哥哥我是马勺上的苍蝇——混饭吃。有剩的凑合着填饱肚子就行。”大堂经理伶牙俐齿，对付吃白食的善为说辞，笑眯眯回应：“白哥，真对不住！红案烤肉卖完了。知道白哥不讲究，厨房门后还剩下半桶，乘拉泔水的没来，您请凑合着用吧。”听了回答，女老板咧开大嘴，收银员笑得趴在柜台上。白日鬼久经磨炼，宠辱不惊，叹口气，念着京剧道白："罢，罢，罢！金罄床头，英雄减色；钱空囊内，壮士无颜。"站起怏怏朝外走。到了门口，忽然像是想起什么，一拍脑袋，惊叫："这么重要的事我怎么忘了？真是猪脑子！"转身朝老板招招手，故作神秘地说："嫂子，请高抬莲花足朝前轻移几步，兄弟有一件机密大事附耳相告。"一个吃白食的还有什么"机密大事"？女老板撇撇嘴，依旧满脸厌气。白日鬼长叹一声，边朝外走，边自言自语："唉，老公在外寻花问柳，老婆在家受累下苦。这叫什么事！"话说得再清楚不过，黑美丽再笨也听出不对味，连忙喊道："给我站住！你什么意思？说清楚再走！"

"欲知详情，得先让知情人填饱肚子，才能慢慢道来。听不听？不想听就算了！"白日鬼讨价还价。

"你敢跑这来编凯子？小心我把你扔到大街上！"黑老板瞪起眼睛。

"不敢，不敢，我晃荡谁，也不敢晃荡嫂子。兄弟眼下走背运，一时衣食无着，还指望嫂子发善心接济呢。嫂子您放心，俺老白无功不受禄，绝不敢，也不会吃白食。"

老板犹豫一阵，好奇心最终占了上风，招呼里面："烤肉、面包各一份！"白日鬼跟着喊："再加大杯扎啤！"风卷残云般进了肚，白日鬼满意地打着酒嗝，剔起牙缝，又要盒卷烟，沏上花茶，这才切入正题："嫂子，乔哥这阵子不常在店里吧？"

"每次进店屁股还没坐热，手机就响了，说是三缺一，喊他去支腿子。我也纳闷：街上麻将馆那么多闲人，怎么偏偏喊他去应急？"

"不是老爷们喊乔哥，是小妖精勾魂！"

"妖精？谁是妖精？哪来的妖精？"女老板脸色都变了。

"妖精是……嗐！不好说，真不好说。"

"少废话，快说！"

"我和老乔是铁哥们，又在一条街上住着，抬头不见低头见。嫂子你叫我咋说？不好说，真不好说！"白日鬼又是摇头又是叹气，显得十分为难。老板瞪了白日鬼一眼，招呼传菜工："切二斤烤肉打包。再取把切肉刀！"两样上桌，老板说，"想吃烤肉还是想挨刀？随你挑！今天不说清楚，你自己划开肚子，把刚才吃进去的再给我倒出来！"

"唉，这叫什么事！生生把我老白逼成薄情寡义之人！"

“少给我弯弯绕，有话直说，有屁快放！”

“我替嫂子担沉，嫂子自己却不当事。这才是皇帝不急，急死太监。如此重要情报，三核桃两枣就想打发我老白？开国际玩笑！我明白了：嫂子这是闷得慌，拿我逗着玩。”

“你想怎么样？”

“我只问嫂子一句：前些日子你不在店里，回来对得上账吗？”

“你不说我倒忘了。我和几个兄弟去武汉看小丫，回来一查账，店里收入比平时少了一半。我问耗子，他说天天都有几拨朋友来店里吃饭打牌，不好意思叫人家买单，打牌又输了些。我骂了几句，他不吭气，事情就过去了。”

“嫂子现在还蒙在鼓里！难怪人家说：老公在外面干坏事，全世界的人都清楚，唯独老婆不知道。实话告诉嫂子：你店里亏的钱都被乔哥花在小姐身上！”

“你怎么知道？”老板半信半疑。

“俺老白是谁？天生一双火眼金睛！蚊子从面前飞过，也能一眼辨出公母！那天乔哥跟一位穿戴时髦高个子小姐在街上吃鸳鸯火锅，怕熟人看见，脊背对着窗外，隔着多远，就被我一眼认出！我料定他俩必定有事。当兄弟的得对嫂子负责不是？我赶紧放下手头重要事，一路跟踪。他俩空手进商场，出来拎着大包小包，女的脸上笑开花，不用问，埋单肯定是乔哥！我冒着风险跟进歌厅，最终摸了个底儿清！骗乔哥钱的小姐叫菲菲，松松挽个发髻，神情慵懒，两只狐狸眼，一脸媚态。”白日鬼咽口涎水，接着说，“菲菲一看便知是风月场上老手，名字估计也是假的。小姐出来捞世界，嘴里没一句实话。不像我老白，说话丁是丁，卯是卯，落地叮当响！”

刀怕对上鞘。老板怒目圆睁，破口大骂：“乔德浩，你个王八蛋！”从LV包里摸出一张贵宾金卡摔在吃白食面前，恶狠狠说，“卡里充值三千块，够你吃一阵了！”白日鬼玩的是里外走动，挖坑设局，今夜斩获颇丰，不由喜出望外，迅速将金卡收起，拍拍胸脯，豪爽地说：“嫂子够意思，兄弟也不含糊。乔哥太不像话！兄弟实在看不下去！纵然闹得天翻地覆、人仰马翻，我也要帮嫂子讨回公道！”

“春满园”歌舞厅门前车水马龙，里面隐约传出音乐旋律和缺五音少六律的男人唱歌声，光线朦朦胧胧，隐隐红光外泄，间或传出男女调笑声，气氛透着暖味，令过往行人联想丰富。受了宵小播弄，老黑像头愤怒的母熊，气冲冲一头闯入，沉重脚步声惊动领班，赶紧站起拦住去路，问：“你找谁？”

“我找我老公。”

“你老公是谁？”

“我老公是耗子。”

领班忍住笑，幽了来人一默：“‘春满园’楼上楼下养了三只猫，保证一只公耗子都没有。你老公肯定在别处觅食。”

大厅里十多位排队等客的小姐闲得无聊，围上来寻开心。这个说：姐姐一身名牌，一看就是老板。男老板在外面泡小姐，女老板在家包“牛郎”，跟老公对着干！反正家里钱多得花不完。那个推心置腹：“牛郎”出勤率太高，只怕染上脏病，还是找个固定相好保险。我认识一个小白脸，这阵子正在家闲着。要不现在喊他过来伺候老板？保证让姐姐叫床叫到天明！另一个连连摇头：这位女老板体壮如牛，一个小白脸肯定伺候不了，干脆一次叫俩，让姐姐尝偿“鸭肉加馍”。小姐们哄堂大笑！一群性工作者越说越不上道，污言秽语，轮番拿寻夫女人开涮。可怜黑美丽天性憨直，又是良家妇女，臊得脸上实在挂不住，拨开人群，夺门而逃，又不甘心就此收兵。

街道被月光照得发白，黑美丽逃到马路对面，隐身树荫下，像母熊等待夜不归巢的伴侣，又似一头巨大的黑色藏獒，两只眼睛瞪得溜圆，监视着对面动静，一旦负心郎从里面出来，立刻冲上去将其扑倒！等来等去，不见老公踪影。黑美丽索性脱了高跟鞋，坐在树下守株待兔，一直守到半夜，仍不见耗子出来。正等得不耐烦，一个小姐出来送客。老黑灵机一动，高跟鞋也顾不上穿，赤脚径直冲去。正往回转的小姐吓了一跳，未等开口询问，两张百元大钞塞在手里。贿赂面前，性工作者之间友谊同样靠不住。小姐做个噤声手势，自己进去探路，过了片刻，从门里悄悄对外招手。老黑偷偷跟进，蹑手蹑脚绕过坐在门口打瞌睡的保安，照小姐指引，来到二楼东头南边第一个包厢。

屋里没开灯，沙发上一对男女手持话筒，面对电视屏幕画面，紧紧依偎在一起。“问世间情为何物？直教人生死相许。天南地北双飞客……”男女合唱至动情处，包厢进人都没发现。灯突然大亮！两个交颈鸳鸯赶紧分开。小姐阅人多多，波澜不惊，整好衣服，一言不发，退至窗前，掏出手机翻看，包厢寻夫似乎与已无关。耗子却有失风度，吓得缩在墙角瑟瑟发抖，死活不肯出去。老黑见状换副嘴脸，笑眯眯说：“老公，你咋跑到这来了？让我好找！晚饭做好了，是你最爱吃的三鲜馅水饺，头茬韭菜、山木耳、鲜虾仁，保你吃饱了还想吃。快跟我回家吧。”老婆满面笑容，估摸事态不算严重，耗子边给自己宽心，边哆哆嗦嗦朝外走。出包厢门数步，老黑再捺不住满腔怒火，猛扑过去！老公心有惕惕，早有防备，一个耗子打滚躲过熊抱，爬起发足狂奔，连蹦带跳窜下楼，再不回头。

老公跑了，老婆转回收拾小姐，“说！你是怎么把我老公勾引到手的？”妻子义正词严、声色俱厉。小姐久经阵仗，临危不乱，甜甜一笑，坦然应对：“大姐，您说错了。我俩不是勾引，是吸引，勾引是女人主动找男人；吸引是男人主动找女人。我和他属于后者。”

“你破坏别人家庭，你缺德！不要脸！”老黑被小姐的谬论气得浑身发抖。

“大姐，你这叫无理取闹！歌厅是什么地方？是男人花钱寻乐，女人卖笑挣钱的风月场所。‘钱在说话人在听’。送上门的买卖我不做，别的小姐也要抢着做。有钱不挣，除非脑子进水！”

老黑还要理论，小姐讥讽：“你老公若是一只无缝的蛋，苍蝇不会在上面下蛆。他自个儿爱来，又不是我上你家生拉硬拽。要管，你先管好自家老公！”小姐理直气壮，妻子理屈词穷。老黑辩不过小姐，气得瞪大眼睛，腾地站起！大槽牙咬得嘎巴响，两只鼻孔喷着粗气，就要扑上来熊抱！见势头不对，小姐迅速转移目标，柔了声，亲切地说：“大姐，你一看便知面慈心善，和我一样，都是好人。”此言极妙！言外之意：世上哪有好人打好人的道理？接着保证，“我害谁也不能害大姐。到哪都是卖笑。从明天起，我就离开秦城另换一家歌厅，永不和你老公见面。”见老黑出气缓了许多，小姐继而推心置腹：“男人都不是东西！吃着碗里惦着锅里。对男人既不能太软，也不能太硬，要软硬兼施。”小姐面授驭男术，老黑听得聚精会神。“大姐，不是妹子批评你，你不能总是硬邦邦。你老公说你……”欲言又止。“他说我什么？”每个女人都在乎老公对自己的评价，憨直如老黑也未能免俗。“他说……他说你简直就不是女人！不会撒娇发嗲，上床做爱就像上绞刑架，硬邦邦，死翘翘，一点女人味都没有！特别是到了夏天，看见床上热腾腾、汗淋淋、一大堆黑黢黢的肉叨叨不停，就打心里腻歪！说下辈子打光棍，也不找你当老婆，还说他实在受不了，在家一天也待不下去……”小姐的话直戳心窝子，老黑锐气骤失，跌坐沙发，颤声问：“我老公还说什么？你都给我朝外倒！”小姐犹豫了一下，为保自己，最终将恩客彻底出卖，“大姐，我说了你千万别生气。他怀疑闺女不是他亲生的，辛辛苦苦挣下的家业，最后不知便宜了谁？想想实在不甘心！让我为他生个男孩，替老乔家接续香火。我说自己做了绝育手术。他又让我代为打听，说哪个小姐愿为他生子，他就将家产席卷一空，带上小姐私奔。"

知人知面不知心。可怕，太可怕了！老黑被老公策划的阴谋吓傻了，大张着嘴，茫然注视着前面墙壁，两行浊泪滚滚而下，仿佛看到丈夫私奔、人财两空的悲惨前景。"大姐，大姐"，小姐见状连叫数声不见回答，晓得是恶气攻心，迷了心窍，暗道：侥幸！乘机拔腿开溜……

抛妻弃女阴谋败露，耗子自知罪孽深重，讪着脸往老婆跟前凑，回应只有一字："滚！"老公晚上刚躺下，就被一脚踹下床，老婆骂道："我身上硬邦邦，找你那软绵绵小姐去！"耗子被开除床籍，灰溜溜滚到客厅睡沙发。老婆追出来，指着老公鼻子，恶狠狠警告："这事没完！咱俩以后再算账！"斩监候比斩立决更难熬。达摩克利斯悬剑何时落下？耗子惶惶不可终日，总觉得背后一双阴冷眼睛死死盯着自己。噩梦从此缠上乔德浩，主题永远是猫捉耗子。

今夜梦境更加悲惨：以往屡次从猫爪下逃脱的耗子，最终落入老猫精心设计的陷阱。一只巨大的黑色母猫盘踞在陷阱旁，口角流涎，两眼血红，恶狠狠瞪着自己，利爪一点点向自己伸来……上天无路，入地无门，耗子哀鸣不已，只能卧倒待毙……乔德浩骤然从噩梦中惊醒，心脏狂跳，冷汗淋漓，朦胧间觉得沙发旁有什么东西，赶紧拉灯。灯亮瞬间，耗子看见老黑蹲在枕旁死死盯着自己，黄褐色眼珠酷似梦中猫眼！耗子惊吓过度，惨叫一声，突发脑溢血，当即昏死过去！抢救大半月，花了十多万，鼠命总算保住，却落了个半身不遂。老黑忘记旧怨，恢复贤妻本色，对老公照顾得无微不至，喂饭、擦身、洗尿布，背下楼晒太阳，凡事亲力亲为，从无怨言。乔德浩剩下半条命，好色毛病仍不改，路上邂逅美女，鼠眼顿时炯炯放光，死死盯住不放。妻子看在眼里，也不责骂，为纠正邪视，制止邪念，闪电般赏给老公不轻不重一嘴巴！街上遇见老同事，都夸老黑贤惠，又逗耗子："媳妇对你咋样？你过去嫌弃人家，前一阵子还要跟歌厅小姐私奔。没有老黑，看你今天怎么得了！"轮椅上的丈夫拼命点头，嘴角淌着涎水，口齿不清地说："没，没法子。谁让我，我妻命好！"

祸不单行。一语成谶。我的话不幸言中：跳舞的男朋友突然间消失得无影无踪！小丫心急火燎，挺着已开始显山露水的身子到团里寻人，女演员幸灾乐祸，男演员见怪不怪，问谁都笑而不答。一位上年纪的老职工看得不忍，悄悄告知："姑娘，你上当了！王大卫到处踏蛋不孵蛋，就是个骚公鸡！这几天，来找的他女孩足有一个加强班，来时个个急赤白脸，走时人人欲哭无泪。小白脸勾女有术，这次钓到大鱼，勾上一个来中国旅游的外国老娘们，拿到法国签证，说是留学，实则去巴黎夜总会当舞男。"霹雳轰顶！王大卫上周急匆匆来找自己，说是母亲病危，正在医院抢救，急等钱用。小丫二话不说，拿出存折，借口学院组织学生出国参加校际交流，又向家里要了十万块钱，一并给了心上人。再想不到，对方竟是个骗财骗色的流氓！反馈回来的种种证词，都支持这个结论。

乔金凤同学违背了我们时代苛刻的道德标准——女大学生未婚先孕。几位男性校领导临近退休，已经过了为了哪个女学生被男人轻易搞大了肚子而着急上火的年龄，主张人性关怀，提出柔性处理。主管学生工作的副校长是个寡妇，孀居多年导致心理扭曲，痛恨所有裤带松的女孩子，会上力排众议，坚决要求将"道德败坏"的乔金凤开除校籍，杀一儆百，看哪个女生还敢偷尝禁果！经过一番激烈争论，"开除"改为"退学"，给失足女生留点颜面。

小丫拉着行李箱，拖着流产后虚弱的身子回到家里，迎接她的是今夜有暴风雨！黑美丽边哭边骂："呜呜……我说我傻，你怎么比我还傻！呜呜……姑娘金贵身子被臭男人糟蹋了，你还赶着给流氓送钱！呜呜……你说你是不是傻！"内外夹攻，小丫病倒在床，一连数日水米不进。接到黑美丽的哭诉电话，我和苟顺民相继赶来救火，分别承担起病体调理和心理疏导的重任。我像一位上年纪的牧师，慈眉善目，和蔼可亲，谆谆教导，循循善诱，将误入歧途的羔羊引入正道。

噩梦醒来是早晨，生活还得继续。年轻人不能总在家闲着，学业不成改为继承家业。黑老板将烤肉店交给闺女打理，自己每天晚上来店对流水账。半年过去，新经理已应付自如，将店里管理得井井有条，盈利逐月增加。当妈的终于放下心，来个大撒把，回家当全职太太，照顾生活不能自理的老公。

静水深流。小丫对我前热后冷，让我隐隐察觉水面下的漩涡与急流。刚接手烤肉店时，小丫几乎天天给"大伯"打电话，诉说心里烦恼和遇到的难事。我总是耐心劝解，帮着找关系、通路子。打今年开春起，小丫的来电明显少了，直至完全停止。我不放心，将电话打过去。小丫没了往日的热情，说话语气冷淡，听话心不在焉。我多问了几句，她就显得不耐烦，借口“店里这会儿正忙着，咱俩以后再聊吧”。匆匆挂了电话。我心里不快，隐隐又有些不安，小丫莫非又遇到什么难事？电话里不方便说。下了班，我顾不上回家，开车直奔烤肉店。几个月没见小丫，再见面我先吃了一惊：这孩子像是换了个人，眼神涣散，眼圈发乌，嘴唇发青，脂粉遮不住脸色憔悴。我看得心里难过，以往那个健康美丽活泼的少女哪去了？我关心地问她是否身体不舒服。小丫避而不答，目光迷离，无精打采，不时打哈欠，身子挪来挪去，显得坐立不安。这孩子莫非有什么心事？我越发不放心，郑重地说：“小丫，你听我说：我、大壮、顺民和你妈是歃血结盟的兄弟，经过数十年的考验，经历人生种种坎坷，四人虽然没有血缘关系，我们却比亲兄弟还要亲，多年友情赛亲情，是真正意义上的亲人！到了我们这个年纪，把这种亲情看得比世上任何东西还珍贵。你把我当成亲大伯，我视你为亲侄女，有什么过不去的坎，千万不要瞒着我，咱们共同面对！”小丫眼睛瞬间亮了，随即又黯淡下来，幽幽地说：“好。”低头再不说话。这孩子怎么变得油盐不进？我心里来气，话音骤然提高了几个分贝：“我苦口婆心，说到有嘴没涎，你却似听非听，心不在焉，你，你到底在想什么?!”对方以不变应万变，回答还是那个字：“好。”我火了，“呼!”一拳砸在桌子上，引得用餐顾客一起朝这边看来，我不管不顾地吼道：“好，好，还是好，除了‘好’字，你还会说别的吗?!”小丫精神恍惚，一双大眼睛看着我，却视若无物，似乎停滞在虚幻世界里，最后的回答还是一个“好”。我彻底没了脾气，心里越发担忧，害怕这孩子精神状况出问题……

我带着疑虑回家，说与米花枝听。没想老婆骂我是事妈，说“女儿心，海底针”，姑娘大了，心思自然多了，犯不着外人大惊小怪。小乔经理年轻美貌，烤肉店生意兴隆，日进斗金，少不了众多帅哥围着献殷勤，和你一个穷糟老头子有什么可说的？我看你是枉自多情，瞎操心！有那闲工夫，你还是用来抓自己孩子的学习。笑笑班上排名持续下滑，已跌出前十名。班主任刚才来电话警告：照此下去，笑笑今年考重点高中基本无望！老婆急赤白脸地说，学校竞争白热化，女儿一步跟不上，势必步步赶不上！考不上重点高中，就考不上重点大学，没有重点大学文凭，就没有好工作，没有好工作，就找不到好对象！笑笑今后怎么办？孩子出路何在？谁能负责？谁敢负责?!老婆越说越来气，骂老公：“自家棺材还没抬出门，你却跑到别人屋里哭凄惶！”说小丫当然不怕退学，人家爹娘有本事，家有烤肉店顶着呢，大不了不当学生当老板。你刘端正有什么？每月就那点死工资，开新闻发布会最多拿回个杂牌电饭锅、化纤布床单、人造革提包，就像打发一帮乞丐。穷记者要钱没钱，要权没权，出去蹭吃蹭喝还行，办大事门都没有！孩子考不上大学，你当爹的怎么办？你的好兄弟又在哪？黑美丽会安排笑笑到自家烤肉店当二经理？做梦吧！凭你那点能耐，充其量把孩子安排到报社发行公司当送报员，天天爬楼梯，累得半死，才挣仨瓜俩枣，与进城打工的民工一般无异！孩子日子难过，咱俩又不能看着不管，老了，老了，沦为“被啃老族”。我听得心惊胆战，被老婆描绘的悲惨前景吓坏了，当即表示迷途知返，再不操别人家孩子闲心，全力以赴，确保笑笑升入重点高中！

第十八章

一

夜深沉，忽然响起敲门声。我放下手里书，心里嘀咕：这么晚了，谁还会来串门？门开了，屋外站着老父亲，脸上神情沉重，像是有什么心事。我一惊，忙问："出事了？"父亲不接话，进了屋，呆呆地坐在客厅沙发上。听见公公来了，儿媳穿好衣服出来招呼。父亲摆摆手，"我和端正有几句话要说。你明天还要上班，快去休息吧。"米花枝沏杯热茶递上，自己进了里屋寝室。父亲还是不吭声，我知道老爷子的脾气，遇上烦心事，别人越问他越不吱声，除非自己愿意开口。客厅里烟雾缭绕，爷俩面对面干坐着，相对无言。第三支卷烟点上，老爷子终于开了金口，闷声闷气地说："吕玉清病了。"我嘘口气，绷紧的身子随即松弛下来，还以为出了多大的事。

"她突发脑溢血，刚刚脱离危险期。"

"什么时候的事？"我声音平静地出奇，似乎病人与己无关。

"上周二，幸亏是白天发病，被邻居发现，叫来救护车送进医院。我也是刚知道。"

父子复归沉寂，谁也不说话，不时隔着烟雾悄悄瞄一下对方脸上神情。又过了好一阵，老爷子再次开口："吕玉清托人捎话，想见孙子孙女。"一听此言，我倚在沙发上的身子又僵硬起来，冷笑着说："她眼眶子都不要了，还会要眼珠子？六个儿女她个个视若草芥，这会儿却发神经想见孙子孙女，早干什么去了？！丈夫蒙冤刚进去，她就哭着喊着闹离婚，到处张罗着给自己找对象，把不相干的男人往家里领。儿女成了她眼中钉，恶语相向，非打即骂，小妹几次被她大嘴巴子抽得昏死过去！困难时期，我们饿得面黄肌瘦，她吃得油光水滑，补品炖品一顿不少。世上有这样当妈的吗？！吕玉清病不病与刘端正没任何关系，我一辈子都不想见她!”老爷子听得直叹气,父子复归沉默。

全家前脚搬走,吕玉清后脚寻偶,条件是:男方不是高干也得是高知,经济上与子女划清界限。鳏夫们一听,晓得半老徐娘不是省油的灯,纷纷知难而退。吕玉清挫而弥坚,舞场瞄上一位退休的钱局长,施展情场擒拿术,如愿以偿搬进局长小楼享受二人世界。

好景不长,钱局长夜半突发心梗暴亡。一对儿女都不是善茬,一个唱红脸,一个唱白脸,儿子声色俱厉,指责吕玉清疏于照顾,耽误抢救,以致老父不幸弃世,声称这事没完!女儿摆摆手,假惺惺地说:人死不能复生。看在亡父的面上,我们做子女就不追究了。爸爸走了,你一人在这住下去也没什么意思,收拾东西走吧,送你的小车在外面候着呢。吕玉清气冲冲地说:你爹尸骨未寒,你们就想撵我净身出户,世上没有这么便宜的事!让我走也行,咱们得把话说清楚:我是你们父亲的爱人,不是钱家雇的保姆!一听此言,儿子瞪起眼睛,女儿冷笑应对:爱人?你是谁的爱人?有结婚证吗?有结婚证你是我爸的爱人;没有结婚证,你充其量是个与我爸同居的“女友”。说着,取出遗嘱。吕玉清一看傻了眼:老家伙早有预谋,与儿女串通提前留了一手,身后房子和存款与自己没一毛钱的关系。难怪自己几次催死鬼男人去领结婚证,他总是说“不急,不急”。在钱家人眼里,自己只是个不要工钱,连带上床陪睡的老妈子!骗子,一家子都是骗子!“女友”气得发昏,却又无可奈何,想想实在气不过,临去乘人不备,将钱局长珍藏的一块田黄顺手牵羊,算是对自己的补偿。受贿得来的赃物,料钱家发现被窃也不敢声张,吕玉清心里总算找回些平衡。

单位举行追悼会,打电话通知她参加。吕玉清阴阳怪气地回答:我与老钱只是普通朋友,名不正言不顺,参加追悼会算怎么回事?分家产没有我的份,上火葬场倒想起我,对不起,老娘不去!

吕玉清再战江湖,吸取上次教训,遇见家境殷实的主,不见兔子不撒鹰。无奈眼下男方行情看涨,离婚女人成了处理品。男人条件好点的,再婚只想找年轻漂亮的,更有甚者,臭男人只想上床快活,择偶成了情色游戏。吕玉清觅偶屡战屡败,正当她心灰意冷之际,忽又柳暗花明。一场流感席卷全城,医院注射室挤满挂吊瓶的病人。小护士正在为一位胖老头静脉输液,针头进去又出来,接连四次都未成功,病人疼得直“哎哟”,小护士紧张得满头是汗。吕玉清一旁看得技痒，主动请缨，重新固定准备进针的位置，将针头斜面向上，一针进去即见回血，随即松开止血带，用胶布固定针头，动作干脆麻利。小护士如释重负，病人再三感谢。男女并排坐着挂吊针，交谈中，吕玉清得知对方姓蒙，来自台湾，现在大陆做生意。蒙老板秃头、矮个子，一双小短腿，挺个大肚子，上二楼都累得气喘吁吁，一口烂牙被尼古丁熏得焦黄，不折不扣的糟老头子。吕玉清起初压根儿瞧不上眼。蒙老板却对个子高挑、风韵犹存的女护士情有独钟。两人第二次见面，蒙老板送给吕玉清一枚铂金钻戒，声称：你与我去世的原配夫人不但貌似，而且神似，我一见钟情，暗暗立誓非卿不娶！又说最近生意太忙，等过了这阵，我带你去台湾，举办一个盛大婚礼！将来咱俩就在海边买套别墅颐养天年。吕玉清听得心花怒放，两人很快发展到同居。那些日子，吕玉清打扮得珠光宝气，几次坐着奔驰轿车出入家属院，下车仰着脖子、走路目不斜视，一副贵妇人派头。左邻右舍看得眼热，寡妇们更是嫉妒得眼里冒火，院里传得沸沸扬扬：吕玉清走了狗屎运，二婚嫁给台湾大老板！

一觉醒来，不见枕边人，连喊几声，也不见吱声，吕玉清心里一惊，以为老蒙发病，楼上楼下找遍不见人，拨打手机被告知“关机”。吕玉清隐隐觉得哪有些不对，赶紧拉开梳妆台抽屉检查，顿时花容失色！首饰盒还在，里面的钻戒、项链、耳坠、手镯却不翼而飞，连同那枚价值不菲的田黄。老蒙起初纳闷精美首饰盒里为何放块鸡子大的石头？吕玉清谎称是娘家送的陪嫁，笑老蒙土鳖不识货，说那叫田黄，自古黄金有价，田黄无价。你送给我的首饰，加在一起还没这块石头值钱！回想起来，自己真是傻！开门揖盗，被人卖了还帮着数钱。

老蒙溜了，房东来了，进门气势汹汹，说房客拖欠半年房租，每次来讨，总是找各种借口推诿，房租给还是不给，今天必须做个了断！蒙在鼓里的女人这才晓得：豪宅不是买的，而是租的，老蒙原来是个骗子！欠房租的男人跑了，同居的女人顶缸，除了贴身衣服，其余统统扣下，包括刚上身的羊绒大衣，被迫净身出户。受骗女人行走在回家的路上，薄衣单衫难抵凛冽寒风，直冻得身上瑟瑟发抖。吕玉清将老蒙恨之入骨，一路上将台湾老骗子诅咒了无数遍，发誓到了红旗插上宝岛那一天，自己定要飞渡海峡，上天入地也要活捉老蒙，揪住骗子的脖领，先狠狠扇他几个大嘴巴，再当众讨回公道！老蒙没抓住，吕玉清却被警察请去“协助调查”。到了这会儿，吕玉清才晓得老蒙原来不姓蒙，而姓黄，大号黄阿真，早年当过远洋货轮水手，在台湾曾因诈骗三度入狱，刑满释放后，在当地混不下去，改名换姓，来大陆“发展”。老蒙其貌不扬，却巧言令色，惯会吃软饭，贪慕虚荣被其骗财骗色的女性过了两位数，吕玉清只是其中一个。

梦里攀登至高处，醒来却发现坠入泥坑，“贵妇人”转眼成了“台湾骗子的姘头”。接连上当，虎妈彻底死了再攀高枝的念头。吕护士受骗成了交院头条新闻，女人幸灾乐祸，男人津津乐道。我除了以往怨恨，又添了几分鄙视，发誓这辈子母子永不相见……

烟灰缸积满烟蒂，客厅里烟雾腾腾。父亲看看墙上挂钟，起身要走。我将他送出家属院大门。父亲一骗腿骑上自行车，撂下最后一句：“你还是带笑笑去趟医院吧。吕玉清纵然有千般错，她毕竟是你妈。”

望着父亲渐行渐远的背影，我心里一阵酸楚，父亲老了！以往宽阔挺直的脊背现在已佝偻，过去说话声音洪亮，现在却声音嘶哑，透着中气不足。我从不愿违逆父亲，可今天晚上，父亲的话入得了耳，入不了心。童年的创伤性经验会影响人的一生一世。多年不见，想着时间能填平母子间鸿沟，没想纱布揭开，心灵伤痕还在，依旧还在滴血……我心里沉甸甸的，仿佛塞了块铅，也劝自己：你就去一趟吧，尽到人子之责。心里却怎么也过不了这道坎。我实在不愿见她，我的心已经死了！

敲开马路对面小卖部窗子，我买了两包香烟、四瓶啤酒。夜深人静，一人蹲在马路牙子上，边灌啤酒边抽烟，嘴里从发苦直至麻木。两瓶啤酒下肚，几分醉意上来，我再也控制不住自己情绪，流着眼泪，嘶哑着嗓子，对着空无一人的街道，不管不顾地狂吼，仿佛荒野大漠里受伤的孤狼迎着凛冽寒风哀嚎。夜深人静，号叫声格外凄厉，熟睡中的居民被惊动，马路两侧住宅楼纷纷亮起灯，窗子开了，无数脑袋相继探出，每张脸上都写着大大的问号。闹清今夜外面未有发生凶杀血案，马路上只有孤零零一个醉鬼狂呼乱叫。惊诧瞬间转为愤怒，骂声随风飘来：“有病！”“欠收拾！”“皮痒了，你娃吱声！”“深更半夜哭你娘的丧！”

骂声让我清醒许多，晓得众怒难犯，只得悻悻闭嘴，街道又恢复平静。我一手提瓶啤酒，踉踉跄跄朝前走，嘴里骂骂咧咧，也不知骂谁。对面过来一辆自行车，骑车的是个小伙，好奇地打量马路上的醉鬼。我气不打一处来，眼一瞪，吼道：“看什么看?！有什么好看的？没见过?!”小伙子恼了，反唇相讥：“厉害啥呢？你老怂得是吃炸药了？”我一瞬间失去控制，抡起右手啤酒瓶狠狠掷去！啤酒瓶擦着对方脑袋飞过，“嘭！”的一声，在坚硬的柏油路面摔得粉碎，雪白的啤酒沫在地上淌开。小伙子吓坏了，低下脑袋，弓着脊背，两脚猛蹬脚蹬逃离，远远传来一句：“疯子！”我听了越发恼怒，挥舞着酒瓶边追边骂：“狗日的给我站住！王八蛋！你才是疯子！你一家都是疯子！”

起雾了，雾越来越大，天地间白茫茫，路灯白炽光线变得灰蒙蒙，直至身上衣服变得潮乎乎，我才意识到自己已被浓雾吞噬。厌恶、冷漠、凄凉、疲惫、恶心一起涌上心头，我蹲在地上，身上说不出来的难受，胃里阵阵翻腾，“哇”的一声，将胃里存积物吐了个干净，才感到稍微好受一些。时间已至下半夜，空荡荡街道上只有我独自一人，心里憋屈无处倾诉，一肚子郁结无从发泄，也不知该去何方，只能漫无目的地在街上游荡，走路高一脚，低一脚，跌跌撞撞，仿佛大雾中时隐时现的幽灵。

一辆巡逻警车悄无声息地从我身后驶来，驶至并肩时，驾驶舱里骤然传出一声喝问：“干啥的?!”声音透着威严。我满心焦躁，头也不转地说：“你管我是干啥的！”回答惹恼对方，车头一偏挡住我去路，车上跳下两个警察。年轻警察气盛，气冲冲地说：“你还耍了个大！”年龄大的老成持重，冷冷地说：“拿出你的身份证！”警察有什么了不起，老子又不是逃犯，凭什么用这种口气和我说话。我老大不高兴，一口回绝：“没带！”两个警察一听如临大敌，同时朝后退，年轻的从腰间抽出电警棍，厉声喝道：“上车！放老实点！等会儿再让你嘴硬！”一听这话，我顿时清醒许多，少年时进局子惨遭修理的悲惨经历提醒自己，与警察同志打交道最好实话实说。我强笑着说：“误会，误会，绝对是误会！刚才雾太大，没认出二位是执行公务的警察，我还以为碰上坏人。”说着，从上衣兜摸出记者证递过。老警察摁亮手电，验明正身，“没看出来，你居然是报社的记者。”将证件还给我，口气缓和许多，“都下半夜了，记者怎么一人在街上晃荡？满嘴酒气，手里还掂瓶酒，得是喝高了?”我贫嘴的毛病又犯了，做出一副苦哈哈的模样，和警察同志逗着玩：“唉，兄弟心里苦哇！”

“咋回事嘛？我明白了，你准是写稿子捅下娄子，挨了总编收拾，心里想不开。”年轻警察合理推测。

“那算啥，碎碎个事。我的事简直没法说，说出来怕二位笑话。”

老警察一听来了兴趣，转过套近乎：“你说嘛，咱仨都吃的皇粮，都是政府的人，都站在一个立场，谁笑话谁呀。”

“对，对，俺俩保证不笑话。”年轻警察在旁敲边鼓。

“我，我嫌丢人，实在张不开口。”

老警察戏谑：“有啥丢人的？至多是乱搞被抓了现行，或是别人给兄弟你戴了绿帽子。”年轻警察候得不耐烦，催促道：“你能把人急死！啥事嘛？看把你难畅的。亏你还是记者，说话能不能痛快点！”

“那，那我就，就说了。”我长长吸了口气，像是下了最后的决心。“说，快说，说出来心里就畅快了！”两位听众在旁催促。

“我被人打了，刚逃出来。”

“在哪打的？谁打的？狗日的胆大包天，连党报记者都敢打！”仿佛警犬嗅到异味，两警察立刻来了精神。

“在我家，被，被我老婆打了。”话音里透着凄惨。

两个警察先是对视一眼，继而放声大笑！年轻的笑得前仰后合，年纪大的笑岔了气。“别笑了！”警察一愣，笑声立刻停止。我满脸悲愤，控诉栽在老婆头上的莫须有罪行，“我被打得死去活来，亏你们还能笑得出来！你们不知道我老婆有多凶暴！这婆娘练过柔道，脾气火暴，在家稍不如意就发飙，我俩交手没出三个回合，她大喝一声，一个背负投将我掼翻在地！我躺在地上拼命挣扎，又被她用寝技中的袈裟固死死摁住。多亏邻居听见呼救声砸门，我才得以挣脱逃了出来。救星再晚来一会儿，我的肘关节非被她用关节技腕挫十字固生生撅断！”

“你老婆咋恁恶的？”两警察听得瞪大眼睛。

“唉，我老婆八成患了虐待狂症，把自家老公当陪练，隔三岔五过把瘾。”

“这号恶婆娘留她何用？离婚算了！”年轻警察愤愤不平。

“莫提，莫提，千万不敢提离婚！”我慌得连连摆手，把小学同学家糗事放大移植到自己身上，“上回挨打，我实在气不过，偷偷拟了份离婚协议，写明老婆只要同意离婚，老公宁愿净身出户。我壮着胆子让她签字，她躺在床上看了不恼反笑，称赞写得不错，问离婚协议是你自己写的，还是别人捉刀？我看她脸上笑眯眯的，估摸实话实说问题不大，鼓足勇气道：大丈夫敢作敢当，何劳别人代笔！话音未落，老婆一个鲤鱼打挺从床上弹起，‘啪！啪！’左右开弓，结结实实赏老公两记大耳光！我见势不妙，夺门而逃。我老婆赤着脚从五楼追到院子，飞起一脚将我踹了个大马趴，跳到我身上挥拳痛打！边打边骂：你他妈什么玩意儿！胆敢嫌弃老娘！要离婚也是我先提，轮得上你?！院子里围满看热闹的，晓得我老婆剽悍，没人敢过来拉架，直到110警车赶到，老婆才住手，骂骂咧咧上了楼。接警时只知是家庭暴力，却不晓得老婆打老公，几个警察先是愕然，继而粲然，都说从警多年，今天算是开了眼。”

打又打不过，离又离不得，这可如何是好？老警察拍拍胸脯，豪爽地说：“这会儿闲着也是闲着。我教给你几个擒拿动作，回去抽空练习。男人会个三招两式，心里先有了底气，你老婆再敢动粗，你就针锋相对、奋起抗暴！”我摇摇头，自认没那个胆。年轻警察揶揄家庭暴力受害者：“见过怕老婆的，没见过你这么窝囊的男人。”我反唇相讥：“丈八烛台只照别人，不照自己。我怕老婆，怕到明处，不像有些人，嘴上不怕心里怕。别看你在外面厉害，见了女朋友，估摸照样乖得像绵羊。”老警察笑着揭发：“刘记者说的一点不错！他的女朋友是省秦腔剧团刀马旦，每逢演出，他场场必到，不是台下领掌带头喝彩，就是上台献花披红，散场接送回家，骚情得很！女朋友唱功好、武功好，人长得好，就是脾气不好，他百般伺候还不落好。那次下了戏台，他殷勤端上刚泡的西洋参茶，女朋友刚进嘴又吐了出来，大骂男友不安好心想烫死她！他刚分辩两句，一杯热茶迎面泼来！半张面皮都烫红了。见过歪女子，没见过这么蛮横的。我劝搭档分手。他说自己也想过，只是一见面再由不得自己，心里实在舍不得。我说你小子咋恁没出息？天生就是跪搓板的料！”我和老警察都笑了。

“五十步笑百步，你比我也强不到哪。”年轻警察红着脸反击，“那天去他家，正赶上张建国同志给老婆擦脚，剪脚趾甲。就这他老婆还不满意，嘴里嘟嘟囔囔，脸拉得多长。阴盛阳衰，乾坤颠倒。老张同志怕我笑话，倒完洗脚水，觍着脸说老婆人胖肚皮大，实在窝不下腰，只好请丈夫代劳。我忍着笑，说理解，理解，理解万岁！出了门，老张同志直叹气，说当警察顾不了家，老婆有怨气，咱们只能忍气吞声，以柔克刚。”

不必龟笑鳖无尾，三个男人沉默片刻，齐齐感叹：“现在的女人真不得了！”老警察看看手表，关心地说时间不早了，你总不能一个人在马路上晃荡到天亮，我们开车把你送回家，有警察在场，谅你媳妇也不敢把你怎么样。假戏做到底，我佯作惊慌，说不行，不行，绝对不行！你们走了我怎么办？非落个呼天不灵，呼地不应。那个家今晚无论如何也回不去了！你们好事做到底，把我送到我兄弟家。经过一番推心置腹的交谈、真真假假的倾诉，警民关系骤然密切许多，俩警察都赞“老刘是个嫽人”，分手时，互留手机号码，都说以后多联系。

客人深夜上门，睡眼惺忪的主人以为出了什么要紧事，待听说“哥哥心里烦，想找你聊聊”，再看墙上挂钟，时间才凌晨三点，气得大骂：“神经病！”我笑骂：“耽误你半宵春梦，也不至于气成这样！我帮你四下寻找你的真命天女，你都忘了？哥哥没有功劳也有苦劳。你小子真没良心！”小玉也醒了，穿好衣服从卧室走出，笑着对我说：“大哥，别听他的。我们家大门什么时候都对你们兄弟三个敞开。没有你们，就没有我们一家子。你先坐着喝茶，我去厨房弄几个小菜，让顺民陪你喝两盅。”我点头赞许：“还是弟媳通情达理，比俺兄弟会做人。老三，以后跟媳妇学着点！”

三盅酒下肚，话匣子打开，面对推心置腹、剖肝沥胆的异姓兄弟，我没了顾忌，开始控诉虎妈的种种恶行劣迹。客人滔滔不绝，主人一声不吭，只是闷头喝酒。眼看一瓶特曲下去大半，苟顺民还是不说话。以为对方嫌自己深夜来家骚扰，我恼了，一拍桌子骂道：“老三你得是哑巴?！我唾沫星子乱溅说了半天，你屁都不放一个！不耐烦看你那张臭脸，老子现在就走！”苟顺民还是闷头不吱声。我气得腾地站起，正要甩门而去，他却“哇”地哭出声，带着醉意边号边哭诉：“呜呜……你刘端正父母双全，我苟顺民娘在哪？呜呜……可怜我七岁就没了亲娘，母子只能在梦中相会！呜呜……你有母亲可以孝敬，唯独我不能尽孝心！呜呜……看见别人有娘疼，我既羡慕又难受，只能默默流泪。呜呜……今夜好不容易梦见知疼着热的亲娘，却被刘端正这个丧门星给搅了。娘，儿子想你呀！哇！……”得得得，我出来骂娘，惹得孝子哭亲，这才是缘木求鱼、南辕北辙。我只得重新坐下，角色随之颠倒，诉说转为倾听，耐着性子听苟顺民哭娘……

找老三倾诉选错对象，老二估计还能听进去。第二天傍晚，等同事下班都走了，我拨通长途电话……赵大壮耐着性子听完，开口就骂：“猪！”我被骂得摸不着头脑，对方却越骂越凶，“亏你还是个文化人！猪板油糊了心窍，书都念到猪肚子里了！”歃血为盟的兄弟不在刘家母子恩恩怨怨、是是非非上纠缠，而是高屋建瓴，指点迷津，讥讽我平时自诩博览群书、通晓经史、学富五车，却原来是个冒牌货！《左传》“郑伯克段于鄢”中学生都熟悉，你怎么老了老了还弄不明白？对方严令我今天必须去医院探望虎妈，否则，“本人从此不屑与蠢猪做兄弟！”振聋发聩、当头棒喝！刘端正恍然大悟。以史为镜，以古为鉴，人生如戏，全靠演技。郑庄公演技堪称千古一君，为保君位与偏袒小儿子的母亲反目，誓之曰“不及黄泉，无相见也”，京城大叔祸根已除，郑庄公畏忌朝野议论，“既而悔之”，装模作样上演母子重逢，假惺惺赋诗道，“大隧之中其乐也融融！”我演技虽难望郑庄公项背，也应效仿古人，伪作孝道，对虎妈强作笑脸，作“遂母子如初”。

病房里挤满前来探视的家属，床头柜上堆满包装精美的各种营养品。踏进病房第一眼，我吃惊地发现老爷子正在耐心地帮虎妈洗头。接到老父亲的电话，弟妹们相继来到医院，远在老家的三弟也赶来了。同房病友羡慕地说：老伴体贴照顾，满堂儿女孝顺，十三床真有福！夸着，夸着，又都闭了嘴，病房里智商最低的病号都看出这家子哪有些不对：来探视的儿女客客气气，问候过再无话可说，始终与病床保持一定距离，面无笑容，举止拘谨，姿态僵硬，不叫“妈”，只称呼“您”，客气里透着生分，像是多年不走动的亲戚，碍于礼数不得不来医院探视；当妈的病病歪歪，眼神黯淡无光，说话无精打采，脸上透着烦躁，对子女问候勉强挤出一丝笑容，笑比哭还难看。病房里气氛尴尬，像是上演家庭情感廉价通俗剧，演员心里一百个不情愿，却不得不硬着头皮往下演。只是在看见笑笑那一瞬间，虎妈两眼骤然放光！强撑起身子，拍着床说：“这是笑笑吧？笑笑快到奶奶这来！”血缘关系含着割不断的亲情，笑笑走过去，甜甜叫了声“奶奶”，乖乖依偎在身边。虎妈脸上乐开了花，眼神里透着浓浓的爱意，摩挲着孙女柔嫩的小手，再也舍不得松开。几个子女你看我，我看你，若非自己亲眼所见，都不敢相信眼前就是从前戾气十足的虎妈，难怪人说“隔辈亲”。我有生以来第一次感受到虎妈的亲情，虽然它姗姗迟来……

环城公园里树木丰茂，鸟语花香，绿草如茵，每逢风和日丽，总能在此看见老爷子和轮椅上的虎妈。以往坚决要求离婚的父亲，现在却来了个一百八十度的大转弯。知情人大惑不解，都说家里有个生活不能自理的病婆娘，男人老来幸福何在？都说老刘怕是老糊涂了，主动提出复婚是自寻麻烦，都劝他慎重考虑，三思而行。父亲淡淡一笑，说“孩子们的母亲”生活不能自理，身边总得有人照顾。病榻上的前妻感动得声泪俱下，主动承认“我过去做事对不起你！”前夫摆摆手，说都过去了，旧事休再提。以往恩怨随风而逝，父亲胸怀颇有“浑浑若川”之度。桑榆暮年，携手白头。两位老人吵闹了半辈子，如今破镜重圆，尽释前嫌，每天都有说不完的悄悄话，似乎在弥补以往感情的缺憾。从前的虎妈总是一脸紧绷，满腹怨恨，说话生冷蹭倔，典型的怨妇，见人很少有笑脸。现在却笑意盈盈，一脸轻松，待人和蔼可亲。认识她的人都说：吕玉清变了！和以往相比，像是换了个人。

二

午夜时分，睡梦正酣，铃声响起。这么晚了，是谁打来电话？老婆嘟囔着翻过身，我勉强睁开惺忪的双眼，侧身抓起话筒。“你是刘端正，刘记者吗？”话筒里传来一个陌生的声音。“我是。请问你是哪位？”我长长打了个哈欠。“我是分局刑警大队的，有事找你。”深更半夜，刑警指名道姓找我，瞌睡立刻消失得无影无踪，我自觉被一团不祥的云雾罩住，颤声问：“你，你找我干什么？”

“西郊宾馆发现一具无名年轻女尸，从她身上找到一张你的名片，请你来现场协助我们调查。警车在楼下，请你立刻下来！”声音不大，却透着不可抗拒的威严。深夜，刑警队，年轻女尸，本人名片，协助调查，搁谁也会产生丰富联想。老婆似睡非睡，一字不漏全听在耳里，两只眼睛顿时瞪得溜圆，死死盯着我，像是发现潜伏已久的罪犯终于露出尾巴。

警车在空无一人的街道上飞驰。车厢里几个警察一言不发，冷冷打量着我，个个紧绷着脸，仿佛身边坐着危险的疑犯。警车驶了很久，最终在一个绿树环抱，偏僻幽静的院子里停下——尸体已从宾馆移至验尸间。出乎意外，我在这看见被揭发给老婆洗脚的老警察张建国。四目相对，两人都笑了。老张过来紧紧握手，大声说：“刘记者，不好意思，深更半夜惊动你老人家。从死者身上搜出你的名片，把我吓了一跳！以为刘端正被老婆欺负得忍无可忍，一怒之下，动了杀机！”我苦笑着回答：“张警官，你就别抬举我了！我哪有杀老婆的胆，在家杀只鸡手都哆嗦。”刚才还绷着脸的警察都笑了，气氛缓和了许多。张警官拍拍我的肩膀，笑着说：“甭害怕！人死和你没关系。现场发现注射用的针头、针管。法医刚验完尸，死因不是他杀，而是注射海洛因过量导致身亡，”话头一转，“死者身上任何证明身份的东西都没有，唯独发现刘记者的名片。看来，你和死者关系不一般！你俩是怎么认识的？在什么地方认识的？”我急着分辩：“张警官，我这人天生胆小，你千万别吓唬我！新闻采访工作需要，记者走哪名片散到哪，给谁也不当事，转过脸顺手一丢，天晓得被哪个阿猫阿狗拾了去。”张警官点点头，似乎认可我的说法，“既然把你请来，该走的程序还得走。你进去认尸，看是否认得，做完询问笔录，警车送你回去。”

水泥地面，白灰抹墙，停尸房里十分简陋，连张凳子都没有。屋中央放着停尸床，白色裹尸布覆盖着一具人形状东西，暗淡灯光下，显得阴森恐怖。我虽不是胆小鬼，此刻也难免心里发怵。一位警察猛地揭开裹尸布，我吓得不禁倒退两步，面前裸体女尸浑身发青，胳膊上密密麻麻满是针眼，甚是骇人！警察示意过来辨认，我战战兢兢走近尸体，女孩年轻面孔虽已严重扭曲变形，但我还是一眼认出死者是谁！“嗡”的一声，仿佛当头挨了一棒，只觉得天旋地转，喉咙被什么东西哽住。我再也支撑不住，猛然转身，跌跌撞撞跑到门外，蹲在院子大树下一个劲狂呕……耳边传来警察问话：“你认识她？”我强撑着站起，抹去眼泪，颤声答道：“她是我侄女。”一连串问题暴雨般袭来：“她叫什么？”“今年多大？”“职业？”“家住什么地方？”“父母是谁？”做笔录的年轻警察停下笔，怀疑地问：“不对！你姓刘，你侄女为何姓乔？”我木然地摇摇头，没有回答……

下午接到小丫的电话，说话带着颤音，隐隐让人觉得哪有些不对，我正在参加编前会，匆匆回复对方：现在有事，过一会儿，我给你打过去。谁知一忙，我把这事给忘了。现在回想：小丫忍受不了毒品的折磨，去意已决，来电话是做最后的诀别。几句好话也许能温暖一颗冰冷的心，将小丫从鬼门关前拉回，我却……一个曾经那么健康、那么美丽的女孩就这么走了，真叫人痛心！我后悔不迭，直想扇自己几个耳光！颤抖手指几次摁错号码，最终拨通老二和老三的手机……

以往顾客盈门的热闹景象消失不见，“黑大娘土耳其烤肉店”如今门可罗雀，店里只有黑口黑面催讨货款的供货商和喊打喊杀的债主。盘点结果令人大吃一惊，烤肉店已资不抵债！每日流水肥了毒枭，万贯家产化为缕缕烟雾！从女出纳的哭诉中，黑美丽隐隐察觉到女儿毒品来源的蛛丝马迹……打击接踵而来，得知小丫吸毒暴亡，乔德浩精神受到强烈刺激，二次大面积脑溢血，未等救护车送到医院就断了气！短短数天，一家三口死了两个，搁哪个女人也承受不住。黑美丽却异常冷静，脸色铁青，牙关紧咬，捧着丈夫和女儿余温尚存的骨灰盒，非但没有号啕大哭，甚至一滴眼泪也无。有人说她缺心眼，有人骂她心真硬！只有当事人心里明白：现在不是为人母痛哭的时候，纵然入龙潭，下虎穴，也要找到将女儿引上不归路的毒枭！

黑美丽失踪了！赵大壮匆匆从广东赶回，三人顾不得叙旧，立刻分头寻找老四，从家里找到店里，从城里找到城外，从前进中学找到秦棉，亲朋好友、邻居街坊一一问遍，都说没见着。搜索范围随即扩大，从黑美丽老家到知青下乡的柳泉沟，能找的地方都找了，只差掘地三尺，还是一点音讯都没有。弟兄们累得人仰马翻，你看我，我看你，却无计可施。雨后天初晴，终南转苍翠，远望南山，我联想到三十年前进山寻人那一幕。老二断然否定："佛缘难得。美丽不是大壮，人心浮躁，红尘喧嚣，进了人迹罕至的深山野林，怕是一天都待不下去！"老三哭丧着脸说："老四表面大大咧咧，说话冒傻气，实则外粗内细，心里憋着劲。我最怕她想不开，闹出什么意外。"我和大壮都沉默了。苟医生舌灿莲花，认真为我俩做失踪者心理分析，正讲得宝雨缤纷、天花乱坠之际，兜里骤然响起手机音乐铃声。以为是求诊患者打来，他掏出手机不耐烦地说："我家有急事，国医馆停诊。何时开诊等候通知。"正说着，骤然脸色大变，说话变得语无伦次，"你，你是谁？有，有没有搞错？在什么地方？好好，我们马上赶到！"挂了手机，苟顺民激动地说："谢天谢地，老四总算找到了！刚才打电话的是警察，说团结小区有个女人闹腾着要跳楼！说死前想见你们一面。"话音未落，我和大壮同时从椅子上一跃而起，争先恐后冲出门……

团结小区在北三环，是全市最大的新建小区，安置棚户区拆迁居民八千多户。110接到报警：小区一家凌晨发生激烈打斗，夹杂着叫骂声、铁器撞击声、家具倒地的巨响……我们赶到时，二十三号住宅楼前拉上警戒绳，周围挤得水泄不通，居民议论纷纷，一个个伸长脖子朝上张望。不看则罢，一看心跳骤然加快！十四层楼西边住家户窗台上，坐着哥仨苦苦寻觅的苦命兄弟！黑美丽头发蓬乱，满脸血污，神情狂躁，哭喊乱叫，身上衣服撕得稀烂。警察赶来时，防盗门从里面反锁，黑美丽坐在窗台上，下面再喊话，她就是不肯进屋。三人面面相觑，感到事情不妙。我接过警用喊话器喊道："老四，哥几个都来了！你千万不要冲动！有事下来慢慢说。纵然天塌下来，咱老弟兄们一起顶着！"黑美丽不理睬，像是对牛弹琴。我一急之下，口不择言，励志歌词都往上抡，"美丽，再苦再难你也要坚强，心若在梦就在，天地之间还有弟兄们真爱，看成败人生豪迈，大不了老哥四个从头再来！"逗得周围看客一阵哄笑。大壮、顺民苦笑着接着喊话。黑美丽不回答，只是"呜呜"地哭。一计不成，再生一计，我改劝为骂：

“老黑，你个没出息的东西！动不动就寻死觅活。上初中时，你就是这副德行，老了，老了，老毛病又犯了！拿死吓唬谁呀？摔死臭块地，你爱死不死，没人稀罕！”这回上面有了反应，黑美丽哭喊：“呜呜……我什么都没有了！呜呜……孩子走了，老公死了，烤肉店倒闭，还欠了一屁股债，我现在一无所有！呜呜……我真的不想活了！你们别管我！呜呜……刘端正，闭上你的臭嘴！”我心中窃喜：刘端正不怕挨骂，就怕黑美丽不说话。有对话就有机会，凭着我这三寸不烂之舌，笃定将老四乖乖哄进屋。

身后忽然一阵骚动，五六个流里流气的小青年挤到前面，为首的黄发青年光着膀子，趿着拖鞋，满嘴酒气，两条胳膊满是刺青，一看就是社会闲人。几个小痞子跑来看热闹，嬉皮笑脸地喊：“跳啊！快跳！光号不练假把式，谁不跳谁是孬孙！”世上就有这号全无心肝的东西，拿别人死活当乐子！三老汉怒目而视，赵大壮忍气劝阻：“阿弥陀佛，罪过，罪过。救人一命胜造七级浮屠。年轻人，嘴上积点德吧！”黄毛横惯了，压根儿没把三个糟老头子放在眼里，两眼一瞪，出言不逊：“我们喊我们的，关你老家伙个屁事！她又不是你奶！”说完，仰起脖子大喊：“楼上的孙子快跳呀！”几个喽啰跟着起哄。话音未落，“啪！”一记凌厉的侧踹正中大张的嘴上！黄毛猝然遭此重击，顿时两眼翻白，直挺挺朝后倒下。旁边喽啰面面相觑，一个个看傻了眼。黄毛在迷幻世界滞留时间超出在场所有人预料，过了好一会儿，才挣扎着从地上爬起，满嘴是血，捂着踹掉门牙的嘴号叫：“看着我挨踢，你们他妈的都是死人？给老子上！”几个喽啰如梦方醒，一拥而上。三个老头和一帮小混混拼命厮打！维持秩序的警察都制止不住。危急关头，顶上传来一声狂吼，有人惊呼：“妈呀，跳了，跳楼了！”混战双方闻声住手，齐齐朝上看。眼前情形令人目瞪口呆，三兄弟更是肝胆俱裂！半空中的黑美丽咬牙切齿、两眼血红、怒目圆睁，像一头暴怒的大熊从天而降！气流力道冲刷下，蓬乱头发根根竖起，仿佛发怒的雄狮，模样煞是吓人！“咚！”随着一声沉重的闷响，跳楼者脑浆迸裂，围观人群吓得连连后退。“老四呀！”三个老汉的哭喊声撕心裂肺……

1402房间惨象令人触目惊心：浓烈的血腥气味令人作呕，到处可见斑斑血迹，地板上凝固的血块能把人滑倒！客厅、厨房、卧室地板上分别倒着三具成年男子的尸体，一个遍体刀伤，一个颅骨碎裂，另一个脑袋和脖子仅靠皮连着。警察从屋里搜出海洛因、大麻和冰毒、麻古等新型毒品。当晚电视新闻报道：警方破获本市建国以来最大的贩卖毒品案，查获毒品数量惊人。按照我国刑法，三名毒贩死有余辜。白日鬼是命案现场唯一活口，面对警察审问，哆嗦着交代事情经过：

“孤王酒醉桃花宫，韩素梅生来好貌容，寡人一见龙心宠，兄封国舅，他妹封在桃花宫”，京剧《斩黄袍》唱段戛然而止——细脖颈突然被身后一条粗壮的胳膊死死勒住。白日鬼惊出一身冷汗，喝得晕乎乎的脑袋骤然清醒，挣扎着挤出一句：“好汉饶命！我是下岗工人，要钱没有，只有穷命一条。”

“姓白的，你缺了大德！你害死我女儿！你还我小丫！”

白日鬼这才晓得背后是谁，心里暗暗叫苦：冤家路窄，本以为深夜遇上打劫的，却原来索命阎王埋伏在此！得知小丫注射毒品暴毙，白日鬼做贼心虚，再不敢去烤肉店，没想躲得过初一，躲不过十五。白日鬼揣着明白装糊涂：“大姐，我冤枉啊！小丫是我看着长大的，俺爷俩说得着，我害谁也不能害她！”

“废话少说！我只问你一句：卖给小丫的毒品你从哪弄来的？”

“毒品？什么毒品？我，我不知道。”

坚硬的胳膊绞索般抽紧，白日鬼被勒得直翻白眼，陷入半昏迷中，耳边传来恶狠狠一句：“再不说实话，我现在就勒死你！”如同痛失幼崽的母熊，狂怒中的母亲什么事情都干得出来！白日鬼害怕了，急着撇清自己：“大姐，这里面没我什么事。小丫那阵子心情抑郁，听人说吸大麻提神解闷，也想试试。我好心给她送过两次货。没想她瘾头越来越大，从吸叶子（大麻），嗑药，最后发展到推四号（高纯度海洛因）。货都是骡子供的。他以后撇开我，直接与小丫联系。我就是个打酱油的。”

“骡子是谁？”

“我真不知道，只晓得他是个毒贩，道上烟民都这么称呼他。”

“你领我去找骡子，就说我要买货。”

白日鬼吓得连连摆手，哀求道：“大姐，你饶了我吧！那帮人心黑手狠，什么事都干得出来！我领你上门，他们非得要我命！”

“你去不去？不去，我现在就要你命！”细脖颈又被铁臂勒紧……

半夜三更，下线事先不打电话联系，突然跑来要货，引起毒贩警觉，隔着防盗门盘问，没察觉出什么破绽，打开窗户窥视，楼下也未发现任何异常。骡子终于放下心，示意同伙开门。屋里三个毒贩做梦也想不到，放进来的竟是索命的黑无常！复仇母亲两眼血红，进门一言不发，抽出腰间锋利的剁骨刀劈头就砍！一场凶猛拼杀随即展开，“一人拼命，十人难敌”，刀光闪过，血肉横飞！白日鬼被眼前惨烈情形吓得魂飞魄散，龟缩在厨房墙角瑟瑟发抖，最终还是挨了毒贩两刀，倒地诈死逃过一命……

黑美丽的家人都不在了，远亲倒有几家。小丫被退学后，亲戚们来烤肉店更勤了，说是不忍心看着孩子情绪低落，帮着疏导情绪排除郁闷，结果，郁闷没带走，店里面包、烤肉倒带走不少。一听黑家闹出惊天大案，唯恐避之不及，接到参加追悼会的电话通知，借口“有事”，一个都没来！气得我破口大骂：“王八蛋！统统都是王八蛋！”黑美丽火化之日，我们早早去了。与遗体告别时，苟顺民蹲在地上抱头痛哭，边哭边诉说：“美丽，是我害了你！我不该答应你，不该帮你这个忙，我，我对不起你呀！”藏在心里谜团终于揭开，我将老三拉起，安慰道：“兄弟，你不必内疚。你给了美丽一个曾经健康漂亮的女儿，给了她一个一度完整美满的家。身为女人，幸福莫过于此！纵然到了九泉之下，老四对你仍心存感激，感激你让她此生无憾！”

老四化为灰烬的第二天，赵大壮匆匆回了广东，准备将房子卖了，了结与麻寡妇漫长而永无结果的斗争。小丫的惨死敲响警钟：物欲横流的世界，处处是陷阱，特别是对涉世不深的青少年。汕头有玩具之都美誉，玩具设计师挣钱固然容易，却放心不下自己的干女儿。大壮说再回来就不走了，他要当好笑笑的守护神，守在笑笑身边，看着她上重点高中，考上名牌大学，看着她恋爱，看着她嫁入好人家，看着她与托付终身的丈夫相亲相爱，有了子孙后代……

送走老四，我感到极度疲乏，不仅是身体上的，更多的是心里累，人像是被什么东西掏空，感到从没有过的空虚。短短几周，我从两鬓染霜到白发丛生，人骤然老了好几岁。感伤如同岁月的雨季，岁月如同雨季中的伤感。我一人呆呆地立在古老的城墙上，任凭料峭寒风裹着牛毛细雨飘洒在忧伤的脸上。往事如烟，烟已成风景；往事如云，云已化秋雨。我第一次有了苍老如梦的感觉。思绪又回到从前，仿佛渔夫撒网，把弟兄三个半少年轻狂，各自忧伤，共同快乐，彼此逗趣的细节一点点打捞上来，我时而发笑，时而痛苦，时而沉思，脑海里最多的是黑美丽憨笑的脸……我冒雨在空无一人的古城墙上慢慢走着，沧桑感潮水般一点点涌上心头。如果说前世的五百次回眸才换来今生的擦肩而过，那么多少世的修行方能修得我们兄弟情分？四人友情就像是一棵根深叶茂的大树，这样的大树如今世上再也不会有了！无论砍掉哪一股树枝，都会让活着的伤筋动骨、痛彻心髓！雨渐渐下大了，雨珠打在城墙壁上的声音，雨滴从我花白稀疏头发中穿过，雨线在我走过的低洼处形成浅浅的水洼……黑美丽的追悼会上，我没有掉一滴眼泪，此刻，我却无声地哭了，脸上的泪水和雨水交汇在一起……

尾声

出长安向东约六十里，秦岭北麓有一条狭窄山沟，传说此沟早年常有熊出没，当地人称黑熊沟。赵大壮回来没几天，又开始忙碌起来。他买下黑熊沟七十年使用权，在沟口盖起一排平房，雇了当地几个老成的村民在沟里植树造林。赵大壮天天起早贪黑，不是忙着出外买树苗，就是进沟挖坑栽树，几年下来，手胼足胝，头发花白，面孔晒得黧黑，与老农一般无异。每晚与干女儿定时通话成了他必不可少的保留节目，说听见笑笑的声音，夜里才睡得踏实。数年过去，以往乱石遍地，野草萋萋，青藤缠绕，荒无人烟的山沟，如今鸟语花香，松柏夺翠，生机盎然。沟里生长最多的是雪松、黑松、侧柏，其余的是红枫、白桦、云杉、针叶松、青杠树等，经济树木则为核桃树、板栗树和银杏树。赵大壮自豪地说：别的家长给孩子买房、买车，我的积蓄都花在这里，给干女儿留下满沟林木，成材后少说也值两三千万！同时也为几个老弟兄提前备下安息之地。

一个风和日丽的日子，我们每人捧着一个骨灰盒朝沟里走去。熊沟长约二十里，蜿蜒曲折，满目绿色，空气清新，从喧嚣都市进入幽静山沟，顿感神清气爽。山沟南端向阳坡上平整出小小一块平地，上面种植着四棵高大苍翠的塔柏。右边塔柏下，墓坑已挖好，散发着新鲜泥土味。我们小心翼翼将三个骨灰盒依次安放在里面，然后填平墓坑，坟墓不封不树，身后塔柏是墓碑。尘归尘，土归土，人从泥土中来，最终回归泥土，古老大地敞开温暖胸怀，温柔地拥抱黑美丽一家三口。

起风了，虽是初春时节，料峭山风仍让人感到阵阵寒意。哥仨依次奠酒，一直闷声不响的大壮终于开口："咱们每人说一句，向老四做最后告别。"苟顺民沉吟片刻，郑重地说："活得平平凡凡，死得轰轰烈烈！你报了丧女之恨，为社会除去三害，死也值了！美丽，安息吧。"大壮咳嗽几声，清了清嗓子，接着说："老四，我就住在沟口，会常来看你。我老了，将来也要埋在这里，弟兄们生死在一起。”老二、老四一起看着我，等待老大最后发言。看着他俩一脸肃穆，我贫嘴的毛病又犯了，故作严肃地说：“美丽，我知道你一直暗恋着大壮。这厮却不解风情，辜负了你的柔情蜜意，以致好事难成。不过你也别灰心，转世修得好皮囊，让大壮一见钟情，哭着喊着要将前生兄弟之情化为来世男女之爱……”未等我说完，顺民已笑岔了气，大壮又气又乐，飞起一脚踢来，被我侧身躲过。大壮嗔道：“江山易改，本性难移。没看这是什么地方？还乱开玩笑！刘端正，你能不能严肃一点？成了半秃老汉，贫嘴毛病还改不了！”我嬉皮笑脸回答：“你俩想听严肃的？有，有，太有了！接下来就是严肃的，”转过对着地下亡灵，换了一副面孔，郑重其事地说：“亲爱的美丽，我有个问题一直埋在心里，今天当着老二、老三的面，我想问个究竟：你说自己有恐高症，望着你魁伟的身躯，我起初压根儿不信。目睹你在飞机上崩溃式激烈反应，造成全机舱人大惊慌，我又不得不信。时隔不久，目睹你从十四层高楼纵身一跃，我又糊涂了，那么高你都敢往下跳，恐高症从何说起？人生这部戏越到后面，波澜壮阔的情节越少，你却反其道而行之，闭幕绝世一跳，堪称惊天动地！老四，你究竟有没有恐高症？请今夜一定托梦于我。”

大壮、顺民边笑边摇头，都说刘端正的这张贫嘴算是没治了！死后笃定坠入拔舌狱，万劫不复。

天地玄黄，宇宙洪荒，岁月轮回。我们都已渐渐老去，岁月像长河里缓缓逝去的流水，流走的是暂时的悲痛，沉积下来的是永远的怀念。

山风凛冽，云气飞扬，暮色四合，星空初现，天地空灵透明。我们辞别美丽一家，弯弯山路上又响起熟悉的歌声：

怎能忘记旧日朋友，心中能不怀想，
旧日朋友岂能相忘，友谊地久天长。
友谊万岁，朋友，友谊万岁，
举杯痛饮，同声歌颂友谊地久天长！
我们曾经终日游荡在故乡的青山上。
我们也曾历经苦辛到处奔波流浪，
友谊万岁，朋友，友谊万岁，

举杯痛饮，同声歌颂友谊地久天长！
……

人生一瞬间，到了“白发江湖忆旧游”的时光。三个老头像三匹老狼在山野狂嚎，闻歌已非少年声，嘶哑嗓音里透着人世苍凉，我们仍纵情放歌，歌唱逝去的青春岁月和永远的友谊。

图书在版编目（CIP）数据

兄弟三个半 / 张之沪 著. -- 北京 ：作家出版社，2015. 8（2016.3重印）

ISBN 978-7-5063-8269-4

Ⅰ. ①兄… Ⅱ. ①张… Ⅲ. ①长篇小说 - 中国 - 当代 Ⅳ. ①I247. 5

中国版本图书馆CIP数据核字（2015）第211704号

兄弟三个半

作　　者： 张之沪
责任编辑： 张　平
装帧设计： 丁奔亮
出版发行： 作家出版社
社　　址： 北京农展馆南里10号　　**邮　　编：** 100125
电话传真： 86-10-65930756（出版发行部）
86-10-65004079（总编室）
86-10-65015116（邮购部）
E-mail:zuojia@zuojia.net.cn
http://www.haozuojia.com（作家在线）
印　　刷： 三河市紫恒印装有限公司
成品尺寸： 170 × 240
字　　数： 360千
印　　张： 21.5
版　　次： 2015年10月第1版
印　　次： 2016年3月第2次印刷
ISBN 978-7-5063-8269-4
定　　价： 35.00元